benthal

Eilenburg

Hamburg
Frankfurt/O.
Frankfurt/M.
Prag

Meißen
Albrechtsburg

Dresden
Festung Elbenthal

Unterhalb der Stadt
Dresden befindet sich die
Festung Elbenthal mit
dem Albbrü-Tor

FREIBERGER MULDE
ZWICKAUER MULDE
ELBSANDSTEINGEBIRGE
ELBE

Chemnitz

Freiberg
Augustusburg

Marienberg

Aussig
Teplitz

BÖHMISCHES MITTELGEBIRGE

ERZGEBIRGE

Aue

Most
Komutau

Festung

Karlsbad

0   10   20   30

ELBENTHAL-SAGA

Ivo Pala lebt in Berlin. Er arbeitet als Drehbuchautor für Film und Fernsehen und hat bereits mehrere Romane veröffentlicht. »Die Hüterin Midgards« ist sein erster Roman bei Sauerländer und der Auftakt der großen Elbenthal-Saga.

Ivo Pala

ELBENTHAL-SAGA

DIE HÜTERIN MIDGARDS

sauerländer

Bibliografische Information der Deutschen Nationalbibliothek

Die Deutsche Nationalbibliothek verzeichnet diese Publikation
in der Deutschen Nationalbibliografie;
detaillierte bibliografische Daten sind im Internet
über http://dnb.d-nb.de abrufbar.

© Sauerländer 2012
Bibliographisches Institut GmbH
Dudenstraße 6, 68167 Mannheim
Lektorat: Almut Werner
Umschlagillustration: Benita Winckler
Umschlaggestaltung: Suse Kopp
Vorsatzkarte: Jörg Friebe
Herstellung: Constanze Sonntag
Druck: Friedrich Pustet KG, Gutenbergstraße 8, 93051 Regensburg
Alle Rechte vorbehalten.
ISBN 978-3-411-80922-6
www.sauerlaender.de

PROLOG

»*Varnadhr rjódhr! Varnadhr rjódhr!*«, brüllte der Lichtelb in das Interkom und zog ein langes, kurviges Titanschwert aus der Scheide auf seinem Rücken. »*Háski yfir Albbrúdyrr!* Ich wiederhole: Alarmstufe Rot! Angriff am Albbrú-Tor! Alle verfügbaren Einheiten sofort nach Sektor eins! *Fastr!*«
Er warf noch einmal einen Blick auf die Monitore. Um sicherzugehen, hatte er die Daten ein zweites Mal extrapoliert, ehe er die Warnung ausgerufen hatte – Größe, Dichte, Bewegungsrichtung, Geschwindigkeit und Magiekonzentration. Was immer da kam, es war groß … und verdammt mächtig. Mit der freien Hand riss er die SIG-Sauer aus seinem Schulterholster, rannte aus der Wachkammer den Gang entlang nach rechts und sprang an dessen Ende über die Sandsteinbrüstung der Galerie. Dreißig Fuß in die Tiefe, hinunter in die Tropfsteinhalle, an deren gegenüberliegender Seite ein Teil der Felswand begonnen hatte, rot zu glühen – wie ein riesiger Fleck schmelzenden Metalls.
Bereits zwei Herzschläge später kam etwa ein Dutzend weiterer Wachelben in voller Rüstung hinzugerannt; bewaffnet mit runenverzierten Eibenbögen, Speerlanzen mit Silberstahlspitzen und schweren Heckler & Koch MG4 Maschinengewehren. Wie sie es selbst nach all den Jahrhunderten noch Tag für Tag trainierten, formten sie zwei konzentrische Halbkreise um den Fleck in der Wand herum. Der Elb, der den Alarm ausgelöst hatte, stand im Zentrum, nur wenige Meter von dem Tor entfernt, sein Schwert und die fünfzehnschüssige Automatikpistole in Verteidigungsstellung.
»Niemand schießt, ehe ich es sage«, bellte er, ohne sich zu seinen Mitstreitern herumzudrehen und dadurch seine schwarz glänzenden Augen vom Gefahrenherd abzuwenden. »Es könnte durchaus auch eine Gruppe der Unseren sein.«

Einer der Soldaten hinter ihm schnaubte verächtlich. »Das wäre wohl das erste Mal.«

Der Anführer ignorierte die Bemerkung und konzentrierte sich weiter nur auf die rot glühende Masse im Gestein. Er wusste, dass sein Kamerad Recht hatte und dass die Hoffnung verschwindend gering war, dass, was auch immer gleich durch das Tor brechen würde, in friedlicher Absicht käme. Seit sie den Großen Krieg um Alfheim verloren und sich hierher zurückgezogen hatten, war so etwas nicht mehr geschehen.

Elbenthal war die letzte Bastion.

Die finale Front gegen die Ewige Dunkelheit.

TEIL 1

DRESDEN

1

Dresden

Es stank nach alten Fritten, fettiger Jägersoße aus der Tüte und kalter Zigarettenasche. Das war normal hier in der verlassenen Seitengasse hinter der Dresdner Kaschemme, in der Svenya Hauk seit einigen Wochen als Spülhilfe und Putzfrau arbeitete. Aber etwas war anders als sonst. Svenya stellte die beiden zum Zerreißen schweren Müllsäcke vor dem überquellenden Container ab, wischte sich die Hände an der ohnehin schon vor Schmutz starrenden Schürze halbwegs sauber und schaute sich argwöhnisch in der dunklen Straße um. Sie glaubte nicht, dass die Leute vom Jugendamt auch nachts arbeiteten, aber vor der Polizei musste sie rund um die Uhr auf der Hut sein.
Svenya wollte auf gar keinen Fall zurück ins Heim.
Deshalb hatte sie sich das lange Haar rabenschwarz gefärbt und trug mehr Schminke im Gesicht, als ihr gefiel. Die Kehrseite war, dass sowohl der Wirt der Spelunke als auch der Koch sie wie Freiwild behandelten – mit jedem zweiten Satz irgendwelche Anzüglichkeiten von sich gaben und jede sich bietende Gelegenheit dazu benutzten, sie völlig ungeniert zu betatschen, wenn sie gerade einmal nicht aufpasste. Sie hielten Svenya für volljährig. Zurecht, schließlich hatte Svenya das ja auch behauptet, um den Job überhaupt erst zu bekommen. In Wahrheit aber war sie gerade erst sechzehn ... für wenigstens noch eine halbe Stunde.
Als Geburtstagsgeschenk an sich selbst hatte sie sich für heute Nacht ein Zimmer in einem kleinen, billigen Hotel hinter dem Bahnhof gemietet, wo niemand nach ihrem Ausweis gefragt hatte. Wenigstens an ihrem Ehrentag wollte Svenya nicht unter einer Brücke an der Elbe schlafen. Am meisten freute sie sich auf die heiße Dusche ... und auf das Federbett. Und darauf, endlich wieder einmal ausschlafen zu können,

ohne Angst davor haben zu müssen, entdeckt und wieder weggesperrt zu werden.

Das Leben auf der Straße war mühsam und manchmal nervenaufreibend; aber hier draußen war es immer noch besser als in der Obhut von Charlie, dem Heimleiter. Der hatte seine ganz eigenen Vorstellungen von Fürsorge und Betreuung der Mädchen. Selbst drei Jahre nach ihrer Flucht bekam Svenya noch immer eine Gänsehaut, wenn sie sich an die Jahre im Heim erinnerte. An Charlie ... Ihr Herz klopfte schneller, und ihre Gedanken flatterten. *Ruhig bleiben,* befahl sie sich und atmete tief ein. *Alles ist gut. Ich bin raus. Ich bin hier.* Ausatmen. Einatmen.

Langsam wurde Svenya ruhiger. Sie schloss kurz die Augen, schüttelte sich und schaute in den Himmel hinauf, um herauszufinden, was genau ihr heute Nacht so anders vorkam.

Der Mond war voll und hing trotz der späten Stunde tief und groß über der Stadt. Sein eigenartig rötliches Licht zog die Schatten hier in der einsamen Gasse lang und schmal, und es schien, als würden sie, wenn auch nur ganz leicht, tanzen.

Gespenstisch, dachte Svenya und spürte, wie sich die feinen Härchen in ihrem Nacken und auf ihren Unterarmen erneut aufrichteten. Vorsichtig sah sie sich um. Und dann wusste sie plötzlich, was es war. Sie fühlte sich beobachtet. Vom Himmel aus beobachtet. Doch da oben war niemand ... außer dem Mond, einigen zerrissenen Frühjahrswolken und den Sternen.

Svenya unterdrückte einen Fluch und schalt sich für ihre Paranoia. Bisher hatte sie sich immer auf ihre Instinkte verlassen können, aber ihre ständige Furcht vor den Behörden brachte sie wohl langsam um den Verstand. Sie schüttelte den unsinnigen Gedanken, dass jemand sie aus der Luft beobachtete, verärgert ab, packte den ersten der pommesfettigen Müllsäcke und wuchtete ihn hoch auf den Haufen auf dem Container.

Da – ein Geräusch!

Svenya wirbelte herum. Weiter hinten in den Schatten hatte sich etwas bewegt. Keine fünf Meter von ihr entfernt. Eine Ratte vielleicht? Nein, entschied Svenya, das Geräusch und auch der Schatten stammten von etwas Größerem. Etwas viel Größerem. Ein Obdachloser vielleicht?

Sie wich zwei vorsichtige Schritte zurück und spähte in das Dunkel hinein. Sämtliche Muskeln ihres hochgewachsenen Körpers waren angespannt, und sie war darauf gefasst, beim kleinsten Anschein von Gefahr loszurennen. Auf ihre Schnelligkeit hatte sie sich noch immer verlassen können – schon in der Schule war sie die Schnellste der Klasse gewesen. Ihr Sportlehrer hatte sie deshalb verschiedene Male dazu überreden wollen, eine Profikarriere einzuschlagen. Er wollte sie höchstpersönlich trainieren und sie dafür sogar aus dem Heim holen und in eine Sportschule stecken. Svenya hatte sich jedoch geweigert. Denn der Typ war nicht besser als Charlie.

Seitdem hatte das Leben auf der Straße sie noch zäher gemacht – und noch schneller. Sie spähte weiter, doch es war nichts zu erkennen – und auch das Geräusch wiederholte sich nicht. *Wahrscheinlich ist nur ein Müllsack umgefallen.*

Langsam entspannte sie sich wieder. Sie hatte zu tun und durfte nicht zu lange hier draußen bleiben, sonst gab es wieder einen Anpfiff vom Chef. Ohne die verdächtige Stelle in den Schatten aus den Augen zu lassen, griff Svenya nach dem zweiten Müllsack und stemmte ihn hoch zu den anderen. Da geschah wieder etwas Seltsames. Instinktiv ging sie in Habachtstellung.

Ein Wolf heulte!

Hier, mitten in Dresden?

Das Heulen war nicht sehr nahe … aber auch nicht sehr weit weg.

Ihr lief ein Schauer den Rücken herab. In den drei Jahren, die sie jetzt hier draußen verbrachte, hatte Svenya so etwas noch nie gehört. Sie hatte gelesen, dass es im Erzgebirge und auch in der Sächsischen Schweiz wieder Wölfe gab; aber hier unten im Elbtalkessel? *Unwahrscheinlich.* Trotzdem war sie sich sicher, dass das, was da gerade geheult hatte, kein Hund gewesen war.

Das Heulen erstarb so unvermittelt wie es gekommen war, aber die Gänsehaut blieb. Svenya konnte sich nicht erinnern, wann sie das letzte Mal so angespannt gewesen war, und beschloss, schnell wieder in die Küche der Kneipe zurückzugehen.

Doch dann sah sie die Augen.

Zwei rot glühende Punkte im Dunkel. Dort, wo sie vorhin die Bewegung gesehen hatte. Das Heulen aus der Ferne wurde beantwortet – von einem Heulen in den Schatten direkt vor ihr.

Und plötzlich rannte Svenya um ihr Leben.

2

Das Geräusch großer, krallenbewehrter Pfoten direkt hinter Svenya.
Die verlassene Seitenstraße auf der Rückseite der Kaschemme war lang und bot erst am Ende einen Ausweg. Bis dort waren es aber mindestens noch zweihundert Meter. Die fünfstöckigen Häuser standen wie aus einem Guss Seite an Seite. Kein Garten, kein Hof, keine offene Einfahrt – keine Abkürzung … keine andere Fluchtmöglichkeit als geradeaus.
Svenya beugte sich nach vorne und legte all ihre Kraft in ihre langen Beine. Sie war schon oft gerannt in ihrem Leben, aber noch nie so schnell. Was immer sie verfolgte, hatte zu knurren begonnen.
Tief, aggressiv, bedrohlich.
Doch sie drehte sich nicht herum – wollte nicht eine Sekunde verlieren, denn sie wusste, diese Sekunde konnte zwischen Leben und Tod entscheiden. Und so mies Svenyas Leben auch war – sie wollte es doch nicht verlieren. Ihre Füße rasten in kleinen, immer größere Geschwindigkeit bringenden Schritten über das vom Abendregen feuchte Kopfsteinpflaster, und sie war froh, dass sie relativ neue Turnschuhe mit noch gut erhaltenem Profil trug. Turnschuhe waren außer Nahrungsmitteln das Einzige, wofür Svenya regelmäßig das Geld, das sie mit ihren Gelegenheitsjobs verdiente, ausgab. Für ein Leben auf der Flucht braucht man gute Schuhe.
Noch hundertzwanzig Meter.
Das da hinter ihr war kein Hund. Sie war schon viel zu oft von Hunden angegriffen worden, um den Unterschied nicht zu erkennen. Es klang größer – viel größer – und wilder. Das Knurren war viel zu tief und dröhnend, die Schritte der hart und in rascher Folge auf den Steinen aufschlagenden Klauen viel zu schwer und laut …
Noch sechzig.
Svenya verwarf den Gedanken, um Hilfe zu schreien. Selbst wenn sie

jemand hören und dann auch reagieren würde … die Kreatur hinter ihr war viel zu nah. Sie musste unbedingt auf die belebtere Straße vor ihr. Sie konzentrierte sich auf den Takt ihrer Schritte und darauf, regelmäßig zu atmen, um die hohe Geschwindigkeit so lange wie möglich halten zu können.

Dreißig Meter … und das Vieh kommt immer näher.

Doch Svenya konnte hören, dass es schneller zu hecheln begonnen hatte. Offenbar lag seine Stärke im Spurt, nicht in der Ausdauer. Wenn sie nur noch ein klein wenig länger aushielt, würde es vielleicht aufgeben.

Sie erreichte die Budapester Straße – sie war zum Glück auch noch zu dieser späten Uhrzeit auf allen vier Spuren stark befahren, genau wie Svenya es gehofft hatte. Ohne anzuhalten oder langsamer zu werden, rannte sie auf die Fahrbahn.

Hupen. Das Quietschen von Bremsen und Reifen.

Scheinwerfer von der Seite – ganz nah; verteufelt schnell. Svenya sprang … zu ihrer eigenen Verwunderung sehr viel höher und weiter, als sie jemals zuvor gesprungen war. Weiter hinter sich hörte sie ein wütendes Brüllen. Die Kreatur war durch den dichten Verkehr aufgehalten worden, und Svenya hatte an Vorsprung gewonnen. Aber das war noch lange kein Anlass zur Erleichterung. Sie behielt die Geschwindigkeit bei, und ihre Augen suchten nach einer Möglichkeit, die Distanz zu ihrem Verfolger noch zu vergrößern und sich irgendwo zu verstecken, denn auch ihr ging allmählich die Puste aus.

Sie bog in die nächste Straße ein.

Da – ein Parkhaus. Nur ein paar Dutzend Meter entfernt.

Das wäre das perfekte Versteck … vorausgesetzt, es würde ihr gelingen, es zu erreichen, ehe die Kreatur ihr um die Ecke gefolgt war und sie hineinlaufen sah. Sie lauschte nach hinten – und als Svenya nichts hörte, schlug sie einen Haken und rannte in die Auffahrt.

Der Weg nach oben war ein spiralförmiger – auf jeder Etage war er von Abfahrten auf die einzelnen Parkdecks unterbrochen. Der steile Anstieg machte Svenyas bereits stark erschöpften Waden zu schaffen, aber sie kämpfte sich bis zum dritten Stockwerk nach oben. Das war genau die Mitte und ließ ihr über die Treppenhäuser Fluchtmöglichkeiten in beide Richtungen.

Aber zunächst brauchte sie dringend eine Verschnaufpause.

Sie bog auf das Deck ab, rannte zu einem der dort geparkten Wagen, kauerte sich dahinter auf den Boden und lauschte über ihren angestrengten Atem hinweg in die Stille hinein. Eine kleine Weile lang, die ihr wie eine Ewigkeit erschien, geschah nichts. Dann aber hörte sie von unten herauf das leise grollende Knurren der Kreatur. Und ein Schnüffeln.
Verdammt!
Was auch immer dieses Wesen war, es hatte ihre Witterung aufgenommen, und falls es die Nase und den Spürsinn eines echten Wolfes besaß, würde es sie hier oben finden – wo auch immer sie sich verstecken mochte. Verzweifelt schaute Svenya sich auf dem Parkdeck um. Aber es gab nichts, was sie in irgendeiner Weise als Waffe hätte benutzen können. An der Wand gegenüber war ein Knopf für den Feueralarm; doch der nutzte ihr jetzt auch nichts – das Biest würde sie finden, lange bevor irgendwelche Rettungswagen hier sein konnten.
Das Herz schlug ihr hoch bis zum Hals, und ihr Atem flatterte. Sie strengte sich an, ihn wieder unter Kontrolle zu bringen, um einen klaren Kopf zu bewahren.
Das Schnüffeln kam immer näher.
Da hatte sie eine Idee: Den Alarm auszulösen würde zwar die Feuerwehr nicht schnell genug hierher rufen … aber die Sprinkleranlage auslösen. Das Wasser würde ihre Witterung verwischen.
Ohne lange zu überlegen, spurtete Svenya quer über das Deck zu dem roten Alarmkästchen. Mit dem Ellbogen schlug sie die Scheibe ein und drückte den Knopf. Sofort gingen die Sirenen los, und aus den Sprinklern an der Decke sprühte das Wasser in alle Richtungen. Es verteilte sich augenblicklich auf den Wagen und auf dem Boden. Svenya wartete keine Sekunde und rannte los. Sie sprang auf das nächststehende Auto und von dem auf das dahinter … bis sie mindestens zehn Wagen hinter sich gebracht hatte, ehe sie wieder auf den Boden zurück sprang. Das sollte genügen, um die Kreatur ihre Witterung endgültig verlieren zu lassen.
Die Alarmanlagen der Autos gesellten sich zu dem Lärm, den die Sirene machte, und übertönten ihre Schritte, mit denen sie zur nächsten Treppenhaustür rannte – nicht aber das wütende Heulen, das die Bestie jetzt ausstieß.
Im Treppenhaus war ebenfalls alles nass und Svenyas Kleidung mittlerweile bis auf die Haut durchtränkt. Aber das durfte sie jetzt nicht küm-

mern. Sie musste weiter, solange die Sprinkler noch arbeiteten. Zwei Stufen auf einmal nehmend, stürmte sie die Treppe nach oben. Sie passierte die beiden oberen Etagen und erreichte schließlich eine Tür, die aufs Dach des Parkhauses hinausführte. Sie sprang nach draußen, ließ sie mit einem Ruck hinter sich zufallen und eilte über das mit Kies bedeckte Dach hinüber zu einem etwa mannshohen Stromkasten. Am ganzen Leib zitternd ging sie dahinter in Deckung; ihr Blick blieb auf die Tür geheftet … und sie hoffte inständig, dass sie geschlossen blieb.
So verharrte Svenya zwei Minuten. Ihre Nerven waren zum Zerreißen angespannt. Aber nichts geschah. Schließlich versiegte der Alarm unter ihr – und kurz darauf hörte sie die Sirenen der Rettungswagen. Erst dann atmete sie erleichtert auf und setzte sich. Sie würde hier oben warten. Sollten die Feuerwehrleute sie doch finden, falls sie bis ganz hier hoch kamen, ehe sie merkten, dass der Alarm ein falscher war. Falls nicht, umso besser. Die Kreatur war inzwischen gewiss geflohen. Erschöpft lehnte Svenya den Kopf nach hinten an den Stromkasten. Ihr Atem beruhigte sich allmählich. Aus ihren nassen Haaren floss die billige Farbe auf ihr Shirt. Es war ihr egal. Schon in ein paar Minuten würde sie sich auf den Weg ins Hotel machen, und dort würde sie erst einmal eine lange Dusche nehmen. Anschließend würde sie sich ausgiebig ausschlafen und sich dann einen neuen Job besorgen – in einem anderen Viertel der Stadt. Irgendwann würde sie die Schrecken dieser Nacht vergessen, da war sie sich sicher. Sie hatte schon Schlimmeres erlebt.
Svenya merkte nicht, dass der hohe Adrenalinpegel nun, da sie saß und die Anspannung von sich abfallen ließ, seinen Tribut forderte. Jetzt, wo er nicht mehr zur Flucht benötigt wurde, wirkte er wie ein Betäubungsmittel. Sie schloss nur ganz kurz die Lider – um sich noch ein wenig auszuruhen.
Zwei Atemzüge später war sie eingeschlafen.
»Hallo Schwanentochter«, sagte da plötzlich eine fremde Stimme.

3

Hallo Schwanentochter.
Es hallte nach wie ein Echo in ihrem Kopf. Svenya erschrak bis ins Mark und riss die Augen auf. Sie war umgeben von dicht waberndem Nebel und fragte sich, woher der so plötzlich gekommen war. Vorrangiger aber fragte sie sich, wer da eben gesprochen hatte. Die Stimme war unglaublich tief und voll gewesen. Freundlich – und doch bedrohlich. Sie hatte eine animalische Note. So als würde ein Wolf mit der Stimme eines Menschen sprechen.
Svenya wollte aufspringen, um zu fliehen. Doch sie konnte sich nicht rühren. Es war, als wäre sie am Boden und an dem Stromkasten hinter ihr festgeklebt. Nicht einmal die Hand konnte sie heben, so sehr sie sich auch anstrengte. Svenyas Panik wurde noch größer. War das ihr Verfolger von vorhin? Wie hatte er sie gefunden? Wie lange hatte sie geschlafen? Und wen zur Hölle meinte er mit *Schwanentochter*?
Mit einem Mal wurde vor ihr in den Nebelschwaden ein Paar rot glühender Augen sichtbar, die sie eindringlich anstarrten.
Wieder legte Svenya alle Kraft in die Muskeln ihrer Beine, um aufzustehen.
»Bemüh dich nicht«, sagte die Stimme mit rauer Sanftheit. »Du träumst nur…«
Um die rot glühenden Augen herum wurde nun ein Körper sichtbar, so als würde der Nebel sich zusammenziehen und zu einer festen Gestalt verdichten. Drüben auf der anderen Straßenseite, auf dem Dach des Hauses, das so hoch war wie das Parkhaus. Es war ein Mann – ein sehr hoch gewachsener Mann. Athletisch gebaut. Breite Schultern, schmale Hüften, lange, muskulöse Schenkel. Sein dunkles Gesicht war markant – hohe Stirn und Wangenknochen; schwarzes, langes Haar zu einem Zopf zusammengebunden … ein ebenso schwarzer, akkurat ausrasierter Kinn-

bart, der seine vollen Lippen umrahmte. Außergewöhnlich rote Lippen. Seine Kleidung – rötlich braunes und schwarzes Wildleder – wirkte mittelalterlich … und war nach Svenyas Einschätzung die eines Jägers. Er trug einen weiten Kapuzenumhang, der im Nachtwind wehte, und kniehohe Stulpenstiefel. Die Augen hörten auf, rot zu glühen, und waren nun schwarz wie mit Öl polierte Kohle. Eine dunkle Aura umgab ihn – so als würde rund um seinen Körper herum sämtliches Licht verschluckt.
»Ich bin gekommen, dich zu mir zu holen«, sagte er.
Der Teufel? Ein Werwolf? Ein Vampir?
Wenn das ein Traum war, konnte er alles Mögliche sein. Obwohl ihr das Herz in der Kehle pochte und weil sie nichts anderes zu tun in der Lage war, fragte sie: »Mich zu dir zu holen?«
Er nickte. »Damit du dein Schicksal erfüllst.«
»Mein Schicksal?«
»Ja«, erwiderte er. »Du hast geglaubt, du könntest ihm entgehen. Alle haben sie das geglaubt. Alle, außer mir. Seinem Schicksal kann man nicht entrinnen. Niemand kann das. Nicht einmal du.«
»Ich werde nirgendwohin mitgehen«, stellte sie, trotzig vor Angst, klar.
Sein Schmunzeln sah beinahe liebevoll aus. »Ich bin mir sicher, dass du das wirklich glaubst, doch ich lasse dir gar keine Wahl, Svenya.«
Er kennt meinen Namen?
Ein drittes Mal versuchte Svenya, sich aufzurappeln. Vergeblich.
»Siehst du«, sagte er. »Niemand entkommt meinem Bann.«
Was redet der Kerl da?
Svenya konnte sich nicht erinnern, jemals so etwas Absurdes geträumt zu haben. Genau das war es! Sie träumte das alles nur. Was bedeutete, dass sie lediglich wach werden musste, um sich aus dieser bizarren Situation zu befreien.
Mach die Augen auf!, befahl sie sich selbst.
Aber wie soll man die Augen aufmachen, wenn man sie im Traum bereits offen hat? Sie probierte es ein paar Mal, aber es wollte ihr einfach nicht gelingen. Sie musste etwas anderes finden. Obwohl Svenya sie nicht heben konnte, schaffte sie es, ihre Hände zu Fäusten zu ballen, und grub sich die Fingernägel so fest in die Handflächen, dass es weh tat. Und dann noch ein bisschen fester. Sie fühlte eine warme Flüssigkeit unter ihren Fingerspitzen.

Das wirkte. Sie schüttelte sich kräftig und schlug erneut die Augen auf. Und tatsächlich – der Nebel war mit einem Schlag verschwunden, und sie konnte sich wieder bewegen. Doch als sie hinüber zu dem Dach des anderen Hauses sah, gefror ihr das Blut in den Adern.
Der Fremde stand noch immer dort. Leibhaftig. Und wie eben im Traum lächelte er finster.
In der Luft lag eine merkwürdige, körperlich spürbare Spannung, wie kurz vor einem Sommergewitter – nur dass jetzt keine einzige Wolke mehr am Himmel stand. Als wollte sie die Szenerie noch gespenstischer machen, begann nun die Glocke einer nahen Kirchturmuhr zu schlagen.
Mitternacht.
»Es ist soweit«, sagte der Fremde, und sein Lächeln wurde zu einem vorfreudigen Grinsen.
Alles Gute zum Geburtstag, dachte Svenya bitter und schaute sich um. Sie musste von hier weg. Schnell. Aber als ihr Blick die Tür zum Treppenhaus fand, fühlte sie sich augenblicklich wieder wie gelähmt. Vor Verzweiflung schrie Svenya beinahe laut auf, denn die Tür stand plötzlich offen … und ein Wolf trat gerade durch sie hindurch nach draußen auf das Dach.
Ein riesiger Wolf. Größer als ein Pony. Sein gewaltiger Kopf war wie zum Angriff gesenkt, und er fixierte Svenya mit seinen wie von innen heraus bernsteinfarben leuchtenden Augen.
Träume ich noch immer?, fragte sie sich. *Kein Wolf dieser Welt ist so groß.*
Sein Blick strahlte eine Intelligenz aus, die weit über die eines herkömmlichen Raubtieres hinausging.
Svenya sah, wie sich die Muskeln unter seinem eisgrauen Fell bewegten, als er auf sie zu schritt. Noch immer sitzend, krabbelte sie rückwärts von ihm weg – obwohl sie wusste, dass es hier oben keinen Ausweg für sie gab. Die Turmuhr schlug noch immer. Der Fremde auf dem Dach gegenüber lachte. Svenya zitterte am ganzen Leib vor Furcht und Anstrengung. Sie schnaubte und nahm einen Kieselstein in die vom Krabbeln und ihren eigenen Fingernägeln geschundene Hand – als würde sie mit dem etwas ausrichten können gegen das riesige Monster.
Da machte der Wolf plötzlich einen gigantischen Satz und landete mit breit auseinander gestellten Vorderläufen genau über ihr, ehe sie auch nur

dazu kam, einen Schrei auszustoßen. Sein riesiges, felliges Gesicht war jetzt nur noch wenige Handbreit von dem ihren entfernt – und er schaute sie an. Zu Svenyas großer Verwunderung lag jedoch nichts Aggressives in diesem Blick, keine animalische Wildheit. Er senkte den Kopf – Svenyas Herz stolperte vor Panik – und schnüffelte an ihrer Stirn. Svenya hielt den Atem an und wagte nicht, sich zu rühren.

Da geschah etwas noch Sonderbareres. Der Wolf stieß einen gar nicht gefährlich, sondern eher freundlich klingenden Laut aus ... und leckte ihr mit seiner rauen, kühlen Zunge die Wange. Dann richtete er sich auf, drehte sich zu dem auf dem gegenüberliegenden Dach stehenden Fremden herum, fletschte die fingerlangen Reißzähne und knurrte ihn an, ganz so, als wollte er Svenya vor dem Mann beschützen. Doch der Fremde schmunzelte nur amüsiert ... und hielt plötzlich einen langen Bogen in seiner behandschuhten Faust. Die Waffe war wie aus dem Nichts aufgetaucht. Sie war beinahe so lang wie der Fremde groß und aus zwei riesigen Steinbockhörnern gefertigt. Ebenso aus dem Nichts erschien in seiner anderen Hand nun ein Pfeil – er war aus schwarzem Holz und hatte, soweit Svenya das aus der Entfernung richtig erkennen konnte, eine silberne Spitze.

Dann ging alles ganz schnell: Mit einer fließenden Bewegung legte der Fremde den Pfeil auf die Sehne ... spannte den Bogen mit unglaublicher Kraft, ohne dass man ihm die Anstrengung ansah ... zielte auf den Wolf, der dadurch nur noch aggressiver knurrte ... und schoss.

Die Turmuhr tat ihren zwölften Schlag.

Aus dem wolkenlosen Himmel krachte ein Blitz – und traf Svenya in die Brust. Sie zuckte zusammen, jedoch vor Schreck, denn seltsamerweise war da kein Schmerz ... nur ein kurzer Schock ... und danach das schwer greifbare Gefühl, dass sich gerade eben etwas Grundlegendes geändert hatte. Und so, wie zuvor für den Bruchteil einer Sekunde alles ganz schnell gegangen war, kam es Svenya jetzt auf einmal vor, als bewegte sich die Welt um sie herum in Zeitlupe: Sie sah die Sehne des Bogens schwingen und den Pfeil auf den Wolf zufliegen. Sie wusste nicht, was der Fremde von ihr wollte, und auch nicht, warum der Wolf hier war. Beide machten sie ihr Angst, doch der Wolf schien sie beschützen zu wollen. Sollte er jetzt dafür sterben? Nicht, wenn sie es verhindern konnte. Mehr ihrem Instinkt als einem Gedanken folgend, schleuderte Svenya den Kieselstein, den sie in der Hand hatte, in die Flugbahn des schwarzen Pfeils. Zu ihrer größten Verwunderung hatte sie nicht die Spur eines Zweifels, dass sie auch treffen würde. Und tatsächlich: Der Kiesel zischte durch die Luft mit der Geschwindigkeit einer Pistolenkugel und traf frontal und punktgenau auf die Silberspitze. Der Pfeil dahinter zerschellte in Hunderte winziger Holzsplitter, die zusammen mit dem Stein und der durch den Aufprall platt gequetschten Spitze harmlos herabfielen.

Der Fremde schaute sie eindringlich an. Auch er schien nicht überrascht, dass sie getroffen hatte, nickte ihr aber trotzdem anerkennend zu.

Svenya rappelte sich auf. Sie konnte immer noch nicht fassen, was da gerade geschehen war. Doch sie hatte keine Zeit, darüber nachzudenken, denn der Schütze machte eine knappe Geste, und plötzlich tauchten aus den Schatten hinter ihm zwei dunkle Gestalten in weiten Umhängen und Kapuzen auf. Mit der Schnelligkeit angreifender Raubkatzen rannten sie los – genau auf die Schlucht zwischen den beiden hohen Gebäuden zu; so als würden sie den Abgrund vor ihnen gar nicht sehen ... und noch ehe Svenya sich überhaupt fragen konnte, was sie damit bezweckten, hatten sie den Rand ihres Daches auch schon erreicht ... und sprangen.

Svenyas Mund stand offen vor ungläubigem Erstaunen, als sie sah, wie die beiden – scheinbar schwerelos – mit einer Grazilität, die eine Mischung war aus der eines Balletttänzers und eines springenden Tigers, in einem hohen Bogen durch die Luft schossen. Einen Lidschlag später landeten sie auf dem Parkhaus. Keine sechs Meter von ihr und dem Wolf entfernt, der seine Pranken in den Kies stemmte und sie mit gebleckten Fängen und im Nacken gesträubtem Fell erwartete.

Svenya bückte sich rasch, um eine Handvoll Steine zu greifen. Was eben auf so wundersame Weise bei dem Pfeil funktioniert hatte, konnte ihr jetzt vielleicht auch gegen die beiden verhüllten Krieger helfen. Wieder war sie überrascht darüber, wie schnell sie sich plötzlich bewegen konnte, schob aber den Gedanken daran sofort zur Seite. Es gab jetzt Wichtigeres zu tun. Doch so schnell sie auch war, ihre Angreifer waren noch schneller: Ehe Svenya auch nur mit dem ersten Stein ausholen und ihn werfen konnte, waren die beiden heran. Jetzt hielten sie große, feinmaschige Netze aus dünn gesponnenem silbrig glänzendem Drahtseil in der Hand – und schleuderten sie noch im Lauf über Svenya und den Wolf, der gerade losspringen wollte.

Das Tier verfing sich in den Maschen, stolperte und kippte nach vorne über, und auch Svenyas hastige Bemühungen, sich freizukämpfen, waren vergeblich. Je mehr sie sich gegen das Netz wehrte, desto enger zog es sich zusammen. So als hätte es ein Eigenleben, das auf ihre Versuche, sich zu befreien, reagierte.

Die beiden Krieger hatten plötzlich Lanzen in den Händen, und ihr Anführer stand jetzt zwei Meter vor Svenya, ohne dass sie hätte sagen können, wie er auf diese Seite der Schlucht gewechselt war.

»Bringt sie nach Aarhain«, befahl er seinen Soldaten.

Die zwei Männer unter den weiten Kapuzen machten gerade Anstalten, dem Befehl Folge zu leisten, und Svenya wollte losschreien, als plötzlich eine neue Stimme sagte: »*Setja Doglingir frjáls!*«

Die Sprache klang seltsam. Noch seltsamer aber fand Svenya es, dass sie sie mühelos verstanden hatte. *Lasst die Prinzessin frei!*

So gut sie es in dem engen Netz konnte, drehte sie sich um und sah, wie ein junger Mann in einem seltsam altmodischen Kostüm ins Licht trat. Er war schlaksig und schien beinahe ein wenig ungelenk. Er hatte lange, fast bis zur Hüfte fallende rote Locken und ein blasses, sommersprossiges Gesicht. Seine Augenbrauen und Wimpern waren farblos, aber seine Pupillen strahlten in einem hellen, fast schon eisigen Blau. Dazu passend trug er ein topasfarbenes Gewand, das ihm bis zu den in schwarzen Wildlederschuhen steckenden Füßen reichte und Svenya eher an ein Kleid erinnerte als an Männerklamotten. Seine dünne und ebenfalls blasse Hand hielt einen knorrigen Stab aus rotem Holz, der weit über seinen Kopf hinausragte.

»Raik«, sagte der Anführer der beiden Männer, die sie und den Wolf gefangen hatten. »*Dhu dhor setja i minn Vegr, Barn?*«

Du wagst es, dich mir in den Weg zu stellen, du Kind?

Wieder hatte Svenya jedes Wort verstanden. *Raik* schien der Name des Neuankömmlings zu sein.

»Wenn du leben willst, kleiner Magier«, fuhr der Dunkle mit einem amüsierten Lächeln fort, »machst du am besten kehrt und rennst auf dem schnellsten Weg zurück nach Elbenthal, in dein Mauseloch. Dort kannst du dann zitternd die letzten Stunden bis zu euer aller Ende abwarten. Und vergiss nicht, Alberich von mir zu grüßen. Seine Tage sind endlich und ein für alle Mal gezählt.«

Svenya sah, wie Raik die blasse Hand um seinen Stab zu einer Faust ballte. Die Spitze des Stabes begann rot zu leuchten. Wie kleine Flammen.
»Das ist nicht dein Ernst«, lachte der Dunkle. »Das kann nicht dein Ernst sein.«
Raiks magere Kiefer mahlten vor Zorn, aber er bewegte sich nicht.
»Du hast gehört, was Raik gesagt hat, Laurin«, sagte da eine zweite Stimme aus dem Dunkel – sie klang ebenso jung wie die des rothaarigen Magiers, aber rauer. »Lass die Prinzessin frei! Sofort!«
Svenya sah, wie der Dunkle das Gesicht in Richtung der neuen Stimme wandte und spöttisch eine Augenbraue nach oben zog.
»Für dich, Verräter, immer noch *Prinz Laurin*«, knurrte er drohend. Die Belustigung, die er eben noch beim Anblick Raiks ausgestrahlt hatte, war einer wütenden Verachtung gewichen.
Bis eben war Svenya, nach den Ereignissen der letzten Minuten, sicher gewesen, dass nichts mehr sie erschrecken konnte. Doch sie hatte sich geirrt. Denn das Wesen, das jetzt ins Helle trat, war kein Mensch. Zumindest nicht vollständig.
Werwolf, war das erste Wort, das ihr in den Kopf schoss. Er hatte zwar die Gestalt eines Mannes – eines sehr athletischen Mannes, dessen nackter Oberkörper bis auf den letzten Muskel durchtrainiert war –, aber sein Gesicht war das eines Raubtieres ... eine Mischung aus Wolf und schwarzem Panther ... mit riesigen Reißzähnen. Die Enden seiner Arme gingen in große, behaarte Klauen über mit zentimeterlangen Krallen.
»Ich soll dich *Prinz* nennen, dafür dass du mein Volk geknechtet hast?«, fragte er mit einem animalischen Grollen in der Kehle. »Und ausgerechnet du wagst es, mich, Wargo, einen Verräter zu heißen? Lass sie augenblicklich frei, oder ich töte dich hier auf der Stelle.«
Ein Fauchen zerriss die Stille der Nacht, und schneller, als Svenya sehen konnte – also noch schneller als der Pfeil vorhin –, war Laurin nach vorne gehechtet und hatte die fast zehn Meter zwischen ihm und Wargo zurückgelegt, ihn an der Kehle gepackt und hielt ihn jetzt mit ausgestrecktem Arm hoch in der Luft. Auch er hatte plötzlich lange Reißzähne – die er aggressiv bleckte.
Reaktionsschnell wirbelte Raik, der Magier, die Spitze seines Stabes nach vorne, und ein roter Feuerblitz schoss daraus hervor – direkt auf Laurin zu. Doch der drehte sich nicht einmal zu ihm herum, während er den

Stab mit einer knappen Geste seiner freien Hand ablenkte, hoch in die Luft, wo er Funken stiebend zerbarst.

Wargo versuchte, sich aus Laurins Griff zu befreien. Er knurrte und strampelte und schlug seine Klauen in Laurins Unterarm. Doch der zuckte nicht einmal.

»Ich kann nicht glauben, dass Elbenthal Knaben schickt, um die Aufgabe von Männern zu erledigen«, sagte Laurin spöttisch. »Ein Wunder, dass ihr euch auf diese Weise so lange gegen uns behaupten konntet. Aber alles hat einmal ein Ende.«

»Und dieses Mal ist es das deine, Laurin.« Wieder eine neue Stimme. Tiefer noch als die Laurins. Älter. Kraftvoller. Herrischer.

Svenya blinzelte. *Ist das alles doch nur ein Traum?*

Noch nie, nicht einmal zu Halloween oder in den übelsten Spelunken Dresdens hatte sie so viele fremdartig wirkende Männer an einem Ort versammelt erlebt – selbst ohne den mit der Raubtierfratze und den Reißzähnen mitzurechnen. Der zuletzt Aufgetauchte bildete da kaum eine Ausnahme. Er war so groß und hochgewachsen wie Laurin, wenn nicht gar ein paar Zentimeter größer und von mindestens ebenso stattlicher Erscheinung. Sein langes Haar war schlohweiß, aber seine Brauen und sein fein geschnittener Bart waren pechschwarz – so wie seine Augen. Das heißt das eine, das er noch hatte. Über dem rechten trug er eine Klappe aus rot gefärbtem Leder. In dem gleichen Rot schimmerte auch der stählerne und reich mit Silber verzierte Harnisch, den er unter einem weiten, nebelgrauen Umhang trug. An seinem breiten Gürtel hingen ein Schwert, das beinahe so lang war wie Svenya groß, und ein etwa zwei Fuß langer Dolch. In der rechten Faust hielt er einen recht unauffälligen, etwa eine Elle langen Stab. Trotz seines weißen Haars und der reiferen Stimme wirkte er keinen Tag älter als Laurin.

»Hagen!« Laurin stieß den Namen aus wie einen Fluch.

Die beiden Männer hatten eine gemeinsame Geschichte, und zwar keine erfreuliche, so viel konnte Svenya allein schon an ihren hasserfüllten Blicken erkennen … und auch, dass das Auftauchen Hagens Laurin zumindest für einen Augenblick lang aus dem Konzept brachte. Dieses kurze Zögern reichte Wargo aus, um sich mit einer schnellen Drehung aus dem Haltegriff an seiner Kehle zu befreien.

Im nächsten Moment brach die Hölle los – und alles, was jetzt geschah,

geschah gleichzeitig. Aber wie bereits bei dem Angriff auf den Wolf nahm Svenya alles ganz deutlich und wie in Zeitlupe wahr.

»*Leiptr!*«, rief Raik und schoss mit seinem hölzernen Stab einen weiteren flammenden Blitz ab – dieses Mal jedoch auf einen der beiden Begleiter Laurins. Der reagierte ebenso schnell wie zuvor Laurin und wehrte das Geschoss mit einer knappen Geste ab. Auch jetzt wieder wurde der Blitz abgelenkt und zischte harmlos in die Luft, wo er wie eine Silvesterrakete explodierte.

Wargo wiederum stürzte sich auf den zweiten der Begleiter – der keine Sekunde lang zögerte, ihm entgegenzuspringen. Dabei rutschte seine Kapuze nach hinten, und Svenya sah, dass auch er eine Art Werwolf zu sein schien. Mit einem lauten Knurren und gefletschten Hauern prallten die beiden mitten im Sprung aufeinander und begannen einen raubtierhaften Kampf.

Laurin zog unter seinem weiten Mantel ein Paar kunstvoll gearbeitete und mit Runen verzierte Krummschwerter hervor, während sich der ellenlange Stab in der Faust des Einäugigen vor Svenyas ungläubigen Augen in einen langen Speer mit zwei zweischneidigen Spitzen verwandelte. Festen Blickes traten sie einander gegenüber wie Heroen einer längst vergessenen Zeit. Zum Angriff bereit und doch nichts überhastend – den jeweils anderen scharf beobachtend und nach einer Schwäche in der Position spähend.

Der Wolf, der Svenya beschützt hatte, knurrte nun noch lauter und versuchte ebenso verzweifelt wie vergeblich, sich aus dem Netz zu befreien, um sich ebenfalls in den Kampf zu stürzen. Doch die Schlingen wickelten sich wie von Geisterhand immer enger und begannen nun, ihm die Luft abzuschneiden. Svenya versuchte, die Hand auszustrecken, um ihm zu helfen, dabei zog sich jedoch auch ihr Netz weiter zu. Sie wusste: Wenn sie jetzt nicht ruhig blieb, drohte ihr das gleiche Schicksal wie dem Wolf, dessen Knurren sich langsam in ein hysterisches Fiepen verwandelte.

Raik und sein Gegner lieferten sich ein magisches Duell mit fremdartigen Sprüchen und kontrollierten Gesten. Raik schoss aus seinem Stab rote und blaue Blitze, sein Gegenüber mit seinen Händen und aus den Spitzen seiner Finger grüne und gelbe. Bisher hatte noch keiner einen Treffer gelandet.

Aus dem Raubtierkampf der beiden Werwölfe war ein fast undurchsichtiges Knäuel von Fell, Haut, beißenden Reißzähnen und zuschlagenden Klauen geworden.

Aber noch wundersamer als der Kampf der beiden Magier und das Ringen der Wolfsmänner war das Duell der beiden Krieger, das jetzt begann, als hätte jemand ein unsichtbares Startzeichen gegeben. Man sollte annehmen, Weniges sei schneller als stiebende Funken, doch die Klingen, von denen sie sprangen, und die Männer, die sie führten, waren noch schneller. Wie zwei Wirbelwinde stürmten die beiden aufeinander los – bei aller Wildheit jedoch unglaublich präzise … und dabei zugleich kraftvoll und unbarmherzig. Bevor eine der Klingen treffen konnte, blockte eine andere sie bereits ab, aber keine von ihnen hielt auch nur einen Sekundenbruchteil inne, sondern ging gleich zur nächsten Attacke über, zur nächsten Finte, zum nächsten Konter. Dabei sahen die beiden Männer nicht einmal angestrengt oder besonders konzentriert aus. Sie machten auf Svenya den Eindruck, als seien sie mit ihren Waffen geboren … als seien die Schwerter und der Speer mit der Doppelklinge mit ihren Körpern verwachsen … mit Körpern, deren Bestimmung der Kampf war. Der Kampf Mann gegen Mann. Und bei all ihrer Kraft tanzten sie umeinander wie Derwische – leichtfüßig, fast schwerelos.

»Nun wirst du büßen, Laurin«, grollte Hagen über das Klirren der Klingen hinweg, »und endlich bezahlen für all das Leid, das dein Volk den anderen Völkern angetan hat.«

Laurin lachte rau auf und blockte dabei drei mit der Lanze gegen seine Brust gerichtete Stöße, die so schnell waren wie die Nadel einer Nähmaschine. »Mein Volk?«, gab er spöttisch zurück und ging zum Gegenangriff über. »Du warst schon immer ein Meister darin, die Wahrheit zu verdrehen, Hagen. Wie alle *deines* Volkes!«

Der Wolf im Netz hatte angefangen zu zucken und atmete jetzt nur noch ganz flach. Svenya konnte ihn kaum noch hecheln hören.

Raik und sein Gegner steckten noch immer in ihrer Pattsituation, in der es keinem der beiden gelang, mit seinen magischen Blitzen auch nur einen Treffer zu landen. Auch Wargo und der andere Wolfsmensch schienen einander ebenbürtig, und obwohl sie rau und bestialisch miteinander kämpften, schien keiner die Oberhand über den anderen zu gewinnen oder ihn ernsthaft zu verletzen. Da sah Svenya, wie der rothaarige Magier und der Mannwolf erst einen raschen Blick wechselten – und dann die

Position … so dass jetzt Raik dem wölfischen Gegner gegenüberstand und Wargo dem Magier Laurins. Die beiden anderen waren einen Moment lang verwirrt und stutzten – dieser eine Moment jedoch genügte Raik und Wargo: Wargo stürzte sich mit brutaler Gewalt auf den Magier und schickte ihn mit einer Serie von hart ausgeführten Klauenhieben bewusstlos zu Boden. Raik schoss eine schnelle Folge von Blitzen auf den gegnerischen Mannwolf und streckte ihn damit nieder.

»*Brodhir!*«, rief Wargo – *Bruder* – und sprang zu dem im Netz erstickenden Wolf. Er packte die Schlaufen mit seinen Klauen und zerfetzte sie wie Spinnweben. Entweder war er sehr viel stärker als der Wolf, oder die Magie des Netzes war nach innen stärker als nach außen. Auf jeden Fall war Svenya erleichtert, als sie sah, wie der Wolf schnell wieder das Bewusstsein erlangte, seinen großen Kopf schüttelte und wieder auf die Beine sprang.

Im nächsten Moment stellten sich Wargo, der Wolf und Raik auf, um in den Kampf zwischen Hagen und Laurin einzugreifen.

»Zurück!«, donnerte Hagens Stimme, als er sah, was sie vorhatten. »Er gehört mir. Mir allein. Zu viele Jahrhunderte schon habe ich auf diesen Moment warten müssen.«

»Aber, Herr …«, begann Raik.

»Das ist ein Befehl, Raik!«, brüllte Hagen zwischen zwei Schlägen, mit denen er mühelos eine Serie von Schwerthieben abwehrte, ohne sich zu dem schlaksigen Magier umzudrehen oder ihn auch nur anzuschauen. All seine Konzentration war auf seinen Gegner gerichtet. »Kümmert euch um die Prinzessin.«

Raik lief zu Svenya und half ihr aus dem Netz. Sie rappelte sich auf und schlug die Hand zur Seite, mit der er ihr auf die Füße helfen wollte.

Nach einem schnellen Gegenangriff, den Laurin jedoch ebenso geschickt abwehrte, fügte Hagen hinzu: »Und falls ich unterliegen sollte, tötet sie.«

»Was?«, fragte Wargo ungläubig.

»Was?«, wunderte sich auch Raik.

»Sie darf auf keinen Fall dem Feind in die Hände fallen«, knurrte Hagen. »Ihr wisst, was davon abhängt.«

»Du willst mich um den Preis unseres Duells bringen?«, fragte Laurin spöttisch und machte zwei schnelle Sprünge zurück.

»Der Preis dieses Duells ist nicht die Prinzessin«, sagte Hagen und setzte ihm nach. »Der Preis ist die Ehre … oder der Tod.«

Laurin lachte zynisch auf und trat noch weiter nach hinten weg.

»Ich werde und will nie verstehen, wie jemand bereit sein kann, für etwas so Leeres wie Ehre zu kämpfen oder gar dafür zu sterben«, rief er. »Und genau dieser Irrwitz, sein Leben für nichts herzugeben, ist es, der schuld ist am Aussterben deiner Leute, Hagen.«

»Im Gegenteil«, widersprach Hagen und preschte nach vorne. »Der Glaube an den Sinn von Ehre und Recht hat unser Überleben überhaupt erst ermöglicht.«

Doch Laurin hörte ihm nicht länger zu. Mit einem eleganten gestreckten Rückwärtssalto sprang er vom Dach des Parkhauses in die Tiefe davon, begleitet von einem spöttisch amüsierten Lachen.

Und auch Svenya hatte sich entschlossen, nicht länger zuzuhören. Sie hatte den Moment, in dem Raik und Wargo abgelenkt waren durch das Duell der beiden Krieger, genutzt, die Beine in die Hand zu nehmen und das zu tun, was sie am besten konnte – fliehen.

4

Svenya rannte die Stufen des Treppenhauses nach unten. Sie ahnte, dass sie schnell sein musste, wenn sie diesen übermenschlichen Wesen entkommen wollte. Und sie war schnell. Verflucht schnell sogar. Schneller, als sie jemals zuvor in ihrem Leben gewesen war. Laufen war ihr schon immer leichtgefallen, aber heute war es irgendwie anders. Nicht einen Sekundenbruchteil lang musste sie sich darauf konzentrieren, wohin sie ihre Füße setzte, oder darauf achten, wie sie atmete, um nicht außer Puste zu geraten. Sie nahm zwei, drei und dann auf einmal auch sechs oder acht Stufen gleichzeitig, sprang seitlich über das Geländer auf die nächste Treppenflucht hinab – und das alles, ohne auch nur ein einziges Mal aus dem Tritt oder aus dem Rhythmus zu geraten.

Schon wenige Sekunden später hatte sie das Parkhaus verlassen und rannte hinüber zum Bahnhof. Die Straßen waren leer und verlassen. Niemand konnte sie sehen – das hieß aber auch, dass niemand hier war, der ihr helfen konnte. Doch wer sollte ihr auch helfen können gegen Wesen, die mit einem einzigen Sprung von einem Dach quer über die Straße auf das nächste springen konnten und die mit Stäben bewaffnet waren, die zu Speeren wurden oder magische Blitze schleuderten, oder aussahen und kämpften wie Werwölfe? Falls ihr das überhaupt jemand glauben würde.

Sie erreichte den Bahnhof – aber auch hier war niemand.

Wie spät es wohl sein mochte? Hatte die Kirchturmuhr nicht gerade eben erst zwölf geschlagen? Aber die Bahnsteige und Gleise waren so leer, als wäre es bereits drei Uhr am Morgen. Das heißt leer bis auf einen einzigen Zug, der schwach beleuchtet am anderen Ende der Gleise stand.

Svenya hetzte hinüber und schaute sich dabei immer wieder um, ob ihre Verfolger ihr schon auf den Fersen waren. Bei dem Zug angekommen, öffnete sie hastig eine der Türen und kletterte hinein. Aber auch hier war keine Menschenseele. Sie suchte sich einen Platz in der Ecke und duckte sich zwischen zwei Sitzreihen.

Fahr los!, betete sie zum Zug, und das Herz schlug ihr bis zum Hals. *Fahr los und bring mich fort von hier. Fort von diesem Albtraum!*

Doch der Zug erhörte ihr verzweifeltes Gebet nicht. Im Gegenteil: Die Lichter gingen aus, und das leise Sirren der Lok versiegte zu tödlicher Stille. Dieser Zug fuhr heute Nacht nirgendwo mehr hin. Svenya fluchte und überlegte, ob sie aussteigen sollte. Andererseits war das Abteil ein gutes Versteck. Sie reckte ihren Kopf, um über den unteren Rand des Fensters über ihr nach draußen zu spähen. Ihr Atem stockte. Da vorne stand der Finstere, Laurin, auf dem Bahnsteig. Ganz in ihrer Nähe. Wie ein Wolf schnüffelte er die Luft.

Konnte er sie etwa tatsächlich wittern?

Ihre Frage wurde gleich im nächsten Moment beantwortet, als er sich mit einer schnellen Drehung zu ihr umwandte und ihr direkt in die Augen blickte. Sein unheilig schönes Gesicht verzog sich zu einem triumphierenden Lächeln, und Svenyas rasendes Herz stolperte vor Schreck. Dann fing sie sich jedoch wieder und rannte aus dem Abteil in das nächste … und durch zwei weitere … bis sie schließlich am Ende des Zuges angelangt war und auf der dem Bahnsteig gegenüber liegenden Seite aus der Tür hinunter auf die Gleise kletterte.

Aber wohin jetzt?

»Komm heraus, Prinzessin«, hörte sie Laurin rufen, und der verspielt amüsierte Singsang in seiner Stimme jagte ihr eine Gänsehaut über den Rücken. »Du kannst dich nicht verstecken. Nicht vor mir.«

Laurins Schritte kamen immer näher. Svenya schaute sich eilig nach einer Fluchtmöglichkeit um. Da sah sie am Rand der Gleise einen Kanalisationsschacht – gerade schmal genug für sie. Sie hasste die Kanalisation. Schon öfter hatte sie sich auf der Flucht vor dem Jugendamt und der Polizei dort verstecken müssen; es gab keinen unheimlicheren Ort für sie. Doch die Alternative, von Laurin gefangen genommen zu werden, war nicht akzeptabel. Und weil Mut meistens nichts anderes ist, als das kleinere Übel zu wählen und damit das gerade noch Akzeptable dem völlig Inakzeptablen vorzuziehen, ging Svenya eilig in die Hocke und quetschte sich durch den Schacht hindurch ins Dunkel des Abwassersystems.

Es stank nach Urin und Moder – ganz in ihrer Nähe hörte sie eine Ratte davonrennen. Sie drehte sich erschrocken um und sah das Tier um die nächste Ecke des mannshohen Abwasserrohrs biegen. Mehr verwundert als erschrocken sah Svenya der Ratte nach. Wieso konnte sie das Tier sehen? Normalerweise war es hier unten so dunkel, dass man kaum die Hand vor Augen erkennen konnte.
Die Schritte oben auf dem Bahnsteig über ihr kamen immer noch näher, und instinktiv schlug Svenya den gleichen Weg ein, den die Ratte genommen hatte.
Nur weg von hier!
Sie hoffte inständig, dass Laurin den Schacht nicht entdecken würde – oder dass der Schacht wenigstens zu schmal für ihn war, um hineinzukriechen. Doch dann wusste sie plötzlich, dass ihre Hoffnung vergeblich war, denn die Schritte kamen nach wie vor näher. Aber jetzt kamen sie von hier unten. Also hatte er es entweder doch geschafft, oder er hatte einen anderen Weg hier herunter gefunden.
Svenya rannte los … um die Ecke … und blieb gleich darauf abrupt stehen. Denn genau vor ihr stand – Wargo!
In dem winzigen Moment, ehe sie aus einem Reflex heraus zuschlug, hatte sie ihn erkannt, obwohl er jetzt seltsamerweise nicht mehr die Fratze eines wilden Tieres hatte, sondern das Gesicht eines normalen jungen Mannes – eines schlecht rasierten jungen Mannes mit ziemlich struppigem Haar. Er hatte sie angegrinst – mit perlweißen, aber jetzt plötzlich ganz normalen Menschenzähnen. Bevor sie zugeschlagen hatte jedenfalls. Jetzt flog er zu Svenyas großer Überraschung von dem Schlag, mit dem sie ihn an der Brust getroffen hatte, meterweit nach hinten.
Wie zur Hölle hatte sie das geschafft? Sie hatte nicht einmal besonders viel Kraft in den Schlag gesteckt – es war ohnehin mehr ein instinktives Hauen gewesen als ein gezielter Schlag.
Dort, wo Wargo gegen die Wand krachte und zu Boden fiel, tauchte jetzt der Wolf auf, richtete seinen bernsteinfarbenen Blick auf Svenya und begann drohend zu knurren. Er war um einiges kleiner als oben auf dem Parkdeck. Wieder wunderte sich Svenya darüber, dass die Sicht hier unten so gut war. Sie konnte nicht eine einzige Lampe oder Leuchte entdecken.
»*Stilla, Brodhir*«, sagte Wargo und rappelte sich mit einem Lächeln im

Gesicht auf. *Ruhig, Bruder.* »Es ist alles in Ordnung. Ich habe sie nur erschreckt.«

Er ging erneut auf sie zu.

»Bleib, wo du bist!«, rief Svenya und wollte schon kehrtmachen, um den Gang wieder zurück zu laufen. Aber dann erinnerte sie sich an Laurins immer näher kommende Schritte und blieb wie angewurzelt stehen. Sie saß in der Falle.

»Habt keine Angst, Svenya«, sagte Wargo. »Meine Freunde und ich wollen Euch nichts tun. Wir sind hier, um Euch zu helfen.«

Wen er wohl mit *Euch* meinte? Svenya sah ihn kurz verständnislos an, kam dann aber direkt zur Sache.

»Ach ja?«, fragte sie spöttisch. »Darf ich dich vielleicht daran erinnern, dass der Einäugige befohlen hat, mich zu töten, falls er das Duell verliert?! Auf diese Art von Hilfe kann ich gut verzichten.«

»Ihr habt General Hagen verstanden?«, fragte Wargo verblüfft.

»Natürlich habe ich ihn verstanden«, erwiderte Svenya gereizt und wurde sich gleich im nächsten Moment bewusst darüber, dass das gar nicht so natürlich war. Woher konnte sie auf einmal die Sprache der Fremden?

»Dann seid Ihr tatsächlich die, die wir suchen«, sagte Raik, der jetzt um die Ecke gebogen kam. Er verbeugte sich tief. »Herzlich willkommen, Eure Hoheit. Wir sind gekommen, Euch nach Hause zu geleiten.«

»Was?«, fragte Svenya. »Hoheit? Nach Hause geleiten? Was redet ihr da eigentlich? Weder bin ich eine Hoheit noch habe ich ein Zuhause.«

»Kommt mit uns, und wir werden alles erklären«, sagte Wargo und deutete auf einen weiteren Schacht vor ihnen, der offenbar noch weiter in die Tiefe führte.

»Da hinunter?«, fragte Svenya und schüttelte entschlossen den Kopf. »Auf gar keinen Fall. Ich komme nirgendwohin mit.«

»Du tust gefälligst, was man dir sagt«, ertönte da Hagens tiefe Stimme. Einen Augenblick später kam er um die Ecke. Der Mann, der befohlen hatte, sie zu töten.

Svenya zuckte zusammen. Plötzlich war es ihr egal, dass irgendwo in der anderen Richtung Laurin auf sie lauerte. Ihr blieb nur noch die Flucht. Sie wirbelte herum und rannte los.

»Raik!«, hörte sie Hagen noch rufen. »Jetzt!«

Schlagartig war der Tunnel in leuchtendes Rot getaucht, und etwas Hartes, Heißes traf Svenya zwischen den Schulterblättern. Sie wurde nach vorne geworfen, doch noch ehe sie auf dem nassen Boden aufprallte, hatte sie bereits das Bewusstsein verloren.

5

Elbenthal

Wie durch einen dicken, wattigen Nebel hindurch tauchte Svenya zurück an die Oberfläche ihres Bewusstseins. Mit furchtbar zäher Langsamkeit. Genau wie das Netz vorhin wollte der Nebel sie einfach nicht freigeben.
Ein Netz, von dem sie inständig hoffte, dass es dem Reich der Fantasie angehörte und sie davon und von all dem anderen, das geschehen war, nur geträumt hatte. Sie hoffte, dass sie, wenn sie jetzt gleich die Augen aufschlagen würde, wieder in der dunklen Seitenstraße hinter der Kaschemme war, in der sie arbeitete – oder vielleicht auch in dem billigen Hotelzimmer, das sie sich zu ihrem Geburtstag geleistet hatte ... und zu realisieren, dass sie sich alles andere nur eingebildet hatte. Mit der ganzen Kraft, die ihr diese Hoffnung gab, kämpfte Svenya gegen den Nebel in ihrem Kopf an – und schlug endlich die Augen auf.
Was sie sah, ließ sie zuerst glauben, dass sie immer noch träumte ... und dann genau das Gegenteil erkennen, nämlich dass sie nichts von all dem, was geschehen war, geträumt hatte.
Svenya lag in einem riesigen Bett. In dem fremdartigsten Raum, den sie sich vorstellen konnte – und zugleich dem schönsten. Nichts, was sie in irgendwelchen achtlos liegen gelassenen Hochglanzmagazinen an Pracht gesehen hatte, kam diesem Gemach gleich, in dem sie gerade aufwachte: nicht die Luxushotels, nicht die Villen und nicht die Paläste der Ölmultis, der Software-Milliardäre und der Musiker. Beim Anblick dieser Fotos hatte sich ihr regelmäßig der Magen umgedreht vor Sehnsucht und dem niederschlagenden Gefühl, dass sich diese Sehnsucht für sie niemals erfüllen würde.
Der fensterlose Raum war so groß und hoch wie die Halle einer kleinen

Kirche. Wohin sie auch blickte – überall Marmor, in seinen verschiedensten Farben. Polierter Granit. Sandstein. Unglaublich schlanke und mit Pflanzen- und Tierornamenten verzierte Säulen, die hoch zu den nicht minder kunstvoll geschmückten Spitzbögen und Kreuzgratgewölben ragten, so dass Svenya alleine schon beim Nachobensehen schwindlig wurde.

Die Möbel waren aus fein geschliffenem und blank poliertem Holz und von einer derart fremdartigen Machart, dass es beinahe schien, als stammten sie nicht von dieser Welt.

Ebenso verspielt und verschnörkelt waren die unzähligen großen und kleinen goldenen Kerzenleuchter, die überall verteilt waren. Die Kerzen darin spendeten jedoch nur einen Teil des Lichts, das den Raum trotz der Abwesenheit von Fenstern so hell erscheinen ließ, als wäre es Tag. In die Mauern und die Säulen waren handballgroße Steine eingebaut, die aussahen wie riesige Juwelen und von innen heraus in den wunderbarsten Farben funkelten und leuchteten. Ihr Licht schien wider in gut einem Dutzend großer Spiegel, die über den ganzen Raum verteilt hingen oder standen.

An manchen Wänden hingen fein gewebte Teppiche, die altmodisch und doch lebendig wirkende Jagd- und Schlachtenszenen darstellten. Nicht einer davon zeigte ein romantisches Motiv.

Nicht weit vom Bett stand ein aus Marmor gehauener Springbrunnen, mit verschiedenen, von fein gearbeiteten Figurinen gehaltenen Becken auf den unterschiedlichsten Ebenen. Das Wasser darin floss, durch einen Trick, den Svenya nicht durchschaute, von unten nach oben – aber ohne sichtbaren Druck. Das Licht der Steine ließ das in kleinen Kaskaden nach oben plätschernde Wasser glitzern und leuchten.

Und dann waren da noch die Statuen und die in die Wände gemeißelten Halbreliefs: überlebensgroße Kriegerinnen in prunkvollen Rüstungen. Die Reliefs stellten sie in Kämpfen dar – gegen andere Krieger, gegen Monster und sogar gegen riesige Drachen.

Der Stoff der Bettwäsche, in der Svenya lag, musste Seide sein – nie hatte sie etwas so Feines und Weiches an ihrer Haut gespürt. Das halbe Dutzend Kissen duftete nach Frühling und Morgentau – aber auch sie selbst duftete erfrischend anders, gar nicht mehr nach dem alten Frittierfett aus der Kaschemmenküche, sondern nach Rosen und Jasmin, reifen Melonen und einem Hauch Granatapfel. Das ließ nur einen Schluss zu, und zwar einen erschreckenden: Irgendwer hatte sie, während sie bewusstlos war, gebadet und parfümiert.

Serienkiller! war das Erste, das ihr durch den Kopf schoss. Svenya hatte von solchen Monstern in Menschengestalt gelesen. Psychopathen, die ihre Opfer entführten und nach allen Regeln der Kunst pflegten und verwöhnten, ehe sie sie …

Allein der Gedanke jagte ihr einen Schauer über den Rücken, und sie schlug hastig die Decke zur Seite, um aufzustehen. Auch das Nachthemd, das man ihr angezogen hatte, war aus erlesener und reich verzierter Seide. Aber die Vorstellung von wahnsinnigen Killern machte Svenya zu viel Angst, um diesen Luxus wenigstens einen Moment lang genießen zu können.

Ich muss hier weg! Sofort!

Hastig rannte sie hinüber zur Tür – die eigentlich eher ein gewaltiges, zweiflügeliges und delikat geschnitztes Portal war – und erreichte sie genau in dem Moment, als sie von außen geöffnet wurde.

Svenya stoppte und suchte nach einem Gegenstand, mit dem sie sich im Notfall verteidigen konnte. Sie nahm hastig einen einzelnen Kerzenleuchter, zog die Kerze heraus, pustete sie aus und warf sie unter das Bett, damit der fehlende Leuchter, den sie jetzt in einer Faust hinter ihrem Rücken hielt, niemandem auf Anhieb auffiel. Herein trat eines der schönsten Mädchen, das Svenya jemals erblickt hatte. Sie trug ein Tablett mit Essen und Trinken und war etwa in Svenyas Alter und fast genauso groß wie sie. Ihr Gesicht war so ebenmäßig geschnitten wie das einer Porzellanpuppe und, wie Svenya sofort bemerkte, nahezu ebenso ausdruckslos. Allerdings glaubte Svenya, in den schwarzen Augen einen Funken Herablassung, womöglich sogar Feindseligkeit zu erkennen. Eine Feindseligkeit, die mehr war als nur Unmut darüber, jemandem, den man als untergeordnet betrachtet, Essen servieren zu müssen. Sie hatte das gleiche schlohweiße Haar wie der einäugige Hagen und einen Teil davon in feine Zöpfe geflochten, die wiederum miteinander verflochten und mit Bändern aus Seide zu einer wunderschönen Steckfrisur gebunden waren. Das Kleid, das ihr bis zu den schmalen, nackten Füßen fiel, war rubinrot und mit Goldfäden durchwirkt; darüber trug sie ein ebenso langes westenartiges Gewand aus festerem Material, das ihre Schultern und die schmale

Taille betonte. Nein, sie sah wahrlich nicht aus wie eine Kellnerin oder eine Bedienstete, und sie bewegte sich auch nicht so. Der ungelenken Art und Weise, mit der sie das Tablett von der Tür zu einem der Tische balancierte, sah Svenya dank ihrer eigenen Erfahrung in den Kneipen der Stadt an, dass sie nicht oft Essen servierte.

»Mein Name ist Yrr«, sagte sie, nachdem sie das Tablett abgestellt hatte, und richtete sich stolz zu ihrer vollen Größe auf. Es schien sie ganz offenbar zu ärgern, dass Svenya ein Stückchen größer war als sie. Sie glich das aus durch ein abschätziges Hochziehen der Augenbraue. »General Hagen schickt mich. Er lässt ausrichten, Ihr sollt Euch ausgiebig stärken und gewanden und mir dann zu ihm folgen.«

Wenn Svenya sich wunderte, dass sie diese seltsame Sprache überhaupt verstand, wunderte sie sich noch mehr darüber, dass Yrr sie auch noch übermäßig gestelzt sprach. Es schien ihr wohl wichtig, sich von anderen abzuheben.

»Wo bin ich?«, fragte Svenya. »Und was wollt ihr von mir?«

»All Eure Fragen werden Euch von General Hagen beantwortet«, antwortete Yrr knapp. »Und nun esst!«

»Und wenn ich mich weigere?«, fragte Svenya trotzig.

Yrr zuckte die Schultern. »Ich habe meine Befehle. Ich werde Euch zu General Hagen bringen, ob Ihr nun vorher gegessen habt oder nicht.«

»Ich gehe nirgendwohin«, stellte Svenya klar.

»Dann werde ich nicht zögern, Gewalt anzuwenden«, entgegnete Yrr, und Svenya meinte, ein kleines, vorfreudiges Lächeln auf ihren vollen Lippen zu erkennen, während sie ihren westenartigen Umhang zurückschlug, um den Blick freizugeben auf einen langen Dolch, den sie am Gürtel trug.

Sie meint es ernst. Mein Gott!

Svenya fixierte die Waffe mit geweiteten Augen. Jetzt hatte sie erst recht Angst. Große Angst.

»In Ordnung«, sagte sie deshalb mit belegter Stimme und sah, dass Yrr tatsächlich enttäuscht den Mund verzog.

»Ich suche Euch, während Ihr esst, ein dem Anlass angemessenes Gewand heraus.« Damit drehte sie sich von Svenya weg und schritt zu einem Schrank, der nah beim Bett stand.

Svenya wusste sich nicht anders zu helfen. Sie nutzte die Gelegenheit –

und schlug zu. Sie traf Yrr irgendwo zwischen Nacken und Schulter, und die ging augenblicklich zu Boden, wo sie bewusstlos liegen blieb. Einem Instinkt folgend zog Svenya den Dolch aus der Scheide und nahm ihn an sich, ehe sie mit ihm und dem Kerzenleuchter bewaffnet zur Tür und nach draußen rannte.

6

So abrupt wie sie losgerannt war, blieb Svenya auch wieder stehen, als sie die Tür passiert hatte. Sie befand sich in einem weiten, galerieartigen Flur, der wie das Gemach, in dem sie aufgewacht war, keine Fenster hatte und eine ebenso hohe Gewölbedecke aus gotischen Spitzbögen. Der Flur war voller Menschen – falls diese zauberhaft schönen Wesen überhaupt Menschen sein konnten. Hochgewachsene Männer und Frauen in prachtvollen, bodenlangen Kostümen aus den feinsten Stoffen und in den schillerndsten Farben. Alle, gleich welchen Geschlechts, trugen das Haar lang – die meisten glatt, manche aber auch lockig. Und gleichermaßen alle erschienen sie ausgesprochen jung – einige sogar gerade einmal so alt wie Svenya selbst.
Wo um alles in der Welt war sie hier? War das ein Maskenball? Vielleicht eine Versammlung von Rollenspielern oder Cos-Playern? Warum hatte man sie hierher gebracht? Wie ein gehetztes Reh schaute sich Svenya um, und ihr panischer Blick suchte nach einem Fluchtweg, während sich mehr und mehr Augenpaare auf sie richteten. Ein Raunen ging durch die Menge … und plötzlich sank einer nach dem anderen auf die Knie, um sich ehrerbietig vor ihr zu verneigen.
Das ist meine Chance, dachte sie und lief los.
Die knienden Figuren machten seltsamerweise keinerlei Anstalten, sie aufzuhalten, und so schlüpfte Svenya zwischen ihnen hindurch wie ein Wiesel, die Fäuste um den Dolch und den Kerzenständer geballt, in ihrer Angst dazu bereit zuzuschlagen, falls sich ihr jemand in den Weg stellen wollte. Doch niemand tat das.
Das Ende des langen Flurs mündete in eine breite, nach oben führende Steintreppe. Wie die Wände schien sie nicht aus einzelnen Steinen gemauert, sondern direkt aus dem Felsen herausgehauen – glatt und naht- und fugenlos.

Svenya spurtete auf sie zu und nahm die vier untersten Stufen mit einem einzigen, mühelosen Sprung. Mit dem zweiten nahm sie gleich sechs auf einmal – so als ob sie fast schwerelos wäre. Doch nach dem dritten Schritt hielt sie erschrocken an: Am oberen Ende der langen Treppe stand der Mann mit der roten Augenklappe. In seiner Linken hielt er den ellenlangen Stab, der sich vorhin in eine Lanze mit zwei Spitzen verwandelt hatte; seine Rechte ruhte auf dem Knauf seines gigantischen Schwertes. Ohne auch nur eine Sekunde zu zögern, wirbelte Svenya herum und sprang die Treppe wieder nach unten – genau in die Arme Yrrs, die sie mit zwei verflucht schnellen Bewegungen entwaffnet hatte, ehe Svenya überhaupt reagieren konnte. Schon im nächsten Moment fühlte sie die Klinge des Dolchs an ihrer Kehle.

»Halt ein, Yrr«, sagte Hagen streng, der jetzt plötzlich direkt neben ihnen stand. Wie war er vom obersten Absatz der Treppe so schnell nach hier unten gekommen? Er schob die Schneide des Messers mit zwei Fingern von Svenyas Hals.

Yrr fiel sofort auf die Knie und senkte ihr Haupt. »General.«

Er nickte ihr zu. »Du kannst gehen. Ich übernehme ab hier.«

Sie verneigte sich ein zweites Mal, erhob sich dann – nicht ohne Svenya einen vor Wut glühenden Blick zuzuwerfen – und schritt stolz erhobenen Hauptes davon, die Treppe nach oben.

Hagen starrte Svenya mit seinem gesunden Auge lange an. Dann verneigte er sich knapp und sagte: »Eure Hoheit, wir müssen reden.«

»Lasst mich gehen«, flehte Svenya, die nach all den gescheiterten Fluchtversuchen nun keinen anderen Ausweg mehr wusste. »Ich habe doch niemandem etwas getan.«

»Habt keine Angst, Prinzessin«, sagte er mit seiner samtig dunklen Stimme, die in manchen Tönen so viel älter klang, als er aussah. Svenya schätzte ihn auf Mitte, vielleicht Ende zwanzig.

»Ich bin keine Prinzessin«, erwiderte sie. »Ich bin Svenya Hauk. Eine Obdachlose.«

»Ihr seid nicht ohne Obdach«, sagte er. »Das hier ist Euer Zuhause.«

»Was und wo ist *hier*?« Statt sich mit ihm zu streiten, wollte Svenya lieber mehr Informationen über ihren derzeitigen Aufenthaltsort in Erfahrung bringen – vielleicht würde ihr das später zur Flucht verhelfen können. Hagen machte mit dem kurzen Stab in seiner Linken eine ausladende

Geste und sagte mit Stolz im Blick: »Das ist Elbenthal. Die letzte Bastion der Lichtelben. Gebaut auf der Grenze zwischen Midgard, der Welt der Menschen, und Alfheim, unserer früheren Heimat, aus der wir vor mehr als zweitausend Jahren in einem schrecklichen Krieg gegen unsere Nachbarn und Vettern, die Dunkelelben, vertrieben wurden. Unter der Herrschaft Alberichs, des letzten Königs der Lichtelben, meinem Vater, bewacht Elbenthal das letzte vorhandene Tor zwischen Alfheim und Midgard, um zu verhindern, dass die Dunkelelben auch hierher vordringen und die Menschheit unter ihrer Schreckensherrschaft versklaven.«

Svenya fragte sich, ob man ihm oder ihr etwas in den Drink geschüttet hatte. Aber da sie, zumindest soweit sie sich erinnern konnte, nichts zu sich genommen hatte, musste wohl der Einäugige derjenige sein, der unter Drogen stand.

Hat der Typ was im Tee? Lichtelben, Dunkelelben, Midgard, Alfheim, Schreckensherrschaft, versklaven??? Schon klar!

Sie bemühte sich, so gut sie konnte, sich nicht anmerken zu lassen, dass sie diesen Hagen spätestens jetzt für einen verrückten Spinner hielt.

»Und wo liegt dieses Elbenthal?«, fragte sie.

»Tief unter der Erde«, antwortete er. »Genauer gesagt unter der Elbe und der Albrechtsburg in Dresden.«

»Die Albrechtsburg ist in Meißen«, korrigierte Svenya ihn höhnisch. »Hier in Dresden gibt es keine Albrechtsburg – nur ein Schloss Albrechtsberg.«

»Meißen ist nur einer unserer Vorposten«, sagte Hagen. »Die wahre Albrechtsburg liegt hier.« Er zeigte nach oben. »Die Menschen kennen sie als das Gelände, auf dem das Residenzschloss, der Zwinger und die Hofkirche stehen. Sie sind alle unterirdisch miteinander verbunden und dienen uns als gut verborgene Zugänge zur Welt der Menschen.«

Eine Anlage wie diese tief unter der Erde? Mit Verbindungen zu einigen der berühmtesten und meistbesuchten Gebäude von ganz Dresden? Svenya glaubte ihm natürlich kein Wort. Also war da nichts, was sie für einen Fluchtplan gebrauchen konnte.

»Und was habe ich mit all dem zu tun?«, fragte sie.

»Ihr seid die *Auserwählte*. Die Hüterin Midgards«, antwortete er.

»Du sagst jetzt zum zweiten Mal Midgard«, fiel ihr auf. »Was ist *Midgard*?«

»Midgard ist eine der Neun Welten«, erklärte Hagen. »Wie ich bereits sagte: Die Welt der Menschen. Die Erde.«
»Aha«, machte sie. »Und ich bin die … wie sagtest du noch gleich?«
»Die Auserwählte.«
Fast hätte sie gegrinst. *Der Typ hat so eindeutig einen an der Waffel, den kann ich doch unmöglich ernst nehmen.*
Svenya merkte, dass ihr ironischer Ton ihn reizte, aber sie konnte einfach nicht anders – trotz aller Angst, die sie hatte. Und hatte das Leben sie nicht gelehrt: Wenn du mit Abhauen oder Flehen nicht weiterkommst, versuche es mit Frechheit – die siegt … zumindest meistens?
»Genau«, sagte sie deshalb jetzt. »Ich bin die Auserwählte, die die Erde und die Menschheit retten soll.«
»Nicht retten«, widersprach er. »Beschützen.«
»In Ordnung, beschützen. Und wovor gleich nochmal?«
»Vor den Horden der Dunkelelben und allen Schreckenskreaturen in ihren Diensten, denen es gelungen ist und denen es auch jetzt noch hin und wieder gelingt, durch das Letzte Tor zu schlüpfen.«
»Mit Schreckenskreaturen meinst du Ungeheuer, Monster und dergleichen?«
Er nickte mit finsterem Gesicht.
Inzwischen war Svenya sich ziemlich sicher, es tatsächlich mit völlig abgedrehten Rollenspielern zu tun zu haben und dass das, was sie vorhin für Wolfsmänner gehalten hatte, in Wahrheit nichts anderes als Jungs in verdammt guten Masken gewesen waren.
Und die meterweiten Sprünge über die Straßenschlucht?, fragte ihre innere Stimme, getragen von Zweifeln.
Tricks, antwortete sie sich selbst. *Nichts weiter als Tricks. Irgendwelche Seilsysteme oder so. Und die Blitze waren irgendwelches Feuerwerk.*
Es wäre nicht das erste Mal in der Geschichte, dass eine Gruppe gelangweilter Reicher, die die Mittel hatten, einen solchen Aufwand zu betreiben, sich einen Spaß daraus machte, eine arme Obdachlose für ihre perversen Spiele zu missbrauchen.
»Und ich als einfacher Mensch soll dazu in der Lage sein, sie zu bekämpfen?«
»Ihr, ein einfacher Mensch?«, fragte Hagen. »Mitnichten, Eure Hoheit. Ihr seid eine Elbenprinzessin.«

»So so, eine Elbenprinzessin«, murmelte Svenya ironisch. »Deshalb hab ich vor ein paar Stunden noch ranziges Frittierfett und Zigarettenkippen entsorgt und mehr Nächte meines Lebens unter Brücken und im Park geschlafen als in einem richtigen Bett.«
»Es tut mir leid«, sagte er. »Über Eure Vergangenheit darf ich Euch nichts …«
Ihr hart nach oben zwischen seine Schenkel gezogenes Knie unterbrach seinen Wortschwall, und noch ehe er zu Boden ging, war Svenya die Treppe bereits nach oben gerannt. Sie hatte mehr als genug gehört. Welch abartiges Spiel sich diese reichen Schnösel da auch immer ausgedacht haben mochten, es hatte jetzt und hier ein Ende. Mit jedem einzelnen Schritt nahm sie drei bis fünf Stufen auf einmal – getrieben von der Verzweiflung, von hier weg zu müssen oder irgendwann einmal als Wasserleiche aus der Elbe gefischt zu werden. Denn eines war klar: Wenn diese Kerle ihr Spiel erst einmal zu Ende gespielt hatten, würden sie sie entsorgen. Sie konnten es sich nicht leisten, von ihr angezeigt und in einen Skandal verwickelt zu werden.
Svenya rannte so schnell, wie sie noch nie zuvor gerannt war. Schneller noch als vorhin von dem Parkhaus zum Bahnhof. Immer weiter nach oben. Treppe um Treppe. So viele Stufen wie noch nie. Sie wunderte sich, dass es sie nicht erschöpfte – dass die Muskeln in ihren Schenkeln das mitmachten. Aber Stehenbleiben war keine Option.
Es wurden immer mehr Treppen, und irgendwann fragte sie sich, ob sie vielleicht in die falsche Richtung rannte. Wenn das hier ein Spiel war, dann lag »Wo-auch-immer-sie-gerade-war« natürlich nicht unter der Erde, sondern überirdisch – vermutlich befand sie sich in irgendeiner Kirche oder Kathedrale, die die Verrückten gemietet hatten. Was wiederum bedeutete, dass sie im Moment nicht in die Richtung möglicher Ausgänge rannte, sondern eher zum oberen Ende eines verdammt hohen Turmes.
Eine Sackgasse. Das würde auch erklären, warum niemand sie verfolgte. Sie hatten es nicht eilig.
Svenya fluchte und nahm sich vor, im Schwung nur noch die nächste Treppe zu nehmen und sich dort dann erst einmal neu zu orientieren.
Sie sprang nach oben … und stand auf einmal genau vor Hagen … der sie mit seinem einen dunklen Auge wütend anfunkelte.

Sie stand da wie angewurzelt und hätte am liebsten losgeheult vor Zorn, Enttäuschung und Verzweiflung.

Wie hatte er die Strecke schneller zurücklegen können als sie? Wie hatte er an ihr vorbeikommen können, ohne dass sie ihn gesehen hatte? Svenya hatte keine Vorstellung. Doch dann realisierte sie etwas. Etwas, das noch weniger sein konnte, als dass er sie unbemerkt überholt hatte. Etwas völlig Unmögliches: Sie stand an dem gleichen Fleck, von dem aus sie losgelaufen war!

Obwohl sie immer nur aufwärts gerannt war, war sie wieder ganz genau hier angelangt. Zu ihrer Verzweiflung gesellte sich noch ein ganz anderes Gefühl: Jetzt war sie sich nicht mehr sicher, ob sie nicht vielleicht doch unter Drogen stand.

Was dann geschah, geschah so schnell, dass Svenya überhaupt nicht reagieren konnte. Mit der Präzision eines zuschlagenden Falken packte Hagen ihren Arm, und mit der anderen Hand zog er gleichzeitig seinen Dolch. Er verdrehte ihr Gelenk und führte die Schneide mit einem Ruck über ihre Handfläche. Svenya schrie auf, obwohl der Schnitt zu ihrer Verwunderung nicht einmal weh tat, und versuchte, sich loszureißen. Doch sein Griff war eisern wie die Kiefer eines Wolfes, der sich in seiner Beute verbissen hatte.

Da schrie sie nur noch lauter – in der verzweifelten Hoffnung, dass irgendjemand sie hören konnte und sie vielleicht retten würde. Denn sie war sicher: Jetzt war es soweit. Das perverse Spiel dieses Irren wurde blutiger Ernst. So blutig wie die Wunde in ihrer Hand.

Sie trat nach ihm, aber er wich ihr aus.

»Beruhigt Euch, Eure Hoheit«, sagte er. »Beruhigt Euch, und schaut genau hin.«

Er deutete mit der Dolchspitze auf ihre Handfläche – und der nächste Schrei blieb Svenya im Hals stecken.

Der Schnitt schloss sich wieder!

Er heilte in Sekundenschnelle.

7

Svenya stand wie vom Donner gerührt da und beobachtete, wie sich die Wunde in ihrer Hand schloss, bis nicht einmal mehr eine Narbe zurückgeblieben war. Alle Verzweiflung und Wut – genauso wie die Angst – waren schlagartig gewichen – und wurden durch totales Chaos in ihrem Kopf ersetzt. Nach all dem, was in den letzten Stunden geschehen war und besonders in den letzten Sekunden, stand Svenya kurz davor, den Verstand zu verlieren. Alles davor hatte sie noch mit – wenn auch zugegebenermaßen sehr weit hergeholten – Tricks und/oder der Wirkung von ihr heimlich verabreichten Drogen erklären können. Das aber war echt. Sie hatte den Schnitt gesehen und gefühlt – und auch gespürt, wie er zusammengewachsen war. Aber auch wenn sie zu den Menschen gehörte, die normalerweise nur glaubten, was sie auch sehen konnten, konnte sie nicht glauben, was sie da sah. War hier vielleicht Hypnose im Spiel?
In einem Anfall von schockartiger Schwäche gaben ihre Beine nach, und Svenya klappte zusammen – in einem verborgenen Winkel ihres Bewusstseins hoffend, beim Aufprall auf den Boden aus einem Fiebertraum aufzuschrecken und mit rasendem Herzen, aber erleichtert festzustellen, dass nichts von all dem jemals geschehen war.
Doch Svenya wachte nicht auf – sie kam auch erst gar nicht am Boden an. Hagen war schneller. Er fing sie auf und trug sie zu ihrem Zimmer zurück.
»Ihr seid nicht unverwundbar«, sagte er. »Aber wie alle unseres Volkes verfügt Ihr über enorme Heilkräfte; selbst wenn Ihr, wie jetzt, in rein menschlicher Gestalt seid.«
»Aber … ich bin ein Mensch«, sagte sie schwach.
»Nein. Ihr seid eine Prinzessin der Lichtelben«, wiederholte er. »Ihr seid unsterblich.«
»Unsterblich?«

»Nun ja«, sagte er, während er sie auf das weiche Bett legte. »Man kann uns mit Gewalt töten, wenn man uns den Kopf abschlägt oder uns einen Speer aus Eibenholz durchs Herz jagt. Reines Eisen verbrennt unsere Haut und schwächt uns.«

»Ich habe mich letzte Woche auf der Arbeit mit einem Küchenmesser geschnitten«, sagte sie, »und da ist gar nichts verheilt. Ich habe geblutet wie ein abgestochenes Schwein.«

»Eure Elbenkräfte sind erst in der vergangenen Nacht zu Tage getreten«, sagte er und brachte ihr von dem Tablett, das Yrr vorhin auf dem Tisch abgestellt hatte, einen Kelch mit Wasser. »Deswegen konnte ich Euch auch nicht früher finden.«

Svenya trank einen Schluck. Es war das beste Wasser, das sie jemals gekostet hatte. Schon der erste Mundvoll erfrischte und belebte sie und brachte ihre Energie zurück. Sie fand es plötzlich unangemessen, hier im Nachthemd im Bett zu liegen, während er daneben stand. Sie nahm einen zweiten Schluck und fühlte sich danach stark genug, sich wieder aufzurichten und sich auf die Bettkante zu setzen.

»Elbenkräfte?«

»Euch muss doch aufgefallen sein …«

»Moment«, unterbrach sie ihn. »Würde es dir etwas ausmachen, ganz normal zu sprechen?«

»Normal sprechen?« Hagen schaute Svenya irritiert an.

»Normal eben«, sagte sie. »Ich bin schon durcheinander genug, da brauche ich nicht auch noch diese geschwollene Ausdrucksweise.«

»Geschwollen?«

»Na, *Ihr* und *Euch* und der ganze Kram«, erklärte sie. »Sag einfach *Du*.«

»Wie Ihr wünscht«, sagte er – und korrigierte sich augenblicklich. »Ich meine, wie du wünschst.«

»Also? Die Elbenkräfte?«

»Dir muss doch aufgefallen sein«, sagte er, »dass du schneller laufen kannst als gestern und höher und weiter springen. Und dass du sehr viel stärker bist als früher. Denk nur daran, wie du Wargo mit einem einzigen Schlag durch die Kanalisation geschleudert hast.«

»Aber was meinst du mit menschlicher Gestalt?«, wollte sie wissen.

Er schaute sie einen Moment lang an, und Svenya konnte erkennen, dass

Hagen zögerte. Dann holte er eine kleine Rolle aus seinem Gürtel und bat sie, sich zu erheben und sich vor einen der vielen Spiegel zu stellen. Svenya folgte seiner Bitte und nahm die Rolle entgegen, die er ihr jetzt reichte.
»Lies die Worte, die darauf geschrieben sind.«
Svenya rollte das Pergament auseinander – und erblickte mehrere Reihen mit feiner Hand geschriebene, aber völlig fremdartige Zeichen.
»Das kann ich nicht lesen«, sagte sie und ließ das Pergament mit einem Schulterzucken sinken. »Das sind nur Schnörkel.«
»Das sind Runen«, korrigierte er. »Und du kannst sie lesen. Schau einfach noch einmal hin.«
Svenya warf einen zweiten Blick darauf – und tatsächlich: Plötzlich verschwammen die Runen vor ihren Augen und formten Buchstaben. Buchstaben, die ihr zwar ebenfalls fremdartig vorkamen, die sie aber im Gegensatz zu den Runen lesen konnte:

»*Tega Andlit dyrglast.*
Opinberra dhin tryggr edhli.
Dhin Magn lifnja
Oegna allr Fjandi
Enn Virdhingja af dhin Blodh.«

Im Kopf übersetzte sie automatisch:

Zeige das verborgen gehaltene Gesicht.
Offenbare deine wahre Natur.
Lasse deine Macht lebendig werden
Zum Schrecken aller Feinde
Und zu Ehren deines Blutes.

Svenya spürte, wie sich etwas veränderte – so als wäre die Luft um sie herum mit einem Mal bis zum Bersten mit elektrischer Spannung geladen. Aufgeregt blickte sie in den Spiegel vor ihr.
Was sie allerdings jetzt sah, stellte alles zuvor Erlebte in den Schatten: Es war noch unglaublicher als unglaublich – und zum zweiten Mal heute betete Svenya. Sie betete paradoxerweise darum, dass das, was sie gerade

sah, die Wahrheit war. Denn wenn es nicht die Wahrheit war, sondern eine Illusion, wäre das ein klarer Beweis dafür, dass sie jetzt tatsächlich den Verstand verloren hatte.

Svenya verwandelte sich. Ihr bisher leicht lockiges Haar wurde glatt und wirklich schwarz, ihre Haltung stolzer und stärker. Ihren Ohren wuchsen Spitzen, und ihre Eckzähne wurden ein Stück länger und scharf – fast wie die eines Vampirs. Ihr Nachthemd verwandelte sich in einen kunstvoll verzierten Harnisch aus rot gefärbter und mit geschwärztem Silber verzierter Bronze. Das Unterteil ihres Gewandes wurde zu engen Hosen und schenkelhohen Stiefeln aus glatt gegerbtem schwarzem Leder, und darüber wuchs mit einem Mal ein weiter, ebenfalls schwarzer Rock aus weitem, bauschigem Taft, der aussah wie stoffgewordener Nebel und sich auch so bewegte, so dass es schwer war, seine Konturen genau zu erkennen. Außerdem trug sie plötzlich einen Waffengürtel mit zwei langen Krummschwertern und anderen Gegenständen. Auf ihrem Handrücken saß plötzlich ein seltsam geformtes Schmuckstück aus etwas, das aussah wie grob geschlagenes Eisenerz oder mattes Obsidian. Es war mit ihrer Haut verwachsen und kreisrund. Neun kleine Ausprägungen gingen davon ab wie verknotete Sternspitzen, und über allem flog, mit weit ausgebreiteten Flügeln, ein stark stilisierter Drache.

»Wer zum Teufel bin ich?«, hauchte sie tonlos.

Hagen ließ sich vor ihr auf das rechte Knie sinken und beugte sein Haupt.

»Du bist Sven'Ya Svartr'Alp«, antwortete er. »Tochter der Schwarzen Schwäne.«

Schwanentochter!

Svenya horchte auf. So hatte Laurin sie genannt.

»Wo komme ich her?«, fragte sie.

»Nein!«, schrie Hagen unvermittelt und sprang auf, um ihr den Mund zuzuhalten. Doch was auch immer er damit bezweckte – es war zu spät. Die Hölle hatte bereits begonnen loszubrechen.

8

Als hätte Thor selbst seinen mächtigen Hammer Mjölnir geschwungen, zerriss ein ohrenbetäubender Donner die Stille, und das ganze Gebäude erzitterte unter einem gewaltigen Beben. Svenya wurde von den Füßen gerissen wie eine Marionette, der man die Schnüre durchgeschnitten hatte, und fiel zu Boden. Auch Hagen konnte sich nicht auf den Beinen halten und stürzte mehrfach, obwohl er versuchte, die Balance zu halten und Svenya zu schützen. Das Licht der in den Wänden sitzenden Steine flackerte. Kerzenleuchter, Statuen und Möbel kippten um, und der wundersame Springbrunnen zerbarst in tausend Stücke, woraufhin das Wasser darin nach oben zur Decke des Raumes fiel. Stoffteile der Möbel und einige der Wandteppiche fingen Feuer und gingen, bespritzt vom Wachs der umstürzenden Kerzen, in helle Flammen auf, während die Lichtjuwelen unter der heftigen Erschütterung gänzlich erloschen. Der Boden riss auf, und der Teil, auf dem Svenya lag, kippte, so dass sie ins Rutschen kam – genau auf den Spalt zu, der sich jetzt nicht weit von ihr auftat und immer größer wurde. Als hätte sich der Schlund der Hölle geöffnet, um sie zu holen. Hagen hechtete zu ihr hin, packte sie am Handgelenk und versuchte, sie von dem Abgrund wegzuziehen, doch die Steinplatte kippte zu stark, so dass auch er ins Rutschen geriet.
Svenya sah schiere Verzagtheit in seinem Gesicht, als hätte er erkannt, dass er nichts mehr tun konnte – und dennoch ließ er sie nicht los, um sich selbst in Sicherheit zu bringen. Die Hysterie, die sie nun von tief innen packte, hätte sie beinahe laut auflachen lassen – hatte sich ihr gerade ein neues Schicksal gezeigt, nur um noch in derselben Minute, in der es sich offenbarte, wieder zu enden?
Unaufhaltsam rutschte sie tiefer und tiefer.
Mit der freien Hand zog Hagen seinen Dolch und rammte dessen Klinge mit aller Macht in den steinernen Boden. Damit stoppte er sie für ein

paar wenige Augenblicke, doch die Platte, auf der sie lagen, kippte immer weiter, bis sie schließlich fast aufrecht stand und Svenya, nur noch von Hagen gehalten, frei in der Luft hing. Gegen die Warnung ihrer inneren Stimme blickte sie nach unten – der Abgrund zu ihren Füßen war bodenlos. Aber dazwischen konnte sie mehrere Etagen des darunter liegenden Gebäudes sehen, deren Böden bereits eingebrochen waren. Sie schrie auf und fasste auch mit der zweiten Hand nach Hagens Unterarm. Aber es war klar, dass sie sich so nicht lange würden halten können. Spätestens, wenn die Platte noch weiter kippte, würde Hagen den Griff um seinen Dolch verlieren.

Da ertönte, beinahe noch lauter als der ursprüngliche Donner, aus der schwarzen Tiefe unter ihnen ein Brüllen. Es klang wie das Brüllen eines gewaltigen Tieres – wie das eines Löwen, aber hundertmal lauter. Und es war voller Hass und Boshaftigkeit.

Gegen jede Vernunft blickte Svenya noch einmal in die schwindelerregende Tiefe hinab. Dort, wo eben noch völlige Finsternis geherrscht hatte, konnte sie jetzt mehrfach aufblitzendes Flackern erkennen – wie das, das Raik mit seinem Stab geschleudert hatte … und noch ein einzelnes, sehr viel größeres – flammendes Feuer. Die verbrannte Luft und schwadiger Rauch stiegen zu ihr hinauf und bissen ihr in Nase und Augen. Svenya musste blinzeln – und doch war ihr, als hätte sie dort ganz weit unten gerade die Bewegung eines riesigen Schattens gesehen.

»Hagen!«, schrie sie aus Leibeskräften und voller Angst.

Da donnerte es ein zweites Mal – ebenso gewaltig wie eben, nur näher. Das Portal zu ihrem Gemach flog auf, als hätte eine Explosion es aus seinen Angeln gerissen. Dahinter kam ein Mann zum Vorschein – so groß wie Hagen und vom Anschein her nur ein wenig älter als er. Er schwebte hoch oben in der Luft – das weite, weiße Gewand und das lange, schwarze Haar wallend und wie im Sturm wehend.

»Du Narr!«, brüllte er Hagen an. Dann breitete er die Arme aus und schrie mit machtvoller Stimme:

»*Aldinn Eidhr*
Dhin Stund enn ukominn.
Taka minn in Stadha af dheri,
Edhr bua finna minn Angr!«

Svenya verstand:

Alter Eid
Deine Stunde ist noch nicht gekommen.
Nimm das Meine an Stelle des Ihren,
Oder bereite dich vor, meinem Zorn zu begegnen.

Blaue und rote Blitze umzuckten den Fremden, und seine Augen waren nach oben verdreht, sodass man jetzt nur noch das Weiß sehen konnte. Noch zweimal wiederholte er die uralte Beschwörungsformel, während Svenyas Hände nass wurden vom Schweiß ihrer Anstrengung und sie an Hagens Unterarm immer weiter nach unten rutschte – dann fiel er plötzlich wie leblos von hoch oben aus der Luft und krachte zu Boden, als sei er von der Faust eines Riesen geschleudert worden.

So schnell, wie sie gekommen waren, waren die um ihn züngelnden Blitze auch wieder verschwunden – doch auch das Beben hatte aufgehört, und die Steinplatte, an der Svenya und Hagen hingen, kippte wieder auf ihren ursprünglichen Platz zurück. Der Spalt im Boden schloss sich, die überall brennenden Feuer erloschen, und die Steine begannen wieder zu leuchten. Fast hätte Svenya erwartet, dass auch die gefallenen Statuen sich wie von selbst wieder aufrichteten und der geborstene Brunnen wieder zusammengesetzt würde. Aber das geschah nicht – die Statuen blieben ebenso am Boden liegen wie der Mann, der sie gerettet hatte.

Hagen ließ sie los, rappelte sich auf und rannte zu ihm hinüber.

»Vater!«, rief er, kniete neben ihm nieder und zog ihn in seine Arme. Der Fremde regte sich nicht, und Svenya bemerkte, dass sein bis eben noch schwarzes Haar auf einen Schlag grau geworden war – nicht hell, wie das Blond Hagens, sondern grau wie Asche. Anders als vor wenigen Sekunden war sein Gesicht jetzt voll der Falten eines alten Mannes.

»Vater!«, rief Hagen noch einmal und presste den Mann gegen seine breite Brust. Die Arme in dem jetzt viel zu weit wirkenden weißen Gewand hingen leblos herab.

Svenya hatte noch nicht viele Tote gesehen – aber wahrscheinlich mehr als die meisten Menschen in ihrem Alter. Das bringt das Leben auf den Straßen, in Parks und unter Brücken so mit sich – besonders im Winter

bei Minusgraden. Der Mann in Hagens Armen sah genauso tot aus wie der letzte Obdachlose, den sie erfroren am Ufer der Elbe gefunden und dessen Mantel ihr in den Wochen danach das Leben gerettet hatte.
Obwohl sie Hagen nicht kannte, verspürte Svenya einen Impuls, zu ihm zu gehen und ihm tröstend die Hand auf die Schulter zu legen. Doch kurz bevor sie ihn erreicht hatte, zuckte der Leblose an seiner Brust plötzlich, riss die Augen auf – und stieß Hagen mürrisch von sich.
»Du lebst«, stieß Hagen erleichtert aus und wollte ihm aufhelfen. Aber der andere wand sich aus seinem Griff und rappelte sich aus eigener, wenngleich sichtlich geschwächter Kraft auf die Füße.
»Das habe ich ganz gewiss nicht dir zu verdanken, Sohn«, sagte er – und auch seine Stimme klang jetzt um einiges älter als vorhin. »Bei den Göttern, du hättest damit rechnen müssen, dass sie diese Frage stellt. Die Frage, die niemals gestellt werden darf. Verdammt, nun schau mich doch an. Den Fluch abzuwehren, hat mich ein Drittel meiner Lebenskraft gekostet.«
»Was?«, fragte Svenya erstaunt. »Welche Frage? Etwa die Frage…?«
Doch weiter kam sie nicht. Schneller als sie sehen konnte hatte Hagens Vater die Entfernung zu ihr zurückgelegt, ihr die Hand auf die Stirn gelegt und – diesmal leise und für sie unverständlich – eine weitere Beschwörungsformel gemurmelt.
»So! Wenn du die Frage nach deiner Herkunft und deiner wahren Identität jetzt noch einmal stellst, trifft der Fluch nicht länger Elbenthal, sondern nur noch dich selbst«, raunzte er sie wütend an. »Dann verlierst du deine gerade gewonnene Unsterblichkeit wieder, wirst ein Mensch und vergisst alles, was du über unsere Festung und unser Volk, die Elben, weißt. So wahr ich Alberich heiße!«
»Du glaubst gar nicht, wie egal mir das ist«, zischte Svenya aufgebracht zurück. »Ich war bis eben ein Mensch und hab überhaupt kein Problem damit, es wieder zu werden und den ganzen irren Hokuspokus, den ihr hier veranstaltet, wieder zu vergessen. Ich weiß doch nicht einmal, was genau ich vergessen würde – ich hab's ja noch nicht einmal wirklich begriffen. Also woher … ?«
Alberich hob einen warnenden Finger und funkelte sie an – und die Geste hatte so viel Macht in sich, dass sie sich nicht traute, die Frage zu Ende zu stellen.

»Wenn du jetzt wieder Mensch wirst und Elbenthal verlässt, wird Laurin dich finden«, sagte er. »Und er wird dich töten! Willst du sterben, Sven'Ya?«

»Nein«, sagte sie zögernd. *Wer will schon freiwillig sterben?*

»Gut«, sagte Alberich, und er klang schon wieder etwas versöhnlicher. »Dann schlage ich vor, du schweigst jetzt und hörst dir an, was wir dir zu erzählen haben.«

9

Wenn Svenya das Gemach, in dem sie aufgewacht war, für prachtvoll gehalten hatte, war das nichts im Vergleich zu Alberichs Thronsaal: Die Halle war so groß wie die Dresdner Frauenkirche und war, ebenfalls wie diese, mit Emporen umgeben und in über dreißig Metern Höhe von einer enormen Kuppel gekrönt. Die hohen Fenster waren durch ganze Batterien der leuchtenden Juwelen ersetzt. Dort, wo in der Kirche der Altar war, stand hier der Thron. Es war ein gewaltiger Thron – in feinster Steinmetzarbeit aus einem einzigen massiven Block Marmor gehauen und über und über mit Figurinen, fast schon lebendig wirkenden Schlingpflanzen und Runen-Schnitzereien verziert. In der hohen Rückenlehne war das gleiche Emblem eingelassen, das Svenya auch auf ihrem Handrücken trug. Wenn Alberich Svenya hierher gebracht hatte, um sie zu beeindrucken, war ihm das redlich gelungen.
»Du solltest dich zuerst zu den Heilern begeben«, sagte Hagen, während sie den menschenleeren Raum durch das Hauptportal betraten.
Alberich blieb stehen und schaute seinen Sohn ernst an. Wie sie so voreinander standen, war die Ähnlichkeit zwischen den beiden unverkennbar: Alberich und Hagen waren sogar gleich groß und hatten den gleichen schlanken, aber athletischen Körperbau – breite Schultern und Brust, schmale Taille und Hüften, lange, kraftvolle Beine, nur dass Alberich jetzt ein klein wenig schmächtiger wirkte, weil sein Gewand lockerer fiel als zuvor. Das bedeutete, dass er vor dem Vorfall mit dem Beben Hagen an Statur sogar noch übertroffen haben musste.
Alberich deutete auf sein Gesicht. »Hierfür, Sohn, gibt es keine Heilung mehr«, sagte er ruhig, dann lächelte er plötzlich, und das erste Mal, seit er ihr begegnet war, fand Svenya ihn nicht mehr völlig unsympathisch. »Jetzt sehe ich auch für die Augen der Sterblichen aus wie dein Vater und nicht mehr wie dein älterer Bruder.« Alberich schaute in einen der vielen

Spiegel, die auch hier überall aufgebaut waren. »Und ich finde, das neue Aussehen steht mir gar nicht einmal so schlecht.«

Er setzte seinen Weg fort und führte sie in die Mitte der Halle – genau unter das Zentrum der Kuppel. Er deutete hinauf, und Svenya konnte sehen, dass das Innere der Kuppel reich ausgemalt war. Es waren Gemälde von Schlachten. Schlachten zwischen Elben, riesenhaften Gestalten, Mannwölfen und vielen anderen monsterhaften Kreaturen, darunter auch gigantische Echsen, Spinnen und fledermausartige Wesen … und sogar Drachen. Auf einigen der Bilder erkannte Svenya Alberich und Hagen … und auch – stets auf der Gegenseite kämpfend – Laurin.

»Einst gab es einen gewaltigen Krieg zwischen Alfheim und Schwarzalfheim – zwischen Lichtelben und Dunkelelben«, begann Alberich zu erzählen. »Er tobte über viele Jahrhunderte, aber schließlich gewannen die Dunkelelben mit ihren Verbündeten aus Niflheim und Muspelheim die Oberhand und fielen in Alfheim ein. Sie eroberten und verwüsteten unser Land und drängten uns weiter und weiter zurück, so dass es schließlich keinen anderen Ausweg mehr für uns gab, als durch das Weltentor zwischen Alfheim und Midgard nach Midgard zu fliehen. Doch ehe es uns gelang, es zu schließen, um die Welt der Menschen vor den Dunklen Horden Schwarzalfheims zu beschützen, gelang es Laurin, dem Schwarzen Prinzen der Dunkelelben, mit seinem Bataillon, mit auf unsere Seite zu brechen.

Jetzt sitzt auch er hier gefangen. Er hat sich mit seiner Armee ganz in der Nähe, in der Festung Aarhain unter dem Erzgebirge, verschanzt und versucht immer wieder, das Tor, über das wir Elbenthal gebaut haben, zu öffnen, um seinen Brüdern den Weg zu bahnen nach Midgard. Seine Schar ist zu klein, um Elbenthal mit Gewalt zu erobern, aber groß genug, um Aarhain zu halten. Eine über 2000 Jahre alte Pattsituation und Bedrohung.«

»Über 2000 Jahre?«, fragte Svenya erstaunt. Das war eine verdammt lange Zeit! Und die beiden Männer, mit denen sie hier stand, waren dementsprechend noch viel älter?

Alberich zog warnend eine Augenbraue nach oben.

»Entschuldigung«, sagte sie und wartete darauf, dass er weitersprach.

»Ja, über 2000 Jahre halten wir diese Bastion jetzt schon«, sagte Alberich. »Wir verteidigen das Tor in beide Richtungen. Laurin halten wir davon ab, von hier aus dahin zu gelangen, und wir verhindern, dass weitere Kreaturen aus Alfheim, unserer alten Heimat, das Tor zur Erde passieren. Hin und wieder jedoch gelingt es einem dieser Monster nach hierher durchzubrechen oder sich auch zu schleichen, und es ist unsere Aufgabe, die Menschen vor ihnen zu bewahren, damit unsere Niederlage von damals nicht zu ihrem Verderben wird. Auf die Welt der Menschen aufzupassen, ist sozusagen der Preis, den wir seit über 2000 Jahren bezahlen dafür, dass wir hier Unterschlupf und Rettung vor der völligen Ausrottung gefunden haben.

Dementsprechend ist es auch die oberste Pflicht der *Hüterin* zu verhindern, dass einer unserer Feinde an die Oberfläche gelangt und die Menschen tyrannisiert – egal, ob er nun aus Aarhain kommt oder durch das Tor hindurch. *Deine* Pflicht. Du bist die Auserwählte. Dafür bist du mit besonderen Kräften ausgestattet, die die der meisten von uns noch weit übertreffen. Der Tribut, den du für diese besondere Macht zahlst, ist, dass du niemals fragen oder erforschen darfst, wer du wirklich bist oder woher du kommst. Auch nach früheren Hüterinnen darfst du nicht fragen.«

»Ich soll Monster für euch jagen?«, fragte Svenya – trotz seiner Warnung.

Er nickte. »Dafür werden wir dich ausgiebig ausbilden und trainieren. Mein Sohn Hagen selbst wird das Training überwachen.«

»Und warum soll ich diese Monster jagen?«

»Um die Welt der Menschen vor ihnen zu beschützen.«

»Weshalb sollte ich das wollen?«, fragte sie. »Ich bin mir immer noch nicht sicher, worum es hier geht und was das hier soll.« Svenya deutete an sich herunter – und auf die Rüstung und ihre Waffen. »Aber ich bin mir ziemlich sicher, dass es da draußen oder da oben oder wo auch immer niemanden gibt, der sich auch nur ein Fünkchen um mich gekümmert hat in all den letzten Jahren, die ich auf der Straße gelebt habe, die ich unter Brücken gepennt und aus Mülltonnen gefressen habe. Ich schere mich einen Scheiß um die Menschen. So, wie sie sich einen Scheiß um mich geschert haben. Sie haben mich behandelt wie den allerletzten Dreck. Und da soll ich meinen Kopf für sie hinhalten?«

»Wir schulden es ihnen.«

»Ihr vielleicht«, sagte Svenya unwirsch. »Ich schulde ihnen gar nichts. Und euch schulde ich auch nichts. Lasst mich gehen.«

Alberich betrachtete sie lange und eindringlich, und sie sah Mitgefühl in seinen weisen Augen schimmern.
»Vielleicht schuldest du ihnen nichts«, räumte er ein. »Und vielleicht schuldest du auch uns nichts. Aber wir brauchen dich. Ohne die Hüterin werden uns die Kreaturen Schwarzalfheims mit der Zeit überrennen oder uns aushöhlen, wie steter Tropfen den Stein aushöhlt. Mit jeder einzelnen Kreatur, die durch das Tor und zur Oberfläche gelangt, um sich dort im Verborgenen mit den anderen zu vereinen, bis sie schließlich so viele sind, dass wir ihnen nichts mehr entgegenzusetzen haben. Und dann werden sie uns überrennen und das Tor ganz aufreißen. Und sie werden in ganzen Horden über diese Erde herfallen und die Menschheit versklaven. Das heißt, die Menschen, die sie am Leben lassen.«
»Welchen Teil von *Ich schere mich einen Scheiß um die Menschen* hast du nicht verstanden?«, fragte sie, ohne sich Mühe zu geben, den Zynismus in ihrer Stimme zu verbergen.
»Wie wagst du es, mit unserem König zu sprechen?«, herrschte Hagen sie an.
»Schon gut, Hagen«, sagte Alberich und wandte sich dann wieder an sie. »Mein Sohn hat dir gesagt, dass du jetzt unsterblich bist. Ist das nicht Belohnung genug?«
»Klingt für mich eher wie ein Fluch«, sprach sie ihr Gefühl offen aus, »wenn ich die Ewigkeit damit verbringen muss, Monster zu jagen und sie zur Strecke zu bringen. Eine Belohnung stelle ich mir anders vor.«
»Ah«, machte Alberich und schaute Hagen an. »Ich ahne langsam, worauf sie hinauswill.«
Das überraschte Svenya. Denn nicht einmal sie selbst wusste, worauf sie hinauswollte. Sie wusste nur, dass sie keinerlei Grund hatte, Monster zu bekämpfen, die sie verletzen oder gar töten konnten, nur um Menschen zu beschützen, die ihr nicht das Geringste bedeuteten.
Wieder betrachtete Alberich sie eingehend und rieb sich den Kinnbart mit den Fingern. Das Mitgefühl war aus seinem Blick verschwunden. Dafür war da jetzt ein Funke Amüsiertheit.
»Raik«, rief er, und sofort tauchte auf der untersten Empore der rothaarige Zauberer auf. Er musste die ganze Zeit dort gestanden haben, ohne dass sie ihn bemerkt hatte. »Rufe den Hofstaat der Prinzessin zusammen.«

Zu Svenyas Erstaunen holte Raik aus einem Gewand ein kleines, hochmodernes Walkie-Talkie. Er aktivierte den Sprechknopf und sagte nur: »Hofprakt!« – *Dienerschaft.*
Ich habe eine Dienerschaft?, fragte sich Svenya. *Nicht einen Diener oder zwei, sondern eine ganze Dienerschaft? Einen ganzen Hofstaat?*
Das Hauptportal des Thronsaales öffnete sich, und herein traten Dutzende Elben.
Alberich machte eine ausladende Geste. »Köche, Diener, Kammerjungfrauen, Musiker, Maler, Schreiber, Vorleser, Stallknechte, Schneider, Schuster, Schmiede, Zimmerleute, Juweliere und, und, und«, sagte er. »Alles, was das Herz begehrt. Und wenn du mehr brauchst, lass es mich wissen.«
Die Dienerschar war inzwischen auf über hundert Elben angewachsen. Sie stellten sich in Reih und Glied auf, ehe sie alle vor Svenya auf die Knie sanken und sich verneigten.
»Wow!«, entfuhr es Svenya.
»Zusammen mit ihnen beziehst du deinen eigenen Palast hier innerhalb der Festung«, sagte Alberich.
»P-P-Palast?«, stotterte sie.
»Palast«, bestätigte Alberich. »Mit allen Annehmlichkeiten, die du dir vorstellen kannst, und noch vielen, vielen mehr. Außerdem wird dir, sobald du dein Training absolviert hast, eine Suite oben in der Albrechtsburg zur Verfügung gestellt, und du wirst dich, anders als wir, auch bei Tage frei unter den Menschen bewegen können.«
»So?«, fragte Svenya skeptisch und deutete auf ihre Eckzähne und die spitzen Ohren. »Ich glaube doch wohl eher nicht, dass ich mich damit besonders frei bewegen kann.«
»Du hast das Pergament noch, das Hagen dir gegeben hat?«
Jetzt erst erinnerte Svenya sich daran, dass sie es, kurz bevor das Beben losgebrochen war, in eine ihrer Rocktaschen gesteckt hatte. Sie holte es hervor und rollte es aus.
»Dreh es um«, forderte Alberich sie auf.
Svenya tat wie geheißen. Erst jetzt sah sie, dass das, was sie vorher für eine Verzierung der Rückseite gehalten hatte, in Wirklichkeit ein Wort war.
Mutabor.

»Das kenne ich«, sagte sie.
»Es ist von einem guten Freund«, sagte Alberich. »Wilhelm Hauff.«
»Du kanntest Wilhelm Hauff?«, fragte Svenya überrascht. Sie liebte seine Märchen. Besonders *Zwerg Nase, Die Geschichte vom Kleinen Muck, Das Kalte Herz* und natürlich *Kalif Storch*, aus dem das lateinische Wort stammte, das *Ich werde verwandelt werden*, bedeutete.
»Er hat viele schöne Tage hier unten bei uns verbracht«, sagte Alberich, und sie sah, wie sein Gesicht sanft wurde bei der Erinnerung. »Sprich es laut.«
»Mutabor«, sagte sie und verwandelte sich wieder zurück.
»Bin ich jetzt wieder ein Mensch?«, fragte sie irritiert.
»Nein«, erwiderte Alberich. »Das bist du seit deinem Geburtstag nicht mehr. Aber du hast jetzt wieder deine menschliche Gestalt. Damit bist du immer noch sehr, sehr viel stärker als ein normaler Mensch und auch unsterblich, aber deine wahre Kraft hast du nur in deiner Elbengestalt. Doch das wirst du im Training noch lernen.«
»Falls ich mich überhaupt bereit erkläre«, sagte Svenya – immer noch zweifelnd.
Alberich kicherte ein fast schon jungenhaftes Kichern. »Du bist wirklich eine harte Verhandlungspartnerin, Svenya«, sagte er. Doch er irrte sich – Svenya war weit davon entfernt zu verhandeln … sie war einfach nur nicht sicher, ob sie die Aufgabe übernehmen wollte, die ihr zugedacht war. Die Monster auf den Bildern in der Kuppel sahen allesamt äußerst gefährlich aus.
»Den Schatz der Prinzessin, Raik«, rief Alberich nach oben zur Empore, und Raik benutzte sein Funksprechgerät ein weiteres Mal.
Ein Schatz?
Svenya riss ungläubig die Augen auf, als sie sah, wie große Truhen hereingetragen wurden. Viele große Truhen, die allesamt vor Svenya aufgebaut und eine nach der anderen geöffnet wurden. Als sie den Inhalt sah, machte Svenyas Herz einen kleinen Sprung, und es verschlug ihr den Atem. Einige der Truhen waren bis zum Rand gefüllt mit goldenen Münzen, die im Licht des Thronsaals funkelten, als hätte man sie gerade frisch poliert. In anderen lagen dicke Stapel Aktien und andere Wertpapiere. Und dann gab es da noch die Juwelen – kistenweise Juwelen. Diamanten,

Saphire, Rubine, Smaragde … Am schönsten aber waren die Schmuckstücke und Geschmeide. So etwas Schönes hatte Svenya noch nie gesehen. Halsketten, Diademe, Armspangen, Ringe, Fußkettchen … aus Gold, Platin, Silber, Elfenbein und manche auch aus Perlmutt.

»D-d-das gehört alles mir?«, fragte sie unsicher.

»Das und mehr«, bestätigte Alberich. »Sehr viel mehr.« Von irgendwoher hatte er eine lederne Brieftasche geholt und klappte sie auf. Svenya sah ein Dutzend Kredit- und Bankkarten. »Jede einzelne von ihnen zu einem anderen Konto, auf dem zu jeder Tages- und Nachtzeit eine Million Euro zu deiner Verfügung steht, die immer wieder automatisch nachgefüllt wird.«

»Das heißt, ich bin reich?«

»Alles in allem bist du die reichste Frau der Welt«, antwortete er – und klang zu ihrer Überraschung beinahe gleichgültig. »Das heißt, falls du dich dazu entschließt, die Verantwortung als Hüterin zu übernehmen.«

Die Aussicht war selbstverständlich extrem verlockend, und doch zögerte Svenya. Was hier geschah, hatte den Beigeschmack eines Pakts mit dem Teufel, und sie musste nur einen Blick auf die furchteinflößenden Kreaturen auf den Kuppelgemälden werfen, um zu wissen, wie ihre künftige Hölle aussehen würde.

»Und wenn ich diese Verantwortung nicht übernehmen will?«, fragte sie.

»Ich würde das sehr bedauern«, gestand Alberich. »Aber niemand kann dich dazu zwingen, die Hüterin zu werden.«

»Ihr würdet mich also gehen lassen?«

»Ja«, sagte er. »Ich würde dir, auch ohne dass du den Fluch der Frage heraufbeschwören musst, deine Elbenkräfte und deine Unsterblichkeit wegnehmen, dein Gedächtnis löschen und dich von Hagen zurückbringen lassen in die Welt der Sterblichen.«

»Wo ich dann Laurin und seinen Häschern ausgeliefert wäre«, vollendete Svenya den Gedanken leise.

»So wie alle anderen Menschen dann auch. Nur dass er an dir wesentlich mehr interessiert ist.« Alberich zuckte mit den Achseln. »Aber wieso sollte mich dein weiteres Schicksal interessieren, wenn dir das unsere gleichgültig ist?«

So waren es denn letztendlich – wie bei den meisten Menschen – nicht Güte und Pflichtbewusstsein, auf die Svenya ihr künftiges Schicksal baute ... und auch nicht die Sehnsucht nach Bequemlichkeit oder die Gier nach Reichtum. Nein, es war die nackte Angst, die sie schließlich sagen ließ: »Ich akzeptiere.«

10

Aarhain

Laurins Festung liegt in einer Höhle im Steilhang einer sehr viel größeren Höhle. Unterhalb des Fichtelbergs, des höchsten Berges des Erzgebirges zwischen Sachsen und Böhmen. In diese unterirdische Festung hinein gibt es nur drei Eingänge: zwei kleine, die gerade einmal zu Fuß passierbar sind, und einen großen. Durch zwei weitere Mauern geschützt, führt vom Boden der größeren Höhle eine lange, steile und dreimal serpentinenartig geschwungene Rampe hinauf, zu deren Seiten es steil in die Tiefe geht. Diese Rampe ist zusätzlich mit mehreren Toren und Wachtürmen gesichert, so dass jeder Angreifer mühelos mit Pfeilen und anderen Geschossen niedergestreckt werden kann. Keiner Infanterie der Welt, und sei sie noch so stark, würde es jemals gelingen, Aarhain im Sturm zu nehmen.
Im Kern dieser uneinnehmbaren Festung saß Lau'Ley vor einem Kristallspiegel und flocht sich mit Runen gravierte Smaragde in die langen rehbraunen Locken, um den Glanz ihrer großen grünen Augen noch stärker zu betonen. Sie wollte schön sein bei der Rückkehr ihres Geliebten … Laurin. Noch schöner, als sie es ohnehin schon war, mit ihren trotz ihrer Schlankheit üppigen Kurven, dem fein geschnittenen Gesicht mit den vollen Lippen und den kaum sichtbaren, aber alles akzentuierenden Sommersprossen rund um ihre kleine Stupsnase.
Es gab nur zwei Möglichkeiten: Entweder würde Laurin erfolglos, also ohne die Auserwählte, zurückkehren, dann brauchte er ihren Trost … oder zumindest ein Ventil, um seinen Zorn zu kühlen. Eines, das sie ihm nur zu gerne sein würde. Sie liebte es, wenn er wild war und rau mit ihr umging. Oder aber seine Jagd war erfolgreich und es war ihm gelungen, der Auserwählten habhaft zu werden – in dem Fall konnte es ganz

bestimmt nicht schaden, ihm im Gedächtnis zu halten, dass er bereits liiert war … mit ihr, Lau'Ley … und dass er keine andere Frau brauchte außer ihr … egal wie mächtig die Andere auch sein mochte.

Er bräuchte sie nur für ein Ritual, hatte er gesagt, aber bei Laurin konnte man nie sicher sein, was er wirklich im Schilde führte. Man könnte meinen, nach fast dreitausend Jahren sollte man den Mann, mit dem man Bett und Tisch teilte, doch einigermaßen kennen oder zumindest einschätzen können. Nicht so bei Laurin. Er tat, was er wollte und wie er es wollte – und was er wollte, war so schwer vorhersehbar wie das Wetter in diesen Breitengraden Midgards. Das war, wie Lau'Ley sehr wohl wusste, durchaus ein Teil dessen, was seine ganz besondere Faszination ausmachte, und zugleich war es furchtbar anstrengend und eine nie enden wollende Gratwanderung. Der Schwarze Prinz war kein verzogenes und launisches Königssöhnchen, dem seine Macht zu Kopf gestiegen war – er war bloß das fleischgewordene Abbild absoluter Unabhängigkeit und Freiheit. So scherte er sich einen Dreck darum, wenn seine Meinung von heute aufgrund erneuten Nachdenkens seiner gestrigen widersprach, und genauso wenig kümmerte ihn, was seine Untergebenen davon hielten, dass er, wenn er es für nötig hielt, seinen Kurs und damit den Kurs seines Volkes von heute auf morgen um hundertachtzig Grad änderte.

Lau'Ley wusste: Man konnte Laurin nicht lenken – man konnte ihn nur verlocken und verführen, wenn man ihn dazu bewegen wollte zu tun, was man sich wünschte … und Verlocken und Verführen waren die Spezialität der Sirene. Deshalb war sie, trotz all der Frauen, die in den vergangenen drei Millenia gekommen und gegangen waren, noch immer seine Hauptfrau. Die Einzige, die es so lange mit ihm ausgehalten hatte … oder besser, die Einzige, mit der er es so lange ausgehalten hatte … etwas, worauf sie sehr stolz war.

Als es jetzt leise an die Tür ihres Schlafgemachs klopfte, wusste Lau'Ley, dass es soweit war. Sie hatte eine ihrer Zofen damit beauftragt, auf der äußeren Mauer auf Laurins Rückkehr zu warten und sie umgehend zu informieren, sobald er sich der Festung näherte, damit sie ihm einen gebührenden Empfang bereiten konnte. Sie erhob sich mit nur mühsam gebremster und aus vorfreudiger Anspannung geborener Hast, strich ihr nagelneues, ebenfalls smaragdgrünes Dior-Kleid glatt, zupfte ihre Korsage zurecht und schwebte aus dem Raum ... buchstäblich ... einen halben Meter über dem Boden.

Kurz darauf stand sie auf den obersten Zinnen der höchsten Brüstung zwischen den blutroten Adlerbannern Aarhains und schaute ins Tal der riesigen Höhle herab. Das Donnern der Hufe seines schwarzen Hengstes schallte bis hier hoch, und sie weidete ihren Blick an Laurins majestätisch finsterer Gestalt. Sein weiter Umhang wehte im Wind seines schnellen Ritts ... und zu Lau'Leys Überraschung war er allein.

Zu ihrer Überraschung und – wenn sie ganz ehrlich war, was selten genug vorkam – auch zu ihrer Erleichterung. Sie kannte seine Besessenheit mit der Hüterin und wusste, von allen Frauen dieser Welt war sie die Einzige, die ihr den Rang streitig machen konnte. Was immer er mit der Auserwählten vorhaben mochte – die Tatsache, dass er ihrer nicht habhaft geworden war, bedeutete für Lau'Ley etwas Gutes.

Etwas Gutes im doppelten Sinne – denn er sah, wie sie trotz der Entfernung gut erkennen konnte, verdammt wütend aus. Und Lau'Ley genoss es, wenn er wütend war. Dann zeigte ihr Schwarzer Prinz ihr ganz besonders deutlich, wie wenig er sie in Wahrheit liebte ... und wie sehr er sie dabei aber doch brauchte. Denn in ihren smaragdgrünen Sirenenaugen war Liebe so austauschbar wie Unterwäsche ... gebraucht zu werden ist das, was eine Beziehung die Jahrhunderte überdauern lässt.

TEIL 2

ANKUNFT

11

Elbenthal

Es war Raik, der Svenya ihre neuen Gemächer zeigte. Sie lagen nicht weit vom Thronsaal des Königs entfernt, am Ende eines weiten Säulenganges. Vor dem Haupteingang standen zwei Wachen in märchenhaft verzierten Titanrüstungen. Sie waren mit langen, kurvigen Schwertern und Maschinenpistolen bewaffnet. Als Svenya und Raik sich näherten, verneigten sie sich ehrerbietig, während die beiden Flügel des Portals vor ihnen auseinanderglitten, wie von Geisterhand geführt.
»Das ist besonders diffizile Magie«, sagte Raik.
»Wieso?«, fragte Svenya unbeeindruckt. »Die Türen bei Aldi öffnen sich auch ganz von selbst. So etwas nennt man Bewegungssensoren.«
»Die Türen bei Aldi wiegen ja auch nicht zwei Tonnen das Stück«, sagte Raik – wie sie fand, ein wenig schnippisch.
»Dann baut doch leichtere«, sagte Svenya.
»Würden wir nur zu gerne«, erwiderte Raik. »Wären da nicht der gelegentliche Jötunn oder Troll auf der Suche nach einem Weg an die Oberfläche.«
»Jötunn?«
»Frostriese«, antwortete Raik ganz nebensächlich und kam dann wieder auf das Portal zu sprechen. »Außerdem ist es nicht das Öffnen an sich, das die meiste Magie verbraucht hat, sondern die Eigenschaft, dass die Tür sich nur für Euch öffnet. Das ist der eigentliche Trick. Das macht ihr keine Supermarkttür nach. Ihr Name ist übrigens *Hurdh* – Hürde.«
»Meine Tür hat einen eigenen Namen?« Svenya blieb ungläubig vor dem Tor stehen.
»Bei uns Elben haben alle Dinge ihren Namen, Prinzessin«, sagte Raik. »Zumindest die mit einer eigenen Seele.«

»Meine Tür hat eine eigene Seele?«
»Alles, was mit Magie erschaffen oder verstärkt wurde, hat eine eigene Seele. Aber das erkläre ich Euch noch bei Eurer Ausbildung.«
»Du wirst mich ausbilden?«
»In Magie, Hofetikette und der Geschichte unseres Volkes.« Raik strahlte voller Stolz. »Den Stundenplan bekommt Ihr gleich morgen früh.«
»Stundenplan?« Schon das Wort war gruselig. Svenya verzog das Gesicht. »So wie früher in der Schule?«
»Ja, aber nicht so lax und uneffektiv wie in den Schulen der Menschen«, sagte er.
»Sondern? Noch schlimmer?«
Raik schaute sie großtuerisch an. »Menschliche Schulen sind doch Kinderkram. Wer soll denn bei zwei Stunden pro Fach und Woche ernsthaft etwas lernen? Nein, Ihr werdet achtzehn Stunden am Tag ausgebildet, Prinzessin.«
»Achtzehn Stunden?! Du hast sie doch nicht alle!«
»Der erste Trainingsblock ist von vier Uhr morgens bis um zehn«, fuhr er unbeirrt fort.
»Vier Uhr morgens?!?«
»Nach dem Frühstück geht es um halb elf weiter bis zur Vesper um halb fünf. Und danach von fünf bis elf.«
Svenya zog scharf die Luft ein. »Bis um elf Uhr abends? Und wann, bitte schön, soll ich denn dann schlafen?«
Raik schaute sie verwundert an. »Na, in der Zeit dazwischen.«
»Von elf bis vier am nächsten Morgen sind es gerade mal fünf Stunden«, rechnete sie ihm vor. »Und in der Zeit soll ich noch duschen, mich anziehen und fertig machen?«
»Wir Elben brauchen nicht mehr als vier Stunden Schlaf«, sagte er. »Es ist also genügend Zwischenraum.«
»Genügend Zwischenraum?«, fragte sie aufgebracht. »Und was ist mit Freizeit?«
»Freizeit?«, fragte Raik.
»Na, Zeit für sich eben, Zeit zum Spielen und Entspannen und Faulenzen«, sagte sie.
»Ah ja«, sagte er. »Davon habe ich gehört. Das ist so ein seltsames Konzept der Menschenwelt. Es kam so vor etwa vierzig oder fünfzig Jahren

in Mode und hat seitdem alles durcheinander gebracht. Glaub mir: Die Menschen werden es wieder abschaffen, sobald sie verstanden haben, wie unproduktiv sie seither geworden sind und dass ihnen ihre sogenannte Freizeitgestaltung sehr viel mehr Stress einträgt, als sie angeblich abbaut.«

Svenya schnaubte protestierend. »Gibt es denn wenigstens zwei freie Tage pro Woche?«

»Nein.«

»Einen?«

»Keinen.«

»Ferien oder Urlaub?«

»Auch die nicht«, sagte Raik, und dann lächelte er. »Aber dafür gibt es auch keine Hausaufgaben.«

»Na, da bin ich ja beruhigt«, sagte Svenya und gab sich keinerlei Mühe, die Ironie in ihrer Stimme zu verbergen.

»Ihr braucht dieses Training, Prinzessin«, meinte er. »Sonst könnt Ihr den Test am Ende nicht bestehen.«

»Test?« Alberich hatte kein Wort von einem Test gesagt.

»Darüber macht Euch bitte jetzt noch keine Gedanken«, sagte er beschwichtigend. »Der Test ist erst in sechs Monaten. Jetzt zeige ich Euch erst einmal Eure Unterkunft.« Er machte eine einladende Geste, und sie passierten *Hurdh*. Svenya hatte nach Raiks Worten das sichere Gefühl, dass das nicht die einzige Hürde war, die vor ihr lag.

Alberich hatte nicht übertrieben. Was vor ihr lag, war tatsächlich ein Palast. Allein die Eingangshalle war gut und gerne zehn auf zehn Meter groß und fünf Meter hoch. Von hier gingen Türen ab und eine breite Freitreppe, die nach oben führte, zu einer weiteren Etage. Am Fuß der Treppe warteten drei Personen auf sie – und ein Wolf. Svenya erkannte ihn sofort. Es war Wargos Wolf, der da neben seinem Herrn stand und sie erwartete. Im hellen Licht der Halle sah Wargo gar nicht mehr so wild aus wie auf dem Dach des Parkhauses und in der Kanalisation. Im Gegenteil, jetzt machte er eher einen sanften Eindruck. Über seinem vormals nackten Oberkörper trug er jetzt eine Weste aus rötlich braunem Wildleder. Er schaute Svenya mit klarem Blick entgegen und verneigte sich, als sie näher kam.

»Wargo kennt Ihr ja schon«, sagte Raik. »Er ist der Hauptmann Eurer persönlichen Leibgarde und euer Lehrer in Nahkampf.«

»Es ist mir eine Ehre, Eure Hoheit«, sagte Wargo und fiel vor ihr auf das rechte Knie.

»Oh, bitte nicht«, rief Svenya, nahm seine Hand und zog ihn zurück auf seine Füße.

»Hier, gleich neben ihm«, sagte Raik, »ist Raegnir, Marschall Eures Hauses und Euer Lehrer in Taktik und Aufklärung.«

Zu Svenyas Überraschung war der Elb uralt. Sein fast weißes Haar war ausgedünnt und seine Haltung gebeugt – er stützte sich auf einen wurzelknorrigen Stock –, aber seine Augen blickten warmherzig und freundlich.

»Eure Hoheit«, sagte auch er. Doch ehe auch er vor ihr auf die Knie gehen konnte, hielt sie ihn davon ab.

»Bitte steht bequem, Raegnir«, sagte sie und musterte den alten Elb neugierig. »Was sind Eure Aufgaben als Marschall?«

»In täglicher Abstimmung mit Euch, Prinzessin, kümmere ich mich eigentlich um alles, was nicht gerade mit Essen, Trinken und der Reinigung zu tun hat.«

»Und das wäre?«, fragte sie interessiert.

»Ich führe Eure Bücher, verwalte die Kassen und die Angelegenheiten mit den Banken der Menschen, kümmere mich um die Ausrüstung Eurer Truppen und der Leibgarde, um die Instandhaltung des Palastes, die Stallungen …«

»Ich habe eigene Pferde?«, fragte Svenya ihn freudig.

»Nicht nur Pferde, Eure Hoheit«, antwortete Raegnir bedeutungsschwanger und mit einem gutmütigen Zwinkern.

»Sondern?«

»Morgen«, unterbrach Raik. »Alles zu seiner Zeit. Zuerst die wichtigeren Dinge, Prinzessin.«

»Spielverderber«, raunzte sie aus dem Mundwinkel und nahm im selben Moment wahr, dass Wargo beinah losgelacht hätte und dass Raik rote Flecken auf den Wangen bekam.

»Es ist mir eine Freude, Euch die Stallungen morgen zu zeigen«, sagte Raegnir, »und mit Euch die Belange Eures Hofes zu besprechen.«

»Auf die Stallungen freue ich mich ebenfalls«, erwiderte sie. »Die übrigen

Belange handhabt Ihr bitte einfach weiterhin wie gehabt, auch ohne Absprache mit mir.«

»Euer Vertrauen ehrt mich, Hoheit«, sagte Raegnir und verneigte sich.

»Es ist gar nicht so sehr Vertrauen«, sagte Raik patzig. »Sie will einfach nur ein bisschen mehr … wie hieß das noch gleich? Ach ja, *Freizeit*.« Er betonte das Wort, als wäre es etwas Widerwärtiges, das er nicht einmal mit Handschuhen anfassen würde. Dann fasste er sich wieder und deutete auf einen eher unscheinbaren Elb von mittlerer Statur. »Und das hier ist Tapio, Euer Kämmerer.«

Tapio hatte ein unfreundliches Gesicht mit schmaler Hakennase und kleinen, leicht hervortretenden Augen. Svenyas Erfahrung nach hatte jeder Mensch eine Ähnlichkeit mit einem bestimmten Tier oder einer Mischung aus verschiedenen Tieren, sowohl was sein Äußeres anging als auch seine Ausstrahlung. Hagen zum Beispiel nahm sie wahr als Mischung aus einem Adler und einem sibirischen Tiger, und ein bisschen etwas Bäriges hatte er auch – weniger den knuffigen Teil als den majestätischen. Wargo wiederum war ihrem Gefühl nach eine Mischung aus Wolf und schwarzem Panther. Tapio aber erinnerte Svenya auf unangenehme Weise an ein Wiesel … eher sogar noch an eine Ratte.

»Ich kümmere mich um die Küche und Eure Weinkeller«, sagte er, ohne dass sie danach gefragt hatte. »Und um die Reinigung.«

Auch ihn hielt Svenya davon ab, vor ihr auf die Knie zu fallen, aber es fiel ihr schwer, dabei zu lächeln. Tapio war ihr nicht sympathisch.

»Kommen wir nun zu den einzelnen Gemächern«, sagte Raik.

»Die kann sicher Wargo mir zeigen«, schlug Svenya eilig vor. Sie hatte für heute genug von Raiks oberlehrerhaftem Gebaren.

»Wargo?«, fragte der Magier verwirrt.

»Er ist doch immerhin der Anführer meiner persönlichen Leibgarde«, sagte Svenya. »Als solcher kennt er sich hier sicher bestens aus.«

Wargo strahlte, aber Raik wirkte gekränkt.

»Niemand kennt sich hier in Elbenthal so gut aus wie ich …«, begann er, doch sie schnitt ihm das Wort ab.

»Du hast bestimmt noch jede Menge zu tun mit den Vorbereitungen für meinen Unterricht morgen. *Wichtige* Vorbereitungen«, betonte sie abschließend, fasste ihn an der Schulter, drehte ihn um und führte ihn zum Ausgang.

»Aber ...«, setzte er an.

»Mach dir keine Sorgen, Raik«, versicherte sie ihm. »Ich komme schon klar.« Und damit schob sie ihn über die Schwelle nach draußen in den Gang. »Schlaf nachher schön.«

»Aber ...«, versuchte er es ein zweites Mal.

»*Hurdh*«, sagte Svenya zu dem Portal. »Bitte schließen.«

Die Tür gehorchte und schloss sich langsam und völlig geräuschlos. Svenya winkte Raik noch einmal kurz durch den kleiner werdenden Spalt zu und rief: »Bis morgen. Vier Uhr! Ich freu mich!«

Kaum war die Tür in ihr Schloss gefallen, lachte Wargo auf.

»Autsch«, sagte er. »Das hat ihm jetzt aber gar nicht geschmeckt.«

»A propos *schmecken*«, sagte Svenya. »Wie wärs mit ner Pizza, Tapio?«

»Pizza, Eure Hoheit?«, fragte der Kämmerer. »Ich hätte Kapaune und Wildbret, Feigen und ...«

»Pizza reicht völlig«, sagte Svenya. »Schinken und Pilze wären toll. Und extra viel Käse. Lieber mittelalten Gouda statt Mozzarella. In der Zwischenzeit zeigt mir Wargo die Zimmer.«

»Euer Wunsch sei mir Befehl«, sagte Tapio und wieselte davon.

Auch Raegnir verneigte sich. »Ich wünsche eine Gute Nacht, Eure Hoheit.«

»Bis Morgen, Marschall«, erwiderte Svenya und wartete, bis er aus der Halle gehumpelt war. Erst dann fragte sie Wargo: »Wo fangen wir an?«

»Am besten hier unten.« Er ging los, und sie folgte ihm.

Svenya war überwältigt von dem, was er ihr zeigte. Da war zunächst der Ballsaal, der noch zweimal größer war als die Eingangshalle und an dessen Ende sogar ein eigener Thron stand. Sie hielt den Atem an. Vor ein paar Stunden noch war ein winziges Hotelzimmer mit eigener Dusche der größte Luxus gewesen, den sie sich vorstellen konnte, und jetzt war sie hier, in ihrem eigenen Palast – und stand vor ihrem eigenen Thron. Natürlich hatte das alles seinen Preis, und Svenya wusste, dass sie diesen Preis auch bezahlen musste – daran hatte Alberich keinen Zweifel gelassen –, aber für jetzt verdrängte sie diesen Gedanken und nahm mit großen Augen und wachsender Begeisterung alles in sich auf, was Wargo ihr bei ihrem Rundgang präsentierte. Neben dem Thronsaal war ein kleinerer Salon, der bei Festivitäten als Rückzugsort für diejenigen Gäste diente, die sich vom Tanz ausruhen wollten. Im Alltag, erfuhr Svenya, würde der Salon als Speisesaal für sie und die Leiter der einzelnen Abteilungen ihres Haushaltes genutzt.

Dahinter lagen die Räume der Küche, wo Tapio gerade ein halbes Dutzend in ihren Kochklamotten völlig deplatziert wirkender, wunderschöner Elbendamen herumscheuchte, um die Zutaten für einen Hefeteig und den Belag der Pizza zu organisieren. Svenya hatte das Gefühl, hätte sie Kaviar bestellt, hätten sie den binnen Sekunden gefunden und serviert, aber so etwas Profanes wie Mehl schien sie zu überfordern. In der Nähe der Küche waren die Vorratsräume und die Quartiere der Bediensteten. Die Unterkünfte der Soldaten befanden sich am anderen Ende – nahe beim Eingangstor. Dazwischen lagen Waffen- und Schatzkammer, die Wachstube und der Speisesaal für Soldaten und Dienerschaft. Svenya konnte nicht einmal entfernt abschätzen, wie groß die Grundfläche ihres Palastes war. *Riesig* war das einzige Wort, das es annähernd traf.

»Eure Zimmer sind oben, Eure Hoheit«, sagte Wargo und führte sie zu der breit geschwungenen Freitreppe. Der Wolf folgte ihnen lautlos.

»Nenn mich bitte Svenya und sag *du*«, bat sie ihn leise.

Er schaute sie ernst an. »Das ist uns nicht gestattet, Hoheit.«

»Wer ist *uns*?«, fragte sie. »Die Bediensteten?«

»Die vom Clan der *Vargulfra*. Die Mannwölfe«, antwortete er.

Svenya hatte vollkommen verdrängt, was er eigentlich war. Nicht nur, weil er ihr das Leben gerettet hatte und sie ihn zum Dank dafür aus Versehen quer durch einen Kanalschacht geboxt hatte, was ihr noch immer leid tat und ihr peinlich war, und auch nicht, weil sie Zeugin geworden war davon, wie liebevoll er mit seinem Wolf umging und wie loyal dieser wiederum seinem Herrn gegenüber war. Nein, sie fand ihn auch so ausgesprochen sympathisch, gestand Svenya sich ein – sonst hätte sie sich erst gar nicht dafür entschieden, sich den Palast von ihm zeigen zu lassen.

»Du bist doch der Hauptmann meiner Leibgarde, oder?«

»Ja, Eure Hoheit.«

»Und als solcher unterstehst du meinem Befehl. Ist das auch richtig?«

»Absolut, Eure Hoheit.«

»Gut«, sagte sie zufrieden und grinste. »Dann befehle ich dir hiermit, mich Svenya zu nennen und mich zu duzen.«

Mit offenem Mund stand Wargo auf der Stufe über ihr, und obwohl er größer war als sie, erschien es Svenya, als würde er zu ihr aufschauen.
»Haben wir uns verstanden?«, hakte sie nach.
»Bei Odin!«, sagte er. »Ihr lernt verdammt schnell, wie das hier unten so läuft.«
»Bitte?«
»Äh … ich meine *du* … du lernst verdammt schnell.«
»Das bringt ein Leben auf der Straße so mit sich«, sagte sie. »Lerne oder verrecke.«

Schweigend gingen sie weiter. Die zweite Etage hatte dieselbe Grundfläche wie die darunter, nur dass die Gemächer hier oben, mit Ausnahme der Quartiere ihrer Leibgarde, allesamt Svenya vorbehalten waren. Das Schlafgemach, das in etwa so groß war wie das, in dem sie aufgewacht war, war ähnlich eingerichtet. Auf der einen Seite grenzte es an ein Ankleidezimmer und auf der anderen an das Bad – obwohl das Wort ›Bad‹ in Svenyas Augen nicht wirklich zutraf – was da vor ihr lag, war eher eine kleine Therme: mittelgroßer Pool, Massageliegen und eine große runde Wanne, die man über einen Ring von Stufen, der um sie gelegt war, erreichte und über der so viele Brauseköpfe hingen, dass man damit Regen nachmachen konnte. Svenya freute sich schon darauf, sie später gleich auszuprobieren. Noch mehr aber freute sie sich über das Ankleidezimmer. Es war ein sechs mal sechs Meter großer Raum, der bis zur Decke gefüllt war mit Kleidern und Schuhen. Der Großteil der Sachen waren sehr elbisch wirkende Gewänder und Kleider, die allesamt perfekt auf sie zugeschnitten zu sein schienen; aber da war auch Menschenkleidung in Hülle und Fülle: jede Menge Jeans, Stoffhosen und Röcke, Kleidchen, Shirts, Blusen, Jacken, Boleros, Schals und ganz entzückende Dessous … Svenya wusste gar nicht, was sie sagen sollte, ahnte aber auch, dass Wargo ihre Begeisterung ohnehin nicht verstehen würde. Auch ohne Erfahrung mit Beziehungen wusste sie, dass Männer mit dem Thema Klamotten grundsätzlich nicht allzu viel anfangen konnten. Bis heute war das eigentlich auch bei ihr nicht anders gewesen, aber bis heute hatte sie ja auch nie mehr Kleidung besessen, als sie am Leib trug.
Jenseits des Bades war ihr persönlicher Trainingsraum. Er erinnerte Svenya mit seinem geschliffenen Holzboden sehr an eine Mischung aus

japanischem Dojo und uralter Turnhalle. Da standen Übungspuppen aus Leder und Stahl; Ringe und Kletterseile hingen von der Decke. Gleich daneben waren ein Reck und mehrere Boxsäcke aufgebaut, und an einer der mit den verschiedensten und exotischsten Waffen behängten Wände war die obligatorische Sprossenwand angebracht. In der Raummitte war ein großflächiger Platz freigehalten – zweifellos für Zweikampfübungen.

»Hier werden wir morgen also trainieren?«, fragte sie Wargo.

»Ja«, sagte er. »Dann kann ich mich endlich revanchieren für den Schubser in der Kanalisation.«

Svenya lachte auf. »Schubser? Ich zeig dir morgen mal, was ein Schubser ist.«

Auch er lachte, und der Wolf, der sah, dass sie einander mochten, wedelte freudig mit dem Schwanz.

Svenya ging in die Knie und kraulte ihm mit beiden Händen das fellige Gesicht und den Nacken, was er mit einem begeisterten Lecken ihrer Wangen quittierte.

»Wie heißt er eigentlich?«, fragte sie Wargo.

»Yulf«, sagte der, und sofort horchte der Wolf auf.

»Sein Name ist *Wolf*?«, fragte sie verwundert. »Euren Türen gebt ihr Namen, aber euren Tieren nicht?«

»Ich nenne ihn *Bruder*«, sagte Wargo, und jetzt wedelte der Wolf wieder freudig mit dem Schwanz und sprang an ihm hoch, um auch ihm das Gesicht zu lecken.

»Bruder? Hm, ja. Das ist ein guter Name«, musste Svenya lächelnd zugeben. »Ein verdammt guter.« Sie streichelte ihn noch einmal, und dann setzten Wargo und sie ihre Besichtigungstour fort.

Sie schritten durch ein salongroßes Wohnzimmer, das locker jede Luxus-Suite in den Schatten stellte. Doch wenn Svenya gedacht hatte, es könnte nicht noch besser werden, hatte sie sich geirrt: Ihr Palast war wie ein überdimensionaler Adventskalender, in dem sie gerade von einem Überraschungskästchen zum nächsten lief.

»Die Mediathek«, sagte Wargo, als er die nächste Tür öffnete. Der Saal war an den Wänden vom Boden bis zur Decke mit Regalen voller Bücher und Schriftrollen bestückt. In halber Höhe lief eine Galerie rundum, die über mehrere Treppen erreichbar war. Die Sammlung beherbergte auch neu aussehende Bücher, aber den Großteil bilden alte, dicke Folianten in ledernen und mit Gold verzierten Einbänden.

»Jedes einzelne davon gibt es auch noch einmal als E-Book auf deinem Rechner und deinen E-Book-Readern«, sagte Wargo und deutete auf einen großen Schreibtisch, auf dem ein nagelneues Rechnersystem mit drei Monitoren aufgebaut war. Daneben lag eine ganze Batterie von Tablet-PCs, Smartphones und E-Book-Readern.

»Das System steuert auch den Hauptschirm«, fuhr er fort und drückte einen der Knöpfe. Eines der Regale glitt zur Seite und gab den Blick frei auf einen Flat-Screen-Monitor, der größer war als jeder, den Svenya jemals gesehen hatte. Drei Meter breit und anderthalb hoch.

Nicht zum ersten Mal an diesem Tag brachte Svenya nicht mehr heraus als ein überwältigtes »Wow!«.

»Abgesehen von jedem nationalen und internationalen Fernsehsender verfügt dein Archiv über jeden Film, jede Reportage und jede Dokumentation, die jemals gedreht wurden.«

»Musik?«

»Natürlich.«

»Aber Raik hat doch gesagt, ich habe gar keine freie Minute mehr«, sagte sie niedergeschlagen. »Wann soll ich das denn alles lesen und anschauen?«

Wargo winkte ab. »Raik neigt zu Übertreibungen. Erstens dauert deine Ausbildung nur ein halbes Jahr, und zweitens besteht ein nicht gerade geringer Teil davon aus Lesen, Filme Schauen und Gamen.«

»Gamen?«

Wargo öffnete eine Kommode voller Spielekonsolen und entsprechenden Utensilien.

»Perfekt zum Training von Reaktion, Präzision und Orientierung«, sagte er. »Nur, Raik nennt es eben nicht gamen. Vermutlich weil er selbst einen nicht gerade kleinen Teil seiner Zeit mit Computer, Playstation und X-Box verbringt.«

»Gefällt mir«, gab Svenya zu. »Und wo sind jetzt die Stallungen, von denen Raegnir gesprochen hat?«

»Die befinden sich nicht hier im Palast. Sie sind am Fuß der Festung und unterhalb des gesicherten Geländes der Albrechtsburg – wie auch die Garage für deine Fahrzeuge.«

»Ich habe Fahrzeuge?«, fragte sie. »Du meinst Autos?«
»Ein ganzes Dutzend. Und Motorräder.«
»Aber ich hab doch noch nicht einmal einen Führerschein.«
Wargo nahm ein kleines, laminiertes Kärtchen vom Schreibtisch. »Jetzt hast du einen.«
Faszinierend. Svenya hatte keine Ahnung, wann sie das Foto dazu gemacht hatten. *Aber –* »Das Geburtsdatum ist falsch.«
»Natürlich«, sagte Wargo. »Genau wie in deinen Ausweisen und Pässen. In denen bist du jetzt auch nach Menschenrecht schon seit drei Jahren volljährig.«
Cool!
»Und fahren lernen wirst du im Laufe der Ausbildung.«
Noch cooler! »Können wir nicht schon gleich jetzt eine kleine Spritztour machen?«
»Ich bedaure«, erwiderte Wargo. »Außerhalb deines Trainings ist es dir nicht gestattet, an die Oberfläche zu gehen, bis du deinen Test bestanden hast.«
»Och«, machte sie. »Das können wir doch sicher irgendwie umgehen, meinst du nicht?«
Wargos Gesicht nahm einen traurigen Zug an. »Der Preis dafür wäre ziemlich hoch. Zumindest für mich.«
»Was meinst du?«
»Es gehört mit zu meinen Aufgaben, dieses Verbot durchzusetzen«, erklärte er. »Brichst du es dennoch, werde ich bestraft.«
»Wie?«
»Mit dem Tod.«
Das verschlug ihr die Sprache. Sie brauchte einen Moment, ehe sie sagte: »Das heißt, du bist nicht nur mein Bodyguard und Trainer, sondern auch mein Wächter.«
»Ja.«
Die Lockerheit war mit einem Schlag verschwunden, als Svenya begriff, was Wargo da gerade gesagt hatte. Sie war eine Gefangene. Die Tatsache, dass der Käfig, in den man sie gesperrt hatte, aus purem Gold war, änderte daran nicht das Geringste.
Wargo musste gesehen haben, wie sehr ihr die Erkenntnis auf das Gemüt schlug. Er trat zu ihr hin, legte einen Finger unter ihr Kinn und hob ihr

Gesicht an. »Hey, es ist doch nur für ein paar kurze Monate«, sagte er tröstend. »Danach kannst du dich da oben wieder herumtreiben, wie es dir gefällt.«

In dem Moment betrat Tapio den Raum, und Wargo machte einen schnellen Schritt von ihr weg. Tapio trug ein großes, dampfendes Tablett. »Die Pizza ist fertig. Wo darf ich servieren?«

»A-auf der Terrasse«, sagte Wargo, und Svenya sah, dass seine Wangen leicht gerötet waren. Auch ihr war unerklärlicherweise ziemlich warm geworden.

Tapio ging voran, und die drei folgten ihm.

Svenya wunderte sich noch, wie es hier, tief unter der Erde, eine Terrasse geben konnte, als ihre Frage beim Durchschreiten der Tür auch schon beantwortet wurde und es ihr zum x-ten Male an diesem denkwürdigen Tag komplett die Sprache verschlug: Die Terrasse war ein Halbrund von der Größe eines Handballfeldes. Aber die schiere Größe der Terrasse war es nicht, das Svenya vor Ehrfurcht verstummen ließ. Es war vielmehr das, was jenseits der geländerlosen Plattform lag: Eine gigantische Höhle. Wirklich gigantisch. Im Sinne von kilometerweit … und Hunderte von Metern hoch.

»Wo sind wir hier?«, fragte sie atemlos.

»Unterhalb Dresdens«, sagte Wargo.

»Unter der Stadt?«

»Und unter dem Fluss.«

Noch fantastischer als die riesige Höhle mit ihren güterzuglangen und mit Leuchtjuwelen besetzten Tropfsteinen war die Festung um Svenya herum. Sie konnte zwar nur einen kleinen Teil davon sehen, doch das genügte Svenya vollkommen, um ehrfürchtig innezuhalten. Die Festung bestand in Gänze aus schwarz glänzendem Gestein und ragte in vielen, mit luftigen Brücken verbundenen und von spiralförmigen Treppen wie mit Schlingpflanzen umschlungenen Türmen bis fast zu der Decke der Höhle – und an manchen Stellen war sie sogar mit ihr verbunden. Vermutlich waren das Zugänge zur Oberfläche … zur Welt der Menschen. Das gesamte Bauwerk wirkte, als sei es in einem Stück aus dem Felsen gehauen, und Svenya konnte nur ahnen, wie viel handwerkliches und architektonisches Können und Magie in ihren Bau geflossen waren. Sie trat an den Rand der Terrasse. Nach unten blickend sah sie, dass ihr

Palast bestimmt zweihundert Meter höher als der eigentliche Boden der Höhle lag, wo die Festung mit mehreren Verteidigungswällen umgeben war. Selbst über die große Entfernung hinweg konnte sie zahlreiche, in glänzende Rüstungen gekleidete Wächter und Wächterinnen erkennen. Tapio stellte das Tablett mit der Pizza auf einen Tisch und teilte sie mit einem großen Küchenmesser in Tortenstücke.

»Das Höhlensystem zieht sich von hier nach Nordwesten bis unter Meißen und in südöstlicher Richtung den Elbfluss entlang, unter dem Elbsandsteingebirge hindurch bis hin zum Böhmischen Mittelgebirge«, sagte Wargo und rückte Svenya einen Stuhl zurecht, damit sie sich setzen konnte. »Dazwischen gibt es eine Abzweigung, die tief unter dem Erzgebirge in Richtung Westen verläuft bis hin zum Fichtelberg. Dort ist auch Aarhain, die Festung Laurins.«

Svenya hatte in den wenigen Jahren, die sie zur Schule gegangen war, in Geografie nie besonders gut aufgepasst, aber auch so konnte sie sich vorstellen, dass Wargo hier von vielen, vielen Kilometern sprach.

»Erzähl mir von diesem Laurin«, wechselte sie das Thema und griff nach einem Stück der köstlich duftenden Pizza, dabei die Teller und das Besteck, die Tapio gerade arrangierte, völlig ignorierend. »Was will er von mir?«

Svenya wollte gerade abbeißen, als plötzlich ein dunkler Schatten mit hohem Tempo und wild knurrend auf sie zusprang. Instinktiv wollte sie ausweichen, doch sie war zu langsam, und auch Wargo hatte nicht mehr die Zeit zu reagieren. Was da auf sie zugesprungen kam, war ...

Yulf!

Er sprang über den Tisch und riss ihr dabei die Pizza aus der Hand.

»Scheiße, hast du mich jetzt erschreckt«, rief Svenya, noch während der Wolf auf der anderen Seite des Tisches landete. »Du hättest doch auch Laut geben können, wenn du was von der Pizza abhaben willst.« Trotz ihrer flapsigen Worte steckte ihr der Schreck tief in den Knochen. Möglicherweise hatte sie angesichts all des Neuen, das ihr durch den Kopf schwirrte, zu schnell vergessen, dass sie es nicht mit einem Schoßhündchen zu tun hatte, sondern mit einem Wolf – einem übernatürlichen obendrein.

»Verzeihung Svenya«, sagte Wargo. »Aber das tut er normalerweise nicht. Was ist nur in dich gefahren, Bruder?«

Sie sahen beide erstaunt zu, wie Yulf die Pizza wieder aus seinem Maul fallen ließ und nicht weiter beachtete. Dafür baute er sich jetzt am Tischrand auf und knurrte den Rest der Pizza auf dem Tablett an.

Kaum einen Lidschlag später zuckte Svenya gleich zum zweiten Mal vor Schreck zusammen: Ohne Vorankündigung hieb Tapio mit dem großen Küchenmesser wie mit einem Schwert nach ihrem Hals. Ehe sie überhaupt denken konnte, reagierte ihr Körper bereits, und Svenya stieß sich schnell vom Tisch ab. Sie kippte mitsamt dem Stuhl nach hinten – und wich der tödlichen Klinge nur um Haaresbreite aus.

Sie rollte nach hinten weg und versuchte, auf die Füße zu kommen, um einem zweiten Angriff ausweichen zu können. Aber der ereignete sich nicht mehr, denn Wargo stürzte sich auf Tapio und entwaffnete ihn, ohne dass der schmächtige Kämmerer auch nur eine Chance gehabt hätte.

»Ist alles in Ordnung?«, fragte Wargo in ihre Richtung, ohne Tapio aus den Augen zu lassen, den er jetzt mit dem Pizzamesser in Schach hielt.

»Ja«, beeilte sich Svenya zu antworten, obwohl sie sich alles andere als in Ordnung fühlte. Aber sie lebte noch und war unverletzt. Das war es, was zählte. »Hier ist alles okay.«

»Dein Glück, Verräter«, knurrte Wargo in Tapios Richtung. »Das erspart dir zumindest die Folter. Vorausgesetzt, du sagst uns, auf wessen Soldliste du stehst.«

»Sold?«, spuckte Tapio verächtlich. »Du glaubst, ich hätte das für Gold getan? Nun, es sollte mich nicht wundern, dass jemand wie du nicht weiß, was Loyalität ist.«

»Wie du willst«, sagte Wargo. »General Hagen wird deine Zunge schon noch lösen.«

»Träum weiter, Wolfsjunge«, rief der Kämmerer und duckte sich, schneller als man es ihm zugetraut hätte, nach hinten weg. Ehe Wargo ihn greifen konnte, rannte er zum Rand der Terrasse. Wargo und Yulf stürmten gleichzeitig los, um ihn aufzuhalten. Doch trotz ihrer atemberaubenden Geschwindigkeit kamen sie zu spät: Tapio warf sich bereits mit einem weiten Sprung über den geländerlosen Rand nach draußen, wo er für einen winzigen Augenblick lang wie still in der Luft zu schweben schien, ehe die Schwerkraft ihren Tribut einforderte und er wie ein Stein in die Tiefe stürzte.

12

Svenya saß in ihrem Wohnzimmer in einem großen Lehnsessel und versuchte, den Galopp ihres Pulses zu bremsen. Sie hatte die Füße auf das Polster gestellt und umklammerte schutzsuchend mit beiden Armen ihre angewinkelten Beine. Yulf lag vor ihr auf dem Boden, was ihr zumindest ein gewisses Gefühl der Sicherheit gab.
»Der Wolf hat ihr also das Leben gerettet«, urteilte auch Hagen, der jetzt mit Wargo, Raegnir und Raik nicht weit von Svenya bei der Tür stand.
»Ja«, antwortete Wargo. »Die Pizza war mit Alraune vergiftet. Er hat es gewittert und die Prinzessin daran gehindert, sie zu essen.«
»Und du hast nichts gemerkt?«, fragte Raik erstaunt. »Dein Geruchssinn ist doch beinahe ebenso gut wie der von Yulf.«
»Ich hätte merken müssen, dass etwas nicht stimmte, als Tapio selbst die Pizza servierte«, sagte Wargo – seiner zerfurchten Stirn nach zu urteilen wütend auf sich selbst. »Ich habe sonst noch nie gesehen, dass er freiwillig selbst mit anpackt.«
»Du hast versagt«, sagte Hagen mit finsterer Miene. »Gleich drei Mal.«
»Drei Mal?«, fragte Svenya. Ihre Zunge fühlte sich wie ein Klumpen Blei an. Trotz ihrer Angst empfand sie Hagens Ton und seine Anschuldigung so unangemessen, dass sie weitersprach: »Auch Wargo hat mir das Leben gerettet.«
»Soweit ich das beurteilen kann«, sagte Hagen kühl, »hätte Tapios Streich mit dem Messer Euch den Kopf von den Schultern getrennt, wenn es Euch nicht gelungen wäre, Euch selbst nach hinten vom Tisch wegzustoßen. Entspricht das den Tatsachen?«
Svenya zögerte – doch dann nickte sie.
Hagen blickte Wargo hart an. »Und ein drittes Mal hat er sein Unvermögen unter Beweis gestellt, als er zuließ, dass der Verräter sich in den Tod stürzte, ehe wir ihn befragen konnten«, schloss er.

»Was hätte er denn tun sollen?«, wandte Svenya ein.

»Wargo hätte Tapio fesseln müssen, direkt nachdem er ihn entwaffnet hatte«, sagte Raik leise. Sein Tonfall verriet, dass er nicht glücklich damit war, den Mannwolf anklagen zu müssen.

Wargo senkte den Kopf. »Ich stelle hiermit meinen Posten als Hauptmann der Leibgarde der Prinzessin und als ihr Trainer zur Verfügung und begebe mich so lange in Hausarrest, bis das Urteil für mein Vergehen gefällt ist.«

»Deine Dienste als Trainer werden weiterhin benötigt«, erwiderte Hagen. »Du bist der einzige Mannwolf in unseren Reihen. Deswegen und aufgrund deiner tadellosen Vergangenheit werde ich von einer weiteren Bestrafung absehen. Als Hauptmann der Leibgarde wirst du jedoch bis auf weiteres ersetzt.« Er wandte sich an Raik. »Lass Yrr kommen.«

Svenya wollte protestieren, doch Hagen gab ihr dazu gar keine Gelegenheit. Er hatte sich bereits an Raegnir gewandt. »Du stellst aus deinen Reihen einen Vorkoster für die Prinzessin ab«, befahl er dem Marschall. »Jemanden, der keine verwandtschaftlichen oder wie auch immer gearteten Beziehungen zum Küchen- und Kellerpersonal hat. Er wird alles, und ich meine wirklich alles testen, ehe es der zukünftigen Hüterin vorgesetzt wird. Sollte es einen weiteren Giftvorfall geben, ziehe ich dich persönlich zur Rechenschaft. Haben wir uns verstanden?«

Der alte Elb nickte. »Wie Ihr befehlt, General Hagen.«

»Bestelle außerdem einen neuen Kämmerer und versuche herauszufinden, ob Tapio alleine gehandelt hat oder ob er Hilfe vom Küchenpersonal hatte.«

»Sehr wohl«, sagte Raegnir, verbeugte sich erst in Hagens, dann in Svenyas Richtung und verließ den Raum. Yrr stand bereits in der Tür und wartete, dass sie hereingerufen würde. Statt eines Gewandes trug sie jetzt eine titanfarbene Rüstung, die der der Torwachen nicht unähnlich war – nur feiner geschmückt und mit goldenen Intarsien verziert. Unter dem angewinkelten Arm trug sie einen Spitzhelm mit einer Krone aus rabenschwarzem Rosshaar, das wie ein langer Zopf daran herabfloss.

»Ihr habt mich rufen lassen, General Hagen«, sagte sie und stand stramm.

Hagen nickte in ihre Richtung. »Du wirst ab sofort Wargos Stelle als Hauptmann der Leibgarde der Prinzessin einnehmen«, sagte er.

»Aber …«, sagten Svenya und Yrr wie aus einem Mund. Ihre Antipathie war gegenseitig.

»Kein *Aber*«, schnitt Hagen ihnen beiden das Wort ab. »Mag sein, dass eure erste Begegnung unter einem schlechten Stern stand, aber das darf jetzt, da es dem Feind gelungen ist, unsere eigenen Reihen zu infiltrieren, keine Rolle spielen. Yrr, du hast die Hüterin inzwischen lange genug an der Oberfläche vertreten. Jordh und Skuld werden von jetzt an deine Aufgaben dort übernehmen. Ich werde sie entsprechend instruieren.« Hagens Tonfall duldete keinen Widerspruch. Genauso harsch wandte er sich nun an Svenya: »Sobald Ihr die Ausbildung hinter Euch gebracht und den Test bestanden habt, könnt Ihr zum Hauptmann ernennen, wen immer Ihr wollt. Bis dahin unterliegt diese Angelegenheit meiner Entscheidung, und ich erwarte von Euch, dass Ihr Euch dieser Entscheidung fügt. Ihr könnt darauf vertrauen, dass Euer Überleben für mich die alleroberste Priorität besitzt. Und jetzt legt Euch schlafen. Die Ausbildung beginnt pünktlich in vier Stunden.«

Ohne eine Antwort abzuwarten, drehte der Elbengeneral sich um und marschierte aus dem Raum.

»Raik! Wargo!«, rief er von draußen, sichtlich ungehalten über die Verzögerung. Raik folgte seinem Ruf direkt. Wargo aber ging erst aus dem Raum, nachdem er Svenya mit einem stummen Blick um Vergebung gebeten hatte – gefolgt von Yulf, der sich auf der Türschwelle noch einmal kurz zu ihr umdrehte. Doch dann war auch er verschwunden, und Svenya war allein mit Yrr. Deren Blick war jetzt noch feindseliger als vorhin.

»Tut, wie General Hagen Euch geheißen hat«, sagte sie, »und geht ins Bett. Ich überprüfe in der Zwischenzeit noch einmal, ob alles in Ordnung ist, und teile die Leibgarde für den morgigen Tag ein.«

»Bleib noch ein bisschen«, bat Svenya.

»Warum?«, fragte Yrr.

»Ich möchte jetzt nicht allein sein.«

Zu der Feindseligkeit in Yrrs Miene gesellte sich nun auch Verachtung – offenbar betrachtete sie das Zugeben von Angst als Schwäche. »Der General hat mich zu Eurem Schutz und zu Eurer Bewachung abgestellt«, sagte sie knapp. »Nicht zu Eurer Unterhaltung. Ruft also nur nach mir, wenn Euer Leben in Gefahr ist.«

Damit salutierte sie, drehte sich um und ging.

13

Völlig verloren wanderte Svenya durch die verlassenen Räume ihres neuen Palastes. Das, was Svenya sich die wenigen Male vorgestellt hatte, wenn sie sich ausmalte, wie es wohl wäre, in Wahrheit keine gewöhnliche Sterbliche und bettelarm zu sein, sondern eine Prinzessin oder gar ein überirdisches Wesen, war Lichtjahre entfernt von dem, was sie jetzt erlebte. Sie war hier in Elbenthal, weil sie gejagt wurde … und weil es ihre Aufgabe sein würde, selbst zu jagen. In den vergangenen vierundzwanzig Stunden hatte man sie verfolgt, gefangen genommen und töten wollen. Mit dem Ergebnis, dass sie sich hier in diesen Mauern viel mehr wie in einem Gefängnis fühlte statt in Sicherheit. So sehr sie in ihrem früheren Leben in Not und Elend gegen jede Hoffnung davon geträumt hatte, irgendwann einmal reich zu sein und nicht mehr hungrig, so wenig hatte sie jetzt überhaupt einen Blick für den Prunk und den Reichtum, der sie umgab … aber immer noch Hunger.
Der Gedanke an Essen lenkte sie ab von ihrer Angst. Also hielt sie daran fest und steuerte ihre Schritte in die Küche nach unten. Der Appetit auf Pizza war ihr vergangen, aber vielleicht würde sie ja ein Stück Brot und etwas Käse auftreiben können …
Doch wenn sie geglaubt hatte, die Küche sei zu solch später Stunde leer, hatte sie sich getäuscht: Von drinnen ertönten die Klänge fleißigen Schaffens.
Svenya schob die Tür ein wenig auf und linste hinein. Ein halbes Dutzend Elben und Elbinnen war geschäftig am Werkeln. Auf verschiedenen Feuerstellen dampften, brutzelten und brodelten große Töpfe und Pfannen. Eigentlich hätte sie sich denken können, dass hier rund um die Uhr gearbeitet wurde – schließlich galt es, einen ganzen Hofstaat zu versorgen. Allein der Duft der verschiedenen Speisen ließ Svenya das Wasser im Mund zusammenlaufen, doch sie zögerte. Wenn sie Hagen und Albe-

rich Glauben schenken durfte, war das hier wohl jetzt ihre Küche, aber sie fühlte sich dennoch wie eine Fremde. Jetzt einfach so hineinzugehen, wäre ihr irgendwie peinlich – wie das nun einmal ist, wenn man als Fremde irgendwo zu Besuch ist und sich nicht traut, einfach etwas aus dem Kühlschrank zu holen.

Gerade wollte Svenya sich wieder davonschleichen, als sie von einer besonders jung aussehenden Elbin mit rotem Lockenkopf entdeckt wurde.

»Eure Hoheit!«, rief diese in ehrerbietigem Ton, und sogleich wandten sich auch alle anderen Köche und Köchinnen ihr zu und verneigten sich.

»Oh, bitte«, sagte Svenya, »lasst euch nicht stören. Ich bin schon wieder weg.«

»Nein, nein«, erwiderte die junge Elbin und kam rasch zur Tür gelaufen, um sie ganz aufzuziehen und Svenya hineinzukomplimentieren. »Ihr stört doch nicht. Das hier ist schließlich Eure Küche. Bitte kommt herein. Ihr seht hungrig aus. Dürfen wir Euch etwas bringen?«

Sie wirkte nicht älter als fünfzehn, aber Svenya wusste inzwischen, dass das Aussehen nicht viel über das wahre Alter eines Elben verriet.

»Wenn es keine Mühe macht«, sagte Svenya, »wäre ein Stück Brot ganz toll. Und etwas Käse vielleicht.«

Die grasgrünen Augen der jungen Elbin wurden weit vor Mitgefühl. »Hat Euch denn nach dem Anschlag niemand ein neues Essen gebracht? Schande über General Hagen und seinen sturen Soldatenschädel. Aber Ihr dürft ihm nicht böse sein. Er hat so viel um die Ohren, dass er die grundlegendsten Dinge gerne vergisst. Hier, setzt Euch. Ich bringe Euch sofort etwas.« Damit schob sie Svenya zu einem Tisch mit roh geschliffener Platte und einem Hocker. »Ihr andern«, wandte sie sich an ihre Kollegen und Kolleginnen, »macht gefälligst weiter. Hier gibt es nichts zu gaffen. Und du, Brrt, hol der Prinzessin einen Krug Wein.«

Brrt, ein hochgewachsener Elb, verneigte sich kurz und ging los.

»Einfaches Wasser wäre mir lieber«, sagte Svenya schnell.

»Sicher?«, fragte die junge Köchin, während sie eine Holzschale aus einem der Regale nahm und aus verschiedenen Töpfen Essen hineinschöpfte. »Denn wir hätten da natürlich auch noch diverse Säfte, Met, Bier, Cola, Cola light …«

Dem Angebot konnte Svenya nicht widerstehen. »Ein Apfelsaft wäre toll.«

»Du hast die Prinzessin gehört, Brrt«, sagte die Elbin, stellte die Schale vor Svenya auf den Tisch und holte aus einer Schublade Messer und Gabel. Die dampfenden Schwaden, die von der Schale aufstiegen, dufteten köstlich. »In Burgunder geschmortes Rehragout mit in Speck gedünsteten Rosenkohlblättern und Kartoffelklößchen«, präsentierte die junge Köchin fröhlich. »Guten Appetit.«

Das ließ Svenya sich nicht zweimal sagen. Sie spießte eines der Fleischstückchen auf und schob es in den Mund. Es zerging auf der Zunge.

»Das … das ist göttlich«, sagte sie und sah, wie das Gesicht des hübschen Rotschopfs vor Stolz erstrahlte. »Ich habe noch nie etwas gegessen, dass so gut … so fein war.«

»Ihr schmeichelt mir, Eure Hoheit. Ich bin froh, dass es Euch schmeckt.«

Svenya schnitt ein Stück von dem Klößchen ab und zog es mit der Gabel durch die rötlich braune, wundervoll sämige Soße. Es schmeckte sogar noch besser als das Fleisch. Svenya schloss für einen Moment die Augen, ließ die Kartoffelmasse über ihre Geschmacksknospen gleiten und seufzte leise vor Seligkeit.

Brrt kam zurück und schenkte ihr aus einem Krug Apfelsaft in einen einfachen Becher. Svenya nahm einen Schluck – es war der apfeligste Apfelsaft, den sie je getrunken hatte. Sie wusste, dass es dieses Wort nicht gab, hatte aber das Gefühl, dass es für diesen Geschmack extra erfunden werden musste.

Das erste Mal, seit dieses seltsame Abenteuer begonnen hatte, und auch das erste Mal seit langem überhaupt, fühlte Svenya sich willkommen geheißen – und sogar ein Stück weit zu Hause … obwohl sie eigentlich gar nicht wusste, was das war. Doch sie hatte oft genug von einem Zuhause geträumt, um zu wissen, dass es sich in etwa so anfühlte.

Ehe sie sich's versah, tat die Köchin ihr eine zweite Portion auf, und Brrt schenkte ihr nach.

»Wie heißt du?«, fragte Svenya die junge Elbin.

»Nanna«, antwortete sie. »Ich bin die Leiterin Eurer Küche. Vorausgesetzt natürlich, Ihr seid mit meinen Kochkünsten zufrieden.«

»Sehr«, antwortete Svenya und spachtelte weiter, bis sie beim besten Wil-

len nicht mehr konnte und die Hälfte der zweiten Portion stehen lassen musste. So wie sie selbst wurde der Großteil ihrer Angst durch das leckere Essen allmählich schläfrig. Wenn sie wenigstens noch zwei Stunden Schlaf abbekommen wollte, musste sie jetzt ins Bett.
Sie bedankte sich artig für die Bewirtung und ging zur Tür. Dort drehte sie sich noch einmal zu Nanna und den anderen Köchen herum.
»Darf ich wiederkommen?«, fragte sie.
»Jederzeit«, antwortete Nanna. »Es ist Eure Küche, vergesst das nicht.«
»Ich hab das Gefühl, ich werde sie mir erst noch verdienen müssen.«
»Euch erwartet eine große Aufgabe, Eure Hoheit«, sagte Nanna. »Aber seid sicher, Ihr habt die Kraft, sie zu meistern, und noch so vieles mehr. Macht Euch also bitte keine Sorgen.«
»Woher willst du das wissen?«, fragte Svenya gerührt. »Du kennst mich doch gar nicht.«
Nanna lächelte. »Ich weiß es eben.«

14

Obwohl das Essen sie müde gemacht und die Begegnung mit der freundlichen und fürsorglichen Nanna sie wieder ein wenig beruhigt hatte, fand Svenya in dem riesigen Bett keinen Schlaf. Zu viele Gedanken gingen ihr durch den Kopf. Es tat ihr unendlich leid, dass Wargo seines Amtes enthoben worden war. Sie mochte ihn und fühlte sich wohl in seiner Gesellschaft. Insgeheim gab sie sich selbst die Schuld an seinem Versagen. Hätte sie ihn wegen ihrer eigenen Einsamkeit nicht zu Vertraulichkeiten aufgefordert, wäre er wachsam geblieben und hätte das Gift in der Pizza selbst entdeckt. Aber so hatte sie ihn abgelenkt mit ihrem Bedürfnis nach Nähe und Freundlichkeit. Sie erinnerte sich noch zu gut daran, wie sie sich gefühlt hatte, als er ihr den Finger unter das Kinn gelegt und ihr Gesicht angehoben hatte, um ihre Niedergeschlagenheit mit Aufmunterungen zu vertreiben. Ihr hatte es gutgetan, ihn aber hatte es seine Stellung gekostet. Sie nahm sich vor, künftig niemanden mehr für ihre Schwächen bezahlen zu lassen.

Sie stand auf und ging unter die Dusche. Das warme Wasser, das aus den großen Brauseköpfen wie ein Sommerregen auf sie niederrieselte, und die Düfte von Gel und Shampoo vertrieben die düsteren Gedanken. Sie würde hart trainieren, schwor sie sich. Sie hatte es satt, schwach zu sein und sich herumschubsen zu lassen. Sie würde die Ausbildung hinter sich bringen und den Test bestehen. Elbenthal könnte wirklich ihr Zuhause werden, das wusste sie jetzt, nach der Begegnung mit Nanna. Aber sie musste sich ihren Platz darin erobern – nicht in den Augen der anderen, in ihren eigenen. Sie wollte, dass ihr all das um sie herum wirklich gehörte – aber nicht geschenkt, sondern verdientermaßen. Und wenn sie dafür Monster jagen musste, dann war das eben so. Immer noch besser als selbst gejagt zu werden oder in ständiger Angst vor einem weiteren Attentat zu leben.

Nachdem sie den Schaum abgespült hatte, stieg Svenya aus der Wanne, trocknete sich ab und stellte sich vor einen der Spiegel. Sie nahm das Pergament zur Hand und las den Text laut vor.

»*Tega Andlit dyrglast.*
Opinberra dhin tryggr edhli.
Dhin Magn lifnja
Oegna allr Fjandi
Enn Virdhingja af dhin Blodh.«

Wieder fühlte es sich an, als wäre die Luft um sie herum plötzlich mit elektrischer Spannung geladen, und die Verwandlung begann. Mit großer Faszination, für die vorhin vor Schreck und Verwunderung kein Raum gewesen war, beobachtete Svenya jetzt, wie ihre Eckzähne und die Spitzen ihrer Ohren wuchsen. Ihr Haar glättete sich – und trocknete dabei –, und sie konnte sehen, wie sich die Rüstung auf ihrer nackten Haut materialisierte – genau wie die Waffen und das obsidianartige Schmuckstück auf dem Rücken ihrer rechten Hand. Außer den beiden Schwertern hingen an ihrem Gürtel ein Dolch mit schmaler, zweischneidiger Klinge und eine Automatikpistole, die über einen zweiten Gurt durch den taftigen Rock hindurch an ihrem rechten Oberschenkel befestigt war. Sie griff nach dem Stoff des Rocks, aber das bauschige Gewebe wich ihren Fingern mit fließender Geschmeidigkeit aus. Es war wie wabernder, schwarzer Nebel, nicht wirklich greifbar. Im Spiegel betrachtet, wirkte es, als wäre die untere Hälfte ihres Körpers mit dem schwarzen Nebel umhüllt und als schwebte sie aus dem Boden heraus, ohne dass man ihre Konturen erkennen konnte – wie bei einem Geist.
Svenya war gespannt darauf zu erfahren, was Alberich gemeint hatte, als er sagte, dass sie in dieser Gestalt, die er ihre wahre nannte, stärker sei als in der menschlichen. Entschlossen ging sie zu einer der Massageliegen, packte sie mit beiden Händen und versuchte, das schwere Möbel hochzuheben. Und tatsächlich hob sie die Liege nicht nur hoch – sie riss sie förmlich in die Höhe. Es schien ihr, als wöge die Liege fast gar nichts. Svenya konnte sogar eine Hand wegnehmen und sie dennoch spielend hoch über dem Kopf balancieren.
Das war Kraft!

Svenya genoss das aufregende Gefühl. Sie schaute in den Spiegel. Dort sah sie sich selbst und mit welcher Leichtigkeit sie das Möbel trug. Sie wurde ein wenig zuversichtlicher, wenn sie an die Ausbildung dachte. Das waren ja ganz andere Vorzeichen. Sie stellte die Bank wieder ab und sah die Elbenkriegerin, die sie jetzt war, selbstbewusst lächeln. Das ließ sogar ihre Eckzähne schick aussehen. Gleichzeitig hatte das Lächeln der Frau, die ihr schon noch ein wenig fremd war, etwas Spitzbübisches – und auch etwas finster Gefährliches. Svenya mochte das und spürte, wie ihr ein wohliger Schauer den Rücken herablief.

Sie griff nach beiden Schwertern und wollte sie ziehen. Doch vergeblich – sie steckten fest. Aus dem Lächeln wurde ein verwirrtes Grübeln. Wieso ging das nicht? Sie versuchte es noch einmal – diesmal mit mehr Kraft, aber die Klingen bewegten sich keinen Millimeter aus ihren glatt polierten Scheiden.

Tu das nicht, sagte da plötzlich eine Stimme mit warnendem Unterton. Svenya erschrak bis ins Mark. Es fühlte sich so an, als wäre die Stimme in ihrem Kopf, aber es war nicht ihre eigene – also auch nicht ihre innere Stimme. Sie schaute sich im Badezimmer um, aber auch da war niemand.

»Wer ist da?«, fragte sie und versuchte jetzt nur umso fester, ihre Schwerter zu ziehen.

Hab keine Furcht, sagte die Stimme. *Ich bin es, Blodhdansr.*

Bluttänzer?

Dein Schwert.

Svenyas Hände zuckten weg von den Griffen, als hätte sie einen elektrischen Schlag bekommen.

Dein Schwert, sagte da eine zweite Stimme – diesmal eine weibliche. *Das ist wieder einmal so typisch. So als hätte sie nur ein einziges. So als hätte sie nur dich.*

Svenya schaute zu ihrem Gürtel herab und sah, dass die oberen Enden der Schwertgriffe wie Gesichter geschmiedet waren – eher wie die Fratzen von Dämonen … das an ihrer linken Seite männlich, das andere weiblich. Nachdem sie den ersten Schreck überwunden hatte, hätte es sie auch nicht mehr gewundert, wenn sich die beiden Gesichter und ihre Münder wirklich bewegt hätten, während sie sprachen, aber das taten sie nicht. Das Gespräch fand eher in einer Art Telepathie statt.

Mich schwingt sie mit der Rechten, sagte Blodhdansr voller Stolz.
Na und? Mit der Linken ist sie aber genauso gut, antwortete die weibliche Stimme schnippisch.
»Woher weißt du das?«, fragte Svenya.
Ich weiß es eben, sagte das weiblich klingende Schwert. Genau das hatte auch Nanna in der Küche gesagt. *Mein Name ist übrigens Skalliklyfja.* Schädelspalterin.
»Angenehm«, log Svenya. »Aber wieso kann ich euch nicht ziehen?«
Wir sind keine Übungsschwerter, Hüterin, sagte Blodhdansr. *Wir sind für den Kampf geschmiedet. Wenn wir gezogen werden, müssen wir auch Blut trinken.*
Und da du keinem Feind gegenüberstehst, wäre dein Blut das einzige, das zur Verfügung stünde, fügte Skalliklyfja hinzu. *Du willst doch sicher nicht, dass wir* dein *Blut trinken.*
Nein, das wollte sie ganz bestimmt nicht.
»Dann kann ich ja froh sein, dass es mir nicht gelingt, euch zu ziehen, wenn kein Feind in der Nähe ist«, sagte sie.
Oh, das kannst du durchaus, widersprach Skalliklyfja.
Noch verfügst du nur über einen kleinen Bruchteil deiner wahren Kraft, sagte Blodhdansr. *Nur so konnten wir uns dir widersetzen. Aber du solltest es in Erinnerung behalten, wenn deine Kraft wächst.*
Ja, unser Hunger nach Blut ist groß, sagte Skalliklyfja mit deutlicher Sehnsucht in der Stimme. *Und wenn wir einmal gezogen sind, müssen wir ihn stillen.*
Es war gruselig zu erkennen, dass ihre eigenen Schwerter sich gegen sie wenden würden, wenn Svenya ihnen nicht das Blut von Gegnern anbieten konnte. Äußerst gruselig. Mit solchen Waffen wollte sie nicht kämpfen. Schnell nestelte sie an ihrem Gürtel, um ihn zusammen mit den Schwertern abzulegen.
»Das funktioniert nicht«, sagte eine weitere Stimme – ebenfalls eine weibliche. Zuerst dachte Svenya, dass nun auch noch der Gürtel mit ihr sprach, aber diesmal erklang die Stimme nicht in ihrem Kopf ... und sie kam ihr außerdem bekannt vor.
Es war Yrr. Die Kriegerin stand in der Tür und betrachtete Svenya – wie immer mit diesem abfälligen Ausdruck in ihren Augen.
Trotz der Mahnung Yrrs versuchte Svenya, den Gürtel auszuziehen.

»Das ist die Rüstung der Hüterin«, schnarrte Yrr. Sie klang ungeduldig, so als würde sie einem unaufmerksamen Kind etwas zum dritten oder vierten Mal erklären. »Sie kann nicht abgelegt werden. Ihr könnt sie nur in Gänze verschwinden und erscheinen lassen.«

»Heißt das, ich kann meine elbische Gestalt nur in voller Rüstung annehmen?«

»Nein«, sagte Yrr. »Wenn Ihr nur Eure elbische Gestalt annehmen wollt, ohne Rüstung und Waffen, verwendet Ihr lediglich den ersten Vers der Verwandlungsformel.«

»Also nur *Tega Andlit dyrglast*?«

»Richtig. Und für die Rüstung ohne Waffen dann den zweiten.«

»*Opinberra dhin tryggr edhli?*«

»Korrekt«, antwortete Yrr. »Doch für jetzt behaltet sie besser aktiviert. Ich soll Euch zu Raik bringen. Er wartet in den Stallungen auf Euch. Euer Training beginnt.«

15

Jenseits der Badezimmertür warteten zwei weitere Soldaten der Leibgarde auf Svenya und Yrr. Beides Kriegerinnen. Die eine hatte rotes Haar wie Raik, die andere war blond, allerdings weniger weißblond als Yrr und Hagen. Ihre Titanrüstungen ähnelten der Yrrs, nur waren sie weniger schmuckvoll. Sie trugen vollautomatische Gewehre in den Händen und an den Gürteln je ein Breitschwert und eine Automatikpistole. Als sie sich verneigten, waren ihre Augen auf Yrr gerichtet, und ihr Blick verriet, dass ihre Loyalität nicht Svenya galt – was Svenya zwar nicht weiter verwunderte, ihr aber dennoch einen kleinen Stich versetzte. Doch sie würde sich ihren Respekt schon noch verdienen, das hatte sie sich fest vorgenommen.

»Das sind Liff und Reyja«, stellte Yrr die Kriegerinnen knapp vor.

»Zu Diensten, Eure Hoheit«, sagten die beiden unisono, aber es klang nicht besonders herzlich. Stutenbissigkeit war also nicht nur ein rein menschliches Phänomen.

Zu viert gingen sie auf den Gang hinaus zu einer Tür, die Wargo ihr noch nicht gezeigt hatte. Yrr holte einen kleinen Flashdrive aus der Tasche und führte ihn in einen durch geschnitzte Verzierungen verborgenen USB-Slot im Rahmen. Offenbar ein Schlüssel ... über den Svenya ebenso offenbar nicht verfügen durfte.

Die Tür glitt lautlos zur Seite und gab den Blick frei auf einen schmuck- und fensterlosen kreisrunden Raum von etwa zehn Fuß Durchmesser. Eine Decke konnte Svenya nicht entdecken. Sobald sie eingetreten waren, schloss sich die Tür hinter ihnen.

»*Undir flaki*«, sagte Yrr.

Unters Dach? Svenyas Frage beantwortete sich von selbst, als der Boden unter ihr sich mit einem kaum spürbaren Ruck zu bewegen begann – wie in einem Aufzug. Und genau das war dieser Raum, wie sie jetzt feststellte:

ein Aufzug. Sie schossen an den vorbeirauschenden Wänden der Röhre entlang nach oben. Svenya war auch schon in der Menschenwelt kein besonders großer Fan von Aufzügen gewesen, aber dieser Aufzug machte ihr mit seiner atemberaubenden Geschwindigkeit ganz besonders schwer zu schaffen. Sie hatte das Gefühl, dass ihr Magen bis in die Kniekehlen hinunterrutschte, und musste sich bemühen, sich nicht zu übergeben. Die Vorstellung, dass es unter der Scheibe, auf der sie stand, mehrere hundert Meter bodenlos in die Tiefe ging, war noch schlimmer als die Übelkeit. Das einzig Gute an dem rasanten Tempo war, dass die Fahrt nicht besonders lange dauerte: Als sie auf der gewünschten Etage ankamen, stoppte der Lift so abrupt, dass Svenya für einen Sekundenbruchteil lang das Gefühl hatte, völlig schwerelos zu sein. Die Tür ging auf, und sie war froh, wieder festen Grund unter den Füßen zu haben.
Yrr ging voran, und Svenya folgte ihr, flankiert von Liff und Reyja. Nicht zum ersten Mal fühlte sie sich eher bewacht als beschützt.
Der Gang führte auf eine zur Höhle hin offene Plattform – ihrer Terrasse nicht unähnlich, nur sehr viel größer. Raik erwartete sie bereits. Svenya sah sich um. Wo waren die Pferde? Hatte Yrr nicht gesagt, Raik erwarte sie in den Stallungen?
»Guten Morgen, Eure Hoheit«, begrüßte Raik sie. »Ich dachte mir, nach dem schrecklichen Attentat gestern Nacht tut es Euch vielleicht ganz gut, die bedrückende Enge der Festung für eine kleine Weile zu verlassen, um Euch auf andere Gedanken zu bringen, ehe wir mit dem eigentlichen Training beginnen.« Er klang sehr viel warmherziger als gestern.
»General Hagen hat keinerlei Ablenkung von der Ausbildung vorgesehen«, sagte Yrr kühl. »Ich halte es für das Beste, wir beginnen stattdessen ...«
»General Hagen«, unterbrach er sie, nicht weniger kühl, »hat das Training der Hüterin in meine Hände gegeben, Yrr, nicht in deine. Also entscheide *ich,* was das Beste für sie ist. Und ich halte einen Ausritt, bei dem sie nicht nur die Umgebung besser kennen-, sondern auch reiten lernt, für einen guten Anfang.« Raik sah Yrr herausfordernd an, als wollte er sie ermutigen, ihm zu widersprechen. Obwohl Yrr dem Blick mit ernstem Gesicht standhielt, sagte sie jedoch kein Wort.
Svenya hätte ihn dafür knutschen können, wie er Yrr gerade abgekanzelt hatte, und er stieg auf ihrer Sympathieskala ein paar Punkte nach oben.

Nur die Sache mit dem Reiten war ihr nach wie vor schleierhaft, denn sie konnte immer noch keine Pferde sehen.

»Ich schlage vor, Ihr aktiviert Euren Panzer, Hoheit«, wandte Raik sich nun an sie. »Ihr werdet zwar heute noch nicht alleine reiten, aber sicher ist sicher.«

»Panzer?«, fragte Svenya hilflos.

Er verdrehte die Augen. »Hat Wargo Euch gestern noch nicht im Gebrauch Eurer Rüstung instruiert?«

»Nein, dazu kamen wir nicht«, sagte sie und sparte sich hinzuzufügen, dass ihnen da wohl ein Mordanschlag dazwischen gekommen war.

»Seht Ihr«, sagte er. »Hättet Ihr mich nicht weggeschickt …«

Den Rest des Satzes ließ er unausgesprochen, doch Svenya spürte, was er damit sagen wollte – dass es gar nicht erst zu dem Attentat gekommen wäre, wenn sie ihn nicht so abrupt hinauskomplimentiert hätte.

»Drückt mit dem linken Daumen auf den Drachenkopf des Emblems auf Eurem Handrücken«, instruierte er sie.

Svenya tat wie geheißen und fühlte, wie plötzlich etwas von ihrer Stirn aus über ihre Augen, ihren Nasenrücken und ihre Wangen hinabfloss. Nichts Flüssiges, aber auch nichts wirklich Festes. Sie tastete dorthin und fühlte mit den Fingerspitzen, dass sie jetzt eine Maske trug. Soweit sie das ohne Spiegel beurteilen konnte, war die Nasenpartie geformt wie der Schnabel eines Greifvogels, und Teile der Maske ragten in zackigen Linien links und rechts über die obere Hälfte ihres Gesichts hinaus.

»Diese Maske ist der Kern Eures unsichtbaren Panzers«, erklärte Raik, »der nicht nur wie ein Helm Euren Kopf schützt, sondern Euren ganzen Körper. Demonstriere bitte, Reyja.«

Ehe Svenya reagieren konnte, hatte die blonde Leibwächterin ihr automatisches Gewehr im Anschlag und feuerte. Svenya schrie auf und sprang instinktiv zur Seite – und obwohl ihr das tatsächlich sehr viel schneller gelang, als sie geglaubt hätte, trafen die Kugeln sie. Das heißt, sie trafen sie nicht wirklich: Sie wurden etwa einen halben Meter vor ihrer Brust von einer unsichtbaren Wand gestoppt und fielen, deformiert vom Aufprall, vor ihren Füßen zu Boden.

»Seid ihr bescheuert?«, rief Svenya.

»Keine Sorge«, sagte Raik. »Euer Ganzkörperschild hält sogar den Beschuss mit einer Panzerfaust aus.«

»Du hättest mich trotzdem vorwarnen können«, sagte sie und gab sich keine Mühe zu verbergen, wie sauer sie gerade war. Prompt verwandelte sich die Freude in Raiks Blick in einen Ausdruck schlechten Gewissens.
»Stellt Euch nicht an wie ein Mädchen!«, schaltete sich Yrr schnippisch ein.
»Ich *bin* ein Mädchen, verdammt«, gab Svenya zurück.
»Ihr seid eine Elbenprinzessin und die künftige Hüterin Midgards«, widersprach Yrr. »Es wird Zeit, dass Ihr Euch dessen bewusst werdet und Euch entsprechend verhaltet.«
»Yrr«, sagte Raik mahnend. »Du vergisst dich. Und du vergisst, dass sie sich in diesem Moment weder ihrer Kraft noch ihrer Stellung oder ihrer Mission bewusst sein kann.«
»Und das wird sie auch nie, wenn du sie weiterhin mit Samthandschuhen anfasst«, protestierte Yrr.
»Genug«, sagte Raik barsch. »Alles bereit machen für einen eskortierten Ausritt! Das ist ein Befehl, Yrr.«
Yrr funkelte ihn an, doch dann nickte sie und winkte den beiden Kriegerinnen, ihr an den Rand der Plattform zu folgen.
»Ich verstehe immer noch nicht, womit wir ausreiten wollen«, sagte Svenya. »Ich sehe keine Reittiere.«
»Lektion eins Eurer Ausbildung«, grinste Raik. »Immer auch nach oben sehen!« Er zeigte mit dem Finger an eine Stelle oberhalb des Plattformrandes.
Svenya folgte dem Fingerzeig mit den Augen – und erschrak bis ins Mark. Über ihr an der Höhlendecke hingen weit über einhundert Fledermäuse … kopfüber in ihre ledrigen Flügel gewickelt – jede einzelne von ihnen so groß wie ein Pferd!

16

Fledermäuse so groß wie Pferde!
Hatte Svenya anfänglich noch gedacht, dass sie mittlerweile nichts mehr erstaunen könnte, ahnte sie inzwischen, dass wohl noch viele Überraschungen auf sie warteten. Manche davon märchenhaft, andere wie gerade frisch einem Albtraum entsprungen. Letztere überwogen bis jetzt bei weitem.
Sie hörte, wie Yrr einen klickenden Laut mit der Zunge machte. Vier der riesigen Tiere lösten daraufhin ihre fast armlangen Klauen von der Felsendecke und ließen sich in die Tiefe fallen. Svenya vergaß zu atmen, als sie beobachtete, wie die Fledermäuse ihre Flügel ausbreiteten, um den Sturz abzufangen. Bei einer Körperlänge von zwei bis zweieinhalb Metern hatten sie eine Flügelspannweite von fast zehn Metern – dennoch flogen sie völlig geräuschlos. Ihre gewaltigen Köpfe mit den riesigen Ohren und den flachen, mit dolchlangen Fangzähnen bewehrten Schnauzen waren Furcht einflößend, doch ihre schwarzen Knopfaugen strahlten intelligente Gutmütigkeit aus. Sie landeten am Rand der Plattform, indem sie sich mit den Krallen ihrer Füße und der einen Klaue, die in der Mitte ihrer Flügel wuchs, am Rand festkrallten.
Erst jetzt sah Svenya, dass sie gesattelt waren. Die Sättel saßen im pelzigen Nackenbereich kurz hinter dem Kopf. Yrr, Liff und Reyja schwangen sich mit unglaublicher Behändigkeit auf drei der vier Tiere, die sich sofort wieder in die Luft erhoben, um dort mit weit ausholendem Flügelschlag auf der Stelle zu schweben und auf Raik und Svenya zu warten.
»D-d-d-darauf soll ich reiten?«, fragte Svenya stotternd.
»Für den Anfang natürlich noch nicht allein«, sagte Raik mit einem aufmunternden Lächeln. »Ich bin doch bei Euch und, wenn ich das so sagen darf, ein ganz passabler Flemys-Reiter. Kommt.«
Er ging voran, und Svenya folgte ihm zögernd – unsicher, was sie nervö-

ser machte: die riesigen Fledermäuse oder der hinter dem Rand der Plattform gähnende Abgrund von mehreren hundert Metern Tiefe.

Raik schwang sich in den Sattel und streckte ihr die Hand entgegen.

Augen zu und durch, sagte Svenya zu sich selbst. Welche Alternative hatte sie denn auch, wenn sie dem Versprechen, das sie sich selbst gegeben hatte, gerecht werden wollte? Dem Versprechen, sich ihren Platz als eine Prinzessin der Elben redlich zu verdienen? Sie ergriff Raiks Hand, und mit einer Kraft, die sie dem schmächtigen Magier gar nicht zugetraut hätte, zog er sie zu sich in die Höhe. Der Platz im Sattel hinter ihm war bequem und ausreichend, stellte Svenya erleichtert fest. Ihre Waden lagen an den pelzigen Seiten des Tieres, und sie konnte sein großes Herz schlagen fühlen.

»Da sind Gurte an den Sattelseiten hinten«, sagte Raik. »Befestigt die Haken an Eurem Gürtel.«

Svenya fand die Gurte und tat, was Raik ihr gesagt hatte. Dabei blickte sie über den Rücken der Flemys unverwandt nach hinten in den Abgrund. Sie musste die Augen schließen, um zu verhindern, dass ihr schwindelig wurde.

»Bereit?«, fragte Raik.

Am liebsten hätte Svenya mit *Nein* geantwortet, aber fest stand, dass sie niemals bereiter sein würde als in diesem Augenblick. Wenn sie jetzt abstieg, würde sie nie wieder den Mut finden aufzusteigen. Also sammelte sie all ihren Mut und sagte: »Bereit.«

Raik schnalzte mit der Zunge, und sofort ließ sich die Fledermaus einfach nach hinten fallen. Svenya schrie vor Panik auf, als sie meinte, aus dem Sattel zu kippen, aber die Gurte hielten sie.

»Keine Angst!«, rief Raik über seine Schulter nach hinten und lachte dabei wie ein Kind. »Wir machen nur einen kleinen Sturzflug zur Auflockerung.«

Auflockerung? Machte der Kerl Witze!? Alles in Svenya verkrampfte sich. Die Fledermaus fiel kopfüber nach unten wie ein Stein und drehte sich dabei wie eine Schraube um die eigene Längsachse. Svenya spürte trotz des sich immer wilder steigernden Tempos keinen Wind – vermutlich hielt der Panzer ihn ab ... aber alles um sie herum drehte sich und wirbelte. Die Festung rauschte geradezu an ihnen vorüber ..., während der Boden gefährlich schnell näher kam. Svenya schrie ... und schrie ... und schrie.

Nach und nach aber wurde das Kribbeln in ihrem Bauch immer stärker und stärker …, bis es schließlich nicht mehr Übelkeit war, sondern kitzelte … so sehr kitzelte, dass sie lachen musste. Und schon nach wenigen Momenten kriegte sie sich vor Lachen gar nicht mehr ein. Das war besser als Achterbahnfahren. Viel besser! Sie jauchzte vor Vergnügen und konnte sich nicht daran erinnern, wann sie sich das letzte Mal so frei gefühlt hatte.
»Ist das nicht ein Heidenspaß?«, rief Raik zu ihr nach hinten, und obwohl sie sich instinktiv immer fester an ihn klammerte, musste sie zugeben, dass er recht hatte.
»Ja!«, rief Svenya begeistert. So konnte jede Trainingsstunde beginnen. Um sich herum sah sie die anderen drei Elbinnen auf ihren Fledermäusen mit Raik um die Wette in die Tiefe jagen. Yrr war gerade dabei, sie zu überholen.
»Schneller!«, rief Svenya. Auf keinen Fall würde sie Yrr die Genugtuung gönnen, sie zu schlagen.
»Seid Ihr sicher?«, fragte Raik.
»Ab-so-lut!«, rief Svenya. »Hol raus, was geht!«
Raik lachte noch vergnügter und beugte sich vor, um den Luftwiderstand zu verringern. Svenya machte es ihm nach und drückte sich so eng an ihn wie er sich an den Kopf der Flemys. Und tatsächlich: Sie legten an Tempo zu und wurden wieder schneller als Yrr, deren Blick von Ehrgeiz geradezu zerfressen war.
Immer schneller und schneller schossen sie auf den Boden der Höhle zu, doch Svenya hatte keine Angst mehr. Sie vertraute darauf, dass Raik alles unter Kontrolle hatte, und merkte, dass ihr Respekt für ihn gerade wieder ein weiteres Stück gewachsen war. Yrr gab auf und zog ihre Flemys aus dem Sturzflug in eine Kurve. Die beiden anderen taten es ihr gleich. Dann erst schnalzte Raik mit der Zunge, und nur wenige Meter über dem Boden lenkte er sein Tier aus dem freien Fall in einen Parallelkurs zur Erde. Das machte er so geschickt, dass Svenya kaum einen Ruck beim Bremsen spürte.
»Ja!«, rief sie noch einmal, und als Raik sich wieder aufrichtete, drückte sie ihn aus Dankbarkeit noch einmal. »Danke«, sagte sie leise.
»Gern geschehen«, gab er ebenso leise zurück, und sie konnte sehen, dass er gerade ein bisschen rot wurde – Svenya entging ebensowenig, dass er

gleichzeitig aber auch vor Stolz strahlte wie Nachbars Lumpi. »Schon bald könnt Ihr das auch ganz allein«, fügte er, nun wieder etwas lauter, hinzu.
»Wirklich?«
»Ich werde es Euch beibringen«, sagte er.
»Das wäre toll!«
»Wenn Ihr mir dafür versprecht, eifrig zu trainieren«, schränkte er ein.
»Keine Sorge, das werde ich«, beeilte sie sich zu sagen. »Ich verspreche es.«
»Gut. Aber jetzt zeige ich Euch erst einmal die Festung von außen und die nähere Umgebung.«
Auf ein weiteres Zungenklicken hin beschrieb die Flemys eine weite Kurve und gewann mit kräftigen Flügelschlägen schnell wieder an Höhe. Yrr, Liff und Reyja folgten ihnen und nahmen mit großem Fluggeschick ihre Positionen an ihren Flanken und hinter ihnen ein. Jetzt konnte Svenya zum ersten Mal die Festung Elbenthal in ihrer vollen Pracht sehen. Wie sie von ihrer Terrasse aus schon festgestellt hatte, schien es, als wäre der gesamte Komplex, von den Verteidigungswällen bis hoch zu den höchsten Türmen und Brücken, aus einem riesigen Stalagmiten gehauen, aus einem Guss geschaffen – als hätten gewaltige Kräfte das schwarze Felsgestein zu Lava geschmolzen und geformt. An manchen Stellen wirkte es wie der Schaft einer riesigen Wachskerze, an anderen wiederum war die Oberfläche spiegelglatt. In den hell erleuchteten Fenstern konnte Svenya die Silhouetten der Bewohner erkennen. Jetzt sah sie auch, dass nicht nur die Wälle mit Soldaten besetzt waren, sondern auch zahlreiche Terrassen und Brücken. *Kein Wunder,* dachte sie, *wenn auch Laurins Dunkelelben über fliegende Reittiere verfügen.*
»Es ist wundervoll«, sagte sie laut.
»Ja, das ist es«, stimmte Raik ihr zu. »Aber es heißt, dass Elbenthal dennoch nur ein Abklatsch der großartigen Paläste und Festungen in unserer früheren Heimat Alfheim sei.«
»*Es heißt?*«
»Ich weiß das nur vom Hörensagen«, erklärte er. »Ich bin bei weitem nicht so alt, dass ich sie selbst gesehen haben könnte. Ich bin erst hier im Exil geboren.«
»Wie alt bist du?«

»Ich bin erst vor etwas mehr als neunhundert Jahren geboren«, antwortete Raik. »Als unser Volk noch größtenteils oben auf der Oberfläche lebte.«
»Ihr habt einmal oben gelebt?«
»Ja, über tausend Jahre lang. Dresden hat sogar heute noch seinen Namen von uns.«
»Was?«
»Dies hier war noch lange, nachdem Meißen bereits eine Stadt und Markgrafschaft war, dichter Urwald. Wir lebten hier im Verborgenen und kamen nur selten mit Menschen in Berührung. Aber die wenigen, die von uns wussten, nannten uns auf slawisch *Drežďany*, die Bewohner des Auenwaldes. Daher der Name Dresden.«
»Dann ist auch der Name *Elbe* für den Fluss kein Zufall, oder?«
Raik lachte. »Nein, nicht wirklich. Die Römer, die unser Volk vor zweitausend Jahren am Überschreiten des Flusses gehindert hatten, nannten ihn nach uns *Albis* und das Land dahinter *Albia*.«
»Dann sind die Märchen und Geschichten, die man sich über Elben und Elfen erzählt, also wahr?«
»Manche ja, manche nein«, erwiderte Raik. »Die Zeit neigt dazu, auch aus den simpelsten Wahrheiten Mythen und Legenden zu machen. Deshalb ist jede Geschichte, auch die der Menschen, immer mit Vorsicht zu genießen, wenn nicht sogar mit Zweifel.«
»Neunhundert Jahre«, sagte Svenya anerkennend, um dann zu feixen: »Ganz schön alt, Mann.«
»Oh ja«, sagte Raik amüsiert und spielte ein Stöhnen. »Ich spür's schon im Kreuz. Na ja, ich bin eben wahrlich nicht mehr der Jüngste.«
Svenya lachte. Nach dem gestrigen Abend hätte sie Raik überhaupt keinen Humor zugetraut. »Und wie alt ist Yrr?«
»Oh, Yrr ist ein Küken«, sagte Raik. »Aber ein mit allen Wassern geschwaschenes Küken. Eine unserer besten Kriegerinnen – wenn nicht gar die beste; die Männer eingeschlossen. Sie ist gerade mal vierhundert, und trotzdem hat man ihr die Aufgaben der Hüterin übertragen, bevor du kamst. Aber weniger konnte man von General Hagens Tochter ja auch nicht erwarten.«
»Sie ist seine Tochter?!?«
»Ja. Und damit Alberichs Enkelin.«

»Das erklärt, warum sie so überheblich ist«, schlussfolgerte Svenya.
»Nein«, widersprach Raik. »Das ist nicht der Grund. Sie ist eifersüchtig auf Euch. Ihr seid die wahre Hüterin. Sie war nur Eure Vertretung. Das ärgert sie.«
»Aber wieso...?«
»Vergesst es«, unterbrach er sie. »Mehr kann und werde ich Euch dazu nicht sagen. Denkt an den Fluch.«
Svenya musste sich auf die Zunge beißen.
»Okay«, gab sie schließlich nach. »Aber wenn sie scharf auf meinen Posten ist, wieso betraut man sie dann damit, mich zu bewachen und zu beschützen?«
»Was meinst du?«
»Na ja. Hätte ein Attentäter wie Tapio Erfolg, könnte sie wieder meinen Platz einnehmen. Das würde ich durchaus einen Interessenkonflikt nennen.«
»Verstehe«, sagte Raik. »Aber da müsst Ihr Euch keine Sorgen machen. Yrr mag ein Biest sein. Aber sie würde niemals einen Eid brechen oder einen Auftrag fehlerhaft ausführen. Und schon gar nicht würde sie jemals einen Befehl ihres Vaters missachten.«
»Sicher?« Svenya beugte sich schräg nach vorn, um sein Gesicht besser sehen zu können.
»Absolut!«
Raiks Stimme klang fest, aber als er jetzt seinen Blick in Richtung Yrr wandte, die stolz an ihrer Seite flog, legte sich ein leichter Schatten auf sein Gesicht. Spielte das unstete Licht der leuchtenden Steine Svenyas Augen einen Streich, oder war das, was sie darin las, Zweifel?

17

Raik steuerte einen der mittleren Türme an und landete die Flemys auf dessen Plateaudach.
»Zeit für das Geschicklichkeitstraining«, sagte er, sprang vom flauschig pelzigen Rücken des Tieres und half Svenya dabei, die Gurte zu lösen und abzusteigen. Hinter ihnen landeten auch Yrr, Liff und Reyja, und mit einem knappen Befehl schickte Yrr die vier Fledermäuse fort.
Auch diese Plattform war kreisrund und ohne Geländer.
»Was jetzt kommt, ist eine Übung ohne Waffen«, erklärte Raik. »Yrr, Liff und Reyja werden versuchen, Euch zu fangen. Ihr müsst ihnen ausweichen und dürft Euch nicht schnappen lassen.«
»Ein Kinderspiel?«, fragte Svenya überrascht.
»Nicht ganz«, antwortete Raik. »Gleichzeitig werde ich versuchen, Euch mit Magieblitzen zu treffen.«
»Was?!«
»Keine Sorge«, sagte er. »Es werden nur schwache Blitze sein – aber wenn sie Euch treffen, werdet Ihr es zweifellos merken.«
»Trotz des Panzers?«
»Den werdet Ihr deaktivieren. Dazu drückt bitte jetzt das Ende des Drachenschwanzes auf Eurem Emblem.«
Svenya tat, wie Raik sie geheißen hatte, und die Maske verschwand. Sie sah, wie die drei Elbenkriegerinnen sich auf der Plattform verteilten, um so viel Raum wie möglich abzudecken.
»Los!«, rief Raik – und noch ehe Svenya sich überhaupt bewegen konnte, kam Yrr bereits mit einem über acht Meter weiten Hechtsprung herangeflogen, hatte einen Lidschlag später ihre Arme um sie geschlungen und sie mit Wucht zu Boden gerissen. Der Aufprall tat weh, und Svenya sah, dass Yrr hämisch grinste, ehe sie sie wieder losließ, aufstand und zu ihrer Ausgangsposition zurückging.

Svenya rappelte sich auf die Füße.

»Denkt daran«, sagte Raik. »Das könnt Ihr auch. Ihr dürft Euch nicht nur auf das Laufen konzentrieren; springt so hoch und so weit Ihr könnt. Also noch einmal von vorne: Los!«

Wieder kam Yrr herangehechtet ... dieses Mal aber sprang Svenya nach oben, um ihr auszuweichen ... zu ihrer großen Verwunderung fast drei Meter hoch ... allerdings wurde sie oben in der Luft von Reyja auf die gleiche Weise geschnappt wie eben von Yrr. Nur jetzt war der Sturz auf den Boden gleich sehr viel härter und schmerzhafter als eben. Der Aufprall presste Svenya die Luft aus den Lungen, und sie schlug unsanft mit dem Kopf auf. Reyja ließ sie los und ging zurück auf ihre Position, als sei nichts gewesen.

»Schon besser«, sagte Raik, während Svenya aufstand und sich den Staub vom Rock klopfte. »Und gleich noch einmal: Los!«

Diesmal war es Liff, die wie eine Tigerin auf Svenya zugesprungen kam. Statt in die Höhe zu hüpfen, warf Svenya sich diesmal jedoch zur Seite ... von wo allerdings gerade Reyja angelaufen kam. Geistesgegenwärtig sprang Svena hoch ... doch da war schon Yrr, ganz so als hätte sie Svenyas Taktik vorhergesehen. Die blonde Kriegerin packte Svenya und riss sie so hart zu Boden, dass sie Sternchen sah.

»Ist das alles, was Ihr drauf habt, Eure Hoheit?«, zischte Yrr spöttisch und ging wieder auf ihren Posten.

»Ihr müsst Euch besser konzentrieren«, rief Raik. »Und noch einmal! Los!«

Aber so sehr Svenya sich auch konzentrierte – in den nächsten beiden Stunden wurde sie immer und immer wieder spätestens nach dem zweiten Ausweichmanöver geschnappt und zu Boden geworfen. Trotz ihrer enormen Selbstheilungskräfte hatte sie überall Schürfwunden und das Gefühl, dass jeder Quadratzentimeter ihres Körpers voll blauer Flecken war. Raik hatte noch nicht einmal einen einzigen Blitz schleudern müssen; die Enttäuschung, die Svenya in seinem Blick las, war nicht größer als die, die sie über sich selbst empfand. Nur ihr Stolz hielt sie davon ab, vor Yrr und den anderen zu heulen – oder womöglich sogar aufzugeben. Also rappelte sie sich immer wieder auf, nur um wenige Sekunden später wieder auf den Boden zu krachen ... und noch einmal ... und noch einmal.

»Vielleicht sollten wir es langsamer angehen«, sagte Alberich, der mit Hagen im Fenster eines Turms stand, von dem aus man die Plattform überschauen konnte.

»Wenn wir sie mit Samthandschuhen anfassen, schafft sie es nie«, entgegnete Hagen, ohne den Blick seines einen Auges von Svenya abzuwenden, die alle paar Sekunden von den drei Kriegerinnen überwunden wurde.

»Wenn wir ihren Willen brechen aber auch nicht«, hielt Alberich dagegen.

»Ihr Wille ist stärker, als sie selbst es begreift. Und die Wirklichkeit da draußen wird ihr auch keine Milde zeigen, wenn sie ihre Aufgabe erst einmal in Angriff nimmt.«

»Falls sie den Test besteht.«

»Das wird sie.«

»Hast du ihr deswegen Yrr als Sparringspartnerin zugeteilt? Weil du weißt, dass Svenya von ihr keinerlei Gnade zu erwarten hat? Yrr macht ihre Sache gut, aber sie ist kein wirklicher Ersatz für die Hüterin, und das weißt du.«

»Natürlich weiß ich das«, antwortete Hagen mit Groll in der Stimme. »Nein, ich habe Yrr ausgesucht, weil ich weiß, dass sie die Einzige ist, die keine falsche Rücksicht nehmen wird. Sie tut, was sie tun muss – nicht um der Hüterin zu schaden und ihren Platz auf Dauer einzunehmen, sondern weil es ihre Pflicht ist und sie einen Schwur darauf geleistet hat.«

»Und du zweifelst keinen Moment lang an ihrer Loyalität?«

»Ebenso wenig wie Ihr an der meinen, Vater.«

18

Die nächsten Trainingseinheiten verliefen für Svenya nicht weniger frustrierend. Auf dem Schießstand gelang es ihr weder mit dem Langbogen noch mit der Armbrust, dem vollautomatischen Gewehr oder der Pistole, auch nur ein einziges Mal die Zielscheibe zu treffen. Beim Schachspielen, das Marschall Raegnir für einen geeigneten Einstieg in den Strategieunterricht hielt, verstand sie nicht einmal die Regeln, so dass sie jedesmal schon nach den ersten vier, fünf Zügen matt war. Und beim Freiwandklettern an der Außenfassade der Festung kam sie keine vier Meter hoch, ohne mit den Händen oder den Füßen abzurutschen und wie ein nasser Sack wieder nach unten zu fallen.

Svenya hatte sich in ihrem Leben schon oft hilflos und unfähig gefühlt, aber noch nie so hilflos und unfähig wie an diesem Tag, dessen einzige Lichtblicke die Pausen zum Frühstück waren, in denen Nanna ihr leckere Sachen zum Essen brachte und sie mit freundlichen Worten aufzumuntern versuchte. Doch am Ende des dritten Trainingsblockes nachts um elf halfen auch die nicht mehr. Svenya ging ohne zu essen ins Bett, und als sie endlich allein war, weinte sie sich in den Schlaf.

Es war ein unruhiger Schlaf. Sie träumte vom Springen und Klettern – aber immer nur in Verbindung mit Abstürzen, Fallen und Aufprallen. Immer wieder sah sie Yrrs hämisches Grinsen vor sich und Raiks enttäuschten Blick …, bis sie es schließlich nicht mehr ertrug und floh. Doch der Aufzug, den Svenya in ihrem Traum betrat, fuhr nicht nach oben, sondern fiel wie ein Stein zusammen mit ihr in die Tiefe … in die schwarze Tiefe unter Elbenthal, wo, wie bei dem Beben, etwas Dunkles, Böses auf sie lauerte und in freudiger Erwartung brüllte.

Schweißgebadet schreckte Svenya aus dem Schlaf hoch … um dann wieder in die Kissen zurückzuzucken, als sie sah, dass Yrr vor ihrem Bett stand … mit blankgezogenem Schwert!

»Was tust du hier?«, fragte Svenya und zog sich die Decke bis zum Hals – als würde die sie vor einem Schwerthieb retten können.
»Ich habe Schreie gehört«, antwortete Yrr.
Svenya glaubte ihr kein Wort, zumal Yrr sie mit diesem herablassend mitleidigen Blick bedachte. Sie begann leise zu flüstern:

»Tega Andlit dyrglast.
Opinberra dhin tryggr edhli.
Dhin Magn lifnja
Oegna allr Fjandi
Enn Virdhingja af dhin Blodh.«

»Nein!«, rief Yrr und sprang auf sie zu. Aber diesmal war Svenya schnell genug, sich auf der gegenüberliegenden Seite aus dem Bett zu rollen und im Abrollen eines ihrer sich gerade materialisierenden Schwerter zu ziehen.
»Nicht!« Yrr verharrte auf der Stelle.
Endlich!, hörte Svenya Blodhdansrs Stimme gierig seufzen. *Endlich!*
Zum ersten Mal seit sie ihr begegnet war, konnte Svenya Furcht in Yrrs Augen lesen.
»Ihr habt den Bluttänzer gezogen«, hauchte die Kriegerin ungläubig.
»Bewegt Euch nicht! Ich bin nicht hier, um Euch etwas zu tun, Svenya! Das schwöre ich, bei Thor. Also bleibt bitte stehen, wo Ihr seid … und bewegt Euch nicht!«
Greif sie an, singsangte Blodhdansr mit grausamer Sinnlichkeit. *Gib mir ihr Blut. Töte sie!*
Svenya lief es eiskalt den Rücken herab. Sie sah, wie Yrr ihr Schwert wieder wegsteckte.
Ihr Blut wird mich stärken … und damit auch dich, fuhr Blodhdansr mit seinen verführerischen Einflüsterungen fort. *Und du brauchst Kraft, sonst wirst du immer so versagen wie heute.*
»Nicht bewegen«, sagte Yrr zum dritten Mal und kam langsam um das Bett herum, wobei sie ihren Waffengürtel ablegte und ihn auf die Decke warf.
Räche dich an ihr für all die Demütigungen, die sie dir heute zugefügt hat. Sie hat es verdient. So sehr verdient.

Svenya war versucht – und sie hätte es vielleicht getan, wenn Yrr ihre Waffen nicht abgelegt hätte. Aber eine Unbewaffnete angreifen? Nein, das konnte sie nicht. Sie steckte Blodhdansr wieder weg – das heißt, sie versuchte es.

Dann sei es das deine!

Das Schwert bäumte sich in Svenyas Fingern auf – mit sehr viel mehr Kraft als der Rückschlag der Automatikwaffen vom heutigen Training. Die Klinge flog auf ihren eigenen Hals zu.

»Nein!«, schrie Yrr und sprang zu Svenya hin. »Du willst Blut, Tänzer?! Hier ist das meine!«

Die Klinge erreichte Svenyas Kehle nicht, denn Yrr packte sie und hielt sie mit ihrer linken Hand fest. Die Klinge schnitt tief ins Fleisch. Aus der Wunde sickerte Blut ... und wurde sofort von dem verzauberten Stahl aufgesaugt. Zugleich packte Yrr Svenyas Unterarm mit der freien Hand und verdrehte ihn so, dass die Klinge mit der Spitze wieder in die Scheide zeigte.

»Das ist genug!«, presste Yrr zwischen zusammengebissenen Zähnen hervor und drückte das Schwert in die Scheide zurück.

Das war nur ein Vorgeschmack, sang Blodhdansr triumphierend. *Wir sehen uns wieder, Hagentochter. Das werden wir. Verlass dich darauf!*

Kaum war das Schwert wieder in der Scheide, ließ Yrr Svenyas Arm los und schlug ihr mit dem Rücken der unverletzten Hand so hart ins Gesicht, dass Svenya nach hinten geschleudert wurde und zu Boden ging.

»Was?!«, rief Svenya wütend, und wieder zuckte ihre Hand zum Griff des Schwertes.

»Wagt es nicht!«, brüllte Yrr und streckte ihr ihre blutende Hand entgegen, die zu einer Klaue verkrampft war. »Wagt nie wieder, Blodhdansr gegen mich zu zücken, wenn ihr nicht darauf vorbereitet seid zu sterben.«

»Hast du so viel Angst davor?«, fragte Svenya schnippisch.

»Ich hatte Angst um Euch«, fauchte Yrr sie an.

»Um mich?« Svenya lachte zynisch auf. »Erzähl mir keinen Scheiß!«

»Hätte ich mich gewehrt, hättet Ihr keine Chance gehabt«, sagte Yrr. »Auch nicht mit einer so mächtigen magischen Klinge wie der Euren. Dazu fehlt Euch einfach noch die Ausbildung. Aber selbst wenn ich mich nur verteidigt hätte – Blodhdansr hätte seinen Blutzoll gefordert – und zwar von Euch, da Ihr mich sicher nicht getroffen hättet. Wenn Ihr nicht versucht hättet, ihn wieder wegzustecken, hätte ich ihm Blut von einem kleinen Schnitt in meinen Daumen gegeben – aber so … verflucht, schaut Euch das an!«

Wieder zeigte Yrr ihre zu einer Kralle verformte Hand.

»Stell dich nicht so an«, sagte Svenya und kam auf die Füße. »Das ist in einer Minute wieder heil.«

»Nein, ist es nicht«, sagte Raik, der plötzlich in der Tür stand, mit ernster Stimme. »Wunden, die Blodhdansr schlägt, verheilen nur sehr schwer … wenn überhaupt. Komm mit, Yrr, ich werde sie versorgen.«

Yrr nahm ihren Waffengürtel vom Bett und ging, ohne sich noch einmal umzudrehen, aus dem Zimmer.

Raik blieb noch einen Moment lang stehen und schaute Svenya an.

»Ich möchte, dass Ihr versteht, dass sie Euch vermutlich gerade das Leben gerettet hat.« Dann wandte auch er sich um und ging. Hatte Svenya sich vorher schon ziemlich schlecht gefühlt, so fühlte sie sich jetzt erst recht miserabel.

19

Die folgenden Tage wurden nicht besser für Svenya – ganz im Gegenteil. Yrr ließ sie in jeder Trainingseinheit ihren Unmut darüber spüren, dass ihre Hand nur sehr, sehr langsam heilte. Und obwohl sie dadurch gehandicapt war, ging sie Svenya noch rauer und unerbittlicher an als schon am ersten Tag. Hin und wieder besuchte General Hagen die Unterrichtsstunden, stand aber immer nur am Rand und verzog nicht einen Muskel seiner finsteren Miene. Im Nahkampf mit Wargo machte sie einige Fortschritte, aber nur, wenn er sich nicht in seine wölfische Gestalt verwandelte – dann hatte Svenya nicht den Hauch einer Chance. Die Flemys, auf die sie sich schon so sehr gefreut hatte, bekam sie nicht mehr zu sehen. Als sie Raik daran erinnerte, dass er ihr versprochen hatte, ihr das Reiten darauf beizubringen, erinnerte er sie mit knappem Ton daran, dass er das an die Bedingung geknüpft hatte, dass sie sich Mühe geben würde beim Trainieren und dass er diese Mühe nicht sähe.

Strategie bei Raegnir, die in der Hauptsache aus dem Nachstellen früherer Schlachten bestand, war so trocken, wie man es sich nur vorstellen konnte, und nichts davon blieb dauerhaft bei Svenya hängen – mit Ausnahme der überraschenden Tatsache vielleicht, dass in sehr viel mehr Menschenkriegen als man glauben mochte Elben in ihren Reihen mitgekämpft hatten. Lichtelben auf der einen, Dunkelelben auf der anderen Seite. Und das auch schon lange, bevor die Lichtelben ins Exil hierher nach Midgard gekommen waren. Achilles zum Beispiel und Marcus Agrippa, Xerxes der Erste und Leonidas, Flavius Aetius und Attila der Hunnenkönig.

Raiks Unterricht in nordischer Mythologie, die er *Geschichte* nannte, war nicht besser: stundenlange Vorträge über die Kriege zwischen den Aesir, dem jüngeren und kriegerischen Göttergeschlecht, und den Vanir, dem älteren und friedlichen. Svenya konnte Raiks unverhohlene Begeisterung für die »*Ruhmestaten* der Aesir unter ihrem Oberhaupt Odin«, wie er sich auszudrücken pflegte, nicht nachvollziehen; hatten sie doch ein friedliebendes Volk grundlos angegriffen und am Ende beinahe vollkommen ausgemerzt. Die wenigen Überlebenden, wie Freyja, machten sie zu ihren Geiseln. Auch die späteren Kriege der Aesir, wie der gegen die Eisriesen aus Jotunnheim, schienen ihr eher willkürlich und die Taten von Unterdrückern. Doch da sie Raik nicht noch mehr enttäuschen wollte als ohnehin schon durch ihren mangelhaften Trainingsfortschritt, behielt sie solche Gedanken wohlweißlich für sich.

Am schlimmsten aber waren die Schwertkampfstunden gegen Yrr. Es schien Svenya, als wollte die Kriegerin ihr jede einzelne Sekunde davon beweisen, was sie in jener Nacht behauptet hatte – nämlich, dass Svenya auch mit Blodhdansr nicht die Spur einer Chance gegen sie gehabt hätte. Und so war es weniger Unterricht, den Yrr ihr gab, als Prügel. Dass sie nur Übungsschwerter aus Holz benutzten, war Svenyas Glück und bewahrte sie viele, viele Male vor dem sicheren Tod.

So verging die Zeit trostlos und frustrierend … bis Svenya eines Tages zu Hagen gerufen wurde.

Hagens Palast war um einiges kleiner als der ihre und vollkommen schmucklos eingerichtet – es war die spartanische Unterkunft eines Kriegers. Die einzige Dekoration bestand aus Rüstungen und Waffen in der kleinen Eingangshalle – die meisten davon uralt. Bereits als sie durch die Tür trat, fiel Svenya auf, dass nicht eine Elbenseele zugegen war. Keine Diener, keine Wachen, nur erdrückende Stille, die die Absätze von Svenyas Stiefeln bei jedem Schritt laut hallen ließ.

Hagen wartete am Ende der Halle auf sie und bat sie mit einer stummen Geste in den nächsten Raum. Es war eine Mischung aus Büro und Dojo, wobei der Büroteil die wesentlich kleinere Fläche belegte – so als ob Hagen nie lange am Schreibtisch sitzen konnte, ohne zwischendurch zu trainieren.

Mit seinem verbliebenen Auge schaute er sie lange und eindringlich an, und Svenya war sich nicht sicher, ob er erwartete, dass sie etwas sagte. Weil sie aber nicht wusste, was sie sagen sollte, schwieg sie. So standen sie beide eine kleine Ewigkeit lang voreinander, ohne ein Wort zu reden, und die Situation wurde immer unangenehmer. Svenya konnte sich nicht vorstellen, dass Hagen sie zu sich gerufen hatte, um sie zu loben – denn was ihr Training betraf, hatte sie wahrlich kein Lob verdient. Sie brauchte aber ganz bestimmt niemanden, der ihr das sagte. Wenn er sie also schelten wollte, dann sollte er jetzt gefälligst bald damit anfangen, damit sie es hinter sich hatte.

Aber Hagen tat nichts dergleichen. Er schenkte sich aus einem einfachen tönernen Krug Met in einen Pokal, ohne ihr etwas anzubieten, und trank einen Schluck. Einmal mehr fiel Svenya auf, wie verflucht attraktiv er trotz oder vielleicht auch wegen seines düsteren Auftretens war. Ja, er war der attraktivste Mann, den sie jemals gesehen hatte – mit Ausnahme vielleicht von Laurin. Der eine hell, der andere dunkel – aber beide strahlten sie die gleiche edle Wildheit aus, Entschlossenheit und eine Gelassenheit, die nur durch das klare Bewusstsein um die eigene Stärke entsteht.

»Versteht Ihr, warum wir hier sind, Prinzessin?«, sagte Hagen endlich.

Svenya fand es unangemessen, dass er, der mit seinen Tausenden von Jahren so viel älter war als sie, sie mit dem *Pluralis Majestatis* anredete und sie *Prinzessin* nannte, denn trotz ihres Palastes fühlte sie sich nicht als solche. »Bitte sagt du, und nennt mich Svenya«, wiederholte sie daher, worum sie ihn schon früher gebeten hatte.

Wieder schaute er sie eine Weile schweigend an, und ein winziges Stück der Finsternis verschwand aus seinem Blick.

»Verstehst du, warum wir hier sind, Svenya?«, formulierte er seine Frage schließlich um.

»Um irgendwelche Monster zu bekämpfen?«, antwortete sie unsicher.

Hagen seufzte. »Wir sind hier, weil man uns aus unserer angestammten Heimat vertrieben hat. Weil wir die Letzten unserer Art sind und es in allen Neun Welten keinen anderen Platz mehr für uns gibt. Wir bekämpfen Monster, weil sie uns vernichten wollen. Uns ausrotten.«

Sie sah den Kummer in seinem Auge, aber was sie wirklich davon abhielt zu fragen, was das alles mit ihr zu tun hatte, war das Bewusstsein, dass sie damit Gefahr lief, den Fluch der Frage auf sich zu ziehen.

Hagen schien ihre Gedanken gelesen zu haben. »Du bist eine von uns. Auch wenn du nie mehr über deine Vergangenheit erfahren darfst, gehörst du zu uns und nimmst unter uns eine ganz bestimmte Stellung ein. Das ist dir, wie dein Training zeigt, aber offenbar nicht nur nicht bewusst, nein: Du scheinst es auch nicht zu glauben.«

»Ich merke schon, dass ich stärker bin«, widersprach sie. »Und als normaler Mensch hätte ich das Training auch erst gar nicht überlebt.«

»Genau das ist das Problem«, sagte er. »Du denkst in menschlichen Maßstäben. Du denkst, deine wahre Natur zeigt sich darin, dass du höher springen und schneller laufen kannst, als ein Mensch es je könnte, und darin, dass deine Verletzungen sehr viel schneller heilen. Doch nicht die Menschen dürfen dein Maßstab sein und deine Erinnerungen an früher; dein Maßstab müssen wir sein, das Volk der Lichtelben. Und unter uns bist du eine der Mächtigsten überhaupt. Du versagst in deinen Aufgaben und verlierst deine Kämpfe, weil du glaubst, dass du ohnehin keine Chance hast, weil du irrtümlicherweise denkst, Yrr sei dir überlegen. Dabei besitzt sie nur einen Bruchteil deiner Kraft und Schnelligkeit.« Hagen sah Svenya eindringlich an. »Nicht sie ist deine wahre Gegnerin in den Sparringskämpfen und auch nicht Wargo, sondern du selbst. Deine innere Haltung. Dass du akzeptierst, minderwertig zu sein und schwach. Du kannst dir nicht vorstellen, gegen sie zu siegen, und weil du es dir nicht vorstellen kannst, siegst du auch nicht.«

Svenya schnaubte verärgert. Mit Schelte konnte sie leben, mit abstraktphilosophischen Sprüchen nicht. »Ich stelle mir also nur vor zu verlieren, soso«, sagte sie schnippisch.

»Nein«, entgegnete Hagen. »Das Verlieren geschieht tatsächlich, aber es ist nur die Konsequenz deiner Vorstellung, nicht siegen zu können. Und ich kann es dir nicht einmal verübeln. Denn du hast keine Ahnung von deiner wahren Kraft ... wozu sie dich befähigt. Und du hast keine Ahnung davon, wie sehr wir dich brauchen.«

»*Ihr* braucht *mich*?« Das konnte sie nun wirklich nicht glauben.

»Siehst du, genau das meine ich! Du betrachtest uns als übermächtig und hinderst damit dein Unterbewusstsein, die Tore zu öffnen zu deiner wahren Macht. Ja, wir brauchen dich, Svenya ... zum Überleben. Und die Menschheit braucht dich – aus genau dem gleichen Grund. Wenn du dich weiterhin weigerst, dein Wahres Ich zu erkennen und dein Potenzial, dann sind wir alle verloren. Für immer.«

»Ihr kamt bis jetzt doch auch ganz gut ohne mich aus.«

Statt darauf einzugehen, führte Hagen sie zu einer Landkarte an der Wand.

»Das ist das Höhlensystem, das von Meißen bis zum Böhmischen Mittelgebirge verläuft und von da aus bis unter das Erzgebirge abzweigt. Wir befinden uns hier, in Elbenthal, direkt unterhalb Dresdens. Das Tor aus Alfheim, unserer alten Heimat, liegt im Kern der Festung. Es ist magisch verschlossen und gut bewacht. Dennoch lässt es sich nicht verhindern, dass es ab und an einer der Kreaturen, die jetzt in Alfheim leben, gelingt, hierher durchzubrechen.«

»Und könnt Ihr sie dann nicht hier, innerhalb der Festungsmauern, abfangen und besiegen?«

»Die meisten ja«, sagte Hagen. »Aber nicht alle. Manche, weil sie zu mächtig sind, andere, weil sie sich durch Zauber zu verbergen verstehen und sich an unseren Wachen vorbeischleichen.«

»Okay, ich kann mir vorstellen, dass es ihnen gelingt, sich nach draußen zu schleichen, aber nach dem, was ich bisher durch den Flug auf der Flemys gesehen habe, gelangen sie unmöglich wieder hinein.«

»Was sie zu einer Bedrohung für die Menschen macht«, erwiderte Hagen und nickte. »Menschen, die wir geschworen haben zu beschützen dafür, dass sie uns hier Unterschlupf gewähren.«

»Obwohl sie gar nicht wissen, dass Ihr existiert?«

»Dass *wir* existieren, Svenya«, grollte er. »Du bist eine von uns. Akzeptiere das endlich.«

»Entschuldigung.«

»Ja, auch wenn sie keine Ahnung haben, dass wir existieren. Keine Ahnung *mehr* haben«, korrigierte er sich dann. »Ihre Ahnen wussten das – und denen, mit denen wir lange Zeit einvernehmlich und in Frieden gelebt haben, gilt unser Treueeid. Auch wenn man sich heute nur noch in Märchen, Sagen und Legenden an uns erinnert. Außerdem wären sie inzwischen mit all ihren technischen Errungenschaften und in ihrer schieren Zahl eine echte Bedrohung für uns, wenn sie von unserer Existenz wüssten. Allein die Schätze, die hier unten in unseren Kammern lagern, könnten eine ganze Nation dazu veranlassen, gegen uns Krieg zu führen. Von den Bankkonten einmal ganz zu schweigen. Und auch die Angst, die einige von ihnen schon immer vor uns hatten, würde sie möglicherweise dazu bewegen, uns vernichten zu wollen. Es ist paradox: Sie wissen nicht, dass wir die Einzigen sind, die sie vor den Horden Alfheims beschützen, und dürfen es auch nie erfahren.«

»Das ist ungefähr genauso paradox wie die Tatsache, dass Ihr mich dazu ermuntert, mich auf mein Wahres Ich zu besinnen, aber nicht fragen zu dürfen, wer ich wirklich bin und woher ich komme«, sagte Svenja ernst.

Schneller als er es merkte und ohne dass er es verhindern konnte, sprang ein Lächeln auf Hagens Lippen. Ein umwerfendes Lächeln. Allerdings nur für einen Moment – er hatte sich sofort wieder im Griff. »Ja, genau«, sagte er. »In etwa ist das ebenso paradox. Aber kommen wir zu Aarhain.«

»Laurins Festung unter dem Erzgebirge?«

»Korrekt. Er hat bei weitem nicht genug Mann, um zu einer Bedrohung für Elbenthal zu werden. Weder in einer offenen Schlacht und schon gar nicht in einer Belagerung. Wenigstens *noch* nicht. Denn mit jedem, der durch das Tor schlüpft und sich zu ihm gesellt, wächst die Zahl seiner Schergen.«

»Und warum erobert Ihr Aarhain dann nicht einfach?«

»Siehst du«, sagte Hagen und klang erleichtert, vor allem aber zufrieden. »Jetzt fängst du an, wie eine Kriegerin zu denken. Da gibt es nur ein Problem: Wir können Aarhain nicht erobern.«

»Warum nicht?«

»Es ist zu stark befestigt und zu leicht zu verteidigen«, antwortete er. »Aarhain liegt an einem Steilhang unter dem Berg. Es gibt also, anders als in Elbenthal, nur eine Seite, durch die man überhaupt hineingelangen könnte, und diese Seite ist so gut befestigt, dass Laurin die Stellung mühelos halten kann, ohne Verluste befürchten zu müssen, obwohl seine Streitmacht zahlenmäßig noch nicht einmal ein Viertel der unseren ist. Wir jedoch würden bluten bei dem Versuch, die Festung zu stürmen. Der Tod eines Einzelnen kann eine ehrenvolle Sache sein, je nachdem, wofür man stirbt, aber der Tod vieler für eine schon im Vorfeld zum Scheitern verurteilte Sache ist es ganz bestimmt nicht. Aber wie gesagt: Sowenig wie wir Laurins Festung erobern können, sowenig kann er Elbenthal erobern, und abgesehen von gelegentlichen Scharmützeln halten sich die Kräfte so die Waage.«

»Verstehe«, sagte Svenja. »Und mit jedem Eindringling, der durch das Tor kommt, erhöht sich die Zahl seiner Männer. Aber wenn es doch immer nur Einzelne sind …«

»In Menschenaltern gerechnet mag es sich nicht dramatisch anhören, wenn auch nur einer im Jahr davon aus der Festung zu Laurin gelangt«, unterbrach Hagen ihren Gedankengang, »aber wenn du in Jahrhunderten rechnest, sieht die Sache ganz schnell ganz anders aus. Außerdem hat die Zeit gezeigt, dass viele derer, denen es gelingt, hierher durchzubrechen, Boten Schwarzalfheims sind – mit Nachrichten für ihren Schwarzen Prinzen. Mit Plänen, die versuchen, Angriffe aus Alfheim und Aarhain zu koordinieren, um uns von beiden Seiten aus gleichzeitig in die Zange zu nehmen. Sollte ihnen das gelingen, sind wir verloren … und als Nächstes sind dann die Menschen von Midgard an der Reihe. Mit ihrem technischen Fortschritt mögen sie inzwischen zwar eine Bedrohung für uns wenige Lichtelben darstellen, aber gegen ganze Armeen aus Schwarzalfheim haben die Menschen nicht die Spur einer Chance. Laurin und seine Leute werden sie zu Millionen abschlachten und die Überlebenden versklaven. Das zu verhindern, ist deine Aufgabe … dein Schicksal.«

Svenya sah ihn mit großen Augen an. »Und ich soll die Macht dazu haben?«

Statt direkt zu antworten, kam Hagen auf sie zu und fasste sie an beiden Schultern. Svenya musste zu ihm aufsehen wie zu einem Berg und fühlte sich plötzlich noch hilfloser und ohnmächtiger als zuvor. »Erinnerst du dich daran, dass ich Raik befohlen habe, dich zu töten, ehe du Laurin in die Hände fällst?«, fragte Hagen, und seine tiefe Stimme kroch ihr förmlich unter die Haut.

»Wie sollte ich das vergessen?«

»Das habe ich nicht nur getan, weil wir dich brauchen, sondern auch weil es unseren Untergang bedeuten würde, wenn es ihm gelänge, dich der Folter und einer Gehirnwäsche zu unterziehen und damit zu einer der Seinen zu machen.« Er sah Svenya ernst an. »Er will dich gerade, *weil* deine Macht so groß ist. Und er weiß das. Deswegen hat er dir an dem Geburtstag zu deiner Volljährigkeit auch aufgelauert.« Er ließ sie wieder los und ging ein paar Schritte davon, ehe er sich wieder zu ihr umdrehte. »Du siehst: Wir alle wissen, wie mächtig du bist, nur du weißt es nicht … und willst es auch nicht glauben. Deshalb schneidest du beim Training so schlecht ab.«

»Aber ich darf natürlich nicht fragen, wieso meine Macht so groß ist.«

»Nein, das darfst du nicht«, sagte er und klang traurig dabei. »Ich

wünschte, es wäre anders. Aber der Fluch ist die Quelle deiner Macht. Sozusagen der Preis, den du dafür bezahlst.«
»Und was soll jetzt geschehen?«
»Das liegt ganz allein bei dir.«

Nachdem Svenya den Raum verlassen hatte, trat Alberich durch eine verborgene Tür in der Wand herein. Sein Blick war bekümmert.
»Meinst du, sie hat es jetzt verstanden?«, fragte er Hagen.
»Ich hoffe es«, antwortete der und schenkte sich den Pokal noch einmal voll. »Ich hoffe es sehr.«
»Und wenn nicht?«
»Sie wird es schaffen, vertraut mir, Vater.«
»Dir vertraue ich, Sohn.« Auch Alberich schenkte sich von dem Met ein. »Es ist Svenya, um die ich mir Sorgen mache. Inzwischen *ernsthafte* Sorgen.«
»Sie steht erst am Anfang. Wenn sie erst einmal erkennt, wie stark sie wirklich ist, wird sich alles ändern.«
Hagen sah seinen Sohn nachdenklich an. »Vielleicht sollten wir ihr offenbaren, was für sie auf dem Spiel steht, wenn sie es nicht erkennt … wenn sie den Test nicht besteht.«
»Noch nicht«, sagte Hagen entschlossen und leerte seinen Pokal in einem Zug. »Noch nicht.«

20

Aarhain

Lau'Ley saß auf einem kleinen Berg von Kissen in der Ecke des spartanisch eingerichteten Raumes. Ihre Laune war bestens, um nicht zu sagen vom Feinsten – wie immer, wenn sie ihrem Schwarzen Prinzen beim Training zusah. Leider trainierte er nicht täglich; in der Regel nur, wenn er unzufrieden war und Dampf ablassen wollte. Sie folgte den Bewegungen seines muskulösen, sehnigen Körpers und beobachtete, wie er mit der Geschmeidigkeit eines Tigers und eines Balletttänzers zwischen seinen sechs Sparringspartnern hin- und hersprang. Er tänzelte spielerisch zwischen ihnen und zertrümmerte gleichsam im Vorübergehen mit den Klingen seiner beiden Schwerter mal hier einen Schild, beulte dort einen Helm ein und schlug einem Gegner mit einer lässigen Bewegung seine Waffe aus der Hand.
Laurin trainierte nie mit weniger als sechs Gegnern. Für Einzelduelle gab es in ganz Aarhain niemanden, der ihm auch nur ansatzweise an Geschwindigkeit, Talent und Stärke ebenbürtig gewesen wäre – also glich er seinen Vorteil durch die Zahl der gegnerischen Kämpfer aus. Heute zählte Lau'Ley zwei Mannwölfe – einer davon Gerulf, der Hauptmann der Eingreiftruppen, der den anderen um eineinhalb Köpfe überragte –, drei Dunkelelben und einen der Jötunn. Letzterer war in dem Getümmel jedoch noch nicht so recht zum Einsatz gekommen, weil er mit seiner großen Keule eher seine Mitkämpfer gefährden würde als Laurin. Lau'Ley kannte ihren Geliebten gut genug, um zu wissen, dass er sich den Riesen für das Finale aufsparte.
Keiner der Gegner nahm Rücksicht darauf, dass der Elb, gegen den sie antraten, ihr Fürst war.

Laurin duldete keine Zurückhaltung beim Training. Die Uneinsichtigen bestrafte der Schwarze Prinz so hart, dass die Blessuren, die sich seine Sparringspartner selbst bei dem wildesten Kampf einhandelten, lächerlich waren im Vergleich. Besondere Stärke und Mut jedoch pflegte Laurin großzügig zu belohnen, so dass sich ausnahmslos jeder, der gegen ihn antrat, auch wirklich Mühe geben müsste, ihn zu besiegen.
Gerulf und der kleinere Mannwolf hatten mittlerweile ihre tierische Gestalt angenommen und kämpften außer mit ihren Klauen und Zähnen mit Morgensternen aus blankem Eisen. Da Laurin keine Rüstung trug und mit bloßem Oberkörper im Ring stand, konnten sie ihn damit ernsthaft verletzen … vorausgesetzt sie schafften es, ihn zu treffen.
Laurin war wie ein Derwisch – jede einzelne seiner Bewegungen floss in die nächste über. Er stand nicht einen Herzschlag lang still. Aus der Attacke wurde ein Ausweichen, daraus ein Konter, daraus wieder eine Finte und dann eine Doppelattacke. So lange Lau'Ley ihm schon bei seinen Kämpfen zusah – und das war öfter, als sie sich erinnern konnte –, war Lau'Ley doch immer wieder überrascht vom Repertoire seiner Schritte und Schlagkombinationen … und angetan von seiner Grazie, seiner rauen Kraft und seiner Unbarmherzigkeit.
Von den drei Elben – zwei Männern und einer Frau – trug einer ein lang gekurvtes Zweihandschwert, die zweite zwei Klingen wie Laurin selbst und der dritte ein Schild und eine kurze Lanze. Sie alle waren in voller Rüstung – und die Schmiede der Festung würden einiges zu tun haben, sie wieder zu reparieren.
Manchmal – nicht oft, aber doch immerhin manchmal – bedauerte Lau'Ley, keine Kriegerin geworden zu sein. Sie konnte durchaus mit Schwertern, Lanzen, Streitäxten und auch mit Peitschen umgehen – aber nicht gut genug, um in einem Trainingskampf gegen Laurin auch nur zehn Sekunden lang zu bestehen. Ihre wahren Talente lagen woanders: Niemand konnte Gift so gut mischen oder hypnotisieren wie sie, und auch beim Reiten und Bogenschießen machte Lau'Ley niemand etwas vor. Es gab nur wenige, die ihr das Wasser reichen konnten. Außerdem spann keiner Intrigen so verworren und fein verwoben wie sie, und in Sachen Diplomatie und Manipulation war Lau'Ley als Sirene unschlagbar. Aber was hätte sie darum gegeben, Laurin hier im Übungsraum eine ebenso ebenbürtige Gegnerin sein zu können wie im Schlafzimmer.

Sie hatte sogar einige Jahrzehnte lang heimlich geübt – doch so sehr Lau'Ley sich auch bemühte, die Bewegungsabläufe Laurins im Kampftraining nachzuahmen, so fehlte ihr einfach die wilde Kraft, die Attacken zu der gleichen zerschmetternden Wirkung zu entfalten, wie es ihm so vollkommen mühelos gelang.

Gerade jetzt schlug, kickte und stieß er zwei der Elben und einen der Mannwölfe mit einer einzigen wirbelnden Drehung weit von sich und zu Boden ... so dass endlich Raum genug war für den Jötunn, der mit einem furchtbaren Brüllen und hoch erhobener Keule auf Laurin zusprang. Es war immer wieder erstaunlich zu sehen, wie schnell und weit etwas so Großes und Schweres wie ein Jötunn überhaupt springen konnte. Es wirkte in etwa wie ein Elefant, der so geschmeidig sprang wie eine Hauskatze bei der Jagd nach einer Maus. Doch Laurin war alles andere als eine Maus: Er wich der auf den Boden krachenden Keule völlig mühelos mit einem Seitwärtssprung aus, hechtete dann in genau entgegengesetzter Richtung zurück auf den Unterarm des Riesen, rannte daran entlang nach oben, bis er die Schulter erreichte, schlang von hinten seine Beine um den Hals des Ungetüms und zielte mit den Spitzen seiner beiden Schwerter auf dessen Augen. Der Jötunn erstarrte, ließ die Keule fallen und kapitulierte – wohl wissend, dass Laurin keine Sekunde lang zögern würde zuzustechen, wenn er nicht sofort aufgab.

Zufrieden sprang der Schwarze Prinz von seinen Schultern herab und stellte sich den noch verbleibenden beiden Gegnern. Lau'Ley freute sich, dass einer davon Gerulf war – angesichts der extremen Stärke und Gewandtheit des Wolfs versprach es ein spannender Endkampf zu werden. Doch dazu kam es leider nicht, denn die Tür ging auf und Johann betrat den Raum – einer von Laurins engsten Beratern, den alle nur den *Geheimrat* nannten. Er war einer der wenigen Menschen in Aarhain und lebte erst seit etwas weniger als zweihundert Jahren unter ihnen. Laurin hatte – warum auch immer – einen Narren an ihm gefressen und sich auf einen Pakt mit ihm eingelassen: Solange Johann ihm diente, war er so unsterblich wie die Elben. Seit seiner Ankunft hier hatte sich der Geheimrat zwar rein äußerlich um gut zwanzig bis dreißig Jahre verjüngt, was ihn vergleichsweise attraktiver machte; dennoch erinnerte er mit seiner großen Nase, dem schmalen Gesicht und dem hohen Haaransatz an ein Nagetier, fand Lau'Ley und musterte Johann noch einmal kritisch.

Er war noch immer so dienstbeflissen wie am ersten Tag.
»Majestät«, rief der Geheimrat schon auf halbem Weg durch die Halle. »Es gibt Nachrichten aus Elbenthal.«
Laurin verscheuchte seine Sparringspartner mit einer knappen Geste; rasch sammelten sie ihre Waffen ein und zogen sich aus der Übungsarena zurück. Lau'Ley blieb sitzen, wo sie war.
»Sprich«, sagte Laurin knapp, während er begann, seine beiden Klingen mit einem ölgetränkten Filzlappen zu reinigen.
»Es geht um Tapio«, berichtete Johann eifrig. »Er hat versagt.«
»Muss ich dir erst jedes Wort aus der Nase ziehen?«, fragte Laurin leise und scheinbar ungerührt. Lau'Ley wusste, dass er dann am gefährlichsten war.
Natürlich wusste das inzwischen auch der Geheimrat, und er beeilte sich fortzufahren. »Wie befohlen, hat er versucht, die Auserwählte zu betäuben, um sie hierherzubringen. Doch Wargos Wolf hat das Gift gerochen und verhindert, dass sie es nahm …«
»Pff«, machte Lau'Ley. »Anfänger. Ihr habt Alraune oder Belladonna benutzt, nicht wahr?«
»Alraune«, antwortete Johann.
»Jeder Narr weiß, dass ein gut trainierter Wolf das wittern kann und anschlägt«, sagte sie spöttisch. »Ihr hättet Amanitin oder Pantherin nehmen sollen. Es geht eben nichts über meine guten alten Pilze. Wenn ihr wieder einmal mit Gift spielen wollt, kommt ihr zuerst zu mir.«
Der Geheimrat verneigte sich – schuldbewusst und dienststeifig zugleich.
»Was ist dann passiert?«, fragte Laurin lauernd.
»Tapio hat versucht, die Auserwählte zu töten. Er wollte ihr den Kopf abschlagen.«
»Er hat was?« Noch leiser. Noch ruhiger. Noch gefährlicher. »Schafft ihn mir herbei. Sofort. Meine Anweisungen diesbezüglich waren klar: Das Leben der Prinzessin darf auf keinen Fall gefährdet werden.«
»Ich bedaure zutiefst, hier nicht dienlich sein zu können, Majestät«, sagte Johann mit zittriger Stimme. »Aber Tapio hat seinem Leben bereits selbst ein Ende gesetzt.«
»Seine einzig weise Entscheidung«, sagte Lau'Ley spöttisch und erwiderte Laurins finsteren Blick.

»Was sollen wir jetzt tun?«, fragte der Geheimrat. »Es hat Jahrzehnte gedauert, Tapio dazu zu bringen, die Seiten zu wechseln. Und erst, als wir ihm versprachen, dass er mit unserer Hilfe endlich seine alte Heimat wiedersehen könnte, lief er zu uns über.«

»Keine Sorge«, sagte Gerulf, der sich gerade zurückverwandelt hatte, anstelle von Laurin. »Wir haben noch einen zweiten Spion in Sven'Yas Palast.«

Johann sah den riesigen nackten Mannwolf mit großen Augen an. »Darüber war ich gar nicht informiert.«

»Ich weiß«, sagte Gerulf knapp.

»Womit soll ich ihn oder sie instruieren?«

»Gar nicht«, antwortete nun wieder Laurin. »Wenn die Zeit reif ist, übernehme ich das selbst.«

»Aber …«

»Danke, Johann. Du kannst dich wieder zurückziehen.«

»Natürlich, Majestät. Natürlich.« Der Geheimrat verbeugte sich wieder und verließ eilig die Halle.

Lau'Ley schmunzelte. Sie vergötterte ihren Schwarzen Prinzen dafür, dass er immer ein Ass im Ärmel hatte.

21

Elbenthal

In den Tagen nach Hagens Vortrag gab sich Svenya noch mehr Mühe. Sie horchte sogar in sich hinein, um herauszufinden, wo sie denn nun versteckt war, diese unglaubliche Macht, von der Hagen gesprochen hatte. Weniger vielleicht, weil sie das Schicksal, das ihr laut Hagen zuteil war, als das ihre begrüßt und akzeptiert hatte, sondern vielmehr, weil es außer diesem Schicksal kein anderes für sie gab. Sie kam von der Straße, nein, sogar aus der Gosse, und alles war besser als dorthin zurückzukehren – auch ganz ohne die Bedrohung durch Laurin. Allerdings wäre sie glücklicher gewesen, wenn sie hier in Elbenthal einfach nur Küchenhilfe bei Nanna hätte sein können – sie wäre auch mit einem kleinen Kämmerchen in der Festung zufrieden gewesen, denn was wollte sie schon mit einem riesigen Palast, in dem sie sich fehl am Platz vorkam? Was sollte sie mit Kleidern, die sie ohnehin nirgends anziehen und vorführen konnte? Und mit Gold, das sie nirgends ausgeben konnte? Wenn es nach ihr gegangen wäre, hätte man Yrr ruhig den Job als Hüterin geben können. Svenya war nicht nur nicht scharf darauf – sie fühlte sich ihm auch bei weitem nicht gewachsen. Und genau das war das Problem – zumindest, wenn man Hagen Glauben schenken wollte: ihr ewiges Zweifeln an sich selbst. Sie konnte sich nicht vorstellen, dass er sie angelogen hatte, als er von ihren Kräften sprach, aber ebenso wenig konnte Svenya sich vorstellen, dass sie sie tatsächlich besaß. In jeder freien Minute ging sie in ihren Dojo, um alleine zu trainieren. Doch obwohl sie natürlich merkte, dass sie viel stärker war, als sie als Mensch gewesen war, war sie doch weit davon entfernt, auch nur annähernd so stark zu sein wie Yrr und ihre Kameradinnen oder Wargo in seiner Mannwolfform.

Im Ausweichtraining wurde sie nach wie vor von einer ihrer drei Gegnerinnen zu Boden geworfen, ehe Raik auch nur einen einzigen Blitz schleudern musste; im Schwertkampf gegen Yrr musste sie mit jedem Tag, den Yrrs Hand weiter heilte, mehr einstecken; und der Geschichtsunterricht bei Raik und die Strategievorträge Raegnirs waren auch nach ihrer Unterredung mit Hagen keinen Deut spannender geworden.

»Ihr denkt zu viel, Eure Hoheit«, sagte Nanna eines Abends zu ihr, nachdem der von Raegnir bestellte Vorkoster seine Arbeit getan und sich aus dem Schlafzimmer, in dem Svenya Nacht für Nacht ihren letzten kleinen Imbiss zu sich nahm, zurückgezogen hatte. Svenya hockte mit angezogenen Knien in einem der großen Sessel, die kleine Platte mit Nannas Delikatessen auf der breiten Lehne. Nanna hatte sich auf das Sofa gegenüber gekuschelt und trank eine heiße Schokolade. »Es ist wie mit dem Kochen.«

»Wie mit dem Kochen?«

»Ja«, sagte Nanna. »Die meisten Menschen kochen nach Rezept. Und weil man die alle unmöglich auswendig lernen kann, gibt es Kochbücher. Andere, so wie ich, kochen ganz nach Gefühl … benutzen ihre Fantasie. Meine Rezepte schreibe ich nur auf, damit die Mannschaft sie auch nachkochen kann, sobald ich sie einmal erfunden habe.«

»Ich verstehe den Vergleich nicht.«

Nanna lächelte. »Die meisten Elben und auch die Menschen glauben, dass man irgendein Grundwissen braucht, um darauf aufbauend Fantasie entwickeln zu können, und dass man erst dann auf Basis des Grundwissens und der Fantasie beim Umsetzen Erfahrungen sammelt.«

»Aber das ist doch auch richtig«, sagte Svenya und schob sich ein Bällchen aus in Sesam gewälztem Frischkäse in den Mund.

»Richtig schon – aber eben nicht *ausschließlich* richtig. Ohne Fantasie hätte es überhaupt erst niemals ein Grundwissen gegeben, versteht Ihr?«

»Hm«, machte Svenya mit vollem Mund. Sie sah, worauf Nanna hinauswollte.

»Hüterin von Midgard wird man nicht, ebenso wenig wie Leiterin einer Palastküche, indem man nur tut, was einem gesagt wird, oder indem man nur wiederholt, was einen gelehrt wird. Man muss vielmehr tun, was einem das Herz sagt … was die Instinkte einem sagen … man muss also das tun, woran man glaubt, ohne sich von anderen beirren zu lassen.«

»Das ist eigentlich dasselbe, was Hagen gesagt hat«, erkannte Svenya.

»Er ist ja auch ein sehr kluger Kopf, unser lieber General«, sagte Nanna.

»Aber wie soll ich das umsetzen?«, fragte Svenya mutlos.

»Das ist das Knifflige daran«, erwiderte Nanna. »Das müsst Ihr ganz alleine entscheiden. Denn noch vor der Fantasie steht die Entscheidung, und die kann Euch niemand abnehmen. Aber die Kraft und die Fähigkeit, sich nicht nur theoretisch entscheiden zu *können,* sondern das auch ganz praktisch zu wollen, ist das, was schließlich zu dem Selbstvertrauen und der Entschlossenheit führt, die aus der Fantasie erst Wirklichkeit macht. Die Welt formt nicht Euch – Ihr formt die Welt.«

»Wow«, sagte Svenya, die allmählich begriff. »Sie sollten dich statt Raik oder Raegnir zur Lehrerin machen.«

Nanna lachte amüsiert auf. »Würdet Ihr einer Lehrerin denn ebenso gut zuhören wie einer Freundin?«

Es tat Svenya gut zu hören, dass Nanna sie als Freundin betrachtete, doch gerade als sie das auch sagen wollte, wurde die Stille im Raum von einer lauten Stimme unterbrochen, die aus dem Nirgendwo zu kommen schien.

»*Varnadhr rjódhr! Varnadhr rjódhr! Háski yfir Albbrúdyrr!* Ich wiederhole: Alarmstufe Rot! Angriff am Albbrú-Tor! Alle verfügbaren Einheiten sofort nach Sektor eins! *Fastr!* Prinzessin Sven'Ya: Trefft Euch unverzüglich und gerüstet mit General Hagen vor dem Tor Eures Palastes. Dies ist keine Übung!«

Svenya stieß vor Schreck die Platte mit Nannas Leckereien von der Sessellehne und schaute die Köchin ratlos an.

»Was soll ich tun?«

»Ihr habt den Befehl gehört«, antwortete Nanna und sprang von ihrem Platz auf. »Rüstet Euch und begebt Euch vor das Tor.«

»Und dann?«

»Jemand oder etwas kommt gerade durch das Tor aus Alfheim. Ihr werdet helfen, es abzuwehren.«

»Ich?«

»Wenn es jetzt abgewehrt wird, müsst Ihr es später nicht jagen und alleine bekämpfen.«

»I-ich bin nicht bereit. Noch nicht.«

»Für so etwas ist man nie bereit, Eure Hoheit, und das spielt auch nie eine Rolle. Beeilt Euch!«

»Aber ...«

»Tut es«, befahl Nanna schneidend – und Svenya verstand, warum sie die Leiterin einer Küche mit wesentlich älteren und körperlich stärkeren Elben geworden war.

Sofort kam jetzt auch Svenya auf die Füße und murmelte eilig:

»*Tega Andlit dyrglast.*
Opinberra dhin tryggr edhli.
Dhin Magn lifnja
Oegna allr Fjandi
Enn Virdhingja af dhin Blodh.«

Sie lief los in Richtung ihres Palasttors, noch ehe Rüstung und Waffen sich zu Ende materialisiert hatten.

TEIL 3

ANGRIFF

22

Draußen vor *Hurdh* stand Hagen in voller Kriegermontur. Neben seinem Doppelklingenspeer, dem Schwert und dem Dolch trug er jetzt auch zwei Automatikpistolen, einen Schild aus Titan, auf dem in Silberintarsien ein Greif abgebildet war, und einen Helm mit silbernen Flügeln an den Seiten.
»Das nächste Mal schneller!«, knurrte er Svenya an und rannte los in Richtung des Aufzugs. »Los, mir nach!«
Er rief den Lift mit einem Flashdrive herbei und betrat ihn vor Svenya.
»*Albbrúdyrr!*«, befahl er dem Aufzug.
Svenya schrie auf, als der Aufzug, wie in ihrem Traum, in die Tiefe fiel. Doch Hagen blieb ruhig.
»Aktiviere den Panzer!«
Svenya drückte auf den Kopf des Drachen auf dem Emblem ihres Handrückens, und ihre Maske erschien. Schon fühlte sie sich sicherer, wenn auch nicht viel: Die rasante Fahrt des Lifts brachte sie in ernsthafte Gefahr, Nannas Leckereien wieder loszuwerden.
»Was geschieht gerade?«, fragte Svenya – teils aus echtem Interesse heraus und teils, um sich abzulenken. »Nanna hat gesagt, es greift etwas aus Alfheim an.«
»Das ist korrekt.«
»Und was?«
»Das wissen wir noch nicht«, sagte Hagen. »Den Monitorwerten zufolge etwas Großes.«
»Wie groß?«
»Enorm groß.«
»Und was soll ich tun?«
»Du hilfst uns, es abzuwehren.«
Die Ablenkung war fehlgeschlagen. Jetzt war ihr noch schlechter.

»Aber ...«

»Kein Aber«, schnarrte Hagen. »Das ist keine Übung, Svenya. Das ist echt. Hier ist kein Raum für *Aber*-Sagen. Du kämpfst, oder jemand anderes bezahlt den Preis.«

Ehe sie fragen konnte, welchen Preis er meinte, hatte der Aufzug bereits die unterste Ebene erreicht und bremste so scharf, dass Svenya in die Knie ging. Kaum war die Tür offen, stürmte Hagen nach draußen.

»Komm!«, rief er, ohne sich umzudrehen – als wüsste er, dass Svenya damit haderte, ihm zu folgen.

23

Anders als in der Nacht ihres siebzehnten Geburtstages – jener Nacht, die noch gar nicht so lange zurücklag, aber sich so weit vergangen anfühlte, als wären seither Monate, wenn nicht gar Jahre verstrichen – wusste Svenya diesmal, dass ihr Leben sich in den nächsten Momenten völlig verändern würde. Nun würde sie also tatsächlich einer der Kreaturen Schwarzalfheims begegnen. Ein Schauer lief ihr den Rücken herab, und dennoch schuf die Erwartung dessen, was Hagen und die anderen ihr Schicksal nannten, eine seltsame Leere in Svenya. Vor Kurzem noch war sie ein Niemand gewesen, Abfall der Gesellschaft; dann bezeichnete man sie plötzlich als künftige Retterin der Menschheit, und jetzt schon, völlig unausgebildet, sollte sie das unter Beweis stellen. Hagen irrte sich – sie glaubte nicht, dass sie versagen würde ... sie *wusste* es. Was sie nicht wusste, war, warum sie dennoch, so schnell sie konnte, hinter Hagen den schmalen Gang entlangrannte.

Alle zwanzig Meter donnerte eine ellendicke Stahlschleuse hinter ihnen herab – eine weitere Sicherheitsmaßnahme, um, was auch immer durch das Tor kommen mochte, am Eindringen in die Festung und der anschließenden Flucht zu hindern. Es war ein wirklich beschissenes Gefühl, *innerhalb* dieser Versiegelung eingeschlossen zu sein.

»Spring!«, rief Hagen und hechtete selbst über ein Geländer, das vor ihnen das Ende des Tunnels von einer weiten Tropfsteinhöhle trennte. Ohne zu überlegen, folgte ihm Svenya und stürzte sich kopfüber über die Brüstung – nur um gleich darauf laut aufzuschreien. Der Boden hinter dem Geländer lag zehn Meter unter ihr!

Noch im Fallen sah sie, wie Hagen sicher auf den Füßen landete. Weil sie nicht gerade scharf darauf war auszuprobieren, was ihr Panzer aushalten würde, machte Svenya einen halben Salto, um nicht mit dem Gesicht voran aufzuschlagen. Sie kam hart mit den Füßen voran auf und rollte nach vorne ab. Als sie aufblickte, sah sie gegenüber eine nackte Felswand, die im Zentrum rot glühte – wie schmelzendes Metall. Davor standen in zwei Halbkreisen etwa dreißig schwer bewaffnete Elben in Verteidigungsstellung. Darunter auch Yrr, Liff und Reyja in voller Rüstung.

»Lasst uns durch!«, befahl Hagen, und sofort teilten sich die beiden Halbkreise, um einen Pfad zu dem rot wabernden Fleck an der Wand zu öffnen.

Hagen lief direkt nach vorne, aber Svenya zögerte.

Ist der irre?, fragte sie sich. *Will er mich allen Ernstes noch vor die erste Frontlinie stellen? Direkt vor das Tor?* Sie stand da und sah, dass jedes Augenpaar in der Höhle auf sie gerichtet war. Erwartungsvoll. Bis auf die Augen Yrrs – die blickten geringschätzig. Svenya konnte die Gedanken der blonden Kriegerin förmlich hören.

Die traut sich eh nicht. Sie hat einfach nicht das Zeug dazu. Heute werden alle sehen, dass ich die Bessere bin.

Svenya konnte sich beim besten Willen nicht erklären, wieso es ihr so wichtig war, was Yrr von ihr dachte, aber gegen die warnend schreiende Stimme in ihrem Kopf schritt sie das Spalier ab, hin zu Hagen. In seinem Blick glaubte sie, eine gewisse Anerkennung zu sehen, und auch jetzt wieder war sie verwundert darüber, dass ihr das etwas bedeutete – sogar viel bedeutete.

»Die Schwerter ziehst du erst, wenn sicher ist, dass es nicht vielleicht doch ein Freund ist, der da durchkommt«, raunte Hagen ihr zu. »Sonst fordern sie ihren Blutzoll vielleicht von dem Falschen. Aber die Chance ist sehr gering. Seit unserem Rückzug hierher haben immer nur Feinde das Tor in unsere Richtung passiert.«

»Was soll ich tun?«

»Dein Bestes.«

»Was, wenn das nicht genügt?«

»Es genügt nie«, sagte er leise, und sie hätte in diesem Moment schwören können, dass er dabei fast lautlos geseufzt hatte. »Aber weniger als das Beste ist keine Option.«

Dann machte er plötzlich: »Psst!«

»Was?«

»Hör hin.«

Tatsächlich – Svenya konnte es hören ... so als käme es aus dem Innern des Felsens vor ihr … ein tiefes, aggressives Knurren. So tief, dass sie die Vibrationen in ihrer Brust spüren konnte.

»Die Daten sind da!«, rief ein Elb oben von der Galerie. »Es ist ein Wyrm!«

»Speere nach vorn!«, brüllte Hagen, und sofort traten die Elben aus der ersten Reihe, die Maschinengewehre trugen, nach hinten. An ihre Stelle traten die Lanzen tragenden Krieger nach vorn. Gleichzeitig kamen von weiter hinten Elben angelaufen, um weitere Speere zu bringen und sie an die mit den Schusswaffen zu verteilen.

»Kugeln nützen nichts bei einem Wyrm«, sagte Hagen leise zu Svenya. »Der Schuppenpanzer ist zu dick.«

Svenya wusste das bereits aus Raiks Unterricht über die Kreaturen der Neun Welten: Ein Lindwurm kann nur an seiner Unterseite verletzt werden – und auch nur, wenn die Klinge des Speeres oder Schwertes zwischen zwei Schuppen gefädelt wird und von dort aus das Herz oder andere wichtige Organe trifft. Ein schwieriges Unterfangen, wenn man dabei auch noch achtgeben muss, nicht von dem über elf bis fünfzehn Meter langen Monster niedergewalzt oder wie von einer Boa zerquetscht zu werden. Raik nannte Wyrm immer nur Minidrachen, weil sie im Vergleich zu echten Drachen tatsächlich relativ winzig waren. Das änderte jedoch nichts daran, dass das Vieh, das ihnen gerade durch das Tor entgegenkam, so groß war wie ein Tyrannosaurus Rex – und um einiges gefährlicher. Wyrm spucken zwar kein Feuer, aber ihr Gift ist tödlich – selbst für einen Elben … ganz zu schweigen von ihrer Kraft: Mit einem Biss reißen sie einen Elben in voller Rüstung mühelos in Stücke.

Jemand reichte auch Svenya einen Speer, und sie umklammerte ihn krampfhaft mit den Fäusten.

»Ich habe Angst«, sagte sie leise.

»Zu Recht«, sagte Hagen, und Svenya war sich sicher, dass sie genau das nicht hatte hören wollen. Trotzdem fuhr Hagen fort: »Angst hält dich am Leben. Du musst sie nur richtig nutzen. Deine Schwerter sind nur Waffen. Egal wie gut sie sind, sie sind austauschbar. Angst aber ist ein Teil deiner Macht.«

»Dann habt auch Ihr Angst?«

»Nur ein Narr hätte vor einem Wyrm keine. Aber still jetzt. Er kommt.«

Svenya folgte Hagens entschlossenem Blick zum Tor zurück. Das Rot wurde jetzt noch dunkler und in der Mitte, in einem Durchmesser von fast anderthalb Metern, nahezu schwarz. Svenya konnte bereits die sich windenden Konturen des Wyrm erkennen.

Dann brach er durch – mit der Schnelligkeit und der Gewalt eines herandonnernden Güterzuges. Sein riesiger, mit Schuppen und borstigem Fell bedeckter Kopf glich mehr dem eines Keilers als dem einer Schlange – die armlangen Gifthauer saßen im Unterkiefer statt wie bei einer Kobra oben. Auf sechs krallenbewehrten Beinen katapultierte er sich nach vorne – direkt auf Svenya zu.

Obwohl ihre Augen seit ihrer Verwandlung selbst die kleinsten Details wahrnahmen, geschah alles so schnell, dass Svenya kaum reagieren konnte. Dennoch gelang es ihr, die Spitze ihrer Lanze in die Bahn der herandonnernden Bestie zu bringen. Da war kein Mut, wie er in den Heldenliedern aus alter Zeit besungen wurde – da war lediglich der Mangel an Alternativen. Svenya packte den Speerschaft, so fest sie konnte, und bereitete sich mit weit auseinander gestellten Füßen auf den Treffer vor. Aber ebenso wirkungsvoll hätte sie sich, als sie noch ein normaler Mensch war, vor einen mit Höchstgeschwindigkeit heranrasenden Lkw stellen können. Das vordere Drittel der Lanze zersplitterte an der Stirn des Wyrm, als wäre sie aus Eis, den Rest traf das Vieh mit einer solchen Wucht, dass ihr der Schaft schmerzhaft hart aus den Händen gerissen wurde. Doch gleichzeitig gelang es Svenya, die Kraft des Aufpralls wie beim Stabhochsprung zu nutzen, um ihrem Satz eine Aufwärtsrichtung zu geben. Sie flog vorwärts und landete mit einer eleganten Halbdrehung um die Längsachse mit den Füßen auf dem Rücken des Wyrm, so dass sie jetzt in seine Laufrichtung schaute. Noch nie hatte sie sich so schnell bewegt, und zu ihrer eigenen Verwunderung gelang es ihr, das Gleichgewicht zu halten.

»Lanze!«, rief sie, ohne recht zu wissen, was sie hier oben, auf der unverwundbaren Seite des Monsters, damit anfangen sollte, und schon in der nächsten Sekunde hielt sie einen ihr zugeworfenen Speer in der Hand. Er war kürzer und dicker als ihre letzte Waffe – ebenso die Klinge. Während sie nach vorne sprang, um sie dem Wyrm von oben herab in eines seiner vier Augen zu stechen, sah Svenya, wie die anderen Elben, die versuchten, sich in den Weg zu stellen, nach allen Seiten davongeschleu-

dert wurden. Aber sie sah auch, dass Hagen abseits stand und seine Tochter Yrr davon abhielt, in den Kampf einzugreifen.
Was zur Hölle?!, fluchte sie in sich hinein. War das etwa ihr Test? Hatte man ihn vorgezogen, ohne sie darüber zu informieren?
Jetzt war allerdings keine Zeit, darüber nachzudenken – Svenya benötigte all ihre Konzentration, um auf dem Rücken des Wyrm die Balance zu halten.
Mit der ganzen Kraft, die aufzubringen sie in der Lage war, stach sie zu. Doch der einzige Effekt, den ihr Angriff hatte, war, dass die Kreatur überhaupt erst auf Svenya aufmerksam wurde. Einen winzigen Lidschlag später bockte der Wyrm auf wie ein Hengst – nur mit sehr viel mehr Kraft … schneller und höher. Svenya wurde hoch in die Luft geschleudert wie von einem Katapult. Dabei wurde sie so heftig herumgewirbelt, dass sie drohte, die Orientierung zu verlieren. Sie beschloss, sich nicht auf ihre Augen zu verlassen, um die herum sich alles drehte – Höhlendecke, Wände, Boden –, sondern nur noch auf ihre Instinkte. Ihr Körper wusste, wo oben und unten war, wenn sie ihn nicht mit ihrem Gesichtssinn verwirrte. Und so drehte sie sich instinktiv in der Luft und landete etwa sieben Meter rechts von dem Wyrm sicher auf den Füßen – leichtfüßig wie eine Katze. Wo eben noch Verzweiflung war und Verwirrung und Verärgerung über Hagens Verhalten, war jetzt etwas, das Svenya in ihrem ganzen Leben noch nicht gespürt hatte: Euphorie und Siegesgewissheit. Das Vieh zu bekämpfen, war vielleicht hart und ganz gewiss schmerzhaft – aber es war durchaus möglich. Zu sehen, wie die anderen Elben, allesamt Krieger, von der Bestie nahezu hilflos zur Seite geschleudert wurden, während sie auf den Beinen blieb, gab Svenya die Zuversicht, die ihr so lange gefehlt hatte – die Zuversicht, es wirklich schaffen zu können.
Svenya rannte los und griff dabei eine Lanze vom Boden auf, die einer der anderen Elben im Kampf fallen gelassen hatte. Die Laufbahn des Wyrm war schwer zu berechnen – er rannte wie eine in die Enge getriebene Ratte wild hin und her und mähte die Krieger, die sich ihm in den Weg stellten, um wie Gras. Ein Wunder, dass keiner von ihnen ernsthaft verletzt zu sein schien. Die Bestie hatte bisher noch nicht ein einziges Mal von ihrem Gift oder ihren mörderischen Kiefern und den darin sitzenden schwertlangen Hauern Gebrauch gemacht. Svenya folgte ihr erst

zu der einen Wand, dann zur anderen und anschließend wieder zurück zum Tor. Ehe sie ihn jedoch einholen konnte, schlug der Wyrm jedes Mal einen schnellen Haken und wechselte die Richtung – ganz so, als suchte er nicht den Kampf oder Beute, sondern einen Fluchtweg. Schließlich entdeckte er die Galerie und steuerte zielstrebig darauf zu.
Mit einem Satz, den Svenya ihm bei seinem Gewicht nicht zugetraut hätte, sprang er nach dort drüben und richtete sich auf.
Das war ihre Gelegenheit, an seine Unterseite zu kommen!
Svenya rannte an ihm vorbei unter die Galerie, und ihre Augen suchten mit Windeseile eine Stelle, wo sie die Spitze der Lanze zwischen die Schuppen fädeln konnte. Doch gerade als sie einen Punkt gefunden hatte und mit dem Speer ausholte, sprang das Biest in die Höhe. Svenya konnte es von diesem Winkel aus nicht sehen, aber es musste Halt gefunden haben am Geländer der Galerie und sich daran weiter hochgezogen haben. Auf jeden Fall war es verschwunden. Svenya eilte zu der Stelle, wo der Wyrm eben noch gestanden hatte und blickte nach oben. Sie sah gerade noch das Schwanzende über das Geländer hinweg verschwinden.
»Ihm nach!«, rief Hagen, und Svenya wusste sofort, dass er sie meinte. Aber zehn Meter? So hoch war sie noch nie gesprungen – und zum Klettern sah sie hier keinen Ansatz, zumal sie, wie sie aus dem Training nur zu gut in Erinnerung hatte, im Klettern ganz besonders miserabel war.
»Spring!«, rief Hagen – und Svenya sprang ... so, als verliehe ihr sein Befehl Flügel ... oder waren es seine Stimme und sein Vertrauen in sie? Was auch immer es war, sie schaffte es, mit den Händen das Geländer zu packen und zog sich daran nach oben. Einer der Elben, die die Monitore überwachten, lag besinnungslos am Boden, ein anderer, der daneben an der Wand saß und sich mit schmerzerfülltem Gesicht die Rippen hielt, deutete in den Gang hinter sich.
Wild entschlossen, den Wyrm in dem schmalen Tunnel, der ihm keinen Raum zum Manövrieren ließ, zu stellen, rannte Svenya hinein. Ihn zu besiegen, bedeutete für sie mehr als das Offensichtliche – nämlich ihn daran zu hindern, noch mehr Schaden anzurichten oder die Menschheit vor ihm zu bewahren ... oder zu beweisen, was sie trotz des Desasters beim Training zu leisten fähig war – es war für Svenya die Chance auf ein Zuhause. Dabei erkannte sie eine uralte Wahrheit, die so brutal war

wie zutreffend: Für sein Zuhause muss man bereit sein, einen Feind zu töten ... oder bei dem Versuch zu sterben. Und damit hatte Svenya auf einen Schlag ihre Angst verloren ... nicht die vor dem Wyrm – diese Angst war gesund, wie Hagen ihr versichert hatte ... nein, es war die Angst, die einen davon abhält, das Richtige zu tun, wenn dabei die Gefahr besteht, das eigene Leben zu verlieren. Diese Angst war wie weggeblasen ... und die Aussicht auf einen so lange ersehnten Platz, an den sie gehörte, in greifbare Nähe gerückt.

Svenya sah, wie der Wyrm auf die stählerne Schleuse zugaloppierte. Nur noch ein paar Meter, und sie würde ihn erreichen. Svenya hatte auch schon eine Idee, wie sie an die Unterseite des Monsters kommen konnte: Sie würde den Wyrm, wenn er mit dem Kopf an der Stahltür angelangt war, so lange von hinten attackieren, bis er versuchen würde, sich herumzudrehen. Dafür müsste er sich wegen seiner Länge aufrichten, und seine Brust wäre ungeschützt. Wenn sie sich zwischen ihn und die Wand stellte, könnte er sie nicht einmal mit seinen Klauen erreichen, weil ihm zum Zuschlagen der Raum fehlte.

Doch so gut der Plan auch war, Svenya kam trotz aller Entschlossenheit und Schnelligkeit nicht dazu, ihn umzusetzen. Denn statt an der Schleuse anzuhalten, rannte der Wyrm einfach durch sie hindurch. So als bestünde sie aus Luft! Buchstäblich. Denn er zerstörte das Tor dabei nicht – er glitt einfach hindurch, als sei es gar nicht vorhanden. Svenya fragte sich nicht lange, was für eine Art von Trick das war, und spurtete hinter ihm her. Der Aufprall war hart und unbarmherzig. Was auch immer den Wyrm durchgelassen haben mochte, wirkte bei ihr nicht. Für sie war die Schleuse real ... und aus massivem Stahl. Svenya knallte mit voller Wucht dagegen und wurde von dem Aufprall zurückgeschleudert. Nur ihr Panzer verhinderte, dass sie sich dabei alle Knochen im Leib brach.

»Macht das Tor auf!«, rief sie nach hinten, während sie sich auf die Füße zurückkämpfte.

Plötzlich standen Hagen und Yrr hinter ihr.

»Was ist hier los?!«, fragte Hagen barsch. »Wo ist der Wyrm?«

»Er ist durch die erste Schleuse!«, rief Svenya aufgeregt. »Öffnet sie. Schnell!«

»Er ist was?!«, hakte Hagen ungläubig nach.

»Durch den Stahl hindurch«, antwortete Svenya. »Wie ein Geist!«

Yrr zog spöttisch eine Augenbraue nach oben. »Wyrm können das nicht«, belehrte sie Svenya

»*Dieser* konnte es«, gab Svenya zurück.

»Öffnet die Schleuse!«, kommandierte Hagen, und sogleich hob sich das Tor.

Svenya, er und Yrr liefen los – und stoppten gleich wieder. Zwischen ihnen und der nächsten Schleuse gab es ebenfalls keine Spur von der Bestie.

»Verdammt!«, fluchte Hagen, und er klang, als könnte er sich allmählich ausmalen, was geschehen war.

»Das wäre nicht passiert, wenn du mich nicht aufgehalten hättest«, warf Yrr ihm mit wütendem Blick vor.

»Für Schuldzuweisungen ist später noch Zeit«, raunzte Hagen seine Tochter knapp an. »Jetzt ist Eile angesagt. Höchste Eile.« Er drehte sich wieder um und rief: »Alle Schleusen öffnen! Sofort!«

»Was ist los?«, wollte Svenya wissen.

»Das erkläre ich dir auf dem Weg«, sagte er. »Komm mit!«

Noch im Loslaufen holte er aus einem Lederbeutel am Gürtel eine kleine Kommunikationseinheit und klemmte sie sich hinter das Ohr.

»Achtung an alle! Hier spricht General Hagen. Alarmstufe Rot bleibt aufrechterhalten. Bruch der inneren Barrieren. Wachmannschaften äußerste Vorsicht. Waffen-Code Odal. Ich wiederhole: Code Odal. Das Zielobjekt ist ein Wyrm. Er versucht, nach draußen zu gelangen. Bei Sichtung sofortigen Report an mich. Hagen Ende.«

Am Ende des Ganges erreichten sie den Aufzug und fuhren aufwärts. Svenya sah an Hagens Gesichtsausdruck, dass er beunruhigt war.

»In Raiks Unterricht war mit keinem Wort die Rede davon, dass sich Wyrm durch Stahltüren transportieren können«, sagte sie.

»Das können sie auch nicht«, bestätigte Hagen. »Dieser war offenbar mit einem Zauber belegt. Mit einem sehr mächtigen Zauber. Verdammt, es hätte mir sofort auffallen müssen.«

»Was?«

»Anders als Drachen sind Wyrm eher dumme und wilde Kreaturen. Kaum jemals zuvor ist einer von ihnen durch das Tor gekommen – außer durch Zufall, wenn sich einer verirrt hatte«, erklärte Hagen. »Dieser aber ist nicht zufällig hier. Er wurde geschickt – mit dem Ziel auszubrechen.

Und genau das hätte mir auffallen müssen: Ein normaler Wyrm hätte da unten gekämpft wie ein in die Enge getriebenes Tier und alles und jeden zu beißen oder zu zerreißen versucht.«

»Dieser hier wollte nicht kämpfen, er wollte fliehen«, teilte Svenya ihre Beobachtung von zuvor mit.

»Korrekt«, stimmte Hagen zu. »Das ist völlig unnatürlich für einen Wyrm. Aber einen Wyrm zu programmieren, bedarf eines Magiers, wie es in allen Neun Welten vielleicht gerade einmal ein halbes Dutzend gibt. Und der Preis dafür war sehr, sehr hoch.«

»Aber wer sollte sich solche Mühe geben, nur damit ein Wyrm von hier ausbrechen kann?«, fragte Svenya.

»Die Frage nach dem Wer ist weniger wichtig als die nach dem Warum«, sagte Hagen. »Es ging hier nicht darum, Schaden anzurichten. Der Wyrm ist ein Bote. Er trägt eine Nachricht bei sich. Und dass man einen Wyrm geschickt hat, um sie zu überbringen, verrät uns, dass diese Nachricht nicht nur von außerordentlicher Wichtigkeit, sondern auch dringend ist.«

»Eine Nachricht an wen?«

»An Laurin natürlich.«

»Und was lässt Euch glauben, dass sie außer wichtig auch dringend ist?«

»Die Tatsache, dass die andere Seite sonst versucht hätte, Dunkelelben zu schicken«, sagte Hagen. »Einen nach dem anderen. Jeder hätte die Nachricht nur im Kopf gehabt und versucht, heimlich durch das Tor und aus Elbenthal hinaus zu gelangen. Früher oder später wäre es einem von ihnen geglückt. Aber bei dieser Botschaft wollte man sichergehen, dass sie Laurin unter allen Umständen und ganz unmittelbar erreicht. Daher haben sie einen Wyrm geschickt und ihn darauf programmiert, sich nicht auf einen Kampf einzulassen und durch Türen gehen zu können. Wir müssen ihn aufhalten!«

Die Aufzugtür öffnete sich, und die beiden liefen nach draußen. Hier waren sie auf einer Ebene, die Svenya noch nicht kannte. Nachdem sie vier stark gesicherte Tore passiert hatten, erreichten sie einen Raum, der auf der gegenüberliegenden Seite zur Höhle hin komplett offen war.

Hagen erhielt eine Meldung über das Ear-Set.

»Hagen an Wargo«, sagte er daraufhin. »Der Wyrm ist über die südöstlichen Mauern nach draußen gelangt. Setz dich unverzüglich auf seine Fährte.«

»Also ist er tatsächlich auf dem Weg nach Aarhain«, schloss Svenya aus den Worten des Generals.

Hagen nickte und eilte nach vorne zum Rand der offenen Halle, wo er einen schrillen Pfiff ausstieß – der schon einen Sekundenbruchteil später aus einiger Entfernung von einem lauten Schrei beantwortet wurde. Er erinnerte Svenya an den Schrei eines Raubvogels, nur dass dieser hier sehr viel lauter war. Als nächstes hörte sie das Rauschen von Flügeln und schaute nach oben. Unwillkürlich machte sie einen Schritt zurück. Das auf sie herabstürzende Tier war größer als eine Flemys – und noch furchteinflößender. Es war das gleiche Tier, das Hagen auf seinem Schild trug: ein Greif! Ein Löwe mit dem Vorderkörper und dem Kopf eines Adlers. Zuerst glaubte Svenya, er sei pechschwarz, aber als er ganz nah bei Hagen landete, beinahe zärtlich seinen Kopf senkte und seine Stirn und den Rücken seines gewaltigen Hakenschnabels an Hagens Brust rieb, erkannte sie, dass seine Federn und sein Fell in Wirklichkeit dunkelblau waren.

»Das ist Euer Reittier?«, fragte sie voller Bewunderung für die Schönheit des Tieres.

»Stjarn ist mehr als nur mein Reittier«, sagte Hagen. »Er ist mein Begleiter.« Er schwang sich auf den Rücken des Greif und hielt Svenya die rechte Hand hin. »Komm, steig auf.«

Svenya griff zu und ließ sich dabei helfen, auf Stjarns sattellosen Rücken zu springen.

»Halt dich gut fest«, rief Hagen, und Svenya schaffte es gerade noch, ihre Arme von hinten um seine Taille zu schlingen, ehe der Greif sich mit einem wilden Schrei aufbäumte und sich mit seinen kraftvollen Beinen in die Höhe stieß, ehe er seine weiten, glänzenden Flügel spannte und kräftig mit ihnen schlug, um noch höher zu steigen.

»So einen will ich auch«, sagte Svenya aus einem Impuls der Begeisterung heraus und hätte sich am liebsten auf die Zunge gebissen. Es war nicht ihre Art, wie ein verwöhntes Gör Wünsche als Forderungen zu formulieren.

Hagen lachte auf. »Das kann ich mir vorstellen. Aber warte erst, bis du deinen eigenen Begleiter kennenlernst.«

»Ich habe einen eigenen Begleiter?« Svenya konnte sich nicht helfen, sie war ganz verzückt.

»Ja, den hast du«, sagte er. »Allerdings wird er dir erst nach bestandener Prüfung zur Verfügung stehen.«

Sie stieß einen enttäuschten Laut aus. »Also sobald wir den Wyrm zur Strecke gebracht haben?«

Hagen seufzte. »Der Wyrm ist nicht dein Test, Svenya.«

Nun verstand sie gar nichts mehr. »Wenn er nicht mein Test ist, warum habt Ihr dann nicht in den Kampf eingegriffen und auch Yrr davon abgehalten?«

»Weil ich mir und vor allem dir etwas beweisen wollte.«

»Und das wäre?«

»Außer deiner inneren Haltung und der Unfähigkeit zu akzeptieren, dass du bist, was du bist, liegt ein weiterer Grund für dein Scheitern im Training. Es ist nicht echt genug.«

»Das Training ist verdammt echt.«

»Aber es ist eben kein echter Kampf.«

»Wie meint Ihr das?«

»Du bist mir da sehr ähnlich«, erklärte Hagen. »Damit du deine wirkliche Kraft entfaltest, brauchst du auch einen echten Feind – nicht jemanden, der nur so tut, als wäre er einer.«

»Es fühlt sich beileibe nicht so an, als würde Yrr nur so tun, mich auf jede erdenkliche Art und Weise zu besiegen und zu demütigen!«, widersprach sie.

»Ja, sie ist unbarmherzig dir gegenüber, und das soll sie auch sein«, sagte Hagen schlicht. »Aber sie ist nicht deine Feindin, und dein Unterbewusstsein weiß das auch. Deshalb strengst du dich erst gar nicht an. Anders als eben bei dem Kampf am Tor.«

»Aber Ihr habt doch gesagt, dass der Wyrm gar nicht wirklich gekämpft hat.«, wandte Svenya ein.

»Das ist wahr«, gab Hagen zu. »Aber stehend auf dem Rücken eines galoppierenden Wyrm zu balancieren, ist etwas, das dir außer mir und Yrr vielleicht gerade noch eine Handvoll anderer Elben nachmachen könnte.«

»Wirklich?« Svenya konnte sich nicht dagegen wehren, dass sie diese Behauptung mit Stolz erfüllte.

»Absolut«, versicherte Hagen. »Und gib zu, es hat dir Freude bereitet.«
»Ja, es war ein seltsames Gefühl ... ein gutes«, bekannte sie. Jetzt, da sie Zeit hatte, darüber nachzudenken, erkannte Svenya, dass es sich das erste Mal in ihrem Leben so angefühlt hatte, als würde sie alles richtig machen.
»Das ist das Lied des Kampfes, das dein Herz singt.«
Svenya fand, dass Hagens Worte ihre Empfindung von vorhin passend beschrieben. »Ja«, sagte sie. »Es schweigt bei bloßen Sparringspartnern. Der Kampf gegen die erscheint so sinnlos und trocken, aber der Kampf gegen den Wyrm, auch wenn es noch kein echter war, war lebendig und wild. Es fühlte sich einfach richtig an.«
»Trotzdem musst du trainieren«, stellte er klar.
»Warum, wenn es mir doch nichts bringt?«
»Dass es dir nichts bringt, ist nicht richtig. Je mehr Erfahrung du hast, umso besser funktionieren deine Instinkte. Jedes Talent erfordert auch handwerkliches Geschick – und das erhältst du bloß mit der Übung ... so stupide dir das Trainieren auch vorkommen mag. Nur als Beispiel: Wäre der Wyrm ein anderer Gegner gewesen, einer, der mit Schusswaffen zu verletzen gewesen wäre, hättest du mit Sicherheit auch mit denen besser abgeschnitten als auf dem Schießstand; aber Dinge wie schnell ziehen, richtig zielen, die richtige Körperhaltung beim Feuern und das Abfangen des Rückstoßes, die Hände so zu halten, dass dir der Schlitten nicht den Daumen absäbelt, zügigen Magazinwechsel und all diese Sachen lernst du eben nur im Training. Du musst sie so oft wiederholen, bis du sie im Schlaf beherrschst. Immer und immer wieder.«
»Für wie lange noch?«
»Dein ganzes Leben lang.«
»Jetzt übertreibt Ihr aber«, sagte sie lächelnd. »Ihr wollt mir doch nicht weismachen, dass auch Ihr immer noch trainiert.«
Hagen nickte. »Jeden einzelnen Tag. Und ich lerne noch immer dazu.«
»Ich habe Euch gegen Laurin kämpfen sehen«, sagte Svenya. »Es gibt niemanden, der besser ist als Ihr.«
Sie merkte durch seine Rüstung hindurch, wie sich seine Brust vor Stolz blähte, und es war ein seltsam angenehmes Gefühl ... und es tat ihr gut, dass ihre Worte – die einer blutjungen Elbe – ihm etwas zu bedeuten schienen.

»Es gibt immer jemanden, der besser ist«, sagte er. »Aber das ist auch nicht der Maßstab. Darf nie der Maßstab sein. Laurin ist ein gutes Beispiel.«

»Inwiefern?«

»Er hat wesentlich mehr Talent als ich«, gab Hagen zu, und es klang ein wenig traurig. »Es scheint, als wäre er mit seinen Schwertern geboren. Ohne Jahrhunderte des Trainings hätte ich nicht die Spur einer Chance gegen ihn. Ebenso wenig, wenn er auch nur halb so hart trainieren würde wie ich es tue. Aber apropos Schwerter – warum hast du deine nicht gezogen im Kampf gegen den Wyrm?«

»Ich mag sie nicht«, antwortete Svenya, ohne zu zögern.

»Du magst deine Schwerter nicht?«, fragte Hagen verwundert. »Sie gehören zu den mächtigsten Klingen, die je ein Zwerg geschmiedet hat.«

»Das mag ja sein. Aber ich traue ihnen nicht«, sagte sie. »Und der Preis, den sie verlangen – mein Blut, wenn ich ihnen nicht das Blut eines Gegners gebe –, ist mir zu hoch.«

»Hm«, machte er. »Ja, man muss gut abwägen, ehe man sie zieht, aber du solltest sie mal in Aktion erleben. Allerdings ist es tatsächlich wenig sinnvoll, sie zu ziehen, wenn du ihnen nicht vertraust. Ein Krieger muss seinen Waffen vertrauen, um sich voll auf seine Feinde konzentrieren zu können. Ich werde dafür sorgen, dass du nach dem Test neue Waffen erhältst.«

»Zusammen mit dem neuen Begleiter?«, fragte Svenya begeistert. »Das wäre großartig! Erzählt mir von meinem Begleiter. Was ist es für ein Tier? Was kann es alles? Wie heißt es?«

»Ich werde dir doch nicht die Überraschung verderben!«, sagte Hagen, und in seiner Stimme klang ein Lächeln mit. Der Gedanke, dass sie schon wieder die Ursache dafür war, schenkte Svenya Freude – ohne dass sie sich erklären konnte warum.

»Och, jetzt kommt schon!«, bedrängte sie ihn in einem Anflug von Zutraulichkeit. »Bitte. Ich bin doch so neugierig! Das spornt mich ganz bestimmt auch noch mehr an, besser zu trainieren.«

Jetzt konnte Hagen nicht mehr an sich halten und lachte lauthals.

»Weiber!«, fluchte er amüsiert. »Erzähl ihnen, dass sie die Menschheit und ihr Volk beschützen müssen, und das lässt sie kalt; aber erzähle ihnen, dass sie ein neues Tier bekommen oder schöne Kleidung, und sie heben dafür die Welt aus den Angeln.«

»Bitte!«, flehte Svenya noch einmal. Sie platzte beinahe vor Neugier.
»Still«, sagte Hagen knapp, und die plötzliche Härte in seiner Stimme ließ Svenya zusammenzucken. War sie zu weit gegangen? Hatte sie mit ihrer Zutraulichkeit eine Grenze überschritten? Oder hatte er sich daran erinnert, woher sie in Wirklichkeit kam … dass man sie zwar *Prinzessin* nannte und *Eure Hoheit,* sie aber in Wahrheit ein einfaches Mädchen war? … ein Mädchen, das von der Straße kam … buchstäblich aus der Gosse. In ihrem Brustkorb verkrampfte sich etwas. Dann aber sah Svenya, dass Hagen einen Finger auf das Ear-Set gelegt hatte. Er hatte sie gar nicht abgekanzelt – er empfing nur gerade eine Nachricht. Eine Welle der Erleichterung schwappte über Svenya – und sie bemerkte, wie wichtig es ihr in der letzten Stunde geworden war hierherzugehören … und einen Mann wie Hagen zum Lächeln zu bringen.
»Gut«, sagte Hagen jetzt. »Bleib an ihm dran, Wargo, aber komm ihm nicht zu nah. Wir sind gleich da.«
Hagen lenkte Stjarn ein wenig nach links und dann im Slalom durch einen Wald aus zwischen Höhlendecke und -boden zusammengewachsenen Stalagtiten und Stalagmiten. Die hohe Geschwindigkeit ließ Svenya die Luft anhalten – die und die Tatsache, dass sie bei ihrem wilden Ritt den mörderisch scharfen Felsen mehr als einmal gefährlich nahe kamen. Die Höhle war hier sehr viel dunkler als in der Nähe der Festung. Das wenige Licht kam nicht wie bei Elbenthal von Leuchtjuwelen, sondern von Pilzgeflechten am Boden, der Decke und den Wänden. Alles war in ein düsteres, blasses Grün getaucht. Nach alldem, was Svenya inzwischen über übernatürliche Wesen gelernt hatte, wagte sie nicht, sich vorzustellen, was hier so alles hausen mochte. Dennoch hatte sie keine Angst. Im Gegenteil – sie fühlte sich wohl und frei. Das hier war noch besser als ihr erster Ritt auf der Flemys.
»Da vorne!«, rief Hagen, und Svenya schaute an seiner breiten Schulter vorbei. Sie konnte den Wyrm auf dem schimmernden Untergrund leicht erkennen. Er hatte seine Richtung nach Westen gewechselt und war jetzt auf dem Weg zu einem Engpass. Wargo und Wolf liefen nur wenige Dutzend Meter hinter ihm; Wargo in seiner Mannwolfgestalt.
»Nicht mehr weit, und er hat das Gebiet der Dunklen erreicht«, knurrte Hagen. »Ich muss ihn vorher abpassen. Wenn wir bei Wargo sind, springst du ab. Ihr haltet euch im Hintergrund.«

»Ich kann auch kämpfen«, begehrte Svenya auf.

»Aber ich nicht, wenn ich darauf achten muss, dass dir nichts geschieht«, sagte Hagen knapp. »Das hier ist anders als innerhalb der Festung. Durch meine Schuld konnte er entkommen, und ich darf nicht zulassen, dass er Laurin erreicht. Außerdem könnte es sein, dass Laurins Schergen sich hier in der Nähe herumtreiben, und ich kann nicht auch noch riskieren, dass du ihnen in die Hände fällst. Noch bist du nicht soweit.«

»Aber …« Svenya wollte einwenden, dass sie sehr wohl auf sich selbst achten konnte und ihm im Kampf eine große Hilfe sein könnte – dessen war sie sich inzwischen seltsamerweise sicher. Doch dazu kam sie nicht mehr.

»Spring!«, befahl Hagen.

Doch Svenya dachte nicht daran, seinem Befehl zu folgen. Sie würde bei ihm bleiben.

Da knurrte er einen seltsamen Laut, und Stjarn machte eine Rolle um die eigene Längsachse. Das tat er so schnell und unerwartet, dass Svenya sich nicht halten konnte und, als er für einen Sekundenbruchteil auf dem Kopf stand, von der Drehgeschwindigkeit nach unten geschleudert wurde. Trotz ihrer Überraschung und Verärgerung gelang es ihr, sich in der Luft umzuwenden und mit den Füßen auf dem Boden zu landen – keine vier Meter von Wargo entfernt.

Wargo hatte sich gerade zurückverwandelt und grinste, als er sie fluchen hörte. Svenya funkelte ihn wütend an. So sehr sie ihn mochte, aber jetzt war ihr nicht nach seinem Grinsen zumute. Weshalb sie so aufgebracht war, konnte sie nicht so recht sagen – weil Hagen sie aus dem Kampf ausschloss oder weil sie sich Sorgen um ihn machte? Aber wieso zur Hölle sollte sie sich Sorgen um ihn machen? Hagen war ein jahrtausendealter Elbenkrieger, und wenn sie sich schon selbst zutraute, den Wyrm zu besiegen, wieviel sicherer musste er dann sein, den Kampf zu gewinnen?

Sie sah, wie Stjarn in Windeseile zu dem Wyrm aufschloss und Hagen genau im Pfad der Kreatur absprang. Etwa zwanzig Meter vor dem schluchtartigen Engpass. Sein Stab verwandelte sich noch im Sprung in den Doppelklingenspeer, und er stellte sich der Bestie breitbeinig entgegen. Seine Rüstung funkelte ihm schwachen Licht der Pilze und ließ ihn erscheinen wie einen finsteren Gott aus der Schattenwelt vor dem Eingang zur Hölle.

Hagen schleuderte den Speer, doch der Wyrm wich zur Seite aus und rannte weiter. Zu Svenyas großer Überraschung schlug der fehlgegangene Speer eine steile Kurve ein und kehrte dann ganz von selbst in Hagens offene Faust zurück.

Statt seinen Lauf zu verlangsamen, sprang der Wyrm nach vorne auf Hagen zu und schnappte mit seinen gewaltigen Kiefern nach seinem Kopf. Aber Hagen holte mit der freien Linken aus und versetzte dem Biest mit seiner metallbehandschuhten Faust einen harten Seitwärtshaken. Es krachte, als hätte jemand einen Vorschlaghammer auf einen Amboss aus Knochen geschmettert, und der Kopf des Wyrm wurde zur Seite geschleudert. Einer seiner riesigen Hauer flog zerschmettert durch die Luft. Nie hatte Svenya sich so viel Kraft in einem einzigen Schlag vorstellen können. Doch das Monster war nach dieser Attacke nicht einmal angeschlagen. Es wirbelte herum und schlug mit seinem Schwanz nach Hagen wie mit einer Peitsche. Hagen sprang ansatzlos darüber hinweg, lief den Rücken des Wyrm nach oben und hieb ihm den Speer auf die Schnauze, so als würde er eine Axt schwingen. Svenya sah die Spitze kurz aufleuchten, und dann hörte sie die Bestie brüllen vor Schmerz. Ihr eigener Speer war vorhin in der Höhle des Tors zerbrochen, aber Hagens Speer hielt. Und mehr als das – die Waffe hatte eine klaffende Wunde auf dem Nasenrücken des Wyrm hinterlassen. Wie mächtig musste der Zauber dieser Lanze sein, dass sie eine unverwundbare Kreatur verwunden konnte!

Der Wyrm bäumte sich auf und schleuderte Hagen von seinem Rücken. Dann versuchte er, an Hagen vorbei in die Schlucht zu eilen, doch der Elbengeneral tat einen enormen Sprung und landete wieder genau in seinem Weg. Aber etwas schien bei der Landung fehlgeschlagen zu sein, denn Hagen strauchelte und hatte Schwierigkeiten, die Balance wiederzuerlangen.

Zu spät!

Diesmal rammte der Wyrm ihn mit voller Wucht. Hagen wurde von den Füßen gerissen und landete krachend auf dem Rücken. Sofort stürzte der Wyrm sich auf ihn.

»Hagen!«, schrie Svenya, als sie ihn am Boden liegen sah, und wollte zu ihm rennen, doch Wargo hielt sie davon ab.

»Warte!«, sagte er.

»Lass mich los!«, rief sie und stieß ihn von sich. Von einem Wyrm zu

Tode gequetscht – so durfte Hagen nicht enden. Nicht, wenn sie es verhindern konnte. Und sie fühlte, dass sie es konnte. Dass sie es musste. Schneller als je zuvor in ihrem Leben rannte Svenya zum Schauplatz des Duells. Der Wyrm schlängelte sich über den reglos am Boden liegenden Hagen hinweg, so als sei er gar nicht da.

Tonnenschweres, gepanzertes Fleisch – das konnte nicht einmal die magischste Rüstung aushalten.

»Hagen!«, schrie Svenya noch einmal, und sie spürte, dass ihre Augen feucht wurden. »Halt aus, ich komme.«

Sie beugte sich nach vorne, um noch schneller zu laufen, und trotz ihres Misstrauens ihren beiden Klingen gegenüber, packte sie ihre Griffe.

Doch ehe Svenya die verzauberten und blutrünstigen Schwerter ziehen konnte, geschah etwas, womit sie nicht gerechnet hatte: Der Wyrm schrie auf. So laut und gellend, dass es von den Wänden widerhallte. Es war ein fürchterlicher Schrei. Ein Schrei purer Agonie. Langgezogen und schrill und sich dabei wandelnd … in einen Todesschrei. Die Bestie bäumte sich auf und wand und kringelte sich wie eine sterbende Schlange. Was auch immer geschehen sein mochte, Svenya war sicher, dass Hagen diesen Todeskampf irgendwie verursacht hatte … aber auch, dass er das Wälzen des tonnenschweren Wyrm unmöglich überleben konnte. Und sie verstand, dass er gar nicht aus Versehen gestrauchelt war, sondern absichtlich, um an die Unterseite des Monsters zu gelangen, um es mit seinem eigenen letzten Atemzug zu töten. Er hatte sich geopfert, damit die Nachricht nicht zu Laurin gelangen konnte.

Nicht einen Herzschlag lang hatte Svenya in ihrem Lauf innegehalten und erreichte das übernatürliche Reptil, als es gerade tot in sich zusammensackte. Sie warf sich dagegen und versuchte, es zur Seite zu wälzen. Doch trotz ihrer elbischen Kräfte hätte sie ebenso gut versuchen können, einen Wal vom Strand zurück ins Meer zu drücken.

»Wargo!«, rief sie unter Tränen, ohne jedoch in ihren Bemühungen nachzulassen. »Hilf mir! Schnell!« Sie war fest davon überzeugt, dass Hagen tot war, aber sie wollte verflucht sein, wenn sie seinen Leichnam auch nur eine Sekunde länger als nötig unter der Kreatur liegen lassen würde. »Schnell!«

Da fühlte Svenya unter ihren Handflächen, dass sich im Innern des Wyrm etwas bewegte. Sie sprang zurück. Hatte sie sich geirrt? War die Bestie noch am Leben? Wenn, dann aber nicht für lange! Wieder zuckten ihre Hände zu den Griffen ihrer Schwerter. Doch plötzlich sah sie, wie eine Klinge aus dem Innern des Wyrm hervorstieß. Dann gab es ein lautes Knacken, begleitet von einem schlürfenden Geräusch, von dem Svenya beinahe schlecht geworden wäre, und Hagen brach mit einem heiseren Fluch und enormer Anstrengung durch die Rippen der Bestie nach draußen – über und über mit ihrem Blut und Teilen ihrer Eingeweide besudelt.

Als er Svenya sah, sprang ein triumphierendes Grinsen auf seine Lippen. Eigentlich hätte sie aufschreien mögen vor Freude, stattdessen trieb sie jedoch ein Impuls nach vorne. Sie warf sich auf ihn und trommelte mit ihren Fäusten gegen seine breite Brust …, ohne darauf zu achten, dass sie sich dabei mit Wyrmblut beschmierte… und anderen Überresten des Monsters.

»Du Irrer!«, schimpfte sie. »Ich dachte, du wärst tot!«

Hagen lachte auf und packte sie bei den Schultern. »Ich bin Hagen von Tronje«, intonierte er mit der Euphorie des Sieges in seiner Stimme. »Sohn des Alberich, General von Elbenthal und Feldherr der Armee der Lichtelben. So leicht sterbe ich nicht.«

Svenya schaute ihn fassungslos an. »D-du bist«, stotterte sie. »Ich meine, Ihr seid Hagen von Tronje? *Der* Hagen von Tronje?« Sie machte einen schnellen Schritt zurück.

»Eben jener«, sagte er und machte eine höfische Verbeugung.

»A-aus der Nibelungensage?«

Sein Lächeln verschwand. »Ich versichere dir, es ist keine Sage.«

»Dann ist auch Alberich …?«

»Dazu vielleicht ein andermal mehr«, unterbrach er sie. »Jetzt gibt es Wichtigeres. Sieh, was ich gefunden habe.« Er hielt einen kapselförmigen Gegenstand von der Größe eines Federmäppchens in der Hand.

»Die Nachricht«, erkannte Svenya. »Macht sie auf.« Sie war froh, von ihrem sie selbst überraschenden und nicht minder verwirrenden Gefühlsausbruch ablenken zu können.

»Das kann ich nicht«, erwiderte Hagen. »Sie ist mit einem Zauber versiegelt und mit Sicherheit mit mindestens einem halben Dutzend Flüchen belegt. Die Magier müssen sich darum kümmern. Hier, Wargo, bring sie nach Elbenthal.«

Er überreichte die Kapsel dem jungen Mannwolf und pfiff Stjarn herbei. Wargo beugte sich zu Svenya hinüber und flüsterte: »Ich wollte dich aufhalten, aber du wolltest ja nicht auf mich hören. Es war doch ganz offensichtlich, dass sein Ausrutscher Absicht war. Ich glaube, du hast immer noch keine Ahnung, was die Elben und vor allem eure Rüstungen so alles aushalten.«

Svenya funkelte ihn an – aber so richtig böse konnte sie ihm auch nicht sein. Ihre Erleichterung, dass Hagen nichts geschehen war und sie die Nachricht der Feinde jetzt in sicheren Händen wusste, war zu groß. Wargo zwinkerte ihr zu, rief Wolf und rannte davon in die Richtung, aus der sie gekommen waren.

»Und wohin reiten wir?«, fragte sie Hagen und sprang hinter ihm auf Stjarns Rücken.

»Ich finde, du hast dir eine kleine Belohnung verdient«, sagte er kryptisch. »Und ich ein Bad.«

Damit gab er Stjarn die Sporen, und der Greif schoss in die Höhe. Hagen lenkte ihn in die Schlucht hinein.

»Aber das ist feindliches Terrain«, rief sie verwundert.

»Keine Sorge«, sagte er. »Nur ein paar Meilen. Selbst wenn sie uns entdecken – kein Tier ist so schnell wie Stjarn … außer deinem Begleiter. Der ist schneller. Aber nicht sehr viel.«

Svenya sprang sofort darauf an. »Mein Begleiter? Schneller als Stjarn? Was ist es denn für einer?«

Doch statt zu antworten, lachte Hagen nur.

24

Hagen lenkte den Greif noch einige wenige Minuten durch die Schlucht in Richtung Aarhain. Svenyas Schätzung zufolge hatten sie inzwischen die Region der Höhle unter den Ausläufern des Erzgebirges erreicht. Sie fragte sich, wohin er sie wohl brachte und was er mit der Belohnung gemeint haben mochte. Zweimal entdeckte der Elbengeneral dabei mit dem scharfen Blick seines einen Auges Späher Laurins auf ihren versteckten Posten zwischen den Felsen, ohne dass sie ihn bemerkten. Ihr wurde bewusst: Der Kampf und die Jagd waren das Handwerk, in dem Hagen ein Meister war.
Nach einer Weile nahm Svenya eine Veränderung in der Luft wahr. Es roch anders. Es war ein Duft, der ihr fremdartig erschien und doch zugleich auf seltsame Weise vertraut. Und dann erkannte sie ihn: Es war das Aroma von Laub, Moos und Gras. Es roch wie in einem Wald! Verwirrt schaute sie sich um – wie war es denn möglich, dass hier unten ein Wald wuchs? Sie konnte nicht einen einzigen Baum entdecken. Ihr Blick schweifte nach oben, und tatsächlich: An der Höhlendecke sah Svenya eine hellere Stelle – wesentlich heller als der Rest der Höhle. Hagen lenkte Stjarn genau dorthin. Gab es hier ein Lichtjuwel? Aber falls ja, was hatte es mit dem neuen, frischen Duft zu tun? Dann erkannte sie es: Die hellere Stelle war ein Loch im Himmel der Höhle. Hagen steuerte den Greif genau in dessen Zentrum. Senkrecht wie ein Helikopter beim Start stieg Stjarn etwa zwei Dutzend Meter nach oben durch einen Schacht, der wie ein riesiger Brunnen aussah. Schließlich erreichten sie dessen oberen Rand, und Svenya erblickte eine kleine Höhle, nicht viel größer als ihr Schlafzimmer in Elbenthal. Sie war nicht aus Tropfstein, wie die Höhle um die Festung herum, sondern aus Granit ... und sie war nach einer Seite hin offen.
Svenya kniff die Lider zu engen Schlitzen zusammen. Seit Wochen hatte

sie kein Tageslicht mehr gesehen, und ihre Augen waren empfindlich geworden. Gleichzeitig fühlte sich der Anblick der genau vor dem Höhlenausgang aufgehenden Sonne an wie ein Kuss auf das Herz, und Svenya merkte erst jetzt, wie sehr sie sie und ihr Licht vermisst hatte. Die morgendlich frische Waldluft schmeckte wie der köstlichste Honig, und ein Chor von Vögeln gab ein ganz zauberhaftes Konzert. Ohne dass sie etwas dagegen tun konnte, lächelte Svenya und fühlte zugleich ein paar Tränen in ihren Augen aufsteigen.

»Ich dachte mir, dass dich das freuen würde«, sagte Hagen und führte Stjarn auf einen Platz zwischen dem Schacht und dem Ausgang. »Auch ich vermisse es, hier oben zu sein. Jeden einzelnen Tag. Fast so sehr wie mein altes Zuhause.« Er half ihr abzusteigen und führte sie nach draußen. Jetzt wurde es so hell, dass Svenya sich die Hand vor die Augen halten musste, weil die Strahlen sie so sehr blendeten. »Wir sind nun einmal Lichtelben, Svenya, und auch Jahrhunderte werden uns nicht an das Leben in einer Höhle gewöhnen. Wäre es nicht unsere Pflicht, das Tor zu bewachen, wären wir längst an einen anderen Ort gezogen. Dahin, wo es sonnig ist und unsere Kinder inmitten von Wäldern, Bächen und Auen aufwachsen können. Es gibt zwar immer weniger dieser Orte, aber es gibt sie.«

Noch nie hatte Svenya einen so dichten und gesunden Wald gesehen – dieser hier erschien ihr so viel prachtvoller und wilder als das bisschen Wald, das sie aus Dresden kannte. Hagen, noch immer blutverschmiert vom Kampf gegen den Wyrm, bildete in seiner geschmiedeten Rüstung einen krassen Kontrast zu der unverfälschten Natur um sie herum.

»Wenn Eure Sehnsucht danach so groß ist«, sagte sie, »warum zerstört Ihr dann nicht das Tor und verlasst die Höhle?«

»Das geht nicht«, antwortete er, ohne auch nur einen Lidschlag lang zu überlegen.

»Warum nicht?«, fragte Svenya. »Die Gefahr aus Alfheim wäre gebannt, die Menschen wären sicher, und Laurin hätte nicht nur keinen Grund mehr, Euch zu bekämpfen, sondern seine Armee auch nicht die dafür erforderliche Größe.«

Hagen seufzte tief. »Selbst wenn mein Vater mächtig genug wäre, das Tor mithilfe seiner Magier zu zerstören, leben viele von uns noch immer in der Hoffnung, irgendwann nach Alfheim zurückkehren zu können. Eine Vernichtung des Tors würde diese Hoffnung begraben.«

»Ihr wartet schon seit über zweitausend Jahren«, sagte Svenya. »Und ihr wartet vergeblich.«
Hagens Mundwinkel verzogen sich zu einem kleinen Schmunzeln. »Du vergisst unsere Unsterblichkeit«, sagte er leise. »Zweitausend Jahre sind für die meisten von uns keine besonders lange Zeit.«
»Aber jeder einzelne Tag davon ist erfüllt von der Sehnsucht nach der Sonne oder von Heimweh …«
»Sehnsucht und Geduld müssen einander nicht ausschließen«, sagte er lächelnd. »Das lernt man, wenn man unsterblich ist. Aber es gibt noch einen weiteren Grund dafür, dass wir in der Feste bleiben müssen.«
»Welchen?«
»Ich zeige ihn dir, wenn wir zurückkommen«, versprach Hagen. »Aber jetzt lass uns die Sonne genießen … und den Augenblick. Komm.«
Er trat nach draußen. Svenya folgte ihm. Nach wochenlangem Gehen auf Böden aus Stein und Felsen fühlte es sich wundervoll an, über die dick mit Moos bewachsene Erde zu schreiten.
Obwohl Svenya schon so lange Zeit bei den Elben als eine der Ihren lebte, wurde ihr erst jetzt bewusst, wie viel besser ihr Gehör geworden war. Da war das Rascheln von Frischlingen im Laub in etwa einer Meile Entfernung … ein äsendes Reh hinter dem nächsten Hügel … das Summen von wilden Bienen … und das Rauschen des Morgenwindes im Laub der sie umgebenden Bäume. Außerdem hatte sie plötzlich das Gefühl, das Gezwitscher der Vögel um sie herum zu verstehen. Nicht in Form von Worten, sondern von Stimmungen. Sie hörte Begeisterung über gefundenes Futter, den Hunger in den Stimmen der Jungen im Nest, den Alarm vor einem nahenden Baummarder und eine Entwarnung, dass die beiden Neuankömmlinge »Freunde« seien. Es brauchte einen Moment, ehe Svenya begriff, dass die Vögel damit sie und Hagen meinten.
Die Selbstverständlichkeit, mit der Hagen seinen Weg ging, verriet ihr, dass er oft hierherkam … und das wohl schon seit langem … er schien jeden Strauch und jeden Baum hier zu kennen, und Svenya fragte sich, wie viele dieser Baumriesen er wohl schon als jungen Schössling gekannt hatte. Es war schwer zu akzeptieren, dass der Mann vermutlich älter war als der älteste Baum hier. Sie musste wieder daran denken, was sie vorhin erfahren hatte: Er war der Hagen aus der Nibelungensage. Der Hagen, der den Drachentöter Siegfried in einer verworrenen Mischung aus Treue

und Verrat hinterrücks mit einem Speer gemeuchelt hatte? Nein, das konnte Svenya nicht glauben. Der Hagen, den sie kennengelernt hatte, tötete nicht von hinten. Er mochte vieles sein – grantig, stur, geheimnisvoll, düster, mal ruppig und dann wieder überraschend einfühlsam und auf jeden Fall bis zur Verbissenheit entschlossen, aber eines war er ganz gewiss nicht: feige.

Svenya hielt inne. Dass es Männer wie Hagen tatsächlich geben könnte, Männer, an deren Seite sie sich wohl und beschützt fühlte, hatte sie nach all den bescheidenen bis beschissenen Erfahrungen in ihrer alten Welt nicht mehr zu glauben gewagt. Ekel kroch in Svenya hoch und ihr Herz schlug schneller, als sie an Charlie dachte. An Charlie, die grabschenden Kaschemmenköche, die schmierigen Kellner in den düsteren Spelunken, in denen sie gejobbt hatte – und immer wieder Charlie, Charlie, Charlie. Seine Hände, sein Keuchen. Tränen schossen in ihre Augen, und sie glaubte, keine Luft mehr zu bekommen.

Aufhören, befahl Svenya ihren Gedanken. *Anhalten, ruhig atmen. Ich bin weg von dort. Weit weg. Er kann mir nichts mehr tun.*

Sie beruhigte sich nur langsam. Doch je klarer ihre Gedanken wieder wurden, desto ungerechter fand sie sich. Wie hatte sie Hagen überhaupt mit solchem Abschaum in einem Gedanken denken können? Im Vergleich zu ihnen war Hagen ein Titan … ein Halbgott – wie die Halbgötter aus den griechischen Sagen. Sie lächelte. Und nach alldem, was sie von ihren Lehrern gehört hatte, war es gar nicht einmal so unwahrscheinlich, dass er tatsächlich und in Wirklichkeit einer oder gleich mehrere dieser Helden gewesen war.

Die Gruppe von Bäumen vor ihnen teilte sich und gab den Blick frei auf eine Lichtung, die über und über mit bunten Blumen besät war. Dutzende von Schmetterlingen flatterten darüber, tranken Morgentau und schlürften mit ihren feinen Rüsseln Nektar aus den Blütenkelchen. In der Mitte der Lichtung lag ein Weiher. Libellen sirrten und zickzackten darüber hinweg.

Hagen schritt, ohne langsamer zu werden, in den Weiher hinein – und Svenya traute ihren Augen kaum: Als er bis zur Hüfte drinnen war, blieb er stehen, und das Wasser lief von der Fläche des kleinen Sees nach oben an seinem Körper und der Rüstung entlang. Nach oben! Wie keines der Reinigungsmittel, die Svenya je gesehen hatte, spülte es das Blut und die Fleischfetzen des Wyrm fort. Nein, der Begriff *fortspülen* passte nicht – das klare Wasser löste die Verschmutzungen einfach auf und blieb trotzdem klar.

»Komm rein!«, rief er Svenya zu, während das Wasser sogar über seinen Helm nach oben lief und diesen wieder zu makellosem Glänzen brachte. Als er sah, dass sie zögerte, schmunzelte Hagen. »Du musst deine Rüstung auch reinigen lassen, ehe du sie wieder entmaterialisierst.«

Svenya folgte seinem Beispiel mit langsamen Schritten. Immer weiter schritt sie in den See hinein, doch sie hatte nicht das Gefühl, nass zu werden – es war einfach nur angenehm kühl und erfrischend. Und auch bei ihr kroch das Wasser an ihren Stiefeln und dem Rock nach oben über die Rüstung und wischte das Blut fort.

»Wie geht das?«, fragte sie fasziniert. »Ist das ein Zauber?«

»Keiner, den ich beherrsche«, sagte Hagen. »Das Wasser und die Elben sind Freunde. Seit Anbeginn der Zeit. Man sagt, der erste Lichtelb sei entstanden aus einem Sonnenstrahl, der sich im Wasser gespiegelt hat. Es gibt aber auch jede Menge anderer Versionen. Manche sagen, wir stammten von den Asen ab, andere glauben, die Erde selbst hätte uns hervorgebracht. Mir gefällt die Version mit dem Wasser am besten, aber wer weiß schon, wie alles begann?«

Er berührte ein Emblem auf dem Rücken seines eisernen Handschuhs, das dem, das Svenya trug, nicht unähnlich war, und plötzlich stand er nackt vor ihr. Svenya erschrak und wurde schlagartig rot. Aber er schien gar nicht zu merken, dass er gerade etwas tat, das sie bis ins Mark schockierte. Er setzte einfach nur sein Bad fort. Das Wasser kroch jetzt über seine leicht gebräunte Haut und die stählernen Muskeln.

Svenya merkte, dass sie trotz des peinlichen Gefühls, das sie empfand, nicht wegschauen konnte … nicht wegschauen wollte. Noch nie hatte sie etwas so Schönes gesehen. Sie hatte keine Ahnung, ob es sein jahrhundertelanges Training war oder seine Herkunft, aber sein Körper war makellos … vollkommen. Die weite Brust, die breiten Schultern, der flache Bauch und die langen, kräftigen Schenkel. Es war unvorstellbar, aber Hagen sah nackt sogar noch eindrucksvoller aus als mit Rüstung. Ihr Mund wurde trocken, und sie wusste nicht, warum.

»Na los«, sagte er. »Zieh dich auch aus. Es wird dir guttun.«

»I-i-ich soll mich ausziehen?«, fragte sie und wurde noch röter.

Er schaute sie verwundert an. »Ist das ein Problem?«
»Natürlich ist das ein Problem«, sagte sie. »Wenn ich mich ausziehe, bin ich nackt.«
»Ja«, stimmte er zu. »Deswegen zieht man sich aus – um nackt zu sein.«
»Ich kann mich nicht einfach vor einem Mann ausziehen«, stellte sie klar.
»Wieso nicht?«
»Es ist mir unangenehm.«
Wieder schaute er sie an, als hätte sie Chinesisch gesprochen.
»Wieso ist es dir unangenehm?«
»Ähm … ich weiß nicht«, erwiderte sie. »Man macht das einfach nicht …«
»Oh«, stieß er hervor. Der Groschen war offenbar gefallen. »Dann ist es dir wohl auch unangenehm, dass ich mich ausgezogen habe?«
Sie schluckte trocken. »Ja, das ist es.« Die ganze Wahrheit ging ihn nichts an.
»Das tut mir leid«, sagte er eilig und berührte erneut die Stelle an seinem Handrücken. Sofort war er wieder angezogen. Jedoch nicht in seiner Rüstung, sondern in einem weiten Gewand aus purpurfarbener Seide mit wunderschönen Verzierungen. »Das war nicht meine Absicht. Ich wollte dir nicht zu nahe treten. Ich hoffe, das glaubst du mir.«
Sein Blick war dabei so bestürzt, dass sie wusste, dass er die Wahrheit sprach.
»Unser Volk hegt diese Art von Empfindung nicht, die die Menschen Scham nennen«, sagte er. »Wir ziehen uns nicht nur aus, um … äh … du weißt schon. Es ist einfach unsere Art, der Natur näher zu sein.«
Ob sie ein Bad brauchte, konnte sie in ihrer Verwirrung nicht sagen, aber auf jeden Fall brauchte sie jetzt eine Abkühlung. Hagens ungezwungene Nacktheit hatte sie innerlich aufgewühlt – auf eine Weise, die ihr neu war.
»Ich werde mich entfernen«, sagte er. »So dass ich dich nicht sehen kann und du dich in aller Ruhe säubern kannst.«
Ohne eine Antwort abzuwarten, verließ er den See und schritt barfuß in den Wald hinein davon. Svenya schaute ihm nach. Ihr Herz raste immer noch, und ihr Atem wurde nur langsam ruhiger. Erst als sie absolut sicher

war, dass er weit genug weg war, entmaterialisierte sie ihre Waffen und ihre Rüstung. Jetzt konnte sie die angenehme Nässe des Wassers spüren und ging tiefer in den See, um zu schwimmen. Sie hatte sich selbst noch nie so erhitzt erlebt – und sie war sich ihres eigenen Körpers niemals so bewusst gewesen wie jetzt, nachdem sie den von Hagen gesehen hatte. Das Leben auf der Straße hatte ihn zäh gemacht und sehnig, wenn auch auf eine attraktive Weise, aber das Training in der Festung hatte ihre Muskeln zusätzlich gestärkt. Svenya fragte sich, wie sie es sich bereits bei Hagen gefragt hatte, ob ihr vollkommener Körper Ergebnis ihres harten Trainings war oder das Erbe ihrer Rasse. Jetzt, da sie darüber nachdachte, fiel ihr auf, dass alle Elben, die ihr bisher begegnet waren, auf die eine oder andere Weise wunderschön waren … und ihr fiel auf, dass sie sich inzwischen auch selbst als schön empfand. Hätte ihr Anblick auf Hagen die gleiche Wirkung gehabt wie seiner auf sie? Sie runzelte die Stirn bei diesem Gedanken und tauchte unter. Mit kräftigen Zügen legte sie die vier oder fünf Meter bis zum Grund des Weihers zurück und war überrascht, wie wenig sie das anstrengte und wie klar das Wasser hier war. Sie konnte die Fische sehen und die Pflanzen. Anders als früher fühlte sie keinen Druck in den Lungen und auch nicht das Bedürfnis, gleich wieder Luft schnappen zu müssen. Wie lange würde sie wohl unter Wasser bleiben können? Sie probierte es aus und schwamm am Boden entlang weiter. Minuten vergingen, ohne dass sie den Drang verspürte, wieder aufzutauchen zu müssen. Minuten, die ihr die Gelegenheit gaben, sich wieder zu fassen und ihre Gedanken auf ihr Training zu lenken. Ab heute würde alles besser werden. Sie hatte ihren Mut vor allem sich selbst bewiesen, und sie würde versuchen, diese Zuversicht mit in das Training zu nehmen, um nun auch den anderen zu beweisen, wozu sie fähig war.

Svenya tauchte auf, schwamm ans Ufer und stieg aus dem Wasser. Binnen eines Sekundenbruchteils war sie wie von Geisterhand trocken und materialisierte ihre Rüstung wieder. Aus der Richtung, in die Hagen verschwunden war, hörte sie seine Stimme.

Mit wem redete er? Etwa mit sich selbst?

Svenya schlich auf Zehenspitzen zwischen den Bäumen hindurch über einen kleinen Hügel. Ihre Hand hatte sie instinktiv am Schwert. Doch ihre Finger lösten sich wieder, als sie sah, mit wem Hagen da redete. Es

war ein Bär! Ein ausgewachsener Braunbär. Er lag auf dem Rücken im Gras und ließ sich von Hagen die fellige Brust kraulen. Obwohl das Tier in Svenyas Augen riesig war, wirkte es neben dem hochgewachsenen Hagen so klein und so zahm wie ein Schoßhündchen.
»Komm ruhig näher«, sagte er, ohne sich zu Svenya umzudrehen. »Honigschlecker wird dir nichts tun.«
»Ähm … weiß Honigschlecker das auch?«, fragte sie unsicher, trat aber doch zu ihnen hin. Der Gedanke, einen echten Bären zu streicheln, war einfach zu verlockend. Als Svenya neben den beiden in die Hocke ging, drehte der Bär seinen Kopf in ihre Richtung und leckte ihre Hand mit einem sanften Brummen. Sie wunderte sich darüber, dass sie keine Angst hatte. Das musste an Hagens Nähe liegen. Wenn er hier war, konnte ihr nichts geschehen. Sie streckte die Hand aus und fühlte den weichen, von der Morgensonne gewärmten Pelz unter ihren Fingern.
»Ich wusste nicht, dass es hier im Erzgebirge wieder Bären gibt«, sagte sie leise, um Honigschlecker nicht in seiner verspielten Ruhe zu stören.
»Es gab sie immer«, sagte Hagen. »Die Menschen wissen nur nichts davon. Sie würden sie aus Angst, Profitgier oder reiner Vergnügungssucht jagen und zur Strecke bringen. Deshalb habe ich eine Gruppe Heger abgestellt, die sich um die Bären kümmern und dafür sorgen, dass sie weitab von den Straßen und Wanderwegen im Verborgenen bleiben.«
Mit einem verstohlenen Blick betrachtete Svenya Hagens Gesicht. Es war ungewöhnlich sanft. Sie hatte heute so viele neue und vor allem völlig unerwartete Seiten an ihm entdeckt, und plötzlich verspürte sie die Sehnsucht, ihn zu berühren … seine Hand zu streicheln … oder seine Wange. Was war das für ein seltsames Gefühl? War das Verlangen? Oder vielleicht gar Verliebtheit? Doch ehe sie sich darüber klar werden konnte, ohne sicher zu sein, ob sie das überhaupt wollte, oder ihr Bedürfnis, ihn zu berühren auch ganz gegen ihren Verstand in die Tat umsetzen konnte, räusperte er sich, erhob sich und sagte: »Genug Erholung für heute. Wir müssen zurück. Die Pflicht ruft.«
Der Bär sprang auf, schleckte noch einmal seine Hand und trottete dann in den dichteren Teil des Waldes zurück. Hagens Gesicht wurde wieder ernst und unnahbar.
Svenya wusste nicht warum, aber plötzlich war sie furchtbar wütend auf ihn. Auf ihn und sein verdammtes Pflichtbewusstsein. Und das verwirrte

sie noch mehr. Wie zur Hölle konnte man auf jemanden, nach dessen Berührung man sich gerade eben noch so sehr gesehnt hatte, dass es fast schon wehtat, mit einem Mal so wütend sein, dass man ihm am liebsten ins Gesicht schlagen würde?

Er schritt in Richtung Höhle, und sie stapfte ihm hinterher – die Fäuste geballt.

»Das war aber noch nicht die ganze Belohnung«, sagte er, ohne innezuhalten oder sich zu ihr umzudrehen.

»Nein?«, fragte sie – und es gelang ihr nicht, ihre Mürrischkeit aus ihrer Stimme zu nehmen.

»Nein«, sagte er. »Als ich vorhin in dem Wyrm war, habe ich mitbekommen, dass du versucht hast, das Vieh von mir zu wälzen.«

»Und?« Jetzt klang Svenya sogar ganz bewusst und gerne schnippisch.

»Das bedeutet entweder, du hast geglaubt, ich lebe noch, und hast ihn von mir wälzen wollen, damit er mich nicht erdrückt, oder du hast geglaubt, ich sei tot, und du wolltest meine Leiche nicht länger als nötig unter ihm liegen lassen.«

»Vielleicht wollte ich ja auch nur an die Nachricht«, gab sie kühl zurück.

»Ja, vielleicht«, erwiderte Hagen nachdenklich. »Das wiederum würde bedeuten, dass es dir über die Maßen wichtig war, die Nachricht umgehend zu finden und nach Elbenthal zu bringen. So wichtig, dass du Wargo sogar unter Tränen gebeten hast, dir schnell zu helfen. Eine Loyalität gegenüber unserem Volk hätte sogar noch sehr viel mehr eine Belohnung verdient als nur die Sorge um mich.«

»Und was ist jetzt mit dieser Belohnung, von der Ihr sprecht?« Svenya hasste Hagen ein wenig dafür, dass er sie durchschaut hatte, aber noch mehr verachtete sie sich selbst – dafür, dass ihre Neugier ihre Wut verrauchen ließ.

»Die Wahrheit, Svenya«, setzte Hagen an und klang dabei seltsam betrübt.

»Welche Wahrheit?«

»Die Wahrheit über den Test am Ende deines Trainings.«

25

Den ganzen Ritt zurück nach Elbenthal versuchte Svenya mehr aus Hagen herauszubekommen, aber er blieb, wie er nun einmal war: eisern. Bei ihrer Ankunft flogen sie unter den wachsamen Augen der Wächter über die Ringmauern hinweg. Svenya fiel auf, dass die äußeren beiden Mauern mit ihren nach außen ragenden Wehrtürmen und den kompliziert nach innen verzweigten Verbindungsgängen und -brücken den gleichen Grundriss hatten wie das Emblem auf ihrem Handrücken. Die Festung im exakten Zentrum der Mauern flößte ihr nach wie vor große Ehrfurcht ein. Statt noch höher zu steigen, senkte Hagen den Flug Stjarns jetzt zum Fuß des gewaltigen Turmes. Sie erreichten ein Gittertor, das in etwa so hoch war wie ein fünfstöckiges Gründerzeithaus und bestimmt fünfundzwanzig Meter breit. Es war, außer von einem Hundertertrupp Krieger, von zwei je zwölfschüssigen Boden-Luft-Raketenwerfern und vier Flak-Geschützen gesichert. Daneben befand sich ein kleineres Tor, das jetzt, da der wachhabende Offizier Hagen herannahen sah, schnell geöffnet wurde, damit der General den Flug seines Greifs nicht bremsen musste. Stjarn setzte in vollem Tempo auf der Schwelle auf, legte die weiten Schwingen an und galoppierte auf dem Boden weiter – die Klauen seiner Löwen- und Adlerkrallen über den steinernen Boden schrammend.
Der Gang hinter dem Tor war so lang wie die Mauer dick – mehr als drei Dutzend Meter, schätzte Svenya. Als sie ihn passiert hatten, sah sie, dass das Tor auch innen gesichert war. Ebenso stark wie außen – nur waren es hier statt der Flak-Geschütze und der Boden-Luft-Raketenwerfer Panzerhaubitzen ... und sie waren seltsamerweise nach innen gerichtet!
Ehe Svenya fragen konnte, warum das so war, sagte Hagen: »Das wirst du gleich sehen.«
Sie passierten noch zwei weitere Tore von der gleichen enormen Größe, und jedes davon war noch schwerer gesichert als das erste. Mit jedem

knallenden und im Tunnel hallenden Schritt Stjarns vergrößerte sich die Beklemmung, die sich um Svenyas Herz legte. Fast hörte es sich so an wie der Trommelwirbel zur Vollstreckung einer Hinrichtung – und sie fühlte sich als die Delinquentin – immerhin hatte Hagen ihr die Wahrheit über ihren Test versprochen.
Endlich erreichten sie eine fußballplatzgroße Halle und an deren jenseitigem Ende ein viertes Tor. Es war kunstvoller gefertigt als die anderen drei: Das Gitter bestand aus Silber, Eisen und Titan, und Runen waren in die einzelnen, baumstammdicken Stäbe gearbeitet. Dahinter war es stockdunkel. Auch hier stand schwere Artillerie – sie war auf das Tor selbst gerichtet.
In etwa zwanzig Metern Entfernung zu dem Tor hielt Hagen Stjarn an, stieg ab und half Svenya herunter. Stjarn war seltsam unruhig, und Hagen tätschelte ihm die Stirn.
»Schon gut, mein Junge«, sagte er. »Deine Dienste werden nicht mehr benötigt. Du kannst jetzt gehen, ich werde dich heute nicht mehr rufen.«
Stjarn krächzte und galoppierte davon. Svenya meinte herauszuhören, dass das Krächzen erleichtert klang, und versuchte, durch das Gitter des Tores hindurchzuspähen, um herauszufinden, was sich dahinter befand und warum es den großen Greif derart beunruhigt hatte. Doch da war nichts zu sehen.
Hagen bedeutete den das Tor flankierenden Soldaten mit einer knappen Geste, dass sie gehen sollten. Sofort zogen sie sich in ihre Wachräume zurück.
»Wenn es deine Absicht war, mir Angst zu machen«, sagte Svenya, »ist dir das gelungen. Jetzt sag endlich, was hier vor sich geht und warum ich hier bin.«
Hagen legte einen Finger auf die Lippen. Da merkte Svenya, wie still es geworden war, jetzt, da Stjarn und die Krieger weg waren. Mit einer weiteren Geste forderte Hagen sie auf zu lauschen. Sie horchte konzentriert in die Stille hinein. Und dann plötzlich hörte sie es. Nein, sie spürte es viel mehr, als dass sie es hörte. Tief in ihrer Brust und an den Sohlen ihrer Füße. Es war ein regelmäßiges Schlagen mit langen Abständen dazwischen. Ein Schlagen wie eine riesige, mit Fell gedämpfte Trommel.
Bumm!

Bumm!
Bumm!
Svenya fühlte sich durch das Geräusch an etwas erinnert, doch ihr wollte einfach nicht einfallen, woran. Hagen ging in die Hocke und forderte sie mit einem Wink auf, es ihm nachzutun. Dann legte er die Hand auf den Boden. Auch Svenya drückte ihre Handfläche auf den nackten Fels – und jetzt konnte sie es noch deutlicher spüren.
Bumm!
Bumm!
Bumm!
Und da erkannte sie, woran das Schlagen sie erinnerte: Es war ein Herz. Ein gewaltiges Herz. Ein Herz, das so fest schlug, dass es den Fels zum Beben brachte.
»Was zur Hölle ist das?«, flüsterte Svenya atemlos. Sie konnte sich nichts vorstellen, das ein so großes Herz besaß.
Hagen nickte ihr zu und bedeutete ihr, ihm zum Tor zu folgen. Svenya zögerte. Obwohl sie ihm bei dem Bären im Wald vertraut hatte, zog sie es jetzt vor zu bleiben, wo sie war, und dem Gitter nicht zu nahe zu kommen.
Hagen wartete, aber als er sah, dass sie nicht näher kommen wollte, nickte er verständnisvoll und wandte sich dann wieder dem Tor zu.
»OEGIS!«, brüllte er ohne jede Vorwarnung, und seine donnernde Stimme hallte von den Höhlenwänden wider. »OOEEEGISS!«
Bumm! Bumm! Bumm!
Das Schlagen war abrupt schneller geworden.
»Komm hervor und zeig dich!«, rief Hagen.
Für einige Momente, die Svenya vorkamen wie ganze Ewigkeiten, geschah gar nichts. Dann aber war, wie aus weiter Ferne, ein tiefes resigniertes Seufzen zu hören.
»Was willst du, Bruder Einauge?« Die Stimme war wie ein Flüstern – und dennoch tief und tragend. Es schwang eine gefährliche Rauheit in ihr mit. Svenya war sich nicht sicher, ob sie die Stimme wirklich mit den Ohren gehört hatte oder nur in ihrem Kopf.
»Komm und begrüße die künftige Hüterin Midgards.«
Stille. Aber der Herzschlag wurde noch ein wenig schneller.
Bumm-Bumm-Bumm!

Dann –

»Ihr habt sie gefunden?«

»Du wusstest, dass wir sie finden werden«, antwortete Hagen. »So wie du alles immer schon vorher weißt. Komm ans Gitter und zolle ihr deinen Respekt.«

Die Stimme lachte heiser und amüsiert auf. »Respekt? Schick sie zu mir herein, auf dass sie mir ihren Respekt zolle. Er wird mir auf der Zunge zergehen. Ebenso wie sie selbst.«

»Hüte deine Zunge lieber, wenn du nicht willst, dass ich sie dir herausreiße!«, rief Hagen grimmig.

»Wären deine Worte noch genauso mutig, wenn kein Gitter zwischen uns wäre und keine Ketten, in die ich geschlagen bin?«

»Ich habe dich schon einmal besiegt«, stellte Hagen kühl klar.

»Ja«, antwortete die Stimme. »Das hast du wohl. Aber das ist lange her. Damals war ich noch klein; und dennoch hat es dich dein Auge gekostet. Ob dir ein Sieg auch heute wieder gelingen würde? Schließlich bin ich inzwischen, na ja, sagen wir *ein klein wenig* gewachsen … und jetzt weiß ich immerhin, was ich alles zu verlieren habe … oder zu gewinnen.«

»Du würdest nicht gewinnen, Oegis«, sagte Hagen.

»Wollen wir wetten, Elb? Oh ja, komm – lass uns eine Wette abschließen. Wenn ich gewinne, erhalte ich die Freiheit zurück. Für immer.«

Jetzt lachte Hagen. »Und wenn ich gewinne?«

Die Stimme schwieg.

»Siehst du, Oegis«, sagte Hagen. »Du hast nichts zu bieten als Wetteinsatz.«

Da erschallte ein Brüllen, das so laut war, dass Svenya dachte, ihre Trommelfelle müssten reißen … und im nächsten Moment warf sich etwas Gigantisches auf das Gitter zu. Die schweren Ketten und Manschetten an Hals und Beinen verhinderten jedoch den Aufprall.

Es war – wie Svenya bereits befürchtet hatte – ein Drache!

Ein riesiger Drache. Bestimmt doppelt bis dreimal so groß wie die Art, die in Raiks Schriftrollen beschrieben war. Die riesenhafte Kreatur war nicht nur mindestens viermal so lang wie der Wyrm, den sie vorhin verfolgt hatten, sondern bestimmt auch zwanzigmal so massiv, breit und schwer. Allein der Kopf des Ungetüms war so groß wie ein Lkw.

Der Drache riss wütend an seinen Ketten und brüllte Hagen fauchend

an. Doch der rührte sich keinen Millimeter, sondern schaute dem Ungetüm nur eiskalt in die granatrot leuchtenden, geschlitzten Augen.
Svenya hingegen war unwillkürlich drei Schritte zurückgesprungen.
»Sie ist klug«, bemerkte der Drache, hörte auf zu wüten und stand von jetzt auf gleich völlig still auf allen vieren. Er fixierte Svenya. »Sie hat Angst.«
Trotz des Schreckens, der ihr bis ins Mark gefahren war, konnte Svenya die Schönheit des Ungeheuers erkennen. Seine Schuppen – jede so groß wie der Schild eines Elbenkriegers – waren schwarz glänzend und von leichten roten Äderungen durchzogen; genauso wie der Dornenkamm auf seinem Rücken, der bis zur Schwanzspitze verlief. Seine gewaltigen, fledermausflügelartigen Schwingen hatte der Drache angelegt, aber Svenya konnte sehen, dass sie ebenfalls granatrot waren. Links und rechts der Augen wuchsen die geschwungenen Hörner eines Stiers und auf der Stirn dazwischen noch einmal zwei, die eher an die eines Steinbockes erinnerten. Hals und Schwanz waren lang und schlank und schlangengleich beweglich, aber sein Leib war breit und muskulös wie der eines Ochsen. Er saß auf vier mit scharfen, gebogenen Klauen bewehrten Beinen, die denen eines T-Rex ähnelten.
»Svenya, das ist Oegis«, sagte Hagen, und sie konnte erkennen, dass er trotz seiner Drohgebärden vorhin einen gesunden Respekt vor dem Drachen hatte. »Der Letzte der Drachen auf Midgard. Sohn von Fafnir, dem Umarmer, und Enkel des unvergessenen und heimtückischen Hreidmar, der sogar die Aesir Odin, Loki und Hoenir in Ketten schlug, um sie zu zwingen, die Schätze meines Vaters Alberich zu stehlen und sie ihm als Wergeld zu zahlen für seinen Sohn und Fafnirs Bruder, Otur, den sie erschlagen hatten.«
»Komm schon, Bruder Einauge«, sagte der Drache. »Der Schatz hat weder meinem Großvater noch meinem Vater Glück gebracht. Wie alle Welt weiß, hat Alberichs Fluch sie getroffen – und außerdem habt ihr das Gold schon lange, lange wieder. Svenya soll nicht glauben, dass ich damit irgendetwas zu tun hatte.«
»Dein Großvater trägt die Schuld daran, dass Loki die Dunkelelben zum Krieg gegen uns aufgehetzt hat, um an den Schatz zu gelangen. Seinetwegen sitzen wir hier im Exil fest«, knurrte Hagen.
»Und ich Zeit meines Lebens hier unten im Kerker«, fauchte Oegis

zurück. »Was erwartest du, Hagen? Mitleid? Für ein Los, das nichts ist im Vergleich zu dem meinen? Reue? Für ein Verbrechen, das begangen wurde, ehe ich überhaupt geboren war? Wiedergutmachung? Womit? Wie du selbst gerade sagtest, besitze ich nichts, womit ich bezahlen könnte. Hast du meine Ruhe nur deshalb gestört, um mich daran zu erinnern?«

»Ich bin hier, um dich der Hüterin zu zeigen«, erwiderte Hagen.

Der Drache beugte sich herab und legte seinen großen Kopf auf den Felsboden, um Svenya durch die Gitterstäbe hindurch in die Augen zu schauen. Sein Blick war kalt – und hatte zugleich etwas Hypnotisches.

»So so«, sagte er. »Die Hüterin.« Er sog die Luft durch seine riesigen Nüstern ein. »Noch ist sie nicht die Hüterin.«

»Bald wird sie es sein.«

»Du scheinst dir dessen sehr sicher zu sein, Bruder Einauge.«

»Ich trage nicht einen Funken Zweifel im Herzen.«

Oegis verzog den Mund zu einem Grinsen. »Den gibt es in deinem Herzen nie, Hagen. Aber was ist mit ihrem Herzen? Da gibt es jede Menge Zweifel. Sogar einen ganzen Berg von Zweifeln – das kann ich in ihren Augen sehen, auch ohne meine Gabe der Allwissenheit.«

»Sie wird sie überwinden.«

»Vielleicht«, räumte der Drache ein. »Aber letztendlich wird sie scheitern.«

»Letztendlich scheitern wir alle«, setzte Hagen düster dagegen.

»Wozu das dann alles?«

»Aus dem gleichen Grund, aus dem du dich nach der Freiheit sehnst, obwohl du weißt, dass sie dir den sicheren Tod bringen wird«, antwortete Hagen. »Um bis zum finalen Scheitern, dem Tod, Teil der Kraft zu sein, die den Lauf der Welt bestimmt.«

»Hehre Ziele sind das, Bruder Einauge«, sagte Oegis, ohne den Blick von Svenya abzuwenden. »Ich für meinen Teil will nur meine Ruhe.«

»Stimmte das«, widersprach Hagen, »wärst du hier unten glücklich und zufrieden.«

Oegis seufzte. »Was ist mit ihrer Freiheit? Sie weiß nicht, wer sie ist, und soll tun, was ihr von ihr wollt.«

»Das ist ihr Schicksal.«

»Es ist das Schicksal, das ihr für sie bestimmt habt«, hielt der Drache dagegen. »Aber welches Schicksal würde sie für sich selbst wählen, wenn sie die Wahrheit wüsste? Ich meine, die ganze Wahrheit, nicht nur den Teil, mit dem ihr sie gefüttert habt.«

»Sie würde tun, was sie immer tut: das Richtige«, sagte Hagen voller Überzeugung.

»Richtig ist immer eine Sache des Standpunkts«, sinnierte der Drache kryptisch. »War es richtig von Odin, Loki und Hoenir, meinen Onkel Otur nur wegen seiner Haut zu erschlagen? War es richtig von meinem Großvater Hreidmar, sie dafür gefangen zu nehmen und als Wergeld den Schatz deines Vaters zu verlangen? War es richtig von Loki, die Dunkelelben deshalb in den Krieg gegen deinen Vater zu führen? War es richtig von Alberich, den Schatz mit einem Fluch zu belegen, so dass er jedem, der ihn besitzt, den Tod bringt? War es denn richtig, dass der Fluch die Götter nicht getroffen hat, weil sie den Schatz direkt an meinen Großvater weitergegeben, also nie besessen haben? War es richtig, dass daraufhin mein Großvater von meinem Vater Fafnir ermordet wurde, Fafnir von Siegfried und Siegfried wiederum von dir – und dass ich, obwohl ihr den Schatz jetzt wiederhabt, hier in Ketten liege? Sag mir, Elb, was bedeutet es, das Richtige zu tun?«

Doch ehe Hagen darauf antworten konnte, fuhr der Drache fort:

»Spar dir die Antwort. Wir alle wissen, dass das, was richtig ist und was falsch, immer von denen entschieden wird, die die Macht dazu haben. Diese Macht aber gebt ihr der Schwanentochter nicht. Sie muss das für das Richtige halten, das ihr für das Richtige haltet.«

Dann wandte sich der Drache wieder Svenya zu.

»Weißt du, es ist schon eine Krux«, sagte er, und Svenya hätte schwören können, dass er dabei diabolisch grinste. »Ein Fluch zwingt mich dazu, dir jede Frage zu beantworten, aber ein anderer Fluch hindert dich daran, mir die einzige Frage zu stellen, deren Antwort dich wirklich interessiert.«

»Welche Frage?« Svenya stellte sich unwissend.

»Die Frage nach deiner Herkunft natürlich.«

»Ach die«, sagte sie leichthin. »Die Antwort darauf interessiert mich nicht, selbst wenn du sie tatsächlich wüsstest – was ich mir übrigens nicht vorstellen kann. Du magst ein Drache sein, aber für mich klingst du eher wie ein alter Mann, der sich gerne selbst reden hört.«

Oegis gab ein seltsames Geräusch von sich. Es dauerte einige Momente, ehe Svenya realisierte, dass es ein Kichern war.

»Ein guter Trick«, sagte er mit Anerkennung in der Stimme. »Aber selbst wenn es dir gelungen wäre, mich damit hereinzulegen, wäre es mir gar nicht möglich gewesen, mich zu verplappern, denn ich darf dir die Antwort nicht geben, wenn du nicht direkt danach fragst. Verzwickt, nicht wahr?«

Svenya fluchte stumm in sich hinein. Nicht nur darüber, dass er ihren Trick durchschaut hatte, sondern vor allem, dass es ihm nicht möglich war, ihr die Wahrheit zu sagen, wenn sie nicht ausdrücklich danach fragte.

»Sei nicht wütend«, sagte Oegis. »Alberich ist ein Meister der Flüche. Weißt du, er ist älter als die Götter selbst … sehr viel älter …, und in einer solch langen Zeit lernt man durchaus den einen oder anderen Kniff. Aber auch wenn ich dir nichts über deine Vergangenheit sagen kann – über deine Zukunft könnte ich dir hingegen so manches verraten. Für einen gewissen Preis natürlich.«

»Wir gehen, Svenya«, sagte Hagen scharf.

»Siehst du, kleine Hüterin«, sagte der Drache triumphierend. »Sie wollen dich nicht nur über deine wahre Natur im Unklaren lassen, sondern auch über deine Zukunft.«

»Was immer er prophezeit«, sagte Hagen zu Svenya, »ist nur eine *mögliche* Zukunft. Denn die Zukunft ist nicht in Stein gemeißelt, und wir ändern sie mit jeder einzelnen Tat, die wir vollbringen.«

»Och«, machte der Drache höhnisch. »Das ist jetzt aber ein wenig wankelmütig – um nicht zu sagen doppelmoralisch – für jemanden, der so fest an das Schicksal glaubt wie du, Bruder Einauge.«

»Es ist …«, begann Hagen, aber Svenya schnitt ihm das Wort ab: »Was ist der Preis dafür, dass du mir meine Zukunft sagst?«

Wieder kicherte der Drache. »Im Grunde genommen ist es gar kein *Preis*«, sagte er ausweichend. »Wir beide würden nämlich ganz enorm davon profitieren.«

»Nenne ihn mir.«

»Svenya!«, knurrte Hagen warnend. Doch Svenya entschied sich dafür, ihn zu ignorieren.

»Nenne ihn mir!«

»Alberichs Kopf«, sagte der Drache und erhob sich zu seiner vollen Größe. »Bring mir Alberichs Kopf, und ich werde dir nicht nur deine Zukunft verraten, sondern auch deine Herkunft. Denn mit seinem Tod werden seine Flüche aufgehoben, und du wirst frei sein, jede Frage zu stellen, die du willst.«

Hagen lachte spöttisch. »Warum sagst du ihr nicht auch dazu, dass dann auch du frei sein wirst, weil seine Ketten und die Gitter dich nicht mehr halten werden, Drache? Und dass du versuchen wirst, sie zu töten, ehe sie die Frage auch nur stellen kann.«

»Ist das wahr?«, fragte Svenya das Ungeheuer.

Oegis zögerte.

»Komm schon«, sagte sie. »Du bist gezwungen, mir jede Frage zu beantworten. Also: Würdest du versuchen, mich zu töten, wenn ich dir Alberichs Kopf brächte?«

»Ich wäre durch unseren Pakt gezwungen, dir deine Zukunft zu nennen«, erwiderte er ausweichend.

»Ja«, sagte Hagen. »Und *Du wirst sterben* wäre der letzte Satz, den Svenya jemals hören würde.« Er wandte sich an Svenya. »Glaub mir, du darfst niemals einen Pakt mit einem Drachen schließen, hörst du? Nie! Er wird dich immer austricksen.«

»Stimmt das?«, fragte sie Oegis. »Ich frage dich ein letztes Mal: Hast du vor, mich zu ermorden, falls ich Alberich für dich töte?«

»Ja«, sagte er voller Leidenschaft. »Dich und jeden anderen verdammten Elben hier in Elbenthal. Auf dass ihr alle bezahlen möget für anderthalb Jahrtausende Gefangenschaft. Und dann wird der Schatz endlich mir gehören. Mir als seinem rechtmäßigen Erben, und ich werde die Herrschaft antreten über die Welt der Sterblichen. Ich werde nicht im Verborgenen leben wie mein Vater und mein Großvater. Nein, ich werde den Menschen Gott sein, und sie werden mich anbeten.«

Jetzt war es Svenya, die sagte: »Wir gehen.« Ohne ein weiteres Wort drehte sie sich um und schritt davon. Sie hatte mehr gehört, als sie hatte hören wollen – aber nichts von dem, weswegen sie hierhergekommen waren.

26

»Ihr habt mir die Wahrheit über den Test versprochen«, sagte Svenya auf dem Weg vom Lift zu ihrem Palast.
»Kannst du dir nicht denken, was ich damit gemeint haben könnte?«, fragte Hagen ernst.
»Mein Test ist es, gegen Oegis anzutreten?«
»Der Test muss ein Kampf um Leben und Tod sein«, sagte er. »Nur so wirst du zur Hüterin.«
»Oder zu Drachenfutter«, sagte Svenya und versuchte, ihrer Stimme die Festigkeit zu geben, die ihren Beinen fehlte. Die Aussicht, diesem Ungeheuer im Zweikampf zu begegnen, machte ihr mehr als Angst – sie löste schiere Panik in ihr aus. Eine Panik, die nicht ins Mark kriecht, sondern förmlich hineindonnert und alles andere, jeden klaren Gedanken und jedes Gefühl ausblendet.
»Dir fehlt noch immer das Vertrauen in dich selbst«, sagte Hagen sanft. »In dich und deine Macht.«
»Jetzt mehr denn je«, gestand sie. »Ich will nicht sterben.«
»Du warst bereit dazu, als du gegen den Wyrm angetreten bist. Und genau diese Bereitschaft hat dir die Kraft gegeben zu überleben.«
»Es ist ein Unterschied, sich gegen einen Angreifer zu wehren und dabei den Tod zu riskieren oder jemandem kaltblütig zu einem Duell auf Leben und Tod gegenüberzutreten. Ein gewaltiger Unterschied.«
Hagen schüttelte den Kopf. »Dass Oegis in Ketten liegt, ändert nichts daran, dass er gleich nach den Horden Schwarzalfheims die größte Bedrohung ist für unser Volk. Du hast ihn gehört.«
»Eine Bedrohung, die ihr selbst geschaffen habt, indem ihr ihn hier unten gefangen gesetzt habt.«
»Nein«, wehrte Hagen ab. »Hätten wir ihn nicht hier gefangen, würde er seit anderthalb Jahrtausenden nicht nur die Menschen tyrannisieren,

sondern auch alles daransetzen, uns zu vernichten, um an den Schatz meines Vaters zu kommen.«

»Warum haben wir ihm den Schatz damals nicht einfach überlassen?«, fragte sie. »Dann wäre es vielleicht nie zu der Feindschaft gekommen. Wenn ich das richtig sehe, verfügen wir doch über mehr Gold und Geld, als wir jemals auszugeben in der Lage wären.«

»Wenn es so einfach wäre, hätten wir auch den Krieg gegen die Dunkelelben verhindern können, indem wir Loki den Schatz geschenkt hätten.«

»Ja. Warum habt ihr nicht?«

»Weil die wahre Natur des Drachen nicht die Gier nach Gold ist, sondern das Bestreben, Unfrieden zu säen und Zwist. Hreidmar hat nicht zufällig unseren Schatz gefordert – und ebenso wenig zufällig den *ganzen* Schatz.«

»Ihr tut, als müsste ich wissen, worauf Ihr hinauswollt«, sagte sie.

»Kennst du den ›Ring des Nibelungen‹?«, fragte Hagen.

»Das ist ein Theaterstück«, sagte sie. »Oder ein Film? Oder eine Oper?«

»Ja, ein Komponist namens Richard Wagner hat einen Opernzyklus daraus gemacht«, sagte Hagen. In seiner Stimme schwang Geringschätzung mit. »Aber der Ring existiert wirklich. Sein Name ist Andvaranaut, so geheißen nach einem der vielen Namen meines Vaters – Andvari. Dieser Ring ist das Kernstück des Schatzes. Er hat die Fähigkeit, Gold zu mehren. Durch ihn ist der Schatz überhaupt erst entstanden. Auf ihn hatte es Hreidmar in Wirklichkeit abgesehen. Weil er wusste, dass ganze Königreiche ohne zu zögern gegeneinander in den Krieg ziehen würden, um ihn an sich zu bringen.«

»Also hat ihn und seinen Sohn letzten Endes genau der Fluch getroffen, den er anderen auferlegen wollte«, fasste Svenya zusammen.

Hagen nickte. »Und Oegis habe ich gefangen gesetzt, damit das alles ein Ende nimmt. Damit er nicht zum Vernichter der Menschheit werden kann.«

»Wäre es nicht klüger gewesen, ihn damals gleich zu töten?«, fragte Svenya.

»Das konnte ich damals nicht«, gestand Hagen. »Auch wenn ich es da drinnen nicht zugeben konnte, aber Oegis hat recht: Er ist unschuldig. Zumindest war er das damals. Andererseits … wenn ich damals gewusst hätte, was ich heute weiß …«

»Sprecht«, sagte Svenja, als sie merkte, dass er zögerte.

»Zum einen konnte niemand damit rechnen, dass er so groß und so mächtig werden würde ...«

»Was meint Ihr?«

»Seine Mutter war offenbar ein Wesen von sehr viel größerer Macht als die Mütter von Hreidmar und Fafnir – deswegen ist Oegis nicht nur wesentlich größer als jeder andere Drache vor ihm, sondern auch mächtiger. Und mit jedem Jahrzehnt, das vergeht, wächst er weiter. Schon bald werden ihn weder die Ketten noch die Gitter länger halten können.«

»Und ich soll nun also die Scharfrichterin sein.«

»Es gibt außer den Göttern selbst nur wenige, die ihn jetzt noch besiegen können, ohne dabei das eigene Leben zu verlieren.«

»Das kann ich nicht«, sagte Svenja entschieden. »Versteht mich bitte nicht falsch, Hagen. Euer Vertrauen in meine Macht ehrt mich. Ehrt mich sogar außerordentlich. Aber ich glaube, das Problem ist gar nicht so sehr, dass ich meine Fähigkeiten unterschätze.«

»Sondern?«

»Das wahre Problem ist, dass Ihr sie *über*schätzt«, erwiderte sie. »Ihr wollt in mir etwas sehen, das ich gar nicht bin. Was ich niemals sein werde. Was ich niemals sein *kann*.« Zum ersten Mal stellte Svenja fest, wie sehr sich auch ihre Sprache verändert hatte in der Zeit, die sie jetzt hier unten war.

Hagen fasste sie – beinahe zärtlich – bei den Schultern. Die Berührung sandte ein wohliges Kribbeln unter Svenjas Haut, aber was immer das bedeuten mochte, es hatte hier und jetzt nichts zu suchen, und sie schob das Gefühl entschieden zur Seite.

»Nein«, sagte er. »Ich überschätze dich nicht. Mein Vertrauen in deine Macht ist nicht so blind wie mein zerstörtes Auge. Du hast die Macht. Und du hast sogar mehr als das. Du hast die Waffen und die Rüstung. Du hast sogar noch etwas Drittes: In deinen Rock ist ein Stück der Tarnkappe meines Vaters eingewoben, so dass du sogar unsichtbar sein kannst.«

»Ich kann mich unsichtbar machen?«

»Ja.«

»Und wieso hat mir das bis jetzt noch keiner gesagt?«

»Du weißt warum.«

Sie verstand, was er nicht aussprach. »Damit ich sie nicht benutze, um von hier zu fliehen. Ihr wolltet erst sicher sein, dass Ihr mir vertrauen könnt.«
»Und ich weiß inzwischen, dass ich das kann«, sagte er.
»Wie aktiviert man sie?«, fragte Svenya.
»Du legst die Handfläche deiner Linken auf das Emblem auf der Rechten.«
Sie tat es und blickte erwartungsvoll an sich herab. Und tatsächlich: Sie löste sich in Luft auf.
»Wow!«, entfuhr es ihr. »Und Ihr könnt mich jetzt wirklich nicht mehr sehen?«
»Nur noch hören«, sagte Hagen.
»Und wie mache ich mich wieder sichtbar?«
»Du legst die Rechte mit dem Emblem nach unten in die Handfläche deiner Linken.«
Svenya führte die Geste aus und nahm sofort wieder feste Gestalt an.
»Bin ich damit wie Luft?«, fragte sie.
»Nur optisch«, antwortete er. »Du kannst weiterhin berühren oder berührt werden.«
Svenya hätte sich so gerne über diese nützliche Fähigkeit gefreut, doch der Gedanke an Oegis und den Test vergällte ihr das.
»Was ist das andere?«, fragte sie.
»Was meinst du?«
»Der zweite Grund, der Euch veranlasst hätte, Oegis zu töten, als er noch jung war? Was ist es?«
»Er hat gesagt, er wird meinen Vater töten.«
»Nach dem, was ich jetzt weiß, ist das eine zumindest aus Oegis' Sicht nachvollziehbare Drohung.«
»Als er das sagte, war es keine Drohung«, relativierte Hagen. »Es war eine Prophezeiung.«
»Eine Prophezeiung?« Ihr Herz sank noch tiefer. »Aber wenn sie zutrifft, dann heißt das zugleich, dass ich den Kampf gegen ihn verlieren werde.«
»Erinnere dich daran, was ich unten in der Höhle dazu gesagt habe, Svenya: Was immer er prophezeit, ist nur eine *mögliche* Zukunft.«
»Die Zukunft ist nicht in Stein gemeißelt«, wiederholte sie und nickte.

»Wir ändern sie mit jeder einzelnen Tat, die wir vollbringen.«
»Gut zugehört.«
»Aber warum bereitet Euch die Prophezeiung dann Sorge?«
»Das tut sie nicht«, antwortete Hagen melancholisch. »Was mir jedoch Sorge bereitet, ist, dass mein Vater an sie glaubt. Seitdem er sie gehört hat, ist er nicht mehr derselbe. Nur noch ein Schatten des mächtigen Fürsten, der er einmal war.«
»Dann ist diese Prophezeiung also der wahre Grund, warum ich Oegis für Euch töten soll«, schlussfolgerte Svenya.
Er öffnete den Mund, um etwas zu sagen, aber sie unterbrach ihn vorher: »Soll das meine Zukunft sein?«
Sein Blick verriet, dass er nicht begriff, was sie meinte.
»Ist das meine Bestimmung, Hagen: Eine Waffe zu sein? Nicht mehr als ein Werkzeug, das Ihr für Eure Zwecke benutzt?«
Er schwieg, und sie sah, wie seine Kiefer mahlten.
»Gut«, sagte sie mit zittriger Stimme. »Dann ziehe ich mich jetzt zurück, um mich auf das kommende Training vorzubereiten. Es scheint, als hätte ich es bitter nötig, um auch anständig zu funktionieren. So, wie man es von einem Werkzeug erwartet.« Damit wirbelte sie herum und eilte in ihren Palast – zum einen, weil ihr Stolz es nicht zuließ, dass Hagen bemerkte, wie zittrig ihre Beine vor Angst waren ... aber vor allem, weil sie noch mehr verflucht sein wollte, als sie es ohnehin schon war, wenn sie zuließe, dass er ihre Tränen sah.

Kaum war *Hurdh* hinter Svenya ins Schloss gefallen, erschien Alberich wie aus dem Nichts neben Hagen.
»Also hast du dich doch entschieden, meinen Rat zu befolgen und ihr die Wahrheit über den Test zu sagen«, bemerkte er ruhig. Da war nicht die Spur von Triumph in seiner Stimme.
»Mehr oder weniger«, entgegnete Hagen. »Wie ich bereits sagte: Svenya braucht eine echte Bedrohung, damit sie entsprechend handelt.«
»Deine Überlegungen waren natürlich rein taktische«, meinte Alberich und schmunzelte.
»Was willst du damit sagen?«
»Hagen, mein Sohn, es ist nichts falsch daran zuzulassen, dass jemand dein Herz berührt.«

»Mein Herz schlägt für Elbenthal, Vater.«
»Du weißt, dass du mir nichts vormachen kannst«, sagte Alberich beinahe zärtlich. »Anders als vielleicht dem Rest der Welt. Außer Svenyas ist dein Herz vermutlich das größte, das je geschlagen hat ... und damit auch das empfindlichste.«
»Ich weiß es zu schützen.«
»Niemand weiß das. Und allein der Versuch führt immer nur zu noch größeren Verletzungen.«
»Was hätte ich deiner Ansicht nach denn tun sollen?«, fragte Hagen – und nur sein Ton verriet, wie aufgebracht er war. »Ihr sagen, was ich in Wahrheit für sie empfinde?«
»Nein«, gab Alberich zu. »Das geht ebenso wenig wie ihr zu sagen, wer sie wirklich ist. Diese Würfel sind gefallen – ein für alle Mal.«
»Das Wenigste, das ich tun konnte, war, sie erfahren zu lassen, dass ihr Leben bei dem Test auf dem Spiel steht. So, wie du es von Anfang an vorgeschlagen hattest.«
»Und, was glaubst du? Wird sie bestehen?«
»Du weißt, dass sie bestehen wird. Das ist ihre Natur.«
»Derer sie sich erst noch bewusst werden muss.«
»Was nicht einfach ist, wenn sie ihre Wurzeln nicht kennt.«
»Die Natur eines jeden ist weit, weit mehr als nur ein Resultat der Herkunft«, sagte Alberich.
»Und genau deswegen wird sie es schaffen.«

27

Svenya warf sich auf ihr Bett und weinte, bis sie sicher war, nie wieder auch nur eine weitere Träne vergießen zu können und ihre Kehle vor Schluchzen schmerzte. Als die Tür aufging, hätte sie es beinahe nicht gehört. Es war Nanna – mit einem riesigen Tablett. Als sie Svenyas Zustand sah, stellte sie es eilig auf einem Tisch neben dem Bett ab, setzte sich zu ihr und nahm sie in den Arm.
»Was ist denn los?«, fragte die Küchenchefin besorgt.
»Ich soll einen Drachen töten«, antwortete Svenya und fand, dass das nicht einen Bruchteil so gefährlich klang, wie es war.
»Etwa Oegis?«, fragte Nanna alarmiert.
»Gibt es denn hier noch einen anderen?«, fragte Svenya schnippisch.
»Nein«, sagte Nanna leise. »Natürlich nicht. Bitte verzeiht.«
»Oh nein«, sagte Svenya hastig. »Schon gut. *Mir* tut es leid. Ich wollte nicht pampig sein.«
»Ihr fürchtet Euch«, sagte Nanna. »Da ist das verständlich.«
Svenya seufzte. »Es ist mehr als das, Nanna.«
»Was denn?«
»Ich weiß nicht, ob ich es in Worte zu fassen vermag.«
»Versucht es einfach.«
»Weißt du, die eine Hälfte der Zeit glaube ich, ich sei in so einer total verrückten Reality-Show fürs Fernsehen und jemand mit versteckter Kamera filmt alles; und die andere Hälfte der Zeit bin ich mir sicher, dass ich einfach nur träume.«
»Weiter«, ermutigte Nanna sie.
»Ich bin keine Henkerin«, sagte Svenya. »Und auch keine Killerin. Verstehst du?«
Nanna streichelte ihr über das Haar. »Soweit ich gehört habe, warst du bereit, den Wyrm zu töten.«

»Das war etwas anderes«, sagte Svenya. »Der Wyrm war ein Eindringling. Und ich habe gedacht, er greift uns an. Das war … Notwehr … und wenn nicht Notwehr, dann wenigstens Selbstverteidigung.«
»Oegis ist eine sehr viel größere Bedrohung«, sagte Nanna.
»Er ist unschuldig«, entgegnete Svenya. »Er hat niemandem etwas getan.«
»Er hat Hagens Auge zerstört.«
»In einem Kampf, den Hagen begonnen hat.«
»Er hat geschworen, uns alle zu vernichten.«
»Aber bis jetzt sind das nur Worte.«
»Wollt Ihr erst warten, bis er seine Drohung wahr macht oder bis er die Prophezeiung erfüllt, die besagt, dass er Alberich töten wird?«
»Ich weiß es nicht«, antwortete Svenya ehrlich. »Es ist alles so verwirrend. Ich soll ein Schicksal erfüllen, das andere für mich bestimmt haben. Trotzdem soll ich dafür aber erst noch einen Test machen, um dieses Schicksal überhaupt erst annehmen zu können – als würde ich mich um dieses Schicksal reißen. Aber wenn es doch sowieso mein Schicksal ist, wieso muss es dann erst einen Test dafür geben? Dann soll ich dafür auch noch mein Leben riskieren – als wäre dieses Schicksal etwas so Tolles und Wertvolles, dass es mein Leben oder irgendein Leben wert wäre. Sie nennen es ›Hüterin‹, und es klingt so ehrenhaft, die Völker der Elben und der Menschen zu beschützen. Aber es ist nichts Ehrenhaftes daran, eine unschuldige Kreatur zu töten, nur weil sie gefährlich ist und man sich von ihr bedroht fühlt. Rein gar nichts. Selbst wenn ich es mir zutrauen würde … was ich nicht tue … ich will das nicht!«
»Was wollt Ihr dann?«
»Alles, was ich will, ist ein Zuhause«, gab Svenya zu. »Und jemanden, der mich akzeptiert für das, was ich bin, und nicht für das, was ich für ihn tun kann.«
»Meint Ihr wirklich *akzeptiert*«, fragte Nanna, »oder vielleicht doch eher *geliebt*?«
»Oh je«, seufzte Svenya. »Davon fangen wir besser gar nicht erst an. Darüber will ich überhaupt nicht nachdenken. Als hätte ich nicht schon genug Scheiße an der Hacke.«
Nanna musste über den Ausdruck lachen – und steckte Svenya damit unweigerlich an.

»Okay«, gab sie zu, »das war jetzt vielleicht ein bisschen flapsig formuliert, aber du verstehst, was ich sagen will.«
»Es ist Hagen, nicht wahr?« Nanna lächelte.
»Zurück zum Thema«, beharrte Svenya, die darüber wirklich nicht auch noch nachdenken wollte. Auch ohne das Chaos, das ihre Gefühle in den letzten Stunden mit ihr anrichteten, war sie verwirrt genug. »Kann ich nicht hier sein und bleiben, ohne die Hüterin zu werden? Ohne Test, ohne Training, ohne Morden … ohne Schicksal?«
Nanna schaute Svenya lange fragend und schweigend an.
»Ich meine, kann ich nicht einfach Topfspülerin in deiner Küche sein? Ganz ohne Bezahlung. Ein Zimmerchen und Essen und Trinken würden mir völlig ausreichen. Ich kann auch richtig hart arbeiten.«
Jetzt wurde das Gesicht der Köchin traurig.
»Die Hüterin ist nun einmal Euer Schicksal, Prinzessin«, sagte sie. »Selbst wenn Ihr es nicht erfüllen wollt oder könnt, wird es immer solche geben, die Euch und Eure besondere Macht werden benutzen wollen, um Elbenthal zu zerstören. Wie Laurin. Euer Leben wird Tag für Tag und Nacht für Nacht bedroht sein. Wer könnte oder sollte Euch also schützen, wenn nicht Ihr selbst oder Eure Leibwache? Natürlich hättet Ihr auch als Topfspülerin eine Leibwache, aber wie zuverlässig wäre diese wohl, wenn sie sähe, dass Ihr Euer Schicksal, unser Volk zu beschützen, nicht annehmt? Und selbst wenn sie zuverlässig wäre, weil Euch zu schützen eine Frage der Ehre für sie wäre – wie für Yrr –, könntet Ihr damit leben, dass Eure Leibwachen in künftigen Kämpfen für Eure Sicherheit ihr Leben dafür geben müssten, damit Ihr in Frieden in der Küche arbeiten dürft?«
»Nein«, sagte Svenya. »Das könnte ich nicht.«
»Dann kann Elbenthal nur Euer Zuhause werden, wenn Ihr Euer Schicksal begrüßt und erfüllt.«
Das war der Moment, in dem Svenya eine Entscheidung fällte.
»Danke, Nanna. Du hast mir sehr geholfen.«

TEIL 4

FLUCHT

28

Svenya ließ ihre Rüstung erscheinen und packte zusammen, was sie an Geld, Juwelen, Goldschmuck und Kreditkarten finden konnte, und stopfte alles in einen Rucksack. Auch wenn es ihr Besitz war, kam sie sich vor wie eine Diebin – und dieses Gefühl war beinahe so schlimm wie die Aussicht darauf, zur Mörderin zu werden. Aber Svenya sah keine Alternative – wenn sie nicht einfach nur abhauen wollte, sondern so tief untertauchen, dass Laurin und seine Schergen sie nicht finden konnten, brauchte sie Geld. Viel Geld. Die Kreditkarten würde man nachverfolgen können, also musste sie zusehen, damit an der Oberfläche schnell tragbare Wertsachen zu kaufen, die sie dann später bei Pfandleihern zusammen mit dem Schmuck in Bargeld umtauschen konnte.

Elbenthal kann nur Euer Zuhause werden, wenn Ihr Euer Schicksal begrüßt und erfüllt, hatte Nanna gemeint und damit alles auf den einen, wesentlichen Punkt gebracht: So sehr Svenya es sich auch wünschte – Elbenthal würde niemals ihr Zuhause werden, wenn es ihr Schicksal war, für einen Test einen Unschuldigen zu ermorden und dabei auch noch ihr eigenes Leben zu riskieren. Es war mehr als Angst, die sie von hier forttrieb – es war eine tiefe Überzeugung … und ein gutes Maß an Enttäuschung darüber, dass sie für Hagen nicht mehr war als nur ein Werkzeug zur Durchsetzung seiner Interessen.

Sie musste hier raus. Was jedoch kein leichtes Unterfangen war. Denn um an die Oberfläche zu gelangen, musste Svenya erst noch Yrr und die anderen Krieger und Kriegerinnen ihrer eigenen Leibgarde austricksen. Aber sie hatte schon einen Plan. Sie ging an ihren Waffenschrank und suchte sich eine kleine Automatik aus – im Falle eines Falles würde der geringere Rückstoß ihre mehr als mangelhaften Zielkünste kompensieren. Sie tauschte sie gegen die in ihrem Holster. Falls Laurins Häscher sie ausfindig machten, ehe sie untergetaucht war, wollte sie sich wenigstens zur Wehr setzen können – auch wenn Svenya sich keine großen Chancen ausrechnete, in einem Kampf gegen sie zu bestehen.

In einen zweiten Rucksack packte sie einige wenige praktische Klamotten: Jeans, Pulli, Jacke, Unterwäsche und feste Schuhe. Sie seufzte, als sie merkte, dass sie wieder einmal ihre Schuhe danach aussuchen musste, dass sie möglichst lange hielten und man gut darin rennen konnte. *Nein,* dachte sie bitter. *Mein Schicksal ist nicht das einer Heldin ... oder einer Killerin ... oder Henkerin ... mein Schicksal ist es, heimatlos zu sein und ewig auf der Flucht.* So war es, seit sie denken konnte, und so würde es, wie sie jetzt realisierte, wohl immer sein. Wobei es ihr schwerfiel, sich *immer* und ein unsterbliches Leben auf der Flucht überhaupt vorzustellen und was das bedeutete: Weder Hagen noch Laurin würden jemals aufhören, nach ihr zu suchen ..., und früher oder später würde sie entweder der eine oder der andere finden. Aber darüber und wie sie sich darauf vorbereiten konnte, würde sie später nachdenken – jetzt musste alle ihre Konzentration darauf gerichtet sein, erst einmal von hier wegzukommen.

Ein Schritt nach dem anderen.

Sie überprüfte noch einmal, ob sie alles hatte: Geld, Pässe, Klamotten, Waffen. Sie hatte sogar einiges von dem Essen eingepackt, das Nanna ihr gebracht hatte – nur für den Fall.

Dass ausgerechnet Yrr heute Nacht Wachdienst hatte, würde die Sache nicht eben leichter machen – Svenya hatte sogar überlegt, ihre Flucht zu verschieben. Andererseits kannte sie sich gut genug und wusste, dass sie nicht der Typ mit dem Pokerface war. Wenn sie auch nur noch einen Tag länger bliebe, würde Hagen ihr an den Augen ablesen können, dass sie vorhatte abzuhauen, und er würde die Sicherheitsvorkehrungen noch weiter verstärken, als sie es ohnehin schon waren.

Svenya versteckte den Rucksack in einem Kleiderschrank und rief dann nach Yrr.

»Was kann ich für Euch tun, Eure Hoheit?«, fragte Hagens Tochter, als sie den Raum betrat. Ihr kalter Blick strafte ihre freundlichen Worte wie immer Lügen.

»Die Luft ist heute ganz besonders stickig«, sagte Svenya. »Ich möchte, dass du veranlasst, dass alle Türen und Fenster im Palast geöffnet werden, damit es hier einmal richtig durchzieht. *Hurdh* werde ich selbst öffnen.«

Wenn sie sich gleich unsichtbar machte, durfte sie nicht riskieren, dass jemand beobachtete, wie sich die eine oder andere Tür auf geheimnisvolle Weise öffnete, ohne dass man jemanden durchgehen sah.

»Eine solche Maßnahme entspricht nicht unseren Sicherheitsvorschriften«, sagte Yrr knapp und machte keine Anstalten, Svenyas Befehl Folge zu leisten. Im Gegenteil, sie schloss demonstrativ die Tür, durch die sie eben den Raum betreten hatte.

»Das ist mir egal«, sagte Svenya. »Ich brauche frische Luft. Mir ist erst heute durch den Besuch im Wald aufgefallen, wie muffig es hier riecht.«

»Hier riecht es nicht muffig«, erwiderte Yrr. »Kein bisschen.«

Svenya fasste sich ein Herz und sagte so streng und von oben herab, wie sie nur konnte: »Kommandant, habe ich Euch nach Eurer Meinung gefragt oder nach Eurem Gehorsam?«

Sofort stand Yrr stramm. »Bis Ihr endgültig die Hüterin Midgards seid, unterstehe ich nicht Eurem Befehl, sondern dem von General Hagen«, erwiderte sie sachlich.

Verdammt! Sie musste sich etwas einfallen lassen.

»Soll das bedeuten, dass ich erst zu Hagen gehen und ihn wecken muss, um ihn zu bitten, dir zu befehlen zu tun, worum ich dich gerade gebeten habe?«

»Das wäre der korrekte Weg, Eure Hoheit«, erwiderte Yrr knapp.

Svenya hätte ihr vor Wut am liebsten ins Gesicht geschlagen. Sie hatte Paragraphenreiter schon immer verabscheut. Aber da kam ihr eine Idee.

»Dir wäre das vielleicht nicht peinlich, ihn wegen einer solchen Kleinigkeit zu stören«, sagte sie. »Mir allerdings schon. Aber wir versuchen das anders.«

Yrr schaute sie gelassen abwartend an – sie fühlte sich ganz offensichtlich im Recht und benutzte diese Überlegenheit, um Svenya zu demütigen.

»Ist es mir laut deiner Vorschriften gestattet, diese Tür zu öffnen?«, fragte Svenya und deutete auf die Tür zu dem an ihr Schlafzimmer angrenzenden Gemach.

»Natürlich nicht«, antwortete Yrr.

»Und hast du den ausdrücklichen Befehl, eine Tür, die ich öffne, hinter mir zu schließen?«

»Ich habe den Befehl, die Sicherheit des Palastes zu gewährl…«
Svenya unterbrach sie. »Gibt es einen Befehl, der besagt, dass du Türen, die ich in meinem eigenen Palast offen stehen lasse, schließen sollst?«
»Nein«, sagte Yrr zögernd. »Einen solchen Befehl gibt es nicht.«
»Gut«, sagte Svenya, öffnete die Tür und ging in den nächsten Raum. Yrr folgte ihr widerstrebend. Dort wiederholte sie das Spiel und deutete auf die nächste Tür. »Ist es mir laut Vorschrift gestattet, diese Tür zu öffnen?«
»Äh, ja…«
»Gut«, sagte Svenya und zwang sich, keine Miene zu verziehen, öffnete die Tür und schritt zum nächsten Saal. »Und diese?«
»Äh…«
Auf diese Weise öffnete Svenya jede einzelne Tür in ihrem Palast, bis sie schließlich zu *Hurdh* kam und dem Portal befahl, sich zu öffnen.
»Ich kann das nicht zulassen«, begehrte Yrr auf.
»Du hast gar keine andere Wahl«, entgegnete Svenya hochmütig. »Du stehst vielleicht nicht unter meinem Befehl, aber ebenso wenig besitzt du die Befugnis, meine Entscheidungen zu revidieren. Im Gegenteil: Ich warne dich sogar ausdrücklich davor, auch nur eine meiner Türen gegen meinen Willen zu schließen. Vielleicht habe ich jetzt noch nicht die Macht, aber ich schwöre dir: Solltest du es wagen, eine davon auch nur zu berühren, wirst du Latrinen schrubben, wenn ich die Hüterin bin. Und wenn es hier keine Latrinen mehr gibt, werde ich dich zum Flemysmist-Entsorgen abkommandieren. Ist das angekommen?«
»Eine Drohung wäre nicht nötig gewesen.«
»Oh doch«, hielt Svenya dagegen. »Die war sehr wohl nötig, Yrr. Ich habe nämlich dermaßen die Schnauze voll von deiner arroganten und feindseligen Art und davon, dass du alles, was ich tue, in Frage stellen oder mit Schmutz bewerfen musst, dass du mir gar keine andere Wahl lässt. Verflucht, ich wollte nur ein bisschen frische Luft, und du hast einen Staatsakt daraus gemacht!« Damit wirbelte sie herum und stapfte zurück in ihr Schlafzimmer.

Als sie ganz sicher war, dass Yrr ihr nicht gefolgt war, zog Svenya schnell den Rucksack an und aktivierte die Tarnung ihrer Rüstung. Unsichtbar huschte sie wieder nach draußen. Wie eben – Raum für Raum, sehr darauf bedacht, nirgendwo dagegenzustoßen oder etwas anzurempeln. Dass eine einzige Unachtsamkeit sie verraten und ihre Flucht vereiteln könnte, machte aus jeder noch so kleinen Bewegung eine ganz neue Herausforderung.

Endlich war sie in der Vorhalle angekommen – und blieb wie angewurzelt stehen. Yrr stand in der Tür, beide Hände an den Griffen ihrer Waffen – den wachsamen Blick nach innen gerichtet statt nach außen. Svenya schlug das Herz bis zum Hals. Für einen Moment hatte sie das Gefühl, Yrr könnte sie trotz der Tarnung sehen, doch dann wanderte der Blick der Kriegerin weiter. Hin und her. Svenyas gespielter hysterischer Anfall hatte Yrr offensichtlich nicht getäuscht – sie musste ahnen, was Svenya vorhatte. Svenya fluchte in sich hinein. Wenn Yrr jetzt schon misstrauisch war, würde sie – eher früher als später – in Svenyas Schlafzimmer gehen. Und sobald sie entdeckte, dass Svenya nicht mehr da war, würde sie Alarm schlagen. Was alles ruinieren würde … oder im besten Fall ihren Vorsprung so gut wie zunichte machte. Einen Moment lang überlegte Svenya, ob sie Yrr attackieren sollte, um sie unschädlich zu machen, verwarf den Gedanken jedoch sofort. Sie wusste ganz genau, dass sie der Kriegerin nicht gewachsen war und mit einem Angriff nur riskieren würde, dass ihre Flucht gleich hier und jetzt zu Ende wäre. Dann lieber in Kauf nehmen, dass ihr Vorsprung verschwindend gering sein würde. Svenya seufzte innerlich. Es musste ihr irgendwie gelingen, an Yrr vorbeizuschleichen, ohne sie auf sich aufmerksam zu machen.

Zwischen Yrr in der Mitte und dem Rahmen *Hurdhs* zu beiden Seiten waren je zwei bis drei Meter Abstand – Platz genug für Svenya. Langsam ging sie los und behielt Yrrs Gesicht dabei genau im Blick, damit sie abschätzen konnte, ob sie sie hörte oder ob und in welche Richtung sie sich bewegen würde.

Aber dann –

Svenya war noch keine drei Schritte auf die Kriegerin zugegangen, da knirschte etwas verräterisch laut unter ihren Fußsohlen. Yrrs Blick wirbelte sofort zu ihr herum, und Svenya sah ihr unverhohlen triumphierendes und boshaftes Grinsen.

»So einfach trickst Ihr mich nicht aus, Eure Hoheit«, sagte sie und fixierte genau die Stelle im Raum, an der Svenya stand. Die letzten beiden Worte sprach sie, wie so oft, voll überheblicher Verachtung.

Svenya sah zu Boden: Yrr hatte überall feinsten Quarzsand verstreut. Was bedeutete, dass sie Svenya nicht nur hören, sondern auch ihre Spuren sehen konnte.

Hagens Tochter zog ein Schwert aus der Scheide, und Svenya hielt unwillkürlich den Atem an. Es war ein Übungsschwert – mit stumpfer Schneide, aber dennoch aus Metall. Ganz offenbar hatte Yrr nicht nur mit dem Fluchtversuch gerechnet, sie hatte auch vor, Svenya eine derbe Tracht Prügel zu verabreichen.

»Das wagst du nicht«, sagte Svenya leise.

»Wenn Ihr Euch nicht augenblicklich wieder sichtbar macht und in Euer Schlafgemach zurückkehrt, zwingt Ihr mich dazu.« Yrrs fast schon vorfreudig funkelnder Blick verriet, wie sehr sie hoffte, dass Svenya nichts dergleichen zu tun bereit war.

Aber was sollte sie tun? Vielleicht wäre sie in der Kombination *Unsichtbarkeit* und *Echte Waffen* einem Kampf mit Yrr gewachsen – zumindest so weit, dass sie ihn überstehen würde; aber durfte sie Yrr ernsthaft verletzen oder gar töten, nur um ihre eigene Haut zu retten? Svenya zögerte. Sie mochte sie nicht, aber Yrr war kein Stück weniger unschuldig als Oegis – sie tat nur ihre Pflicht. Dass sie sie gerne tat und nicht nur bereit, sondern geradezu gierig darauf war, Svenya richtig wehzutun, änderte daran nicht das Geringste. Auch Oegis war bereit, sie zu töten, aber das gab Svenya in ihren Augen noch lange nicht das Recht zu morden. Aufgeben wollte sie andererseits aber auch nicht.

»Ich zähle bis zehn«, sagte Yrr. »Danach greife ich an.«

Denk! Schnell! Svenyas Gedanken rasten.

Yrr begann zu zählen.

Und plötzlich hatte Svenya eine Idee.

Sie zog eilig den Rucksack vom Rücken und kramte die Jeans heraus. Dabei achtete sie genau darauf, keinen der Gegenstände loszulassen, weil sie dadurch unsichtbar blieben. Schnell zog sie den Rucksack wieder an, nahm die Enden der Hosenbeine in beide Fäuste und wickelte sie ein paar Mal darum herum, so dass der Rest der Hose ihr als ein etwa ein Meter langer Fangstrick diente.

Als nächstes machte Svenya zwei Schritte zur Seite. Yrr folgte dem Geräusch und ihren Fußstapfen mit den Augen und verlagerte entsprechend ihr Gewicht. Dabei zählte sie die ganze Zeit weiter.

»Sechs, sieben, acht.«

Sie laufend anzugreifen, war also keine Option – ebenso wenig wie länger hier stehen zu bleiben.

»Neun ... zehn!«

Yrr rannte los. Direkt auf sie zu.

Ohne weiter nachzudenken oder zu zögern, sprang Svenya aus dem Stand nach vorne und in die Höhe.

Yrr hörte das Geräusch des Absprungs. Doch ehe sie reagieren und die Richtung ändern konnte, war Svenya schon in einem Halbsalto über ihr und schlang Yrr mit einer blitzschnellen Bewegung die Hose um den Hals. Mit einer weiteren Halbdrehung, diesmal um ihre Längsachse, landete sie direkt hinter der Kriegerin. Dabei hatte Svenya die Hosenbeine über Kreuz gedreht und zog sie jetzt mit aller Kraft zu.

Yrr wollte noch herumwirbeln – ihre Kraft war erstaunlich – doch Svenya trat ihr hart erst in die eine und dann in die andere Kniekehle, so dass Yrr den Halt verlor und in die Knie ging.

Unbarmherzig, aber vorsichtig, um sie nicht versehentlich zu töten, zog Svenya ihre Schlinge immer fester zu. Mit einer Hand griff Yrr nach den Jeans und versuchte, sie sich vom Hals zu reißen, mit der anderen stach sie mit dem Übungsschwert über ihre Schulter hinweg nach Svenya. Die aber stellte ihren Fuß in Yrrs Nacken und drückte sie mit dem Bein immer weiter nach vorn, damit das Schwert ihr nicht gefährlich werden konnte.

Svenya war überrascht, dass sie stark genug war, die sich hin- und herwindende Yrr zu halten und immer weiter zu würgen. War es das, wovon Hagen gesprochen hatte? Dass sie im Training nicht ihre wahre Kraft entfaltete, wohl aber dann, wenn sie sie wirklich brauchte?

Yrr begann zu röcheln, und nach weiteren Sekunden wurden ihre Versuche, mit dem Schwert nach Svenya zu stechen, immer schwächer und unkontrollierter. Svenya musste sich beeilen – sie durfte nicht riskieren, dass jemand anderes vorbeikam und die zuckend strampelnde Yrr entdeckte.

Sie hatte immer gedacht, sie würde Triumph empfinden, wenn sie endlich einmal in der Lage wäre, sich gegen Hagens Tochter durchzusetzen und sie zu besiegen – jetzt aber fühlte sie nichts dergleichen. Was sich in ihrem Inneren regte, war eine gewisse Traurigkeit, ihr das antun zu müs-

sen, und Achtsamkeit, damit sie ihr nicht weher tat als unbedingt nötig. Dann endlich erstarb das Röcheln ... und auch das Zucken und das Strampeln. Yrrs Körper erschlaffte. Sie war bewusstlos – jedenfalls schien es so. Denn kaum löste Svenya den Zug um den Hals, riss Yrr ihr die Jeans aus der Hand, sprang auf, wirbelte dabei herum und schlug mit dem Übungsschwert in einem weiten, sensenförmigen Schlag nach Svenyas Kopf.
Svenya duckte sich gerade noch rechtzeitig und rammte beim Wiedernachobenkommen ihren Kopf voll gegen Yrrs Kinn.
Yrr sackte in sich zusammen wie ein Sack Kartoffeln. Diesmal war sie wirklich bewusstlos.
Svenya atmete ein paar Mal tief ein und aus, um sich zu beruhigen. Dann nahm sie die Jeans und wickelte sie Yrr wie eine Schlaufe unter den Achseln hindurch um die Brust, um sie sich leichter über die Schulter werfen zu können. Mit ihrer Last eilte sie in ihr Schlafzimmer zurück und schloss die Tür hinter sich. Dort nahm Svenya sich die Zeit, um Yrr zu fesseln und so unter die Decke zu legen, dass jeder, der nur einen kurzen Blick auf das Bett warf, glauben musste, dass er Svenya darin liegen sah.
Dann ging sie den Weg zu *Hurdh* zurück und schloss dabei jede einzelne Tür wieder hinter sich, damit niemand etwas Außergewöhnliches vermutete. Svenya war zufrieden mit sich – ihr Vorsprung war gesichert. Und noch besser: Sie hatte bei Yrr einen Flashdrive für den Lift gefunden. Das würde ihr Hunderte von Treppenstufen ersparen.
Sie hob Yrrs Übungsschwert vom Boden auf, ging nach draußen, befahl auch *Hurdh,* sich zu schließen, und schlug den Weg in Richtung Aufzug ein.
Wie sie gehofft hatte, waren zu dieser Stunde nur wenige Elben auf den Fluren und Gängen unterwegs, und es fiel Svenya nicht schwer, unbemerkt zwischen ihnen hindurchzuschlüpfen.
Endlich erreichte sie das Ende des Ganges. Nur noch ein paar Meter trennten sie von dem Lift und der geplanten Fahrt in die Freiheit. Svenya erstarrte. Ein paar Meter und ein ponygroßer Wolf!
Brodhir stand genau vor dem Aufzug. So groß wie in der Nacht, als sie ihn das erste Mal gesehen hatte. Und er schaute sie an!
Diesmal täuschte Svenya sich nicht, wie sie es am Anfang bei Yrr getan

hatte. *Brodhir* konnte sie sehen. Das erkannte sie daran, wie seine bernsteinfarbenen Augen ihr folgten, wenn sie sich bewegte. Sie sah keine Möglichkeit, an ihm vorbei zu dem Lift zu kommen, also drehte sie sich um und lief den Gang entlang zurück, um eine Abzweigung mit einer Treppe zu finden, die sie hoffentlich in den nächsten Stock brächte, damit sie von dort aus den Aufzug nehmen konnte.
Sie hörte das Tapsen von *Brodhirs* Pfoten hinter sich. Er folgte ihr. Svenya beschleunigte ihren Schritt – er tat es ihr nach. Sie begann zu rennen – und auch er rannte … und natürlich hatte *Brodhir* sie schon bald eingeholt. Sie seufzte. Keine Chance, sie würde ihm nicht entkommen. Was bedeutete, dass sie ihn genauso bekämpfen musste, wie sie Yrr bekämpft hatte. Allein der Gedanke daran verkrampfte Svenya das Herz.
Sie blieb stehen, holte mit Yrrs Übungsschwert aus und drehte sich um – doch der Wolf war schon bei ihr. Er stupste mit seinem großen Kopf gegen ihre Brust, stieß einen fast schon welpenhaft zärtlichen Laut aus und leckte ihr das für jeden anderen unsichtbare Gesicht.
Svenya brachte es nicht übers Herz, ihn zu schlagen. Auf gar keinen Fall. Mit der freien Hand kraulte sie ihm Wange und Nacken. Er wedelte verspielt mit dem Schwanz.
»Ach, Wolf«, sagte sie leise. »Ich muss von hier fort. Obwohl ich gar nicht will. Ich würde so gerne immer hierbleiben, aber ich kann nicht.«
Er gab einen klagenden Laut von sich und legte den Kopf zur Seite. Seine intelligenten Augen blickten traurig.
»Bitte halt mich nicht auf«, flüsterte Svenya. »Wenn ich bleibe, werde ich sterben … weil ich mich nicht zur Mörderin machen lasse. Deshalb muss ich weg. Verstehst du das?«
Sie wusste, dass *Brodhir* das schlaueste Tier war, dem sie je begegnet war, aber sie hatte keine Ahnung, ob er verstand, was sie sagte. Als er jetzt herzzerreißend fiepte, hatte Svenya jedoch Gewissheit. Er setzte sich hin und legte ihr seine riesige Pranke auf die Schulter. Sie legte ihre Wange daran und spürte, wie ihre Augen feucht wurden.
»Nein, ich will wirklich nicht gehen«, sagte sie mit brechender Stimme. »Aber es gibt keine Alternative. Bitte, *Brodhir*, lass mich durch.«
Der Wolf bewegte sich nicht.
»Bitte«, sagte Svenya noch einmal und merkte, dass sie kurz davor war, loszuschluchzen.

Da nahm er seine Pfote von ihrer Schulter, stand auf, leckte ihr noch einmal das Gesicht und trat zur Seite.

»Danke«, sagte Svenya leise, ging zu ihm hin, kraulte ihn noch einmal und küsste ihm die fellige Stirn. »Danke, *Brodhir*. Wolf. Ich werde dich nie vergessen.« Dann lief sie los – wieder in Richtung des Aufzugs. Ein Blick über die Schulter zeigte ihr, dass *Brodhir* noch immer wie angewurzelt stand, wo er war. Die Trauer in seinem Blick sprengte ihr fast die Brust, und für einen winzigen Moment erwog Svenya, ihren Plan an den Nagel zu hängen und hierzubleiben. Hier, wo so vieles war wie dieser Wolf: wundersam, fantastisch, liebevoll und großherzig. Hier, wo sie eine Prinzessin war und kein Gossenmädchen. Wo sie in einem Palast lebte statt unter Brücken ... wo sie keine Angst haben musste, im Winter zu erfrieren ... Wo sie aber entweder von einem Drachen getötet oder selbst zur Mörderin gemacht würde. Zur Mörderin an einem unschuldigen Wesen.

Es kam immer wieder auf dasselbe hinaus: Abhauen war die einzige Option.

Svenya beschleunigte ihren Schritt, bis sie schließlich rannte – um sich selbst der Chance zu berauben, es sich noch einmal anders zu überlegen ... weil es der Verstand schwer hat, dem Weg der Entscheidung zu folgen, wenn das Herz sirenenhaft die Schönheit eines anderen Pfades besingt.

Svenyas Wangen waren nass von ihren eigenen Tränen, und ihre Füße fühlten sich schwer an wie Blei. Doch sie blieb nicht stehen. Am Lift angekommen, benutzte sie den Flashdrive und betrat die Kabine.

Welchen Befehl hatte Yrr dem Aufzug damals gegeben, an ihrem ersten Tag in Elbenthal, als sie mit Raik die Flemys geritten waren? *Undir flaki* – Unters Dach. Vermutlich war mit Flaki die Oberfläche gemeint – die Überreste der Dresdener Festung in der Nähe des Zwingers.

»*Flaki*«, sagte Svenya mit fester Stimme. Doch der Lift reagierte nicht.

»*Flaki*«, sagte sie noch einmal – aber noch immer geschah nichts. Also versuchte sie: »*Undir flaki.*«

Augenblicklich fuhr der Lift los. Dann würde sie eben von einer Etage weiter unten aus einen Weg an die Oberfläche suchen müssen.

Die rasante Fahrt nach oben verstärkte das flaue Gefühl, das sie im Bauch hatte. Svenya war in ihrem Leben schon oft abgehauen – aus Heimen, weg von Pflegeeltern, vor der Polizei und den Arbeitern des Jugendamtes –, aber noch nie von einem Ort, an dem sie eigentlich gerne bleiben wollte ... einem Ort, der, ohne dass ihr das zunächst bewusst gewesen war, mehr zu ihrem Zuhause geworden war als jeder andere Ort zuvor. Aber was man von ihr erwartete ... was Hagen von ihr erwartete, war einfach zu viel. Wie sehr wünschte sie sich, der Wyrm wäre der Test gewesen – inzwischen war sie sich nämlich sicher, dass sie den bestanden hätte.

Aber Oegis ...? Könnte sie Oegis töten?

Vielleicht ... wenn er sie angreifen würde. In Notwehr. Aber auch dann hatte Svenya keine Ahnung, wie sie eine Bestie von dieser Größe besiegen sollte. Sie schüttelte sich, um den Gedanken loszuwerden. Wieso dachte sie überhaupt noch darüber nach? Sie hatte ihre Entscheidung doch längst gefällt, und jetzt musste sie sich auf die Flucht konzentrieren, nicht auf irgendwelche möglichen oder vielmehr hochgradig unmöglichen Drachentöter-Szenarien.

Der Lift kam zum Stehen, und die Tür öffnete sich. Svenya verharrte einen Moment lang völlig regungslos, um sicherzustellen, dass draußen niemand war, der sie fangen oder mit dem sie zusammenrempeln konnte. Erst als sie die Gewissheit hatte, alleine zu sein, trat sie heraus. Dann machte sie sich auf die Suche nach einer Treppe, die zur Oberfläche führte. Minutenlang rannte sie von einer Tür zur anderen – aber nirgendwo gab es ein Treppenhaus, das nicht ausschließlich nach unten führte. Entweder war hier wieder Elbenmagie im Spiel, zur Sicherung der Festung, oder es gab hier einfach keine direkte Verbindung nach oben. Svenya wurde heiß und kalt, und sie fühlte, wie sich ihr wertvoller Vorsprung mehr und mehr verringerte. Es war nur noch eine Frage der Zeit, bis Yrr das Bewusstsein wiedererlangte, sich befreite und Alarm schlug. Nach einer Handvoll weiterer fehlgeschlagener Versuche fiel ihr nur noch ein einziger Ausweg ein: die Flemys. Sie hatte keine Ahnung, wie man sie ritt, aber sie hatte auch keine Alternative. So schnell sie konnte, lief Svenya raus auf die Plattform. Sicherheitshalber aktivierte sie ihren Panzer und legte die Tarnung ab. Dann trat sie an den Rand der Brüstung und versuchte, mit Zunge und Gaumen den klickenden Laut nachzumachen, mit dem Yrr bei ihrem ersten Ausritt die pferdegroßen Fledermäuse gerufen hatte. Sekunden, die ihr wie Ewigkeiten vorkamen, geschah

gar nichts, und Svenya kam sich furchtbar albern vor, nur dazustehen und komische Töne von sich zu geben. Es blieb ihr aber nichts anderes übrig: Sie musste jeden einzelnen ausprobieren, den sie hervorbringen konnte. Schließlich musste sie wohl den richtigen getroffen haben, denn ein Rauschen lederner Flügel erfüllte von oben herab die Luft.
Svenya blickte hoch – gleich drei der Elbenreittiere waren ihrem Ruf gefolgt und flogen nun ungebremst auf sie zu. Ihre dolchlangen Fangzähne blitzten im Licht der Leuchtjuwelen, und ohne Raik und ihre Leibwächterinnen in der Nähe kamen sie Svenya überhaupt nicht mehr so zahm vor. Was, wenn der Laut, mit dem sie sie gerufen hatte, versehentlich ein Ruf zur Fütterung war und die Flemys sie mit ihrem Mitternachtssnack verwechselten? Svenyas Faust krampfte sich um den Griff des Übungsschwertes; die andere Hand legte sie an das Heft von *Blodhdansr*.
Sicher ist sicher.
Wild flatternd umschwirrten die riesigen Tiere sie wie orientierungslose Motten die Flamme einer Kerze, und Svenya musste mehr als einmal aufpassen, nicht von einem der schlagenden Flügel getroffen zu werden. Nur mit Mühe kämpfte sie die in ihr aufsteigende Panik nieder. Offenbar warteten die Tiere auf einen weiteren geschnalzten oder geklickten Befehl, um zu landen. Svenya hatte aber keine Zeit herauszufinden, wie der wohl gehen mochte. Sie musste weg von hier, und zwar schnellstens.
Sie konzentrierte sich und beobachtete den aufgeregten Flug der Flemys. Dann, als sie den richtigen Moment gekommen sah, sprang sie nach oben – in den Sattel der Fledermaus, die ihr am nächsten war.
Aber wenn sie gedacht hatte, damit sei ihr Ziel erreicht, hatte Svenya sich getäuscht. Schwer getäuscht. Das Tier schrie wild auf und versuchte, sie abzuschütteln.
War es vielleicht möglich, dass die Flemys bestimmten Reitern gehörten? Damit hatte Svenya nicht gerechnet. Wie auch? Sie klammerte sich mit aller Kraft mit den Schenkeln an den Sattel und mit den Fingern in den Pelz der Fledermaus. Die schrie nur noch lauter und begann nun, wie verrückt geworden, in der Höhle hin und her zu flattern – schlimmer als ein bockender Hengst. Tausendmal schlimmer!
Sie schoss nach oben – gegen die Höhlendecke. Nur der Panzer bewahrte Svenya davor, durch den Aufprall zwischen dem Rücken der Flemys und

dem nackten Fels zerquetscht zu werden. Dann rollte die Fledermaus sich durch die Luft und krachte rücklings auf den Boden. Svenya war so schwindelig, dass sie beinahe die Orientierung verlor – alles drehte sich mit unglaublicher Geschwindigkeit.
Ich darf mich nicht abwerfen lassen. Sonst ist alles aus.
Hektisch warf sie das Übungsschwert weg, um sich besser festhalten zu können, und belohnte die Attacke der Flemys mit einem Kick ihrer Fersen in die Flanken. Ein Effekt, der nach hinten losging: Das Tier jagte über die Brüstung hinweg nach draußen. Svenya hielt den Atem an – unter ihnen war jetzt nichts als die schier bodenlose Tiefe der Höhle ... und die mörderisch spitzen Türme der Festung.
Immer lauter kreischend warf sich die Flemys von einer Seite zur anderen ... rammte erst einen der Türme, dann einen zweiten und einen dritten. Svenya fluchte laut. Wenn das Vieh so weitermachte, würde bald jemand auf sie aufmerksam werden. Das durfte auf keinen Fall geschehen. Sie spürte, dass gutes Zureden in dem panischen Zustand, in dem die Fledermaus war, nichts helfen würde – es gab nur eines: Sie musste das Tier neu zureiten ... musste sich zu seiner Herrin machen. Und da sie keine Ahnung hatte, wie sie das tun sollte, ließ Svenya ihre Instinkte übernehmen. Sie krallte ihre Finger härter in das Fell und die ledrige Haut und riss den Kopf dicht zu sich heran. Das Tier versuchte, sich zu winden wie ein Hund, der nicht will, dass man ihm ein Halsband anlegt. Doch Svenya war stärker. Sie drückte den Flemys-Kopf in die Richtung, in die sie fliegen wollte – Hauptsache, so schnell wie möglich so weit weg wie möglich von der Festung.
Immer wieder und immer wilder versuchte das Tier, seine Reiterin abzuwerfen oder Svenya an der Felswand abzustreifen – aber zumindest schlug es die gewünschte Richtung ein. Es war ein unnachgiebiger Kampf um die Oberherrschaft – und die Flemys Svenyas einzige Chance, an die Oberfläche zu gelangen. Der einzige Ausgang, den sie von hier kannte, war der, den Hagen ihr gezeigt hatte ... und der war nur fliegend zu erreichen. Sie hoffte inständig, dass die Wachen unten auf den Mauern sie nicht sahen.
Trotz der irren Geschwindigkeit der riesigen Fledermaus entfernten sie sich nicht: Immer wieder schlug das Biest Haken, und kostbare Meter gingen verloren. Jede Sekunde rechnete Svenya mit einem Alarm und aus

allen Himmelsrichtungen auftauchenden Verfolgern. Sie spürte, dass ihr die Kiefer schmerzten, und merkte erst jetzt, wie fest sie die Zähne zusammengebissen hatte vor Anstrengung. Schweiß floss ihr von der Stirn, und ihr Herz raste wie verrückt. Doch die Flemys raste noch sehr viel schneller, wie sie unter ihren Waden spüren konnte. Svenya betete, dass das arme Tier keinen Herzinfarkt bekam vor Panik – und gleichzeitig hoffte sie, dass die Fledermaus durch den Kampf schneller ermüdete und gefügiger wurde. So oft sie konnte, korrigierte Svenya die Richtung dorthin, wohin Hagen und sie den Wyrm verfolgt hatten. Doch kaum hatte sie das Gefühl, ihr Reittier ein wenig besser im Griff zu haben, ließ sich die Flemys einen neuen Trick einfallen: Jetzt wirbelte sie um die eigene Achse … wie eine Korkenzieherachterbahn … und das immer schneller. Die Fliehkraft drohte Svenya aus dem Sattel zu schleudern, und sie musste sich mit aller Kraft festhalten.

»Blödes Vieh«, knurrte sie. »Je schneller du machst, was ich will, desto schneller bist du mich wieder los!« Aber natürlich verstand das Tier kein Wort und versuchte bei den Stalagtiten, die Stjarn so atemberaubend elegant im Slalom genommen hatte, erneut, Svenya abzustreifen.

Los, mach schon, du dummes Ding! Da lang, ja, weiter, weiter weiter!
Sie keuchte vor Konzentration und Anstrengung, als plötzlich etwas Seltsames mit ihr geschah: Svenya merkte, wie sich das mulmige Gefühl in ihrer Bauchgegend langsam in etwas anderes verwandelte … und plötzlich, wie bei ihrem ersten Ritt mit Raik, lachte sie los. Die Situation mochte bedrohlich sein, aber jetzt, da sie die Festung weit hinter sich gelassen hatten, spürte sie, wie sehr ihr der wilde, unbändige Ritt Spaß machte … wie viel Freude sie empfand beim Kampf um die Oberherrschaft. Es war wie eine Mischung aus Achterbahnfahren und Rodeoreiten … und der Preis für Im-Sattel-Bleiben war die Freiheit. Eine Freiheit zwar, die sie zur ewigen Flucht verdammte, aber trotzdem.

Das Lachen und die Freude gaben Svenya neue Kraft, und es bereitete ihr zunehmend weniger Mühe, die Flemys dahin zu lenken, wohin sie sie haben wollte. Das Tier spürte das und wurde immer folgsamer – ob es daran lag, dass die Flemys müde wurde oder weil sie spürte, dass Svenyas eigene Panik verschwunden war, konnte sie nicht sagen.

»So ist's brav«, flüsterte sie der Fledermaus ins große Ohr und kraulte ihr das Fell über der Stirn. Von da an lief der Flug wie am Schnürchen, und schon wenige Minuten später, als ihr Ziel in unmittelbare Nähe gerückt war, bedauerte Svenya sehr, dass das vermutlich ihr letzter Flug auf einer Flemys gewesen war.

Jetzt erreichten sie den Canyon, vor dessen Eingang Hagen den Wyrm gestellt hatte. Dahinter lag das Erzgebirge und somit das Territorium der Dunkelelben Laurins. Svenya musste davon ausgehen, dass trotz der fortgeschrittenen Uhrzeit in den Klüften und Felsspalten gegnerische Wachposten auf der Lauer lagen. Ihre Flemys war bei Weitem nicht so schnell und so geschickt wie Stjarn, und sie selbst nicht einmal einen winzigen Bruchteil so versiert bei der Jagd wie Hagen. Wie sie ungesehen an ihnen vorbeigelangen sollte, war Svenya ein Rätsel – zumal ihr Fluchtplan diesen Weg nicht vorgesehen hatte. Sie stutzte. Was hatte er eigentlich vorgesehen? Als sie genauer darüber nachdachte, fiel Svenya auf, dass ihr *Fluchtplan* eigentlich so gut wie gar nichts beinhaltet hatte außer sich unsichtbar zu machen und zu rennen. Hätte sie nicht durch Zufall den Flashdrive für den Lift bei Yrr gefunden, hätte sie die Treppen nehmen müssen – und hätte sie es nicht geschafft, die Flemys zu rufen, wäre sie ein Stockwerk unter der Oberfläche in eine Sackgasse geraten. Im Grunde genommen hatte sie bis hierhin einfach nur verdammtes Glück gehabt, oder?

Niemand hat je eine Schlacht nur mit Glück gewonnen, hatte Raegnir in seinem Unterricht ständig gepredigt. *Dafür aber so mancher gegen jede Chance. Das Geheimnis dahinter ist: Wenn die Strategie fehlschlägt, hilft nur noch Taktik ... und wenn auch die versagt, die Entschlossenheit, niemals aufzugeben – selbst oder ganz besonders, wenn einen der Mut verlässt!*
Svenya wusste, dass sie heute Nacht in Strategie versagt hatte – denn sie hatte sich erst gar keine zurechtgelegt. Ebenso wenig wie einen Plan B. Dafür aber hatte sie bisher ein ganz ansehnliches taktisches Geschick bewiesen, indem sie schnell auf die neuen Umstände reagiert hatte. Und an Entschlossenheit, niemals aufzugeben, mangelte es ihr erst recht nicht. Hagen und die anderen sahen das wahrscheinlich anders. Sie würden ihr garantiert vorwerfen, mit ihrer Flucht bereits kapituliert zu haben – ihr Schicksal als Hüterin aufgegeben zu haben. Doch das mochten sie sehen, wie sie wollten; Svenya war anderer Meinung: Ihr Schicksal war es nicht, die Hüterin zu werden, ihr Schicksal war es zu überleben. Und darin war sie gut. Hatte es schon immer sein müssen.

Also denk nach, wie du durch diese verdammte Schlucht bis zum Gang in die Oberflächenhöhle kommst, feuerte sie sich an.
Da kam ihr die entscheidende Idee. Gleichzeitig ärgerte sie sich, dass sie darauf nicht schon bei der Festung gekommen war. Das hätte ihr jede Menge Angstschweiß erspart ... vorausgesetzt, es funktionierte überhaupt. Aber bei der Jeans und bei dem Rucksack hatte es funktioniert – warum nicht auch bei einer Flemys?
Die Tarnvorrichtung!
Svenya legte ihre Handfläche auf das Emblem und schaute an sich herab. Wie erwartet, wurde sie unsichtbar ... und wie erhofft dann auch die *Flemys!*
Yihaaah!, dachte Svenya – weil sie es nicht laut rufen durfte – und flog unbekümmert in den Canyon hinein ... was, wie sich wenige Sekunden später herausstellen sollte, keine so gute Idee war.

29

Svenya hörte den Wolf laut und alarmierend heulen, noch ehe sie ihn auf einem Felsvorsprung nicht weit von sich entfernt sah. Verdammt, sie hätte vorsichtiger sein und damit rechnen müssen, dass auch die Gegner über Wölfe wie *Brodhir* verfügten – der sie trotz ihrer Tarnung hatte sehen können. Sofort zog sie die Flemys höher – doch es war bereits zu spät: Dicht bei ihr stoben zwei andere Riesenfledermäuse in die Höhe. Größer als die, auf der Svenya ritt – viel größer … Und auf ihren Rücken saßen zwei mit langen Lanzen und auf den Rücken geschnallten halbautomatischen Gewehren bewaffnete Dunkelelben.
Solange sie mich nicht sehen und Wölfe nicht fliegen können, besteht keine Gefahr.
Dachte sie.
»Wo?«, rief da einer der Dunkelelbenwächter nach unten, und der Wolf antwortete mit einem weiteren Heulen. Sofort steuerten die beiden gegnerischen Flemys auf einen Abfangkurs.
»Scheiße!«, fluchte Svenya leise und riss ihr Tier herum. Wenn die Dunkelelben tatsächlich mit dem Wolf kommunizieren konnten, lag ihre einzige Chance darin, ihre Flugrichtung immer wieder zu wechseln … und zwar schneller, als sie sich abstimmen konnten. Einziges Problem in ihrem Plan war die Tatsache, dass ein Canyon nicht gerade eine Vielfalt von Ausweichrichtungen bietet. Links oder rechts war nur wenig Raum – und oben und unten waren ebenfalls durch den Boden und die Decke der Höhle beschränkt.
Schon nach zwei Richtungswechseln waren ihr die Häscher noch dichter auf den Fersen – die Kommunikation mit dem Wolf schien besser zu funktionieren, als Svenya gehofft hatte. Wenn die Dunkelelben noch weiter aufholten, würde sie es nie bis zum Übergang an die Oberfläche schaffen. Sie musste umdenken – und den Kampf wagen.

Entschlossen griff Svenya nach ihrer Pistole.

Ach komm, flüsterte da eine ebenso vertraute wie verhasste Stimme. *Damit richtest du keinen Schaden an. Du verpasst denen damit doch nicht einmal einen Kratzer.*

Blodhdansr! Eines ihrer blutrünstigen Schwerter.

Nimm mich, sagte er.

Auf keinen Fall, antwortete Svenya mental.

Warum nicht?

Wenn ich verfehle, forderst du mein Blut.

Dann verfehle nicht.

Dafür kann ich nicht garantieren.

Wenn nicht du, wer dann?

Aber ich will sie nicht töten.

Sie sind deine Feinde. Unsere Feinde.

Trotzdem.

Hm. Das ist nobel von dir, flüsterte Blodhdansr. *Nobel – oder aber verdammt dumm.*

Spielt keine Rolle, was es ist, erwiderte sie. *Es ist meine Entscheidung. Deshalb nehme ich die Pistole.*

Und wenn ich dir verspreche, sie nur zu verletzen?

Das würdest du tun?

Für einen Tropfen Blut würde ich alles tun.

Ist das ein Versprechen?

Nun ja, vielleicht nicht alles …

Ich meine, dass du sie nur verletzen würdest?

Ja. Das könnte ich dir versprechen.

Dann tu es.

Was?

Na, es versprechen.

Habe ich doch gerade.

Hältst du mich wirklich für so dumm? Du hast nur gesagt, du könntest *es mir versprechen.*

Aah, sagte das Schwert. Es klang anerkennend. *Du bist offensichtlich nicht so leicht auszutricksen, wie ich glaubte.*

Also? Svenya wurde ungeduldig. Ihr fehlte die Zeit für dumme Spiele – die beiden Gegner waren trotz drei weiterer Kurswechsel nur noch wenige

Meter entfernt. Sie wusste, dass Blodhdansr recht hatte – mit der kleinkalibrigen Pistole würde sie weder bei den riesigen Fledermäusen noch bei ihren stark gerüsteten Reitern etwas ausrichten können.
Ich verspreche, sie nur zu verletzen.
Nicht so stark, dass sie abstürzen, aber stark genug, dass sie gezwungen sind zu landen.
Wieso das denn?
Weil ich nicht riskieren will, dass sie beim Absturz sterben.
Beim Absturz sterben? Das sind Elben. Die sterben nicht so schnell.
Ich meine die Flemys.
Du willst mir Viehblut zu trinken geben? Die Klinge gab sich nicht einmal Mühe, ihre Entrüstung und ihren Abscheu zu verbergen.
Ich will *dir gar kein Blut zu trinken geben,* antwortete Svenya wahrheitsgemäß. *Aber da ich keine andere Wahl habe…*
Dann nimm ruhig deine Pistole, sagte Blodhdansr, und sie hatte das Gefühl, hätte er Schultern, hätte er jetzt mit ihnen gezuckt.
Svenya war empört. *Du würdest mir den Dienst versagen?*, fragte sie drohend.
Nein, den Dienst nicht, entgegnete das Schwert. *Nur das Versprechen. Wenn du mich schon zwingen willst, nur von einem Tier zu trinken, statt mir das köstliche Blut von Elben darzubieten, will ich ihr ganzes Leben.*
Statt weitere Zeit zu verschwenden, indem sie ihm antwortete, zog Svenya ihre Pistole, zielte auf den nächsten ihrer Verfolger und feuerte. Der riss sein Reittier zwar noch zur Seite, als er das Mündungsfeuer wie aus dem Nichts auftauchen sah, konnte aber nicht mehr schnell genug ausweichen. Trotzdem geschah – gar nichts. So wie Svenya es befürchtet und ihr gieriges Schwert es vorausgesagt hatte. Es stand zu bezweifeln, dass die Kugel die Haut durch das dichte Fell der Flemys überhaupt berührt hatte. Durch das Mündungsfeuer hatte Svenya allerdings ihre exakte Position verraten, und der zweite ihrer Verfolger eröffnete nun seinerseits das Feuer auf sie.
Zum Glück reagierte ihr eigenes Reittier schneller als sie – offenbar war es für einen solchen Fall gut trainiert. Die Flemys ließ sich zur Seite wegkippen und tauchte unter den durch die Luft jagenden Geschossen hinweg. Nach einer Rolle fing die Fledermaus sich wieder und stieg mit kräftigen Flügelschlägen senkrecht in die Höhe.

Der Wolf jedoch schien ihr Manöver kommuniziert zu haben, denn der erste steuerte jetzt direkt auf sie zu – die Lanzenspitze genau auf ihre Brust gerichtet.
»Was ist mit dir, Skalliklyfja?«, fragte Svenya ihre zweite Klinge laut.
Ich lebe, um zu töten, antwortete Blodhdansrs Schwester – und ihre Stimme war so eiskalt wie ihre Antwort klar. Sie würde sich auf keinen Pakt einlassen.
Worauf wartest du?, drängelte Blodhdansr Svenya. *Jetzt oder nie.*
Nur die Flemys!, machte Svenya noch einmal klar.
Nur die Flemys, bestätigte er. *Aber ich will ihr Leben.*
Deal!, rief Svenya zornig und zog das Schwert. Sie hatte keine andere Wahl.
Ich nehme an, das heißt, wir haben eine Abmachung, sagte Blodhdansr … und als Svenya ihre Flemys herumriss, konnte sie hören, wie er in ihrer Hand vor Freude zu singen begann. Mit einem Achterschlag hieb er die auf sie zurasende Lanzenspitze aus dem Weg und hackte sich der gegnerischen Riesenfledermaus seitlich tief durch die Kehle.
Jaaaa!, schrie Blodhdansr und machte dabei ein hässlich schlürfendes Geräusch. Svenya musste sich zusammenreißen, um nicht zu kotzen.
Das getroffene Tier schrie gellend und gurgelnd auf und stürzte in die Tiefe – seinen Reiter mit sich reißend. Doch Svenya hatte keine Zeit, dem untergehenden Dunkelelben nachzublicken, um sicherzugehen, dass er den Sturz auch überlebte, denn der zweite war jetzt heran und feuerte auf sie. So lange, bis das Magazin leer war. Dann warf er das Gewehr von sich und zog sein Schwert. Die Klinge war bestimmt doppelt so breit und dick wie ihre eigene, doch Blodhdansr lachte nur überheblich.
Gib ihn mir!, schrie Svenyas Schwert lüstern, als ihre Flemys, die sämtlichen Kugeln mit großer Geschicklichkeit ausgewichen war, sich nun dem Gegner entgegenwarf.
Nein!, rief Svenya. *Wir haben einen Pakt.*
Doch Blodhdansr hörte nicht auf sie – wie von selbst schwang er in Richtung des Kopfes des Dunkelelben.
Svenya, die merkte, dass sie ihren eigenen Arm nicht mehr bremsen konnte, brüllte auf vor Wut und zwang ihre Flemys blitzschnell, seitlich abzukippen.
Nein!, schrie Blodhdansr wütend, als er statt in den Elb in den Flügel

seines Reittiers drang, woraufhin die Fledermaus kreischend und ihr Herr fluchend zu Boden stürzten.

Ehe Schlimmeres passieren konnte, hatte Svenya die Klinge zurück in die Scheide gezwungen.

Du wolltest dein Versprechen brechen!, fluchte sie.

Natürlich wollte ich das, erwiderte Blodhdansr hasserfüllt. *Ich habe doch gesagt, dass ich alles tun würde für einen guten Schluck Elbenblut.*

Verflucht sollst du sein!

Doch das Schwert lachte nur. *Ich bin verflucht geboren. Genau wie du!*

30

Svenya schmeckte Triumph und Wut. In die Euphorie mischte sich aber auch Zweifel: Sie hatte ihre Verfolger besiegt, aber beinahe einen hohen Preis dafür bezahlt. Einen viel zu hohen. Schon der Tod von mindestens einer der beiden gegnerischen Flemys ging ihr bis ins Mark. Noch nie zuvor hatte sie ein Leben genommen, und die Erkenntnis, dass sie es jetzt getan hatte, ließ ihr die Galle in der Kehle hochsteigen. Dass die Reiter der Tiere ihr nach dem Leben getrachtet oder zumindest versucht hatten, sie so schwer zu verletzen, dass sie sie gefangen nehmen konnten, änderte nicht das Geringste daran. Nicht einmal die Tatsache, dass Svenya jetzt bereits weiter vorne das Loch in der Höhlendecke entdecken konnte, machte es besser.

Ihre Flemys war Svenya inzwischen so ergeben, dass sie schon auf einen leichten Druck der Schenkel hin die richtige Richtung einschlug, und, als sie den Schacht erreichten, folgsam senkrecht in die Höhe stieg. Svenya beobachtete die Umgebung und den Rand über ihr wachsam, um gegen mögliche Überraschungen gefeit zu sein; aber hier oben schien Laurin keine Posten gesetzt zu haben. So erreichten sie die Oberflächenhöhle ohne weitere Zwischenfälle, und Svenya lenkte das Tier nach draußen ins Freie. Sie hätte beinahe geweint vor Erleichterung, als ihr die frische Nachtluft entgegenschlug.

Frei!

Zumindest für den Moment.

Aber wohin jetzt?

Keine Frage, sie würde die Region so schnell wie möglich verlassen – wahrscheinlich war es sogar das beste, gleich das Land zu verlassen. Für einen Moment überlegte Svenya, hier noch eine kurze Rast einzulegen und sich auszuruhen, verwarf den Gedanken jedoch schnell wieder: Die Dunkelheit im Wald machte ihr zwar keine Angst mehr – anders als früher –, aber die Nähe von Laurins Kriegern und die Gefahr, von ihnen entdeckt zu werden, bereiteten Svenya Unbehagen. Sie überlegte, ob sie die Flemys einfach in Richtung Südsüdost über die Grenze und das Erzgebirge hinweg in die Tschechische Republik lenken sollte, um dort, mit dem nötigen Sicherheitsabstand und in Ruhe, zu überlegen, wie es weitergehen sollte; aber die Ereignisse der vergangenen Stunde hatten ihr gezeigt, dass es besser war, alles genauestens zu planen … oder wenigstens grob. Einfach aufs Geratewohl hin loszumarschieren, konnte sie von einer Bredouille in die nächste bringen. Es stand zu viel auf dem Spiel – ihr Leben nämlich. Nein, die Tschechische Republik war kein gutes Ziel. Zum Pläneschmieden brauchte sie Informationen – Flugpläne, Visabestimmungen im Zielland und so weiter. Diese in einem Land zusammenzutragen, dessen Sprache sie nicht sprach, wäre dumm. Also entschied Svenya sich für Dresden als ersten Zwischenstopp. Dort würde sie sich gegen Bargeld und unter falschem Namen in einem teuren Hotel einmieten und alles sorgfältig organisieren. Ein teures musste es sein. Nicht weil sie den Luxus brauchte – davon hatte sie jetzt in Elbenthal ausreichend erlebt –, sondern weil ihr die Empfangsmitarbeiter und der Portier eines Nobelhotels bei den Reisevorbereitungen und den Buchungen helfen konnten. Noch besser war es, fiel ihr da ein, bei einer der internationalen Ketten einzuchecken. Von da aus konnte sie gleich eine Reservierung im Zielland machen, ohne dass man dort dann ihren Ausweis verlangte oder die Sicherheit einer Kreditkarte. Je weniger Spuren sie hinterließ, desto besser.

Svenya ließ die Flemys solange an Höhe gewinnen, bis sie über den Baumwipfeln schwebte, und dirigierte sie dann in nördliche Richtung. Woher sie auf einmal die Himmelsrichtung bestimmen konnte, wusste Svenya nicht – sie war sich einfach sicher. So als hätte ihre neue Natur einen ganz natürlichen Kompass.

Schon bald hatte sie den dichten Wald hinter sich gelassen und flog über weite, selbst im fahlen Mondlicht üppig erscheinende Felder hinweg, bis sie endlich, weiter im Osten, eine fast parallel zu ihrem Kurs verlaufende silbrig glitzernde Schnur sah. Das konnte nur die Elbe sein. Erleichtert schwenkte Svenya mit der Flemys in Richtung des silbrigen Bands hinüber, immer weiter, so lange, bis sie den Fluss erreichte. Über das Wasser hinweg flog sie auf die Stadt zu.

Svenya seufzte tief, so traumhaft schön war der Anblick des ihr vertrauten Gewässers, und ihr fiel jetzt erst auf, wie sehr sie den Fluss in der Festung unter der Erde vermisst hatte. Ohne auf die Tarnung zu verzichten, deaktivierte Svenya den Panzer, um die frische Nachtluft besser auf ihrer Haut spüren zu können, und schon nach wenigen Minuten war der größte Teil der Anspannung von ihr abgefallen.

Bald darauf sah Svenya die Lichtglocke vor sich, die die eine halbe Million Einwohner zählende Stadt in den nächtlichen Horizont warf – und eine leichte Wehmut überfiel Svenya bei dem Gedanken, auch ihr vermutlich für immer den Rücken zukehren zu müssen. Sie mochte nicht viele gute Erinnerungen an ihre Vergangenheit und an die meisten Menschen haben, mit denen sie es zu tun gehabt hatte; aber die Stadt selbst war immer gut zu ihr gewesen … mit ihren Brücken, Seitengässchen und Parkanlagen. Es war schon seltsam zu erkennen, dass sie nie ein wirkliches Zuhause, aber immer eine Heimat gehabt hatte. Aber sie würde eine neue Heimat finden … und ein neues Zuhause, dessen war sie sich sicher. Nun ja, vielleicht nicht sicher, aber entschlossen.

Sie folgte dem sich schlängelnden Fluss in die Stadt hinein und konnte merken, dass das zunehmende Licht der Flemys Schwierigkeiten bereitete. Immer öfter musste sie ihren Kurs korrigieren. Aber das Tier hatte jetzt auch bei Weitem genug gelitten, und Svenya entschied, es wieder freizulassen. So, wie auch sie jetzt wieder frei war. Svenya flog kurz vor der Altstadt ans Terrassenufer und ließ die Fledermaus dort landen. Sie sah sich sorgfältig um, um sicherzustellen, dass niemand da war, der sehen konnte, wenn sie die Tarnung aufhob. Erst dann stieg sie ab.

»Flieg nach Hause«, sagte sie leise. »Ich bin sicher, du kennst den Weg.«

Das ließ sich die Flemys nicht zweimal sagen. Sie sprang von der Erde ab in die Höhe und raste in Richtung Süden davon. Svenya schaute ihr lange hinterher. Dann blickte sie zu Boden. Es war schon ein seltsames Gefühl zu wissen, dass nur einige Dutzend Meter unter ihr eine riesige, unterirdische Festung lag … in einer gewaltigen Höhle, von der die Menschen nichts wussten … und dass dort seit Jahrhunderten völlig unbemerkt Tausende von Lichtelben lebten … die Letzten ihrer Art … der Rest eines einst stolzen und mächtigen Volkes, der sein Dasein im dunklen Exil fristen musste.

Plötzlich hatte Svenya das Gefühl, sie im Stich gelassen zu haben. Aber das Unbehagen dauerte nur einen kurzen Moment. Der Preis, den die Elben dafür verlangt hatten, dass sie eine der Ihren würde, war einfach zu hoch.
Svenya drehte sich um, und ihr Blick fiel auf das Logo des Dresden Hilton Hotels. Erleichtert atmete sie aus. Das war genau das, was sie suchte: eine amerikanische Kette. Ja, vielleicht würde sie nach Amerika gehen. Amerika war groß. Dort konnte man sich mit Sicherheit gut verstecken.
Für die Zeit, die sie brauchen würde, um alles zu organisieren, brauchte Svenya jedoch eine Waffe. Auf ihre Schwerter konnte sie sich nicht verlassen, und die Pistole war zu schwach. Sie wünschte, sie hätte doch eine oder zwei aus ihrem Arsenal in Elbenthal mitgenommen. Aber sie wusste, wo sie eine andere finden konnte.

31

Dass sie jemals an diesen Ort zurückkehren würde, hätte Svenya nicht gedacht. Der bloße Gedanke daran machte ihr Angst, und ihr Magen krampfte sich schmerzhaft zusammen – aber sie brauchte eine Waffe, wenn sie entkommen wollte.

Scheiße, jetzt reiß dich zusammen, befahl sie sich. *Dir passiert schon nichts. Du gehst jetzt da rein, holst dir eine Knarre, und dann bist du wieder raus. Wahrscheinlich läuft er dir nicht mal über den Weg.*

Trotzdem fiel ihr jeder Schritt schwer. Dort hineinzugehen war die schwerste Prüfung bislang.

Das Heim, aus dem sie vor drei Jahren geflohen war, sah noch immer genauso heruntergekommen aus wie damals. Charlie wirtschaftete offenbar auch heute noch jeden einzelnen Euro, den er an staatlichen Fördermitteln und EU-Subventionen kassierte, in die eigene Tasche. Charlie ... und auf einmal waren sie alle wieder da, die Gefühle von damals. Die Angst, wenn sie nachmittags von der Schule hierher zurückgekommen war ... sein nach Bier stinkender Atem, seine immer schmutzigen Hände, seine Spucke, seine nach Pisse stinkenden Unterhosen ...

Unter all den anderen perversen Rollen, die er spielte, war Charlie auch ein Waffenfetischist. Auf dem Dachboden hatte er sich einen Raum komplett eingerichtet und ausgestattet nur mit Militär-Memorabilien ... Sturmhelmen, Hakenkreuzfahnen, SS-Uniformen, Orden, Medaillen, Bajonetten – und jeder Menge Schusswaffen. Einige davon aus dem Zweiten Weltkrieg, aber auch neue, sehr viel größere Kaliber.

»Wenn's knallt, und das dauert nicht mehr lange, glaub mir, dann bin ich vorbereitet«, hatte er immer gesagt, wenn er sie dort hinaufgeschleppt hatte. Dass es ihm weniger darum gegangen war anzugeben, war Svenya schon immer klar gewesen. Nein, er hatte sie und die anderen Mädchen mit seinem Geschwätz einschüchtern wollen, um zu garantieren, dass sie schwiegen.

Svenya suchte die Ecke des Hauses mit der Regenrinne und kletterte daran mühelos die drei Stockwerke nach oben bis auf das Dach. Dort schlich sie über die Ziegel und suchte nach dem richtigen Fenster.

Verdammt! Es brannte Licht. Aber vielleicht hatte er nur vergessen, es auszuschalten. Sie huschte hinüber – ein Schatten in der Dunkelheit. Für einen Moment überlegte Svenya, ob sie die Tarnung aktivieren sollte, aber was sollte das bringen? Entweder er war in dem Raum, und dann würde er auch so mitbekommen, wenn sie das Fenster öffnete, oder er war nicht da, und dann machte es keinen Unterschied, ob sie sichtbar war oder nicht.

Gerade als Svenya hineinspähen wollte, hörte sie etwas.

Ein Schluchzen.

Svenya kannte die Verzweiflung, die darin mitschwang.

Nur zu gut.

Das Schwein war hier und hatte eines der Mädchen dabei.

Bevor sie Zeit hatte, darüber nachzudenken, was sie jetzt tun sollte, war sie auch schon gesprungen. Mit den Absätzen ihrer Stiefel zertrümmerte sie die Glasscheibe und landete mitsamt den um sie herum herabprasselnden Scherben auf dem Dielenboden. Noch im Abfedern erfasste sie die Situation:

Charlie lag mit heruntergelassener Hose auf einem Sofa. Einsneunzig groß, militärischer Kurzhaarschnitt, trotzdem Ringe in den Ohren. Das Mädchen kniete davor. Er hielt ihren Kopf mit beiden Händen, die mit Runen tätowiert waren – die, wie Svenya jetzt, da sie sie lesen konnte, wusste, nicht den geringsten Sinn ergaben. Das Mädchen, gerade mal vierzehn und natürlich ausgesprochen hübsch, wehrte sich – so wie Svenya sich immer bis zuletzt gewehrt hatte.

Der Krach ließ Charlie fluchend hochfahren.

»Was …?!«, brüllte er und schaute sich um.

Sein Blick fand Svenya, und aus seiner zornigen Miene wurde ein heimtückisches Grinsen.

»Du?« Offenbar hatte er sie sofort wiedererkannt. »Kommst du zurück für einen Nachschlag? Das gefällt euch wohl doch? Ihr ziert euch immer bloß wegen der Show. Aber in Wirklichkeit …«

»Halt die Fresse, Charlie«, knurrte Svenya drohend. »Halt einfach die Fresse und lass das Mädchen gehen.«
»Die? Gehen lassen? Bist du verrückt? Die ist neu und heiß drauf, geknackt zu werden. Und jetzt bist du da und kannst ihr zeigen, wie es geht. Ich hatte schon lange keinen Dreier mehr.« Er machte sich nicht einmal die Mühe, seine Hose hochzuziehen.
Ich kann deinen Hass spüren, Hüterin, hörte sie da Blodhdansrs Stimme flüstern. *Lass ihm freien Lauf und gib mir sein Blut. Lass mich das Werkzeug deiner Wut sein. Bestrafe ihn.*
Auch wenn ihre Rage vorher beinahe übergekocht wäre und sie kurz davor stand, etwas zu tun, das sie später bereuen würde, brachte das gierige Flüstern der Klinge Svenya wieder ein wenig zur Vernunft.
»Geh!«, sagte sie zu dem Mädchen. »Pack deine Sachen und hau von hier ab. Für immer.«
Das Mädchen sah sie mit ihren großen verheulten Augen an, nickte dann und wollte davonlaufen. Aber Charlie packte sie am Haar und riss sie zurück.
»Die geht nirgendwo hin«, blaffte er.
Überlass ihn mir!, schrie Blodhdansr.
»Sei still«, sagte Svenya zu dem Schwert und dem Heimleiter zugleich. Charlie griff unter eines der Sofakissen und zog einen Hirschfänger mit einer etwa sechzig Zentimeter langen Klinge hervor. Obwohl fein gearbeitet, war die Jagdbataillonwaffe ein Fliegenschiss gegen alles, was Svenya in den vergangenen Wochen in Elbenthal gesehen hatte. So wie der Kerl selbst nicht mehr war als ein Fliegenschiss. Es war ihm bloß nicht bewusst. Oder aber es war ihm bewusst, und deswegen tat er, was er tat.
Er bettelt doch förmlich darum!
»Leg die Waffe weg, und ich verspreche, dir nicht ernsthaft wehzutun«, sagte Svenya so ruhig sie konnte. Sie wollte vermeiden, dass er etwas Unüberlegtes tat.
Doch Charlie bleckte nur seine vom Nikotin gelben Zähne und führte die Klinge an die Kehle des Mädchens.
Das heißt, das war das, was er vorhatte zu tun. Svenya ließ ihn erst gar nicht zum Zug kommen. Ehe er den Kurzdegen auch nur zehn Zentimeter angehoben hatte, war sie mit fünf schnellen Schritten bei ihm, hatte sein Handgelenk gepackt und ruckartig so verdreht, dass es brach.

Charlie schrie auf und ließ augenblicklich sowohl den Hirschfänger als auch das Mädchen los. Noch ehe die Klinge den Boden berührte, hatte Svenya ihm schon einen Stoß verpasst, der ihn auf das Sofa zurückschleuderte. So hart, dass es nach hinten umkippte. Und er mit.
»Geh jetzt«, sagte Svenya zu dem Mädchen. »Aber nicht zum Jugendamt. Die glauben dir kein Wort und bringen dich nur wieder hierher zurück.«
Das Mädchen nickte noch einmal – und dann rannte es davon.
»Du Scheißkuh!«, schrie Charlie und brüllte auf vor Schmerz, als er versuchte, sich mit dem gebrochenen Arm aufzustützen, um wieder auf die Füße zu kommen.
»Bleib liegen, oder ich breche dir den anderen Arm auch noch«, sagte Svenya drohend und ging an den Waffenschrank. Mit einem harten Griff riss sie das Schloss auf. »Ich bin nur hier, weil ich eine Waffe brauche.«
»Finger weg«, rief er und rappelte sich auf. »Dir werd ich's zeigen!« Jetzt wollte er seine Hose hochziehen, aber mit nur einer Hand ging das schwer.
Komm schon, er hat es wirklich verdient, flüsterte Blodhdansr drängelnd. *Die Welt wäre ein besserer Ort ohne ihn.*
Du verschmähst das Blut einer gegnerischen Flemys, aber das dieser Kakerlake würdest du trinken?, fragte sie zynisch. Ja, Charlie war eine Kakerlake, eine Schabe, mehr war er nicht. Svenya suchte sich zwei identische fünfzehnschüssige Automatikpistolen mit entsprechenden Magazinen und Munition aus. »Die sollten genügen.«
Eine davon lud sie direkt durch und zielte auf Charlie. Das brachte ihn dazu, seine Bemühungen, die Hose hochzuziehen, aufzugeben und dort stehen zu bleiben, wo er war.
»Du wirst nie wieder eines der Mädchen anfassen«, sagte Svenya drohend. »Hast du mich verstanden? Nie wieder wirst du dein schmutziges Ding irgendwo reinstecken, wo es nicht hingehört.«
»Sonst?«, fragte er provozierend. Entweder war er noch dümmer, als Svenya vermutet hatte, oder mutiger.
»Sonst werde ich zurückkommen«, sagte sie – sich der Tatsache wohl bewusst, dass das eine leere Drohung war, da sie für immer von hier fortgehen würde. »Und dann, das schwöre ich dir, wirst du den Tag verfluchen, an dem du geboren wurdest.«

»Bullshit!«, sagte Charlie – und sie feuerte!

Es war nur ein Warnschuss. Er streifte ihn am linken Jochbein.

Sofort ließ er sich auf die Knie fallen, hielt die Hände in die Höhe und rief: »Okay-okay-okay! Ich tu alles, was du sagst.«

»Gut«, sagte sie. »Und vergiss es nicht. Denn beim nächsten Mal werde ich nicht so gnädig sein. Dann wirst du bezahlen, und zwar für alles, was du mir angetan hast … mir und all den anderen.«

Damit sprang sie nach oben aus dem Fenster, rannte über das Dach und ließ sich hinunter auf die Erde fallen, wo sie leichtfüßig wie eine Katze landete.

Jetzt ins Hotel. Ich brauche dringend eine Dusche.

32

Svenya brauchte eine Weile unter der heißen Brause des Hotelbadezimmers, um die Anspannung und die alten Erinnerungen von sich abzuspülen.
Sie wünschte nur, mit den neuen ginge das genauso schnell, doch sie wusste ganz genau, dass sie noch lange an den letzten Wochen würde knabbern müssen. Elbenthal und seine Bewohner hatten einen viel zu tiefen Eindruck hinterlassen. Ja, sie fragte sich sogar, ob es überhaupt möglich war, dass dieser mit den Jahren verblasste. Aber wie konnte sie das jetzt schon beurteilen? Schließlich hatte sie noch keinerlei Erfahrungen mit der Unsterblichkeit und dem ewigen Leben. Woher sollte sie wissen, was mit Erinnerungen nach zwei, drei oder vier Jahrhunderten passieren würde? Für jetzt war es ohnehin ratsamer, dass sie sich mit der näheren Zukunft beschäftigte. Vom Concierge hatte sie eine Liste der Abflugzeiten für New York, Toronto, Caracas, Kapstadt und Sydney erhalten. Für alle diese Destinationen, mit Ausnahme von New York, würde sie Flugtickets mit ihren Kreditkarten kaufen … um Hagen, der die Karten mit Sicherheit überprüfen lassen würde, auf eine falsche Fährte zu locken. Nur den Flug nach New York würde sie direkt bar bezahlen – und auch nehmen. Sie hatte sich erkundigt – für eine normale Einreise brauchte sie kein Visum.
Svenya. Sie freute sich auf New York. Die Stadt hatte sie schon immer sehen wollen – das früher aber als nie erfüllbaren Traum abgetan. Die Stadt war so riesig, dass Untertauchen dort kein Problem sein dürfte. Sie würde Englischkurse belegen, um sich schneller zurechtzufinden, vielleicht sogar einen Privatlehrer nehmen, und dann würde sie sich einen Job suchen und ihr Leben von Neuem beginnen … *eigentlich überhaupt erst beginnen,* dachte sie und lächelte bei dem Gedanken. Das war das erste Mal, dass Svenya über einen künftigen Beruf nachdachte. Früher

hatte es diese Option für sie nie gegeben – wenn man einmal von Topfspülen und Kellnern absah.
Was würde mir eigentlich gefallen? In einem Büro zu arbeiten oder lieber körperlich? Karriere zu machen oder einfach nur so viel zu arbeiten, dass ich die monatlichen Kosten decken kann?
Sie seufzte. Es war ein beruhigender Gedanke, dass vor dem Hintergrund ihrer Unsterblichkeit keine dieser Entscheidungen endgültig sein musste. Plötzlich bedeutete, das eine zu tun, noch lange nicht, dass sie das andere ausschließen musste. Außerdem hatte sie ihre ganz besonderen Fähigkeiten noch gar nicht berücksichtigt. Sie konnte sich zwar nicht vorstellen, Bankräuberin zu werden oder Einbrecherin, aber was sprach dagegen, Drogendealer und anderes Gesocks zu berauben – so wie sie heute Charlie beraubt hatte? Svenya musste beinahe kichern bei der Vorstellung, als maskierte und alles andere als selbstlose Schurkenjägerin unterwegs zu sein, doch schon im nächsten Moment blieb ihr das Kichern im Hals stecken. Im Grunde genommen war das nicht mehr weit entfernt von dem Schicksal, das Alberich und Hagen für sie vorgesehen hatten – bloß dass sie es für Elbenthal nicht für Kohle hätte tun sollen, denn davon gab es dort ja mehr als genug.
Aber nicht zum Preis auch nur eines unschuldigen Lebens!
Sie musste an Oegis denken … und an Jahrhunderte in Gefangenschaft. Was würde passieren, wenn er zu groß und zu mächtig würde, als dass ihn Alberichs Magie noch länger gefangen halten konnte? Wäre das der Untergang Elbenthals? Der Gedanke erfüllte Svenya mit Traurigkeit. Würde sie Oegis dann doch töten? Aus Rache, weil er es dann verdient haben würde? Und hieß das im Umkehrschluss, dass sie schuld war, wenn die Lichtelben untergingen, weil sie es nicht verhindert hatte?
Nein! Schuld wäre Oegis … oder vielleicht auch Alberich, weil er ihn gefangen gehalten und damit erst zu dem gemacht hat, was er heute ist. Mir die Verantwortung dafür zu übertragen, ist nicht nur nicht fair, es ist auch nicht richtig!, entschied sie trotzig.
Aber was würde passieren, wenn sie nach Oegis' Ausbruch tatsächlich aufeinanderträfen? Wären sie dann Feinde? Vermutlich. Und würde sie ihn besiegen können? Svenya bezweifelte es. Doch sie wusste auch, dass sie es zumindest versuchen würde. Aber spielte das überhaupt eine Rolle? Wenn Oegis Elbenthal vernichten würde, hätten Laurins Dunkelelben

freien Zugang zum Tor nach Alfheim. Sie würden es öffnen und mit ihren Armeen über Midgard herfallen.

Spätestens dann ist es zwar ebenfalls nicht meine Schuld, aber ganz sicher mein Problem. Aber wenn das eine echte Gefahr ist, sollen doch Alberich oder Hagen ihn töten.

Sie überlegte hin und her und kam zu dem Schluss, dass Hagen und Alberich das wohl auch tun würden, jetzt, da sie weg war … oder sie würden eine andere zur Hüterin Midgards machen … eine, die keine Skrupel haben würde, den Drachen zu ermorden, ehe er etwas verbrochen hatte.

Yrr!

Ganz sicher würde die nicht eine Sekunde lang zögern. Was auch immer die Grundlage für Svenyas besondere Macht war, Alberich war bestimmt dazu in der Lage, sie auch Yrr zu verleihen … und die war mehr als heiß auf den Job.

Yrr als Hüterin Midgards. Svenya fühlte einen Stich der Eifersucht bei dem Gedanken und musste sich ins Gedächtnis rufen, dass es ihre freie Entscheidung war, den Posten überhaupt offengelassen zu haben.

Wird sie mich jagen? Bin ich durch meine Flucht eine Feindin Elbenthals geworden? Eine Verräterin?

Svenya kam zum ersten Mal in den Sinn, dass man sie vielleicht nicht jagen würde, um sie zurückzuholen, sondern um sie zu töten. Auch hier würde Yrr keinen Lidschlag lang zögern. Besonders nicht nach dem, was sie ihr heute Nacht angetan hatte. Dass es Svenya gelungen war, während Yrrs Wache zu entkommen, würde für Hagens Tochter Konsequenzen nach sich ziehen. Svenya wollte sich erst gar nicht ausmalen, welche.

Egal wie, Svenyas vor ihr liegendes ewiges Leben würde ein Leben auf der Hut werden müssen …, denn es selbst stand auf dem Spiel; nicht nur ihre Freiheit. Sie hatte sich heute mächtige Feinde geschaffen. Verdammt mächtige. Jetzt war sie eine Ausgestoßene … eine Flüchtige, die hoffte, dass die Welt groß genug war, ihr ein Versteck zu bieten, in dem sie wenigstens eine Zeitlang ruhig leben konnte.

Das war der Moment, in dem Svenya aus dem Nebenzimmer ein Geräusch hörte!

33

»*Tega Andlit dyrglast.*
Opinberra dhin tryggr edhli.
Dhin Magn lifnja
Oegna allr Fjandi
Enn Virdhingja af dhin Blodh.«

Svenya flüsterte die Worte, ohne die Brause abzustellen, und sofort materialisierte sich ihre volle Rüstung. Lautlos schlich sie aus der Dusche und zog eine der Automatikpistolen, die sie Charlie weggenommen hatte. Ärgerlich stellte sie fest, dass sie sie nicht durchgeladen hatte. Das Betätigen des Schlittens konnte sie verraten.
Verdammt! Man hatte sie also schon gefunden. Wer wartete da auf sie? Laurins Leute oder Hagens? Das Badezimmer hatte kein eigenes Fenster, sonst hätte sie es benutzt, um zu fliehen. So blieb ihr aber keine andere Möglichkeit, als sich zu stellen. Sie nahm sich vor, beim nächsten Mal ein Zimmer mit Fensterbad auszusuchen.
Falls es ein nächstes Mal überhaupt gibt.
Sie schaltete das Licht aus – damit, wenn sie die Badezimmertür nach innen öffnete, der Schein sie nicht verraten würde. Dann aktivierte Svenya Panzer und Tarnung.
Ihr Herz schlug wie ein in einem viel zu kleinen Käfig gefangener Vogel. Sie versuchte, so ruhig wie möglich zu atmen, um das Schlagen wieder zu verlangsamen.
So behutsam und langsam es ihr möglich war, lud Svenya jetzt die Pistole durch – und war erleichtert, als das Geräusch vom Rauschen der Dusche übertönt wurde. Dann öffnete sie leise die Tür – aber statt nach draußen zu schlüpfen, zog sie sich zunächst drei schnelle Schritte zurück ins Badezimmer und ging, auf die aufschwingende Tür zielend, in die Hocke.

Es war niemand zu sehen.

Sie wartete ein paar Sekunden. Der Laut von draußen hatte sich noch nicht wiederholt, aber sie konnte ganz deutlich spüren, dass da jemand war. Sie konzentrierte sich und konnte plötzlich sogar das fremde Atmen hören. Nach einer Weile war sie sich sicher, dass es das Atmen eines Mannes war.

Also nicht Yrr. *Den Göttern sei Dank!*

Hagen?

Laurin?

Es gab nur einen Weg, das herauszufinden. Und gehen musste sie ihn ohnehin. Also worauf länger warten?

Das Dumme war, dass es von der Badezimmertür auf den schmalen Flur und direkt zur gegenüberliegenden Wand ging – hinausrennen oder -hechten war also sinnlos. Unsichtbarkeit hin oder her – bis sie den engen Schlauch in Richtung Schlafzimmer passiert hatte, durfte sie beim Anschleichen kein Geräusch machen, um ihre Position nicht zu verraten. Ausweichen konnte sie dort nicht. Und sich einzig und allein auf ihren Panzer zu verlassen, war ihr nicht genug.

Wer immer dort draußen auf sie wartete, wusste, dass sie diesen Weg nehmen würde, und war darauf vorbereitet.

Das ist die Lösung!, dachte Svenya erleichtert – und tat dann das Einzige, das ihr sinnvoll erschien.

Statt auf den Ausgang rannte sie auf die Wand zu – auf die Wand zwischen dem Bad und dem Schlafzimmer. Sie setzte voraus, dass diese, wie in allen Hotels, in denen sie schon als Teilzeitzimmermädchen gejobbt hatte, nur eine Trennwand war, keine tragende. Wenn sie Recht hatte, müsste sie mit ihrer neuen Macht da durchbrechen können wie durch Reispapier und hätte das Überraschungsmoment auf ihrer Seite ... wenn nicht, wäre nicht nur das Überraschungsmoment im Arsch.

Mit aller Kraft warf sie sich gegen die Wand – und hatte Erfolg. Die leichten Ytong-Steine zerbarsten unter dem Aufprall wie Zuckerwürfel unter einem Hammer. Svenya war noch schneller im Schlafzimmer, als sie erwartet hatte ... richtete die Mündung auf die erschrocken herumfahrende Figur, die vor dem vom Mondlicht erhellten Fenster stand ... und konnte ihren sich bereits um den Abzug krümmenden Finger gerade noch stoppen, als sie erkannte, wer es war.

»Wargo!«, rief Svenya, steckte mit einer blitzschnellen Bewegung die Pistole weg und stürzte sich auf ihn. *Brodhir* hatte sie verraten, und sie musste seinen Herrn besiegen, ohne ihn zu töten – sonst wäre ihre ganze Flucht sinnlos gewesen.
»Eure Hoh…«, brachte der Mannwolf gerade noch hervor, ehe Svenya gegen ihn prallte und ihn zu Boden riss. Mit der Geschwindigkeit eines Lidschlags verwandelte er sich noch im Fallen in seine Tierform und nutzte den Schwung, Svenya über seinen Kopf hinweg von sich zu katapultieren – durch das geschlossene Panaromafenster hindurch hinaus auf den Balkon der Suite.
Svenya gelang es, auf den Füßen zu landen, und mit einem schnellen Sprung war sie wieder im Zimmer – ihre Rechte so hart gegen sein Kinn schmetternd, dass Wargo quer durch den Raum und durch das Loch in der Badezimmerwand flog. Sie ließ ihm keine Gelegenheit, wieder auf die Füße zu kommen, sondern setzte sofort nach, landete mit gespreizten Schenkeln kniend auf seinem Bauch und hieb mit den Fäusten auf seinen großen Wolfskopf ein. Es war, als würde das Adrenalin in ihrem Blut sich durch die Schläge freien Lauf verschaffen müssen, und obwohl er sich heftig zu wehren versuchte, hatte Wargo nicht die Spur einer Chance.
Erst als sie fühlte, wie der Körper unter ihr immer schwächer wurde und die Versuche, sich zu wehren, aufhörten, hielt sie inne.
Lange nicht so schnell wie eben zum Wolf verwandelte Wargo sich zurück in einen Mann. Sein Jochbein war geschwollen, sein linkes Auge blau und seine Lippen waren aufgeplatzt und bluteten. Sein Blick war mitleiderregend.
»Ich bin nicht hier, um dich aufzuhalten oder zurückzubringen«, sagte er mit vor Schwäche krächzender Stimme. »Ich wollte mich nur von dir verabschieden …« Damit verlor er das Bewusstsein … und Svenya die Fassung.
Wargo war ihr nur gefolgt, um ihr Lebewohl zu sagen, und sie hatte ihn so übel zugerichtet?
Verdammt!
Sie richtete sich eilig auf, packte ihn und zog ihn unter die noch immer laufende Dusche. Obwohl er um einiges mehr wog als sie, war sie stark genug, ihn mit einem Arm aufrecht zu halten, während sie mit der freien Hand den Brausekopf aus der Halterung holte, um ihm das Blut aus dem

Gesicht zu spülen. Sie fühlte seinen Puls und stellte erleichtert fest, dass sein Herz noch so kräftig schlug wie sonst auch. Er war nur ohnmächtig. Sie schaltete das Wasser auf kalt … und schon nach wenigen Sekunden kam er wieder hustend und prustend zu Bewusstsein.

»Mann, Mann, Mann«, sagte er krächzend. »Hätte ich gewusst, dass ich mich nur von dir verprügeln lassen muss, um mit dir zusammen unter der Dusche zu landen, hätte ich das schon viel früher getan.«

Svenya lachte befreit. »Was heißt hier *verprügeln lassen*? Du hattest nicht den Hauch einer Chance.«

Er grinste – und bereute das sofort, wie sie an dem Schmerzenslaut, den er ausstieß, hören konnte. »Das ist wohl wahr«, gab er zu. »Also hatte Hagen Recht, und du hast dich beim Training unbewusst immer zurückgehalten.«

»Beim Training war ja auch mein Leben nie in Gefahr … oder meine Freiheit«, sagte sie.

»Das sind sie jetzt auch nicht«, erwiderte Wargo. »Wie gesagt, ich wollte mich nur verabschieden.«

»Also hat *Brodhir* mich nicht verraten?«

»Ganz im Gegenteil«, sagte Wargo. »Ich musste es förmlich aus ihm herausquetschen, als ich merkte, dass irgendetwas ihn todunglücklich machte.«

Svenya war so gerührt, dass sie nicht wusste, was sie sagen sollte.

»Ich fürchte, du solltest mich jetzt loslassen und aus der Dusche gehen, ehe das hier noch peinlicher wird«, sagte er, und sie hätte schwören können, dass er krebsrot im Gesicht wurde. Sie trat einen Schritt zurück und erkannte, was er meinte. Auch ihr schoss sofort die Farbe ins Gesicht.

»Hm«, räusperte sie sich. »D-d-das wollte ich nicht.« Sie stieg aus der Dusche und klappte die Tür zu. Dann konnte sie ein amüsiertes Grinsen nicht mehr unterdrücken. »Aber interessant zu wissen, was dich so alles anmacht.«

Er lachte – und sie konnte hören, dass er auch das sofort wieder bereute. »Mich irritiert viel mehr, dass das geschieht, obwohl du mich gerade verprügelt hast … und trotz der kalten Dusche … und obwohl ich weiß, dass dein Herz Hagen gehört. Es tut mir leid – ich wollte dir nicht zu nahe treten. E-es war wirklich keine Absicht. Ich meine …«

Svenya wusste nicht, was sie mehr verwirrte – dass sie solche Gefühle bei Wargo auslöste oder was er gerade zum Thema Hagen geäußert hatte.

»Was willst du damit sagen?«, fragte sie. »Dass mein Herz Hagen gehört?«

»Nun ja, es ist schon ziemlich offensichtlich, findest du nicht?«, sagte er durch die Duschwand hindurch.

»*Was* ist offensichtlich?«, fragte Svenya trotzig.

»Komm schon, Svenya«, sagte Wargo – und er klang ebenso ernst wie traurig. »Ich war dabei, als er den Wyrm gestellt hat und du geglaubt hast, er sei tot.«

Er stellte die Brause ab und öffnete die Tür. »Würdest du mir bitte ein Handtuch reichen?«

Sie nahm eines von dem Vorwärmer und hielt es ihm hin.

»Ich war besorgt«, entgegnete sie. »Das ist alles.«

»Schon klar«, sagte er und wickelte sich das Handtuch um seine schmalen Hüften. Seine breite, muskulöse Brust glitzerte vor Nässe. Wargo war nicht so groß und eindrucksvoll wie der Elbengeneral oder Laurin, aber immer noch um Längen attraktiver als jedes männliche Model, das Svenya jemals auf Werbeplakaten oder Anzeigen gesehen hatte. »Ich würde meinen rechten Arm dafür geben, dass einmal jemand so Besonderes wie du so *besorgt* um mich wäre wie du um Hagen.«

»Von anderen zur Hüterin Midgards bestimmt zu werden, macht mich nicht zu etwas Besonderem«, erwiderte sie, um wieder vom Thema abzulenken.

»Ich meine nicht die Hüterin, Svenya«, sagte Wargo, und seine Augen nahmen einen seltsamen Glanz an. »Ich meine dich. Deine ganze Natur. Die Kraft und die Entschlossenheit, mit der du trotz aller Hindernisse durch die Welt schreitest … mit der du dich sogar gegen das Schicksal selbst stellst.«

»Ich stelle mich ihm nicht«, widersprach sie. »Ich laufe vor ihm davon.«

»Aber nicht aus Feigheit, sondern aus Überzeugung«, hielt der Mannwolf dagegen. Dann seufzte er und schaute zu Boden. »Du wirst mir fehlen. Mehr als zuzugeben mir lieb ist.«

Svenya sah, wie er schluckte. Sie hatte keine Ahnung gehabt, was sie Wargo auch jenseits ihrer Mission als Hüterin bedeutete. Sie war in den vergangenen Wochen einfach viel zu sehr mit sich selbst beschäftigt gewesen. Jetzt empfand sie das Bedürfnis, ihn zu trösten. Sie trat an ihn heran und legte ihm die Hand an die Wange. Sofort drückte er sein Gesicht gegen ihre Handfläche.

»Würdest du mit mir kommen wollen?«, fragte sie leise, ohne zu wissen, warum sie das tat. War es wirklich nur ein Versuch, ihm Trost zu spenden, oder vielmehr ihre eigene Angst vor der vor ihr liegenden Einsamkeit? Oder war da vielleicht doch mehr? Die eigene Sehnsucht nach Nähe und Geborgenheit? Wargo war außer Nanna der einzige in Elbenthal, der immer und ausnahmslos gut und freundlich zu ihr gewesen war.

»Wenn du mich so lieben würdest, wie du Hagen liebst, würde ich mit dir bis ans Ende der Welt gehen«, flüsterte der Mannwolf und küsste ihre Handfläche. Aber es ist nun einmal, wie es ist, und deshalb …«

»Ich liebe Hagen nicht«, unterbrach sie ihn.

Er lächelte mitfühlend. »Du weißt es nur noch nicht.«

»Und selbst wenn«, erwiderte Svenya so unverbindlich sie nur konnte, um sich selbst die Frage, was sie für ihn empfand und was nicht, nicht beantworten zu müssen. »Es spielt keine Rolle. Ich gehe von hier fort. Ein für alle Mal. Und wer weiß schon, wie sich die Dinge entwickeln. Wenn du mit mir kommst …«

»… wird es mir jeden Tag aufs Neue das Herz brechen, für dich nie mehr sein zu können als nur ein Freund«, setzte er ihre Überlegung weit weniger blauäugig fort als sie. »Das kann ich nicht. Über so viel Kraft verfüge ich nicht. Und ich bezweifle, dass ich es noch ein zweites Mal ertragen würde, so mitfühlend von dir angesehen zu werden, wie du mich jetzt gerade ansiehst.« Er zog seine Wange aus ihrer Hand zurück. »Außerdem habe ich Elbenthal gegenüber meinen ganz eigenen Schwur zu erfüllen.«

»Welchen?«, fragte sie, weil sie nicht wusste, was sie ansonsten sagen sollte.

»Erinnerst du dich noch daran, wie Laurin mich bei unserer ersten Begegnung auf dem Dach des Parkhauses nannte?«

Sie überlegte einen Moment. »Verräter«, sagte sie dann. »Was meinte er damit?«

»Ich gehörte einst zu seinen Horden«, sagte Wargo zu Svenyas größter Überraschung.

»Was?!« Sie wollte nicht glauben, was sie da eben gehört hatte.
»Ja. Ich war einst der Hauptmann seiner Mannwölfe.«
»Was ist geschehen?«
»Das ist nicht wichtig«, tat er ab. »Wichtig ist, dass Hagen mich aufgenommen und mir eine zweite Chance gegeben hat. Dafür schulde ich ihm meine Loyalität … und mein Leben.«
Die Vorstellung, dass jemand so Grundgutes wie Wargo einmal auf der Seite der Feinde gekämpft hatte, verwirrte sie. Oder war er erst in Elbenthal zu dem Mann geworden, den sie kannte und schätzte?
»Und dennoch hast du mich nicht verraten?«, fragte sie.
»Es wäre meine Pflicht gewesen … aber ich konnte es nicht.«
»Ich weiß gar nicht, was ich sagen soll«, gab sie zu. »Wie kann ich dir nur jemals dafür danken?«
Er grinste schief. »Geh, ohne dich umzuschauen, und finde in der Freiheit das Glück, das du dir von ihr versprichst. Und falls es dort, wo du es suchst, nicht sein sollte, sei nicht zu stolz zurückzukehren.«
Eigentlich wollte Svenya ihm spontan antworten, dass das niemals passieren würde – selbst wenn sie dort draußen kein Glück fände, würde sie niemals nach Elbenthal zurückgehen –, aber sein Wunsch war so aufrichtig und herzlich, dass sie nicht undankbar sein und ihn nicht verderben wollte.
»Du bist ein guter Mann, Wargo«, sagte sie stattdessen. »Ich bedaure, dass du nicht mit mir kommen willst. Sehr.«
»Kein großer Verlust«, feixte er mit einem Augenzwinkern. »Wenn mich jetzt sogar schon Mädchen verprügeln, tauge ich nicht mal mehr als Bodyguard.«
Sie knuffte ihn zärtlich in den Oberarm.
»Autsch!«, machte er – aber dieses Mal war es nur gespielt.
»Du wirst mir fehlen.«
»Du mir auch.«
Sie umarmten einander.
»So so«, sagte da eine dritte Stimme, und die beiden zuckten auseinander.
»Ich hoffe, ich störe euch nicht gerade bei einem Techtelmechtel.«

34

Svenya hatte die Stimme des Neuankömmlings sofort erkannt und machte sich auf einen im wahrsten Sinne des Wortes blitzschnellen Angriff gefasst. Doch der blieb aus. Raik schwebte im Rahmen des geborstenen Panoramafensters und blickte eher verletzt drein als angriffslustig.
»Du bist mir gefolgt«, stellte Wargo fest und schaute den jungen Elbenmagier argwöhnisch an.
»Sobald Yrr Alarm geschlagen hatte wegen des Verschwindens der Prinzessin, war mir klar, wohin dein Weg dich führt«, antwortete der. »Mir war nur nicht bewusst, wie nahe ihr beide euch tatsächlich steht.«
War er deshalb so verletzt?
»Es ist nicht so, wie du denkst«, begann Wargo.
Svenya fiel ihm ins Wort. »Dann weiß Hagen also schon, dass ich weg bin?«, stellte sie die sehr viel entscheidendere Frage.
»Ganz Elbenthal ist bereits auf den Beinen«, bestätigte Raik.
»Dann muss ich sofort von hier weg«, sagte Svenya. »Und ich warne dich, Raik – versuch nicht, mich aufzuhalten. Ich gehe nicht wieder zurück.«
»Aber warum nicht?«, fragte er. »Ihr habt es doch gut bei uns. Ihr gehört zu uns. Und wir brauchen Euch!«
»Damit ich einen Drachen für euch töte, der niemandem etwas getan hat?«, fragte sie herausfordernd.
»Einen Drachen?« Raik war verwundert. »Ihr sollt einen Drachen töten? Es gibt keine Drachen mehr in Midgard. Außer Oegis, und der ...« Sein Mund öffnete sich plötzlich zu einem großen O. »Oh! Ihr sollt Oegis töten?«
Sie nickte und berichtete ihm dann, wie Hagen sie zu Oegis' Kerker gebracht hatte und ihr von dem bevorstehenden Test erzählt hatte ... und wie sie selbst darüber dachte ... wieso sie es nicht tun konnte und wollte ... und dass sie deswegen fortgelaufen war.

»D-d-das ist Unsinn«, stotterte Raik. »Das muss ein Missverständnis sein.«

»Es ist kein Missverständnis, das kannst du mir glauben«, sagte Svenja. »Hagen war da mehr als deutlich.«

»Zugegeben, ich bin nicht informiert darüber, wie der Test letztendlich gestaltet ist«, gestand Raik. »Vermutlich, damit ich Euch nicht versehentlich Hinweise geben kann – als ob ich das jemals tun würde – so gut müsste Hagen mich mittlerweile kennen. Aber ich kann mir beim besten Willen nicht vorstellen, dass Ihr gegen Oegis kämpfen sollt.«

»Es ist moralisch einfach nicht richtig«, sagte Svenja.

»Nicht nur das«, antwortete Raik. »Ich glaube auch nicht, dass es Euch gelingen würde – wenn ich Eure bisherigen Leistungen im Training berücksichtige. Es ist verwunderlich, dass Ihr es überhaupt aus der Festung geschafft, geschweige denn Yrr überwunden habt. Ein Drache wie Oegis wäre zehn Nummern zu groß.«

»Vielen Dank für dein Vertrauen«, sagte Svenja schnippisch. Sie schätzte Offenheit, aber das war zu viel des Guten. »Hagens Theorie ist, dass ich im Training blockiert bin und meine Fähigkeiten nicht entfalte.«

»Hm«, machte Raik eingeschnappt. »Darüber hätte er mich ruhig informieren können. Dann hätte ich die Ausbildung anders gestaltet. Aber wenn er das wirklich glaubt – und nach den Ereignissen mit dem Wyrm und heute Nacht bin ich geneigt, ihm zuzustimmen –, dann ist es vielleicht doch sein Ernst, dass er Euch gegen Oegis antreten lassen will … obwohl ich mir bisher sicher war, dass er Eure moralischen Bedenken teilt.«

»Wieso?«

»Ansonsten hätte er Oegis schon lange selbst erschlagen.«

»Wegen der Prophezeiung?«

»Vor allem wohl wegen der Bedrohung«, antwortete Raik. »Es ist seit einigen hundert Jahren klar, dass der Drache irgendwann einmal zu mächtig sein wird für sein jetziges Gefängnis und die Zaubermacht Alberichs.«

»Dann hat sich Hagens Einstellung offenbar gewandelt«, sagte Svenja. »Und ich soll nun sein Werkzeug sein. Aber das kann er vergessen. Er hat den Drachen gefangen, dann soll er auch selbst sehen, wie er mit ihm klarkommt.«

»Aber ich könnte Euch für den Kampf trainieren«, sagte Raik. »Ihr müsst nicht davonlaufen.«

»Hast du vorhin nicht zugehört?«, fragte Svenya. »Ich werde nicht gegen Oegis kämpfen. Nicht, weil ich es nicht kann, sondern weil ich es nicht will.«

Raik ließ sich in einen der großen Ledersessel fallen und rieb sich die Schläfen. »Das ist eine verdammt vertrackte Situation«, murmelte er. »Es ist falsch, dass Ihr geht. Elbenthal ist Euer Zuhause.«

»Bis vor ein paar Wochen wusste ich nicht einmal, dass es Elbenthal überhaupt gibt«, widersprach Svenya, auch wenn sie spürte, dass er mit dem, was er sagte, recht hatte. Zumindest ansatzweise. »Aber ich gestehe«, lenkte sie ein, »dass ich mir gewünscht habe, dass es zu meinem Zuhause wird.«

»Das könnte es auch, wenn Ihr bleibt. Wir werden Euch alle dabei helfen. Euch unterstützen. Dafür sorgen, dass Ihr Euch willkommen fühlt in Elbenthal.«

»Wie denn?«, fragte Svenya zornig. »Indem ihr mich beim Training unentwegt demütigt und dann in unrechte Kämpfe schickt? Nein danke, Raik! Ein Zuhause stelle ich mir anders vor – auch wenn ich noch nie wirklich eines hatte.«

»Aber es ist Euer Schicksal …«

»Scheiß auf das Schicksal! Wenn ich das Wort noch einmal höre, muss ich kotzen! Und ich werde mit dir keine Diskussion führen über eine Entscheidung, die ich schon längst gefällt habe«, stellte sie unmissverständlich klar. »Sie ist endgültig. Ich werde gehen. Und ich warne dich: Jeder Versuch, mich aufzuhalten, macht uns zu Feinden.«

Er sackte noch weiter in sich zusammen. »Ich werde nicht versuchen, Euch aufzuhalten. Wenn Ihr nicht freiwillig bleiben wollt, hat das ohnehin keinen Sinn. Nichts hat dann mehr Sinn. Ich habe versagt.«

Svenya war sich sicher zu sehen, dass seine Augen feucht wurden. Deshalb sparte sie es sich, ihm zu sagen, dass er die Sache ihrer Ansicht nach viel zu sehr auf sich bezog … dass seine Handlungen für ihre Entscheidung nicht wirklich von Belang gewesen waren. … dass er sich gerade viel zu wichtig nahm.

Wargo ging zu seinem Freund hin und legte ihm die Hand auf die Schulter. »Wir alle haben versagt, Raik. Wir haben sie behandelt wie eine

Maschine. Nicht ein einziges Mal haben wir sie gefragt, was *sie* will. Warum sollte sie für uns da sein, wenn wir es nicht für sie sind?«

Die beiden so zu sehen, brach Svenya beinahe das Herz, und sie musste sich zusammenreißen, trotzdem ihre Sachen zu packen. Wenn Wargo und Raik sie gefunden hatten, wie lange würde dann Hagen, der Jäger, brauchen, um ihre Fährte aufzunehmen? Höchstens noch eine oder zwei Stunden. Sie musste verschwinden. Sofort. Und sie musste sich einen neuen Plan ausdenken. Ein Abflug von Dresden aus war jetzt viel zu gefährlich. Hagens Leute waren mittlerweile bestimmt schon auf dem Flughafen, um nach ihr Ausschau zu halten. Auch der Bahnhof, um von dort aus mit dem Zug nach Frankfurt am Main zu fahren, war jetzt nicht mehr sicher. Am besten sie nahm sich ein Taxi … nach Chemnitz … oder besser noch nach Leipzig, um von dort aus mit dem Zug weiterzureisen. Das würde zwar eine ganze Stange Geld kosten, aber Svenya sah keine sinnvolle Alternative. Vielleicht ein Limousinen-Service, den sie beim Concierge buchen konnte – aber der wäre ganz bestimmt nicht billiger, und nach dem Chaos, das sie hier in der Suite angerichtet hatte, wäre sie in einer über das Hotel gemieteten Limousine viel zu leicht aufzuspüren. Das erinnerte sie daran, dass es klüger wäre, auch das Taxi nicht vom Hotel bestellen zu lassen, sondern eines von der Straße zu nehmen. Je weniger Spuren sie hinterließ, umso besser.

»Also, Jungs«, sagte Svenya, als sie alle ihre Sachen beisammenhatte. »Ich hau jetzt ab. Ich verlasse mich darauf, dass ihr mir nicht folgt – ansonsten hätten wir ein echtes Problem.«

»Keine Sorge«, sagte Wargo. »Viel Glück!«

»Danke.«

»Wartet, Eure Hoheit«, sagte Raik und erhob sich aus dem Sessel.

»Nein, Raik«, entgegnete sie. »Nichts kann meine Meinung ändern.«

»Oh, das habe ich verstanden«, sagte er leise und griff in eine seiner vielen Taschen.

Svenyas Hand zuckte automatisch zum Griff ihrer Pistole.

Raik machte mit der freien Hand eine abwehrende Geste. »Schon in Ordnung«, sagte er. »Kein Grund zu schießen. Ich möchte Euch nur etwas geben.«

Svenya beobachtete misstrauisch, wie er eine kleine Schatulle hervorkramte.

»Was ist das?«, fragte sie.

»Ein Geschenk.« Er öffnete die Schatulle. Darin lag ein schlichter Ring aus Titan.

»Eine Wanze?«

»Bitte?« Raik schien nicht zu verstehen.

»Na, um mich zu orten.«

»Nein«, sagte er. »Das ist der Ring der Hüterin. Er verstärkt deine Kräfte. Er gehört dir. Nimm ihn mit.«

»Ich bin nicht die Hüterin«, sagte Svenya abweisend und machte keinerlei Anstalten, den Ring entgegenzunehmen. »Ich habe den Test nicht abgelegt.«

»Für die Wirkung des Ringes spielt das keine Rolle.« Raik trat zu ihr hin, nahm ihre Hand und wollte ihn ihr anstecken.

Sie zog die Hand zurück. »Wenn er der Hüterin gehört, hebt ihn auf und gebt ihn der, die meine Stelle ausfüllt.«

Raik schaute sie irritiert an.

»Na, der nächsten Hüterin«, sagte sie erklärend.

Raik zog eine Augenbraue hoch. »Es wird keine andere Hüterin geben«, sagte er. »Es war dein Schick... ähm, ich meine deine Bestimmung – niemandes anderen.«

»Was soll das heißen?«

»Entweder wirst du die Hüterin oder keine. Hier, trage ihn mit all den Erinnerungen an uns, die keine schlechten waren.«

Svenya war so verblüfft, dass sie sich nicht länger sträubte und zuließ, dass Raik ihn ihr über den Finger schob. Sogleich fühlte sie sich tatsächlich stärker ... lebendiger ... wacher.

»Äh ... danke«, sagte sie und nahm seine Hand. »Und ich möchte, dass du weißt, dass es bei weitem nicht nur schlechte Erinnerungen sind, die ich mit mir nehmen werde.« Sie küsste ihn auf die Wange. Er wurde erst rot und rieb sich dann fassungslos mit den Fingerspitzen die Stelle, die sie geküsst hatte.

Svenya sah Wargo an. »Und du willst wirklich nicht mitkommen?«

»Wenn es ums Wollen ginge«, sagte der mit einem Seufzer. »Aber das hatten wir ja schon. Leb wohl, Svenya!«

»Leb wohl, Wargo.« Sie küsste auch ihn auf die Wange und sprang durch das zerbrochene Fenster nach draußen in die Nacht.

35

Dresden – CLUB ALBION

Lau'Ley räkelte sich in einem Sessel der VIP-Lounge und schaute den Menschen beim Tanzen zu. Sie sah sich gerne Menschen an. Besonders hier, in einem von Laurins Luxus-Clubs. Menschen amüsierten sie. Sie taten alles so eilig, so hektisch, so unüberlegt drängelnd. Besonders das Balzen und das Flirten. So als wüssten sie, dass die Jahre, die ihnen zur Verfügung standen, ihr Leben zu genießen, nur wenige waren und ihnen die Zeit zwischen den Fingern zerrann wie Sand. Und dennoch nahmen sie sich so furchtbar wichtig. Als würde irgendetwas, das sie taten, von Bedeutung sein ... als hätte ihr Leben einen größeren, einen höheren Sinn. Besonders hier im *Albion* gebärdete sich jeder Einzelne von ihnen, als sei er der Nabel der Welt. Und keiner von ihnen hatte auch nur den Hauch einer Ahnung, dass auf demselben Boden, auf dem sie gerade tanzten, schon ihre Väter und Mütter, ihre Großeltern, ja ihre Vorvorvorväter getanzt hatten – denn das *Albion* war so alt wie die Zeit selbst. Schon lange, ehe hier das erste Gebäude stand, und Jahrtausende, ehe der große Krieg zur Schließung des Tores geführt hatte, war dieser Ort ein Hain der Dunkelelben, an dem sich Menschen zusammenfanden, um ihnen zu huldigen. Lau'Ley erinnerte sich nur zu gerne an die Zeiten zurück, in denen man sie noch als Götter verehrt hatte ... und sehnte sich danach zurück. Wenn das Tor erst wieder offen wäre, würden diese Zeiten von neuem anbrechen.

Ein uralter, mächtiger Zauber, mächtiger noch als die Magie Alberichs, schützte diesen Ort vor den Lichtelben. Sie konnten ihn nicht betreten – ihm nicht einmal nahe kommen. So oft sie auch versucht hatten, ihn zu zerstören, sie waren noch jedes einzelne Mal gescheitert und hatten nicht selten einen hohen Preis gezahlt. Und so hatten sie es schon vor Jahrhunderten endgültig aufgegeben. Selbst das schreckliche Bombardement der Stadt im Februar 1945 durch die Alliierten hatte dem Club nichts anhaben können.

Lau'Ley erhob sich und schlenderte durch die Menge. Sie überlegte kurz, ob sie sich ein paar Männer angeln sollte, entschied sich dann aber dagegen. Sie hatte mehr Lust, Laurin bei seinem Treiben zuzusehen.

Sie ging von der Tanzfläche und dem von den Klängen der Bassboxen vibrierenden Hauptraum weg und betrat einen Gang, der von zwei von Laurins Kriegern in maßgeschneiderten Anzügen gesichert war. Die beiden nickten ihr kurz untertänig zu und ließen sie passieren. Der Gang endete mit einer elektronisch gesicherten Stahltür. Lau'Ley fuhr mit ihren Fingernägeln aus Titan über das Schloss, und die Tür schwang nach innen auf. Der Flur dahinter war sehr, sehr viel älter als der Club. Die Wände waren aus grob behauenen Natursteinen gemauert, und die steinernen Bodenplatten waren in der Mitte durchgetreten ... von Abertausenden von Füßen, die diesen geheimen Weg gegangen waren.

Dieser zweite Flur führte zu einer zweiten Tür – ebenfalls wesentlich älter als die erste, aber deswegen kein Stück schlechter gesichert. In die dicken Eichenbohlen waren Schutzrunen eingraviert. Lau'Ley wusste im Schlaf, welche davon sie in welcher Reihenfolge berühren musste, und kurz darauf schwang auch diese Tür beinahe schwerelos auf. Von hier ging eine in den Fels gehauene Treppe in die Tiefe. Siebenmal dreizehn Stufen. Was ursprünglich einmal eine ganz pragmatische Angelegenheit gewesen war, um die Höhe zwischen den Ebenen im angemessenen Winkel zu überwinden, hatte sich im Laufe der Jahrhunderte zu menschlichem Aberglauben entwickelt. Lau'Ley schwebte sie hinab, um den Saum ihres Kleides nicht schmutzig zu machen.

Unten angekommen, bedeutete sie den beiden weiblichen *Draugar*, die vor einer dritten Tür Wache hielten, diese für sie zu öffnen. Die beiden trugen die für ihre untote Art typischen, halb verrotteten schwarzen Ballkleider und lächelten bloß, um ihre Fangzähne zu zeigen, die um einiges länger waren als die der Elben. Also hatte Laurin heute zu einer *Nacht der Vampire* eingeladen; seit mittlerweile über hundert Jahren das beliebteste Spiel seiner menschlichen Gäste. Lau'Ley, die wusste, wie harmlos die Draugar im Vergleich zu Elben oder Sirenen, ja sogar im Verhältnis zu den Mannwölfen waren, würde diese Faszination nie nachvollziehen können. Draugar raubten das Blut, das sie zum Überleben brauchten, stets nur von schlafenden Opfern, weil sie so verdammt verletzlich und gebrechlich waren – und auch nur bei Nacht, weil sie die Sonne nicht vertrugen. Seit jedoch dieser irische Schriftsteller Ende des neunzehnten Jahrhunderts seinen inzwischen weltberühmten Vampir-Roman geschrieben hatte, fanden sie unter den Menschen ausreichend Freiwillige, die sie ihr Blut trinken ließen, in der irrigen Hoffnung, dadurch ebenfalls unsterblich zu werden.

In dem von Laurin beherrschten Gebiet war es den Draugar unter Androhung der Höchststrafe verboten, dabei Leben zu nehmen – aber Blut war in Ordnung, solange sie beim Trinken keine bleibenden Schädigungen hinterließen. In den vergangenen zwanzig Jahren war es dank des Internets immer leichter geworden, in sogenannten *schwarzen* Foren und Chatrooms Kontakt zu den Interessierten unter den Menschen aufzunehmen. Sie reisten von überallher an, und so feierten sie hier unten in den Höhlengewölben des *Albion* zwei bis drei Mal im Jahr Orgien, bei denen Elben und Draugar vorgaben, Menschen zu sein, die vorgaben, echte Vampire zu sein.

Lau'Ley, die mit einem einzigen Blick und dem Klang ihrer Stimme jeden Sterblichen und auch so manche Unsterbliche dazu verführen konnte, exakt das zu tun, was sie wollte, hatte diesen Scharaden noch nie etwas abgewinnen können, und sie hatte auch nie verstanden, was Laurin, dessen hypnotische Kräfte nicht sehr viel geringer waren als die ihren, an ihnen reizte. Nicht dass er sie brauchte oder nötig hatte – bei seinem Aussehen und seinem finsteren Charisma hatte er schon immer jede Menschenfrau ganz ohne Umwege, Verführungskünste oder Hypnose haben können. Die einzige Erklärung, die Lau'Ley dafür hatte, dass er solche Spiele spielte, war, dass er mehr wollte als Bereitschaft und Willigkeit … ja mehr noch als Hingabe … er wollte Anbetung … so wie früher, als allein das Aussprechen seines Namens die Menschen bis tief ins Mark erschaudern ließ. Doch diese Erklärung hinkte – Laurin war viel zu mächtig und sich dessen auch mehr als ausreichend bewusst, um derart profilneurotisch zu sein. Vielleicht war es einfach nur ein Hobby. Wer wusste schon, was in ihm vorging und was ihn bewegte?

Auf seine Vorliebe für Menschenfrauen war Lau'Ley noch nie eifersüchtig gewesen – sie lebten einfach nicht lange genug, um wirklich zu einer

nennenswerten Bedrohung für sie zu werden, und die Besten unter ihnen brachten ja auch ihr jede Menge Freude, wenn er sie mit ihr teilte.
Sie schwebte durch die Vorhalle und sank mit den Füßen auf den Boden herab, ehe sie den Hauptkeller betrat. Seine uralten Säulen und Kreuzgewölbe wirkten auf Lau'Ley vernachlässigt unmodern – auf die Menschen aber wohl archaisch und mystisch, weshalb Laurin sie ganz absichtlich in diesem Zustand belassen hatte.
Die Orgie war bereits in vollem Gange.
Heute waren etwa vier Dutzend Menschen – ein Dutzend Männer und drei Dutzend Frauen – anwesend und außer Laurin, der sich auf einem Diwan aus Seidenpolstern gleich von dreien der Frauen verwöhnen ließ, noch vier Elben und zwei weibliche sowie fünf männliche Draugar. Außerdem natürlich der unersättliche Gerulf, der Hauptmann von Laurins Einsatztruppe, und Johann, der sich mit einer drallen Brünetten mitten auf der Festtafel vergnügte. Offenbar hatte Laurin ihm seinen Patzer mit Tapio verziehen.
Lau'Ley schenkte sich einen Pokal mit Champagner ein und ging hinüber zu dem Diwan, wo sie sich etwas abseits neben Laurin legte, um dem Treiben zuzuschauen. Auch wenn sie nicht eifersüchtig war, beneidete sie die Frauen, mit denen Laurin sich vergnügte, um die beinahe schon unschuldige Freude in seinem Blick und sein befreites Lachen. Diesen Blick hatte er nie, wenn er mit ihr spielte – dann war er wild und herrisch ... und eigentlich liebte sie das ja ... aber wie schon beim Kampftraining war sie einfach neidisch auf alles, was ihm andere geben konnten und sie nicht.
Er hatte sich aber auch wieder Schönheiten ausgesucht!
Alle drei hatten sie ihr langes Haar im Gothic-Style schwarz gefärbt und waren am ganzen Körper tätowiert. Zwei von ihnen auch an diversen Stellen gepierct.
Das Zuschauen steigerte Lau'Leys stets leicht zu schürende Lust, und sie hoffte, dass Laurin sie bald einladen würde, an dem Spiel teilzuhaben. Bis dahin würde sie still hier liegen und an ihrem Champagner nippen, um ihm nicht den Eindruck zu vermitteln, sich aufdrängen zu wollen.
Doch zu einem gemeinsamen Spiel kam es nicht.
Ein Telefon klingelte – und Laurin runzelte unwirsch die Stirn. Er gab stets Befehl, hier unten nicht gestört zu werden, wenn es nicht absolut

dringend war. Er bedeutete Johann, das Gespräch entgegenzunehmen, und diensteifrig wie immer wieselte der Geheimrat sofort in den Nachbarraum davon, um dem Befehl seines Meisters Folge zu leisten.
Wenige Sekunden später kehrte er zurück – mit einem triumphierenden Lächeln im Gesicht.
»Es war unsere Quelle in Elbenthal«, rief er begeistert. Offenbar war er froh, dass jetzt auch er wusste, wer das war.
»Was ist?«, fragte Laurin.
»Die Auserwählte«, sagte Johann. »Sie ist geflohen.«
»Sie ist was?!«
»Sie ist aus der Festung geflohen. Offenbar weigert sie sich, die Hüterin zu werden.«
Laurin lachte auf, und seine Eckzähne blitzten. »Dann bin ich wohl nicht der Einzige, der Alberich und Hagen einen Strich durch die Rechnung machen will. Worauf wartet Ihr? Gerulf, ruf deinen Trupp zusammen. Findet sie und bringt sie zu mir nach Aarhain!«

TEIL 5

VERFOLGT

36

Dresden

Nur gegen Vorauszahlung der Hälfte des geschätzten Beförderungspreises war der Taxifahrer, ein hagerer Endfünfziger mit Schiffermütze und fein gestutztem, aber milchkaffeeverklebtem Oberlippenbärtchen, überhaupt dazu bereit, die nächtliche Fahrt nach Leipzig anzutreten. Er hielt Svenya einen Vortrag darüber, dass sie nicht die erste junge Göre wäre, die sich die ganze Strecke kutschieren lassen würde, nur um dann am Ziel zu gestehen, dass sie keinen müden Euro in der Tasche hatte. Svenya gab ihm den vollen Preis und versprach, noch einen Hunderter draufzulegen, wenn er sie in weniger als einer Stunde am Leipziger Hauptbahnhof absetzen würde. Das musste sie ihm nicht zweimal sagen. Kaum hatte sie ihren Rucksack im Kofferraum verstaut, ohne dass er ihr dabei seine Hilfe angeboten hätte, und neben ihm auf dem Beifahrersitz Platz genommen, trat er aufs Gas und raste los.
»Nicht sooo schnell«, beeilte sich Svenya zu mahnen. »Nicht hier in der Stadt. Ich habe nichts davon, wenn Sie jetzt und hier von der Polizei angehalten werden.« In Wahrheit war ihre viel größere Sorge, dass hier in der Innenstadt jemand von Hagens Leuten auf das rasende Taxi aufmerksam wurde und ihre Fahrt stoppte, ehe sie überhaupt richtig begonnen hatte.
Als sie langsamer wurden, lehnte Svenya sich im Sitz zurück und versuchte zu entspannen. Sie wünschte, sie hätte Gelegenheit gehabt, sich zu maskieren – Haare abschneiden und färben oder so etwas in der Art. Für eine Sonnenbrille war es zu dunkel – mit der würde sie eher auffallen. Sie ließ sich noch einmal das Zusammentreffen mit Wargo durch den Kopf gehen und fragte sich, warum ihr nicht aufgefallen war, wie er für sie empfand … und wieso, bei Hel, sie sich nicht in ihn verliebt hatte. Er

passte von seiner ganzen Art her sehr, sehr viel besser zu ihr als Hagen. Sie hatte keine Ahnung, ob er jünger war als der Elbengeneral – aber er wirkte auf jeden Fall so. Sehr viel jünger sogar. Denn obwohl Hagen gerade mal aussah wie Ende zwanzig – sobald er den Mund aufmachte, merkte man bereits beim ersten Satz, dass er im wahrsten Sinne des Wortes Jahrtausende auf dem Buckel hatte. Was wollte sie denn von einem so alten Mann? Von einem, der alles wusste ... der schon alles erlebt zu haben schien. Sie war gerade erst siebzehn geworden, verdammt. Nach Charlie war sie sowieso sicher gewesen, nie irgendetwas mit einem Mann anfangen zu können. Und jetzt das! Egal, wie oft sie sich daran erinnerte, dass das alles jetzt, da sie von Elbenthal fortgegangen war, keine Rolle mehr spielte, ihre Gedanken waren wie Geier, die um das Thema kreisten wie um in der Wüste verrecktes Aas.

Im Stillen gestand Svenya sich ein, dass sowohl Nanna als auch Wargo mit ihren Beobachtungen recht gehabt hatten. Sie war tatsächlich in Hagen verliebt.

Aber warum?!

Zugegeben, er war attraktiv wie die leibhaftige Sünde und stark wie ein Bulle – und trotzdem hatte seine Seele etwas Sanftes, Zärtliches. Wie er vom Wald gesprochen hatte ... und wie er sich um die Bären kümmerte. Aber war er zu ihr jemals so einfühlsam gewesen wie zu dem Bären?

Nein!

Ihr gegenüber hatte er sich von Anfang an verhalten wie die Axt im Walde. Und dann waren da noch seine Sturheit, seine verfluchte Engstirnigkeit, sein Kommandoton, seine Unbeugsamkeit und seine kühle Härte und, und, und. Aber dann wiederum war er auch überraschend humorvoll – ja sogar verspielt ... sogar charmant.

Zur Hölle mit ihm! Ich habe jetzt ganz andere Sorgen, als über mögliche und unmögliche Liebe nachzudenken!

Wie recht sie mit dieser Erkenntnis hatte, erkannte Svenya, als links und rechts von dem Taxi zwei große schwarze Geländewagen mit dunkel getönten Scheiben auftauchten.

Ein dritter hinter ihnen.

Und ein vierter, der von vorne kommend, mit Vollgas frontal auf sie zuhielt.

37

Der Taxifahrer stieß einen Fluch aus, als er sah, dass einer der Geländewagen frontal auf sie zufuhr.
»Ist der besoffen?«, rief er wütend und versuchte ein Ausweichmanöver nach links. Doch da war nicht mehr sehr viel Platz – wegen des Verfolgers auf der linken Flanke. Es schien keinen Ausweg zu geben. In letzter Sekunde sah Svenya einen: eine kleine Seitengasse zu ihrer Linken.
»Kurz abbremsen und dann scharf links«, wies sie den Taxifahrer an.
»Was?« Der hatte jedoch noch nicht begriffen, was hier vor sich ging. Wie sollte er auch?
»Kurz abbremsen und dann scharf links«, wiederholte sie. »Mit Vollgas!« Diesmal in militärischem Befehlston ... der überraschenderweise sofort seine Wirkung erzielte.
Der Taxifahrer trat kurz auf die Bremse – gerade so viel, dass die beiden Wagen links und rechts an ihm vorbeischossen, aber nicht genug, dass der, der sie von hinten verfolgte, auffuhr. Das machte den Weg zur Linken frei. Mit quietschenden Reifen bog er in die Seitenstraße ab, wo er das Tempo drosselte, um an den Gehweg zu fahren.
»Nicht stehen bleiben!«, befahl Svenya. »Fahren Sie weiter.«
Sie sah mit einem Blick nach hinten, wie der Geländewagen, der ihnen entgegengekommen war, an der Straße vorbeiraste, und hörte dann das Quietschen von Bremsen und auf der Straße gelassenem Gummi. Was sie leider nicht hörte, war ein Ineinanderkrachen der beiden in entgegengesetzter Richtung fahrenden Autos. Das wären zwei weniger gewesen, aber sie schienen es gerade noch geschafft zu haben, nicht frontal aufeinanderzuprallen.
»Du spinnst ja wohl«, sagte der Taxifahrer. »Ich fahr keinen Meter mehr.«
»Die werden uns umbringen«, sagte Svenya, wohl wissend, dass sie ziem-

lich übertrieb, wenn das Hagens Leute in den Geländewagen waren. Wenn es sich jedoch um Laurins Schergen handelte, sprach sie die Wahrheit. »Die werden uns umbringen«, wiederholte Svenya. »Uns beide.«
»Für solche dummen Kinderspiele hab ich keine Zeit«, sagte der Taxifahrer verärgert. »Hier ist die Hälfte deiner Kohle zurück. Den Rest behalt ich für den ganzen Ärger.«
»Verflucht, Sie sollen fahren!«, rief Svenya drängend und überlegte schon, ob es gerechtfertigt wäre, sich zu verwandeln und ihn mit vorgehaltener Pistole zu motivieren, ihrem Wunsch Folge zu leisten, als hinter ihnen der erste Geländewagen in die Seitenstraße gelenkt wurde und jemand aus einer Maschinenpistole das Feuer auf sie eröffnete.
Eine weitere Aufmunterung brauchte der Taxifahrer nicht und gab Stoff.
»Wer sind die, zum Geier?«, fragte er panisch. »Doch nicht etwa von der Bullerei, oder?«
»Die würden nicht auf Sie schießen«, sagte Svenya.
Und Hagens Leute auch nicht. Also sind es Dunkelelben.
Die Kugeln schlugen in die Seitenwände ein, in den Kofferraumdeckel, und eine zerschlug die Rückscheibe.
»Fahren Sie weiter«, rief Svenya und kletterte an der Schulter des Taxifahrers entlang auf den Rücksitz. »Hängen Sie sie irgendwie ab.«
»Was willst du da hinten? Dir ne Kugel einfangen?«

»*Tega Andlit dyrglast.*
Opinberra dhin tryggr edhli.
Dhin Magn lifnja
Oegna allr Fjandi
Enn Virdhingja af dhin Blodh.«

Svenya sah im Rückspiegel, wie seine Augen sich weiteten, als er ihre Verwandlung bemerkte, und aktivierte eilig die Maske und den Panzer, um ihm von hinten Feuerschutz zu geben.
»W-w-wer ... was zur Hölle bist du?!«
»Fahren Sie einfach weiter«, rief sie. »Schneller, verflucht nochmal! Konzentrieren Sie sich, Mann!« Svenya verfluchte sich dafür, dass sie noch nicht Autofahren gelernt hatte und ihr deshalb gar nichts anderes übrig

blieb, als die Verantwortung für ihr Leben in die Hände dieses völlig verängstigten Fremden zu legen. »Sie kennen sich hier aus. Hängen Sie sie ab.«

Das Fatale war, dass ihre Verfolger, unsterbliche Dunkelelben, sich hier noch sehr, sehr viel besser auskannten als jeder Taxifahrer. Immerhin waren sie schon hier gewesen, als diese Straßen überhaupt erst gebaut wurden. Ihnen davonzufahren, würde nur eine gewisse Zeit etwas bringen. Früher oder später würden die Dunkelelben sie stellen. Svenya musste sich etwas einfallen lassen, damit wenigstens der Fahrer keinen Schaden nahm – wenn man einmal von seinem durch die Schüsse demolierten Auto absah.

Sie erreichten das Ende der engen Seitenstraße, und das Taxi zog nach links.

»Vollgas!«, rief Svenya, um die Chance zu nutzen, so viel Abstand wie möglich zwischen sie und die Verfolger zu bringen.

»Was glaubst du denn, was ich tue?«, blaffte der Fahrer zurück. Der Motor des Wagens röhrte auf, und als Svenya beim Zurückschauen den ersten Geländewagen aus der Seitenstraße kommen sah, hatten sie bereits einen schönen Vorsprung.

»Sobald Sie können, nehmen Sie wieder eine Seitenstraße und dann so schnell wie möglich noch eine, damit sie uns aus den Augen verlieren.«

»Mach ich.«

Doch ehe sie das tun konnten, erschienen vor ihnen zwei neue Geländewagen vom gleichen Typ. Sie mussten über Funk Verstärkung gerufen haben.

»Scheiße!«, fluchte der Fahrer. »Wohin jetzt?«

Svenya schaute sich um. Da hatte sie eine Idee, wie sie zumindest den Taxifahrer retten konnte.

»Kehren Sie um!«

»Von da kommen die anderen.«

»Ich weiß«, sagte Svenya. »Aber wenn wir vor ihnen an der Hoyerswerdaer Straße sind, biegen Sie da rein und fahren auf die Albertbrücke. Da lassen Sie mich dann raus und sehen zu, dass Sie Land gewinnen.«

»Ich soll dich denen überlassen?«

»Keine Sorge, ich komme schon zurecht«, log sie. Sie fand es rührend, dass der Taxifahrer sich Sorgen um sie machte.

Da erst riss er den Wagen mit einer verdammt gekonnten Handbremsenwendung herum und trat wieder aufs Pedal – sie rasten genau auf ihre ursprünglichen Verfolger zu.
»Bist du dir sicher?«
»Absolut«, sagte sie. »In dem Rucksack im Kofferraum finden Sie Geld, Gold und Schmuck. Es ist nicht gestohlen.« *Zumindest nicht im engeren Sinne.* »Benutzen Sie es, um den Wagen zu reparieren. Oder besser: Kaufen Sie sich einen neuen davon.«
»Ist das dein Ernst?«
»Ja.«
»Soll ich nicht lieber per Funk Hilfe rufen? Die Polizei oder Kollegen?«
»Bis die hier sind, sind wir tot. Außerdem bezweifle ich, dass sie eine größere Chance hätten als wir. Tun Sie, was ich gesagt habe, dann verschwinden Sie, nehmen das Geld und erzählen am besten niemandem, dass Sie mir jemals begegnet sind.«
Sie wusste, dass es ohnehin keine Chance mehr gab, an das Geld zu gelangen … und bezweifelte ohnehin, dass sie dafür noch länger Verwendung haben würde.
Ihre Flucht war gescheitert.
Und ihre Freiheit nur kurz. Doch Svenja bereute ihre Entscheidung nicht. Was jetzt geschah, war die Konsequenz ihres eigenen Handelns, nicht die der Pläne anderer, und das war auf seltsame Weise und trotz der Situation, in der sie sich befand, ein beruhigendes, ja sogar erfüllendes Gefühl.
Vor ihnen tauchte die Hoyerswerdaer Straße auf. Noch ehe Svenja *jetzt!* rufen konnte, hatte der Taxifahrer schon das Lenkrad eingeschlagen. Sie waren fast zu schnell für die Neunziggradkurve, und der Wagen hob mit den Rädern der Innenseite vom Asphalt ab. Doch wie durch ein Wunder überschlug er sich nicht und kippte auf alle viere zurück.
»Gas! Gas! Gas!«, rief Svenja. Sie brauchte wenigstens ein bisschen Abstand, wenn der Taxifahrer leben sollte.
»Ja, ja, ja!«, rief der zurück.
Die Geländewagen hinter ihnen mussten wegen ihres höheren Schwerpunktes stärker abbremsen als sie, um die Kurve zu nehmen, und das verschaffte Svenja und dem Taxifahrer wieder einen gewissen Vorsprung.

Weiter vorne konnte Svenya die Auffahrt zur Brücke erkennen. Das war zu schaffen! Plötzlich merkte sie, wie die Aufregung von ihr abfiel und sie, trotz des Adrenalins, das durch ihre Adern pumpte, ganz ruhig wurde. Ihr Schicksal, dieses verdammt noch mal in den vergangenen Wochen viel zu oft benutzte Wort, war besiegelt. Es gab nichts mehr zu tun als das, was sie sich vorgenommen hatte – als das, was getan werden musste, damit ein Unschuldiger nicht ihretwegen sterben musste.

»Bis zur Mitte der Brücke«, sagte sie mit fester, gefasster Stimme. »Dort gerade lange genug anhalten, dass ich aussteigen kann, und dann volles Tempo weiter.«

»Wir können immer noch versuchen, sie abzuhängen«, meinte der Taxifahrer, der zu ahnen schien, dass sie sich für ihn opferte.

»Würde uns nicht gelingen«, erwiderte Svenya knapp. Und das war des Pudels Kern: Egal wohin sie fliehen oder wie weit sie rennen würde – es würde ihr nie gelingen, ihre Verfolger abzuhängen. In weniger als drei Stunden hatten sowohl Wargo als auch Raik und jetzt Laurins Schergen sie aufgespürt. Sie hatte einfach keine Chance. Was sich für kurze Zeit wie ein wahr gewordener Traum angehört hatte, würde jetzt hier enden. So unvermittelt, wie es in der Nacht hinter der Kaschemme am Müllcontainer begonnen hatte – wie ein beschissener Albtraum.

Wer vor seinem Schicksal flieht, rennt ihm geradewegs in die Arme.

Rechts aus der Wigardstraße kamen zwei weitere Geländewagen von der Seite auf sie zu und eröffneten das Feuer. Doch der Fahrer schaffte es, vor ihnen auf die Brücke zu kurven. Nur würden sie jetzt, da die Verfolger so dicht aufgeschlossen hatten, keine Zeit mehr haben, stehen zu bleiben, damit Svenya aussteigen konnte.

»Machen Sie das Schiebedach auf«, sagte Svenya.

»Was?«

»Das Schiebedach«, widerholte sie. »Machen Sie es auf. Und, anders als besprochen, halten Sie nicht an. Gehen Sie nicht einmal vom Gas.«

»Wir sind bei Tempo hundertvierzig aufwärts.«

Statt zu antworten, griff sie zur Seitenkonsole und betätigte den Knopf für das Schiebedach. Mit einem lauten Rauschen strömte die Luft herein.

»Einfach weiterfahren«, befahl sie und kletterte geschickt auf den Beifahrersitz. Dort angekommen, richtete sie sich auf.

»Leben Sie wohl«, sagte sie. »Und entschuldigen Sie die Unannehmlichkeiten.«
Und damit sprang sie bei voller Fahrt nach oben aus dem Wagen.

38

Svenya wurde sofort von einer abartigen Mischung aus Fahrtwind, Fliehkraft und Gravitation erfasst und wie ein Blatt im Sturm durch die Luft gewirbelt. Doch wie schon zuvor gelang es ihr, die Eindrücke ihrer Augen auszublenden und sich ganz auf ihre innere Balance zu konzentrieren. Nach einem Halbsalto und zwei Drehungen landete sie sicher auf den Füßen – das davonrasende Taxi hinter, die herandonnernden Geländewagen vor sich. Svenya richtete sich auf und breitete die Arme aus, um ihre Verfolger auf sich aufmerksam zu machen.
Die insgesamt acht Wagen bremsten und kamen mit quietschenden Reifen in einem Abstand von etwa zwanzig Metern zum Stehen. Keiner von ihnen setzte die Jagd nach dem Taxi fort. Ihre Aufgabe war erfolgreich erledigt. Sie hatten die Auserwählte.
Aus den acht Wagen stiegen neun Dunkelelben, drei verwandelte Mannwölfe und vier Gestalten, die aussahen wie Vampire. Draugar, wie Svenya aus ihrem Unterricht bei Raik wusste. Sie waren zum Teil mit Schwertern, aber in der Hauptsache mit Pistolen und Maschinenpistolen bewaffnet. Keiner von ihnen war Laurin. Ein vierter Mannwolf kletterte aus dem Wagen – er war um einiges größer als die anderen. Und der Art nach zu urteilen, wie sie ihn fragend anschauten, scheinbar der Anführer.
Das muss nicht das Ende sein, sagte eine vertraute und ihr immer mehr verhasste Stimme in ihrem Kopf.
Blodhdansr!
Überlass sie mir und Skalliklyfja, flüsterte er. *Wir trinken ihr Blut und schenken dir ihre Kraft.*
Doch Svenya durchschaute ihn. *Es sind zu viele,* antwortete sie. *Ihr würdet nur das Blut einiger bekommen, und das wäre bereits ein Festmahl für euch. Ich würde dabei allerdings draufgehen, und nichts wäre erreicht.*

Du hast doch ohnehin mit dem Leben abgeschlossen, schaltete Skalliklyfja sich mit verächtlichem Unterton ein. *Und vielleicht ist das das Beste. Für uns alle. Unser nächster Herr oder unsere nächste Herrin wird hoffentlich um einiges großzügiger sein als du.*
Svenya konnte der Aussicht auf einen heroischen Tod nicht das Geringste abgewinnen. Worin lag der Unterschied, wenn man, bevor man selbst abgemetzelt wurde, noch so viele Gegner wie möglich mit ins Grab nahm? Das Märchen, dass man in Walhalla von den Kriegern bedient wurde, die man zu Lebzeiten erschlagen hatte, war Svenyas fester Überzeugung nach eine reine Erfindung skrupelloser Kriegsherren, die dadurch ihre Kämpfer dazu bringen wollten, die Reihen der Feinde selbst dann noch zu dezimieren zu versuchen, wenn die Lage schon längst aussichtslos und das eigene Leben bereits verspielt war.
Tu es der Ehre halber, drängte Blodhdansr. *Tu es, und die Barden werden ein Lied singen über dein letztes Gefecht, und die Erinnerung an dich wird unsterblich.*
Niemand wird ein Lied darüber schreiben, dass ich auf der Flucht vor dem, was andere für meine Pflicht hielten, den Feinden geradezu in die Hände gelaufen bin. Sie kniete sich hin und hielt dabei die Arme ausgebreitet – zum Zeichen dafür, dass sie sich nicht wehren würde. Ein Teil von ihr war froh, dass alles vorbei war, ein anderer wiederum bedauerte, dass sie nicht dazu in der Lage gewesen war, für ein in vieler Hinsicht wunderbares Zuhause einen Unschuldigen zu töten; ein dritter Teil in ihr jedoch fand, dass es einen anderen Weg geben musste, eine andere Lösung – dass das hier nicht das Ende sein konnte. Und dieser Teil wurde immer, immer lauter.
Sie sah, wie der große Mannwolf auf sie deutete, woraufhin die anderen sich in Bewegung setzten und auf sie zukamen. Die Dunkelelben unterschieden sich im Grunde genommen nicht sehr von den Lichtelben, nur dass ihr Haar, ihre Haut und ihre Augen dunkler waren. Ansonsten bestanden sehr viel mehr Ähnlichkeiten als Unterschiede. Und beide wollten sie ihr Leben – auf die eine oder andere Weise.
Der Gedanke machte sie trotzig, und plötzlich schenkte Svenya der dritten Stimme in ihr immer mehr Gehör. Vielleicht war wirklich noch nicht alles vorbei.
Ja, schrie Blodhdansr begeistert. *Lass uns kämpfen!*

Dann aber schien er auch zu hören, was sie als Nächstes dachte.
Du willst schon wieder fliehen?, rief er verächtlich. *Macht dich denn deine eigene Feigheit nicht speien?*
Es ist nicht feige, einem Kampf auszuweichen, den man weder gesucht noch begonnen hat, antwortete sie. *Die Friedhöfe und Armenhäuser der Welt sind voll von Menschen, die diesem Irrtum erlegen sind.*
Ehe Blodhdansr noch etwas erwidern konnte oder Svenyas Angreifer auch nur einen weiteren Schritt näher kommen konnten, sprang sie beherzt auf die Füße, rannte zum Rand der Brücke und hechtete, während die Kugeln links und rechts von ihr in den Stahl und den Beton einschlugen, über das Geländer hinweg in die dunkle Tiefe.

39

Svenyas Panzer teilte das Wasser der Elbe so schnell, dass sie nicht einmal den Aufschlag spürte. Sie hatte bis heute noch nicht wirklich verstanden, wie sein Zauber eigentlich funktionierte – als Blase oder mehr wie eine zweite Haut, manche Dinge durchlassend, andere nicht … ganz so, als sei er mit ihrem Unterbewusstsein verbunden … Er nahm die Form an, die nötig war, und wusste irgendwie, was für Svenya gefährlich war und was nicht. Die um sie herum in den tiefschwarzen Fluss zischenden Geschosse konnten ihr nicht das Geringste antun, dennoch katapultierte sie sich mit schnellen Schwimmbewegungen so tief wie möglich. Dabei nutzte Svenya die Strömung aus, statt gegen sie anzukämpfen, denn trotz ihrer guten Nachtsicht konnte sie hier unten so gut wie nichts sehen. Sie hielt es deshalb für das Klügste, den Fluss ihr dabei helfen zu lassen, den Abstand zu ihren Verfolgern zu vergrößern. Svenya schätzte, dass die Hauptströmung in der Mitte der Rinne war – solange sie ihr folgte, war sie weit genug vom Ufer entfernt. Sie dankte der Fügung, dass sie bei dem Ausflug mit Hagen entdeckt hatte, dass sie unter Wasser bleiben konnte, ohne zu atmen – und war froh, dass ihr das eben auf der Brücke gerade noch rechtzeitig wieder eingefallen war.

Doch da hörte Svenya, dass Laurins Leute, oder zumindest einige davon, hinter ihr ebenfalls ins Wasser sprangen, und beschleunigte die Frequenz ihrer Schwimmstöße. Ihr fiel auf, dass ihr das Schwimmen ebenso leicht fiel wie das Laufen. Sie fühlte sich im wahrsten Wortsinn wie in ihrem ureigensten Element. Vielleicht stimmte die Version der Geschichte, die Hagen ihr erzählt hatte – dass die Elben ursprünglich aus dem Wasser kamen. Das würde erklären, warum sie sich hier trotz der Kälte und der sie umgebenden Dunkelheit so wohl und so sicher fühlte wie ein Fisch.

Da huschte ein Schatten an ihr vorüber – ein großer Schatten … dann sogleich ein zweiter.

Ihre Verfolger hatten sie eingeholt. Offenbar waren sie unter Wasser ebenso zu Hause wie Svenya selbst. Aber hatten sie sie gesehen?
Sie legte ihre Handfläche auf das Emblem und hoffte, dass ihre Tarnung auch hier unter Wasser funktionieren würde.
Sie funktionierte. Svenya fiel ein Stein vom Herzen.
Die Freude währte jedoch nur kurz – denn nun schwammen noch mehr der manngroßen Schatten mit atemberaubender Geschwindigkeit an ihr vorüber – und Svenya nahm sich vor, dass sie, wenn sie das hier überlebte, regelmäßig trainieren würde, um mindestens ebenso schnell zu werden. Für jetzt aber stellte sie ihre Schwimmbemühungen ein und ließ sich bis ganz auf den Grund sinken, wo sie sich an einem Felsen festhielt, um dort zu verharren.
Aber irgendwie mussten die anderen sie hier im Wasser anders als zu Lande zumindest grob spüren können, denn mit einem Blick nach oben sah Svenya, wie sie zurückkehrten. Sie konnte das Glitzern ihrer blankgezogenen Schwerter und Dolche erkennen und erschrak, als sie über ihr zu kreisen und zu kreuzen begannen … wie Haie.
Am Anfang waren die Formen und Wege, die sie schwammen, weiträumiger – doch allmählich fixierten sie sich mehr und mehr auf den Punkt, an dem Svenya sich versteckt hatte … so, als hätten sie ihre Sinne zu einer Art Funkortung zusammengefügt und damit nach und nach ihre exakten Koordinaten herausgefunden.
Svenya ließ den Stein los und sich selbst ein paar Dutzend Meter weiter treiben. Doch schon nach wenigen Sekunden wiederholte sich hier das gleiche Spiel: Die Dunkelelben tauchten auf, sie kreuzten … und zogen dann ihre Kreise noch enger.
Nachdem Svenya ihren Standort zwei weitere Male gewechselt hatte – einmal davon sogar gegen den Strom, aber mit jeweils dem gleichen niederschmetternden Ergebnis – gestand sie sich selbst ein, dass es nicht mehr lange dauern und sie früher oder später aufgespürt werden würde.
Sie musste kämpfen.
Endlich, hörte sie Blodhdansrs hämische Stimme.
Alleine schon deshalb zog Svenya Skalliklyfja.
Nein, brüllte Blodhdansr voller Zorn. *Nimm mich!*
Svenya ignorierte ihn.

Ich mache keine Deals, erinnerte Skalliklyfja sie.
Du hast mich aber auch noch nicht belogen, erwiderte Svenya nüchtern. *Außerdem brauche ich keine Deals mehr. Hier ist mein Plan: Wir machen sie einzeln unschädlich – einen nach dem anderen. Töten oder verletzen, das ist mir egal – aber immer nur einen auf einmal. Sobald du von dir aus nach einem Zweiten schlägst und ihn damit gegen meinen Willen auf mich aufmerksam machst, zerschmettere ich dich an einem Felsen.*
Also doch ein Deal, sagte Skalliklyfja mit zynischem Unterton.
Das ist kein Deal, widersprach Svenya grimmig und eisern. *Das ist meine Entscheidung ... mein Wille. Gehorche, und du lebst. Verweigere den Gehorsam, und deine Existenz endet noch heute Nacht.*
Auf eine merkwürdige Weise konnte Svenya fühlen, wie Skalliklyfja ihre Zustimmung nickte. Sie verharrte noch für einige Sekunden an dem Platz, an dem sie gerade war, und wechselte dann wieder die Position. Wenige Sekunden später kamen auch die Schatten wieder und begannen mit ihrer Ortung. Svenya versuchte, das Muster, in dem sie ihr tödliches Netz gesponnen hatten, zu durchschauen und suchte sich dann denjenigen Schatten aus, der als Nächstes am weitesten von der Gruppe wegschwimmen würde.

Svenya stieß sich hart vom Grund ab und schoss wie ein Pfeil in die Höhe. Sie spürte die Gestalten in der Nähe herumzucken – auch die über ihr. Doch zu spät. Sie holte aus, und Skalliklyfja tat mit einem einzigen Hieb ganze Arbeit.
Während Svenya die Richtung wechselte, um einen Punkt für die nächste Attacke auszusuchen, war sie froh, dass das Schwert – anders als sein Gefährte – weder lüstern geschlürft noch eine sonstwie obszöne Bemerkung gemacht hatte.
Sehr gut, lobte sie Skalliklyfja und spähte bereits den nächsten Gegner unter den sich erneut zusammenrottenden Dunkelelben aus. Um den gleichen Trick nicht zweimal anzuwenden und damit ihre Taktik zu verraten, wählte Svenya dieses Mal den, der der Mitte am nächsten kam. Wieder stieß sie sich mit aller Kraft ab und nutzte die Mischung aus Schwung und Auftrieb, um ganz dicht an ihrem Ziel vorüberzuschießen. Skalliklyfja reagierte dabei wie eine natürliche Verlängerung ihres Armes und trennte dem Verfolger das rechte Bein vom Rumpf.

Lass mich auch!, schrie Blodhdansr fast schon hysterisch. *Ich schwöre, dass ich gehorchen werde. Gib mir Elbenblut!*
Du hattest deine Chance, entgegnete Svenya kühl, während sie wieder auf den Grund tauchte, um sich ein neues Versteck zu suchen. *Und du hast sie vertan.*
Mir hast du nur Viehblut angeboten, stieß Blodhdansr hervor, und seine Stimme kippte beinahe.
Noch ein Wort, drohte Svenya, *und es wird deine Existenz sein, die an einem Felsen endet.*
Er schwieg.
Gut!
Wieder wartete Svenya geduldig, bis die Schatten sich über ihr zusammenzogen. Sie zählte jetzt noch fünf – offenbar noch immer genug, sie zu orten; aber sie merkte auch, dass es dieses Mal schon etwas länger dauerte als zuvor. Wieder um ihre Taktik nicht zu verraten, suchte sie sich jetzt einen aus, der weder in der Mitte noch am Rand schwamm.
Ein drittes Mal schoss sie nach oben, und ein drittes Mal tat Skalliklyfja gehorsam ihre blutige Arbeit. Dann noch ein viertes Mal – und danach gaben die Überlebenden auf und schwammen davon. Svenya steckte das Schwert weg und suchte sich einen Platz zum Ausruhen. Zu ihrer eigenen Überraschung störte es sie nicht, dass sie eben getötet hatte. Sie spürte nicht die Spur von Reue oder Zweifeln. Die Entscheidung war ebenso richtig gewesen wie die, den Wyrm aufzuhalten oder Charlie den Arm zu brechen.
Aber was jetzt?, fragte sie sich. Sie hatte kein Geld mehr, und ganz Dresden wimmelte nur so von Verfolgern.
Vielleicht war es das Beste, einfach weiterzuschwimmen … nach Meißen … oder vielleicht, mit ein paar Zwischenstopps, nach Magdeburg … oder sogar bis nach Hamburg. Womöglich könnte sie dort untertauchen, sich einen Job suchen, um gerade genug Geld für ein Ticket sonst wohin zu verdienen.
Da kam ihr eine Idee: Wenn sie es bis nach Hamburg schaffte, könnte sie doch bis in die Nordsee schwimmen … und von dort aus vielleicht direkt nach England … oder auch Norwegen. Dort würde man sie bestimmt nicht so schnell suchen.
Es würde ein weiter Weg sein … und Svenya hatte keine Ahnung, wie

viel Kraft sie brauchen würde, um ihn zurückzulegen, und ob sie diese Kraft auch würde aufbringen können. Andererseits war dies der einzige Weg, den sie sah.
Also schwamm sie los.

40

Auf dem Weg zurück zum Fichtelberg saß Lau'Ley hinten im Hubschrauber, während Laurin die Maschine selbst flog. Sie war wütend, dass die Nachricht über die entlaufene Auserwählte die Nacht ruiniert hatte, und beschloss im Stillen, dass sie sich mehr Mühe geben wollte herauszufinden, wieso Laurin derart besessen von der Hüterin war, dass er dafür sogar sein Fest mit den Menschen abgebrochen hatte, um in Aarhain alles für ihre Ankunft vorzubereiten.

Lau'Ley war bewusst, dass sie äußerste Vorsicht walten lassen musste, um ihn nicht gegen sich selbst aufzubringen. Noch mehr als er es hasste, wenn jemand seine Pläne hinterfragte, hasste er es, wenn man versuchte, ihn auszuspionieren. Das konnte als Resultat im schlimmsten aller Fälle ihren Tod bedeuten. Normalerweise würde sie dieses Risiko um jeden Preis vermeiden, aber normalerweise machte seine Geheimnistuerei sie auch nicht so fuchsig wie sein geradezu obsessives Gebahren um die Auserwählte. Mittlerweile war Lau'Ley tatsächlich eifersüchtig – und sie hasste es, eifersüchtig zu sein. Hasste es wie die Pest. Und dann auch noch auf eine völlig Unbekannte. Das Gefühl war so absurd wie echt, und es fraß in ihren Eingeweiden wie eine ausgehungerte Ratte.

»Lima One an Tower«, hörte sie Laurin in das Mikrofon seines Headsets sprechen. »EAT minus fünfzehn. Over.«

Verfluchtes Pilotengequatsche, dachte Lau'Ley. *Wieso sagt er nicht einfach: »Hier ist Laurin. Ich bin in einer Viertelstunde da.«?*

Der zornige Gedanke sang ihr selbst ein Lied darüber, wie gereizt sie war, und entgegen ihrer Natur verspürte Lau'Ley keine Lust, diese Gereiztheit zu unterdrücken.

Oh, ihr Götter, ich schmolle, merkte sie selbst und hätte sich dafür am liebsten in den Arsch gebissen. *Ich schmolle wie ein Teenie bei einem geplatzten Date.* Lau'Ley wusste nicht, worauf sie wütender war – auf

Laurin, auf die verdammte Auserwählte ... oder auf sich selbst. Wie wütend sie war, merkte sie daran, dass sie ihre Fingernägel so tief in die Handflächen krallte, dass diese zu bluten begonnen hatten, und sie befürchtete, dass ihre Wut den Punkt ihrer Selbstbeherrschung bald überschritten haben würde.

»Lima One hier«, sagte Laurin.

Scheinbar war er angefunkt worden.

»Was!?«, rief er ins Mikro. »Sie ist euch entkommen?«

Lau'Ley konnte nicht anders, als zu grinsen. Sie hob schnell die Hand vor das Gesicht und leckte sich das Blut ab, damit Laurin nicht zufällig in dem Passagierspiegel sehen konnte, wie sehr sie sich freute. Sie konnte sich zwar nicht vorstellen, dass sie jetzt wieder ins Albion zurückfliegen würden, aber für den Rest der Nacht würde Laurins Aufmerksamkeit wieder vollends ihr gehören. Was war sie doch für ein besitzergreifendes Biest. Sie schmunzelte – das war eben ihre Natur.

»Im Fluss?«, fragte Laurin gerade in das Headset hinein. »Wo habt ihr sie zuletzt gesehen?«

Lau'Ley stutzte. Laurin klang wieder nüchtern und überlegt. Vermutlich hatte er gerade einen Einfall, wie er die Auserwählte doch noch in die Hände bekommen konnte – und Lau'Ley ahnte auch schon, welcher das war...

Sie sah ihren Verdacht bestätigt, als Laurin den Hubschrauber in eine weite Linkskurve lenkte und das Innenbordmikro aktivierte.

»Lau'Ley«, sagte Laurin. »Mach dich bereit. Das eben war Gerulf. Sein Trupp hat versagt. Wir brauchen dein kleines Schoßtierchen.«

Elfeinhalb Minuten später schwebte Laurins Helikopter, regungslos wie eine schwarze Libelle auf der Lauer, im Stealth-Modus nur vier Meter über den die Lichter der Stadt spiegelnden Wassern der Elbe. Die sirrenden Rotorblätter schufen eine weite Wellenrose auf der trotz der Strömung ansonsten eher glatten Oberfläche. Lau'Ley öffnete die Schiebetür und schwebte hinaus auf eine der Kufen. Dort schloss sie die Augen und breitete die Arme aus...

... um Kontakt aufzunehmen.

Von ihren halb geöffneten, vollen Lippen floß eine uralte Melodie, die so zärtlich war wie das Wiegenlied einer Mutter.

*»Barn sidhastr,
Aldinn hoggunatt,
Uppgang heilsa thin modhir!
Barn sidhastr,
Aldinn hoggunatt,
Uppgang heilsa thin modhir!«
Letztes der Kinder,
Der Mittwinternacht Frucht,
Komm empor, deine Mutter zu grüßen!*

Sie wiederholte die drei Verse immer und immer wieder, ohne sich dabei von Laurins ungeduldigen Blicken irritieren zu lassen, die sie auch ohne Augen im Rücken deutlich spüren konnte.

*»Barn sidhastr,
Aldinn hoggunatt,
Uppgang heilsa thin modhir!«*

Lau'Ley fühlte, dass ihr Kind weit, weit entfernt war – aber auch, dass es sie gehört hatte und sich nun beeilte, ihrem Ruf Folge zu leisten.
Es dauerte weitere zwei Minuten, ehe das Wasser im Zentrum der von dem Hubschrauber gepeitschten Wellenrose zu brodeln begann.
Lau'Leys Herz schlug einen Takt schneller. Es war hier!
Noch schwärzer als die Nacht erhob es sich aus den Wogen und reckte seiner Mutter den riesigen, mit Algen bewachsenen Kopf entgegen. Lau'Ley lächelte und streichelte es zwischen den großen, silbrig schimmernden Fischaugen.
Sie hatten einander lange nicht mehr gesehen. Ihr Kind stammte aus einer Zeit, an die Lau'Ley sich nur ungern erinnerte – unter Anwendung von Gewalt gezeugt von einem Vater, dessen Existenz sie verdrängte und an dem sie sich schon lange gerächt hatte. Falls das Kind diesen Hass spürte, ließ es sich das nicht anmerken; es gab vielmehr einen herzzerreißenden Laut von sich – einen Laut des Glücks über die Berührung der Mutter. Auch Lau'Ley war in diesem Moment glücklich, denn im Grunde ihres Herzens liebte sie das Kind – trotz des Vaters. Sie ertrug es nur nicht, es öfter zu sehen.

Sie übertrug ihm den Befehl Laurins – die Auserwählte zu fangen und zu einem bestimmten Punkt am Ufer der Elbe zu bringen. Sie sagte ihm, wo Laurins Leute die Auserwählte das letzte Mal gesichtet hatten, und das Kind nickte gehorsam. Dann beugte sie sich nach vorne, um es auf die nassen Lippen zu küssen …

… und ihm seinen wahren Befehl zu geben. Mental, so dass Laurin ihn nicht hören konnte.

In der Sekunde, in der du sie sichtest, töte sie. Töte sie, ohne zu zögern. Töte sie für mich.

Lau'Ley konnte nur ahnen, warum sie das tat – aus purer Eifersucht. Denn sie wusste, dass ihr Kind den Preis dafür bezahlen würde, wenn Laurin die Nachricht vom Tod der Auserwählten erhielt. Sie wusste es und nahm es billigend in Kauf. Denn so sehr sie es auch liebte, sich selbst und ihr ungestörtes Leben mit Laurin liebte sie nun einmal mehr.

Sie sah den großen Fischaugen an, dass ihr Kind verstand, dass es gerade dabei war, auf seine letzte Reise zu gehen – und dass es diesen Befehl dennoch ohne zu zögern ausführen würde … nicht, um sich doch noch die Liebe der Mutter zu verdienen, sondern einzig und allein, um seine eigene ein für alle Mal unter Beweis zu stellen.

41

Die Geschichten und Berichte vom Monster in der Elbe sind so alt wie Dresden selbst – und älter. Manche von den wenigen, die die Begegnung mit ihm überlebt haben, beschreiben es als riesigen Wels, andere als Schlange, Stör oder gewaltigen Flossenaal, wiederum andere sogar als Riesenkrebs mit den Tentakeln eines Kraken oder als zauberhaft verführerische Nixe. Gemeinsam jedoch ist all diesen Geschichten die mörderische Natur der Kreatur: Sie greife kleine Boote und Schiffe an und ziehe sie mit Mann und Maus in die Tiefe des Flusses. Die Archive der Stadt sind voll von diesen Berichten, und es ist noch keine acht Jahre her, dass das Dresdner Abendblatt einen zwei Seiten langen Artikel über die fast vollständige Zerstörung einer Elbe-Kreuzfahrtyacht und den Tod sämtlicher 19 Passagiere und Crewmitglieder gebracht hat. Eine Gruppe von Kryptozoologen hatte die Überreste des großen Bootes untersucht und Spuren von Zähnen und Krallen sichergestellt. Von einer dieser Spuren konnte man sogar einen Abdruck machen und den Zahn in einem Modell rekonstruieren. Allerdings wurde dieses Modell, wie überhaupt die ganze Geschichte des Monsters in der Elbe, von zahlreichen wissenschaftlichen Fakultäten mehrerer Fachrichtungen als Messirrtum oder gar als publikumsheischende Augenwischerei und Fälschung angeprangert. Das mag in erster Linie daran gelegen haben, dass der Zahn absurderweise ein Haifischzahn, also der Zahn eines Salzwasserfisches, war. Die Biologen waren sich einig: In der Elbe gibt es keine Haie – und schon gar nicht welche mit Klauen.

In dieser Nacht sollte Svenya, die als Dresdnerin natürlich schon oft von dem Monster in der Elbe gehört hatte, zwei Dinge lernen. Zum einen: In der Elbe gibt es wirklich keine Haie. Zum andern: Das Zahnmodell war trotzdem keine Fälschung … und auch kein Messirrtum.

Als die ersten Fische in kleinen Schwärmen an ihr vorbeihuschten, nahm

Svenya das noch nicht als besonderes Phänomen wahr; erst als die Schwärme mehr und größer wurden, bekam sie den Eindruck, dass sie vor irgendetwas flüchteten. Vielleicht vor Hechten oder vor Welsen? Irgendwann flohen jedoch auch diese an ihr vorüber. Möglicherweise war ein nächtlicher Fischer unterwegs – obwohl sie nie etwas von motorisiertem Fischfang auf der Elbe gehört hatte … ebenso wenig wie sie jetzt einen Motor hörte.

Das war der Moment, in dem Svenyas Instinkte Alarm schlugen und sie sich umdrehte.

Gerade noch rechtzeitig!

Ein Schatten, der noch schwärzer war als das Wasser, jagte auf sie zu … schnell wie ein Torpedo … nur um ein Vielfaches größer.

Svenya erschrak bis ins Mark und erkannte sofort: Dieses Wesen war eindeutig nicht von dieser Welt. So schnell sie konnte, schwamm sie zur Seite weg – in der Hoffnung, dass dieses Was-auch-immer sie nicht sehen konnte, weil ihre Tarnung noch immer aktiviert war. Als Svenya jedoch bemerkte, dass das Ungetüm ebenfalls seine Bahn änderte – und weiterhin direkt auf sie zusteuerte – wusste sie, dass sie vergeblich hoffte: Das Biest konnte sie nicht nur sehen, so wie die Wölfe sie hatten sehen können, als sie sich unsichtbar gemacht hatte – dieses Exemplar war ganz eindeutig auch ihretwegen hier … und es machte Jagd auf sie.

Svenya nahm sich nicht die Zeit, sich das Ungeheuer genauer anzusehen, sondern schwamm mit aller Kraft auf das Ufer zu. Es war ein gutes Stück größer als ein Wyrm und hatte im Großen und Ganzen die Form eines Aals – mit dem riesigen Kopf eines Welses. Soweit Svenya gesehen hatte, verfügte es bei den Kiemen über zwei mal zwei tintenfischartige Tentakel mit langen, hakenförmigen Klauen an den Enden. Aber sie hatte auch die kurzen Beine des Monsters gesehen, deswegen hoffte Svenya, das Ungetüm an Land abhängen zu können … falls sie das Land rechtzeitig erreichte.

Die Grundregel einer jeden Flucht lautet: nicht umdrehen, denn umdrehen kostet wertvolle Zeit – Zeit, die den Unterschied macht zwischen davonkommen und eben nicht davonkommen. Wer bremst, verliert – das ist ein kosmisches Gesetz. Svenya erinnerte sich an Tierdokumentationen, die sie im Fernsehen gesehen hatte: Gejagte Tiere in freier Wildbahn drehten sich nie um … und kamen nicht selten genau deswegen mit dem

Leben davon. Deshalb brachte sie all ihre Willenskraft auf, nicht hinter sich zu blicken und zu schwimmen, was ihre Muskeln hergaben. Mittlerweile war es Svenya nicht mehr länger egal, ob sie lebte oder nicht – sie wollte nicht sterben. Sie war jetzt so weit gekommen, sie würde nicht so einfach aufgeben. Freiheit bezahlt man nicht mit dem Tod, man verteidigt sie mit dem Leben. Mit jedem Quäntchen, das noch in einem steckt. Und so, wie Svenya vorher um ein Zuhause zu kämpfen bereit war, war sie es jetzt für die Freiheit. Auch wenn schon wieder der bessere Teil des Kampfes die Flucht war.

Es waren Svenyas Instinkte, die ihr eingegeben hatten zu fliehen. Nicht aus Feigheit. Sie war auch vor dem Wyrm nicht geflohen; aber sie spürte, dass diese Kreatur um ein Vielfaches stärker war als der Wyrm – und um Längen gefährlicher. Woher sie das wusste, konnte Svenya nicht sagen. Vielleicht lag es an der Intelligenz, die sie in dem winzigen Sekundenbruchteil der ersten Wahrnehmung in den gewaltigen und eiskalten Fischaugen gesehen hatte. Intelligenz und Entschlossenheit.

Entschlossenheit, sie zu töten.

Dass Hagen das Monster geschickt haben könnte, hielt Svenya für völlig ausgeschlossen. In der Nacht ihres Kennenlernens hatte er zwar befohlen, sie eher zu töten, als sie dem Feind in die Hände fallen zu lassen, aber sie traute ihm nicht zu, dass er ein Monster schicken würde, diese Aufgabe zu erledigen. Svenya kannte ihn inzwischen recht gut – er war hart wie Eisen, aber nicht seelenlos.

Ein heftiger Stoß von hinten riss sie herum und aus ihren Überlegungen. Die Kreatur hatte sie erreicht und versuchte jetzt, ohne ihre Geschwindigkeit zu reduzieren, mit ihren Tentakeln nach ihr zu fassen.

Svenya fühlte einen stechenden Schmerz im Bein und schrie so laut auf, dass sie sich selbst unter Wasser hörte, ehe sie mit einer hastigen Drehung nach unten wegtauchte. Dem Vieh war es irgendwie gelungen, durch den angeblich undurchdringbaren Panzer zu dringen. Zum Glück nur teilweise – mit einer Klaue; aber diese Klaue hatte Svenyas Hose und die Haut darunter aufgerissen.

Der gewaltige Schatten schoss über sie hinweg, wendete und wartete – genau zwischen ihr und dem rettenden Ufer. Svenya realisierte, dass sie das Monster nicht abhängen konnte – erst recht nicht auf die noch sehr viel größere Distanz zum gegenüberliegenden Ufer hin. Kämpfen hielt sie für aussichtslos. Mit ihren Pistolen konnte sie unter Wasser nichts anfangen, und etwas, das genügend magische Kraft besaß, um durch ihren Panzer zu kommen und ihn damit praktisch nutzlos zu machen, war vermutlich auch stark genug, ihren Schwertern zu widerstehen. Und selbst wenn nicht: Svenya war mangels Übung im Wasser nicht halb so wendig wie an Land ... anders als die Kreatur, die zweifellos hier im Wasser geboren war und ihr ganzes Leben darin verbracht hatte.

Während der wenigen Herzschläge, die die beiden einander gegenüber im Wasser schwebten, hatte Svenya Gelegenheit, das Monster näher zu betrachten. Zwischen seinen wulstigen Welslippen blitzte eine Doppelreihe messerscharfer Zähne. Wenn es zugebissen hätte, statt zu versuchen, sie mit den Tentakelklauen zu packen, wäre Svenya inzwischen Geschichte. Die Aussicht, zwischen diese furchtbaren Zähne zu geraten, drehte ihr beinahe den Magen um.

Dass Blodhdansr schwieg, statt nach dem Blut ihres Angreifers zu schreien, war ein weiteres, recht sicheres Anzeichen dafür, dass ihre Klingen hier nichts ausrichten konnten. Svenya fühlte: Dieses Wesen entstammte einer völlig anderen Art von Magie – noch elementarer als die der Elben. Ihr war, als hätte sie einen Dämon aus alter Zeit vor sich ... oder einen dunklen Gott.

Ihre Augen jagten die Umgebung ab auf der hastigen Suche nach einem Versteck. Doch da war nichts außer Wasser, Schlamm und Felsen, die viel zu klein waren, um Schutz zu bieten. Auch die spärliche und nirgends hoch wachsende Algenflora bot kein Versteck.

Das Monster setzte sich in Bewegung ... langsam ... so als wäre es sich der Tatsache bewusst, dass es für Svenya keinen Ausweg mehr gab.

Wir finden einen Weg oder wir machen einen, hatte Raegnir im Strategieunterricht gerne den punischen Feldherrn Hannibal zitiert, der mit seinen Kriegselefanten sogar die Alpen überquert hatte, um Rom von Norden her zu bezwingen. Svenya, der das Herz bis hoch zum Hals schlug, hätte in diesem Moment zu gerne gewusst, was dieser Hannibal jetzt und in ihrer Situation getan hätte.

Nach hinten wegschwimmen oder zur Seite war keine Option: Sobald Svenya sich entfernte, würde es zuschnappen. Das Gleiche galt für oben oder unten. Blieb nur noch eine Wahl – nach vorne. Direkt auf das Monster zu ... und beten, dass es ihr im letzten Moment gelingen würde, seinem riesigen Maul und den Tentakeln auszuweichen, um über seinen Rücken hinwegzuschwimmen. Dann würde die Kreatur wenden müssen, und das gab Svenya vielleicht gerade genug Zeit, doch noch das Ufer zu erreichen.

Als das Ungeheuer bis auf etwa sechs Meter herangekommen war, war klar: jetzt oder nie!

Svenya nahm all ihre Kraft zusammen, um sich, mit Armen und Beinen schlagend, nach vorne zu katapultieren – genau auf das gewaltige Maul zu. Wie erwartet, reagierte das Monster impulsiv und schnellte ebenfalls nach vorne. Gerade noch rechtzeitig schaffte Svenya es, die Richtung leicht nach oben zu ändern, packte mit beiden Fäusten den Wulst der Oberlippe der sich öffnenden Schnauze und nutzte den Schwung, sich über den Kopf zum Rücken des Ungetüms hin zu hieven. Die Tentakel versuchten noch, nach ihr zu greifen; aber es war zu spät – Svenya war schon außerhalb ihrer Reichweite und steuerte geschickt am rasiermesserscharfen Dornenkamm der langen Rückenflosse vorbei. Sie schwamm, so schnell es ihre Muskeln erlaubten, und konnte die Stelle, an der der Fluss zum Land überging, bereits sehen, als ...

Die Schwanzflosse traf sie von unten herauf hart und völlig unvorbereitet ... mit einer solchen Macht, dass Svenya weit aus dem Wasser in die Höhe geschleudert wurde und dabei beinahe das Bewusstsein verlor.

Sie hatte einmal in einer Dokumentation gesehen, wie ein riesiger Weißer Hai eine Robbe senkrecht von unten attackierte und sie dabei mit seiner Schnauzenspitze so hart rammte, dass sie hoch in die Luft geworfen wurde, ehe die Kiefer des ihr in die Höhe folgenden Hais sie packten. Genau das gleiche passierte jetzt hier, nur dass sie die Robbe war, sehr, sehr viel höher flog und das Monster, das ihr nun aus den Fluten heraus nachstieg, viel, viel größer war als ein Weißer Hai.

Svenya wusste, dass sie, wenn sie erst einmal den Zenit ihrer Flugbahn erreicht hatte, senkrecht herabfallen würde wie ein Stein – mit einer Punktlandung zwischen den Zähnen der Kreatur. Daran führte kein Weg vorbei. Ihre einzige Chance zu überleben war, den Träger der Zähne aus dem Weg zu schaffen.

Mit dem letzten Wirbeln, mit dem sie den Höhepunkt ihres Fluges erreicht hatte, zog sie ihre beiden Pistolen ... schnell genug, dass der Schwung das Wasser aus den Läufen schleuderte ... und stürzte dem

Ungeheuer kopfüber entgegen. Dabei feuerte sie, was das Zeug hielt. Die Mündungen bellten der Bestie so schnell gelbweißes Feuer und fast dreißig Hohlmantelgeschosse entgegen, dass sie zu glühen begannen.
Das Biest schrie auf und warf sich zur Seite – Svenya konnte sehen, dass eines seiner Augen zerfetzt war. Offenbar war die gute alte Ballistik in diesem Fall ein ganz probates Mittel gegen uralte Magie. Vielleicht traf das Gleiche auch auf ihren ganz normalen Stahldolch zu. Sie ließ die jetzt ohnehin ruinierten Pistolen fallen und riss ihn gerade noch rechtzeitig aus der Scheide, ehe sie auf der Flanke des seitlich wegtauchenden Monsters aufschlug. Wenn es ihr gelang, auch noch das andere Auge zu zerstören, hätte sie eine Chance, das Ufer zu erreichen. Doch ehe Svenya auch nur darüber nachdenken konnte, wie sie das Auge erreichen könnte, hatte bereits eines der Tentakel sie erwischt und schlang sich ihr um Bauch und Hals. Svenya schaffte es gerade noch, mit ihrer freien Linken die Klaue zu packen, ehe sie ihr das Gesicht zerreißen konnte, und setzte die Schneide des Dolchs unterhalb an, dort, wo das Fleisch weich war. Mit vollem Schwung ließ Svenya, während sie wieder unter Wasser gezogen wurde, die penibel geschärfte Klinge ihre Arbeit tun. Blut schoss in einer schwarzen Wolke hervor, und das Monster brüllte ein zweites Mal auf. Zugleich schleuderte es Svenya mit dem Tentakel seitlich von sich – unglücklicherweise wieder in Richtung Flussmitte.
Die Fluten bremsten die Wucht ein wenig – trotzdem prallte Svenya noch so fest gegen etwas Hartes hinter ihr, dass ihr kurz rot vor Augen wurde. Das Ungeheuer wendete und kam erneut auf sie zu – aus der einen Augenhöhle und vom jetzt klauenlosen Ende des einen Tentakels blutend. Da merkte Svenya, dass sie die abgeschnittene Klaue in ihrer Linken hatte. Doch was nutzte ihr das, jetzt, da das Monster wieder von vorne auf sie zukam und sicher kein zweites Mal auf den gleichen Trick hereinfallen würde?
Da entdeckte sie, wogegen sie eben mit dem Rücken geprallt war: das rostige Wrack eines Autos. Ein Trabi! Ein Relikt aus einer Zeit, in der das Land durch eine Mauer geteilt war. Durch eine Mauer und grundverschiedene Ideologien. Eine Zeit, von der Svenya, die lange nach dem Fall der Mauer geboren worden war, nur aus der Schule wusste.
Sie nahm die Klaue und schlug damit die Scheibe der Beifahrertür ein. Das entstandene Loch war gerade groß genug, dass sie in das Wagen-

innere schlüpfen konnte – im letzten Moment. Denn schon im nächsten Augenblick rammte das Monster das Wrack mit seiner riesigen Schnauze. Svenya wurde auf die andere Seite geschleudert und krachte mit dem Gesicht gegen einen Holm. Nur ihr Panzer bewahrte sie davor, sich dabei das Genick zu brechen.

Mit unglaublicher Wut stieß das Biest immer und immer wieder gegen den Wagen – bestimmt ein Dutzend Male –, und Svenya dankte den Göttern dafür, dass der Trabi so verdammt robust gebaut war. Das Auto überschlug sich einige Male im Schlamm, und das Wasser wurde so trübe, dass sie kaum noch die Hand vor Augen sehen konnte. Das Ungetüm kreischte voller Wut und versuchte, das Wrack zu zerbeißen. Doch auch wenn es ein kleiner Wagen war, war er doch gerade groß genug, dass die Spannweite des Mauls nicht ausreichte, ihn richtig zu fassen.

Sekunden später schoss ein Tentakel durch das zerbrochene Fenster und schnappte nach Svenyas Fußgelenk. Es packte sie und wollte sie nach draußen zerren, aber Svenya hieb mit dem Dolch und der abgeschnittenen Klaue so lange verzweifelt auf das Fleisch ein, bis das Monster das zerfetzte Tentakel wieder nach draußen zog. Es schwamm eine Dreihundertsechzig-Grad-Kurve und stoppte so neben dem Wrack, dass es mit seinem verbleibenden gesunden Auge hineinsehen konnte – dabei aber sorgfältig darauf bedacht, dass der Abstand zu Svenyas Händen und Waffen gerade groß genug war.

Svenya las in diesem Blick allen Hass dieser Welt. Was immer es sein mochte, ihr Tod schien dem Monster ein ganz persönliches Anliegen zu sein. Dieser Hass war zu groß für jemanden, der nur im Auftrag handelte – selbst zu groß für jemanden, dem man ein Auge genommen hatte.

»Was willst du von mir?«, schrie Svenya und wunderte sich, dass ihre Stimme hier unter Wasser tatsächlich trug. Sie klang zwar dumpf, aber die Worte waren zu verstehen. »Was habe ich dir getan?«

Dein Tod gibt dem meinen einen Sinn, erklang eine säuselnde, fast knabenhafte Stimme in ihrem Kopf. Telepathie. Und noch dazu kryptische.

»Ich bin nicht dein Feind!«

Nein, das bist du nicht, antwortete die Bestie. *Doch das spielt keine Rolle. Du musst sterben. Jetzt.* Und damit warf die Kreatur sich mit ihrem tonnenschweren Körper von oben auf das Auto.

Die Holme knickten ein wie Stroh, die verbliebenen Scheiben barsten, und das Wagendach wurde bis auf die Sitzlehnen heruntergedrückt. Svenya duckte sich tief in den schlammgefüllten Fußraum.
Es will mich in den Boden rammen, erkannte sie und schrie: »Stopp! Gibt es denn nichts, das dich von deinem Vorhaben abbringen könnte?«
Das Einzige, was ich will, ist dein Leben.
Noch einmal krachte der Leib des Monsters auf das Wagendach, und es wurde noch ein Stück weiter eingedrückt.
»Aber warum?!«
Ich weiß es nicht. Aber das ist auch nicht von Belang.
Dem alten Rhythmus folgend, würde es sich gleich das nächste Mal auf das Dach werfen, und dann wäre es um Svenya geschehen.
Svenya stützte sich mit den Händen an der Innenseite der einen Wagentür ab und trat mit den Füßen gleichzeitig gegen die andere. Die Verletzung an ihrem Bein schmerzte höllisch, und für einen Normalsterblichen wäre es unmöglich gewesen, die verformte Tür auch nur einen Millimeter weit bewegen zu können. Doch Svenya war keine Normalsterbliche. Sie spürte, wie die Tür unter ihren Absätzen nachgab, und trat noch einmal zu.
Im letzten Augenblick.
Das Biest krachte herab und drückte das Wagendach bis zur Höhe der Motorhaube herab – aber Svenya gelang es gerade noch, durch die Tür nach draußen zu schlüpfen. Jetzt hatte sie den Hals des Ungetüms genau über sich – und sie stach zu; mit Dolch und Klaue zugleich. Nicht ein Mal – sondern immer und immer wieder. Sie hackte, und das Blut des Monsters umhüllte sie wie die Tinte eines Riesenkraken. Die Tentakel peitschten um sie herum, trafen Svenya, verletzten sie. Aber das war egal. Sie stach und hackte und riss und fetzte ... während das Ungetüm sich aufbäumte, schrie und sich wand wie ein getretener Wurm.
Es versuchte davonzuschwimmen, aber Svenya schlug ihm die Klaue ins Fleisch und ließ sich mitreißen, während sie den Dolch immer weiter und immer tiefer in den Hals der Bestie rammte.
Das Schreien des Biests wurde zu einem Wimmern, und seine Bewegungen ermüdeten allmählich.
Nicht, flüsterte es schwach mit seiner spukhaft kindlichen Stimme. *Du tust mir weh.*

Fast hätte Svenya das Mitleid gepackt. Sie stand schon kurz davor, ihren Angriff abzubrechen, als ihr bewusst wurde, dass das nicht das Flehen eines mitfühlenden Wesens war, das nach allen geltenden Regeln des Kosmos gleichermaßen Mitgefühl verdiente – es war nur der Ausdruck der Überraschung darüber, wie es sich anfühlte, zum ersten Mal im Leben am anderen Ende des Schmerzes zu sein. Dieses Biest hatte sie töten wollen, ohne dafür einen persönlichen Grund zu haben – es hatte keine Anteilnahme verdient … und erst recht nicht Svenyas Gnade.
Sie stieß und stieß in ihrer gerechten Rage weiter zu, bis sie glaubte, der Arm müsse ihr abfallen vor Ermüdung und Taubheit … erst als sie vor Erschöpfung innehalten musste, merkte sie, dass sich das Monster inzwischen nicht mehr rührte. Es trieb leblos mit dem Bauch nach oben auf dem Wasser. Die Tentakel hingen schlaff und kraftlos herab. Ein breiter Bach seines schwarzen Blutes wurde von der Strömung davongespült … zusammen mit dem letzten gurgelnden Hauch seines Atems.
Svenya lag völlig erschöpft auf dem Floß aus totem Fleisch und rang keuchend nach Luft … was höllisch schmerzte, denn einige ihrer Rippen waren gebrochen. Sie blutete stark aus mehreren schweren Wunden und war kurz vor der Bewusstlosigkeit – aber sie lebte.
Sie verspürte keinen Triumph, nur Wut darüber, zum Äußersten getrieben worden zu sein. Um die Bestie zu töten, hatte sie selbst zur Bestie werden müssen – und dafür hasste sie das Vieh noch mehr als für seine Absicht und den Versuch, sie umzubringen.
Am liebsten hätte sie sich ins Wasser zurück und dort auf den Boden gleiten lassen, aber sie kannte ihre Fähigkeiten zu wenig, um beurteilen zu können, ob sie, wenn sie das Bewusstsein verlieren würde, ertrinken konnte. Und wer konnte schon wissen – vielleicht hatte das Ungeheuer, das sie gerade getötet hatte, eine Familie, die kommen würde, um es zu rächen. Nein, Svenya musste an Land, um dort ihre Verletzungen heilen zu lassen.
Sie blickte auf und sah, dass das Ufer nur wenige Meter entfernt war … sie kamen ihr vor wie Meilen. Doch was nutzte es? Sie riss sich zusammen, ließ sich von dem verschmierten Schuppenleib rutschen und schwamm mit langsamen Bewegungen, von denen jede einzelne mörderisch wehtat, hinüber. Auf allen vieren kroch sie aus dem Schlamm an Land und hustete Blut.

Erst jetzt, als die Anspannung von ihr abfiel wie ein Anker, dessen Kette man gesprengt hatte, fing Svenya am ganzen Leib heftig an zu zittern. Sie ließ sich auf den Rücken fallen und begann zu weinen. Warum nur hatte man sie nicht einfach Spülerin in der ollen Kaschemme bleiben lassen? Nichts von all dem Schrecklichen, das in den letzten Stunden passiert war, wäre dann geschehen. Was sollte nur werden, wenn das von jetzt an immer so weiterging? Aus dem Weinen wurde ein Schluchzen – dem sie sich vor Erschöpfung und Verzweiflung hingab.

»Erbärmlich«, sagte da eine Stimme. »Absolut erbärmlich.« Es lag Verachtung in dieser Stimme – einer Stimme, die Svenya sofort erkannte.

Yrr!

Mit hoch erhobenem Schwert trat Hagens Tochter über sie …

… und schlug gnadenlos zu.

42

Lau'Ley saß auf den Zinnen Aarhains und schnitzte mit ihren Titannägeln Runensteine aus menschlichen Fingerknochen, um sich die Zeit des Wartens zu vertreiben. Sie summte ein altes Lied, das ihre Anspannung mildern sollte, denn sie wusste, dass sie auf die eine oder andere Art verlieren würde – die Frage war nur, welcher Verlust ihr den größeren Gewinn einbrachte.
Laurin stand nicht weit von ihr an der Brüstung und schaute in die Höhle hinab – die Füße schulterbreit auseinander gestellt, die Hände hinter dem Rücken verschränkt: die stoische Haltung eines Feldherrn, der darin geübt war zu warten. Beide wussten sie, dass sie die Nachricht über den Ausgang der Jagd auf die Auserwählte über Funk oder das Telefon erhalten würden. Hier draußen auf der Wehranlage zu warten, war also überhaupt nicht nötig, sondern mehr eine Gewohnheit aus uralten Tagen, als Nachrichten noch von einem berittenen Boten gebracht wurden.
»Wieso willst du sie?«, fragte Lau'Ley, ihr Lied unterbrechend. »Wieso ist sie so wichtig?«
Laurin rührte sich nicht.
Lau'Ley nahm das als gutes Zeichen. Er hatte ihr nicht geboten zu schweigen.
»Ist sie so stark, dass sie uns gefährlich werden könnte?«, hakte sie nach.
»Oh ja«, sagte Laurin, ohne sich zu ihr umzudrehen. »Stark ist sie. Sehr stark sogar. Und zweifelsohne kann sie uns auch sehr gefährlich werden. Doch ihre Stärke ist nicht der Grund, weshalb ich sie jage.«
»Was ist dann der Grund?«
Lau'Ley konnte es nicht sehen, es dafür aber deutlich fühlen – er schmunzelte.
»Du hast wirklich keine Ahnung, wer sie ist, nicht wahr?«, fragte er.

Sie stutzte. »Sollte ich denn?«

Er blieb ihr die Antwort schuldig, doch Lau'Ley gab nicht auf. »Wer ist sie?«

»Viel wichtiger, meine Liebe, ist die Antwort auf die Frage, *was* sie ist.«

Lau'Ley unterdrückte ein ungeduldiges Seufzen. »Also gut«, spielte sie mit. »*Was* ist sie?«

»Der Schlüssel nach Hause, Lau'Ley«, antwortete Laurin schlicht und drehte sich jetzt endlich zu ihr um. Sein dunkler Blick funkelte voller Sehnsucht. »Sie ist unser Ticket heraus aus dieser Einöde und zurück in die Heimat.«

Lau'Leys Augen weiteten sich voller Erstaunen … und vor Schreck. Die Auserwählte war der Schlüssel nach Hause? Was? Hatte sie ihrem Kind etwa befohlen, die erste ernstzunehmende Chance seit Jahrhunderten auf die so lange ersehnte Rückkehr in die alte Heimat zu vernichten?

Bei allen Dämonen Hels! Sie musste sich auf die Zunge beißen, um sich ihre Panik nicht anmerken zu lassen. Ihr Magen verkrampfte sich, als ihr die Ausmaße dessen, was sie getan hatte, bewusst wurden. Ihre Hände zitterten so sehr, dass ihr der Runenstein, an dem sie gerade gearbeitet hatte, entglitt und über die Zinne hinweg in den Abgrund fiel. So steil und so tief wie das Herz, das ihr in die Eingeweide herabsank. Vor Furcht, denn Lau'Ley erkannte, hier ging es um weit mehr als nur um ein Spielzeug für Laurin oder darum, eine Bedrohung für Aarhain zu vernichten, ehe sie selbst sie vernichten konnte. Ihr wurde schlagartig klar: Wenn ihr Kind mit der Auserwählten den Schlüssel nach Alfheim zerstörte, würde Laurin weit mehr fordern als nur *seinen* Kopf. Er würde sie, Lau'Ley, dafür verantwortlich machen – auch ohne zu wissen, wie sehr er damit im Recht war. Dadurch hätte sie nicht nur die Chance auf eine Rückkehr vertan, sondern gleich ihr Leben. Sie musste ihren Spross unbedingt stoppen … um jeden Preis … Aber wie?!

»Du freust dich gar nicht«, stellte Laurin skeptisch fest und sah sie forschend an.

»I-i-ich«, stotterte Lau'Ley. »Natürlich freue ich mich. I-ich bin überwältigt.« Sie musste ihn ablenken, damit er mit seinem feinen Gespür nicht merkte, was in ihr vorging. »Nach Hause?«, fragte sie daher schnell. »Wirklich? Wie?«

»Das wirst du sehen, wenn es soweit ist«, erwiderte Laurin und kam zu ihr. Er zog sie von ihrem Platz in seine Arme und lächelte. »Endlich, endlich, endlich wieder heim.«

Sein sonst so finsteres Gesicht war plötzlich so voller Hoffnung, so voller Zuversicht, dass ihr das Bewusstsein dessen, was sie getan hatte, das Herz abschnürte. Sie musste unbedingt los, um ihr Kind aufzuhalten.

Da trat Johann zu ihnen hinaus auf die Brüstung. Sein Gesicht war ernst und grau.

»Eure Majestät«, sagte er leise.

Lau'Ley schickte ein Stoßgebet zu den Göttern des Chaos, dass seine verzagte Miene und sein mit Trauer erfüllter Blick in ihre Richtung bedeuteten, was sie spontan erhoffte.

»Der Leviathan … äh, Euer Kind, Lau'Ley … unsere Kundschafter haben seine Leiche gefunden«, sagte er. »Es tut mir so leid.«

Lau'Ley starrte ihn fassungslos an. Für einen Sekundenbruchteil wusste sie im Ansturm der gegensätzlichen Gefühle nicht, wie sie reagieren sollte. Dann aber brach sie in Tränen aus – und hoffte, dass Laurin nicht merkte, dass es Tränen der Erleichterung waren.

TEIL 6

GEFANGEN

43

Svenya erwachte mit den schlimmsten Kopfschmerzen ihres Lebens. Es fühlte sich an, als schlüge ein Vorschlaghammer im Takt ihres Pulses von innen gegen ihre Schädeldecke. Der Gestank von Urin, Kot und Moder stieg ihr derartig scharf in die Nase, dass sie sich übergeben musste, ehe sie überhaupt die Augen öffnete. Auch das Augenöffnen selbst war ein hartes Stück Arbeit. Die Wimpern waren verklebt von ihrem eigenen Blut, und das Salz darin brannte. Es dauerte eine Weile, bis der verschwommene Blick klarer wurde und Svenya sehen konnte, wo sie war. Sie lag auf verrottetem Stroh in einer winzigen und niedrigen Kammer aus Stein. Elbenthal oder Aarhain? Für welche der beiden Seiten hatte Yrr sie gefangen? Die Beule an der Seite von Svenyas Schädel, wo Hagens Tochter sie mit der flachen Seite ihres Schwertes getroffen hatte, war, wie sie jetzt mit vorsichtigen Fingerspitzen ertastete, so groß wie ein Hühnerei. Auch die Verletzungen aus ihrem Kampf mit dem Monster waren nicht einmal annähernd verheilt. Es fühlte sich an, als würden die Spitzen ihrer gebrochenen Rippen tief in ihren Lungen stecken. Sie sah an sich herab, und allmählich dämmerte ihr, dass sie völlig nackt war.

»*Tega Andlit dyrglast.*
Opinberra dhin tryggr edhli.
Dhin Magn lifnja
Oegna allr Fjandi
Enn Virdhingja af dhin Blodh.«

Doch nichts geschah. Sie blieb nackt. Davon verwirrt und von den Schmerzen benommen, schaute Svenya sich um. Bei jeder einzelnen Bewegung ihres Kopfes hatte sie das Gefühl, als würde ihr Gehirn darin hin und her schwappen und von innen gegen den Knochen stoßen, jedesmal begleitet von einem Stich wie mit einem Messer. Als es ihren Augen gelang zu fokussieren, sah Svenya, dass in die Balken der niedrigen und mit Eisen verstärkten Tür uralte Runen geschnitzt waren. Offenbar ein Schutzzauber, der verhinderte, dass die hier Gefangenen Magie anwenden konnten.

Ihr Mund war trotz des Erbrechens so trocken wie Sandpapier, und die Zunge klebte ihr am Gaumen. Auch sie war heftig geschwollen – Svenya musste sich daraufgebissen haben – entweder beim Kampf gegen das Flussungeheuer oder bei Yrrs Schlag. Sie fand einen irdenen Krug und besaß trotz ihres geschwächten Zustandes die Geistesgegenwart, daran zu riechen. Es war zwar Wasser, aber es war brackig und stank nach Kloake. Keine noch so trockene Zunge konnte sie dazu bewegen, es zu trinken.

»Hey!«, rief sie, so laut sie konnte – was jedoch nur ein mattes Krächzen war. Schnell versuchte sie es ein zweites Mal. Doch weil auch das nicht lauter geriet, schleppte Svenya sich über das Stroh hinweg hinüber zur Tür und schlug mit der Faust dagegen.

»Hey!«

Jeder Schlag zog die Muskeln ihres Brustkorbes zusammen und trieb die gebrochenen Rippen wieder gegen die Lunge.

»Kann mich jemand hören?!«

Selbst falls jemand sie hörte, so antwortete doch niemand. Nach einigen Minuten gab Svenya erschöpft auf. Sie ließ sich zu Boden sinken und verschnaufte – dabei so flach wie möglich atmend, um die Schmerzen gering zu halten. Vielleicht wäre es das Klügste, einfach eine Weile liegen zu bleiben, bis ihre Verletzungen verheilt waren, um besser vorbereitet zu sein ... auf was auch immer da kommen mochte und ihr noch bevorstand, überlegte sie; aber Tatenlosigkeit war Svenya beinahe ebenso unerträglich wie eingesperrt zu sein. Sie erholte sich ein paar Momente lang, dann krabbelte sie zu dem Krug zurück und zerschlug ihn. Sie nahm die größte Scherbe und begann, damit die erste der in das Türholz geschnitzten Runen abzuschaben. Vielleicht konnte sie so den Zauber brechen, der sie daran hinderte, ihre Rüstung zu aktivieren. Mit Panzer und Schwertern könnte sie möglicherweise die Tür zertrümmern, und falls nicht, könnte sie sich wenigstens unsichtbar machen, wenn ihre Kerkermeister auftauchten.

Falls *sie auftauchen,* dachte Svenya. *Vielleicht hat man mich auch hierher gebracht, um mich verrotten zu lassen.*
Sie hatte keine Ahnung, ob sie hier war, um, wie Oegis, für immer eingekerkert zu sein, oder ob sie nur hier untergebracht war, um auf einen Prozess zu warten ... oder auch auf eine Hinrichtung. Der Gedanke an lebenslänglich in dieser winzigen Zelle erschreckte sie noch mehr als die beiden Alternativen und ließ sie umso schneller und eifriger schaben. Sobald sie die erste Rune zerstört hatte, versuchte sie es erneut.

»*Tega Andlit dyrglast.*
Opinberra dhin tryggr edhli.
Dhin Magn lifnja
Oegna allr Fjandi
Enn Virdhingja af dhin Blodh.«

Nichts. Also machte sie sich an die nächste. Und danach die nächste – dazwischen immer wieder die Beschwörung probierend ... ohne Erfolg. Doch sie gab nicht auf. Die Schmerzen wurden allmählich immer tauber. Sie war nicht sicher, ob das so war, weil sie heilte oder weil sie das rhythmische Schaben in eine Art Trance versetzte – lediglich hin und wieder unterbrochen vom Ausprobieren der Rüstung oder davon, eine neue Scherbe zu nehmen, weil die alte zu stumpf geworden war oder zerbröckelte.
Das Schlimmste war der immer schlimmer werdende Durst, und ein Teil in ihr war froh, dass sie das Brackwasser beim Zerbrechen des Kruges verschüttet hatte, denn sie war nicht mehr ganz so sicher wie vorhin, ob sie es nun nicht vielleicht doch getrunken hätte.
Was, wenn man mich hier drin verdursten lässt?
Wie verdurstet man, wenn man unsterblich ist?
Gar nicht oder immer und immer wieder?
Svenya befürchtete, dass Letzteres der Fall war. Ihr Körper würde vermutlich kollabieren ... und sich dann in der Besinnungslosigkeit magisch wieder regenerieren ... nur um sie dann von neuem verdursten zu lassen. Die Vorstellung jagte ihr eine Gänsehaut über den Rücken. Was war das nur mit dieser Elbenmagie? Wieso wirkte sie nicht schon früher? Was entschied über den Grad der Heilung? Könnte sie nicht schon dort ein-

setzen, wo der Durst begann? Den Durst selbst als Verletzung, als Mangel wahrnehmen, ihn immer gleich heilen und somit eigentlich gänzlich verhindern? Aber offenbar funktionierte die Elbenmagie so nicht. *Wäre ja auch zu einfach – man würde nie wieder etwas essen oder trinken müssen,* dachte Svenya sarkastisch. Und das wiederum würde einen um jede Menge Genuss bringen – in *normalen* Situationen … Situationen, in denen man genügend zu essen und zu trinken zur Verfügung hatte.
Svenya merkte, dass ihre Gedanken irrten und versuchte, sie beiseitezuschieben. Doch immer wieder tanzten Bilder von mit klarem Wasser gefüllten Kelchen, fließenden Waldbächen und Wasserfällen vor ihrem geistigen Auge auf, während ihre Zunge immer trockener und immer dicker wurde. Sie schabte schneller, und als ihr die Tonscherben ausgingen, schabte sie mit den Fingernägeln weiter … Rune um gottverdammte Rune. Irgendwann musste der Zauber doch brechen.
Hoffentlich vor dem letzten meiner Fingernägel!

44

Der anbrechende Morgen war trotz der Jahreszeit so frostig wie Yrrs Laune. Sie saß ganz oben auf der Glaskuppel der Dresdner Kunstakademie, die hoch über dem lange vergessenen Kerker der ehemaligen Festung lag, in den sie Svenya gesperrt hatte, blickte über die in der aufgehenden Sonne glitzernde Elbe und jagte ihren sich im Kreis drehenden Gedanken nach, um eine Entscheidung zu fällen. Obwohl sie hier geboren worden war und nichts anderes kannte als Midgard, sehnte sie sich nach Alfheim, der alten Heimat ihres Volkes. Die älteren Elben, die es noch real erlebt hatten, hatten ihr versichert, dass es einen dort niemals fröstelte. Sicher, es gab dort nicht nur Sommer, sondern auch kältere Jahreszeiten – doch niemals Winter. Kein Schnee, kein Eis … und höchstens kühle, aber niemals kalte Morgen. Diese Sehnsucht machte Yrr wütend, denn Alfheim war für immer verloren, und einem unerfüllbaren Traum nachzuhängen, entsprach einfach nicht ihrer pragmatischen Natur. Sie hatte schon vor langer Zeit die Entscheidung gefällt, sich mit den Gegebenheiten abzufinden und das Beste aus der Realität zu machen, um nicht ebenso verträumt und verloren vor sich hinzuvegetieren wie viele ihrer älteren Brüder und Schwestern. *Klare Entscheidungen bringen klare Wege … begehbare Wege … Wege, die nach vorne führen.* Ihr Verstand hatte das vollumfänglich verinnerlicht – nur ihr Herz vergaß es hin und wieder … und blickte zurück … in eine im Nebel liegende Vergangenheit … die nicht die ihre war … und dennoch das Fundament all dessen, was sie ausmachte.

Die Hüterin hatte sie verraten. Sie und ihr Volk. Die Schande, auf ihrem Posten versagt zu haben und dass es ausgerechnet auch noch ihre Wache war, in der die Hüterin nicht nur entkommen war, sondern sie auch noch überwunden und gefesselt hatte, war nichts im Vergleich zu der Aussicht, dass ohne eine Hüterin Laurins Dunkle früher oder später gewinnen

würden. Zumal sie selbst ihres Postens enthoben und ihr untersagt worden war, die Aufgaben der Hüterin weiter in Vertretung zu übernehmen. Sie war die Beste für diesen Job – sogar besser als die Hüterin selbst. Hätte die nicht ihre Tarnung gehabt ...
Yrr konnte von Glück sagen, dass sie nicht verbannt worden war ... alles wegen dieser undankbaren und unwürdigen Zicke. Obwohl, Yrr musste anerkennen, dass Svenya sich gegen den Leviathan gar nicht einmal so schlecht geschlagen hatte. Immerhin hatte das Biest schon weit mehr Jahre auf dem Buckel als selbst Oegis, und bisher war es noch keinem der Elben gelungen, es zu bezwingen. Doch Yrr war überzeugt, dass sie selbst es geschafft hätte. Das Vieh hatte schon lange auf ihrer Liste gestanden, aber es war ihr von Hagen verboten gewesen, Jagd darauf zu machen, wie es ihm selbst in all den Jahrhunderten von Alberich verboten gewesen war. Alberich war immer der festen Überzeugung gewesen, dass das Risiko, Hagen dabei zu verlieren, ein zu großes war ... ein zu großer möglicher Verlust für Elbenthal ... und wie immer hatte ihr Vater seine Interessen hinter die seines Volkes gestellt und gehorcht ... so wie auch Yrr es stets tat, denn darin glich sie ihrem Vater wie ein Ei dem anderen.
Und was hat es mir gebracht?, fragte sie sich wütend, während sie auf die ersten Touristen herabblickte, die auf die Brühlschen Terrassen unter ihr geschlendert kamen. In weniger als zwei Stunden würden es mehrere Hundert sein – keiner von ihnen auch nur im Entferntesten ahnend, dass unter ihnen eine kleine Armee der letzten Überlebenden eines verlorenen Volkes gegen die Dunkelheit kämpfte, die sie alle zu verschlingen drohte. Eine Armee, der Yrr nicht länger angehörte. Nicht nur war sie jetzt entehrt, auch eine andere hatte an ihrer Stelle den Ruhm eingestrichen, Lau'Leys letztes Kind erschlagen zu haben. Jemand, der es nicht verdient hatte: die Verräterin! Jetzt würde die Versagerin trotz ihres Verrates Einzug halten in die Heldenlieder der Barden ... und die Tatsache, dass Yrr sie gefangen genommen hatte, als sie schwer verletzt vom Kampf gegen den Unhold am Boden lag, würde ihr, der Tochter Hagens, der Enkelin des Alberich, Schmach einbringen und Schande ... anstatt der Ehre, die sie eigentlich verdient hätte, weil sie die Geflohene wieder eingefangen hatte.
Das war der Grund, warum Yrr Svenya hier in diesem Versteck gefangen

hielt: Svenya musste vollständig genesen, damit Yrr sie dann in einem Duell besiegen und bezwingen und als Gefangene nach Elbenthal zurückführen konnte … um der Welt zu beweisen, dass sie stärker war … stärker als die Schlächterin des Leviathan. Damit würde sie sich rehabilitieren vor ihrem Volk …

… und vor allem vor ihrem Vater.

45

Svenyas Fingerkuppen waren blutig vom Wegkratzen der Runen. Obwohl es hier unten empfindlich kühl war, schwitzte sie vor Anstrengung, und das Haar klebte ihr schmutzig vom Staub der Zelle an Stirn und Gesicht. Wenigstens tat inzwischen das Atmen nicht mehr weh – ihre Rippen schienen geheilt, aber der Durst war noch schlimmer geworden. Sie kämpfte weiterhin gegen Bilder von sprudelnden Quellen und Krügen mit schäumendem Met ... und gegen den perversen Drang, sich mit ihren scharfen Eckzähnen selbst die Pulsadern aufzubeißen, um ihr eigenes Blut zu trinken ... als einzige Flüssigkeit, die ihr zur Verfügung stand. Der Gedanke war so abartig wie verlockend.
Da hörte sie plötzlich Geräusche draußen vor der Tür ... dann das Rasseln von Schlüsseln. Svenya wich zurück in die von der Tür am weitesten entfernte Ecke der Kammer und machte sich zum Angriff bereit ... so bereit man sich machen konnte, wenn man nackt war und ohne jede Waffe. Sie war entschlossen, ihre Haut so teuer wie möglich zu verkaufen. Niemand sprang so mit ihr um und kam ungeschoren davon.
Niemand – außer vielleicht jemand, der ihr die Mündung einer entsicherten SIG Sauer P226 entgegenhielt wie jetzt Yrr, die gerade mit finsterer Miene die Zelle betrat.
»Bleib, wo du bist«, warnte Hagens Tochter.
»Was willst du von mir?«, fragte Svenya. »Ich verlange sofort deinen Vater zu sprechen. Macht mir den Prozess, wenn ihr euch im Recht glaubt, mich daran zu hindern, mein eigenes Schicksal in die Hand zu nehmen. Verurteilt mich, wenn ihr so vermessen seid, euch als Richter aufzuspielen über das Leben und die Entscheidungen anderer. Richtet mich hin, wenn ihr denkt, ein Henker dürfe freier töten als ein Mörder. Aber behandelt mich gefälligst nicht wie einen räudigen Köter, indem ihr mich hier unten verrotten lasst, ohne mich wenigstens angehört zu haben.«

»Oh, du wirst deinen Prozess schon noch bekommen«, sagte Yrr kühl.
»Aber erst, wenn ich mit dir fertig bin.«
»Mit mir fertig? Was willst du damit sagen? Willst du dich an einer Wehrlosen vergreifen? So, wie du es schon die ganze Zeit im Training getan hast? Bereitet es dir so große Freude, mich zu demütigen?«
»Ich? Dich demütigen?«, fragte Yrr. Svenya wunderte sich, worüber sie so aufgebracht war. »*Ich* bin doch diejenige, die gedemütigt wurde. Eine Namenlose wie du, von der niemand weiß, wer sie ist und warum Alberich allen befohlen hat, sie wie eine Prinzessin zu behandeln, vertreibt mich von meinem Posten. *Mich,* die ich wesentlich fähiger bin! Und dann fühlst du dich gedemütigt?! Ich werde dir gleich zeigen, wie es sich anfühlt, wirklich gedemütigt zu werden.«
Svenya breitete erschöpft die Arme aus. »Na los, bring es hinter dich! Zeig, was für eine tolle Kriegerin du bist … indem du mich in voller Rüstung und bis an die Zähne bewaffnet zu Brei schlägst.«
Die eigene Haut so teuer verkaufen zu wollen wie möglich, ist eine Sache – in einen aussichtslosen Kampf auch noch mit Hoffnung zu gehen, gleich eine ganz andere.
»Nein«, sagte Yrr. »Ich werde nicht unfair kämpfen – so wie du bei deiner Flucht, als du die Tarnung gegen mich benutzt hast. Alle Welt soll wissen, dass ich dich bei gleichen Chancen bezwungen habe.«
Zu Svenyas Überraschung begann Yrr mit der freien Hand die Schnallen ihrer Rüstung zu lösen.
»Was hast du vor?«, fragte sie.
»Ich ziehe mich aus«, erwiderte Yrr. »Und dann kämpfen wir. Mano-a-mano. Ganz ohne Rüstungen, ganz ohne Waffen.«
»Du bist doch wahnsinnig!«
»Wage es nicht, mich zu verspotten! Ich werde beweisen, dass du nicht nur feige bist, sondern auch schwach. Oder dass du feige bist, weil du schwach bist.« Stück für Stück legte sie ihre Rüstung ab.
»Ich werde nicht gegen dich kämpfen, Yrr.«
»Doch, du wirst.«
»Was habe ich davon? Noch mehr Schmerzen? Verprügle mich einfach und bring es endlich hinter dich.«
»Ich werde dich nicht verprügeln. Du wirst dich wehren«, forderte Yrr. »Sonst ist es kein Kampf.«

»Dann ist es eben keiner«, gab Svenya zurück.
Yrr hatte den letzten Teil ihrer Unterkleidung ausgezogen und stand nun ebenso nackt da wie Svenya – nur dass sie noch ihre Pistole in der Hand hielt. Sie schaute Svenya irritiert an. »Du hast den Leviathan bezwungen, und gegen mich willst du dich nicht einmal wehren?«
»Du willst mich nicht töten«, sagte Svenya.
»Aber beweisen, wie schwach du bist.«
»Ich betrachte es nicht als Schwäche, nicht zu kämpfen, nur weil du kämpfen willst.«
»Der Rest der Welt sieht das anders.«
»Der Rest der Welt geht mir am Arsch vorbei.«
»Es ist dir also egal, was andere von dir denken?«
»Yep. Total egal.«
»Das glaube ich nicht«, sagte Yrr, legte die Pistole auf den Berg ihrer Rüstung, trat zu Svenya hin und schlug ihr mit der Faust ins Gesicht.
Svenya torkelte nach hinten und leckte sich das Blut von den Lippen. »Und? Hat dir das jetzt irgendetwas gebracht?«, fragte sie nüchtern.
Yrr knurrte auf vor Wut, kam wieder auf sie zu und schlug Svenya noch einmal. Noch fester als eben.
Svenya hatte das Gefühl, ihr Jochbein würde brechen, und sie sah für einen kurzen Moment Sternchen. »Jetzt besser?«, fragte sie.
Yrr schlug ein drittes Mal zu, und Svenya sackte in die Knie. »Bring es hinter dich«, sagte sie leise.
»Ich will, dass du dich wehrst!«, schrie Yrr. »Wehr dich, verdammt nochmal!«
»Darauf kannst du lange warten.« Svenya rappelte sich wieder auf und kam auf die Füße.
»Dann werde ich dich töten«, sagte Yrr.
»Nein«, erwiderte Svenya. »Wirst du nicht.« Sie sah den Zorn in Yrrs Augen, die Wut und auch Hass – aber da war kein Wahnsinn. »Dein Vater würde dir das nie verzeihen, und das Risiko gehst du nicht ein. Egal, wie sehr du mich hassen magst. Und nur zu kämpfen, damit du dein Ego befriedigen kannst, ehe du mich an Hagen auslieferst, werde ich nicht.«
»Wofür bist du dann bereit zu kämpfen, wenn nicht für die Ehre oder dein Volk?«
»Moment«, sagte Svenya barsch. »Ich war bereit, für euch … für uns zu

kämpfen … aber nicht, für uns zu morden! Und wenn du mich fragst, wofür ich noch bereit bin zu kämpfen, dann ist die Antwort simpel: dafür, wofür ich schon die ganze gottverdammte Nacht kämpfe – die Freiheit. Aber die bietest du mir nicht als Preis an, für den Fall, dass ich gewinne, weil du das nicht kannst. Weil du es nicht darfst. Weil es dein Job ist, mich zurückzubringen. Und falls ich dich hier drin besiegen würde, warten da draußen schon deine Kumpaninnen, um zu verhindern, dass ich fliehe. Warum also sollte ich kämpfen? Ich habe nichts zu gewinnen.«

Yrr machte zwei Schritte zurück. »Du würdest kämpfen, wenn ich dir als Siegespreis die Freiheit verspräche?«

»Das kannst du wohl glauben.«

»Gut«, sagte Yrr. »Dann tue ich das. Ich verspreche dir, dass du frei von hier fortgehen kannst, falls du mich besiegst.«

»Die Befugnis hast du nicht«, sagte Svenya. »Es würde dich deinen Job kosten.«

»Erstens«, erwiderte Yrr, »bin ich meinen Job bereits los, zweitens sind wir hier ganz allein – da draußen wartet niemand darauf, dich abzufangen – und drittens weiß ich, dass ich die Stärkere und Bessere von uns beiden bin und überhaupt kein Risiko eingehe, wenn ich dir die Freiheit verspreche für den Sieg … weil du niemals gegen mich siegen kannst.«

»Wenn ich siege, bin ich frei, sagst du?«

»Mein Ehrenwort darauf.«

»Also gut. Dann kämpfe ich. Die Regeln?«

»Keine Regeln.«

»Wie entscheiden wir, wer gewonnen hat?«

»Wer bewusstlos wird oder aufgibt, hat verloren.«

»Gut«, sagte Svenya. »Aber gib mir vorher zu trinken.«

»Warum?«

»Weil du gleiche Chancen für uns beide willst«, erwiderte Svenya. »Und im Moment bringt mein Durst mich um.«

»Du glaubst wirklich, es macht einen Unterschied?«, fragte Yrr spöttisch.

»Keine Ahnung, aber ich bin am Verdursten.«

»Das ist kein Trick, oder? Wie das mit den Türen und dem Durchzug in deinem Palast?«

»Kein Trick. Mein Ehrenwort.«
Yrr zögerte einen Moment, aber dann ging sie zu ihrer Rüstung und holte eine kleine Feldflasche hervor. Als sie sie Svenya reichte, beobachtete sie jede ihrer Bewegungen lauernd. Offensichtlich galt Svenyas Ehrenwort in ihren Augen weniger als ihr eigenes.
Svenya nahm die Flasche und trank.
»Fencheltee?«, fragte sie überrascht. »Gesüßt?«
Yrr zog eine Schnute. »Was dagegen? Ich mag Fencheltee.«
Svenya unterdrückte ein Schmunzeln und leerte die Flasche in einem Zug. Sie mochte gesüßten Fencheltee ebenfalls – aber sie hätte sich eher die Zunge abgebissen, als das zuzugeben. Fencheltee war Babytee – basta!
Sie gab Yrr die Feldflasche zurück, und die warf sie achtlos zur Seite, wohl um zu demonstrieren, dass sie sie jetzt, da Svenya daraus getrunken hatte, nie wieder benutzen würde.
Oh Himmel!, dachte Svenya. *Woher stammt nur all dieses Pathos?* Yrr benahm sich aus ihrer Sicht wie eine Mischung aus Operndiva und einem Mafia-Straßenschläger aus den Zeiten des Film-Noir. Etepetete ohne Ende und gleichzeitig getrieben von einem Moralkodex, der nur aus dem Theater, aber nicht aus dem Alltag stammen konnte. Vielleicht war das normal, wenn man als Tochter des berühmten Hagen von Tronje aufgewachsen war. Oder auch der Preis.
»Bereit?«, fragte Yrr.
Svenya sog die Luft tief ein und nickte dann. Die Schmerzen in ihren Muskeln und Knochen waren weg – abgesehen von den jüngeren, die Yrrs Schläge ihr zugefügt hatten, und ihr Durst war fürs Erste gestillt.
Yrr ging in Kampfposition – die nackten Füße auf Schulterbreite auseinandergestellt, die Knie gebeugt, Oberkörper leicht nach vorne, die mit langen, scharfen Fingernägeln bewehrten Hände leicht geöffnet, aber angespannt. Sie bleckte ihre Fangzähne und fauchte wie eine Raubkatze. Wohl ihre Art, das Adrenalin in die Blutbahn zu jagen.
Svenya widerstand einem Impuls, es ihr gleichzutun und stand einfach nur da.
»Worauf wartest du?«, zischte Yrr.
»Auf dich«, sagte Svenya. Sie merkte, dass ihre Stimme mindestens eine halbe Oktave tiefer geworden war … und gefährlich leise. Jetzt, da der

Kampf einen Preis hatte, der für sie Sinn machte, würde sie ihn führen – wie alle Kämpfe ihres bisherigen Lebens ... defensiv, aber mit der Konsequenz der Notwendigkeit.

»Greif an«, knurrte Yrr.

Svenya schwieg und blieb auf ihrem Platz. So stoisch, wie sie wirkte, war sie jedoch nicht. Ganz im Gegenteil: Ihr Puls raste – nicht aus Angst, sondern vor Erwartung. Der Teil ihrer Angst, der sie früher gelähmt hatte, war zusammen mit dem Leviathan gestorben; jetzt existierte nur noch der, der sie wachsam sein ließ und hochkonzentriert.

Svenya ließ Yrr nicht einen Sekundenbruchteil aus den Augen, auch nicht, als diese jetzt begann, mit langsam und gezielt gesetzten Seitwärtsschritten einen Halbkreis um Svenya zu beschreiben.

Svenya drehte sich langsam mit ihr mit, immer darauf achtend, dass sie sich mit ihren eigenen Füßen nicht in den Weg kam. Yrr zu beobachten, hatte etwas Faszinierendes, wenn nicht sogar Hypnotisches. Die wunderschöne Elbin mit dem makellosen Körper bewegte sich mit der Geschmeidigkeit einer Leopardin beim Anschleichen; nur war sie, wie Svenya nur allzu gut wusste, noch sehr viel gefährlicher. Man konnte oder wollte kaum glauben, dass dieses Wesen in einer Höhlenfestung wie Elbenthal geboren und unter strengem Reglement aufgewachsen war. Sie gehörte in die freie Wildbahn ... in einen dichten Wald oder einen tropischen Dschungel, wo all das, wovon sie glaubte, dass es sie ausmachte – ihr Pflichtbewusstsein, ihr Ehrenkodex, ihre Disziplin –, gänzlich ohne Belang war. In die freie Wildbahn, wo sie nur überleben würde, wenn sie ihren Instinkten freien Lauf lassen und ihnen folgen würde. So, wie Yrr ihr jetzt gegenüberstand, stellte Svenya sich die ersten, die ursprünglichen Elben vor ... wild und ungezähmt ... eins mit der Natur. Gefühle über Gesetze, Instinkte über Moral, schnelle Entscheidungen aus dem Bauch heraus – mindestens ebenso wertvoll wie abwägende Überlegungen ... wenn nicht gar wertvoller. In Elbenthal war Yrr – wenigstens bis vor Kurzem – eine Soldatin, im Dschungel wäre sie eine Göttin.

»Wenn du dich nicht endlich bereit machst zu kämpfen, verlierst du gleich bei der ersten Attacke«, grollte Yrr, der Svenyas scheinbare Passivität offenbar auf die Nerven ging.

»Wenn du dir dessen so sicher bist, greif doch einfach an und bring es hinter dich«, entgegnete Svenya.

»Hast du denn in der ganzen Zeit des Trainings nichts gelernt?«
»Das werden wir wohl gleich sehen.« Man sagt zwar gerne und oft, Angriff sei die beste Verteidigung, aber Svenya hatte in zahlreichen Kämpfen auf der Straße gelernt, dass nicht selten derjenige verliert, der den ersten Schritt macht. Das war der einzige Grund, warum sie wartete. Das und natürlich die Tatsache, dass sie Yrr damit weiterhin aus der Fassung brachte, und ein Gegner, der die Nerven verliert, ist ein leichter Gegner.
Dann endlich war es soweit – Yrr sprang mit einem lauten Kampfschrei auf sie zu. Svenya trat blitzschnell zur Seite und stellte ihr das Bein in den Weg. Yrr stolperte und torkelte nach vorne über, aber ehe Svenya nachsetzen und sich auf sie stürzen konnte, hatte sie sich bereits mit einem Abroller abgefangen und erneut in Position gebracht.
»Das war unfair«, spuckte sie voller Verachtung.
»Keine Regeln«, erwiderte Svenya. »Deine Worte.«
Die nächste Attacke folgte auf dem Fuße. Wieder sprang Svenya zur Seite – aber damit hatte Yrr wohl gerechnet, denn ihr Angriff war nur eine Finte. Sie bremste den Vorwärtsschwung mit Leichtigkeit, wirbelte auf dem Fußballen herum und traf Svenya mit dem anderen Fuß, den sie blitzschnell nach oben riss, voll gegen die Brust. Diesmal war es Svenya, die zu Boden ging, aber auch sie rollte sich katzenhaft schnell nach hinten ab und sprang wieder auf die Beine, ehe Yrr den Fall ausnutzen konnte.
Diese Taktik war nun ausgereizt, das war Svenya klar, deswegen musste eine neue her. So langsam und ohne zu tänzeln, als würde sie spazierengehen, ging Svenya auf Yrr zu. Die war von dem unorthodoxen Angriff so überrascht, dass sie gar nicht recht wusste, wie sie reagieren sollte, außer in eine defensive Boxerposition zu gehen, die Fäuste hochzunehmen und den Kopf zwischen die Schultern zu ziehen.
Svenya trat ihr gegen das Schienbein – nicht einmal fest. Wie ein Mädchen auf dem Schulhof.
Yrr ließ die Fäuste sinken, starrte sie verblüfft an. »Kämpf richtig!«, schrie sie wütend.
Das war der Moment, in dem Svenya ansatzlos mit beiden Fäusten abwechselnd zuschlug. Yrr war so perplex, dass sie die eigenen Hände nicht mehr dazwischenbekam, um die beiden Schläge abzufangen, und Svenyas Hiebe trafen sie schnell hintereinander an Schläfe und Jochbein.

Den Schwung des letzten Schlages nutzte Svenya aus, um sich davon im Halbkreis drehen zu lassen und mit dem anderen Ellbogen gleich von Yrrs Seite her zuzuhauen. Auch dieser Treffer ging voll gegen die Schläfe, und Yrr sackten kurz die Beine weg. Doch wenn Svenya geglaubt hatte, jetzt ein leichtes Spiel mit ihr zu haben, hatte sie sich getäuscht. Gerade wollte sie ihr das Knie gegen die Stirn rammen, um sie in die Bewusstlosigkeit zu schicken, da packte Yrr sie am Oberschenkel und riss sie zu sich herunter auf den Boden. Yrr war zu benommen, um klar zu agieren, deswegen wälzte sie sich hastig auf Svenya und begann blind mit den Fäusten auf sie einzuschlagen. Svenya nahm die Unterarme schützend vors Gesicht und bäumte sich auf. Doch es gelang ihr nicht ganz, Yrr abzuwerfen. Die wiederum packte sie an den Haaren und schlug ihr die Reißzähne in die nackte Schulter. Svenya schrie auf vor Schmerz und griff nach Yrrs Ohren, um sie daran von sich wegzuziehen. Als das nicht gleich klappte, drehte sie daran, und Yrr heulte auf wie ein getretener Hund. Dabei kamen ihre Zähne los, und Svenya gelang es, sich so herumzuwälzen, dass jetzt sie halb oben lag. Aber nur für einen kurzen Moment, in dem sie vergeblich versuchte, Yrr am Hals zu packen.

Die zwei rollten fauchend und schreiend über das Stroh der Zelle. Ein außenstehender Beobachter hätte kaum für möglich gehalten, dass es sich bei den beiden um zivilisierte Wesen handelte, denn sie kämpften mittlerweile wie Tiere miteinander.

Yrr rammte Svenya das Knie in den Bauch und stieß sie von sich fort, um aufzuspringen. Doch auch Svenya kam auf die Füße – allerdings einen Moment zu spät. Yrr sprang hinter sie und warf ihr einen Arm um den Hals, packte das eigene Handgelenk mit der anderen Hand und drückte unerbittlich zu. Svenya versuchte, nach hinten zu greifen und zu treten, doch Yrr wich geschickt aus. Jetzt bekam Svenya es doch mit der Angst zu tun – nicht mit der Angst vor Verletzungen oder einer Niederlage ... sondern mit der Angst, die Chance zu vertun, wieder auf freien Fuß zu gelangen. Sie schrie röchelnd auf und packte mit beiden Händen Yrrs Handgelenke. Dann spannte sie jeden Muskel an, den sie im Leib hatte, und mit einer gewaltigen Kraftanstrengung riss sie Yrrs Arm von ihrem Hals weg.

Yrr wehrte sich wie wild dagegen, aber Svenya hatte, wie sie jetzt merkte, tatsächlich mehr Kraft als die Tochter Hagens, und ihr war, als würde ihre Kraft mit dieser Erkenntnis von Sekunde zu Sekunde zunehmen. Yrr brüllte hinter ihr verzweifelt und ungläubig auf, als sie wehrlos mit ansehen musste, wie Svenya sich Zentimeter um Zentimeter mehr aus dem Klammergriff befreite. Das war ihr wohl noch nie passiert. Zornig trat sie Svenya von hinten in die Kniekehlen, doch Svenyas Beine gaben kein Stück nach; sie stand fest wie ein Fels. Immer weiter löste sie den Schwitzkasten – und dann drehte sie sich wirbelnd herum, ohne dabei Yrrs Handgelenke loszulassen. Sie verschränkte damit Yrrs Arme über Kreuz, riss sie nach unten, und Yrr schrie auf vor Schmerz. Svenya rammte ihr mit voller Wucht die Stirn auf den Nasenrücken, und als die blonde Kriegerin dadurch in sich zusammensackte, rammte sie ihr das Knie von unten hart gegen das Kinn. Yrr wurde nach hinten geschleudert und landete auf ihrer eigenen Rüstung, wo sie um Orientierung kämpfte und versuchte, sich wieder aufzurappeln. Doch sie war zu sehr angeschlagen, und ihre beinahe ausgekugelten Arme verweigerten ihr den Dienst, so dass sie wieder zurückfiel.

»Der Kampf ist vorbei«, stellte Svenya fest.

»Ist er nicht«, lallte Yrr benommen.

»Ich habe gewonnen.«

»Ich bin nicht bewusstlos … und ich habe auch nicht aufgegeben.«

»Wie du meinst.« Svenya zuckte die Achseln, drehte sich um und wollte gehen.

»Wenn du jetzt gehst, werde ich dich weiter jagen«, keifte Yrr schwach und versuchte zum wiederholten Male aufzustehen. Jedoch ohne Erfolg.

»Du weißt einfach nicht, wann es genug ist, Yrr.«

»Es ist erst genug, wenn einer von uns beiden ohne Bewusstsein ist oder aufgibt.«

»Wem willst du jetzt noch etwas beweisen?«, fragte Svenya. Sie empfand auf einmal Mitleid mit Yrr.

»Ich fordere von d…«

»Was?«, unterbrach Svenya sie barsch. »Du liegst am Boden und stellst Forderungen? Ich bin stärker, Yrr. Du hast das bezweifelt, und es stellt sich heraus, du hast dich geirrt. Wir beide haben uns geirrt. Und ich werde mich jetzt nicht an einer Wehrlosen vergreifen und dich k.o. schlagen, nur damit du das endlich auch akzeptierst. Ich ließ schon deinen

Vater mich nicht zu einem Monster machen, und dir gestatte ich das ebenso wenig.«

»Ein Kampf geht bis zum bitteren Ende.«

»Unter Feinden, ja«, sagte Svenya. »Aber du bist nicht meine Feindin.«

»Oh doch!«

»Das glaubst du nur«, entgegnete Svenya. »Okay, ich mag dich nicht. Kein Stück. Ich finde dich sogar ausgesprochen zum Kotzen, aber zu meiner Feindin macht dich das noch lange nicht.«

Keuchend gelang es Yrr, nun doch aufzustehen. Sie schwankte auf Svenya zu. Trotz der Schmerzen in der Schulter holte sie mit der Faust aus … aber es fiel Svenya nicht schwer, dem Schwinger durch einen Seitwärtsschritt auszuweichen. Yrr stolperte, und Svenya fing sie auf.

»Erkenne deine Niederlage an, und versprich mir, mich nicht zu jagen.«

Yrr wandt sich frei. Ihr Blick sprühte vor Hass. »Bring es zu Ende!«

»Es ist zu Ende.«

»Feigling!«

Svenya holte tief Luft. »Denk, was du willst. Ich gehe. Wenn du glaubst, mich weiter jagen zu müssen, dann tu das. Das betrachte ich dann aber als Bedrohung meiner Existenz.«

»Dann wird unser nächster Kampf ein Kampf um Leben und Tod.«

»Wenn dir so viel daran liegt, dich mir zur Feindin zu machen – dann ja.« Svenya drehte sich ein drittes Mal um und ging nun endlich zur Tür hinaus.

Draußen stand Hagen – mit einem halben Dutzend Elbenkriegern. Als er sah, dass Svenya nackt war, nahm er seinen Umhang ab und legte in ihr über die Schultern. Was aber ihre Überraschung noch größer machte als ihren Schock war die Tatsache, dass er lächelte.

46

Den ganzen Weg von den alten Kerkern direkt unter Dresden bis hinunter zur Festung in der Höhle sprachen sie kein Wort. Nicht, dass Svenya nicht gefragt hätte, was jetzt mit ihr geschehen würde – aber Hagen hatte nur weiter gelächelt und geschwiegen. Svenya fühlte einen Klumpen im Hals und den hilflosen Zorn im Bauch, den man verspürt, wenn man feststellt, dass alle Bemühungen vergeblich waren und man sich im Kreis gedreht hat. Da waren keine Resignation und auch kein Selbstmitleid – Svenya wusste, dass sie es bei nächster Gelegenheit noch einmal ganz genauso machen würde. Ob das Sturheit war, Ausdauer oder schierer Wahnsinn, sollten andere beurteilen. Für Svenya war das beschlossene Sache – ein Ziel, das sie fassen konnte und musste, um nicht vor Enttäuschung und Erschöpfung zusammenzubrechen. Yrr hingegen machte eher einen verwirrten Eindruck. In dem Moment, in dem Hagen vor ihr gestanden hatte, hatte Svenya geglaubt, er mache mit seiner Tochter gemeinsame Sache, aber jetzt hatte sie das Gefühl, dass Yrr ebenso eine Gefangene war wie sie selbst. Auch sie trug in Ermangelung ihrer Kleidung und Rüstung das Cape eines der Krieger, während sie mit dem leise sirrenden Aufzug nach unten fuhren, und starrte mit gesenktem Blick zwischen ihre nackten Füße.

Der Lift hielt, und sie traten hinaus. Svenya wunderte sich – es war weder das Stockwerk mit Alberichs Palast, noch waren es die Kerker; es war eine der Etagen mit den Waffenkammern. Hagen ging voran und führte sie durch Räume, die sie schon vom Training her kannte, hin zu einem Bereich, den sie bisher noch nie betreten hatte. Vor vergitterten Türen standen doppelte Wachen. Sie salutierten und öffneten für Hagen und sein Gefolge.

»König Alberich erwartet Euch bereits«, sagte einer von ihnen. Hagen nickte ihm im Vorübergehen knapp zu.

Also hatte er sie hierher geführt, weil Alberich hier war, erkannte Svenya. Anscheinend hatte man es sehr eilig, ihr den Prozess als Fahnenflüchtige zu machen. Sie überlegte kurz und nicht zum ersten Mal, ob sie ihre Rüstung materialisieren und einen Kampf wagen sollte, entschied sich aber dagegen. Die Überzahl war zu groß und das Terrain eher Hagens und das seiner Leute als das ihre.

Sie passierten eine zweite und dann noch eine dritte schwer bewachte Tür. Die Räume dahinter wurden immer älter, und es fühlte sich an wie eine Reise in eine lange vergessene Zeit. Vermutlich stießen sie also in den Kern der Turmfestung vor, die anscheinend früher kleiner gewesen war, als sie es heute war. Jetzt erinnerte Svenya sich daran, dass auch der Kerker, in dem man Oegis eingesperrt hatte, älter war als die Gebäudeteile, die ihn umgaben. Auch die Leuchtjuwelen, die in die Felswände eingelassen waren, wirkten älter – so als wäre ihre Oberfläche im Laufe der Jahrhunderte an der Luft korrodiert. Ihr Licht war schwächer und matter.

Ein Gang führte zu einer kreisrunden Kammer, an deren Wand Podeste und Vitrinen standen, auf und in denen einzelne Waffen aufbewahrt waren. Schwerter, Äxte, Kriegshämmer, Speere, Dolche … und sogar etwas, das aussah wie eine Sense. Im Zentrum der Kammer stand Alberich mit dem Rücken zu ihnen. Vor ihm, also von Svenya aus nicht sichtbar, glühte etwas, und sie konnte Alberich murmeln hören. Es war ein leiser Singsang, und Svenya wusste, dass er etwas zauberte. Sie spannte sich innerlich an und rechnete mit einem überraschenden Angriff. Deshalb zuckte sie zusammen, als Hagen ihr von der Seite die Hand auf die Schulter legte und sagte: »Leg bitte deine Rüstung an.«

Also hatte man sie bereits verurteilt und sich entschieden, sie zu töten; aber man gab ihr offenbar wenigstens die Chance, um ihr Leben zu kämpfen. Svenya war entschlossen, diese Chance zu nutzen.

»*Tega Andlit dyrglast.*
Opinberra dhin tryggr edhli.
Dhin Magn lifnja
Oegna allr Fjandi
Enn Virdhingja af dhin Blodh.«

Endlich ihre Rüstung wieder zu tragen, gab ihr ein Gefühl der Sicherheit zurück, das die Nacktheit ihr in Hagens Nähe, anders als im Kampf gegen Yrr, genommen hatte.

»Fertig«, sagte Alberich, und er klang zufrieden. Er drehte sich herum, und Svenya hielt unwillkürlich den Atem an: Auf seinen Handflächen lag das schönste Schwert, das sie je gesehen hatte. Es war leicht gekurvt, sein Rücken war breit, das Heft länger als normal und ebenfalls gekurvt, aber in entgegengesetzter Richtung. Am Ende des Hefts war aus purem Gold ein mitten im Sprung befindlicher Drache geschmiedet, mit Augen aus Rubinen und Schuppen aus kleinen Smaragdsplittern. Die Klinge glühte von innen heraus rötlich, und der Schliff brachte die vielen Falzungen zum Vorschein, die eine hohe Festigkeit bei großer Flexibilität und außerordentliche Schärfe versprachen. Es war die perfekte Waffe für wuchtvolle Hiebe, schnelle Schnitte und Stiche, die durch die Krümmung eine größere Tiefe erreichten als bei einer geraden Klinge.

Damit also sollte sie hingerichtet werden.

Svenya legte die Hände an die Griffe ihrer eigenen Schwerter.

»Das ist *Sal'Simlir*«, sagte Alberich. »Der Seelentrinker. Neben Hagens Speer die stärkste Waffe, die ich jemals geschmiedet habe.« Er trat an Svenya heran und hielt ihr das Schwert entgegen.

»Was soll ich damit?«, fragte sie, ohne es entgegenzunehmen. Seinem Namen nach war es nicht unwahrscheinlich, dass es sie töten würde, sobald sie es auch nur berührte.

Alberich zog irritiert eine Augenbraue nach oben. »Mein Sohn sagte mir, er habe dir eine neue Waffe versprochen, sobald du den Test zur Hüterin bestanden hast. Aber wenn der Seelentrinker dir nicht gefällt … du kannst selbstverständlich jede Waffe wählen, die sich hier im Raum befindet. Jede von ihnen ist etwas Besonderes, und ich stelle sie dir gerne der Reihe nach einzeln vor.«

Svenya wurde heiß und kalt. »Wie meint Ihr das, ich habe den Test bestanden?«

»Du hast die Prüfung erfolgreich abgelegt«, sagte Alberich. »Das macht dich zur Hüterin Midgards.«

»Was?!«, fragten Svenya und Yrr gleichzeitig und gleichermaßen erstaunt, und Svenya fügte hinzu. »Welche Prüfung? Gegen den Leviathan anzutreten, war mein Test?«

»Oh, bei Odin, nein«, sagte Alberich abwehrend. »Das war ein unglücklicher Unfall, den wir leider nicht mehr verhindern konnten. Aber mein Kompliment zu diesem glorreichen und außergewöhnlichen Sieg! Du hast damit deinem Volk und den Menschen einen großen Dienst erwiesen.«

»Ich verstehe nur Bahnhof«, sagte Svenya und wandte sich an Hagen. »Ihr habt gesagt, Oegis zu töten wäre der Test.«

»Nein, das habe ich nie gesagt«, erwiderte er. »Das hast du nur in meine Worte hineininterpretiert.«

»Ich erinnere mich genau«, sagte Svenya. »Ich habe gefragt: *Mein Test ist es, gegen Oegis anzutreten?*«

»Und ich habe geantwortet: *Der Test muss ein Kampf um Leben und Tod sein.*«

»Was wird hier gespielt?«, fragte Svenya energisch. Aus dem Augenwinkel sah sie, dass Yrr die Situation ebenso wenig verstand wie sie selbst.

Hagen verzog schuldbewusst den Mundwinkel. »Du erinnerst dich doch daran, wie wir darüber gesprochen haben, dass theoretisches Training für dich nicht das Richtige ist. Darüber, dass du die Praxis brauchst, damit deine Kräfte sich entfalten und du endlich Vertrauen in sie gewinnst?«

»Ja, daran erinnere ich mich.«

»Der Test zur Hüterin ist sehr umfangreich und sehr gefährlich«, sagte Hagen. »Ich konnte nicht riskieren, dass du scheiterst, nur weil Testsituationen nicht deiner Natur entsprechen. Ich musste eine reale Prüfung für dich schaffen.«

»Was denn?«, fragte Svenya entrüstet. »Jagen wir der Kleinen mal so viel Angst ein, dass sie sich fast in die Hosen macht und abhaut? Dann warten wir gemütlich ab, bis Laurins Leute ihr auf die Schliche kommen? Und wenn die sie nur scharf genug bedrohen, wird sie wohl auch einen von ihnen alle machen?« Ihre Lautstärke hatte sich vor Wut gesteigert, bis ihre Stimme bei den letzten Worten beinahe kippte.

»Stopp!«, sagte Hagen barsch. »Das entspricht nicht den Tatsachen.«

»Nein? Was dann?«

»Lass mich erklären.«

»Ich bin äußerst gespannt.«

»Die Prüfung ist umfassend«, begann er. »Sie beinhaltet Strategie, Taktik,

Entschlusskraft und Kampfesstärke ... aber vor allem anderen Moral. Denn die Hüterin Midgards zu sein, ist in allererster Linie eine moralische Verpflichtung ... und Herausforderung. Die Hüterin ist nicht selten Richterin und Henkerin in einer Person; oft entscheidet sie ganz allein über Leben und Tod. Wir mussten daher sichergehen, dass du dieser Aufgabe auch gewachsen bist. *Das* war mit dem Kampf um Leben und Tod gemeint – dass du für dich entscheiden musstest, ob du das Recht hast, ein unschuldiges Leben zu nehmen. Ja, du solltest glauben, dass es deine Aufgabe sei, gegen Oegis anzutreten ... und dass du ihn zu Unrecht töten sollst. Hättest du dich dafür entschieden, hättest du niemals Hüterin werden können. Denn die Hüterin ist keine Killerin ... darf keine sein, weil sie das zu einem Monster machen würde.«

Svenya war außer sich. »Hätte es da nicht genügt, mich einfach zu fragen, ob ich dazu bereit wäre oder nicht?«

Hagen schüttelte den Kopf. »Wir mussten sicher sein, dass deine Antwort kein Lippenbekenntnis ist. Mit deinem Fortgang hast du bewiesen, dass du bereit bist, alles aufzugeben, um nicht gegen deine Überzeugungen handeln zu müssen. Und mehr noch – denn auch das war ja Teil der Aufgabe: Du hast strategisches Geschick bewiesen in der Planung deiner Flucht sowie taktisches in der Ausführung ... und Kampfesstärke, als du Yrr besiegt hast, um den Palast zu verlassen.«

»Ihr habt mich da draußen in eine Todesfalle geschickt«, klagte Svenya ihn an.

»Nein«, erwiderte Hagen. »Eigentlich wäre die Prüfung mit dem Erreichen der Oberfläche beendet gewesen. Aber du warst sehr viel besser als erwartet – und schneller. Ich habe nicht vor morgen Nacht mit deinem Fortgang gerechnet. Und dann hast du Yrr nicht nur besiegt, ohne dass jemand es gemerkt hat, du hast sie auch gefesselt und in deinem Bett versteckt. Deshalb haben wir erst viel zu spät von deinem Verschwinden erfahren. Und weil du keine der alarmgesicherten Türen von der Festung nach oben benutzt hast, sondern, wie ich inzwischen von der Flemys, die du entführt hast, weiß, den Höhlenausgang bei der Schlucht, konnten wir dich nicht rechtzeitig stoppen. Worüber ich im Nachhinein ausgesprochen froh bin.«

»Du bist froh darüber, dass ich da draußen fast krepiert wäre?!«, donnerte Svenya, und ihr zornrotes Gesicht kam seinem dabei ganz nah.

Zu ihrem Entsetzen grinste Hagen jetzt. »Ich bin froh, dass dir da draußen unsere Feinde gleich ihr wahres Gesicht gezeigt haben … und dass du das trotz deines mangelhaften Trainings überlebt hast. Ich bin froh, dass du dabei zu deiner wahren Stärke gefunden hast – und dass du erfahren hast, wie dein Leben aussehen würde, wenn du von hier fortgehen würdest.«

»Aber«, mischte sich jetzt Yrr ein, »wenn geplant war, dass sie verschwindet, warum bin ich dann meines Postens enthoben worden? War ich nicht mehr als ein Bauernopfer für Euch, Vater?«

»Nein, Tochter«, sagte Hagen, und sein Blick wurde sanft. »Das war deine Prüfung – und zugleich die schnellste Möglichkeit, Svenya wiederzufinden.«

»Was? Auch ich bin geprüft worden?«

»Zu deinem eigenen Besten«, sagte er. »Weißt du noch, was du gesagt hast, nachdem es dir gelungen war, dich zu befreien und Svenyas Verschwinden zu melden?«

»Ich habe eingestanden, dass es ihr gelungen war, mich auszutricksen, und …«

»Genau«, unterbrach Hagen sie. »*Auszutricksen* hast du gesagt. Du warst nicht bereit zuzugeben, dass sie dich besiegt hatte. Deshalb habe ich dich deines Postens enthoben, weil ich wusste, dass du dich danach sofort auf den Weg machen würdest, sie zu jagen, um zu beweisen, dass du die Bessere bist. Und ich wollte, dass sie dir das Gegenteil beweist. Nicht, damit sie dich demütigt, sondern damit du ein für alle Mal akzeptieren lernst, dass sie wirklich und weitaus stärker ist als du. Außerdem bist du die beste Jägerin von uns allen – besser noch als ich –, und mir war klar, dass niemand sie schneller finden würde als du. Ich musste dir danach nur noch folgen.«

Svenya und Yrr schauten einander ungläubig an – und zum ersten Mal, seit sie sich kannten, teilten sie die gleichen Gefühle: fassungslose Wut auf Hagen und Anteilnahme für die jeweils andere.

»Das heißt«, fasste Svenya zusammen, »du hast uns beide an der Nase herumgeführt wie Tanzbären an der Kette … wie Marionetten.«

»Aber ganz im Gegenteil«, antwortete Hagen. »Ich habe eure Fesseln durchtrennt und euch freigelassen, damit ihr tun konntet, was ihr ohnehin tun wolltet.«

»Zu deinem ganz persönlichen Vergnügen!«
»Zu euer beider Bestem! Immerhin hast du die Prüfung bestanden und bist jetzt die Hüterin Midgards, und Yrr wird dir nicht länger grollen, weil sie glaubt, sie sei die Bessere für die Aufgabe. Und sie wird dir in Zukunft nicht nur zur Seite stehen, weil es ihr befohlen wurde, sondern weil sie dich, deine Stärke und deine Position respektiert.«
»So? Tut sie das?«, fragte Svenya. »Vielleicht bist du ja ein bisschen spät in den Kerker gekommen. Ihre letzte Aussage zu dem Thema war, dass sie sich noch immer nicht für besiegt hält.«
»Das war ihr Trotz«, sagte Hagen mit beinahe schon zärtlichem Blick in Richtung seiner Tochter. »Den hat sie von mir ... und die Benommenheit durch deine Schläge hat ihm den Weg gebahnt.«
Svenya sah, wie Yrr das Haupt senkte und erkannte, dass ihr Vater recht hatte. Plötzlich tat sie ihr leid: Yrr war nicht nur gegen ihren Willen mit in dieses Spiel gezogen worden, nein, sie hatte durch Svenyas plötzliches Auftauchen und ihren Anspruch auf die Position der Hüterin alles auf einen Schlag verloren. Zugleich wurde Svenya damit auch zum ersten Mal richtig bewusst, was im Kern all ihrer Aufregung und Entrüstung über Hagens Vorgehensweise steckte: Sie war jetzt tatsächlich die Hüterin Midgards! Sie hatte es geschafft. Durch die Flucht hatte sie zu sich selbst gefunden ... und zu ihrem Zuhause. Zu der Wut gesellte sich Erleichterung ... und sogar Freude. Aber das bedeutete nicht, dass sie Hagen ungeschoren davonkommen lassen würde, beschloss Svenya.
Sie drehte sich wieder zu Alberich herum und betrachtete das Schwert, das er für sie geschmiedet hatte.
»Es ist wunderschön«, sagte sie. »Was denkst du, Yrr?«
Yrr war ein wenig überrascht über die Frage, trat dann aber neben sie.
»Oh ja«, sagte sie. »Es ist das schönste Schwert, das ich je gesehen habe.«
Svena nahm es in die Hand. Es war hervorragend ausbalanciert, und trotz des Gewichts fühlte es sich so an, als wöge es nichts.
»Knie nieder«, sagte Svenya ernst.
»Was?«, fragte Yrr.
»Was hast du vor?«, fragte auch Hagen.
Svenya ignorierte ihn. »Tu, was ich dir sage, Yrr!«

»Aber …«
»Akzeptierst du, dass ich dich besiegt habe und dass ich die Hüterin Midgards bin?«
Ein kurzes Zögern; aber nur aus Verwirrung, nicht aus Ablehnung heraus. »Ja.«
»Dann gehorche.«
Yrr kniete vor Svenya nieder.
Svenya legte ihr die Spitze des Schwertes auf die Schulter. »Yrr, Tochter Hagens, Enkelin des Alberich, hiermit rückernenne ich, Sven'Ya, Hüterin Midgards, dich zur Kommandantin meiner Leibgarde und zur Sicherheitschefin meines Palastes. Darüber hinaus ernenne ich dich zu meiner Stellvertreterin und rechten Hand. Bist du bereit, diese Aufgaben zu akzeptieren?«
Yrrs Augen waren weit vor Überraschung, doch sie nickte feierlich. »Das bin ich, Hüterin.«
»Dann empfange dieses Schwert, Sal'Simlir, den Seelentrinker, als Zeichen deines Standes und deiner Position.« Svenya drehte das Schwert herum und hielt Yrr den Griff entgegen. Yrr zögerte, es anzunehmen, und schaute fragend Alberich an.
»Da Yrr ihre Prüfung bestanden hat«, sagte Svenya zu ihm, »hat sie doch ganz sicher auch eine Belohnung verdient.«
Alberich nickte – in seinem ernsten Blick lag Anerkennung.
»Aber es ist für Euch geschmiedet«, wandte Yrr ein.
»Ich werde eine andere Waffe wählen«, sagte Svenya entschlossen. »Diese gehört dir.«
Mit einer Ehrfurcht, die all den Respekt ausdrückte, den sie für das wunderbare Schwert, aber mehr noch für Svenyas Großzügigkeit empfand, griff Yrr nach der Waffe.
»Erhebe dich«, sagte Svenya – sich darüber wundernd, wie leicht ihr die zeremoniellen Worte über die Lippen gingen.
Yrr stand auf und verneigte sich tief. »I-ich weiß nicht, was ich sagen soll.«
»Es ist alles gesagt«, erwiderte Svenya mit einem Lächeln. »Die Vergangenheit liegt hinter uns. Wenn du mir mit der gleichen Leidenschaft und Kraft Freundin sein willst, mit der du mir Feindin warst, werde *ich* die Beschenkte sein.«

Alberich klatschte einen leisen Applaus. »Die Worte der wahren Hüterin.«

»Steht Ihr zu Eurem Versprechen, dass ich mir jede Waffe hier im Raum aussuchen kann?«, fragte Svenya ihn.

Er stutzte mit fragendem Blick, nickte dann aber. »Mein Wort ist mein Wort.«

Svenya lächelte, drehte sich zu Hagen um und streckte die Hand aus. »Deinen Speer.«

Einer der Soldaten sog alarmiert die Luft zwischen den Zähnen hindurch ein, und Hagen machte einen Schritt zurück, die Hand schützend auf den kurzen Eibenstab an seinem Gürtel legend.

»Mein Vater meinte diese Waffen«, sagte er und deutete auf die Schwerter, Äxte und Lanzen an der sie umgebenden Rundwand.

»Dein Vater sagte *jede Waffe hier im Raum,* und es ist die deine, die ich wähle.«

Hagen sah Alberich an, doch der zuckte nur mit den breiten Schultern.

»Du kannst nicht einmal besonders gut mit einem Speer umgehen, erst recht nicht mit einer Doppelklinge«, wehrte Hagen ab. »Deine bevorzugte Waffe ist das Schwert.«

»Ich werde es lernen«, antwortete Svenya. »So, wie du dadurch lernen wirst, nie wieder zu versuchen, mich hinters Licht zu führen oder zu manipulieren. Ganz gleich, ob du es für das Beste hältst oder nicht. Dein Speer an meinem Gürtel wird dich auf ewig daran erinnern.«

»Das kannst du nicht tun, Svenya. Vater hat ihn vor über dreitausend Jahren für mich geschmiedet – nach dem Vorbild Gungnirs, dem Speer Odins.«

»Ich werde ihn entsprechend in Ehren halten. Und jetzt her damit, oder willst du deinen Vater wortbrüchig machen, indem du mir verweigerst, was er mir versprach?«

Svenya sah, wie seine Kiefer mahlten. Dann aber löste er den Stab vom Gürtel und reichte ihn ihr auf beiden offenen Händen mit einer Verneigung. »Es ist eine angemessene Waffe für die Bezwingerin des Grynd'Nirr. Oh, wie sehr ich dir diesen Kampf neide.«

»Du meinst den Riesenfisch? Von mir aus hätten wir nur zu gerne tauschen können.« Svenya nahm den Speer entgegen und befestigte ihn an ihrem Gürtel. »Eines noch, König Alberich.«

»Ja?«

»Die Schwerter, die ich trage – könnt Ihr Blodhdansr von meinem Gurt lösen?«

»Natürlich«, sagte Alberich, trat an sie heran und machte eine knappe Geste. Svenya sah, wie seine Hand kurz golden zu leuchten begann, dann griff er nach Blodhdansrs Scheide und nahm sie mitsamt dem Schwert ab.

Endlich!, hörte sie die Klinge rufen und hässlich lachen. *Mein nächster Herr wird mir ganz gewiss mehr Blut zu trinken geben als du.*

Alberich wollte die Waffe gerade in eine Vitrine stellen, als Svenya sagte: »Wartet. Da ist noch eine Rechnung offen.«

Sie nahm das Schwert aus der Hand des Elbenkönigs und zog es aus der Scheide.

Überraschte Rufe schollen durch den Raum – und warnende.

»Was tust du da?«, fragte Hagen bestürzt. »Jetzt will er Blut, und wenn er keines bekommt, trinkt er deines!«

Wie wahr, wie wahr, rief die Zauberklinge triumphierend.

»Nehmt meines!«, sagte Yrr und trat vor Svenya hin. Svenya fühlte, wie das Schwert in ihrer Faust zuckte. Sie konnte es kaum bremsen zuzuschlagen.

»Nein«, sagte Svenya fest. »Diese Klinge wird nie wieder jemandes Blut trinken – und auch nie wieder jemanden betrügen ... oder ihren Träger in der Stunde der Not im Stich lassen. Nie wieder!«

Was?, schrie Blodhdansr. *Du wagst es, mir zu drohen? Du hast keine Ahnung, mit wem du es zu tun hast!*

»Du irrst, Klinge«, erwiderte sie. »*Du* hast keine Ahnung, mit wem du es zu tun hast. Denn ich bin die Hüterin Midgards, und du bist nur ein Stück viel zu viel dummes Zeug quasselndes Blech.«

Das Schwert wollte ihr im wahrsten Sinne des Wortes an den Hals springen, doch Svenya hielt es unter großer Kraftanstrengung in Schach. Mit zwei schnellen Schritten trat sie zu dem Amboss hin, auf dem Alberich Sal'Simlir geschmiedet hatte.

»Zurück!«, rief sie den anderen zu, holte dann weit aus und schlug Blodhdansr mit aller Macht auf das Eisen.

Begleitet von einem ohrenbetäubenden Kreischen, das Svenya bis ins Mark ging, zersplitterte die Klinge in tausend Stücke.

Als sie sich zu den anderen umwandte, stieß sie den jetzt klingenlosen Knauf in die Höhe. »So soll es allen ergehen, die mich und Elbenthal verraten!«

Alberich, Hagen und Yrr stießen Rufe der Zustimmung aus.

»Und jetzt«, sagte Svenya, »möchte ich gerne mein neues Reittier sehen.«

TEIL 7

ZUHAUSE

47

Während sie den Weg zu ihrem Palast gingen, konnte Svenya an Hagens Miene ablesen, dass er ihr wegen des Speers noch immer grollte. Sie fand, das hatte er, nach seiner Selbstzufriedenheit darüber, wie er sie zum Bestehen der Prüfung manipuliert hatte, redlich verdient, riss sich aber zusammen, um nicht zu schmunzeln oder ihn zusätzlich damit aufzuziehen. Sie war bester Laune – inzwischen war all der Schrecken der letzten Stunden von ihr gewichen wie das Blut des Wyrm bei ihrem Bad im Wald. Ihr war, als hätte sie die Ereignisse – den Kampf gegen Laurins Leute, die Unterwasserschlacht gegen den Grynd'Nirr und das Duell mit Yrr – gar nicht selbst erlebt, sondern nur von außen betrachtet. Alles, was davon geblieben war, war ein vollkommen neues Bewusstsein ihrer eigenen Stärke. Anders als bei ihrer Ankunft hier, konnte Svenya es genießen, dass die Elben, denen sie auf ihrem Weg begegneten, sich ehrerbietig vor ihr verneigten. Sie fühlte sich nach wie vor nicht wie eine Prinzessin, ganz und gar nicht – aber immerhin ein ganz klein wenig wie eine Heldin. Es war allerdings nicht das Einzige, was sie fühlte. Hagens Nähe tat ihr wohler, als sie zugeben mochte. Es war seltsam – so als habe ihr in der Zeit, die sie von der Festung weg war, etwas gefehlt. Vielleicht hatte Nanna Recht, und sie war tatsächlich in ihn verliebt, obwohl sie sich verliebt sein immer ganz anders vorgestellt hatte – Schmetterlinge im Bauch und so. Nein, in seiner Nähe empfand Svenya keine Aufregung – eher das Gegenteil: Neben ihm zu gehen, erfüllte sie mit einer seltsamen Mischung aus Empfindungen ... einer Art wildem Frieden. Ihm nah zu sein, fühlte sich richtig an ... vollständig ... oder, besser noch, vervollständigend: So als entspränge ein Teil ihrer Kraft und ihres neuen Selbstbewusstseins seiner Anwesenheit ... seinem Glauben an sie und seinem Vertrauen. Nach all den Charlies in ihrem jungen Leben hätte sie nicht gedacht, dass sie einmal so empfinden könnte für einen Mann.

Sie erreichten *Hurdh,* das Tor zu ihrem Palast, und als Hagen sagte: »Willkommen Zuhause!«, spürte Svenya, wie ihre Augen feucht wurden vor Freude. Am liebsten hätte sie ihn umarmt und geküsst vor Glück – aber sie traute sich nicht.

Es kam ihr lächerlich vor, hatte sie sich doch gerade in den letzten Stunden in eine ganze Reihe von gefährlichen Kämpfen gestürzt, ganz gegen ihren Willen, und jetzt bekam sie Muffensausen, das zu tun, was sie wirklich gerne getan hätte.

Feigling!, schalt ihre innere Stimme.

Doch es war nicht nur mädchenhafte Feigheit, die Svenya davon abhielt, Hagen zu küssen – es war auch, trotz mangelnder Erfahrung auf dem Gebiet, eine ganz klare Ahnung, dass es bei einem Mann wie Hagen nicht sie sein durfte, die den ersten Schritt tat. Wenn etwas geschah … *falls etwas geschehen würde,* dann musste es, zumindest beim ersten Mal, von ihm ausgehen. Denn auch wenn sie jetzt eine Heldin war, war er noch sehr viel mehr Held, Jäger und Krieger als sie … und er war ein Mann. Ein Mann, wie Svenya noch keinen zweiten erlebt hatte. Wenn es soweit war … *falls es jemals soweit kommen sollte,* musste er sie nehmen und küssen und nicht umgekehrt. So funktionierte er … und Svenya erkannte, dass sie ganz genauso funktionierte. Ihn zu küssen, wäre nicht dasselbe, wie von ihm geküsst zu werden. Und wenn sie von ihm geküsst werden wollte, musste sie geduldig abwarten, bis er so weit war.

Erst als Hagen zum dritten Mal ihren Namen sagte, riss es sie aus ihren Träumereien. Als sie ihn ansah, merkte sie, dass sie rot wurde wie ein Krebs in kochendem Wasser.

»Ist alles in Ordnung?«, fragte Hagen besorgt.

»In bester Ordnung«, sagte sie und meinte es so. Ja, jetzt war sie endlich Zuhause. In ihrem Zuhause. An einem Ort, an den sie gehörte. Sie hatte keine Ahnung, was die Zukunft bringen würde, aber der Moment war perfekt. »Ich bin nur völlig überwältigt … und aufgeregt. Ich kann es kaum erwarten, mein neues Reittier zu sehen.«

»Wie ich schon bei Stjarn sagte – es ist mehr als ein Reittier«, erklärte Hagen. »Mehr als ein Transportmittel. Es ist ein Begleiter, ein Gefährte im Kampf … und mit der Zeit vielleicht auch ein Freund.«

»Nun mach es nicht so spannend«, sagte Svenya. Sie war froh darüber, dass ihre Aufregung vorhin bewirkt hatte, dass sie dermaßen vertraut mit

Hagen umgehen konnte. Das *Du* ging ihr leicht über die Lippen, und sie fühlte sich ihm dadurch noch näher.

»Zuerst noch ein paar wichtige Informationen«, sagte er, und sie gab einen ungeduldigen Laut von sich und verdrehte die Augen.

»Oh Mann, ich dachte, wenigstens für heute ist die Ausbildung zu Ende. Ich bin doch jetzt fertige und staatlich geprüfte Hüterin, oder?«

Hagen schmunzelte über ihre Flapsigkeit. »Ja, das bist du. Die einzige der ganzen Welt.«

»Also brauche ich doch jetzt keine Ausbildung mehr, oder?«

»Ausbildung nicht, aber Training. Denk daran, was ich dir gesagt habe zu dem Vergleich zwischen mir und Laurin. Du bist durch deine Macht und deine Talente bereits jetzt besser als Yrr – und das will etwas heißen. Wenn du zwei-, vielleicht dreihundert Jahre fleißig trainierst, wirst du wahrscheinlich sogar besser als ich.«

»Wow!«, sagte Svenya – aber nicht wirklich ernst. »Das ist natürlich ein paar hundert Jahre Training wert.« Allein die Vorstellung sprengte ihr Fassungsvermögen. »Warum konzentrieren wir uns nicht ausnahmsweise mal aufs Jetzt und aufs Heute, du gibst mir mein Prüfungsgeschenk, und danach feiern wir alle ein fette Party?«

Hagens Gesicht wurde wieder düster.

»So war es auch geplant«, sagte er, und seine tiefe Stimme kroch ihr über die Haut.

Ihr Lächeln verschwand. »Aber? Was ist passiert?«

»Nichts«, sagte er, und plötzlich grinste er wieder. »Ich wollte dich nur auf den Arm nehmen. Selbstverständlich findet nachher eine Feier statt. Nanna ist schon fast fertig mit den Vorbereitungen.«

Die Erwähnung ihrer Chefköchin brachte einen Gedanken an die Oberfläche, der schon die ganze Zeit an Svenya genagt hatte.

»Wer war eigentlich alles in deine Ränkeschmiede involviert?«, fragte sie. »Dass Yrr nichts wusste, ist klar, aber was ist mit Wargo und Raik?«

»Auch sie hatten keine Ahnung.«

»Aber Nanna, nicht wahr?« Obwohl es wie eine Frage klang, war es eigentlich mehr eine Feststellung. Svenya erinnerte sich noch zu gut an ihr letztes Gespräch mit ihr – an ihren versteckten Rat, von hier fortzugehen.

Hagen nickte. »Du brauchtest noch etwas Ermutigung durch jemanden, dem du vertraust und dem auch ich vertraue. Und genau wie ich war Nanna der Meinung, dass du Realität brauchst, um deine Macht zu entfalten.«

Svenya wurde das Herz schwer … und weil sie das jetzt nicht wollte, sagte sie: »Okay, was sind das für wichtige Informationen, die du mir noch geben musst, ehe ich endlich meinen Begleiter sehe?«

»Sie betreffen *Hurdh*.«

»Meine Tür?«

»Das Tor zu deinem Palast, ja.«

»Was ist mit ihr?«

»Sie führt nicht nur von diesem Gang in deinen Palast und zurück.«

»Sondern?«

»Mein Vater hat ein wenig von der Magie des Portals zwischen den Welten in sie eingewoben.«

»Das heißt, sie führt nach Alfheim?«

»Nein. Aber sie führt direkt an die Oberfläche, in die Höhle, in die Stallungen und auch in den Torraum – je nachdem, wo du hinwillst.«

Svenya pfiff durch die Zähne. »Das heißt, ich hätte mir den ganzen Stress ersparen können, mit der Flemys durch die Höhle, durch den Wald und den Fluss entlang bis nach Dresden zurückzufliegen?«

Hagen lachte. »Nein. Alberich hat es so eingerichtet, dass du diese Fähigkeit erst jetzt hast, da du die Hüterin bist. Es gibt noch ein paar weitere Orte innerhalb der Festung sowie Dresden und der näheren Umgebung. Raik hat eine vollständige Liste.«

»Irre«, sagte Svenya begeistert. »Wie funktioniert es?«

»Wie sonst auch. Du musst dir nur den Ort vorstellen, zu dem du willst.«

»Das will ich sofort ausprobieren«, sagte sie.

»Na, dann los.«

Gespannt schritt Svenya auf *Hurdh* zu, und das Tor öffnete sich für sie. Sie stellte sich den Torraum vor – und stand plötzlich mitten drin. Hagen neben ihr.

»Das ist toll. Aber wie kommen wir jetzt zurück?«, fragte sie.

»*Hurdh* funktioniert auch, ohne dass du sie siehst«, erklärte Hagen. »Du musst nur im Umkreis von etwa zwanzig Metern von den Transportpunkten stehen. Wie gesagt, Raik hat eine Liste.«

Wortlos drehte Svenya sich herum und dachte an die Stallungen. Schon im nächsten Moment standen Hagen und sie dort.
»Das gefällt mir«, sagte sie. Sie freute sich schon auf die Liste von Raik. »Und ich kann von jetzt an an die Oberfläche, wann immer ich will?«
»Wann immer du willst«, bestätigte er. »Du weißt ja mittlerweile selbst, dass du dabei vorsichtig sein musst.«
»Und wo ist jetzt mein Begleiter?« Svenya schaute sich suchend um.
»Er ist nicht hier. Er lebt in deinem Palast.«
»Seit wann?«
»Schon immer.«
»Das wüsste ich.«
»Komm, ich zeig ihn dir.«
Auf seine Geste hin trat sie vor, und sie materialisierten in der Eingangshalle ihres Palastes. Hagen führte Svenya zu einer Gruppe steinerner Statuen. Es waren Zentauren und Einhörner, darunter auch ein Pegasus – ein sich aufbäumendes Pferd mit den weiten Schwingen eines Falken. Svenya merkte, dass ihr Mund offen stand und sie ihn begeistert anstarrte.
»Das ist er?«, fragte sie mit vor Freude fast schon überschnappender Stimme. »Wie erwecke ich ihn?«
»Nein«, sagte Hagen. »Das ist er nicht. Das hier ist er.« Und er zeigte auf das wohl hässlichste Ding, das Svenya jemals gesehen hatte – und das wollte nach ihrem Kampf gegen den Leviathan schon etwas heißen. Die Statue stand hinter den anderen, so als habe, wer auch immer den Palast eingerichtet hatte, sie verstecken wollen. Es war ein … Svenya wusste eigentlich gar nicht recht, was es war. Es war auf jeden Fall grotesk. Es erinnerte vom Oberkörper her an einen Gorilla, aber die angewinkelten Beine waren die einer großen Echse mit scharfen, langen Klauen. Auch die Hände waren krallenbewehrt – und der Kopf … ja, der Kopf war am besten bezeichnet mit Dämonenfratze: Dicke, wulstige Lippen, aus denen, ähnlich wie bei einem Wyrm, lange, wildschweinartige Hauer aus dem Unterkiefer ragten. Nase, Augen und Stirnpartie sahen aus wie bei einem Neandertaler, aber die Ohren waren spitz, und darüber trug es vier Hörner, zwei auf jeder Seite – je eines davon das eines Widders und das andere dasjenige eines Stiers. Seine Flügel waren die eines Drachen und der lange Schwanz, an dessen Ende eine speerspitzenartige

Ausprägung saß, glich dem eines Krokodils. Das Ding war mehr als doppelt so groß wie Svenya – und, was ihre vorfreudigen Erwartungen betraf, eine glatte Enttäuschung. »Was ist das?«, fragte sie und versuchte erst gar nicht, diese Enttäuschung zu verbergen. »Eine Retourkutsche für die Sache mit dem Speer?«

»Nein. Wir sind quitt. Wie es sich für einen Neuanfang gehört.«

»Dann soll das da … dieses Ding … wirklich mein Begleiter sein?« Svenya schürzte die Lippen. »Auf so etwas reite ich nicht.«

»Das ist ein Gargoyle«, sagte Hagen. »Sein Name ist Loga, und auch wenn es nicht so aussieht: Er kann dich hören.«

Svenya hätte sich am liebsten auf die Zunge gebissen, aber dass es ihr leid tat, wenn sie möglicherweise seine Gefühle verletzt hatte, änderte nichts daran, dass sie den Gargoyle nicht als Begleiter wollte.

»Du musst ihn beschwören.«

»Ich will ihn nicht beschwören. Gebt mir eine der Flemys, und alles ist in Ordnung.«

»Loga nach seinem Äußeren zu beurteilen, wäre eine großer Fehler«, sagte Hagen. »Er ist schneller, geschickter und stärker als selbst Stjarn.«

»Dann nimm du ihn und gib mir Stjarn.«

»Loga ist der Begleiter der Hüterin – nicht meiner. Eine Flemys fliegt dich in den Kampf. Eine gute Flemys wie die, die du entführt hast, beherrscht sogar die eine oder andere Ausweichtaktik. Loga aber ist ein Krieger. Er denkt mit, und er kämpft mit. Er ist Reittier, Waffe und Leibwache in einem.«

»Er ist hässlich.«

»Ja, ja, ich weiß, und er passt nicht zu deinen Schuhen«, sagte Hagen mit einem Schmunzeln. »Weiber!«

»Du machst dich über mich lustig.«

»Die Steilvorlage war zu verlockend.«

»Ich will ihn ehrlich nicht.«

»Du kriegst keinen anderen.«

»Wie meinst du das?«

»Ernst«, antwortete er.

»Dann geh ich zu Fuß.«

»Sei nicht albern. Beschwör ihn einfach und lass dir von ihm zeigen, wieso er zurecht der Begleiter der Hüterin ist.«

Hätte Hagen nicht gerade gesagt, sie solle nicht albern sein, hätte Svenya jetzt trotzig mit dem Fuß aufgestampft. »Na gut«, schnaubte sie. »Wie beschwöre ich ihn?«

»Ruf seinen Namen.«

»Loga«, sagte sie gelangweilt … und machte im nächsten Moment vor Schreck einen weiten Sprung zurück. Der Gargoyle nämlich reckte sich mit der Schnelligkeit einer angespannten Feder, und seine steinerne Haut platzte augenblicklich von ihm ab wie alte, trockene Farbe. Darunter war er schwarz wie Pech. Haut, Fell, Flügel und Klauen waren durchzogen von feinen Linien, die rotgolden glühten wie flüssige Lava.

»Endlich«, knurrte er mit einer Stimme so tief wie eine Basstrommel. »Wurde aber auch Zeit.« Er streckte sich wie nach einem langen Schlaf, und Svenya hörte seine mächtigen Gelenke knacken. Dann breitete er mit einer kraftvollen Bewegung die gewaltigen Schwingen aus, um den Rest der Steinschicht von sich abzuschütteln, beugte sich mit seinem riesigen Kopf zu Svenya herab und zwinkerte ihr zu. »Ich finde Euch auch ziemlich hässlich, Eure Hoheit, aber ich werde es Euch außer diesem einen Mal nie wieder sagen.« Damit packte er Svenya mit seinen schaufelbaggergroßen Fäusten, warf sie sich auf den Rücken und sprang so schnell in die Luft, dass es ihr den Atem raubte. Er schlug nur ein einziges Mal mit den Flügeln, es gab einen lauten Knall wie von einer Peitsche, und sie flogen, wie von einem Bogen geschossen, auf *Hurdh zu*.

»Bringt uns in die Höhle!«, rief er.

Svenya hatte gerade noch Zeit, an die Höhle zu denken, ehe sie das Tor erreichten. Im nächsten Augenblick materialisierten sie draußen, in halber Höhe vor dem Turm. Ohne auch nur einen Herzschlag lang zu zögern, schlug Loga ein zweites Mal mit den Flügeln, und sie schossen senkrecht in die Höhe – noch schneller, als Raiks Flemys bei Svenyas erstem Flug in die Tiefe getaucht war.

Svenya aktivierte den Panzer und klammerte sich an Logas breiten Gorillaschultern fest.

»Den braucht Ihr nicht«, lachte der Gargoyle. Seiner Begeisterung nach zu schließen, war dies sein erster Ausflug seit langem. Mit einem weiteren Flügelschlag stieß er in die Höhe. Beim Steigen drehte er sich spiralenförmig immer wieder um sich selbst, dass Svenya Hören und Sehen verging. Sie hatte noch nie etwas erlebt, das so schnell war: Die beiden jagten auf die Höhlendecke zu, und ohne zu bremsen, kurvte der Gargoyle weniger als zwei Meter davor und begleitet von einem erschreckten Aufschrei Svenyas um neunzig Grad zu einem Parallelkurs – auf dem Rücken fliegend, so dass Svenya mit dem Kopf nach unten hing. Rein physikalisch war das überhaupt nicht möglich, wusste sie, aber sie erlebte, dass es funktionierte. Loga war schneller als Hagens Stjarn – wesentlich schneller. Er suchte sich ein paar Stalagtiten aus und nahm sie, während er in eine normale Flugposition zurückkehrte, in engem Slalom. Dann fand er einen, der an seiner oberen Basis etwa vierzig Meter im Durchmesser war, und flog frontal auf ihn zu.

»*Jetzt* braucht Ihr Euren Panzer«, jauchzte er vergnügt – und dann geschah etwas, womit Svenya ganz sicher nicht gerechnet hatte. Ohne im Flug innezuhalten oder zu bremsen, brüllte Loga auf – und eine silberblaue Flamme schoss aus seinem Maul wie ein dicker, funkelnder Speer ... noch einmal doppelt so schnell wie sie selbst. Sie traf den Fels ... und schmolz ein kreisrundes Loch hindurch. Glatt hindurch! Von der einen bis zu der anderen Seite! Es hatte etwa einen Durchmesser von fünf Metern. Loga legte die Flügel an und zischte hindurch. Geschmolzener Stein tropfte auf sie herab, aber Svenya konnte er dank ihres Panzers nichts anhaben, und Logas Haut nahm die glühenden Tropfen auf wie ein Schwamm.

So ungern sie das zugeben wollte, so schwer beeindruckt war sie von der Darbietung. Außerdem waren die Vorteile eines Reittieres, das man nicht lenken musste, unschätzbar. *Äh, Begleiter natürlich,* korrigierte sie in Gedanken. Dass dieser Begleiter im Flug auch noch Feuer spucken konnte, das heiß genug war, Stein zu schmelzen, war unschlagbar.

»Wollen wir zur Schlucht und ein paar der Dunklen von ihren Flemys schubsen?«, fragte Loga gut gelaunt. Svenya musste unwillkürlich schmunzeln. Humor hatte er also auch noch. »Ich muss doch zeigen, was ich alles draufhabe, dass Ihr mich nicht gegen eins von diesen Flattertierchen austauscht.«

Jetzt musste sie sogar lachen. »Keine Sorge, ich behalte dich«, sagte sie aus voller Überzeugung heraus. »Aber jetzt müssen wir fürs Erste zurück. Soweit ich weiß, wartet da eine Party auf mich.«

Ihre Vorfreude auf die Feier war getrübt – musste sie doch etwas tun, das nicht nur sie schmerzen würde.

48

Die Feier würde in Svenyas Bankettsaal stattfinden. Aber noch befand Svenya sich in ihren Privatgemächern – sie hatte keine Ahnung, was sie anziehen sollte. Da sie die Gastgeberin war, hatte sie natürlich keine Einladung erhalten ... also auch keinen Hinweis auf einen Dresscode. Ihre Schränke waren voller toller Sachen – aber was davon war dem Anlass angemessen? Am liebsten hätte sie nach Nanna geschickt, um sich von ihr beraten zu lassen – doch das ging nicht; nicht bei dem, was sie später noch mit der Köchin vorhatte. Also schickte sie nach Yrr. Wenn sich jemand in höfischer Etikette auskannte, dann die Tradition und Regeln liebende Tochter Hagens.
Kurz darauf tauchte Yrr auf – in voller Rüstung! Es war zugegebenermaßen eine neue Rüstung – noch schöner als die alte; aber dennoch eine Rüstung.
»Fällt die Feier aus?«, fragte Svenya besorgt. »Ist etwas geschehen?«
»Äh, nein, wieso?«, fragte Yrr.
»Na, weil du eine Rüstung trägst. Ich dachte, wir gehen zu einer Party.«
»*Ihr* geht zu einer Party – wenn Ihr die Feier zu Eurer Initiation so nennen wollt –, ich begleite Euch als Eure persönliche Leibwache und bin entsprechend gekleidet.«
Svenya fiel auf, mit welchem Stolz Yrr die Hand auf den Griff ihres neuen Schwertes Sal'Simlir gelegt hatte.
»Nichts da!«, sagte Svenya. »Kommt gar nicht in Frage. Du begleitest mich auf die Party ... äh auf die Feier als Gast. Sollten wir die Rüstungen brauchen, werden wir sie rufen.«
»Meine ist nicht beschwörbar.«
»Dann teil jemand anderen als Leibwache ein. Und außerdem fühle ich mich wohler, wenn du mich duzt – wie im Kerker, als du mir die Backen dick hauen wolltest.«

Yrr wurde rot – an den Kerker erinnert zu werden, war ihr unangenehm, und Svenya nahm sich vor, es nicht wieder zu tun.

»Dieses Privileg entspricht nicht meinem Stand, Eure Hoheit«, sagte die Kriegerin bescheiden.

»Würde es deine Ehre verletzen, wenn ich es dir befehle?«

»Nein. Ganz im Gegenteil.«

»Dann befehle ich dir hiermit, mich zu duzen.«

»Gerne, Eure Hoh ... äh ... Svenya.«

Svenya freute sich. »Wer hätte das nach unserer ersten Begegnung gedacht?«

Yrr lächelte – und Svenya konnte sehen, wie viel schöner sie das noch machte. »Ich nicht«, gab sie zu. »Aber ich bin froh, dass die Dinge jetzt sind, wie sie sind.«

»Na, dann wollen wir doch mal schauen, was der Kleiderschrank so hergibt«, sagte Svenya munter und sah Yrr neugierig an. »Was trägt man zu einem solchen Anlass?«

»Am besten rufen wir Raik«, schlug Yrr vor.

»Oh«, machte Svenya. »Ist er etwa ...?«

»Schwul?« Yrr lachte. »Nein. Ist er nicht. Aber er kennt sich am allerbesten aus in Hofetikette und Stilfragen.«

»Und wir brauchen noch eine Kosmetikerin für Make-up und Haare«, sagte Svenya. »Sowas haben wir doch hier, oder?«

»Die besten der Welt«, antwortete Yrr und sprach in ihr Headset.

Kurz darauf erschien Raik – mit vier Elbinnen im Schlepptau, die allesamt Köfferchen und Körbe trugen.

»Warum habt Ihr mich nicht früher gerufen?«, fragte er aufgebracht und fast schon divenhaft nervös. »Das Fest beginnt jede Minute. Ich kann doch auch nicht zaubern.«

»Doch, kannst du«, lachte Svenya. »Ziemlich gut sogar. Also mach was. Und hör du bitte gefälligst auch auf mit dieser förmlichen Anrede. Sag *Svenya* und *du*.«

Das Kompliment trieb ihm die Röte ins Gesicht. »Na, dann los, meine Damen«, trieb er seine Begleiterinnen an und wandte sich dann an Svenya und Yrr. »Und ihr beide zieht euch schon mal aus.«

Yrr begann sofort damit, aber Svenya zögerte. »Äh, ausziehen?«

»Natürlich ausziehen«, sagte Raik. »Frisieren, Schminken, Maniküre,

Pediküre, Peeling und, und, und. Außerdem werde ich euch die Kleider buchstäblich auf den Leib zuschneidern … äh, zaubern.«
Es kostete Svenya ein wenig Überwindung, aber dann legte sie ihre Kleidung ab. Elbenthal war jetzt ihr Zuhause, und sie war bereit, auch dessen Sitten zu übernehmen.
Raik zauberte zwei Liegesessel herbei, in denen Svenya und Yrr platziert wurden, und sogleich machten sich die vier Aufhübscherinnen ans Werk. Sie hatten Gold, Silber, Juwelen und Geschmeide zum Einflechten in die Haare dabei, Cremes und Farben für Nägel und Lippen, Lidschatten und die wunderschönsten Rankentattoos aus Henna, die Svenya je gesehen hatte.
»Yrr braucht außerdem ihre Rüstung zur Beschwörung – so wie meine«, sagte Svenya, als sie bemerkte, dass Yrr immer wieder mit zweifelndem Blick zu ihrem Brustpanzer hinschielte. »Sie entspannt sich sonst doch nicht richtig.«
Raik stieß einen Pfiff aus. »Eine Beschwörungsrüstung? Das ist hochkomplexe Magie«, sagte er. »Die Eure … äh, deine wurde von Alberich selbst geschaffen.«
»Du schaffst das«, sagte Svenya.
Er schlug die Hände über dem Kopf zusammen und rollte mit den Augen, aber der dankbare Blick Yrrs war das allemal wert.
»Dafür brauche ich mindestens …«, wollte er ausholen.
»Drei Minuten«, entschied Svenya mit einem Grinsen. »Danach sind unsere Kleider dran. Ich fände es ärgerlich, den Anfang meiner eigenen Party zu verpassen.« Sie wusste, dass er es sagen würde, wenn ihre Forderung völlig abstrus war – und wenn nicht, würde er sich Mühe geben, sie zu erfüllen. Sie hatte schon bei seinem ersten Schritt in ihre Gemächer gesehen, mit wie viel Stolz es Raik erfüllte, dass sie die Prüfung bestanden hatte … und mit wie viel Freude, dass sie jetzt doch nicht endgültig von hier fortgegangen war.
Mit einem Seufzer der Ergebenheit machte der Magier sich über die am Boden liegende Rüstung her und begann, Zaubersprüche zu murmeln.
»Und wenn es irgendwie geht, mach die Beschwörungsformel kürzer als meine«, sagte Svenya. »Ich red mir jedes Mal den Mund fusselig.«
»Du bist zu großzügig, Svenya«, sagte Yrr bescheiden, aber in ihren Augen konnte Svenya große Freude lesen.

»Ach was«, tat Svenya Yrrs Dank ab. »Als meine Statthalterin kannst du nicht immer nur in Rüstung herumrennen, und als Chefin meiner Sicherheit musst du sie trotzdem schnell anhaben. Außerdem ist das ein kleiner Versuch, mich für all das zu entschuldigen, was du durch meine Ankunft durchmachen musstest.«
»Ich bin diejenige, die sich entschuldigen muss«, erwiderte Yrr. »Für all das, was ich dir seitdem zugemutet habe.«
»Vergeben und vergessen«, sagte Svenya. »Ein für alle Mal. Und morgen gehen wir zwei an der Oberfläche erst mal richtig shoppen. Das Training kann bis übermorgen warten.«
»Shoppen?«
»Och komm, einen freien Tag werden wir uns doch wohl verdient haben.«
»Wir haben hier doch alles, was wir brauchen.«
Svenya lachte. »Ich kenne mich damit nicht so aus, weil ich nie Geld hatte, aber ich glaube, shoppen gehen heißt, Dinge zu kaufen, die man eigentlich nicht braucht. Das fände ich zur Abwechslung mal eine wirklich tolle Sache, du nicht?«
Yrr strahlte wie das sprichwörtliche Honigkuchenpferdchen. »Doch, das ist eine schöne Idee. Eine sehr schöne sogar.«
Die beiden konnten ja nicht ahnen, dass die bevorstehenden Ereignisse ihnen dazu keine Chance geben würden.

49

Schon durch die geschlossene Tür ihres Bankettsaales hindurch konnte Svenya den fröhlich-erwartungsvollen Lärm der Gäste und die Musik hören. Raik und seine Helferinnen hatten ganze Arbeit geleistet: Sie trug ein oben eng anliegendes und zu den Beinen und Füßen hin weit ausfließendes, türkisfarbenes Kleid aus einem Material, das noch leichter war als Seide und das durch Raiks Magie dezent leuchtete – so wie auch die Juwelen in ihrem hochfrisierten und durch Zauber gelockten Haar und die Tattoos im Gesicht, an den Armen und auf dem tief ausgeschnittenen Rücken. Ihre Schuhe waren aus einem Stoff, der so fest war wie Leder, aber sehr viel geschmeidiger und leichter.

Das Kleid, das Yrr trug, war wesentlich gewagter und zeigte freizügig ihre weiblichen Rundungen. Es war aus dem gleichen Stoff wie Svenyas, aber smaragdgrün. Von der einen Schulter verlief bis hin zum Oberschenkel eine ebenfalls aus schillernden Smaragden gefertigte Efeuranke. Yrrs blondes Haar war kunstvoll zu einer Seite gelockt und außer mit Schmucksteinen noch mit kleinen Glöckchen verziert. Sie wirkte jetzt so viel charmanter und jugendlicher als in ihrer Rüstung – die sie allerdings jetzt dank Raik unsichtbar am Leib trug – genau wie Svenya die ihre.

»Alles in Ordnung?«, fragte sie Svenya leise. »Du siehst aus, als bedrücke dich etwas.«

»Alles fein«, antwortete Svenya. »Fast alles. Da ist nur noch eine Kleinigkeit, die ich klären muss und die mir ein wenig auf den Magen schlägt.«

»Etwas, das ich für dich erledigen kann?«

»Das ist lieb von dir, aber nein, das muss ich selbst tun. Und wenn ich es nicht gleich tue, wird es nur schlimmer. Am besten also, ich tue es, ehe wir da reingehen.« Sie wandte sich an eine der Wachen vor der Tür. »Bring bitte Nanna zu mir.«

Der Krieger salutierte und öffnete die Tür gerade so weit, dass er in den Saal schlüpfen konnte. Die Sekunden der nächsten Minute krochen langsam wie Schildkröten, während Svenya auf die Köchin wartete und versuchte, sich die besten Worte für die Situation zurechtzulegen. Aber wirklich geeignete fand sie keine. Am besten sie sagte das, was sie zu sagen hatte, frei heraus. Als die Tür endlich wieder aufging und Nanna in einem wunderschönen, aber dem Anlass und ihrer Aufgabe entsprechend praktischen Kleid nach draußen trat, schnürte es Svenya fast die Kehle zu.

»Da seid Ihr ja endlich«, rief die Köchin erfreut. »Wir warten schon alle ganz gespannt auf Euch. Für Euren Auftritt habe ich …«

»Nanna«, unterbrach Svenya sie. Ihr kühler Ton ließ das Lächeln auf dem Gesicht der Köchin verschwinden. »Ich danke dir für all deine Mühe mit den Vorbereitungen zu dieser Feier und auch für die meisten anderen Dienste, die du mir in der Vergangenheit geleistet hast – als Leiterin meiner Küche und als Freundin. Aber jetzt möchte ich dich bitten, deine Sachen zu packen und meinen Palast zu verlassen.«

»Was?!« Nanna war fassungslos.

»Du bist entlassen«, sagte Svenya. »Ich dulde unter meinem Dach keinen Freund, der mich belügt oder mir die Wahrheit verschweigt. Du wusstest von Hagens Plan und hast ihm auch noch aktiv dabei geholfen.«

»Du zürnst mir deshalb, aber nicht ihm?«

»Mit ihm bin ich quitt«, stellte Svenya klar. »Er hat als mein Ausbilder gehandelt und mir nicht Freundschaft vorgegaukelt.«

»Vorgegaukelt? Meine Gefühle für Euch waren und sind …«

»Nanna!«, schnitt Svenya ihr erneut das Wort ab. »Ich habe tränenüberströmt in deinen Armen gelegen, und du hast nicht nur die Wahrheit für dich behalten, sondern mich auch noch aktiv darin bestärkt, dass ich von hier fortgehe. Wahre Freunde tun einander so etwas nicht an.«

»Aber es war doch nur zu Eurem Besten.«

»Was das Beste für mich ist und was nicht, entscheide ich ganz allein. Auf gar keinen Fall aber das Beste ist es, mich anzulügen.«

Nanna war leichenblass, und ihre Augen waren feucht. Sie deutete auf Yrr. »Aber ihr habt Ihr doch auch verziehen.«

»Yrr hat mich nie angelogen«, erwiderte Svenya. »Sie machte keinen Hehl daraus, dass sie mich hasste. Sie hat mir, anders als du, nie etwas vorgemacht. Hass kann ich verzeihen, denn er vergeht, Lügen nicht, denn ich werde nie wieder wissen, ob du mir die Wahrheit sagst oder nicht. Vertrauen kann man gewinnen. Zerstörtes Vertrauen aber nie wieder aufbauen.«

»Ihr fällt ein hartes Urteil über mich«, sagte Nanna leise und senkte den Kopf.

»Nein«, entgegnete Svenya. »Ich fälle ein *klares*. Hart ist es nicht, weil es zwischen richtig und falsch keine Abstufungen gibt. Und mein Urteil hat keinerlei Konsequenzen, außer dass du in Zukunft für jemand anderes kochst. Ich kann auf jeden verzichten, der mich belügt, und du für deinen Teil kannst auf jemanden verzichten, der dir nicht mehr vertraut. Ebenso wenig ist etwas verloren, denn die Freundschaft, die man als verloren bezeichnen könnte, war keine.« Svenya wunderte sich über die Deutlichkeit ihrer eigenen Gedanken, war aber froh, dass sie ihr dabei half, die Dinge so zu sehen, wie sie waren, und auch genauso auszusprechen.

»Ich nehme an, das ist Euer letztes Wort?«, sagte Nanna leise.

»Das ist es.«

»Dann ist es das Beste, ich gehe sofort. Der perfekte Ablauf des Abends ist auch ohne mich gewährleistet. Meine Sachen lasse ich morgen im Laufe des Tages abholen.«

Svenya nickte, und obwohl sie fühlte, dass das, was sie gerade getan hatte, sehr viel mehr Mut erfordert hatte, als den Leviathan zu töten, tat ihr das Herz weh. Und dennoch sagte sie nicht ein Wort des Abschieds, während Nanna, begleitet von einer der Palastwachen, langsam davonging.

50

Raegnir kam durch die Saaltür nach draußen geschlüpft. Wie immer hinkte er, auf seinen Wurzelholzstock gestützt, aber er war heute so sehr herausgeputzt und strahlte dermaßen vor Stolz, dass selbst sein Hinken so würdevoll erschien wie der ganze Rest von ihm. Sein dünnes weißes Haar, das er sich im Alltagsgeschäft als Marschall und Lehrer ununterbrochen zu raufen pflegte, war heute glatt geölt und zu feinen Zöpfen geflochten, die hinten in seinem dürren Nacken zusammenliefen und dort mit einer Schleife aus Platinfäden gebunden waren.

»Ihr seht entzückend aus, Eure Hoheit«, sagte er. »Darf ich der Erste Eurer Diener sein, der Euch beglückwünscht?« Ohne eine Antwort abzuwarten, nahm er Svenyas Hand und senkte seine Stirn darauf.

»Raegnir, mein Lieber«, erwiderte Svenya. »Ich betrachte Euch ganz und gar nicht als meinen Diener, vielmehr als einen guten Lehrer. Einen sehr guten sogar.«

Er schaute sie mit einem gleichermaßen verwunderten wie geschmeichelten Lächeln an. »Ich hatte nie das Gefühl, dass mein Unterricht in Strategie Euch sonderlich interessiert hätte.«

Svenya lachte. »Das Gefühl teilen wir. Aber offenbar ist sehr viel mehr davon hängen geblieben, als wir beide gedacht hätten. Dein Unterricht hat mir tatsächlich das Leben gerettet.«

»Ihr erweist mir zu viel der Ehre, Hoheit«, sagte Raegnir mit einer weiteren Verbeugung. »Aber ich bin glücklich, dass meine bescheidenen Dienste ein wenig zum Bestehen Eurer Prüfung beigetragen haben. Doch jetzt solltet Ihr Euch sputen, wenn es mir erlaubt ist, das anzuregen. Drinnen warten alle schon auf Euch.«

Jetzt, da die Sache mit Nanna erledigt war, konzentrierten sich Svenyas Gedanken durch Raegnirs Bemerkung wieder auf das vor ihr liegende Fest, und es überfiel sie ein massiver Anflug von Lampenfieber.

»Kann ich nicht hintenherum reingehen?«, fragte sie. »Vielleicht direkt an meinen Tisch?«
Raegnir kicherte. »Schlecht möglich, wenn Ihr Gastgeberin und Ehrengast in ein und derselben Person seid. Man erwartet einen ganz besonderen Auftritt, und das mit Recht. Euer Platz, an dem König Alberich, General Hagen, Wargo und Raik bereits auf Euch warten, liegt genau am anderen Ende des Saales.«
Svenya runzelte die Stirn. Sie würde also Spalier laufen müssen. Völlig allein. Den ganzen Saal entlang. Beobachtet von allen Anwesenden. Sie merkte, dass ihre Knie zu zittern begannen.
»Ich würde lieber gegen ein ganzes Rudel Jötunnen kämpfen«, flüsterte Yrr ihr zu.
»Ich auch«, antwortete Svenya. »Obwohl ich noch nie einem begegnet bin.«
»Dann werde ich Euch jetzt einmal ankündigen gehen«, sagte Raegnir entschieden, und ehe Svenya ihn aufhalten konnte, um ein wenig Zeit zu schinden, war er bereits eilig davongehinkt und wies die Wachen mit einer Geste an, beide Türflügel zu öffnen.
Svenya tat unwillkürlich einen Schritt zurück.
»Keine Sorge«, flüsterte Yrr. »Ich bin dicht hinter dir.«
Svenya wollte noch etwas sagen, aber der Anblick, der sich ihr jetzt durch die geöffneten Türen bot, verschlug ihr die Sprache: Der Saal war magisch verwandelt worden – in einen Hain … einen kleinen, lichten Wald voll weißsilbrig glänzender Birken und Espen. Svenya sah sich um. *Obwohl, was heißt da klein?* Der Hain war um ein Vielfaches größer, als es Svenyas Bankettsaal eigentlich war, stellte sie fest. Der moosige Boden war jetzt aus echter Erde, und die Decke einem verdammt echt wirkenden Frühmorgenhimmel gewichen. Tausende von Schmetterlingen, Libellen und kleinen bunten Vögeln flogen durch die Luft. Ihnen zur Seite tummelten sich Hunderte waldgrüner Lichter, die aussahen wie Seifenblasen. Statt Tischen und Stühlen gab es Diwane aus seidenen Polstern – auf dem Boden, aber auch in den Kronen der Bäume. Hunderte von Elben saßen und standen in dieser fantastischen Kulisse und warteten auf ihre Hüterin. Ihre Gewänder und Kostüme waren unglaublich, und schon wieder hatte Svenya das Gefühl, dass sie in ihrem Leben noch nie etwas Schöneres gesehen hatte. Da waren Stoffe, die aussahen wie aus diamantenen

Spinnweben geklöppelt, Kleider aus lebenden, bunt schillernden Schmetterlingen, andere aus Laub und Gräsern. Die Elbenkrieger trugen ihre schmucksten Rüstungen aus Gold, Platin und Silber. Dann gab es Gewänder, die aussahen, als bestünden sie aus nichts weiter als Tautropfen oder auch aus Honig. Svenya sah Kleider, die sich bauschten, als würde ein Wind wehen, und Roben, die aus sonnendurchflutetem Nebel gemacht zu sein schienen. Und erst der Schmuck! Svenya war sicher, dass in allen Safes aller Banken auf der Welt nicht so viele Brillanten, Juwelen und Edelsteine verwahrt lagen, wie heute hier unten zur Schau gestellt wurden. Und all das zu ihren Ehren.
»Und ich hatte schon befürchtet, ich sei overdressed«, flüsterte Svenya Yrr zu, die sich beherrschen musste, nicht zu kichern.
Raegnir schlug mit seinem Stock auf den Boden, und obwohl dieser aus Erde war, hallte es laut durch den magischen Wald. Er räusperte sich, und augenblicklich wurde es still. Sogar die Vögel hörten auf zu zwitschern. Ein jeder erhob sich von seinem Platz.
»Hochverehrte Gäste!«, rief der Marschall. Seine Stimme klang trotz seines hohen Alters fest und laut. »Edle Erben der Danann. Söhne und Töchter Alfheims. Ich präsentiere Sven'Ya Svartr'Alp. Bezwingerin des Leviathan Grynd'Nirr. Hüterin Midgards!«
Fanfaren erschollen, und alle Blicke richteten sich auf die Tür. Svenya raffte all ihren Mut zusammen und trat ein. Rasender Applaus und Jubelrufe tosten ihr so laut und überwältigend entgegen, dass sie die Schallwellen beinahe körperlich spüren konnte. Nach ein paar Schritten blieb sie stehen und verneigte sich. Niemand hatte ihr gesagt, wie sie sich verhalten sollte, es schien Svenya jedoch einfach, das Richtige, das zu tun. Die Jubelrufe schwollen noch weiter an. Doch als sie sich aufrichtete, wurde es schlagartig wieder völlig still. Offenbar wartete man darauf, dass sie etwas sagte. Damit hatte Svenya noch weniger gerechnet als mit der Größe der Feier. Wie ein vom Fuchs gehetzter Hase rasten ihre Gedanken auf der Suche nach Worten durch ihr Hirn – während die Stille immer mehr an ihren Nerven zerrte und ihre Beine immer wackliger wurden. Am liebsten hätte sie ihre Tarnung aktiviert und wäre in ihre Privatgemächer geflohen. Aber Wegrennen war diesmal nicht drin.
Dann, als sie schon dachte, sie müsse in Tränen ausbrechen, kamen die Worte ganz von selbst. Es waren leise ausgesprochene Worte, aber wie

durch Zauberei schallten sie durch den ganzen Hain: »Ich hoffe, ich werde mich würdig erweisen.«

Erneut schwappten der Applaus und die Rufe der Begeisterung über sie wie eine Welle. Svenya spürte, wie ihre Wangen glühten – diesmal jedoch vor Freude. Ihre Mundwinkel fanden von ganz allein den Weg nach oben, und der Stolz, der durch sie hindurchfloss, reckte ihren Körper ganz ohne jedes bewusste Zutun. Die Jubelrufe kristallisierten sich zu zwei Silben, die immer und immer wieder und von immer mehr Stimmen skandiert wurden.

»Sven'Ya! Sven'Ya! Sven'ya!«

Ihre Füße nahmen den Takt des Sprechchors auf, und sie schritt erhobenen Hauptes den Pfad vom Eingang bis zu ihrem Platz ganz am anderen Ende des Saales, wo Alberich, Hagen, Wargo und Raik standen und ebenfalls applaudierten. Viele von den Gesichtern, die sie umgaben, kannte Svenya noch nicht, aber es war ein tolles Gefühl zu wissen, dass sie sie alle mit der Zeit kennenlernen würde. Erneut überwältigte sie das Bewusstsein, ewig zu leben und für solche Dinge alle Zeit der Welt zu haben, so stark, als hätte sie die Nachricht davon eben erst erhalten. Noch stärker, noch überwältigender aber war die durch den herzlichen Empfang deutliche Erkenntnis, endlich ein Zuhause gefunden zu haben … und eine Familie. Und was für ein Zuhause – was für eine Familie! Svenya versuchte erst gar nicht, die Tränen der Freude, die ihr in die Augen stiegen, zu unterdrücken, und hoffte nur, dass ihr Make-up nicht verwischte. Sie musste lachen.

Scheiß drauf! Ich werde mich nicht fürs Glücklichsein schämen.

Sie erreichte König Alberich und kniete instinktiv vor ihm nieder – eben weil auch das in diesem Moment einfach das Richtige war. Ihre Trotzigkeit und Dreistigkeit, die sie noch in dem Raum der magischen Waffen an den Tag gelegt hatte, waren wie weggewischt, und ihr Verhalten wurde von der Heiligkeit des Moments gelenkt. Wer will schon wissen, woher er kommt, wenn er weiß, wohin er gehört? Und Svenya fühlte, dass sie hierher gehörte. Dass ihr hier eine wichtige Rolle zukam und sie eine Aufgabe hatte. Eine Aufgabe, die den anderen so viel bedeutete, dass sie sie dafür bejubelten. Diese Begeisterung aber half ihr, ihre neue Rolle ebenfalls als bedeutend zu empfinden und sie willkommen zu heißen.

»Steh auf, mein Kind«, sagte Alberich mit einem gerührten Lächeln.

Noch nie hatte sie jemand *mein Kind* genannt, und jetzt musste sie sich doch zusammenreißen, damit aus den Tränen kein Bach wurde.
»Willkommen in unserer Mitte, Sven'Ya Svartr'Alp, Hüterin Midgards!« Des Königs Stimme trug durch den gesamten Wald. »Lass uns dir danken dafür, dass du unser Volk schützt und auch das Volk der Menschen … dass du die Finsternis mit deinem Licht durchdringst und für all jene zu kämpfen bereit bist, die sich selbst nicht wehren können. Was immer wir dir an Hilfe zukommen lassen können, werden wir tun … zögere nie auch nur einen Moment, danach zu fragen. Lass uns für dich da sein, wie du für uns da sein wirst. Dein Mut ist uns schon jetzt Inspiration, Bezwingerin des Elbfluchs Grynd'Nirr. Unsere Festung und die Straßen Dresdens werden sicherer sein durch dich, und auch wenn die Menschen es niemals erfahren werden, wirst du sie auch in Zukunft vor den Kreaturen schützen, die sie heimsuchen und ihre Zukunft bedrohen.«
Jeder einzelne Satz wurde von weiteren, immer lauter anschwellenden Rufen der Zustimmung und Begeisterung begleitet, bis Alberich schließlich Mühe hatte, den Lärm zu übertönen, weshalb er lächelnd abschloss: »Doch all das hat Zeit bis morgen. Heute lasst uns feiern und fröhlich sein.«
Er klatschte zweimal in die Hände, und aus dem Morgenlicht wurde Nacht – die schwebenden Leuchtblasen wechselten von waldgrün zu golden und silbern, und überall neben den Diwanen erschienen Platten, Schalen und Schüsseln mit den erlesensten Speisen sowie Brunnen, aus denen Wein, Met und Säfte sprudelten.
Svenya hatte jedoch nur Augen für Hagen. Er stand neben seinem Vater und lächelte voller Stolz und Bewunderung. Und so, wie er lächelte, war er nicht stolz auf sich, weil er maßgeblich hinter dem Erfolg ihrer Prüfung stand, sondern stolz auf sie, Svenya. Stolz darauf, dass sie sie bestanden hatte … darauf, dass sie jetzt hier war – und dass sie ihre Mission akzeptiert hatte oder ihr Schicksal, wie er es formulieren würde. Dann tat Hagen etwas, das ihr Herz für einen kleinen Moment der Ewigkeit lang zum Aussetzen brachte: Er kniete vor ihr nieder! Er nahm ihre Hand und schaute sie eindringlich an.
»Sven'Ya Svartr'Alp, Hüterin Midgards! Ich, Hagen von Tronje, Sohn des Alberich, General und Oberkommandeur der Streitkräfte der Elben, schwöre Euch meine Treue und meine Loyalität.« Er küsste ihren Hand-

rücken, und Svenya lief es heiß und kalt den Rücken herunter. Ihre Knie wurden von neuem weich, und ihre Kehle wurde ganz trocken.

»Und ich«, sagte sie mit belegter Stimme, »Sven'Ya Svartr'Alp, Tochter Elbenthals, schwöre Euch, Hagen von Tronje, die Treue und gelobe, meine Pflicht zu erfüllen und jeden Tag aufs Neue mein Bestes zu geben zum Schutz und zum Wohle unseres Volkes und des Volkes der Menschen. Ich will an Eurer Seite …«

Doch weiter kam sie nicht – denn das war der Moment, in dem die Erde erbebte.

51

Der Wald in Svenyas Bankettsaal erbebte so stark, dass Svenya nach vorne überkippte. Hagen reagierte schnell und fing sie auf. Um sie herum ertönten Schreie. Yrr sprang zu ihr hin und aktivierte ihre Rüstung. Ein plötzliches Aufleuchten zog ihren Blick zu Alberich. Der stand mit finsterer Miene und sicheren Füßen neben ihr, hatte die Arme weit ausgebreitet und murmelte eine Beschwörung. Wenige Herzschläge später hörte das Beben wieder auf. Die Schreie verstummten.

»Was war das?«, fragte Svenya.

»Oegis«, sagte Hagen und half ihr dabei sich aufzurichten. »Er versucht auszubrechen. Schnell!« Eilig lief er in Richtung Tür und aktivierte dabei ebenfalls seine Rüstung. Svenya tat es ihm nach und folgte ihm zusammen mit Yrr. Als sie zu *Hurdh* gelangten, rief Hagen: »Bring uns nach unten.«

Mittlerweile hatte Raik ihr den Plan mit den Verbindungen *Hurdhs* ausgehändigt, und so wählte Svenya den Sockel der Festung als Zielort. Von dort unten aus rannten sie zum Kerker des Drachen. Svenya sah, dass die nach innen gerichteten Geschütze an den Schutzmauern doppelt besetzt waren und gerade feuerbereit gemacht wurden. Jetzt erreichten sie die innere Halle, wo eine ganze Hundertschaft Elbenkrieger in vier Reihen im Halbkreis um das schwere Gittertor stand – ihre Waffen im Anschlag. Es roch nach verbrannter Luft. Offenbar war auch Drachenfeuer zum Einsatz gekommen.

»Ist jemand verletzt?«, fragte Hagen den befehlshabenden Offizier.

Der schüttelte den Kopf. »Nichts Ernsthaftes. Ein paar Brandblasen und leichtere Verbrennungen.«

»Was ist passiert?«

»Er hat verlangt, die Hüterin zu sprechen«, antwortete der Krieger. »Als es ihm verweigert wurde, ist er völlig außer sich geraten. Wir konnten ihn weder beruhigen noch einschüchtern. Aber jetzt ist er still und liegt erschöpft am Boden.«

»Mein Vater hat ihn betäubt«, sagte Hagen zu Svenya. »Aber die Wirkung wird von Mal zu Mal schwächer.«

»Dieses Mal hat er nicht einmal das Bewusstsein verloren«, sagte der Offizier.

»Und schon bald wird es mich nicht einmal mehr schwächen«, drang nun die tiefe Stimme des Drachen zu ihnen nach draußen. Er klang müde – aber auch amüsiert. »Wir hätten uns alle viel Mühe sparen können, wenn man meinem Wunsch, die Hüterin für ein paar Minuten zu sprechen, gleich nachgekommen wäre.«

»Du wagst es, diese heilige Nacht zu stören?«, knurrte Hagen und trat an das Gitter heran.

»Hier unten sind für mich alle Nächte gleich«, antwortete der Drache. »Wie auch die Tage. Einer so langweilig wie der andere.«

»Dann hättest du ebensogut bis morgen warten können.«

»Nein«, erwiderte Oegis und kam aus dem Dunkel nach vorne gekrochen. Man sah ihm seine Benommenheit an. »Im Interesse der Hüterin konnte ich das nicht.«

»In meinem Interesse?«, fragte Svenya.

»Ich habe eine Botschaft für dich«, sagte der Drache. Seine Lider waren schwer, aber die Echsenaugen darunter funkelten wachsam. »Eine Prophezeiung. Genauer gesagt, eine Warnung.«

Svenya stutzte. »Welchen Grund solltest denn ausgerechnet du haben, mich vor etwas warnen zu wollen?«, fragte sie skeptisch.

»Das ist eine gute Frage«, antwortete Oegis. »Im Kern betrachtet, sogar eine sehr philosophische. Aber in diesem Fall ist sie leicht beantwortet.«

»Nämlich?«

»Nun ja, ich habe gehört, du warst bereit, mein Leben zu verschonen.«

»Es war nie wirklich in Gefahr.«

»Aber das wusstest du nicht, Svenya«, sagte der Drache nachdenklich. »Du glaubtest, du hättest den Auftrag, mich zu töten, aber das wolltest du nicht, weil du mich für unschuldig hältst. Du warst sogar bereit, das alles hier aufzugeben, nur damit ich leben kann.«

»Nicht damit du leben kannst, Oegis«, widersprach Svenya. »Sondern damit ich nicht diejenige sein muss, die dich tötet. Das sind zwei völlig verschiedene Dinge.«

»Nicht für mich«, stellte er klar. »Zum einen natürlich, weil es mein Leben ist, um das es hier ging. Zum anderen aber, und das ist noch sehr viel wichtiger, war mein Recht auf Leben dir wichtiger als dein eigenes Recht auf ein Zuhause. Dafür schulde ich dir etwas. Und Oegis, der Sohn des Fafnir, zahlt immer seine Schulden.« Er wandte den großen Kopf zu Hagen und wiederholte leise und drohend: »Immer.«

»Du schuldest mir nichts«, sagte Svenya. »Ich hätte bei jedem anderen genauso reagiert.«

»Das spielt, wie gesagt, keine Rolle«, grollte Oegis. »Mir ist es wichtig, dass ich dir, wenn wir einander einmal auf dem Schlachtfeld begegnen werden – und die Chancen, dass das geschieht, wachsen mit mir und meiner Kraft –, nichts mehr schuldig bin, damit der Kampf ein fairer wird.«

»Du würdest niemals fair kämpfen«, sagte Svenya schlicht.

Er lachte leise auf. »Das ist wohl wahr.«

»Siehst du.«

»Dann lass es mich anders formulieren«, sagte der Drache. »Ich will vermeiden, dass ich mich dir in einem solchen Falle noch irgendwie verpflichtet fühlen würde, um so unfair kämpfen zu können, wie ich nur kann.«

»Dann wäre es das Beste, mich erst gar nicht zu warnen und darauf zu bauen, dass, welches Missgeschick auch immer du vorausgesehen haben willst, mich vernichtet und ich am Tage deiner Befreiung erst gar nicht mehr gegen dich antreten kann.«

»Und mir damit die Chance entgehen zu lassen, dich selbst zu vernichten?«, fragte Oegis echauffiert. »Niemals! Du gehörst mir. An dem Tag, an dem ich von hier gehe, werde ich dich töten.«

»Ist das auch eine Prophezeiung?«, fragte Svenya und musste sich anstrengen, sich nicht anmerken zu lassen, dass der Drache ihr mit dieser Drohung Angst machte.

»Nein, keine Prophezeiung. Ein Versprechen. Die Prophezeiung teile ich dir mit, wenn wir alleine sind.« Oegis schaute Hagen erwartungsvoll an. Als der keine Miene verzog, fügte der Drache hinzu: »Das heißt, wenn deine Freunde die Diskretion besitzen zu verschwinden. Denn das, was ich dir zu sagen habe, ist nur für deine Ohren bestimmt.«

Noch immer rührte sich Hagen nicht von der Stelle – aber Svenya war neugierig geworden.
»Er ist noch benommen«, sagte sie leise zu Hagen. »Er kann mir nicht gefährlich werden.«
»Er ist ein guter Schauspieler«, erwiderte Hagen trocken.
Sie nahm Hagens Eibenstab vom Gürtel, und kraft ihres Willens verwandelte er sich in den starken Speer mit der Doppelklinge. Svenya registrierte, wie Oegis instinktiv zurückwich – ganz so, wie sie gehofft hatte. Sie spürte die unglaubliche Macht der Waffe in ihrer Faust.
»Ich rufe, wenn ich nicht mit ihm fertig werde«, entschied sie. »Bitte lasst uns allein.«
Hagen nickte und bedeutete den Soldaten zu verschwinden. Sie zogen sich zurück. Nur Yrr zögerte.
»Ich hab das im Griff, Yrr«, versicherte Svenya.
»Ich zweifle nicht an dir«, sagte die Kriegerin. »Ich zweifle an ihm und seinen Absichten.« Der Blick, den sie dabei Oegis zuwarf, war voller Verachtung und Argwohn.
»Aber ich muss es dir nicht erst wieder befehlen?«, fragte Svenya – in einem freundlichen Ton, der jedoch klarmachte, dass sie es tun würde, wenn Yrr ihre aufkeimende Freundschaft und ihre Rangfolge durcheinanderbrachte.
»Nein, natürlich nicht«, sagte Yrr, verneigte sich und ging davon.
»Bist du dir sicher, dass du weißt, was du da tust?«, fragte Hagen, der als Letzter noch bei ihr stand.
Svenya lächelte – weil sie die Sorge in seinem Blick sah. »Wann ist man das jemals? Wir sehen uns gleich auf der Feier.«
»Ich warte auf der anderen Seite der Tür.« Damit drehte er sich herum und ging.
Svenya wartete, bis Hagen weg war, ehe sie sich wieder dem Drachen zuwandte. »So, Oegis. Was ist es, das du mir erzählen willst – wovor willst du mich warnen?«
»Du bist in Gefahr.«
»Natürlich bin ich das«, erwiderte Svenya. »Ich bin jetzt die Hüterin Midgards.«
»Ich meine aber nicht die Gefahr, die von denen ausgeht, die du als Feinde kennst.«

»Hör auf, in Rätseln zu sprechen«, sagte sie schroff. »Sonst gehe ich.«
Er seufzte. »Die Jugend von heute. Kein Gespür mehr für eine gute Unterhaltung.«
»Muss ich wirklich erst bis drei zählen?«, fragte Svenya genervt. »Oder soll ich gleich wieder verschwinden?«
»Also gut. Dann auf die direkte Art: Jemand aus dem engsten Kreis deiner Vertrauten wird dich schon sehr bald verraten, und ein anderer wird versuchen, dich zu töten.«
»Wer?«, fragte Svenya. Sie war geschockter, als sie es zeigen und sich selbst eingestehen wollte.
»So klar waren die Bilder, die ich sah, nicht«, wich der Drache aus. »Das sind sie selten.«
»Das ist ein bisschen dünn, findest du nicht?«
»Das ist alles, was ich weiß«, antwortete er. »Den Rest musst du selbst herausfinden.«
»Ich glaube dir kein Wort«, behauptete sie – fester in der Stimme als in ihrer inneren Überzeugung. »Du sagst das nur, um einen Keil zu treiben zwischen mich und die, die jetzt meine Familie sind.«
»Welchen Grund sollte ich dazu haben?«
»Der liegt doch auf der Hand. Du willst uns entzweien und damit schwächen, damit wir nicht als Einheit gegen dich stehen und du leichteres Spiel hast, wenn du eines Tages wirklich aus eigener Kraft ausbrechen solltest.«
»Das ist eine gute Idee«, erwiderte Oegis. »Muss ich mir unbedingt merken. Aber in diesem Falle trifft es nicht zu. Ich sage dir, was ich gesehen habe. Es ist kein Trick. Und du weißt es – weil du weißt, dass ich die Wahrheit sagen *muss*.«
»Also gibt es einen Verräter in unserer Mitte.«
»Oh, so wie ich die Welt kenne – und im Groben ist das nur aus meinen Beobachtungen heraus –, gibt es hier in Elbenthal jede Menge, die du als Verräter bezeichnen würdest. Elben, die insgeheim mit Laurin sympathisieren, weil sie genug haben von einem Leben hier in der Höhle – wie ich vom Kerker – und weil sie lieber als Sklaven der Dunkelelben nach Alfheim zurückkehren würden, als ihre alte Heimat überhaupt nie wiederzusehen. Nein, Svenya, meine Warnung ist deutlicher: In deinem Fall ist der Verräter jemand aus dem Kreis derer, denen du vertraust.«

Svenya dachte sofort an Nanna. »Wie alt ist diese Prophezeiung?«
»Ein paar Stunden.«
Damit kam Nanna noch in Frage. Svenya hatte sie erst vor weniger als einer Stunde aus dem Kreis ihrer Vertrauten verbannt.
»Und der Verrat besteht darin, dass mich diese Person zu töten versucht?«
»Du hast nicht richtig zugehört«, schnaubte der Drache ungehalten. »Ein *anderer* wird versuchen, dich zu töten.«
»Also irgendjemand?«
»Nein. Nicht irgendjemand. Ebenfalls jemand aus dem Kreis derer, die du Freunde oder Vertraute nennst. Und das sind bis jetzt noch nicht sehr viele, wie ich schätze.«
»Mehr als ich jemals zuvor hatte«, sagte Svenya leise vor sich hin, und als ihr bewusst wurde, dass der Drache sie hören konnte, hätte sie sich am liebsten auf die Zunge gebissen. Er war der Letzte, vor dem sie Schwäche zeigen wollte.
»Umso schlimmer, nicht wahr?«, fragte Oegis. »Von Feinden angegriffen zu werden, ist eine Sache. Aber dagegen ist man meistens gewappnet. Diejenigen, die einen letztendlich zu Fall bringen, sind die Feinde im Innern, die, die sich Freunde nennen.«
»Du weißt überhaupt nicht, was das Wort Freund bedeutet«, raunte Svenya. Seine Botschaft hatte sie tiefer getroffen, als sie zulassen wollte.
»Ist das etwa mein Fehler? Hagen fing mich, da war ich noch ein Kind. Wer weiß, wie die Dinge gekommen wären, hätte ich ein normales Leben leben können.«
Svenya lachte spöttisch. »Klar, mit Kumpels und Freunden beim Stammtisch oder beim Sport. Drachen sind ja sehr bekannt für ihre Geselligkeit. Echte Partykracher sozusagen.«
»Keine Freunde zu haben, heißt nicht, sich nicht nach welchen zu sehnen.« Oegis klang überraschenderweise verletzt.
»Dann sollte man vielleicht nicht jeden, den man neu kennenlernt, begrüßen mit *Uah, ich werde dich töten!*«
Der Drache schmunzelte. »Sieh zu, dass du meine Warnung ernst nimmst, Hüterin, und dass du die Bedrohung überlebst. Dann werden wir beide in Gesprächen wie diesem noch viel Spaß miteinander haben.«

»Das ist ein Spaß, auf den ich gut verzichten kann. Und da du nicht mehr über die Prophezeiung sagen kannst, endet er auch jetzt und hier.« Mit diesen Worten ging Svenya davon. Dann aber drehte sie sich noch einmal um. »Ach, übrigens, weil du mir angedroht hast, mich töten zu wollen – lass mich den Gefallen erwidern: Du bist damit in meinen Augen nicht länger unschuldig und eine Bedrohung. Wenn du also hier ausbrichst und Elbenthal oder Alberich angreifst, werde ich persönlich dir das Herz aus dem verfluchten Leib reißen.«

»Hört, hört, wer da von ›verflucht‹ spricht«, spottete Oegis. »Die Frau ohne Vergangenheit. Soviel Bravado, nur weil du einen winzigen Leviathan besiegt hast?« Er richtete sich zu seiner vollen Größe auf, und seine Augen funkelten amüsiert-böse zu ihr herab. »Du glaubst wirklich, du könntest es mit mir aufnehmen?«

Svenya erwiderte seinen Blick »Ich habe inzwischen gelernt: Was ich glaube zu können und was ich kann, wenn ich es muss, sind zwei völlig verschiedene Dinge. Also, noch einmal: Wenn ich es muss, werde ich keine Sekunde zögern, dir den Garaus zu machen.«

»Den Garaus zu machen«, echote er. »Wie schön altertümlich das klingt.«

»Was willst du damit sagen?«

»Nichts. Nur dass du dich schon gut angepasst hast an dieses Volk. Schade nur, dass es bald aussterben wird.«

»Das sagt ausgerechnet der Letzte der Drachen.«

»Ach … wie läuft es eigentlich zwischen dir und Hagen?«, fragte Oegis so unvermittelt, dass Svenyas Mund vor Erstaunen offen stand.

»Was meinst du?«

»Tu nicht so«, sagte er. »Die ganze Welt kann sehen, was da zwischen euch ist. Er ist ein schwieriger Geselle, nicht wahr?«

»Das geht dich einen Scheiß an.«

Aber Oegis ließ nicht locker. »Lass mich raten: Du fühlst dich zu ihm hingezogen, aber dann ist er plötzlich wieder so kühl und ernst, dass du von ihm abprallst wie von einer Wand aus Eis.«

»Leb wohl, Drache.« Svenya wandte sich wieder zum Gehen.

»Es ist nicht deine Schuld, musst du wissen. Er hat seine Gründe«, fuhr Oegis unbeirrt fort, und Svenya schaffte es nicht, einen Fuß nach vorne zu setzen. Zu sehr war sie interessiert, was der Drache zu sagen hatte.

Hier war die Chance, mehr über Hagen zu erfahren – von einem Orakel, das verpflichtet war, die Wahrheit zu sagen.

»Welche Gründe?«, fragte sie, ohne sich zu Oegis umzublicken.

»Weiß du, auf Hagen lastet ein Fluch«, begann er. »Nicht ein Fluch, wie er auf dir lastet. Nichts, was jemand ihm auferlegt hätte – außer vielleicht er sich selbst. Nennen wir es vielleicht besser Pech. Durch Verstrickungen des Schicksals – oder vielleicht auch durch mangelnde innere Flexibilität, wer weiß das schon? – hat Bruder Einauge es in der Vergangenheit immer wieder geschafft, gerade das zu zerstören, was er am meisten liebte. Immer. Zuverlässig wie ein Schweizer Uhrwerk – auch wenn die früher mal besser waren als heute. Er hat ein Händchen dafür, unser Hagen. Vielleicht liegt es daran, dass er nicht begreift, dass zu viele Loyalitäten zu vielen gegenüber einander früher oder später immer in die Quere kommen. Irgendwas – und in Hagens Fall irgendwer – bleibt dabei immer auf der Strecke. Das ist kosmische Mathematik, aber die zu verstehen oder zu akzeptieren, weigert er sich. Man munkelt sogar, dass er irgendwann einmal verantwortlich sein wird für den Untergang Elbenthals, weil er es so sehr liebt. Deshalb versucht er, nicht mehr zu lieben, und verschließt sich ganz besonders da, wo er große Zuneigung empfindet. Also, nicht wundern über seine Bärbeißigkeit. In den meisten Fällen ist sie nur Ausdruck seiner unterdrückten wahren Gefühle.«

Das erklärte einiges, erkannte Svenya.

»Natürlich nährt das jetzt dein Mitgefühl«, fuhr der Drache fort. »Deine Instinkte, vielleicht auch deine romantischen Vorstellungen wecken in dir das Bedürfnis, diejenige zu sein, die diesen Teufelskreis aufbricht, und deine Liebe über sein Schicksal siegen zu lassen.«

Svenya fühlte sich ertappt.

»Aber«, sagte Oegis mit einem Augenzwinkern, das bewies, dass er wusste, dass er sie durchschaut hatte, »am Ende dieses Pfades liegt die totale Selbstaufgabe – die Selbstzerstörung –, und damit erfüllt sich dann ein Fluch, der nie einer war. Auch das ist kosmische Mathematik.«

»Von Liebe verstehst du noch weniger als von Freundschaft«, sagte Svenya ruppig.

»Ach ja? Du bist darin wahrscheinlich eine Expertin mit deinen weitreichenden Erfahrungen«, erwiderte er spöttisch. »Mit all den Charlies dieser Welt, die dich begrabscht und gegen deinen Willen gefickt haben, ohne dass du dich wehren konntest. Was in dir lebt von dem, was du für Liebe hältst, ist in Wahrheit nichts weiter als eine verträumte Sehnsucht, geboren aus Einsamkeit und Verzweiflung. Eine Hoffnung, die dich, in den Stunden unter schwitzig stinkenden Leibern, nur scheinbar davor bewahrt hat, den Verstand zu verlieren. Denn an das zu glauben, woran du glaubst, bedeutet, den Verstand schon lange verloren zu haben. Sagen wir, wie es ist: Du ignorierst die knallharte Wirklichkeit und lebst eine Illusion. Denke an meine Worte: Wenn dich die aktuelle Prophezeiung nicht ereilt, wird es deine Liebe zu Hagen sein, die dich in den Abgrund zieht.«

»Ja, ja«, sagte Svenya lakonisch und ging davon. »Und wenn nicht die, dann du. Schon klar. Hab ein schönes Leben in deinem Kerker, Drache. Und wenn du das nächste Mal eine Prophezeiung über mich empfängst, mach dir nicht die Mühe, mich zu rufen. Behalt sie einfach für dich. Denn mein Schicksal ist das, was ich daraus mache.«

Oegis lachte. »Jetzt, Hüterin, jetzt hast du es verstanden.«

Svenya hatte keine Ahnung, was er damit nun schon wieder meinte, entschied sich aber, es zumindest nach außen hin zu ignorieren und diesen unheiligen Ort und seinen zerstörerischen Bewohner zu verlassen.

Aber seine Worte nagten in ihr wie eine hungrige Ratte.

52

Obwohl Svenya sich vorgenommen hatte, sich die Warnung des Drachen nicht allzu nahegehen zu lassen, fiel es ihr schwer, den Fortgang des Festes ihr zu Ehren zu genießen. Alberich hatte tief in die Trickkiste gegriffen, um mit zahlreichen Darbietungen für Kurzweil zu sorgen: Es gab einen Tanz von winzigen Feuer-Elementaren, die wie kleine Gargoyles aus Flammen aussahen und zu wild getrommelten Rhythmen schnell wie der Wind zwischen den Bäumen und Gästen hin und her stoben und wirbelten. Yrrs weibliche Elbengarde hatte ein Ballett der Klingen vorbereitet: Leicht bekleidet, verwoben sie in ihrer ungestümen und doch grazilen Choreografie urige Kraft mit magischer Eleganz, während ihre im Takt der Musik aufeinanderprasselnden Klingen Funken sprühten.
Weniger kämpferisch war die Darbietung einer Gruppe von zehn männlichen Akrobaten, die ihre Kunststücke auf fünf herbeigezauberten Geysiren vollführten, die bis zu zwanzig Meter hochspritzten. Sie ließen sich von den Wasserstrahlen in die Höhe katapultieren, schlugen Salti und Spiralen, fingen sich weit oben in der Luft gegenseitig auf oder ließen sich von anderen einander zuwerfen – es sah unendlich viel komplizierter aus als an einem Trapez. Raik und drei Assistentinnen lieferten eine Zaubershow, die alles in den Schatten stellte, was Svenya jemals im Fernsehen gesehen hatte, und bei einem Bogenschießwettbewerb auf magisch bewegte Ziele brillierte Hagen. Doch während Svenyas Gäste durch diese Darbietungen ganz schnell von dem Zwischenfall mit dem Drachen abgelenkt waren – vermutlich, weil sie an solche Zwischenfälle gewohnt waren und sich von ihnen nicht abhalten lassen wollten, Nächte wie diese in vollen Zügen zu genießen –, war es ihr selbst beinahe unmöglich, Begeisterung wenigstens zu spielen. Ihr Kopf war zu voll mit den Dingen, die Oegis ihr eingeflüstert hatte, und allein schon dafür verfluchte Svenya

ihn. Am meisten aber verwünschte sie ihn dafür, dass sie sich selbst dabei beobachtete, wie sie ihre Freunde einen nach dem anderen betrachtete, um herauszufinden, wer sie in Kürze würde töten wollen.

Den vorhergesagten Verrat lastete Svenya Nanna an – denn ihre ehemalige Köchin hatte von allen den stärksten Grund, sie zu Fall bringen zu wollen. Wenn Nanna aber die Verräterin war, wer würde dann, wenn es laut der Prophezeiung zwei verschiedene Personen waren, der Mörder oder die Mörderin sein?

Svenyas Blick fiel auf Wargo. Schon den ganzen Abend brütete er still vor sich hin. Nach ihrem Gespräch in dem Hotelzimmer konnte Svenya nur zu gut verstehen, dass ein Teil von ihm nicht wirklich begeistert war von der Tatsache, dass sie jetzt wieder hier war. Sie zweifelte keinen Moment daran, dass seine Gefühle für sie wirklich so stark waren, wie er behauptet hatte, und ahnte, wie schwer es daher für ihn sein musste, sie jetzt doch wieder Tag für Tag hier zu sehen. Aus dem gleichen Grund hatte sie auch davon abgesehen, ihn statt Yrr wieder zum Hauptmann ihrer Leibgarde zu machen. Sie hoffte, dass er irgendwann einmal darüber hinwegkommen würde, aber was war mit jetzt? War der einzige Weg, die Frau, die er liebte und begehrte, ohne dass sie ihn in dem Maße zurückliebte, das er sich wünschte, aus seinen Gedanken zu verbannen, der, sie zu töten? Traute sie ihm das überhaupt zu? Aber genau das war ja das Problem: Svenya traute es keinem ihrer Freunde oder Vertrauten zu – und doch würde es einer von ihnen sein.

War es vielleicht Raegnir? Er war zwar kein Freund im engeren Sinne, aber auf jeden Fall ein Vertrauter. Andererseits: Welchen Grund sollte er haben, sie töten zu wollen? Er leitete mit dem ihren einen der größten Haushalte in ganz Elbenthal und verfügte über ihr Vermögen, als wäre es das seine. Im Grunde genommen lebte er durch Svenya wie ein Fürst, niemandem weisungsgebunden außer ihr, Hagen und Alberich. Durch ihren Tod würde er all das verlieren. Unwahrscheinlich also, dass er als zukünftiger Täter in Frage kam.

Raik vielleicht? Oder Yrr? Oder gar Hagen? Soweit Svenya das beurteilen konnte, hatte keiner von ihnen ein Motiv – und jeder Einzelne von ihnen hätte sie schon viel früher um die Ecke bringen können, in all der Zeit, in der sich ihre Kräfte noch nicht entfaltet hatten.

Loga fiel ebenfalls aus – als Oegis seine hellseherische Eingebung hatte,

kannte sie den Gargoyle noch gar nicht. Außerdem war er auch nicht ihr Freund oder Vertrauter.
Vielleicht Alberich selbst? Aber auch ihn würde sie nicht zu ihren Vertrauten oder gar Freunden rechnen. Er war ihr König.
Und so drehten sich Svenyas Gedanken den ganzen Rest der Nacht im Kreis, ohne dass sie zu irgendetwas führten. Aber ausblenden konnte sie sie auch nicht. Sie war froh, dass Hagen nicht fragte, was Oegis ihr gesagt hatte, aber sie überlegte, ob sie sich ihm trotzdem anvertrauen sollte. Schließlich entschied Svenya sich jedoch dagegen. Wie sie ihn inzwischen kannte, würde er sofort eine groß angelegte Untersuchung starten und damit nicht nur die Feier stören, sondern auch ihr gerade neugeborenes Verhältnis zu ihren Freunden und den restlichen Bewohnern Elbenthals. Sie begrüßten sie als Beschützerin – welchen Eindruck würde es da machen, wenn sie gleich zu Beginn als Schutzsuchende auftrat? Nein, das war eine Sache, die Svenya alleine durchstehen musste, so schwer ihr das auch fiel.
Allerdings bat sie Yrr, Nanna durch einige ihrer Krieger, so heimlich es ihnen möglich war, im Auge zu behalten und ihre Aktivitäten zu beobachten. Sie glaubte, dass der Verrat auf diese Weise schon im Keim zu ersticken wäre. Und vielleicht hätte sie damit auch Recht gehabt – wenn es tatsächlich Nanna gewesen wäre, die sie laut der Prophezeiung verraten würde.
Aber es war nicht Nanna.

53

Svenya wurde in ihrem Bett davon wach, dass ihr jemand eine große, dicht behaarte und mit langen Klauen bewehrte Pranke auf den Mund presste. Das heißt, richtig wach wurde sie nicht. Sie war vollkommen betäubt und unfähig, sich zu bewegen, weshalb es ihr auch nicht gelang, sich zur Wehr zu setzen. Sie sah die wölfische Fratze über sich, und ihr allererster Gedanke war: Wargo! Und er war nicht allein. Es waren noch vier andere bei ihm. Sie trugen lange Kutten, und die Hauben waren tief in die Gesichter gezogen. Silberne Fesseln und Ketten wurden ihr angelegt, und sie wurde verschnürt, bis sie sich auch unbetäubt nicht mehr hätte wehren können. Svenya wollte schreien, aber auch das gelang ihr nicht. Der Versuch führte dazu, dass sie geknebelt wurde. Als nächstes verband man ihr die Augen, und jemand hob sie hoch.
Wie zur Hölle waren sie an den Wachen vorbei in ihr Schlafzimmer gekommen? Anscheinend gab es Geheimgänge, die Wargo als ihr ehemaliger Sicherheitschef wohl kannte. Um ihre Angst niederzukämpfen, entschloss Svenya sich dazu, erst einmal abzuwarten, was geschehen würde. Wenn ihre Angreifer vorgehabt hätten, sie zu töten, wäre sie jetzt bereits tot. Viel wahrscheinlicher war, dass Laurin dieses Privileg für sich haben wollte. Was wiederum bedeutete, dass sie sicher war, bis sie sie bei ihm abliefern würden. Wenn Wargo sie aber tot sehen wollte, weil er nicht damit klarkam, dass sie seine Gefühle nicht erwiderte, warum brachte er sie dann zu Laurin? Dieser Gedanke brachte Svenya zu einer anderen Idee: Vielleicht wollte Wargo sie gar nicht töten. Gemäß der Prophezeiung war das hier der Verrat und nicht der Mordversuch. Vielleicht entführte er sie und brachte sie von hier weg, um sie irgendwo anders ganz für sich haben zu können – als seine Sklavin. Vielleicht hoffte er, sie so lange einsperren zu können, bis ihr Wille gebrochen und sie so verzweifelt war, dass sie ihm ewige Liebe schwor und seine Frau wurde.

Vielleicht, vielleicht, vielleicht. Alles Spekulieren bringt jetzt nichts. Ruhe bewahren und bereit sein, wenn sich die Gelegenheit ergibt.
Der Weg, den man sie transportierte, roch nach uraltem Staub und Moder, was Svenyas Vermutung, dass es hier Geheimgänge gab, bestätigte. Nach einigen Minuten hielt die Gruppe an, und ein Licht erstrahlte – so hell, dass es sogar durch die Augenbinde drang. Gleich darauf war es wieder dunkel, und es roch mit einem Mal ganz anders – nach kaltem Rauch, teurem Eau de Toilette und Whiskey. Der Boden, auf den Svenya geworfen wurde, war mit einem dicken Teppich gepolstert. Also war das Aufleuchten ein Transportzauber gewesen. Das bedeutete, dass sie jetzt überall sein konnte – und dass es keine Möglichkeit gab, den Fluchtweg ihrer Entführer zurückzuverfolgen. Außer vielleicht mit Magie. Svenya hoffte, dass Raik oder Alberich dazu in der Lage sein würden.
»Nehmt ihr den Knebel wieder ab«, sagte eine raue, wölfische Stimme. »Hier drin kann sie schreien, so viel sie will. Es kann sie niemand hören.«
Das war nicht Wargo. Die Stimme war fremd.
Als ihr der Knebel aus dem Mund genommen und die Augenbinde abgezogen wurde, merkte Svenya, dass sie ihre Muskeln ansatzweise wieder zu spüren begann. Womit auch immer sie betäubt worden war, es ließ nach.
Ihr Nachttrunk!
Verdammt!
Es war gar nicht Wargo, es war Raegnir!
Heute hatte er, statt wie sonst Nanna, ihr vor dem Schlafengehen den Nachttrunk gebracht – weswegen sie ihn auch ohne Vorkoster direkt getrunken hatte. Bei den Göttern! Durch den Rauswurf Nannas hatte Svenya ihrem Marschall erst die Gelegenheit dazu gegeben, sie zu vergiften!
Svenya schaute sich um. Ihr genau gegenüber stand der wohl größte Mannwolf, den sie je gesehen hatte. Er war um einiges älter als Wargo und verwandelte sich gerade in seine menschliche Form zurück. Er hielt sich nicht damit auf, sich etwas anzuziehen, sondern nahm aus einer Kiste eine dicke Zigarre und schmauchte sie selbstzufrieden an, während seine noch immer bernsteinfarbenen Augen sie fixierten. Svenya erkannte, dass sie ihm schon einmal beggenet war. Er hatte den Trupp

angeführt, der sie auf der Brücke verfolgt hatte, ehe sie in die Elbe gesprungen war.

Die anderen vier waren Dunkelelben. Sie ließ den Blick weiter schweifen, in der Hoffnung, etwas Bekanntes wahrzunehmen, das ihr helfen könnte, ihren Standort zu bestimmen. Der Raum, in dem sie lag, war fensterlos und zu einer Hälfte feiner Salon, zur anderen Folterkammer. Da standen ein Pranger und ein Andreaskreuz, eine Streckbank und ein Tisch voller grob geschmiedeter Werkzeuge, deren Funktion Svenya sich lieber nicht vorstellen wollte. Daneben ein stählerner, auf Hochglanz polierter Seziertisch und hochmoderne chirurgische Instrumente – vom Skalpell bis zum Brustkorbspreitzer.

»Wer bist du?«, fragte sie den Anführer.

»Gerulf«, antwortete er mit einem Knurren in der Stimme, das ihr bis ins Mark ging. »Der Anführer von Laurins Eingreiftruppe.«

»Was habt ihr Raegnir für den Verrat bezahlt?«

Gerulf lachte rau auf und deutete den vier Elben an, den Raum zu verlassen. Sie verschwanden. »Dem Alten? Dem mussten wir gar nichts bezahlen. Er arbeitet schon lange für uns.«

»Er arbeitet für euch? Wieso das?«

»Hast du eine Vorstellung davon, wie alt er ist?«, fragte Gerulf, während er sich endlich einen Morgenmantel überwarf. »Oder besser, warum er so alt ist?«

»Nein«, gestand Svenya. »Das habe ich mich schon oft gefragt. Ich dachte, Elben leben ewig.«

Er grinste um die dicke Zigarre in seinen funkelnden Zähnen herum. »Ja und nein. Wirklich ewig lebt nichts und niemand in diesem Universum. Die Ewigkeit ist ein völlig abstraktes Konstrukt, das real gar nicht wirklich existiert – zumindest nicht nachweisbar. Auch Elben und wir Mannwölfe altern – sehr viel weniger durch die Zeit als durch unsere Taten. Bestimmte Arten von Magie zum Beispiel verbrauchen Lebenskraft unwiderbringlich.«

Svenya erinnerte sich daran, wie Alberich gealtert war, als er die Festung am Tag ihrer Ankunft vor dem Fluch der Frage geschützt hatte.

»Raegnir hat Alberich dabei geholfen, Elbenthal zu bauen. Fast all seine Lebensenergie hat er darauf verwendet. Aber hat Alberich ihn dafür in den Rang eines Fürsten erhoben? Nein.«

»Seine Stellung als Marschall erhebt ihn doch darüber«, sagte Svenya. »Es gibt in ganz Elbenthal niemanden außer Alberich und Hagen – und jetzt mir –, der über ihm steht.«

»Diener bleibt Diener«, entgegnete der Mannwolf verächtlich.

»Raegnir hat mich und Elbenthal verraten wegen seines Egos?« Svenya wollte und konnte das nicht glauben.

»Ich hätte es«, erwiderte Gerulf. »Aber nicht Raegnir. Nein, das muss man ihm zugutehalten. Er war zufrieden mit seiner Position. Aber er hatte nicht damit gerechnet, was das Alter aus ihm machen würde. Natürlich, den Preis hat er für die Sicherheit seines Volkes gerne in Kauf genommen – als er noch jung war und voller Optimismus, die Heimat irgendwann einmal wiederzusehen. Doch im Alter fällt einem das Warten zunehmend schwerer. Da spürt man den nahenden Tod, ist nicht mehr so geduldig … und auch nicht mehr so zuversichtlich. Jahrhunderte vergingen, ohne dass sich an der Situation etwas änderte. Dann ein ganzes Jahrtausend, und noch immer leben er und sein Volk in der Dunkelheit unter der Erde. Und irgendwann war da für Raegnir nichts mehr, wofür es sich zu leben lohnte – außer der Sehnsucht, die alte Heimat ein letztes Mal wiedersehen zu können. Diese Sehnsucht wurde mit der Zeit mehr und mehr zu einer Besessenheit – getrieben von der Angst, dass sie sich nicht mehr erfüllt, ehe er stirbt. Denn genau wie Alberich und einige andere der Seinen altert Raegnir durch das Instandhalten der Festung kontinuierlich weiter. Langsam, aber dennoch unaufhörlich. In Alfheim gibt es Quellen der Kraft, die es Elben ermöglicht, ihre Magie und auch ihr Leben wieder aufzufrischen – nicht aber in Midgard; zumindest heutzutage nicht mehr. Also ist alles, was Raegnir noch will, entweder zum Sterben nach Hause zurückzukehren oder dort die Chance zu erhalten, durch eine Regeneration seiner Kräfte wieder jung zu werden. Der eine Wunsch ist so treibend wie der andere, findest du nicht?«

Svenya fühlte sich an das erinnert, was der Drache gesagt hatte: dass es viele Elben gab, die ein Leben in Sklaverei in Kauf nehmen würden, nur um endlich wieder Zuhause zu sein. Nach den Ereignissen der letzten Tage konnte sie das verstehen. Sie selbst war zwar nicht versklavt, aber auch sie hatte ihre absolute Freiheit eingetauscht gegen ein Zuhause … und Macht … und eine Aufgabe.

»Deshalb unterstützt er Laurin«, sagte sie nachdenklich. »Um durch ihn nach Alfheim zurückkehren zu können. Ich nehme an, er stand auch hinter Tapio und dessen Anschlag auf mich?«

»Nein. Die beiden wussten nicht, dass sie dem gleichen Herrn dienten. Laurin spielt nicht mit offenen Karten. Das erhält ihm ein Höchstmaß an Kontrolle.«

»Aber Raegnir hätte schon viel früher zugeschlagen, wenn Nanna nicht gewesen wäre«, vermutete Svenya.

»Ja, das stimmt. Um einiges früher. Was für ein Glücksfall, dass Hagen ihn damit betraut hatte, Vorkoster für dich zu bestimmen. Er hätte einem davon ein Gegengift geben können, das ihn deine Nahrung unbeschadet hätte kosten lassen, und du wärst ausgeschaltet und leicht zu entführen gewesen, denn niemand kennt die geheimen Wege Elbenthals so gut wie Raegnir, um uns hinein- und auch wieder hinauszuschleusen. Aber da kam Nanna dazwischen und ihr Faible für dich. Jedes Essen, jeden Trunk hat sie persönlich zubereitet und dir gebracht.«

Je mehr er erzählte, desto mehr erfuhr Svenya über die Hintergründe ihrer Entführung – aber das war nicht der einzige Grund, warum sie Gerulf dazu brachte, so viel zu reden. Mit jeder Sekunde, die verstrich, kehrte das Leben in ihre Muskeln und Gelenke zurück. Vielleicht würde er einen Fehler machen, der es ihr ermöglichte, zu entkommen.

»Raegnir scheint in diesem Spiel aber nicht der Einzige zu sein, dessen Loyalitäten, sagen wir einmal, im besten Falle fragwürdig sind, oder?«

Gerulf hob die linke seiner dunklen buschigen Augenbrauen. »Was meinst du damit?«

»Nun ja«, sagte Svenya. »Ich kenne mich noch nicht so gut aus, aber das hier scheint mir nicht Aarhain zu sein.«

»Nein, ist es nicht«, räumte er ein. »Es ist einer meiner eher privaten Unterschlüpfe hier in Dresden.«

»Hat Laurin angeordnet, dass du mich hierher bringst?«

»Nein.«

»Das dachte ich mir«, sagte Svenya. »Du hattest bestimmt Anweisung, mich direkt zu ihm zu bringen.«

Der Mannwolf schmunzelte finster.

»Dann hast du deine ganz eigenen Pläne mit mir.« Der Gedanke jagte Svenya angesichts der Folterinstrumente, die einiges über die Natur des Mannwolfes aussagten, Angst ein.

»Nein«, antwortete Gerulf, und sie atmete innerlich erleichtert auf. »Laurin würde mich, ohne auch nur mit der Wimper zu zucken, hinrichten, wenn ich dir auch nur ein Haar krümme.«
»Und warum lieferst du mich dann nicht direkt ab, wie befohlen?«
»Sagen wir, ich will mit Laurin in Gehaltsverhandlungen treten.« Gerulf schenkte sich einen Whiskey ein und nippte an dem Glas. »Du bist mein Hebel, mit dem ich ihn davon überzeugen will, mich innerhalb seiner Armee zu befördern. Ich habe die Schnauze voll davon, immer nur das Einsatzkommando zu leiten und andauernd derjenige zu sein, der als Erster die Kastanien aus dem Feuer holt.«
»Wenn Laurin dich töten würde, wenn du mir auch nur ein Haar krümmst, warum sollte er sich dann von dir erpressen lassen?«
»Erpressen ist ein zu hartes Wort«, gab Gerulf zurück. »Ich schlage ihm lediglich, ehe ich dich übergebe, vor, mich zu befördern. Er weiß dann, dass ich mit meiner jetzigen Position unzufrieden bin und was genau ich mir wünsche, um wieder zufriedener zu werden. Er weiß dann auch, dass es mit dir in meinem Besitz unklug wäre, mich noch unzufriedener zu machen – möglicherweise sogar so unzufrieden, dass es mir egal ist, ob er mich tötet, wenn ich vielleicht eine Dummheit mit dir anstelle. Also wird er mir eine neue Position anbieten und kann sich im Gegenzug darauf verlassen, dass ich dich aus Dankbarkeit heraus heil und gesund bei ihm abliefere.«
»Das ist Erpressung.«
»Wir in Aarhain nennen das Verhandlungsgeschick«, sagte Gerulf. »Laurin belohnt nie von sich aus. Aber er belohnt die, die es verstehen, für sich zu fordern, was ihnen zusteht. Damit unterscheidet er sich von keinem Arbeitgeber dieser Welt.«
»Für mich klingt das wie Piraterie.«
»Piraten, Unternehmer, Fürsten, Halsabschneider … wo ist da der Unterschied?«
Svenya überlegte einen Moment. Dann erwiderte sie mit einer Gegenfrage: »Ist dir bewusst, dass ich zu den reichsten Frauen der Welt gehöre oder vielleicht sogar die reichste von ihnen bin?«
»Aah«, sagte Gerulf genießerisch, so als hätte er gerade einen ganz besonders guten Whiskey getrunken. »*Jetzt* fängst du an zu verstehen.«
»Wieviel willst du für meine Freilassung?«

»Ts-ts-ts«, machte er und drohte mit dem Zeigefinger. »*Wieviel* ist der falsche Ansatz. Nur Geld nutzt mir nichts, wenn Laurin hinter mir her ist.«

»Okay, *was* willst du?«

»Schon besser«, sagte Gerulf und nickte zufrieden. »Hm. Der einzige Ort, an dem ich vor Laurin einigermaßen sicher wäre, ist Elbenthal …« Er ließ die Bemerkung im Raum hängen.

»Du willst die Seiten wechseln?« Svenya war verblüfft.

»Was ich wirklich will«, sagte Gerulf, »habe ich eben schon gesagt: Ich habe keine Lust mehr, andauernd für andere die Kastanien aus dem Feuer holen zu müssen. Ich will meine Ruhe – und ein bisschen Komfort. Sagen wir, einen netten Palast und eine Dienerschaft, dann hundert Krieger zu meinem persönlichen Schutz und einen Teil von Alberichs Gold in Form einer jährlichen Apanage.«

Svenya sah die Hoffnung in seinen Bernsteinaugen flimmern – vielleicht war es aber auch nur Gier.

»Daraus wird nichts«, sagte sie kühl.

Er stutzte. »Das ist ein gutes Angebot.«

»Ein Angebot, das aus den unterschiedlichsten Gründen keine Aussicht auf Erfolg hat«, entgegnete sie.

»Und welche Gründe wären das?«

»Zum einen würden Alberich und Hagen niemals einen von Laurins Männern in die Festung lassen«, sagte sie. »Die Gefahr, dass er ein Spion wäre, ist einfach zu groß.«

Er zuckte mit den Schultern. »Wargo haben sie auch aufgenommen.«

Das war ein Punkt für ihn, und Svenya wusste nicht, was sie dazu sagen sollte. »Aber da sind noch andere.«

»Ja?«

Sie deutete mit dem Kinn auf die Folterinstrumente. »Deine besonderen Vorlieben.«

»Die könnte ich durchaus aufgeben«, behauptete er. »Zumindest für eine Weile.«

»Der Hauptgrund aber«, fuhr sie unbeirrt fort, »ist der, dass ich jemanden wie dich nicht in Elbenthal dulden würde.«

»Jemanden wie mich?« Gerulfs Ton klang drohend – sein Blick war es ganz bestimmt.

»Wenn ich heute deine Loyalität kaufen kann, kann es morgen ein anderer. Kommt also nicht in Frage.«
»Ganz schön arrogant, Prinzesschen«, knurrte der Mannwolf. »Vielleicht sollte ich mit Hagen oder Alberich selbst verhandeln.«
»Selbst wenn einer der beiden auf den Deal einginge, was ich nicht glaube, würde ich dich hochkannt wieder hinauswerfen.«
»Dazu hättest du nicht die Befugnis.«
»Ich bin die Hüterin Midgards«, hielt sie dagegen. »Ich habe die Befugnisse, die ich mir nehme.«
Gerulf beugte sich zu ihr herab, packte sie am Hals und zog ihr Gesicht zu dem seinen. Er stank nach Zigarre und Alkohol. »Im Moment bist du nichts weiter als ein wehrloses Stück Mist, das ich bei dem einen oder dem anderen gegen ein besseres Leben eintausche. Und wenn du mir bockig kommst, kann es auch gut passieren, dass ich dich doch kaltmache und Laurin gegenüber einfach nur behaupte, du seist entwischt, und ich hätte keine Ahnung, wo du jetzt bist.«
Seine Wut auf sie war ein deutliches Zeichen dafür, dass er Elbenthal als seinem künftigen Zuhause den Vorzug geben würde – und nun erkannte, dass sie ihm dabei vorsätzlich und aus tiefster Überzeugung und Abscheu heraus im Weg stand. Aber das spielte jetzt keine Rolle mehr – den größten Fehler hatte er nämlich gerade selbst begangen: Er war nah an sie herangekommen. Zu nah. Das löste, in Erinnerung an Charlie und das Heim, nicht nur Ekel und den Zorn der Verzweiflung in ihr aus, das gab ihr auch die Gelegenheit, auf die sie gewartet hatte.
Mit aller Macht schlug sie ihm die Stirn gegen das Nasenbein. Er fluchte, sprang auf – und schenkte ihr damit die Chance, die Beine anzuwinkeln und ihm mit den nackten Fußsohlen voll gegen den Solarplexus zu treten. Er wurde ein paar Meter weit zurückgeschleudert und ging bewusstlos zu Boden. So schnell sie in ihren Fesseln und Ketten konnte, rappelte Svenya sich auf und hoppelte zu den Tischen mit den Folterinstrumenten hinüber. Sie fand eines, das sie für ihre Zwecke für geeignet hielt – einen kleinen spitzen Haken, so wie ihn ein Zahnarzt benutzt. Sie drehte sich rückwärts zur Bank und versuchte, mit ihren auf den Rücken gefesselten Händen danach zu greifen. Sie brauchte mehrere Ansätze – hauptsächlich weil sie so aufgeregt war –, aber dann hatte sie ihn zwischen den Fingern und nestelte ihn in das Schlüsselloch ihrer Handschellen hinein.

Svenya wusste, dass sie sich beeilen musste, denn ein Mannwolf wie Gerulf war mit seinen Selbstheilungskräften ganz bestimmt nicht lange bewusstlos, aber sich zu hetzen brachte bei einer derart filigranen Arbeit wie Schlossknacken nichts. Hier war Fingerspitzengefühl angesagt – und genau das fehlte ihr wegen der Nachwirkungen der Betäubung. Ihre Feinmotorik würde noch für eine ganze Weile lahmgelegt sein, und es fühlte sich an, als trüge sie Backofenhandschuhe. Mehr als einmal rutschte der Haken wieder aus dem Loch. Dann hatte sie ihn endlich an den Zahnungen im Schloß. Doch so sehr sie auch versuchte, ihn in der richtigen Mischung aus Behutsamkeit und Kraft herumzudrehen, er glitt immer wieder ab.

Da stöhnte Gerulf auf und rührte sich. Sie hoppelte hinüber, um ihn wieder ins Reich der Träume zu schicken, indem sie sich seitlich auf ihn fallen lassen und ihm dabei mit dem Ellbogen gegen die Schädelseite schlagen wollte. Doch seine Heilkräfte waren noch besser als erwartet. Gerade als sie sich fallen ließ, rollte er sich zur Seite weg, und Svenya prallte hart auf dem Boden auf – mit dem Ellbogen zuerst. Der Schmerz ließ ihr die Tränen in die Augen schießen, und im nächsten Moment war Gerulf auch schon auf die Füße gesprungen und trat ihr mit Wucht in den Bauch. Der Tritt presste alle Luft aus ihr heraus und Svenya krümmte sich, verzweifelt nach Atem ringend. Einen Moment lang wunderte sie sich, dass sie unter Wasser keine Luft holen musste, hier an Land aber schon.

»Das war ein Fehler«, bellte Gerulf und rieb sich den offenbar noch stark schmerzenden Solarplexus. »Ein großer Fehler.« Er trat sie noch ein zweites Mal, dann ging er hinüber zu einem der Tische und nahm eine ekelerregend scharf gezahnte Scherenzange in die große Hand. »Weißt du, wenn ich es mir recht überlege, hat Laurin gar nicht befohlen, dir kein Haar zu krümmen. Er hat lediglich verlangt, dass ich dich lebend abliefere. Und *lebend* ist sehr, sehr frei interpretierbar! Ich glaube nicht, dass Laurin jeden Körperteil von dir braucht.«

Er kam auf Svenya zu, und sie versuchte, nach hinten wegzurobben – was natürlich völlig aussichtslos war.

Da sah sie nur noch einen Ausweg.

»*Tega Andlit dyrglast.*
Opinberra dhin tryggr edhli.
Dhin Magn lifnja
Oegna allr Fjandi
Enn Virdhingja af dhin Blodh.«

Svenyas Rüstung materialiserte prompt – aber, wie befürchtet, unter den Ketten. Aber es war auch der Panzer, von dem sie sich Rettung erhoffte. Als Gerulf die Verwandlung sah, sprang er auf sie zu.
Svenya drückte auf das Emblem, und der Panzer erschien. Gerade noch rechtzeitig. Die große Zange rutschte von ihrem Gesicht ab, ohne ihr auch nur einen Kratzer zuzufügen, und auch den Tritt, den Gerulf ihr vor Wut versetzte, spürte sie nicht. Dafür fluchte er laut auf – der Kontakt seines nackten Fußes mit dem unsichtbaren Schutzschild musste wehgetan haben.
Svenyas Gedanken jagten um den Panzer und seine sonderbaren Eigenarten. Er konnte die unterschiedlichsten Formen annehmen – irgenwie ganz nach Bedarf, so, als würde er auf der einen Seite mit magischen Sensoren arbeiten und auf der anderen mit ihrem Bewusstsein verbunden sein und tun, was sie unterbewusst wollte. Es war höchste Zeit für ein Experiment – den Versuch, ihn darüber hinaus auch bewusst zu steuern … um mit ihm durch Ausdehnung die Ketten von innen heraus zu sprengen.
Svenya nahm all ihre Willenskraft zusammen und stellte sich vor, wie der Panzer sich von ihrer Haut und ihrer Rüstung löste und sich aufblähte wie eine Seifenblase. Und tatsächlich – es funktionierte. Die Ketten und Schellen dehnten sich knirschend und zersplitterten dann, als wären sie aus Eis.
Gerulf starrte sie ungläubig an – aber nur einen winzigen Augenblick lang. Während Svenya sich aufrichtete, sprang er bereits zurück zum Tisch und griff nach einer Axt. Sie sah alt aus, schartig und rostig.
»Reines Eisen«, sagte er. »Gefeit gegen Elbenmagie.« Im nächsten Moment verwandelte er sich in seine wölfische Gestalt und hechtete auf sie zu.
Svenya war weit davon entfernt, wieder fit zu sein, sonst hätte sie sehr viel schneller reagiert. So aber schaffte sie es weder rechtzeitig, eine Waffe zu ziehen noch dem Angriff auszuweichen. Die sensenförmig geführte

Doppelblattaxt traf sie an der Schulter ... und schnitt durch den Panzer hindurch wie durch Luft. Die schorfige Klinge ritzte ihre Haut tief, und ein heftiger Schmerz durchzuckte Svenya. Es war ein Brennen, das sehr viel stärker war, als nur der Schmerz eines Schnittes sein konnte. Reines Eisen war nicht nur gefeit gegen Elbenmagie, Hagen hatte ihr schon an ihrem allerersten Tag gesagt, dass es das Gewebe von Elben verbrennt und sie schwächt. Es war das erste Mal, dass sie diesen Effekt am eigenen Leib spürte. Ihre Schulter war durch den Schmerz wie gelähmt. In Verbindung mit dem noch in ihrer Blutbahn befindlichen Gift hieß das, dass der Speer keine Option war – um ihn zu führen, brauchte sie beide Arme.

Es blieb Svenya nur eines: Sie zog Skalliklyfja. Und plötzlich war es, als würde ein leiser, frohlockender Singsang den Raum erfüllen. Etwas an der Klinge war anders als sonst. Sie leuchtete heller als zuvor. Svenya hätte sie vor Schreck beinahe fallen lassen.

Grollst du mir wegen Blodhdansrs Ende?, fragte sie das Schwert mental. *Wenn du dich rächen willst, warte, bis wir gesiegt haben.*

Rächen? Grollen? Ganz im Gegenteil, Herrin!, singsangte die magische Waffe. *Nach all den Jahrhunderten habt Ihr mich von ihm befreit. Ich schulde Euch meinen Dank.*

Die Antwort zauberte ein grimmiges Lächeln auf Svenyas erschöpftes Gesicht. Der Mannwolf sah es – und zögerte. Es war, als könnte er Skalliklyfjas Jubelgesang ebenfalls hören, und er schien ihm, wenn schon nicht Angst, dann doch Respekt einzuflößen.

»Lass mich mich für deinen *geschäftlichen* Vorschlag von vorhin revanchieren und dir einen Gegenvorschlag unterbreiten«, sagte Svenya – und war überrascht darüber, wie gefährlich ihre eigene Stimme klingen konnte.

»Ich bin ganz Ohr«, knurrte Gerulf.

»Wenn du dich jetzt ergibst, bringe ich dich nach Elbenthal, wo du den Rest deines erbärmlichen Lebens im Kerker, dafür aber frei von Laurins Rache verbringen wirst.«

Er lachte rau auf. »Und wenn nicht?«

»Dann werde ich von dir gerade noch so viel am Leben lassen, dass für Laurin noch etwas übrig bleibt, woran er sich für dein Versagen rächen kann.« Dass sie hart sein konnte, hatte Svenya immer gewusst – nicht

aber, dass sie auch zu Grausamkeit fähig war, wenn ihr Feind sie sich verdient hatte … und Gerulf hatte sie zweifelsohne verdient. Ein Blick auf die Folterinstrumente genügte, um sich dessen sicher zu sein.
»Du drohst mir? Sieh dich doch an! Du kannst ja kaum auf den Beinen stehen.«
Er warf sich blitzschnell nach vorne, und wieder gelang es Svenya nicht, schnell genug zu reagieren. Die Axtklinge traf sie am Arm, und erneut durchzuckte sie ein mörderischer, brennender Schmerz. So weit sie konnte, sprang sie zur Seite weg. Doch da war der Mannwolf schon wieder bei ihr und fügte ihr eine dritte Wunde zu – diesmal am Nacken.
Er lachte triumphierend und tänzelte ein paar Schritte zurück. Von dem Respekt zuvor war keine Spur mehr übrig. Quälen war ganz offensichtlich seine Leidenschaft. Auf eine perverse Weise war das Svenyas Glück – sonst wäre sie vielleicht jetzt schon wesentlich schwerer verletzt gewesen. Sie sah eine Strähne ihres Haars am Boden liegen und fühlte das Beißen im Nacken, wo die Klinge sie gestreift hatte.
Vertraust du mir?, fragte Skalliklyfja.
Svenya zögerte mit der Antwort. Die Wahrheit war, sie wusste es nicht. Die Klinge hatte behauptet, sie schulde ihr Dank – aber sie wäre nach Blodhdansr nicht die erste magische Waffe, die sie verriet.
Du bist zu schwach, um zu kämpfen, sagte Skalliklyfja. *Und der Blutverlust macht dich immer schwächer. Durch das Eisen heilen deine Wunden sehr viel langsamer als normal.*
Was schlägst du vor?, fragte Svenya.
Lass mich die Führung übernehmen.
Wie soll das gehen?
Bring mich einfach nur in seine Nähe. Den Rest mache ich dann schon.
Wie du schon sagtest, ich bin zu schwach für eine Attacke oder eine Finte.
Du musst gar nicht angreifen, sagte Skalliklyfja. *Du musst nur zu ihm hingehen.*
Einfach auf ihn zu? Freiwillig in Reichweite seiner Axt? Das wäre dann aber ein ausgesprochen großer Vertrauensbeweis.
Ein absoluter, sozusagen. Aber wenn ich dich nicht enttäusche und du es überlebst, sind die Dinge zwischen uns ein für alle Mal geklärt.
So konnte man das natürlich auch sehen – und es war ja auch nicht so, als hätte Svenya eine echte Alternative.

Also gut!, stimmte sie zu und ging auf Gerulf zu. Eigentlich schlurfte sie mehr – aber immerhin bewegte sie sich.

Der Mannwolf schaute sie erst irritiert an. Dann amüsiert.

»Das Lamm kommt freiwillig zur Schlachtbank?«, feixte er mit einem spöttischen Grinsen. »Das gefällt mir.«

Wer hat Angst vorm Bösen Wolf?, sang Skalliklyfja mit einem spöttischen Lachen und setzte sich ganz von selbst in Bewegung. Sie führte Svenyas Hand – nicht umgekehrt. Und sie war schnell – unglaublich schnell. Noch ehe Gerulf das erste Mal ausholen konnte, zuckte sie mit der Spitze voraus nach vorne und zog Svenya hinter sich her. Sie traf den Wolf am Bauch – nicht tief, denn schon zuckte sie zurück nach oben und holte aus, um in einem von oben nach unten geführten Halbkreis genau dort zuzuschlagen, wohin Gerulf gerade mit der Axt zielte, um sich Svenya vom Leib zu halten. Begleitet von seinem lauten Schmerzensschrei fiel die Axt zu Boden – zusammen mit einem Teil seines Unterarms. Doch obwohl er damit entwaffnet war, war Skalliklyfja noch nicht fertig mit ihm: Sie zischte noch zweimal hin und her und traf ihn jeweils an den Oberschenkeln. Nicht tief genug, um sie zu durchtrennen, aber durchaus tief genug, um Gerulf den Halt verlieren und zu Boden stürzen zu lassen, wo er den gesunden Arm schützend über seinen Kopf hielt.

»Ich ergebe mich«, jaulte er. Aber Svenya wusste, dass das nur ein Ablenkungsmanöver war; ein Trick, um sie hinzuhalten. Der erste Schrei war laut genug gewesen, seine zweifellos in der Nähe wartenden Leute zu alarmieren, und Gerulf selbst würde heilen. Nicht so schnell wie bei Verletzungen durch eine normale Klinge, aber mit der Zeit und einem guten Magier wieder vollständig. Sogar sein abgeschlagener Arm würde nachwachsen. Das hatten die Mannwölfe den Elben an Heilung voraus. Allerdings würde er es ebensowenig überleben wie ein Elb, wenn Svenya ihm den Kopf abtrennte.

Er hatte den Tod verdient – aber Svenya hatte ihm ein grausameres Schicksal versprochen.

Halt ein, rief sie der Klinge in Gedanken zu.

Wieso?

Er soll leben, damit Laurin ihn bestrafen kann.

Euer Wille geschehe, erwiderte Skalliklyfja.

»Wachen!«, brüllte Gerulf.

Svenya kickte ihn mit einem Tritt gegen die Schläfe beinahe bewusstlos, dann schleppte sie sich zur Tür. Ihre Kräfte kamen nur sehr, sehr langsam wieder zurück, und der Schmerz der frischen Wunden war die Hölle. Sie hörte den Lärm der herannahenden Wachen auf der anderen Seite und schaute sich nach einem zweiten Ausgang um. Doch da war keiner. Das hier war eine Sackgasse.
»Du kommst nicht von hier weg«, keuchte Gerulf, ohne Anstalten zu machen, sich vom Boden aufzurappeln, wo die noch glimmende Zigarre ganz nah bei seinem Kopf den Teppich ansengte.
»Das werden wir sehen«, entgegnete sie und überlegte, in die Raummitte zurückzuhinken. Da sich ein weiterer Kampf nicht vermeiden ließ, war es vielleicht das Klügste, einen Ort zu wählen, der ihr und Skalliklyfja den meisten Freiraum ließ. Dann aber fiel ihr ein, dass hinter der Tür vermutlich ein schmaler Gang war, und die Dunkelelben dort nur hintereinander angreifen konnten. Der Platzmangel und Skalliklyfjas Schnelligkeit würden ihre momentane Schwäche ausgleichen.
Bist du bereit?, fragte sie die Klinge.
Das bin ich.
Gut, meinte Svenya. *Du wirst wieder nach freiem Willen handeln.*
Es ist mir eine Ehre.
Svenya holte tief Luft und riss die Tür auf. Der erste Gegner war schon bis auf drei Meter heran. Ein zweiter dicht hinter ihm. Der erste trug eine kurze Einhandlanze und einen unterarmlangen Dolch. Svenya trat in den Gang hinaus und ihm, so schnell sie konnte, entgegen. Wie schon bei Gerulf war es auch jetzt ein seltsames Gefühl, ihr Leben ihrem Schwert anzuvertrauen, aber nachdem sich das eben bereits bewährt hatte, war die Überwindung nicht mehr ganz so groß.
Skalliklyfja schoss nach vorne, schlug die Spitze der Lanze beiseite und hackte nach der Kehle des Elben. Der sprang zurück – und der hinter ihm reagierte zu langsam. Er brachte seine beiden Schwerter nicht mehr rechtzeitig aus dem Weg, sodass der erste sich mit dem Schwung seines Rückwärtssprunges selbst aufspießte. Sich windend, stürzte er nach hinten um. Svenya mobilsierte ihre letzten Kraftreserven, sprang über ihn hinweg, und Skalliklyfja nahm sich den Kopf des zweiten, der überhaupt keine Chance mehr hatte zu reagieren oder seine Schwerter noch in Position zu bringen.

Die anderen beiden waren weitsichtiger gewesen und hatten mehr Abstand gehalten. Sie waren stehen geblieben, und der vordere zog jetzt eine Pistole. Doch Svenya war schneller. Die Entfernung war zu groß für Skalliklyfja, deshalb hatte auch sie schon in dem Moment, in dem sie das erkannt hatte, mit der freien Linken ihre Pistole gezogen und schoss in schneller Serie fünf Schüsse hintereinander ab. Das Aufbäumen der Feuer und Blei spuckenden Waffe verdoppelte den Schmerz in ihren Wunden, aber es gelang ihr dennoch, gut genug zu zielen und beide Gegner hintereinander zu Boden zu strecken.

»Du wirst nicht entkommen!«, brüllte Gerulf hinter ihr. Er kauerte an den Türrahmen gelehnt. »Wir werden dich kriegen – und dann wirst du es noch bereuen, mein großzügiges Angebot abgelehnt zu haben!«

»Oh, ich bin sehr gespannt zu hören, was das wohl für ein großzügiges Angebot gewesen sein mag«, sagte eine Stimme von weiter vorne, und Svenya zuckte zusammen. Sie würde diese Stimme unter Tausenden wiedererkennen. Es war die Stimme aus jener Nacht ihres siebzehnten Geburtstages. Die Stimme des Dunklen Jägers. Des Schwarzen Prinzen. Laurin!

54

In dem Raum jenseits des Ganges stand Laurin mit zehn seiner Leute – die allesamt mit den Mündungen ihrer Maschinengewehre oder mit Pfeil und Bogen auf sie zielten. Svenya erkannte, dass die Spitzen der Pfeile wie Gerulfs Axt aus reinem Eisen waren. Ihr Panzer war also nutzlos.
So erhaben wie sonst nur Hagen stand Laurin da in seiner archaisch wirkenden Montur aus Leder, Pelz und Leinen und musterte sie mit einem amüsierten Lächeln von oben bis unten.
»Du bist weit gekommen«, sagte er mit seiner samtig tiefen Stimme, »seit wir einander das letzte Mal gesehen haben.«
»Du hast ja keine Ahnung«, antwortete Svenya, weil sie nicht wusste, was sie sonst dazu sagen sollte, und überlegte, wie sie noch schnell an ihn herankommen konnte, um ihn auszuschalten, ehe die anderen sie niederschießen würden. Ihre Fäuste schlossen sich fester um den Griff Skalliklyfjas und den Knauf ihrer Pistole.
Laurins scharfer Blick nahm das sofort wahr – aber sein Schmunzeln wurde nur noch amüsierter. »Ja, es wäre reizvoll herauszufinden, wie weit du tatsächlich kommen würdest. Ich persönlich glaube, nicht sehr weit – aber das werden wir nie erfahren, denn wenn du dich jetzt ohne Gegenwehr ergibst, wird dir nichts geschehen«, sagte er.
Nachvollziehbarerweise glaubte Svenya ihm nicht ein einziges Wort. »Du bist gekommen, mich zu töten, und ich werde mein Leben bis zum letzten Atemzug verteidigen.«
»Dich töten?«, fragte er. »Nein.«
»Nein?«
»Das war nie mein Plan, Svenya«, sagte Laurin, und sein amüsiertes Schmunzeln wich einer beinahe schon besorgten Miene. »Kein Wunder, dass du dich die ganze Zeit so heldenhaft gewehrt hast. Aber nein, dein Tod nutzt mir nichts. Ich brauche dich lebend.«

Er klang so, als ob er es ernst meinte, und Svenya erkannte, dass er die Wahrheit sagte. Wenn er sie tot sehen wollte, wäre sie das jetzt bereits.
»Wofür brauchst du mich lebend?«
»Steck zunächst deine Waffen weg.«
Svenya entschied zu tun, was er sagte. Ihre Chancen, Laurin jetzt töten zu können, standen einfach zu schlecht. Sie musste darauf bauen oder dafür sorgen, dass sich später eine bessere Gelegenheit ergeben würde. Zwei der Elben legten ihr Fesseln an.
»Ihr Kern ist aus reinem Eisen«, sagte Laurin. »Du wirst sie auch mit deinem Panzer nicht sprengen können.«
Ehe sie die Treppe nach oben geführt wurde, hörte Svenya Laurin sagen: »Nehmt auch den Wolf mit und versorgt seine Wunden. Aber nicht zu gut. Ich werde mich später um ihn kümmern.«
Oben angekommen, fand Svenya sich in einer gewaltigen und prunkvoll eingerichteten Jugendstilvilla wieder. Als sie nach draußen geführt wurde, bestätigte sich ihre Vermutung: Sie war irgendwo im Dresdner Villenviertel Blasewitz, gegenüber dem Waldpark.
Ein Helikopter stand auf der weiten Rasenfläche zwischen dem Gebäude und dem zweieinhalb Meter hohen Speerzaun. Neben dem Heli parkten Vans und Geländewagen wie die, die sie gestern verfolgt hatten.
Svenya blieb stehen. An dem Hubschrauber vorüber und durch den Zaun hindurch hatte sie etwas gesehen, was keiner außer ihr wahrgenommen hatte. In der Spitze einer etwa einhundert Meter entfernten Pappel kauerte Yrr! Nur Hel mochte wissen, wie sie sie schon wieder so schnell gefunden hatte. Die Blicke der beiden Frauen trafen sich, und als Svenya sah, dass Yrr im Begriff war, ihr Schwert zu ziehen, schüttelte sie unmerklich den Kopf. Sie wusste, Yrr war gut – verdammt gut sogar –, aber Laurins Leute, vermutlich ebenfalls seine besten, waren einfach zu viele. So sicher Svenya wusste, dass Yrr bereit war, ihr Leben zu opfern bei dem Versuch, sie zu befreien, so wenig glaubte sie an den Erfolg eines solchen Unterfangens. Aber vielleicht konnte Svenya ihr die Gelegenheit verschaffen, Verstärkung zu organisieren.
»Ich gehe keinen Schritt weiter«, sagte sie zu Laurin, »ehe du mir nicht sagst, was du mit mir vorhast.«
»Ich werde deine Macht dazu benutzen, ein zweites Tor nach Alfheim zu öffnen.«

»Ein zweites Tor?«
Er nickte. »Mithilfe eines alten Rituals.«
Seine Antwort warf jede Menge Fragen auf – doch die mussten warten.
»In Aarhain?«, fragte Svenya lauernd.
Er stutzte, und sie hätte sich fast auf die Zunge gebissen. Ihre Fragen waren ein wenig zu direkt gewesen, zu plump. Sie hatte ihn förmlich mit der Nase darauf gestoßen, dass sie die Informationen für jemand anders abfragte. Und tatsächlich – Laurin hob den Kopf und scannte mit seinem Blick die Umgebung. Aber Yrr war nicht mehr zu sehen. Laurin entspannte sich wieder.
»Nein, nicht in Aarhain«, sagte er. »In einer alten Ruine direkt darüber. Meiner früheren Burg.«
»Was ist das für ein Ritual?«
»Das wirst du sehen, wenn wir da sind.« Er nickte zweien seiner Männer zu. Sie packten Svenya an den Armen und verfrachteten sie in den Helikopter.

55

Elbenthal

Noch bevor Laurins Helikopter zehn Meter Höhe erreicht hatte, war Yrr zurück in Elbenthal und rauschte in Hagens Quartier, wo er gerade mit einer Doppelblattaxt Zielwerfen trainierte. Sein Blick war ungehalten – offenbar war die Waffe kein Ersatz für den Speer, den Svenya ihm abgeluchst hatte. In knappen Worten schilderte Yrr, was geschehen war.
»Was?!«, brüllte er.
»Ich kam, so schnell ich konnte.«
»Wie konnte das passieren?«
»Das werden wir noch herausfinden müssen.«
»Du hättest mich direkt alarmieren sollen, als du ihr Verschwinden entdeckt hast«, bellte Hagen so aufgebracht, wie sie ihn bisher selten erlebt hatte. »Gemeinsam hätten wir Svenya da raushauen können!«
»Wenn ich nicht augenblicklich ihre Spur aufgenommen hätte, hätte ich sie nicht mehr rechtzeitig gefunden, und wir wüssten jetzt überhaupt nicht, wo sie ist«, gab Yrr nicht weniger barsch zurück. »Ich musste eine Entscheidung fällen und würde es jederzeit wieder ganz genauso machen.«
Er anerkannte mit einem Nicken, dass sie recht hatte, und riss sich sichtlich zusammen. »Konntest du wenigstens irgendetwas über die Natur des Rituals herausfinden?«
»Nur wo es stattfindet und dass es ein Tor nach Alfheim öffnen soll.«
»Dann los!«, entschied Hagen. »Wir haben nicht viel Zeit.« Er nahm Yrr bei der Hand und zog sie zwei Schritte nach vorne. Die beiden durchquerten eine unsichtbare Pforte, die er unvermittelt geschaffen hatte, und materialisierten im gleichen Augenblick in Alberichs Privatgemächern, wo der Elbenkönig gerade mit kummervollem Gesicht über einem Perga-

ment saß und eine letzte Notiz auf ein zweites machte. Er schaute alarmiert auf – Alberich wusste, wenn Hagen unangemeldet und ohne zu klopfen auftauchte, gab es ein Problem, das keinen Aufschub erlaubte.

»Laurin hat Svenya«, begann Hagen, und Yrr fasste noch einmal schnell zusammen, was passiert war.

»Ich werde augenblicklich zwei Hundertschaften zusammenstellen und nach Aarhain ziehen, um sie zu befreien«, sagte Hagen.

»Ich fürchte, das kann ich nicht erlauben, mein Sohn«, antwortete Alberich.

Hagen schaute den alten König an, als hätte ihn der Blitz getroffen. »Er hat Svenya, Vater«, sagte er noch einmal, so als glaubte er, Alberich hätte ihm und Yrr nicht zugehört.

»Das habe ich verstanden«, gab Alberich sanft zurück. »Und es zerreißt mir das Herz. Aber ich kann dir zum jetzigen Zeitpunkt nicht erlauben, Truppen von hier abzuziehen – nicht einmal zweihundert Mann.«

Er reichte Hagen eines der beiden Pergamente.

»Was ist das?«, fragte Hagen.

»Die Nachricht, die der Wyrm bei sich hatte«, erklärte Alberich. »Wir haben sie endlich entzaubert und dechiffriert.«

Hagen las. »Sie wollen das Tor von Alfheim aus angreifen, und Laurin soll für eine Ablenkung sorgen, damit wir unsere Streitkräfte teilen müssen?«

Yrr fühlte, wie ihr die Farbe aus dem Gesicht wich.

»Wann?«, fragte sie.

»Darüber sagt die Botschaft nichts«, antwortete Alberich. »Oder der Termin ist so gut in ihr versteckt, dass wir ihn bisher noch nicht entschlüsseln konnten. Allem Anschein nach aber steht er noch heute Nacht bevor, und Laurin benutzt Svenya nur für ein Ablenkungsmanöver.«

»Das ergibt keinen Sinn«, sagte Yrr. »Er hat die Nachricht doch gar nicht erhalten.«

»Nach allem, was wir wissen, gibt es mindestens einen Verräter hier in Elbenthal«, sagte Alberich. »Sonst hätte Laurin Svenya niemals vor unseren Augen entführen lassen können. Es ist nicht auszuschließen, dass er auf dem gleichen Weg vom Inhalt dieser Nachricht erfahren hat.«

»Du hast sie doch eben erst zu Ende entschlüsselt«, widersprach Yrr.

»Trotzdem kann ihm der verschlüsselte Originaltext von irgendjemandem übermittelt worden sein, nachdem es uns gelungen war, die Nachricht zu öffnen.«

»Verstehe«, sagte Hagen. »Und Laurin besitzt den Code und hätte sie direkt entschlüsseln können.«

Alberich nickte.

»Aber Laurin ist schon seit ihrer Entdeckung hinter Svenya her«, gab Yrr drängend zu bedenken. Sie fühlte, wie ihnen wertvolle Zeit zwischen den Fingern zerronn. »Das war Wochen vor dem Eindringen des Wyrm mit der Botschaft. Was, wenn er gar nichts von der Nachricht weiß und wirklich einen Weg kennt, mit Svenyas Hilfe ein Ritual durchzuführen, mit dem er ein zweites Tor öffnen kann?«

»Der Zufall wäre enorm«, sagte Hagen. »Aber durchaus möglich.«

»Ja«, bestätigte Alberich. »Sowohl Laurin als auch seine Leute in Alfheim arbeiten an nichts anderem als an einem Weg zwischen den Welten.«

»Es ist also durchaus möglich, dass sie völlig unabhängig voneinander agieren und die Terminüberschneidung zufällig ist«, resümierte Hagen. »Wenn das so ist, hat Laurin scheinbar tatsächlich einen Weg gefunden, ein zweites Tor zu öffnen. Vater, ich muss zu ihr. Ich muss sie retten. Sie – und damit uns alle.«

Yrr sah, wie sich eine große Traurigkeit auf die Miene ihres Großvaters legte. »Ja, zu ihr musst du, Sohn. Aber allein. Und … nicht um sie zu retten.«

Im ersten Augenblick verstand Yrr nicht, wie der König das gemeint haben könnte, doch dann sah sie das Gesicht ihres Vaters – wie es binnen eines einzigen Momentes zu Stein wurde und wie seine muskulösen Kiefer zu arbeiten begannen, um das, was er wirklich fühlte, zwischen seinen Zähnen zu zermahlen und unausgesprochen wieder herunterzuschlucken. Sie sah die Träne, die sich in seinem gesunden Auge bildete und ihm die Wange herablief, und wie er die Fäuste an den Seiten seiner Schenkel so fest ballte, dass die Knöchel weiß hervortraten.

»Nein!«, rief Yrr, als sie es endlich begriff. »Das könnt ihr nicht tun. Es muss einen anderen Weg geben!«

Doch ihr Vater nahm die Haltung eines Generals an. Er verneigte sich vor Alberich. »Euer Wille geschehe, mein König.«

56

»Du kannst sie nicht töten!«, rief Yrr, als sie und Hagen wieder in seinem Quartier materialisierten. »Du hast ihr gerade vor ein paar Stunden noch die Treue geschworen.«

Hagen sah seine Tochter an, und in seinem Blick brannte die Verzweiflung. »Und mit dem, was zu tun ich jetzt gezwungen bin, erfülle ich diesen Schwur. Ich helfe ihr dabei, eine Invasion Midgards zu verhindern. Svenya würde dasselbe für mich tun.« Dann begann er mit eiligen, aber geübten Bewegungen, seine Ausrüstung zusammenzustellen und anzulegen. Als Werkzeug für sein Vorhaben wählte Hagen einen Bogen aus Steinbockhörnern und einen Köcher voller Pfeile mit flachen Spitzen aus reinem Eisen.

»Dich einfach töten?«, begehrte Yrr auf und riss ihm den Bogen aus der Hand. »Nein. Das würde sie nicht, Vater. Sie würde einen Weg finden, dich *und* Midgard zu retten.«

Hagen nahm den Bogen mit einem entschlossenen Griff wieder an sich. »Wenn es diesen Weg gäbe, hätte ich ihn beschritten. Das musst du mir glauben.«

»Du hast nicht einmal nach einem gesucht«, warf sie ihm vor. »Bedeutet Svenya dir denn so wenig?«

Er fuhr zu ihr herum, und für einen Sekundenbruchteil glaubte Yrr, er wollte sie schlagen. Das wäre das erste Mal in ihrem Leben gewesen. Aber da war keine Wut in seinem Blick – nur Hilflosigkeit.

»Ich habe jede erdenkliche Möglichkeit, die es in Betracht zu ziehen gibt, auch in Betracht gezogen. Wenn es Laurin mit Hilfe des Rituals gelingt, ein zweites Tor zu öffnen, ist das das Ende Midgards. Glaubst du, sie würde das wollen?«

Obwohl sie nicht minder verzweifelt war als er, wusste Yrr, dass ihr Vater die Wahrheit sagte – dass sein seit Jahrtausenden strategisch zu denken gewohntes Hirn jede Alternative bereits durchgespielt und wieder verworfen hatte.

»Ich werde mit dir kommen«, sagte sie. »Vielleicht fällt uns auf dem Weg noch etwas ein.«

»Nein«, sagte Hagen bestimmt. »Du bleibst hier und hilfst deinem Großvater, das Tor hier zu sichern, für den Fall, dass es doch ein Ablenkungsmanöver ist und der Angriff aus Alfheim heute Nacht stattfindet.« Er wandte sich zum Gehen, doch dann blieb er noch einmal stehen und drehte sich zu ihr herum. Einen Moment betrachtete er seine Tochter stumm, dann machte er drei Schritte auf sie zu und riss sie in seine Arme.

»Yrr, du weißt, ich bin kein Mann großer Worte …«, begann er mit belegter Stimme.

»Oh, manchmal machst du jede Menge große Worte«, erwiderte Yrr so flapsig sie konnte, weil die plötzliche Vertrautheit sie ebenso unbeholfen machte wie ihn.

»Nicht die wirklich großen«, sagte Hagen, und seine Stimme stockte. »Aber ich will, dass du weißt, wie sehr ich dich liebe. Dich immer geliebt habe. Und dass ich stolz auf dich bin. Stolzer als ich es jemals ausdrücken könnte.«

»Vater?«, fragte Yrr unsicher – weil seine Worte sie irritierten. Doch er nahm nur schnell ihr Gesicht zwischen seine großen Hände, küsste sie auf die Stirn und rannte davon.

Jetzt erst begriff Yrr den vollen Umfang dessen, was hier geschah. Ihr Vater zog nicht nur los, die Frau zu töten, die er liebte … er zog los mit der Gewissheit, von dieser schrecklichen Mission selbst nicht lebend zurückzukehren.

»Vater!«, schrie sie und rannte ihm nach. »Vater!«

Doch Hagen war bereits verschwunden.

57

Raik war im ersten Moment nicht sicher, was ihn geweckt hatte – falls er jetzt überhaupt wirklich wach war, denn was sich seinen ersten, schlafgetrübten Blicken bot, erinnerte mehr an einen Traum. Yrr saß auf dem Rand seines Bettes, war weit über ihn gebeugt und hatte beide Hände auf seine Schultern gelegt. Das *musste* ein Traum sein. Es war sogar sein Lieblingstraum – ein lange gehegter. Er lächelte versonnen, schlang seine Arme um sie und zog sie zu einem Kuss zu sich herab. Es war ein mutiger Kuss, voller Leidenschaft, kraftvoll geküsst und doch einfühlsam – ein Traumkuss eben ... den er sich in der Wirklichkeit so nicht zu küssen getraut hätte. Normalerweise schmolz an diesem Punkt des Traumes Yrr immer in seine Arme wie warmer Honig – nur nicht dieses Mal.
»Hey!«, protestierte sie ganz untraummäßig, drückte sich von ihm ab und rüttelte ihn. »Was, bei Hel, fällt dir ein?«
»Oh je«, stotterte Raik, als er merkte, dass es diesmal offenbar kein Traum war, und wurde puterrot. »Äh ... du bist ja echt.«
»Natürlich bin ich echt.« Yrr stutzte. »Moment. Soll das etwa heißen ...?«
»Ist etwas passiert?«, fragte er eilig, um sie von der richtigen Schlussfolgerung abzulenken.
»Ja«, sagte sie. »Ich brauche deine Hilfe. Deine und Wargos.«
»Klar«, erwiderte er. »Was kann ich tun?«
»Bevor du Ja sagst, Raik, muss ich dich informieren, dass das, was ich vorhabe, vielleicht als Desertieren ausgelegt werden könnte ... ganz bestimmt aber als Insubordination ... und im schlimmsten Fall sogar als Verrat.«
Er rappelte sich auf und war sich nicht sicher, ob sein müdes Gesicht so viel Überraschung ausstrahlte, wie er empfand. Yrr plante Pflichtverletzung oder gar Verrat?!

»Vielleicht erklärst du mir doch besser zunächst einmal, worum es geht.«
»Mach ich«, sagte Yrr und erhob sich von seinem Bett. »Während du dich schon einmal anziehst.«
Raik schlüpfte unter seiner Decke hervor und in seine Gewänder. Yrr erzählte ihm dabei von der entzifferten Botschaft und Svenyas Entführung.
Er fluchte.
»Das heißt«, schloss sie, »wir werden hier gebraucht und gleichzeitig in Aarhain.«
»Besteht irgendeine Chance, dass Hagen Svenya befreit, statt sie in einem Himmelfahrtskommando zu töten und dabei selbst umzukommen?«
»Du weißt, dass ich große Stücke auf meinen Vater halte«, gab sie zur Antwort. »Aber die Übermacht ist zu groß. Ohne Unterstützung bleibt ihm gar keine andere Wahl, wenn er Laurin daran hindern will, ein zweites Tor zu öffnen. Aber ich glaube, mit meiner, deiner und Wargos Hilfe könnten wir es schaffen.«
»Gegen seinen ausdrücklichen Befehl?«
Sie nickte.
»Noch hat Alberich wegen der Bedrohung an unserem Tor hier keinen roten Alarm ausrufen lassen«, sagte Raik. »Wenn wir uns also schnell genug auf den Weg machen, gilt es nicht als Desertieren.«
Er griff gerade nach seinem Stab, als der Alarm losging.
Raik fluchte noch einmal … aber er würde einen Teufel tun, Yrr im Stich zu lassen.
»Los«, sagte er. »Damit wir Wargo noch rechtzeitig finden.«

TEIL 8

OPFER

58

Erzgebirge – Fichtelberg

Südlich des Gipfels, auf dem das neugebaute Fichtelberghaus steht, liegt inmitten des dichtesten Waldes, mit Blick auf Tschechien, die uralte und heute von den Menschen längst vergessene Ruine der früheren Burg Laurins. Das zerfallene Mauerwerk wurde in Jahrhunderten von Schnee und Eis so glatt geschliffen, dass auch der aufmerksamste Beobachter es für natürlichen, wenn auch seltsam angeordneten Fels halten musste. Falls es ihm überhaupt gelingen würde, lebend in diesen Teil des Waldes zu gelangen oder gar wieder heraus. Die Magie, die diesen Ort beschützt, ist noch um einiges älter und mächtiger als die, die das *Albion* umgibt, und sogar noch stärker als jene auf dem Brocken im Harz – Laurins zweiter großer Burg in Midgard. Im Herzen des heute kaum noch als Fünfeck erkennbaren Grundrisses der ehemaligen Festung steht ein steinerner Monolith – eine säulenartige Felsnadel von neun Metern Höhe. Sie ist neben der Zentralsäule in der Krypta der Michaeliskirche in Fulda die einzige *Irminsul* des Landes, die das missionierende Wüten Karls des Großen und seiner Nachfolger vor mehr als zwölfhundert Jahren überstanden hat. Hierher hatte Laurin Svenya gebracht.

In einem weiten Kreis um die Säule standen etwa drei Dutzend Dunkelelben und noch einmal halb so viele Mannwölfe – allesamt bis an die Zähne bewaffnet. Obwohl sie hier waren, um das Terrain zu sichern, waren ihre Blicke die meiste Zeit nach innen gerichtet, wo zwei von Laurins Helfern Svenya gerade an die Irminsul fesselten, während zwei andere den am Boden knienden Gerulf bewachten.

In etwa drei Meter Höhe waren in einem Abstand von vier Ellen zwei eiserne Ringe an dem Monolithen angebracht. Von da aus hingen Ketten herab – je eine für Svenyas Handgelenke, und zwei liefen von links und rechts mittig an einem Reif zusammen, der ihr jetzt um den Hals gelegt wurde. Das Eisen brannte nicht, weil sie keine offenen Wunden hatte, doch es war warm auf ihrer Haut, und Svenya spürte, wie es ihr die Kräfte absaugte.

Weiter abseits stand eine umwerfend schöne junge Frau mit langen, rehbraunen Locken. Der Blick, mit dem sie Svenya eindringlich musterte, war kalt – wenn nicht gar feindselig … und in den Momenten, in denen er von Svenya weg und hin zu Laurin schweifte, in höchstem Maße argwöhnisch. Vor allem aber triefte er vor Eifersucht – auch wenn Svenya sich überhaupt nicht vorstellen konnte, warum.

Laurin selbst war damit beschäftigt, mehrere hölzerne Kästchen auf einem steinernen Altar in der Nähe der Säule zu arrangieren und sie unter Anwendung gemurmelter Zaubersprüche eines nach dem anderen zu öffnen. Svenya erkannte einen Dolch, der aussah, als stammte er aus der Steinzeit. Seine beiden Schneiden waren schartig ausgeschlagen, und zwei Drittel der Klinge waren dunkel gefleckt wie von uraltem Blut. In dem zweiten der Kästchen lag ein langes, schmales Band aus geflochtenem, schwarzem Haar. Anders als der Dolch schien es ganz frisch zu sein, so als wäre es gerade erst abgeschnitten worden. Laurin nahm es in die Hände und streichelte es beinahe liebevoll, ehe er es auf seinen vorgesehenen Platz legte. Das dritte Kästchen enthielt eine gläserne Phiole mit einer roten Flüssigkeit, die nach Blut aussah, das vierte einen aus einem Wirbelknochen geschnitzten Ring, auf dem Runen eingraviert waren, und das fünfte schließlich ein graubraunes Stück Gewebe, das Svenya erst auf den zweiten Blick als das erkannte, was es war: ein völlig verdorrtes, ausgetrocknetes Herz.

Nachdem Laurin alle fünf Gegenstände auf ihren Platz gelegt hatte, schloss er die Kästchen in der Reihenfolge, in der er sie geöffnet hatte, und räumte sie vom Altar. Trotz seiner akkuraten und zielstrebigen Bewegungen machte er dabei einen völlig gelassenen, ja zufriedenen Eindruck. Die Dinge schienen zu laufen, wie er sie geplant hatte.

Obwohl sie nach außen Nervosität und Angst ausstrahlte, war Svenya die Ruhe selbst. Sie rechnete ganz fest damit, dass jeden Moment die Verstärkung auftauchen würde, die Yrr inzwischen organisiert haben musste, und es fiel ihr schwer, nicht nach ihr Ausschau zu halten, weil sie befürchten musste, sie dadurch zu verraten.

59

Hagen lenkte Stjarn weiträumig um den Gipfel des Fichtelbergs. Er wusste, wo das Ritual stattfinden würde, und kannte das Terrain. Er selbst hatte Laurins Burg damals nach einem langen Belagerungskrieg eingenommen und sie mit seiner Armee bis auf die Grundmauern geschleift. Er kannte die Lage der Irminsul und wusste, dass er von Südosten aus den besten Schuss aus der Deckung des dichten Fichtenwaldes heraus haben würde. Die Deckung würde ihm, nachdem er geschossen hatte, nichts mehr bringen – Laurins Leute würden ihn stellen, noch ehe er wieder im Sattel saß –, aber sie gab ihm ausreichend Zeit, so gut zu zielen, dass Svenyas Tod ein schneller und schmerzloser würde. Die Aussicht darauf, sie töten zu müssen, ließ ihn die Kiefer so fest zusammenbeißen, dass er das Gefühl hatte, seine Backenzähne müssten jeden Moment brechen. Er hätte nie gedacht, sie so schnell zu verlieren – und schon gar nicht, dass ausgerechnet er derjenige sein sollte, der ihr Leben beendete. Doch er durfte um keinen Preis zulassen, dass Laurin ein zweites Tor öffnete. Das wäre das Ende der Welt.
So tief in den Mahlstrom seiner Gedanken versunken, hätte Hagen beinahe überhört, dass er verfolgt wurde. Aber weil er ein zu guter Jäger war und seine Instinkte über Jahrtausende hinweg geschärft hatte, leben nur beinahe. Auch ohne sich umzudrehen, konnte er allein durch Lauschen ausmachen, dass es sich um den Schlag von drei Paar Flemysflügeln handelte. Ein leichter Druck mit den Waden ließ Stjarn das Tempo steigern. Es stand außer Frage, dass er mit der Geschwindigkeit des Greifs hier oben in der Luft jedes Reittier außer Svenyas Loga oder einen Drachen abhängen konnte, aber dazu hatte er jetzt keine Zeit. Er durfte nicht zu spät kommen, das Ritual zu verhindern. Hagen lenkte Stjarn nach unten zwischen die Bäume. Sie standen zu eng für die weiten Schwingen des Greifs, aber für das, was Hagen vorhatte, würde reiten genügen, zumal

die Flemys sich nur oberhalb der Fichtenwipfel bewegen konnten. Am Boden waren sie nutzlos.

Stjarn nahm den Übergang von Luft zu Erde, ohne merklich an Geschwindigkeit zu verlieren, und Hagen lenkte ihn in einem Slalomkurs in eine weite Rechtskurve. Die würde ihn hinter seine Verfolger bringen, von wo aus er sie einzeln mit Pfeil und Bogen vom Himmel holen konnte, ehe sie dazu in der Lage sein würden, Alarm zu schlagen.

Mit dem Gehör verfolgte Hagen ihren Kurs und entschied dann, dass er weit genug gekurvt war. Er holte den Bogen hervor und drei Pfeile aus dem Köcher. Den ersten legte er direkt an die Sehne. Ein kurzer Ruck an den Zügeln, und Stjarn katapultierte sie mit einem kraftvollen Sprung wieder in die Höhe.

Im Schein der Sterne machte Hagen die Silhouetten der drei vor ihm aus. So waren aus Verfolgern Verfolgte geworden – aus Jägern Gejagte. Er spannte den Bogen und zielte auf den linken. Es war ein großer, schlacksiger Kerl ... der keine Rüstung trug, sondern das weite Gewand eines Magiers. Soweit Hagen das erkennen konnte, hatte er keinen Schutzschild um sich gelegt. Ein leichtes Ziel. Also entschied er sich, erst einen der anderen zu nehmen und visierte den Reiter der mittleren Flemys an.

Es war eine Frau.

Hagen erkannte sie sofort – und unterdrückte einen Fluch. Ein zweites Mal trieb er Stjarn nach vorne und hatte binnen drei Sekunden zu ihnen aufgeschlossen.

»Hallo, Vater«, sagte Yrr, ohne sich zu ihm umzudrehen. Die anderen beiden waren Raik und Wargo.

Hagen lenkte den Greif neben die Flemys seiner Tochter. »Du handelst gegen einen ausdrücklichen Befehl.«

»Aber wenigstens handle ich nicht gegen mein Herz«, konterte Yrr, ohne zu zögern.

»Du tust so, als hätte ich eine Wahl.«

»Man hat *immer* eine Wahl. Das hast du mich gelehrt.«

»Wenn ich sie nicht töte, wird Laurin ...«

»Dann werden wir sie befreien.«

»Es sind zu viele. Ohne Armee richten wir nichts gegen sie aus.«

»Dann werden wir bei dem Versuch sterben – das ist aber immer noch besser, als nichts zu tun.«

»Nichts tun?«, ereiferte sich Hagen. »Hältst du das, was vor mir liegt, wirklich für *nichts tun*? Wenn du bereit bist, dein Leben für eine nicht existierende Chance zu opfern, musst du verstehen, warum ich bereit bin, Svenyas und mein Leben für Elbenthals Sicherheit zu opfern.«

»Was ist Elbenthals Sicherheit denn wert, wenn wir dafür jene töten müssen, die wir lieben?« Er sah, dass Yrr Tränen in den Augen hatte. »Was ist das alles dann überhaupt noch wert?«

»Ohne Elbenthal ist Midgard den Horden Schwarzalfheims schutzlos ausgeliefert.«

»Und dafür opfern wir nach und nach alles, was uns lieb und teuer ist?«

Hagen seufzte. »Das ist doch genau das Problem: Wir müssen Opfer bringen, um nicht alles zu verlieren.«

»Sieh nur, wohin uns das gebracht hat. Wir haben doch bereits alles verloren. Wir vegetieren seit Jahrhunderten abgeschnitten von der Sonne in einer Höhle vor uns hin und müssen uns sogar vor denen verstecken, die wir beschützen, weil sie uns sonst aus Angst und Gier heraus so lange jagen würden, bis sie auch den Letzten von uns vernichtet haben.«

»Das ist der Preis, den wir für das Überleben beider Völker zahlen müssen.«

»Der Preis ist zu hoch«, gab Yrr zurück. »Viel zu hoch! Ich bin nicht länger bereit, ihn zu zahlen oder Svenya bezahlen zu lassen.«

»Ich befehle dir umzukehren, Tochter!«

»Nein.«

»Hast du nicht gehört?«, fragte Hagen ungläubig. »Das war ein Befehl.«

»Und ich widersetze mich ihm«, stellte sie klar. »Was willst du jetzt tun? Mich bestrafen, wenn du von deinem Himmelfahrtskommando zurückkehrst? Ach, halt, warte, das geht ja gar nicht, weil du dann schon tot bist. Oder willst du mich vielleicht auch töten, so wie du Svenya töten willst?«

»Yrr. Bitte! Mach es doch nicht noch schwerer.«

»Weil du es mir ja auch sooo leicht machst! Du kannst vieles von mir erwarten, aber ganz bestimmt nicht, dass ich tatenlos dabei zusehe, dass mein eigener Vater, der Mann, den ich mehr liebe als alles andere auf der Welt, sich selbst opfert und dabei ausgerechnet die Frau tötet, die mit dem eigenen Leben zu beschützen ich geschworen habe.«

60

Laurin hielt seine gespreizten Hände über die fünf magischen Gegenstände auf dem Altar und begann einen Singsang in einer Sprache, die Svenya auf seltsame Weise vertraut vorkam und die ein wenig klang wie Elbisch. Dennoch verstand sie nicht ein einziges Wort. Aber seine Stimme berührte sie tief in ihrem Innern – ganz gegen ihren Willen. Es war mehr als nur der Ton dieser tiefen, sonoren Stimme und auch mehr als der archaisch raue Klang der sich reimenden Verse. Es war, als ob die Melodie sie von Kopf bis Fuß durchdrang und sie mit einer merkwürdig wilden Kraft erfüllte. Svenya fühlte, wie ihre Reißzähne zu wachsen begannen – und auch ihre Muskeln … und sie verspürte den Drang zu knurren und zu fauchen. Als würde etwas Altes, Unbändiges von innen heraus von ihr Besitz ergreifen. Laurin beobachtete sie und lächelte triumphierend, als er sah, welchen Effekt seine Beschwörung auf sie hatte.
Der Dolch, das Band aus Haar, die mit Blut gefüllte Phiole, der Knochenring und das vertrocknete Herz begannen zu glühen und hoben sich schwebend von der Oberfläche des Altars ab. Währenddessen tauchten immer mehr Dunkelelben und Mannwölfe, aber auch ganz andere, furchterregende Kreaturen hinter der attraktiven Brünetten auf, deren Blicke immer argwöhnischer wurden. Die Blicke Gerulfs aber, dessen abgetrennter Unterarm bereits fast vollständig wieder nachgewachsen war und der nicht weit von Svenya am Boden kniete, waren noch sehr viel intensiver. Er war voller Hass … und Rachsucht.
»Meine Brüder und Schwestern!«, rief Laurin und drehte sich zu den Neuangekommenen herum. »Die Zeit ist gekommen! Unser Warten hat ein Ende. Endlich. Heute Nacht werden wir zurückkehren. Zurück in unsere Heimat!«
Die kleine Menge brüllte ihre Begeisterung hinaus in die Stille des sie umgebenden Waldes…

… wo Hagen, Yrr, Raik und Wargo, hinter einer dichten Reihe von Fichten kauernd, Stellung bezogen hatten.
»Du siehst, es sind einfach zu viele«, flüsterte Hagen seiner Tochter zu. Yrr antwortete nicht, doch die Härte in ihrem Gesicht verriet, dass sie einsah, dass er recht hatte.
»Das spielt keine Rolle«, knurrte Wargo. »Wenn Svenya wirklich sterben muss, wird sie es nicht alleine.«
Er begann sich zu verwandeln und wollte schon aufspringen, als Raik ihn bei den Schultern packte. »Können wir das bitte erst einmal zu Ende denken?«
»Dafür ist keine Zeit mehr«, fauchte Wargo mit aggressiv gebleckten Zähnen.
»Doch«, widersprach Raik. »Dafür ist Zeit. Wie ich Laurin kenne, ist das erst der Anfang seiner Ansprache.«
»Also gut«, lenkte Wargo ein. »Aber sobald er das Ritual fortsetzt, hält mich nichts mehr, und ich reiße ihm sein verfluchtes Herz heraus.«
»Du wärst tot, ehe du auch nur zwanzig Meter an ihn herankämst«, sagte Yrr.
»Sie hat recht«, bestätigte Hagen. »Deshalb, wenn ich es euch schon nicht befehlen kann, bitte ich euch inständig, mich jetzt alleine zu lassen. Es reicht, wenn Svenya und ich sterben.« Er legte einen Pfeil auf die Sehne seines Hornbogens.
»Wieso erschießt Ihr nicht Laurin mit dem Pfeil?«, fragte Wargo gereizt.
»Du weißt, dass er schneller ist, und ich habe nur einen Schuss, ehe sie über mich herfallen«, antwortete Hagen nüchtern. »Also, bitte geht!«
»Ich lasse dich nicht allein«, stellte Yrr klar.
»Es gibt hier nichts, was du noch tun könntest«, erwiderte Hagen.
»Doch«, sagte sie. »Ich kann verhindern, mit der Trauer über euren Verlust ewig weiterleben zu müssen und mein Leben in dem Bewusstsein geben, dass diese Nacht für immer in die Geschichte eingehen wird.« Sie schloss die Faust um den Griff ihres Schwertes, während Laurin im Zentrum der Ruine wieder die Stimme erhob.

»So sehr wir die Schatten lieben«, rief Laurin seinem Publikum zu, »waren wir doch viel zu lange gezwungen, in ihnen zu leben.«

Ein Sturm der Zustimmung schwoll an. Er beruhigte ihn, indem er die Hände ausbreitete.

»Doch wir haben ausgeharrt. Zweitausend Jahre lang. Und in diesen zweitausend Jahren niemals auch nur eine Minute lang die Hoffnung aufgegeben, dass der Moment irgendwann kommen wird – der Moment, in dem wir dieser erbärmlichen Existenz und unseren Unterdrückern den Rücken kehren können, um all die wiederzusehen, die wir hinter uns lassen mussten, und in Schwarzalfheim endlich, endlich, endlich die Früchte unseres so lange zurückliegenden Sieges zu genießen.«

Wieder gab er dem Jubel für einige Momente Raum, ehe er fortfuhr.

»Dort wird von uns abfallen, was uns mutlos machte und zu Schatten unserer früheren Größe. Und dennoch wird es nur ein kurzer Aufenthalt sein. Denn wir werden, sobald wir wieder erstarkt sind, hierher zurückkehren – diesmal mit Macht und mit unserer Armee im Rücken …, um Alberich und die Seinen ein für alle Mal in die Knie zu zwingen und Midgard zu unserer Kolonie zu machen. Erst dann ist unsere Mission wirklich erfüllt, und ihr alle, die ihr so lange mit mir hier ausgeharrt habt, werdet in die Reihen der Edelsten unseres Volkes aufsteigen.«

Den Beifall, der jetzt erscholl, unterbrach Laurin nicht. Er sonnte sich darin und wartete geduldig, bis er von selbst abebbte.

»Sie hier«, er deutete auf Svenya, »ist unser Schlüssel zu alldem. In nur wenigen Minuten, wenn der Morgenstern über den Horizont klettert, wird sie uns das Tor öffnen. Das Tor nach Hause!!!«

Gerade wollte der Jubel erneut anheben, da wurde er auch schon gestoppt – von Svenyas Stimme, die eine raue, ja fast animalische Note angenommen hatte.

»Nichts davon wird geschehen«, rief sie. »Glaubt ihm kein Wort.«

Laurin drehte sich zu ihr um und schaute sie fragend und wütend zugleich an.

»Und wie, Hüterin, sag es mir, willst du das in deinem Zustand verhindern?«, fragte er höhnisch.

»Ganz einfach«, sagte Svenya. Nachdem sie aufgehört hatte, auf Rettung aus Elbenthal zu hoffen, hatte sie eine Entscheidung gefällt.

»Was hat sie vor?«, fragte Wargo die anderen drei in ihrem Versteck im dichten Nadelgestrüpp der Fichten.

»Ich habe keine Ahnung«, sagte Hagen und ließ den Bogen, mit dem er bereits auf Svenyas Herz gezielt hatte, um einige Zentimeter sinken. »Nicht die geringste.«
Auch Raik zuckte mit den Schultern, und Yrr schüttelte rätselnd den Kopf.

»Bist du vertraut mit der Tatsache, dass ein Fluch auf mir liegt?«, fragte Svenya Laurin.
Die Wut und das Fragezeichen verschwanden aus seinem Blick, und er begann wieder zu lächeln.
»Der Fluch der Frage«, sagte er. »Damit bin ich nicht nur bestens vertraut, er ist obendrein eng verbunden mit dem Grund, warum du heute Nacht hier bist.«
Das irritierte Svenya, doch sie durfte sich jetzt nicht von ihrem Vorhaben ablenken lassen. »Dann kennst du die Frage.«
Laurin trat an sie heran. »Meine Liebe, ich kenne sogar die Antwort.«
Das hätte ihr beinahe die Sprache verschlagen, aber Svenya riss sich zusammen. »Die Antwort interessiert mich überhaupt nicht«, log sie. »Es geht nur um die Frage. Wenn ich sie jetzt stelle, werde ich zu einer Sterblichen … zu einer Menschenfrau. Richtig?«
»Korrekt.«
»Und ich nehme an, dass ich dir als solche nicht mehr von Nutzen bin für dein Ritual, nicht wahr?«
Das Lächeln entglitt Laurin. »Das kannst du nicht tun.«
»Nichts leichter als das.«
Der Schwarze Prinz machte einen Schritt zurück. »Du würdest tatsächlich deine Unsterblichkeit und deine Macht opfern, nur um meine Pläne zu durchkreuzen?«
»Du hast doch ohnehin vor, mich zu töten, und so werde ich wenigstens sterben, ohne Elbenthal verraten zu haben und Midgard dir und deiner Horde auszuliefern.«
»Ich sagte schon vorhin, dass es nicht meine Absicht ist, dich zu töten. Du bist viel zu wichtig für das Gewebe des Schicksals. Nach dem Ritual wirst du das begreifen.«
»Ich glaube dir kein Wort, und außerdem habe ich gehört, was du planst«, entgegnete Svenya. »Die Bezwingung Elbenthals und die Kolonisierung

Midgards. Schon alleine deswegen werde ich nicht zulassen, dass du das Ritual vollendest. Lass mich frei, oder ich stelle die Frage.«

»Das tust du nicht«, sagte Laurin selbstsicher.

Svenya nahm all ihren Mut zusammen. Sie hatte keine andere Wahl. Sie legte den Kopf weit in den Nacken, holte tief Luft und rief: »WER … BIN …?«

»Warte!«, unterbrach Laurin sie.

»Worauf?«

»Ich habe einen Vorschlag, der diese Pattsituation lösen könnte.«

»Einen, der mir mehr bietet als die Freiheit?«

»Ja.«

»Sprich.«

»Ein Duell«, sagte er. »Wir kämpfen. Nur du und ich. Wenn ich dich besiege, ohne dich zu töten, stimmst du dem Ritual zu.«

»Niemals.«

»Warte doch, bis ich dir meinen Vorschlag zu Ende unterbreitet habe«, sagte er.

Svenya war gespannt – obwohl sie sich nicht vorstellen konnte, was er ihr anzubieten hatte.

»Anders als ich dich darfst du mich töten«, sagte Laurin. »Wenn du mich besiegst, hättest du also nicht nur das Ritual verhindert und deine Unsterblichkeit und Macht behalten, du hättest meinen Leuten auch den Anführer genommen und damit für dein Volk einen erheblichen Vorteil erkämpft. Das ist ein mehr als fairer Deal.«

»Tu es«, flüsterte Yrr in ihrem Versteck. »Verdammt nochmal, tu es! Bleib unsterblich und töte diesen Bastard. Ein für alle Mal.«

»Das ist Laurin, von dem wir hier sprechen«, sagte Raik nüchtern. »Sie ist noch lange nicht soweit, es mit ihm aufzunehmen oder ihn gar schlagen zu können.«

»Ja, das schafft sie nicht«, knurrte auch Wargo.

»Ich weiß nicht«, sagte Hagen. »Wenn sie es sich zutraut und mit entsprechender Zuversicht kämpft, ist sie durchaus dazu in der Lage.«

Svenya überlegte. Ihre Gedanken überschlugen sich. Sie hatte Laurin gegen Hagen kämpfen sehen, und sie konnte sich nicht vorstellen, dass sie einen Zweikampf gegen ihn bestehen würde. Auf der anderen Seite aber hatte sie sich auch nicht vorstellen können, dass sie irgendwann einmal einen Wyrm jagen, eine Flemys reiten, Charlie einschüchtern und einen Leviathan besiegen würde. Wenn es ihr gelang, Laurin zu besiegen, könnte sie die Dunkelelben so sehr schwächen, dass der zwischen ihren beiden Völkern schwelende Krieg bald ein Ende finden würde. Dann müsste das Tor in Elbenthal nur noch nach Alfheim hin verteidigt werden, und Alberichs Volk hätte nach zweitausend Jahren endlich eine Chance auf ein besseres Leben. Ihre neu gewonnenen Brüder und Schwestern könnten sich dann wenigstens hier in Midgard relativ frei bewegen, ohne jederzeit mit einem Angriff auf sie selbst oder die Festung rechnen zu müssen. Auch die Menschen wären dann endlich sicher.

»Gut«, sagte sie schließlich. »So sei es. Ein Duell zwischen dir und mir. Ohne dass jemand eingreift.«

»Ohne dass jemand eingreift«, bestätigte Laurin mit einem Nicken.

»Und wenn ich siege, bin ich frei und kann ungehindert gehen.«

»Du hast mein Wort«, sagte der Schwarze Prinz. »Und alle hier Anwesenden sind meine Zeugen.«

»Werden sie sich denn auch nach deinem Tod noch an unsere Vereinbarung halten?«

»Ja, das werden sie. Doch damit du ganz sicher sein kannst …« Laurin drehte sich zu der Brünetten um, die Svenya die ganze Zeit nicht aus den smaragdgrünen Augen gelassen hatte. »Lau'Ley, komm zu mir.«

Lau'Ley schaute ihn fragend an, tat dann aber, worum er sie gebeten hatte. Ihre Miene zeigte, dass sie die Unterbrechung des Rituals als äußerst lästig empfand.

»Mein Gebieter«, sagte sie, als sie zu Laurin herangetreten war, und verneigte sich vor ihm. »Was kann ich für Euch tun?«

Laurin wandte sich an alle Anwesenden. »Ich, Laurin, Regent von Aarhain und Prinz von Schwarzalfheim, bestimme hiermit für den Fall, dass die Hüterin Sven'Ya mich in dem bevorstehenden Duell besiegt, Lau'Ley, meine treue Gefährtin, zu meiner Nachfolgerin als Herrscherin über Euch und alle Untertanen Schwarzalfheims hier in Midgard.« Dann wandte er sich Lau'Ley zu. »Desweiteren bestimme ich als meinen Letzten Willen, dass du, Lau'Ley, die Hüterin frei und unbehelligt abziehen lässt, wenn sie mich bei diesem Duell töten sollte.«

Lau'Ley lachte auf eine spöttische Weise amüsiert auf. »Dem kann ich mich bedenkenlos fügen, mein Gebieter«, sagte sie. »Ist es doch ausgeschlossen, dass es jemals eintreffen wird … jemand wie sie wird Euch niemals besiegen.«

»Also hat sie dein Wort darauf.«

»Ja«, sagte Lau'Ley. »Das hat sie.«

Laurin wandte sich wieder an sein Volk. »Ihr habt es alle gehört. Bist du damit zufrieden?«, fragte er Svenya.

»Das bin ich«, antwortete sie.

»Dann bindet sie los«, befahl Laurin den Männern, die sie zuvor gefesselt hatten.

Hals- und Handschellen wurden gelöst, und sofort fiel ein Teil der Mattheit, die von Svenya Besitz ergriffen hatte, wieder von ihr ab. Was blieb, war die wilde Energie, die sie seit dem Beschwören der fünf Ritualgegenstände erfüllte.

»Ich nehme an, du brauchst einen Moment, um dich zu erholen«, sagte Laurin galant.

»Das ist nicht nötig«, erwiderte Svenya. »Aber ein Schluck Wasser wäre sehr willkommen.«

Laurin winkte einem seiner Krieger zu, und der brachte eine Feldflasche. Svenya roch daran, um sicherzustellen, dass der Inhalt reines Wasser war. Erst dann nahm sie einen großen Schluck. Sogleich fühlte sie sich frischer und belebter.

Während Svenya ihre Rüstung und ihre Waffen untersuchte, sah sie, wie Lau'Ley sich zu Laurin beugte, und hörte, wie sie hasserfüllt flüsterte: »Ich weiß, wir brauchen sie lebend. Aber dennoch – tu ihr weh für das, was sie Grynd'Nirr, meinem Sohn, angetan hat.«

Jetzt verstand Svenya die Blicke der Frau, und sie verspürte das Bedürfnis, sich bei ihr zu entschuldigen … oder sich zumindest zu rechtfertigen dafür, dass sie den Leviathan töten musste … dass er ihr keine andere Wahl gelassen hatte. Doch ehe sie etwas sagen konnte, hatte Lau'Ley sich bereits umgedreht und schwebte zu ihrem alten, erhöhten Platz zurück, um von dort aus das Duell besser verfolgen zu können.

»Bist du bereit?«, fragte Laurin.

Sie war es nicht. Ein Duell kam ihr ebenso künstlich vor wie ein Test. Es war etwas anderes, sich gegen einen Angreifer verteidigen zu müssen und ihn zu bekämpfen, als einen Kampf aus dem Nichts heraus zu beginnen. Aber es gab keine Alternative. »Ja, ich bin bereit.«

Svenya zog ihr Schwert und ging in Position. Laurin entfernte sich ein paar Schritte, verbeugte sich vor ihr und zog ebenfalls seine Klingen. So standen sie einander gegenüber, und ihre Blicke bohrten sich ineinander. Seine dunklen Augen hatten etwas Hypnotisierendes, aber Svenya war zu angespannt, um dafür jetzt anfällig zu sein. Sie fühlte ihren Stand und ihre Balance, den Griff ihrer Faust um Skalliklyfja, das Gewicht der Klinge, das Blut in ihren Muskeln, das Schlagen ihres Herzens … und wie sie ihren Atem darauf einstellte. Der Geruch von Fichtennadeln und Baumharz stieg ihr in die Nase, und ihre Sicht konzentrierte sich mehr und mehr auf den Schwarzen Prinzen. Es war, als würden sich all ihre Sinne miteinander vereinen und auf das Hier und Jetzt fokussieren. Nichts außer diesem Duell spielte jetzt noch eine Rolle. Weder das Morgen noch die Zuschauer. Gedanken waren überflüssig – jetzt war die Zeit für Instinkte und Reflexe.

Ohne jede Vorwarnung hechtete Laurin auf sie zu.

Hölle, war er schnell! Es sah aus, als würde ein Blitz einschlagen. Doch Svenya war nicht langsamer: Sie sprang zur Seite weg, wich der einen Klinge aus und blockte die andere mit der ihren, nutzte ihren Schwung und hieb nach Laurins Nacken. Aber der Fürst der Dunkelelben war schon wieder herum, wischte ihr Schwert zur Seite und stach mit dem anderen zu. Svenya drehte sich aus der Bahn und senste mit Skalliklyfja in Hüfthöhe einen Halbkreis, dem Laurin nur mit knapper Not ausweichen konnte. In seinen dunklen Augen flammte Respekt auf, und er ging erneut auf Abstand.

Svenya nahm wieder ihre Kampfhaltung ein und wartete auf die zweite Attacke.

»Bei Thor«, stieß Yrr leise aus. »Sie ist gut! Sie ist sogar verdammt gut.«
Trotz der Ernsthaftigkeit der Situation lächelte Hagen mit mehr als nur einem Hauch von Stolz. »Das habe ich dir von Anfang an gesagt.«
»Habt ihr Laurins Blick gesehen?«, fragte Raik voller Bewunderung. »Die Überraschung darin?«
»Er war sich sicher, leichtes Spiel zu haben«, sagte Wargo. »Sonst hätte er den Deal erst gar nicht vorgeschlagen.«

»Sie hat ihm gar keine Wahl gelassen«, sagte Yrr, und auch ihr war der Stolz, den sie für Svenya empfand, deutlich anzuhören.

»Vielleicht solltet Ihr die Gelegenheit nutzen, auf Laurin zu schießen, jetzt, da er abgelenkt ist«, schlug Wargo Hagen vor.

Hagen schüttelte den Kopf. »Selbst wenn ich ihn träfe, würden sich die anderen sofort auf Svenya stürzen. Außerdem will ich sie nicht entehren. Sie hat dem Duell zugestimmt, und das muss ich respektieren. Wenn ich jetzt eingreife, ist ihr Wort nie wieder etwas wert.«

»Sie schafft es auch so«, sagte Yrr. »Sie muss es einfach schaffen!«

Svenya wusste, dass es nicht viel bedeutete, den ersten Ansturm Laurins überstanden zu haben. Er hatte ihre Reaktion testen wollen und ihre Schnelligkeit. Zugegeben, beide hatten ihn überrascht – so wie sie selbst überrascht war – aber er hatte noch lange nicht all sein Geschick in diese Attacke gesteckt ... und erst recht nicht all seine Stärke.

Svenya verfolgte aufmerksam, wie er sein Gewicht langsam und beinahe unmerklich von einem Fußballen auf den anderen verlagerte und, als sie ihre eigene Position entsprechend justierte, wieder zurück. Dabei nahm sie plötzlich ein leises, melodiöses Summen wahr ... die Melodie kam ihr merkwürdig vertraut vor ... wie aus einem lange vergessenen Traum. Sie war leicht und beschwingt ... der Takt war lebendig und fröhlich ... wie bei einem Kinderlied ... oder einer Polka. Svenya brauchte einen kleinen Moment, ehe sie merkte, dass sie selbst es war, die das Liedchen summte. Sie hatte keine Ahnung, woher sie es kannte und wieso sie es summte, aber sie fühlte, wie es ihren Puls, ihre Atmung und ihre Balance noch besser in Einklang brachte. Und dann hörte sie in ihrem Kopf, dass auch Skalliklyfja die Melodie aufgenommen hatte und mitsummte.

Es war ein beinahe fröhlicher Moment. Wild und friedlich zugleich. Ernsthafte Verspieltheit. Nichts war mehr gegensätzlich ... alles eins.

Wollen wir?, summte Skalliklyfja im Takt.

Wir wollen, antwortete Svenya lächelnd und sprang tänzelnd nach vorne.

Mit gewaltiger Brutalität, die frei war von Hass oder Wut, aber getragen von der raubtierhaften Schnelligkeit ihrer Geburt, schlug Svenya mit einer blitzschnell ausgeführten Serie von Schlägen auf Laurin ein.

Von oben.

Von der Seite.
Von der anderen Seite.
Wieder von oben – dann von unten.
Jeder Schlag nutzte den Schwung des vorherigen aus – und obwohl Laurin zwei Schwerter zur Verfügung standen, brachte er jedesmal nur in allerletzter Sekunde eine seiner Waffen in den Weg der singenden Skalliklyfja und machte dabei einen Schritt nach dem anderen zurück.
Die Melodie, der Schlag ihres Herzens und der funkenstiebende Gesang der Klingen gaben Svenya den Rhythmus und die Kraft. Zu wissen, welche Note als nächstes kommen würde, half ihr gedankenschnell zu entscheiden, welcher Schritt folgen musste ... und welcher Hieb.
Aber obwohl Laurin nichts anderes übrig blieb als nur zu parieren und sich immer weiter zurückdrängen zu lassen, gelang es ihr nicht, einen Treffer zu landen. Schließlich war es nicht irgendjemand, gegen den sie hier antrat. Laut Hagens Worten war der Schwarze Prinz der beste Schwertkämpfer in ganz Midgard. Und trotzdem – oder gerade deswegen – riss sie sich zusammen, um es sich nicht zu Kopf steigen zu lassen, dass sie dazu in der Lage war, ihn zurückzudrängen. Ein einziger Fehler von ihr würde ihm ausreichen, das Duell für sich zu entscheiden.
Svenya drehte und wirbelte, sprang und tänzelte ... und schlug und schnitt und stach. Laurins Blick wurde immer ernster – immer finsterer ... verbissener. Sie sah erste Schweißtropfen auf seiner Stirn. So oft sie konnte, wechselte sie die Folge ihrer Schläge, um ihm keinen erkennbaren Rhythmus zu geben, den er durchbrechen konnte.
Dann aber geschah etwas Seltsames: Sie hörte, wie eine weitere Stimme in ihre Melodie einstimmte ... ein tiefer, durchdringender Bariton, der ihre eigene Stimme begleitete. Es war Laurins. Er nahm ihr Liedchen auf und summte es mit.
Svenya erschrak.
Jetzt kannte er mehr als nur den Rhythmus ihrer Schläge – jetzt kannte er den ganzen Tanz. Er stieg auf ihn ein, und schon nach wenigen Noten kamen seine Blocks und Paraden früher, sicherer. Mehr instinktiv als rational begriff er, wohin der nächste Hieb zielen würde, und kam ihm entgegen. Seine Schritte passten sich denen Svenyas an ... und dann übernahm er die Führung. Sein Bariton wurde lauter, überdeckte ihren Sopran, und er machte ihre Melodie zu der seinen ... änderte sie, so dass

Svenya sie nicht mehr erkannte und aufhörte zu summen. Seine finstere Miene wurde wieder zu einem Lächeln der Zuversicht. Wo Svenya eben noch getanzt hatte wie eine tödliche Ballerina, taumelte sie nun und stolperte.

Laurin nutzte seinen Vorteil in einem einzigen Lidschlag unbarmherzig aus: Er drehte sich mit einer kraftvollen Pirouette in Svenyas holpernde Rückwärtsbewegung – die Klingen dabei wie Propellerblätter führend. Svenya konnte der ersten noch ausweichen, der zweiten aber musste sie Skalliklyfja in die Bahn halten, damit Laurin sie nicht an der Schulter traf. Der Schlag war so schnell und hart, dass sie ihr Schwert nicht mehr halten konnte. In weitem Bogen flog ihre magische Klinge durch die Luft und blieb gute fünfzehn Meter weiter im Boden stecken.

Mit aller Kraft, die Svenya in ihrer Ausweichbewegung aufbringen konnte, sprang sie nach hinten weg, um so viel Abstand wie möglich zwischen sich und Laurin zu bringen. Noch im Sprung löste sie den Eibenstab von ihrem Gürtel und verwandelte ihn in den Doppelspeer. Doch in der Rückwärtsbewegung sah sie den Altar nicht und blieb mit der Hüfte an dessen Seite hängen. Sie kam noch mehr aus dem Gleichgewicht, strauchelte und stürzte nach hinten um.

Svenya schaffte es gerade noch abzurollen und auf einem Knie zu landen. Aber Laurin war ihr nachgejagt und sprang jetzt auf den Altar. Wie ein Dämonenfürst aus uralter Zeit ragte er über ihr auf – die gekrümmten Klingen seiner Schwerter im Licht der Sterne funkelnd.

Svenyas Arm wirbelte nach vorne, und mit aller Macht schleuderte sie Hagens Speer zu Laurin hoch. Aber Laurin drehte sich blitzschnell zur Seite, so dass der Speer an ihm vorbei und weit hinauf in den Nachthimmel schoss.

»Gib auf, Hüterin«, rief er zu ihr nach unten. »Du hast gut gekämpft, verdammt gut sogar, aber du hast verloren. Also ehre die Vereinbarung, die wir getroffen haben.«

»Es ist erst zu Ende, wenn es zu Ende ist«, erwiderte Svenya trotzig.

»Es ist zu Ende«, sagte er.

Sie lächelte zur Antwort – und sein Blick wurde unsicher.

Jemand schrie auf – warnend. »LAURIN!« Es war Lau'Ley.

Doch es war zu spät für den Schwarzen Prinzen: Svenya streckte die Hand aus – nach dem Speer, der weit hinter Laurin eine Kurve gedreht hatte und jetzt mit rasender Geschwindigkeit auf ihn zugejagt kam. Für einen Sekundenbruchteil hielt sie sie in Höhe seines Herzens, doch dann zog sie sie schnell nach unten, so dass der Speer im letzten Augenblick noch seine Flugbahn änderte und Laurin weiter unten in den Rücken traf. Der Speer durchbohrte ihn mühelos, trat vorne aus dem Bauch wieder hervor und landete in Svenyas offener Hand. Die Wucht schleuderte den Dunkelelben vom Altar herunter. Ihr direkt entgegen.

Svenya sprang auf, steckte im Laufen den Speer in den Gürtel zurück, entriss Laurin die beiden Schwerter und hielt sie ihm über Kreuz an die Kehle. Panik leuchtete aus seinen Augen.

»Jetzt ist es zu Ende«, rief sie triumphierend so laut, dass alle Umstehenden es hören konnten. »Ergibst du dich?«

»Worauf wartest du?«, fragte er. »Bring es hinter dich.«

Sie ignorierte seine Bemerkung und wiederholte: »Ergibst du dich?«

Er schaute Svenya verwundert an. »Ja, ich ergebe mich.«

»Dann bestätige, dass ich das Duell gewonnen habe.«

»Du hast gewonnen.«

»Es steht mir also frei, ungehindert zu gehen?«

»So wie es vereinbart war.«

Sie raute ihm nicht. »Sprich es aus.«

»Du hast mich besiegt und gemäß des Schwures, den ich geleistet habe, bist du frei.« Er wandte sich an sein Volk. »Die Hüterin darf gehen. Niemand wird sie aufhalten. Das ist mein Wille und mein Befehl.«

»Nein!«, schrie eine vor Wut kippende Stimme. »Sie soll sterben!«

Es war Gerulf, der Mannwolf. Er stieß seine beiden Bewacher beiseite und stürzte sich auf Svenya, wobei er sich mit unglaublicher Geschwindigkeit zu verwandeln begann.

Doch er erreichte sie nie.

Ein Pfeil krachte von Süden her genau zwischen den Augen in seinen Schädel und warf ihn nach hinten um. Er war tot, noch ehe seine massige und halb verwandelte Gestalt auf dem Boden aufprallte.

Svenyas und Laurins Köpfe wirbelten gleichzeitig herum in die Richtung, aus der der Pfeil gekommen war. Dort stand Hagen am Waldrand und hatte bereits einen neuen Pfeil an die Sehne gelegt. Neben ihm tauchten Yrr, Wargo und Raik auf und zogen kampfbereit ihre Waffen. Sofort griffen auch Laurins Leute zu ihren Schwertern, Bögen und Gewehren.

»Stopp!«, rief Laurin mit schmerzverzerrtem Gesicht. »Senkt die Waffen. Alle! Das ist ein Befehl!«
Seine Leute gehorchten ohne Ausnahme.
Laurin deutete auf Gerulfs Leichnam. »Er hat gegen meinen ausdrücklichen Willen gehandelt, und den Tod hatte er ohnehin verdient.« Er drehte sich, so gut es die Klingen, die Svenya noch gegen seinen Hals gedrückt hielt, zuließen, ein wenig weiter zu Hagen herum. »Du hast mir gerade auf sehr verdrehte Weise das Leben gerettet, Sohn des Alberich. Dafür würde ich dir jetzt Dank schulden, hättest du es nicht getan, um die Hüterin zu retten.« Sein Blick kehrte zurück zu Svenya. »Du bist frei, Hüterin. So wie ich es geschworen habe. Aber verrate mir eines.«
»Was?«, fragte Svenya.
»Warum hast du deine Hand gesenkt, als der Speer kam? Er hätte sonst mein Herz durchbohrt.«
»Dann wärst du gestorben. Und das wollte ich nicht.«
Laurin zog fragend eine seiner dunklen Augenbrauen nach oben. »Warum nicht?«
»Weil du die Antwort auf die Frage kennst, die ich nicht stellen darf.« Sie nahm die Schwerter von seinem Hals und ließ sie neben ihm fallen. Dann drehte Svenya sich um, ging zu Skalliklyfja und zog sie aus dem Boden. Erst dann sah sie ihn wieder an. Er hatte sich nicht von der Stelle bewegt, aber sie hätte schwören können, dass in seinen dunklen Augen Bewunderung lag. Sie schritt zum Altar zurück. »Und irgendwann wirst du sie mir geben, diese Antwort.« Damit zerschlug sie die noch immer glühenden Ritualgegenstände einen nach dem anderen. Erst dann wandte Svenya sich ab und ging zu ihren Freunden.
Niemand stellte sich ihr in den Weg.

61

Dresden

»Du warst wirklich bereit, mich zu töten?«, fragte Svenya Hagen knapp eine Stunde später und blickte vom Dach der Semperoper, auf der sie standen, über die Elbe hinweg in die aufgehende Sonne. Der Angriff aus Alfheim war ausgeblieben, und Raegnir war noch vor ihrer Rückkehr auf Alberichs Befehl hin hingerichtet worden.
»Du kennst die Antwort«, sagte Hagen leise, ebenfalls ohne sie anzusehen.
Der Seufzer, der aus ihrer Brust drang, überraschte sie selbst. »Wird es immer so sein?«
»Du hast die Gefahr gebannt, dass Laurin ein zweites Tor öffnet, indem du die Reliquien zerstört hast.«
»Das meine ich nicht.«
»Ich weiß«, gestand Hagen. »Aber was soll ich sagen, Svenya?«
»Du könntest sagen, was jeder hören will: Dass die Schrecken hinter uns liegen und von jetzt an alles gut wird.«
»Die Schrecken liegen hinter uns. Von jetzt an wird alles gut.«
Svenya schaute ihn an und musste unwillkürlich lachen, als sie sah, wie schwer ihm selbst diese kleine Lüge fiel, die er, wie sie wusste, nur ihr zuliebe ausgesprochen hatte. Ihr Lachen zauberte tatsächlich auch ihm ein Lächeln auf das finstere Gesicht. Doch dann wurde er wieder ernst.
»Danke, dass du einen Weg gefunden hast, der es mir erspart hat, dich zu töten«, sagte er kaum hörbar.
»Ich danke dir, dass du so lange gezögert hast, bis ich schließlich einen finden konnte«, gab Svenya ehrlich zurück. »Was allerdings die Frage aufwirft: Warum hast du eigentlich so lange gezögert?«
Hagen stockte und atmete tief ein. Am Mahlen seines kantigen Kiefers

erkannte Svenya, dass er um eine passende Antwort rang – oder vielmehr damit, die Wahrheit zu gestehen. »Yrr hat sich mir in den Weg gestellt«, sagte er schließlich.
Ja, das hatte sie. Svenya war froh, dass aus ihrer ursprünglich größten Widersacherin eine so gute und loyale Freundin geworden war. »Deine Tochter ist wirklich großartig, weißt du das?«
»Ja, das weiß ich. Danke.«
Es amüsierte sie zu sehen, wie sein Gesicht sich entspannte, weil er glaubte, vom Haken zu sein. Also zog Svenya ein wenig an der Schnur.
»Aber sie war nicht der einzige Grund, weshalb du gezögert hast.«
Seine dichten Augenbrauen zogen sich zusammen. »Natürlich war sie nicht der einzige Grund.«
»Also?«
»Also was?«
»Warum hast du gezögert?«
Hagen schnaubte unwirsch. »Glaubst du etwa, es fällt mir leicht, eine der Unseren zu töten?«
Svenya unterdrückte ein Lächeln. Sie hatte ihn jetzt genug gequält. Früher oder später würde er ihr gestehen, dass und wie sehr er sie liebte. Sie konnte warten. Falls erforderlich sogar eine ganze Ewigkeit lang. Aber so lange würde es nicht dauern, bis dieser Eisklotz endlich lernte, zu seinen Gefühlen zu stehen und sie auch auszusprechen. Sie würde ihn von seinem Fluch, alles zu zerstören, was er liebte, erlösen.
Das war so sicher wie der wilde Friede in ihrem Herzen.

EPILOG 1

Aarhain

Lau'Ley saß am Lager ihres Schwarzen Prinzen und wachte über seinen Schlaf, in den die Magier ihn versetzt hatten, damit die Bauchwunde, die der Speer der Hüterin geschlagen hatte, schneller heilen konnte. Sie legte ein sauberes Tuch in eine Schale voller mit Kräutern versetztem Wasser, tränkte es erst und wrang es dann aus, um ihm damit die fiebrige Stirn zu kühlen. In all den Jahrhunderten hatte sie ihren Gebieter, ihren Geliebten noch nie so verletzlich erlebt. Diese Verletzlichkeit war mehr als nur die des Körpers. Laurin hatte vor den Augen seines Volkes die erste ernstzunehmende Chance auf die Rückkehr in die Heimat vertan. Dass die Hüterin ihm durch die Drohung, den Fluch der Frage auf sich zu ziehen, gar keine andere Wahl gelassen hatte, spielte dabei keine Rolle. Die Gefahr war nicht auszuschließen, dass nun auch andere, wie Gerulf, versuchen würden, gegen ihn und seine absolute Herrschaft zu rebellieren. Das Gesetz ihrer Völker war das Recht des Stärkeren. Zeigst du erst einmal Schwäche, bist du so gut wie tot.

Lau'Ley fragte sich, was es mit dem Fluch auf sich hatte. Wer war diese Frau? Woher kam sie? Wieso und von wem hatte sie die Macht, mit der man ein zweites Tor öffnen konnte? Und warum war Laurin so gut über sie informiert? Woher wusste er von dem Ritual? Lau'Ley hatte keine Ahnung, ob sie dieses Rätsel jemals würde lösen wollen. So sehr diese Fragen in ihren sich vor Wut windenden Eingeweiden brannten – etwas brannte noch sehr viel heller und heißer als sie: der Wunsch nach Rache!

Diese Svenya hatte nicht nur ihr letztes Kind getötet, sie hatte auch ihren Prinzen gedemütigt – und nach allem, was Lau'Ley während des Duells beobachtet hatte, stellte sie eine wirkliche Bedrohung für Laurin dar. Im doppelten Sinne: Nicht nur, dass sie ihm im Kampf gewachsen war – er war dermaßen besessen von ihr, dass er nicht aufhören würde zu versuchen, sie in seine Hände zu bekommen. Und das hatte schon jetzt einen viel zu hohen Preis gefordert.

Wenn sie die Wahl hatte, hinter Svenyas Geheimnis zu kommen oder ihren Geliebten vor ihr und vor allem vor sich selbst zu beschützen, gab es nur eine akzeptable Antwort: Svenya musste sterben! Nur dann würde Laurin Ruhe geben und weiter nach anderen Wegen zurück nach Hause suchen. Und wenn er keinen finden würde … nun, so sehr Lau'Ley sich auch nach Zuhause sehnte, hier war sie glücklich mit ihm – von ihr aus konnte das gerne so bleiben. Hauptsache er wurde wieder zum unangefochtenen Herrscher über sein Volk hier in Midgard … und sie die Frau an seiner Seite.

Ja, ihr Entschluss stand fest: Sie würde einen Weg finden, die Hüterin zu töten!

EPILOG 2

Dresden

Lydia trat unter der Brause der Gemeinschaftsdusche hervor, schlüpfte in ihren zerschlissenen Froteebademantel und schnürte mit trotz der Wärme zittrigen Fingern aus den Enden des Seils, das ihr als Gürtelersatz diente, eine Schleife vor dem Bauch. Heute war sie an der Reihe.
Es war das erste Mal seit ihrer Ankunft hier im Heim vor drei Wochen, dass Charlie sie zu sich hoch auf den Dachboden bestellt hatte. Obwohl sie noch nicht lange hier war, wusste sie, was sie dort oben erwartete, und ihr Herz raste vor Angst. Aber sie hatte keine Wahl – wo sollte sie denn sonst hin mit ihren gerade mal fünfzehn Jahren?
Sie stieg die knarrenden Stufen empor und versuchte, nicht an das zu denken, was vor ihr lag. Sie wusste von den anderen Mädchen, dass, wenn sie Glück hatte und tat, was er ihr sagte, alles ganz schnell gehen würde ... und umgekehrt weniger schnell, aber dafür wesentlich schmerzvoller, wenn sie sich wehrte.
Von oben dröhnte ihr laute Musik entgegen, Als sie auf dem vorletzten Treppenabsatz ankam, sah sie gerade noch aus den Augenwinkeln, wie auch das Letzte der Mädchen sich schnell in sein Zimmer zurückzog und die Tür hinter sich schloss. Sie alle hofften – und die, die trotz oder gerade wegen all der Scheiße, die ihnen widerfahren war, noch gläubig waren, beteten –, dass Charlie, nachdem er mit Lydia fertig war, satt sein würde und müde ... und sie würden es Lydia morgen und in den nächsten Tagen spüren und sie dafür bezahlen lassen, wenn er es nicht war und doch noch eine aus ihrem Zimmer holte. Ein weiterer Grund für Lydia, all das zu tun, was er von ihr verlangen würde.
Sie erreichte die Dachbodentür und versuchte, durch tiefes Ein- und Ausatmen ihr rasendes Herz zu beruhigen, ehe sie anklopfte.

Vergeblich.

»Jo!«, rief er von drinnen. Vermutlich wollte er damit cool klingen.

Ihre Hand zitterte noch stärker als eben, als sie die Türklinke nach unten drückte. Ihre Kehle schnürte sich zu, und in ihrem Bauch verkrampfte sich alles. Am liebsten hätte sie losgeheult, aber sie wusste von den anderen, dass Tränen ihn sauer machten ... und nachdem sie letzte Woche gesehen hatte, wie eines der Mädchen, das ihn sauer gemacht hatte, danach aussah, hatte sie sich fest entschlossen, in seiner Nähe nie zu weinen.

Sie öffnete die Tür und betrat den Raum. Es war das erste Mal, dass sie ihn zu sehen bekam, aber er war genauso, wie ihn die anderen beschrieben hatten – stümperhaft dekoriert mit Helmen, Uniformen, Waffen und Hakenkreuzfahnen.

»Wenn's hier im Land knallt, und, glaub mir, das dauert nicht mehr lange, dann bin ich vorbereitet«, sagte Charlie, als er sah, wie sie sich umschaute, und streichelte mit der Linken eine Automatikpistole, die er unbeholfen in der rechten, eingegipsten Hand hielt. Falls er sie damit einschüchtern wollte, hatte er Erfolg. Als ob er dazu noch eine Waffe gebraucht hätte – sein Aussehen war mit einsneunzig Größe, dem Kurzhaarschnitt und den auf die Hände tätowierten Runen schon einschüchternd genug.

Er nahm die Pistole und ein Glas voll Whiskey mit hinüber zu dem Sofa, setzte sich und lehnte sich gespielt gelassen zurück.

»Zieh den Fummel aus, Lucia.«

»Lydia«, sagte sie leise.

»Is' mir doch scheißegal, wie du heißt«, knurrte er. »Runter mit dem Bademantel. Aber dalli.«

Sie zitterte so stark, dass sie Schwierigkeiten hatte, den Strick aufzunesteln.

»Mach schon«, forderte er. »Ich hab nicht die ganze Nacht Zeit.«

Endlich war der Mantel offen, und sie zog ihn zögernd aus.

»Hm«, machte er. »Na, was ist? Komm schon her.«

Lydias Füße fühlten sich an wie Blei. Sie musste sich richtiggehend körperlich anstrengen, den ersten zu heben und einen Schritt auf das Sofa zu zu machen. Doch noch ehe sie den zweiten Schritt machen konnte, ertönte hinter ihr ein ohrenbetäubend lautes Krachen und das Klirren von Glas. Noch bevor sie herumwirbelte, sah sie, wie sich Charlies fiese

Schweinsaugen vor Schreck weiteten. Dann erblickte sie etwas Großes – riesig, schwarz und feuerrot. Hörner und Flügel aus Leder. Gewaltige Klauen und aufblitzende Reißzähne.

Das war zu viel. Lydia fiel vor Angst und Schrecken in Ohnmacht. Das Letzte, was sie, ehe sie auf dem Boden aufschlug, sah, war eine junge, schwarzhaarige Frau in einer seltsam altmodischen Rüstung, die auf dem Rücken des Dämons saß.

»Ich hatte dich gewarnt, Charlie«, sagte Svenya und sprang von Loga herab auf die Dielen.

Charlie riss die Pistole nach oben und schoss. Er feuerte jede einzelne Kugel auf sie und den Gargoyle ab – bis das Magazin leer war. Und dann, als er sah, dass sie beide noch standen und völlig unverletzt waren, sprang er auf und krabbelte mit panikerfülltem Blick hinter das Sofa.

»Bring ihn weg, Loga«, sagte Svenya finster und beugte sich zu dem am Boden liegenden Mädchen herab, um sie aufzuheben. »Irgendwohin, wo ihn niemand findet.«

»Euer Wille geschehe«, sagte der Gargoyle mit seiner tiefen und rauen Stimme und schritt auf Charlie zu. Der begann zu schreien wie am Spieß. Svenya war sich sicher, dass die Mädchen unten im Haus ihn hören mussten. Ebenso sicher war sie, dass keine von ihnen hier heraufkommen würde, um ihm zu helfen. Sie würde morgen Hagen bitten, ihr zu helfen, das Heim zu kaufen und zu renovieren und Leute zu organisieren, die sich anständig um die Mädchen kümmerten.

Ohne auch nur einen Funken Mitleid sah sie zu, wie Loga Charlie, der ihm gerade einmal bis zum Bauch reichte, mit seinen riesigen Klauen packte und dann mit ihm durch das Loch im Dach davonflog.

Das hier war mehr als das Einlösen eines Versprechens, das Wahrmachen einer Drohung. Und es war auch mehr als Strafe oder persönliche Rache für all die Dinge, die Charlie ihr angetan hatte. Svenya war jetzt die Hüterin Midgards – ihre Bestimmung war es, die Bewohner dieser Welt zu beschützen…

… und das nicht nur vor den Monstern anderer Welten.

ENDE - BUCH 1

DANKSAGUNG

Unbekannte Welten erforschen und über sie berichten zu dürfen, ist ein wunderbares Geschenk, für das ich gar nicht dankbar genug sein kann, und nichts Gesagtes oder Geschriebenes würde die Tiefe dieser Dankbarkeit ausdrücken oder alle aufzählen können, denen ich sie schulde.
Da sind zunächst all die anderen Reisenden, deren fantastische Geschichten in Form von Büchern, Comics, Hörspielen und Filmen mich seit meiner frühesten Kindheit begleiten und mein Leben bereichern, und die zu nennen ich erst gar nicht beginne, aus Angst, ich könnte einen oder eine von ihnen aus Versehen vergessen – und weil die Liste vermutlich ebenso lang werden würde wie dieses Buch.
Dann sind da natürlich all die Menschen in meinem Leben, die mit Zuspruch und Ansporn, Rat und Hilfe, Zuneigung und Liebe dazu beigetragen haben, dass ich überhaupt dazu in der Lage bin, den Beruf des Reisenden zwischen den Welten auszuüben und damit auch zur Niederschrift der Elbenthal-Saga beigetragen haben: Remo, Tommi, Sany, Uwe, Nadja, Stefan, Katharina, Cornelia, Anne, Inga, Imre, Dagny, Franzi, Peter, Max, Lilo, Robert, Iris ... um nur einige von ihnen zu nennen.
Ebenfalls ganz besonderen Dank schulde ich meiner unvergleichlichen Agentin Andrea Wildgruber für ihren unermüdlichen Beistand und ihren stets besonnenen Rat, für Motivation und ein immer offenes Ohr; sowie ihrer Kollegin Claudia Lichte für ihren Einsatz und dafür, dass sie die richtigen Menschen zusammengebracht hat.
In dem Zusammenhang danke ich natürlich auch Almut Werner vom Sauerländer Verlag und ihren Kolleginnen und Kollegen – Verena Glunk vom Marketing, Dirk Kauffels vom Hörbuch und Constanze Sonntag von der Herstellung.
Nicht zuletzt danke ich dir, Maiko, meiner kleinen großen Kriegerin!

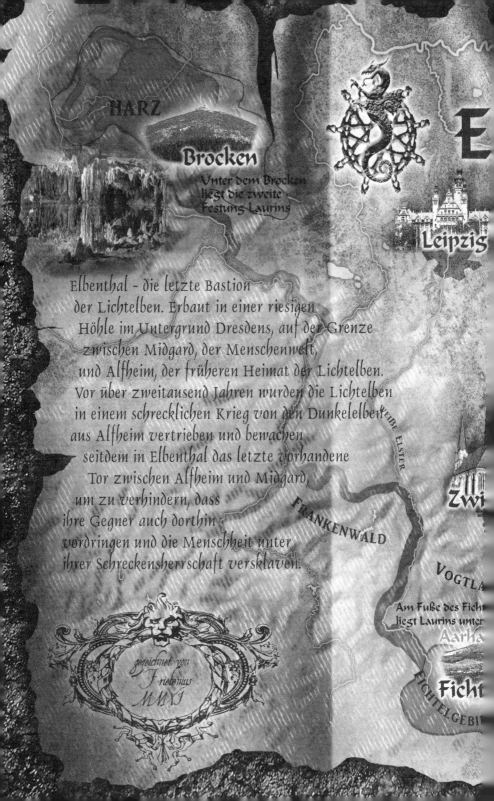